HEYNE

Das Buch

Seattle, Gegenwart: »Träumen Sie von einer Stadt am Ende der Zeit?« heißt es eines Tages in einer Kleinanzeige in lokalen Magazinen und Zeitungen. Niemand kann mit dieser kryptischen Frage etwas anfangen. Fast niemand. Denn es gibt drei Menschen unter uns, deren Geist auf unerklärliche Weise mit Ereignissen verbunden ist, die in fernster Zukunft stattfinden – in einer Stadt, in die sich die letzten intelligenten Bewohner eines sterbenden Universums geflüchtet haben. Eine Stadt, die nun Kontakt mit unserer Welt aufnimmt, um dieses Universum zu retten …

Mit *Die Stadt am Ende der Zeit* legt Greg Bear, der mehrfach preisgekrönte Autor des Bestsellers *Das Darwin-Virus,* ein Zukunftsepos vor, das alle Dimensionen sprengt: eine atemberaubende Reise bis an die Grenzen von Zeit und Raum – und darüberhinaus.

Der Autor

Greg Bear wurde 1951 in San Diego geboren und studierte dort englische Literatur. Seit 1975 als freier Schriftsteller tätig, gilt er heute als einer der ideenreichsten wissenschaftlich orientierten Autoren der Gegenwart. Etliche seiner Romane wurden zu internationalen Bestsellern. Im Wilhelm Heyne Verlag sind zuletzt erschienen: *Das Darwin-Virus, Die Darwin-Kinder, Blutmusik* sowie *Das Schiff.*

Mehr zu Greg Bear unter: www.gregbear.com

GREG BEAR

Die Stadt am Ende der Zeit

Roman

WILHELM HEYNE VERLAG
MÜNCHEN

Titel der amerikanischen Originalausgabe
CITY AT THE END OF TIME
Deutsche Übersetzung von Usch Kiausch

MIX
Papier aus verantwortungsvollen Quellen
FSC® C014496
Verlagsgruppe Random House FSC-DEU-0100
Das für dieses Buch verwendete
FSC®-zertifizierte Papier *Holmen Book Cream*
liefert Holmen Paper, Hallstavik, Schweden.

Taschenbuchausgabe 1/2012

Printed in Germany 2012
Umschlaggestaltung: Nele Schütz Design, München
Satz: C. Schaber Datentechnik, Wels
Druck und Bindung: GGP Media GmbH, Pößneck

ISBN: 978-3-453-52895-6

www.heyne-magische-bestseller.de

Für Richard Curtis

Zur Feier von dreißig Jahren

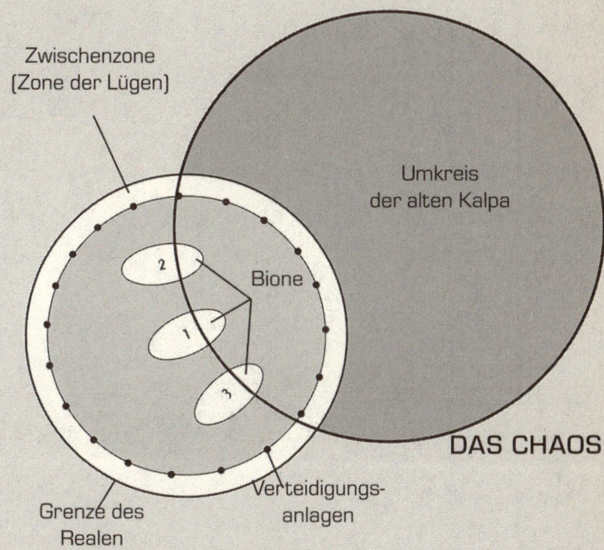

DIE KALPA UND
IHRE UMGEBUNG

A.

VIERZEHN NULLEN

PROLOG

Die Kalpa

Tief ist der Brunnen der Vergangenheit. Sollte man ihn nicht unergründlich nennen?

Thomas Mann: Joseph und seine Brüder

»Es ist die Zeit«, hörte Alan sich flüstern. »Die Zeit, die sich wie eine Flut zurückgezogen hat und uns hat stranden lassen.«

C. L. Moore und Henry Kuttner:
Der Brunnen der Unsterblichkeit

Alles, was Sie zu wissen glauben, ist falsch.

Firesign Theater

Es war gefährlich, sich dem Zerstörten Turm zu nähern.

Der Hüter Ghentun, der allein am äußeren Rand eines mehrere Hundert Meter weiten, von beängstigend hohen Kristallfenstern eingefassten Raumes stand, hüllte sich wegen der beißenden Kälte fester in seinen Umhang. Zu seinen Füßen sprudelte eine dünne Luftblase; über dem Weg, der ihn von den Aufzügen hierhergeführt hatte, hing feiner Eisnebel. Dieser Teil der Stadt war mit Wesen seiner Art und deren Körpern wenig vertraut und kaum bereit, sich auf die anders gearteten Bedürfnisse einzustellen.

Nur selten kamen Diener des Bibliothekars in die Kammer, um Bittsteller aus den unteren Ebenen zu empfangen. Es war nahezu unmöglich, einen Gesprächstermin zu bekommen. Dennoch hatte Ghentun es gewagt, um eine Audienz zu bitten, und war tatsächlich vorgeladen worden.

Die hohen Fenster boten eine umfassende Aussicht auf das, was jenseits der Stadt lag, von der Zwischenzone bis zur Grenze des Realen, hinter der das Chaos des Typhon lag. In der Kalpa war nur dieser eine Turm mit Fenstern versehen, durch die man in die Außenwelt blicken konnte. Die übrige Stadt hatte sich schon vor langer Zeit von der beängstigenden, entsetzlichen Szenerie dort draußen abgeschottet.

Ghentun ging auf das nächste Fenster zu und wappnete sich gegen das, was er gleich zu sehen bekäme. Unmittelbar unter ihm lagen drei gewundene Gebäudekomplexe, die an Schiffsbuge erinnerten und so wirkten, als wollten sie jeden Augenblick zum Sprung in die Dunkelheit ansetzen: die letzten Bione der Kalpa, die alles umfassten, was von der Menschheit übrig geblieben war. Die riesigen Bauten waren von einem schmalen grauen Gürtel umgeben; jenseits davon lag der breite, dunkle Ring der Zwischenzone, der einem ungleichmäßig gezogenen Kreis ähnelte. Eine nach außen gerichtete Phalanx von langsam rotierenden Spitztürmen schützte den Ring und alles, was er umschloss. Von hier aus wirkten die Türme so schemenhaft, als wären sie in Brackwasser versunken. Das waren die Verteidiger, die Realitätsgeneratoren am äußersten Rand der Stadt.

Jenseits der geschützten Zone beschrieben vier mit Trümmern gefüllte Krater – die verlorenen Bione der Kalpa – ausgedehnte Seitenkurven, die sich Hunderte von Kilometern weiter in der Dunkelheit trafen: Das war der ursprüngliche Ring um die Stadt.

Aus dem Chaos heraus ließ die gewaltige Kugel des Zeugen ihren grauen, messerscharfen Suchscheinwerfer über die verlorenen Bione und die Zwischenzone gleiten. Nachdem er die von Nebel verhüllten Verteidigungsanlagen in sein grelles Licht getaucht hatte, schoss er in hohem Bogen empor, als wolle er als Nächstes gierig nach dem Turm greifen. Das blendende Licht tat in den Augen weh. Als der Strahl durch die Kammer schnitt, wandte Ghentun den Blick ab.

Genau an dieser Stelle hatte früher einmal Sangmer gestanden, um seine Reiseroute festzulegen. Er war der Erste gewesen, der versucht hatte, mit seiner Gefolgschaft das Chaos zu durchqueren. Nach einigen Tag-Nacht-Zyklen war er vom Zerstörten Turm, der auch damals schon *Malregard* hieß, heruntergestiegen und hatte sich mit fünf tapferen Gefährten – allesamt abenteuerlustige Philosophen – auf die Mission begeben, die zu seiner letzten werden sollte.

Niemand hatte je wieder von der Gruppe gehört.

Malregard – der Name passte vortrefflich. *Böser Blick.*

Als Ghentun eine Präsenz in seinem Rücken spürte, wandte er sich um und neigte den Kopf. Der Bibliothekar hatte so viele und vielgestaltige Diener, dass er nicht wusste, wen oder was er erwarten sollte. Dieser hier entpuppte sich als winziges Angelin in weiblicher Gestalt, das ihm gerade bis zum Knie reichte.

Als Ghentun seinen Umhang in Infrarotlicht tauchte, sprudelten die Luftblasen in seinem Umfeld zunächst heftig auf, um gleich darauf zu verschwinden. Auch der Diener wechselte sein Farbspektrum und erhöhte danach die Raumtemperatur, bis sich schließlich ein leichter Luftdruck bemerkbar machte.

Ghentun beugte sich hinunter, um dem Angelin einen urzeitlichen Gesteinsklumpen zu überreichen, einen kleinen Brocken Basalt, der von der Erde stammte – das übliche Entgelt für eine Audienz. Dieses überlieferte Protokoll durfte man nie verletzen, denn der Bibliothekar und all seine Diener neigten dazu, sich bei dem kleinsten Anzeichen für unhöfliches Verhalten zehntausend Jahre lang zurückzuziehen und in Schweigen zu hüllen. Und das konnte die Kalpa sich nicht mehr leisten.

»Was führt dich hierher, Hüter?«, fragte das Angelin. »Habt ihr auf dieser Seite der Wirklichkeit Fortschritte verzeichnen können?«

»Das zu beurteilen ist Sache des Bibliothekars. Ehre seinen Dienern.«

Bei diesen Worten hüllte das Angelin sich in Silber und erstarrte – es rührte sich einfach nicht mehr, ohne dass Ghentun einen Grund dafür erkennen konnte. Schließlich hatte er sämtliche Formalitäten beachtet. Um sich in aller Ruhe und Gelassenheit auf das Kommende einzustellen, schaltete er Umhang und Körperplasma auf den langsamen Modus. Sicher würde er einige Zeit warten müssen.

Es vergingen zwei Tag-Nacht-Zyklen, ohne dass sich ringsum irgendetwas verändert hätte – abgesehen davon, dass dreimal der graue, messerscharfe Suchscheinwerfer des Zeugen aus dem Chaos auftauchte und die Kammer durchschnitt.

Schließlich löste sich das Angelin aus seiner silbernen Hülle und ergriff das Wort. »Der Bibliothekar wird dich empfangen. In weniger als tausend Jahren wirst du einen Termin bei ihm bekommen. Leite diese Information gegebenenfalls an deine Nachfolger weiter.«

»Es wird keinen Nachfolger geben«, erwiderte Ghentun.

Darauf reagierte das Angelin verblüffend schnell. »Ist das Experiment denn schon abgeschlossen?«

»Nein, aber die Stadt ist am Ende.«

»Wir haben lange nichts gehört. Das musst du erklären.«

»Wir verfügen nicht mehr über den Luxus von Zeit und brauchen schnelle Entscheidungen«, gab Ghentun scharf zurück.

Das Angelin dehnte sich aus und wurde durchsichtig. Für jedes Eidolon konnte der Ausdruck *schnell* einen Affront bedeuten, erst recht für einen Diener des Bibliothekars. Kaum zu glauben, dass diese Wesen für sich immer noch die Ehre in Anspruch nahmen, zur Menschheit zu zählen. Aber so war es nun mal.

»Erkläre mir, so viel du kannst, ohne das Privileg des Bibliothekars anzutasten«, erwiderte das Angelin.

»Es sind beunruhigende Ergebnisse aufgetreten, die Vorboten von Schlimmerem sein könnten. Die Kalpa ist die letzte Zuflucht der alten Realität, doch unser Einfluss ist allzu gering. Wie der Bibliothekar vorhergesehen hat, könnte unsere ganze Geschichte auseinanderfallen.«

»Der Bibliothekar sieht nichts vorher. Alles ist eine Frage der Permutation.«

»Selbstverständlich. Dennoch beobachten wir derzeit, dass Weltlinien sich abtrennen und auf unnatürliche Weise wieder miteinander verbinden. Andere haben sich vielleicht schon vollständig aufgelöst. Womöglich sind bereits ganze Abschnitte der Geschichte verloren gegangen.«

»Also hat das Chaos sich in die Vergangenheit eingeschlichen und verfolgt einen Rückwärtskurs in der Zeit?«

»Einige der alten Gattung spüren etwas in dieser Art. Sie sind diejenigen, die uns stets die ersten Hinweise geben; schließlich haben wir sie genau zu diesem Zweck geschaffen.«

Ganz Aufmerksamkeit, zog sich das Angelin wieder zusammen und nahm feste Gestalt an. »Wie Kanarienvögel in einer Kohlengrube«, bemerkte es.

Ghentun kannte keine Kanarienvögel und hatte auch nur eine recht ungefähre Vorstellung von einer Kohlengrube.

»Hat jemand von der alten Art hin und wieder ungewöhnliche Träume?«, fragte das Angelin.

Ghentun zog den Umhang fester um sich zusammen. »Ich habe alles offenbart, was ich offenbaren durfte. Ehre sei dem Bibliothekar. Den Rest meines Berichts muss ich ihm persönlich anvertrauen, auf direktem Wege. So lautet das Protokoll.«

»Von Malregard aus haben wir beobachtet, wie euer Nachwuchs die Grenze des Realen überquert hat. Das verstößt gegen das Gesetz der Stadt. Offenbar sind manche fest dazu entschlossen, im Chaos zu versinken. Wir haben keinen von ihnen wiederkehren sehen. Enthält dein Bericht das Eingeständnis, dass ihr versagt habt?«

Ghentun wägte die Antwort darauf sorgfältig ab. »Diese Geschöpfe sind von Natur aus empfindsam und willensstark. Als demütiger Diener der Eidola überlasse ich es Euch, darüber zu urteilen, und nehme die Kritik des Bibliothekars gegebenenfalls an. Von ihm persönlich.«

Während eine weitere lange Pause eintrat, erfasste der graue Suchscheinwerfer des Zeugen erneut die Kammer. Als er das Angelin abtastete, bemerkte Ghentun bei ihm ein inneres Linienraster, die höchst komplexe, diamantartige Struktur noetischer Materie. Das Angelin oszillierte vor seinen Augen. Die Lippen bewegten sich nicht, doch seine Kälteblase schimmerte auf.

»Trage einer Person, die solche Träume hat, auf, dich zum Zerstörten Turm zu begleiten.«

»Wann?«

»Man wird es dich wissen lassen.«

Plötzlich spürte Ghentun einen Anflug von Frust. »Wisst Ihr, was *Dringlichkeit* bedeutet?«

»Nein. Du kannst entweder noch bleiben und mir erklären, was du damit meinst, oder diese Anweisungen befolgen. In fünfundsiebzig Jahren wird der Bibliothekar dich zu einem Gespräch empfangen. Ist das *schnell* genug?«

»Ich werde mich wohl damit begnügen müssen.«

»Friede und Permutation seien mit dir, Hüter.«

Das Angelin schoss davon und ließ eine Spur silberner Vektoren hinter sich zurück, die sich bald miteinander verbanden und danach verschwanden. Früher einmal hätte der Anblick einer solchen Vektorenspur Ghentun entzückt; jetzt kam sie ihm nur blass und mickrig vor.

Schicksale, die an ihre Grenzen stoßen. Wege, die sich verengen.

Ghentun zog den Umhang zusammen und verließ Malregard. Als das Angelin ihn nach Träumen gefragt hatte, war er ihm die Antwort schuldig geblieben, denn er musste so viel wie möglich zurückhalten, durfte es erst später offenbaren – dem wichtigsten Geist des Bibliothekars persönlich, wie er verzweifelt hoffte. Sowieso hatte er bei dieser ganzen Mission keine sonderlich optimistischen Gefühle gehegt. Was ihnen jetzt drohte, war das Ende aller Geschichte, das Ende all dessen, was menschlich und bewahrenswert war. All das würde in dem bösartigen Wahnsinn aufgehen, den das Chaos seit ewigen Zeiten barg.

Nach hundert Billionen Jahren der Selbstbehauptung bestand für die Kalpa kaum noch Aussicht, verschont zu werden.

ERSTER TEIL

SCHICKSALSWANDLER

ZEHN NULLEN

1

Seattle

Die Stadt war jung. Unglaublich jung.

Der aufsteigende silberblaue Mond zeichnete sich scharf über einer zartgrauen Wolkendecke ab. Wenn man nach Osten blickte, über die Hügel hinweg, wo bald die Sonne aufgehen würde, sah man eine Helligkeit, die so gelblich und real schimmerte, als wäre sie aus Butter.

Die Stadt empfing den kommenden Tag mit kühlem Tau, der das junge grüne Gras benetzte, an Fenstern herunterrann, von Geländern perlte und Diebesfinger frösteln ließ.

Keiner, der in der Stadt erwachte, ahnte auch nur, wie jung und frisch sie war. Alle mussten Pläne für ihr Leben schmieden, sich um Dinge sorgen, die sie blind für alles andere machten. Was würde sie dazu bringen, endlich diese wohltuende Kühle und Frische zu riechen, wenn nicht der Hauch von etwas Andersartigem?

Jeder kümmerte sich um die eigenen Angelegenheiten.

Der Tag verging, die Dämmerung senkte sich über die Stadt.

Kaum jemand bemerkte die Veränderung.

Den Hinweis darauf, dass etwas verloren gehen würde.

Zu ihrem Entsetzen glaubte Ginny in dem breiten Seitenspiegel des Metro-Busses den alten grauen Mercedes zu erkennen. Fast hätte sie aufgeschrien. Der Wagen hielt auf der benachbarten Fahrspur, zwei Wagenlängen hinter dem Bus, und blockierte den Verkehr. Deutlich waren die getönten Heckscheiben und der Riss in der fleckigen Windschutzscheibe zu sehen.

Sie sind es – der Mann mit dem Silberdollar und die Frau, die zwischen ihren Fingern Flammen auflodern lassen kann.

Als die vordere Bustür aufglitt, trat Ginny zurück auf den Gang. Die Lust, eine Station zu früh auszusteigen und ein paar Schritte zu tun, um sich die Beine zu vertreten und nachzudenken, war ihr vergangen.

Die Busfahrerin sah Ginny scharf an. Sie war eine füllige Schwarze mit elfenbeinfarbenen Augäpfeln, hellbraunen Augen, dunkelrot geschminkten Lippen und Diamanten in den Schneidezähnen. Nach einem harten Arbeitstag roch sie immer noch leicht nach dem Parfüm *My Sin.* »Verfolgt dich jemand, Süße? Ich kann die Polizei rufen.« Mit einem langen perlmuttfarbenen Fingernagel klopfte sie auf die Notruftaste des Busses.

Ginny schüttelte den Kopf. »Das bringt nichts. Ist nicht der Rede wert.«

Die Fahrerin seufzte, schloss die Tür und fuhr weiter. Ginny setzte sich wieder und nahm ihren Rucksack auf den Schoß. Sie vermisste das Gewicht des Kästchens, aber wenigstens befand es sich an einem Ort, wo es vorläufig sicher war. Über die Schulter warf sie einen Blick durch die Heckscheibe des Busses.

Der Mercedes fiel zurück und bog in eine Nebenstraße ein.

Mit ihrer unversehrten Hand tastete sie in der durch einen Reißverschluss gesicherten Seitentasche des Rucksacks nach dem Zettel. Nach der Entfernung des schmutzigen Verbandes um ihre Hand hatte die Ärztin in der Klinik eine halbe Stunde lang vorsichtig Ginnys Brandwunden versorgt, ihr eine hohe Dosis Antibiotika gespritzt – und allzu viele Fragen gestellt.

Ginny drehte sich wieder nach vorn und schloss die Augen. Spürte, wie die Fahrgäste an ihr vorbeigingen und sie dabei leicht streiften, hörte, wie die pneumatischen Vorder- und Mitteltüren sich öffneten und zischend wieder schlossen, die Druckluftbremsen schnauften und ächzten.

Die Ärztin hatte ihr von einem exzentrischen, aber netten alten Mann erzählt, der allein in einem Lagerhaus voller Bücher lebte. Der alte Mann brauche eine Gehilfin, möglicherweise für längere Zeit. Freie Unterkunft und Verpflegung. Es sei ein sicherer Ort und alles völlig legal. Die Ärztin hatte Ginny nicht gebeten, ihr zu vertrauen, das wäre auch zu viel verlangt gewesen. Später hatte sie eine Wegbeschreibung ausgedruckt.

Da Ginny nicht wusste, wo sie sonst hätte unterkommen können, hatte sie beschlossen, sich an die Wegbeschreibung der Ärztin zu halten. Sie entfaltete den Zettel. Nur noch ein paar Stationen bis zur First Avenue South, die südlich der beiden großen Sportstadien lag. Es wurde bereits dunkel, war fast acht Uhr abends.

Ehe sie in den Bus gestiegen war – ehe sie den grauen Mercedes gesehen hatte, falls das keine Einbildung gewesen war –, hatte Ginny einen Straßenblock von der Klinik entfernt ein Pfandhaus gefunden, das geöffnet hatte. Dort hatte sie den Bibliotheksstein mitsamt seinem Kästchen versetzt und sich dabei daran erinnert, wie Melvilles Queequeg den Schrumpfkopf veräußert hatte.

Es war Ginnys Mutter gewesen, die dem Stein diesen Namen verliehen hatte. Ginnys Vater hatte ihn nicht Bibliotheksstein, sondern einen »Integralläufer« genannt. Keiner von beiden hatte diese Bezeichnungen jemals richtig erklärt. Der Stein, ein hakenförmiges Gebilde, das verbrannt aussah und sich zeitweise unsichtbar machen konnte, war in einem mit Blei ausgekleideten quadratischen Kästchen verstaut, dessen Seiten rund fünf Zentimeter maßen. In Ginnys Nomadenfamilie galt er als einziger Besitz von Wert. Die Eltern hatten ihr nie erzählt, wo oder wann sie ihn erworben hatten. Wahrscheinlich wussten sie es selbst nicht oder konnten sich nicht mehr daran erinnern.

Das Gewicht des Kästchens schien sich niemals zu verändern, aber wenn sie den gerillten Deckel gemeinsam aufschoben – man konnte ihn nur öffnen, wenn man das Kästchen in eine bestimmte Richtung und danach wieder zurück drehte –, lächelte Ginnys Mutter meistens und sagte: »Der Läufer ist gegen den Uhrzeigersinn davongerannt!« Und dann machten die Eltern eine große Schau daraus, ihrer skeptischen Tochter das leere Kästchen vorzuführen.

Hingegen konnte es beim nächsten Mal passieren, dass der Stein wieder in seiner ausgepolsterten Vertiefung lag: so fest gefügt, real und zugleich mysteriös wie alles andere im Leben dieser Familie.

Als Kind hatte Ginny angenommen, im Leben ihrer Familie, die genau wie der Stein mal hier, mal dort war, sei auch irgendein Zaubertrick am Werk.

Als der Pfandleiher das Kästchen mit ihrer Hilfe geöffnet hatte, war der Stein tatsächlich sichtbar gewesen – zum ersten Mal seit Wochen hatte Ginny Glück gehabt. Der Pfandleiher hatte ihn herausgenommen, um ihn von allen Seiten zu betrachten. Doch wie stets hatte der Stein sich nicht drehen lassen, so heftig der Pfandleiher auch an ihm gezogen und gezerrt hatte. »Sehr eigenwillig, das Ding. Was ist es, ein Gyroskop?«, hatte er gefragt. »Irgendwie hässlich, aber schlau.« Er hatte ihr einen Pfandschein ausgestellt und zehn Dollar ausbezahlt.

Das war alles, was sie dabeihatte: den Zettel mit der Wegbeschreibung, einen Busfahrplan und zehn Dollar, die sie Angst hatte auszugeben, denn dann würde sie ihren Integralläufer vielleicht nie wieder auslösen können. Und der Stein war ihr einziges Erinnerungsstück an die Familie. Es war eine besondere Familie gewesen, die dem Glück auf besondere Weise hinterhergerannt und niemals lange am selben Ort geblieben war, niemals länger als ein paar Monate. So als wären ihr Verfolger auf den Fersen.

Der Bus hielt am Randstein; ächzend öffneten sich die Türen. Als Ginny ausstieg, warf die Fahrerin ihr einen traurigen Blick zu. Gleich darauf schloss sich die Tür hinter ihr, und der Bus fuhr brummend weiter.

In wenigen Minuten würde die Fahrerin das schlanke braunhaarige Mädchen vergessen haben – das scheue, verängstigte Mädchen, das ständig über die Schulter geblickt hatte.

Während sich die Dämmerung über die Stadt senkte, blieb Ginny auf dem Fußweg stehen. Weit im Süden schnitten Flugzeuge goldene Kondensstreifen in den tiefblauen Himmel. Sie lauschte auf die Geräusche der Stadt, das Atmen der Gebäude, das Gemurmel der Straßen. Im Osten und Westen war Verkehrslärm zu hören, gefiltert und gedämpft durch die lang gestreckten Bauten der Lagerhäuser. Irgendwo ging in einem

Wagen eine Alarmsirene los, um gleich darauf mit einem enttäuschten letzten Aufheulen zu verstummen.

Weiter unten an der Straße drang aus den Fenstern und der offenen Tür eines Thai-Restaurants warmes Licht. Tief einatmend, musterte Ginny die breite Straße, die bis auf die schwindenden Rücklichter des Busses völlig verlassen dalag. Dann schulterte sie den Rücksack, überquerte die Straße, blieb im fahlen, orangefarbenen Lichtkegel einer Straßenlampe stehen und starrte auf die grüne Plattenmauer des Lagerhauses vor ihr. Ein sicheres Versteck. Niemand würde sie hier finden, niemand von ihr erfahren.

Ein gutes Gefühl.

Sie wusste, wie man Spuren verwischen und Erinnerungen löschen konnte. Falls der alte Mann sich als schmieriger Perverser entpuppte, würde sie schon wissen, was zu tun war. Sie war schon mit Schlimmerem, viel Schlimmerem fertig geworden.

Auf der Nordseite des Lagerhauses fasste ein Maschendrahtzaun eine Betonrampe und einen leeren kleinen Parkplatz ein. Am Fuß der Rampe versperrte ein verschlossenes Tor den Zugang vom Fußgängerweg her. Ginny hielt nach Überwachungskameras Ausschau, konnte aber keine entdecken. Ein alter elfenbeinfarbiger Plastikknopf, der in eine grün angelaufene Messingplatte eingelassen war, bot die einzige Möglichkeit, sich bemerkbar zu machen. Nochmals überprüfte sie die Adresse auf der Wegbeschreibung. Sah zum Erker des Lagerhauses hinauf. Schob den Zeigefinger durch den Maschendraht. Drückte auf den Klingelknopf.

Kurz darauf, sie wollte schon gehen, ging das Tor mit einem Summen auf. Niemand meldete sich, niemand begrüßte sie.

Trotzdem war sie erleichtert und ließ die Schultern sinken. Sie war furchtbar müde.

Doch nach allem, was sie durchgemacht hatte, wagte sie nicht, ihrem Glück zu trauen. Deshalb setzte sie all ihre Stärken und Gaben dazu ein, nochmals hastig nach einem besseren Ausweg aus diesem Wirrwarr von Gegebenheiten und möglichen Folgen zu suchen, doch es fiel ihr keiner ein. Das hier war der einzig gute, gangbare Weg. Jeder andere würde sie in den bläulich weißen Wirbelsturm zurückführen, dem sie in den Wäldern ausgeliefert gewesen war.

Schon seit Monaten hatte sie gespürt, wie ihre Wahlmöglichkeiten zusammenschrumpften. Doch nie hätte sie gedacht, einmal in diesem Lagerhaus oder in Seattle zu landen, nie hätte sie vorhersehen können, dass sie hier eine Freie Klinik aufsuchen und auf eine hilfsbereite Ärztin stoßen würde.

Ginny öffnete das Tor und ging die Rampe hinauf. Gleich darauf schwang das Tor ächzend und quietschend zurück und schloss sich hinter ihr.

Heute war ihr achtzehnter Geburtstag.

2

Jack Rohmers Körper war durstig. Jack Rohmers Körper war müde.

Die eine Straße hinauf, die andere Straße hinunter: Das Fahrrad trug den schlanken, dunkelhaarigen jungen Mann fast von allein vorwärts. Ein gelegentlicher Druck auf die Lenkstange, ein beiläufiges Beugen der Schultern, eine Zunge, die zwischen schlaffen Lippen hervorlugte, braune Augen, die wie blind nach vorn starrten – all das und das stete, gleichmäßige Treten der Pedalen sagten der Welt und dem Rad, dass Jack Rohmer geistig völlig abwesend war.

Über den hinteren Gepäckträger war eine Satteltasche voller Hämmer geschlungen, die aneinanderschepperten, wenn das Rad durch Kuhlen im Straßenpflaster fuhr.

Sich selbst überlassen, ist auch ein junger Körper nicht unbedingt an Abenteuern oder Neuem interessiert, sondern will Beständigkeit. Er zieht es vor, keine wichtigen Entscheidungen treffen zu müssen. Hin und wieder dreht er sich, legt sich in eine Kurve, meidet leicht beunruhigt Autos und andere Hindernisse – mehr vermag der Körper nicht zu leisten, wenn sein Besitzer geistig weggetreten ist. Dennoch bleibt das Gehirn wachsam und findet keine Ruhe.

Binnen einer Stunde hatte Jacks Körper sich viele Kilometer vom vorgesehenen Fahrtziel entfernt. Wäre die Strecke hügelig gewesen, hätte der Körper inzwischen zweifellos gebremst und eine Verschnaufpause eingelegt. Doch auf den gleichförmig flachen Straßen dieses Hafenbezirks voller Lagerhäuser und Fabriken, auf denen das Rad über rauen Asphalt und Steinpflaster rollte, machte es mehr Mühe anzuhalten, als weiterzufahren.

Das Rad wich einer Furche aus.

Als aus dem Nirgendwo ein Lastwagen auftauchte und laut hupte, zuckte Jacks rechtes Auge. Der Fahrer reckte drohend eine riesige fleischige Faust aus dem Fenster, doch Jack fuhr selbstvergessen weiter. Dröhnend überquerte der Lastwagen die Kreuzung und verfehlte Jack nur um wenige Zentimeter.

Am Himmel ballten sich Wolken zusammen. Mit leisem Summen verbreiteten die Straßenlampen inzwischen ihr rötliches Licht. Jacks Füße beschrieben kleine Kreise, als er mit vermindertem Tempo in die Pedalen trat und durch die Dunkelheit radelte. Fünf Kilometer pro Stunde, dann drei, danach nur noch anderthalb, bis das Rad schließlich ins Schwanken geriet. Mechanisch ließ der Körper ein Bein auf den Boden hinunter. Doch es kam zu früh auf, so dass der Körper einen Satz tat, die Zehen sich verdrehten und zurückbogen.

»Autsch!«

Dem Körper reichte es.

Hals über Kopf und mit panischer Miene kehrte Jack in die Wirklichkeit zurück. Als er vom schmalen Ledersattel glitt, stieß er sich die Leiste an der Fahrradstange, was Körper und Seele in einem einzigen schmerzhaften Moment wieder miteinander vereinte. Jack stürzte und landete taumelnd auf beiden Beinen, ehe das Rad umkippte. Dabei verfing sich ein Fuß in den Speichen des Vorderrads.

»Au, verdammt!«

Seine Stimme hallte von Wellblechtüren und hohen grauen Betonmauern zurück. Verdutzt holte er Luft und sah sich um: Er war allein, niemand hatte seinen peinlichen Sturz beobachtet. Vorsichtig rieb er sich den schmerzenden Schritt und blickte verwirrt auf die Armbanduhr: Er war eine Stunde und fünf Minuten lang weggetreten gewesen und erinnerte sich fast an nichts.

Irgendwo war ein hohes Fenster und Dunkelheit gewesen; eine höchst ungewöhnliche Dunkelheit, durch die ein grelles, messerscharfes graues Licht geschnitten hatte. *Irgendetwas* hatte dort gelauert.

Über das Dach eines Lagerhauses hinweg sah er hoch aufgestapelte, leere Stahlcontainer, blaue, braune und weiße, die mit den Namen der Reedereien gekennzeichnet waren. Irgendwie hatte er es geschafft, mitten in Sodo, der Südstadt, zu landen; die Docks und ihre riesigen roten Kräne waren fast in Sichtweite.

Irgendetwas huschte unter einer Reihe großer Müllcontainer hervor.

Jack zog seinen Fuß aus den Radspeichen und inspizierte den alten Laufschuh und die zerfetzte Socke. Das Vorderrad war kaputt, doch sein Bein hatte kaum einen Kratzer abbekommen. Er hob das Rad auf und drehte es herum. Es würde ihm nichts anderes übrig bleiben, als es auf dem Rückweg zu schieben.

Im Dunkeln war erneut ein leises Rascheln und Kratzen zu hören: Etwas Langes, Flaches huschte durch Reihen verschnürter Kartons. Jack riss die Augen auf. Einen Moment lang dachte er, er habe eine Schlange gesehen – eine Schlange mit Zangen am Schwanz. Neugierig ging er auf die Kartons zu, beugte sich hinunter und hob eine durchnässte Schutzplane an, die bis auf den Betonboden reichte. Ein abgehacktes Klopfen ließ den breiten, niedrigen Kartonstapel zu seiner Linken erzittern. Mit verzerrtem Gesicht stieß Jack ihn zur Seite, so dass er umkippte, und konnte gerade noch sehen, wie etwas Langes, glänzend Schwarzes mit vielen Beinen und hinteren Zangen, die so groß wie Hummerscheren wirkten, sich hastig im Hohlraum irgendeiner Metallverkleidung verkroch.

Mit einem Aufschrei machte Jack einen Satz zurück. Das, was er soeben gesehen hatte, erinnerte ihn an einen Ohrenkneifer. Einen Ohrenkneifer vom Umfang seines Unterarms.

Die folgende Stunde verbrachte Jack damit, das eiernde Rad auf dem Weg unterhalb der Hochstraße nach Hause zu schieben. Während der Himmel sich verdunkelte und der Nieselregen ihn bis auf die Haut durchnässte, versuchte er sich einzureden, das Ding in der Nähe der Docks sei kein riesiger Käfer, sondern lediglich der Schatten einer Ratte gewesen. Nach Hause zurückgekehrt – seine Wohnung lag im dritten Stock eines Mietshauses –, tauschte er das Vorderrad aus, verstaute sein Gefährt im Abstellraum, zog sich trockene Kleidung an und machte sich ein schnelles Abendessen: Chili aus der Dose. Burke, sein Mitbewohner, hatte, ehe er zur Arbeit ging, einen Stapel Post mit nach oben gebracht. Burke war stellvertretender Küchenchef in einem schicken Steakhaus und arbeitete sechs Tage in der Woche bis Mitternacht. Wenn er nach Hause kam, roch er nach Steaks, Wein und Kognak. Burke war der ideale Mitbewohner, denn er war nur selten da und ließ ihn in Ruhe.

Um Burkes Erinnerung aufzufrischen, dass er die Wohnung mit ihm teilte, verstreute Jack verschiedene persönliche Dinge auf den Möbeln. Wenn er sich so bemerkbar machte und hier und da ein paar Sachen veränderte, würde Burke nicht auf die Idee kommen, Jacks Zimmer anderweitig zu vermieten. Danach ging er den Poststapel durch: nichts als Rechnungen, alle auf Burke ausgestellt.

Mit wiederkehrendem Selbstvertrauen baute Jack sich mitten in seinem kleinen Zimmer auf und übte sich darin, mit drei seiner vier Ratten und zwei Hämmern zu jonglieren. Die Ratten ließen es mit gewohnter Geduld über sich ergehen. Als er sie wieder in ihren Käfig sperrte, quietschten sie munter. Mit wachem Blick und zitternden Barthaaren warteten sie auf das Futter, mit dem Jack sie belohnte.

Zufrieden, dass seine Reflexe nach wie vor ausgezeichnet funktionierten, verstaute Jack die Hämmer in einer der unteren Kommodenschubladen. Während sich seine Augen ans Halblicht gewöhnten, konnte er in der Schublade nach und nach Kegel, Boccia- und Billardkugeln, Bauklötze und Gummihühnchen ausmachen. Mit einiger Mühe schaffte er es, die Schublade wieder zuzudrücken.

Vor knapp zwei Wochen hatte eine attraktive ältere Frau namens Ellen Crowe ihn in ihr Haus auf Capitol Hill eingeladen. Essen – Gespräche – wechselseitige Sympathie. Für Jack war es nichts Neues, dass ältere Frauen auf ihn flogen.

Er spürte die Karte in der Hemdtasche, zog sie heraus und ließ den Zeigefinger über das silberne Schnörkelmuster auf dem eleganten, cremefarbenen Kartonpapier gleiten. Die Karte enthielt die Einladung zu einem zweiten Abendessen, ohne Terminangabe. *Wann immer es Ihnen passt,* hatte Ellen geschrieben. Auf der Rückseite hatte sie sorgfältig die Telefonnummer einer Freien Klinik notiert.

Vielleicht hatte er ihr beim Garnelenrisotto zu viel erzählt. Erneut strich er über die Karte und fragte sich dabei, ob sie Unglück bedeutete. Doch er spürte nichts dergleichen – weder von der Karte noch von Ellen ging eine Bedrohung aus.

Während er auf der hinteren Veranda saß, fiel ihm auf, dass die gleichförmigen graubraunen Veranden der Nachbarn ein V bildeten, das unter niedrigen, schnell dahingleitenden dunklen Wolken in der Ferne verschwand. Er trank eine Tasse Kamillentee, aufgebrüht mit einem Teebeutel, den er schon dreimal benutzt hatte, und lauschte dem steten Tropfen des Regens. Jack war zu der Auffassung gelangt, dass er endlich einmal ein glückliches Leben führte. Es spielte keine Rolle, dass er arm war. Ihm lag nichts wirklich Bedrückendes auf der Seele. Nur war er allzu oft geistesabwesend. Das hatte er auch Ellen Crowe gegenüber erwähnt.

Manchmal sah er auch seltsame Dinge – zum Beispiel riesige Ohrenkneifer.

Er balancierte den zweiten Hammer auf einem Finger, warf ihn in die Luft und fing den Stiel mit der Spitze seines Daumens auf, wo er fast ohne zu wackeln landete. Dann legte er den Hammer in den Schoß und seufzte auf. »Morgen gehe ich zum Arzt«, verkündete er laut und hüllte sich in eine Wolldecke. Wenn kein Wind ging, schlief er gern auf der überdachten Veranda. Einen Augenblick lang starrte er auf das verfilzte Wollgewebe, vergrößerte es mit dem inneren Auge, sah, wie die Fasern sich auf jede mögliche Art miteinander verknüpften und in alle möglichen Richtungen strebten. Das Leben hatte seiner Meinung nach wenig mit diesem Filzgewebe gemein. Eher ähnelte es einem Kabelgewirr inmitten eines Wusts anderer Kabel. Manche Kabel waren kurz, andere endlos lang. Alle verbanden sich so mit anderen, dass nur wenige Menschen es im Voraus durchschauen konnten. Doch Jack konnte diese Verbindungen, diese Überschneidungen spüren, lange bevor sie überhaupt in Erscheinung traten.

Seine Lider wurden schwer. Während der Himmel dunkler und dunkler wurde, nickte er auf der Veranda ein und behielt den Hammer dabei im Schoß, unter der Decke. Sein Schlaf war tief und normal. Er schnarchte. Endlich einmal tauchte er ins Vergessen ab. Seine Beine sackten herunter, doch der Hammer fiel nicht zu Boden.

Jack ließ niemals etwas fallen.

3
Wallingford

Irgendetwas Riesiges schleuderte den Bettler ins nasse, graue Gestrüpp. Er wälzte sich auf die Seite und starrte zu der glatten Stahlverkleidung eines großen grünen Müllwagens hinauf. Während der Dieselmotor aufheulte und schwarzen Rauch ausstieß, streckte der Fahrer den Glatzkopf aus der Kabine. »He, du Schnorrer! Such dir Arbeit!«

Der Stoß hatte im Bauch des Bettlers einen dumpfen Schmerz ausgelöst. Auch der Kopf tat ihm weh. Er konnte sich nicht an seinen Namen erinnern, nur daran, dass er vor etwas Schmerzhaftem und Hässlichem davongerannt war. Das schwang wie eine Stimmgabel in seinen verwirrten Gedanken mit …

Er hatte sich zu weit aus dem Fenster gelehnt.

Versucht zu entkommen.

Sicher hätte der Fahrer des Müllwagens sich nicht derart unverschämt aufgeführt, wenn er tatsächlich einen Fußgänger erwischt hätte, mochte es auch nur ein Schnorrer sein, dachte der Bettler. Doch er hatte ja gar nichts abbekommen. Er war lediglich gänzlich unerwartet am Straßenrand gelandet, lag in seinen Stiefeln so da, dass ein Fuß sich bis zum Gehweg streckte, während der andere fast bis zum Hintern angewinkelt war, und sah mit großen Augen zu, wie sich an der Kreuzung eine Autoschlange bildete.

Seine Gedanken fügten sich wie ein Puzzle zusammen, doch irgendetwas tauchte plötzlich auf und versuchte, sie wieder durcheinanderzuwirbeln. Etwas, das den engen Raum hinter seinen Augen mit ihm teilte … Ein anderer Verstand, der Angst hatte und voller Groll steckte.

Fachmännisch zerquetschte der Bettler diesen ungebetenen Gast, so wie er ein Insekt zerdrückt hätte, und konzentrierte sich auf das Wesentliche. Wo befand er sich überhaupt? Als ein dicker Ast knackte, kauerte er sich tiefer ins Gestrüpp. In seinem Rücken spürte er ein schweres Bündel: Rucksack, Mantel, Sweatshirt, eine Plastikflasche. Ein Teil von ihm – der Teil, den er zu unterdrücken versuchte –, erinnerte sich noch daran, wie er dort alles verstaut hatte. Er kam sich wie ein halber Pullover vor, der sich auf seltsame Weise mit einer anderen Pulloverhälfte verbunden hatte, so dass das Garn zwei verschiedene Farben aufwies. Und zwischen beiden Teilen, in der Mitte, ribbelten sich alle Fäden auf. Konnte er wirklich in einer besseren Welt gelandet sein, wenn er Kleidung und Wasser im Gebüsch versteckte?

Sein Blick fiel auf seinen linken Arm. Der schmutzige grüne Jackenärmel war mit etwas verkrustet, das wie Schnodder aussah.

Jetzt bog der Müllwagen links ab und rumpelte weiter. Der Bettler kannte das Gebiet. In diese Straße mündete eine Abfahrt von der Fernstraße 5, sie lag nahe bei der Fünfundvierzigsten. Früher einmal hatte er sie jeden Tag genommen, um nach Hause zu fahren, und war genau an dieser Ecke abgebogen.

Doch diese Wagen passten nicht ins Bild.

Mit steifem, wundem Körper rappelte er sich hoch. In seinem Magen hämmerte ein hinterhältiger, unterschwelliger Schmerz – irgendein Schmerz, an den dieser Körper gewöhnt war. Das erschütterte ihn: *Dieser Körper empfindet chronische Schmerzen.*

Zwei Namen umkreisten einander wie Preisboxer, bis einer den anderen schließlich zu Boden schlug. Die bloße Erfahrung und Sturheit trugen den Sieg über die Bestürzung und Empörung davon. Auf ein innerliches Aufheulen folgte – Stille. Nichts schien ins Bild zu passen, irgendetwas war schiefgelaufen.

Ich bin Daniel.

Ich bin Daniel Patrick Iremonk.

Die Schlange in seinem Bauch vollführte solche Saltos, dass er herumwirbelte und sich ins Gebüsch erbrach. Er sah lieber nicht nach, was ihm da hochgekommen war.

Weitere Wagen huschten vorbei, schnittige, blasenförmige oder hinten abgehackte Automobile, die wie seltsame Karikaturen der Wagen wirkten, die er kannte. Die Fahrer musterten ihn entweder voller Abscheu oder beachteten ihn gar nicht, da sie die Augen auf die kommende Abzweigung gerichtet hatten.

Das hier war wirklich unheimlich, *Daniel* bekam Angst. Der andere Kerl in seinem Kopf interessierte ihn nicht mehr. Von Anfang an war er nicht gerade stark gewesen. Daniel hatte ihn so schnell zusammenschlagen können, dass von ihm nur noch ein Satz schlammfarbener Erinnerungen übrig geblieben war. Nie zuvor war es so wie jetzt gewesen. Natürlich hatte Daniel auch nie zuvor versucht, so weit zu springen. *Sieh dich um. Vielleicht hast du den schlimmen Ort überhaupt nicht verlassen.*

Daniel – Daniel Patrick Iremonk – war stets geflohen. Hatte stets den *Abflug* gemacht, wie er es nannte, ehe die Situation völlig kippte. Lange vorher. Das war seine besondere Gabe. Er hatte nie so lange gewartet, bis die Situation unerträglich wurde.

Vergewissere dich stets, dass dich all das nicht mehr verfolgt – der Staub, der Schleim, die verschlüsselten Bücher, die vielen Hundert mythologischen Tierarten und all die anderen unvor-

stellbaren Dinge, die plötzlich und gleichzeitig auftauchen, wobei dich jeder so anstarrt, als wärst du in eine widerliche Überraschungsparty hineinspaziert, bei der kein Wort fällt.

Sie zerren dich hinein, verschließen die Tür, und dann beginnen sie mit ihren scheußlichen Späßchen und Spielchen …

Ich muss mich daran *erinnern, um jeden Preis* – aber *ich will es nicht.*

Daniel wischte sich den Mund ab und drehte sich langsam um, um sich zu orientieren. Sonnenschein, Wolken, Matsch vom jüngsten Regen. Auf der anderen Straßenseite stand ein breites, unförmiges Gebäude, beige angestrichen und drei Stockwerke hoch. Oben waren Eigentumswohnungen, unten Geschäfte. Er kannte es gut. Noch vor wenigen Minuten war es ein schäbiges Hotel gewesen.

Wagen wurden abgewürgt, machten einen Satz nach vorn und blieben stehen, als die Ampel auf Rot wechselte.

Wenn er den Abflug machte – sich von einem Ufer der Zeit zum anderen katapultierte –, waren meistens nur ein, zwei kleine Dinge verändert: genau die Bedingungen, die er hatte verändern wollen. Noch nie war Daniel in eine andere Version seines Ichs geschlüpft, die derart heruntergekommen war.

Als sich das nächste Auto näherte, wurde das Fahrerfenster heruntergekurbelt. Eine ältere Frau hielt ihm lächelnd einen Eindollarschein hin. Mit der warmen Luft drangen Gardenienduft und schaler Zigarettengestank nach draußen. Er kniff die Augen zusammen, rührte sich jedoch nicht von der Stelle.

Ärgerlich zog die Frau den Arm zurück. Die Ampel wechselte auf Grün.

Der Bettler steckte die Hände in die Hosentaschen und überließ es diesem Körper, ihm das Wichtige zu zeigen: die Bewegungen, die seine Muskeln Tag für Tag vollzogen. Die dreckigen Finger umklammerten ein kleines Geldbündel. Er zog einen Plastikbeutel heraus, der eine feste Rolle von Eindollarscheinen, einen Fünfdollarschein und etwas Kleingeld enthielt.

An der Ecke gegenüber stand eine Frau, die mehrere Schichten von Pullovern und Westen und einen langen Rock über ausgeblichenen Jeans trug. Aus dem schmuddeligen Kragen ragte ein Puppenkopf mit rosigen Wangen und struppigem Haar. Ihre Arme und Beine sahen aus wie in Filz gehüllte Stöcke. Sie hielt ein Schild hoch, auf dem sie um Geld bat, doch sie achtete gar nicht auf den einzigen Autofahrer, der anhielt und einen Dollarschein aus dem Fenster streckte. Als der Fahrer hupte, schien sie aufzuwachen und schnappte sich das Geld, während der Wagen nach rechts ausscherte, um sich in den Verkehr der Fernstraße einzugliedern.

Knauserige Drecksäcke. Speisen uns mit Eindollarscheinen ab, so dass wir uns nur von Hamburgern und Hot Dogs ernähren können und mit der Zeit merken, wie unsere Gedärme verrotten.

Daniel trug keine Brille, doch selbst über die Kreuzung hinweg hatte er die Banknote deutlich erkennen können. Als er seinen Nasenrücken betastete, ekelte er sich selbst vor seinen schmierigen Fingern. Keine Linien, keine Spur von einer Stelle, wo sich ein Brillenbügel in die Haut gedrückt hatte. Welche Probleme dieser Körper sonst auch haben mochte, zumindest verfügte er über ein gutes Sehvermögen. An welchen Ufern Daniel bisher auch gestrandet war: Stets hatten er und alle anderen Daniels bei ansonsten ausgezeichneter Gesundheit unter schlechten Augen gelitten. Und die Fingernägel an diesen Händen waren zwar eingerissen und verdreckt, aber nicht bis aufs Fleisch abgekaut. Alle Daniels kauten an den Nägeln.

Bis auf das Geld im Beutel waren seine Taschen leer. Keine Brieftasche, kein Ausweis.

Die schmutzige Frau wandte sich um und starrte ihn an. Doch sie wirkte nicht unheimlich, zählte nicht zu der schrecklichen schweigenden Gesellschaft.

Er musste dringend eine Toilette aufsuchen, doch wo sollte er eine finden? Öffentliche Toilettenhäuschen waren nirgendwo zu sehen. Er glaubte zu wissen, wo er wohnte: etwa zwölf Straßenzüge weiter Richtung Westen, in Wallingford. Doch in Anbetracht der Schlange, die sich in seinen Eingeweiden wand, bezweifelte er, dass er es bis dorthin schaffen würde. Trotzdem musste er es versuchen. Sich während der ersten Stunde in einer seltsamen neuen Welt in die Hose zu machen, war das Letzte, worauf er Lust hatte.

Er griff nach hinten, schnappte sich Rucksack, Mantel und Plastikflasche und begann zu rennen. Dabei schaffte er einen Sprung durch die Realität, der gerade dazu ausreichte, die Ampel auszutricksen: Das Zeichen für Fußgänger wurde grün, obwohl niemand auf den Knopf gedrückt hatte. Mehrere Wagen bremsten scharf und hätten ihn fast erwischt, aber er kam unversehrt davon.

Eines ist gleich geblieben: Ich hab den Bogen immer noch raus. Schöner leben durch Physik.

Die Knie hochreißend, rannte er ruckartig weiter.

4

Seattle

Die Wolken ballten sich zusammen; Regen ließ das Straßenpflaster grau schimmern. Max Glaucous mochte diese Stadt, sie erinnerte ihn an London. Dort war er geboren, dort hatte er als kleiner Junge dabei geholfen, Singvögel einzufangen und zu verkaufen. Viele Dompfaffen, zähe Distelfinken, zierliche Flachsfinken, die schöner sangen als Kanarienvögel.

Immer noch sah Glaucous sich als Vogelfänger, als ebenso pummeligen wie pingeligen Vogelfänger. Den Großteil seines Lebens hatte er damit verbracht, nachts quer durch England oder durch die Vereinigten Staaten zu fahren, von der Großstadt bis zu irgendeinem winzigen Ort im Hinterland und später zurück, um seine Netze auszuwerfen. Stets hatte er mit unendlicher Geduld auf den seltensten, perfektesten Fang gewartet; schließlich wollte er für seine Auftraggeber keine x-beliebigen Vögel einfangen, denn damit hätte er seinem Gewerbe Schande gemacht. Abgesehen davon, hätte es für sein langes Leben im Dunkel der Nacht auch ein fatales Ende bedeuten können.

Hin und wieder schickten seine Auftraggeber zwei oder mehr Treiber in dasselbe Gebiet oder in dieselbe Stadt. Rangstufen und Vorrechte gab es bei ihnen nicht. Dann war es an ihm, die Konkurrenz aufzustöbern und auszuschalten, was meistens nicht schwierig war; in jüngster Zeit hatten die Auftraggeber ziemlich viele Menschen angeworben, doch nur selten stieß Glaucous auf jemanden, der irgendwelche Erfahrungen mitbrachte.

Jetzt also war er hier gelandet, reagierte auf eine Zeitungsanzeige, die ein anderer aufgegeben hatte, und stolzierte die Fifth

Avenue so hinunter, als hätte er tagsüber wichtige Dinge zu erledigen – ein kleiner, breiter, kompakter Mann von unbestimmtem Alter. Er trug einen grauen Geschäftsanzug und darunter ein schlichtes weißes Hemd. Die schwarze Krawatte zwängte seinen dicken Hals wie eine Schlinge ein, so dass von seinem blassen, pockennarbigen Gesicht Schweiß perlte. Im Schatten eines lang gestreckten Theatervorbaus blieb er stehen und zog ein Taschentuch heraus. Dabei krümmte er die Finger der fleischigen, kräftigen Hand, um die Narben an den Knöcheln zu verbergen. Die Luft war zwar kühl, doch die niedrige Wolkendecke hatte sich einen Spalt geöffnet, und er mochte die Sonne nicht. Ihre Wärme und der Glanz auf den feuchten Straßen riefen ihm Dinge ins Gedächtnis, die er verloren hatte, darunter auch die Fähigkeit zur Reue. Die Helligkeit drang ihm in die kleinen dunklen Augen und leuchtete Räume in seinem Kopf aus, die Lücken in langen Reihen alter Bücher ähnelten.

Die Flügel seiner mehrfach gebrochenen, dicken Nase blähten sich. Während er die Augen halb schloss, das Taschentuch wieder verstaute und die Hände auf einen dünnen schwarzen Spazierstock stützte, sah Glaucous wie auf einer *Laterna magica* einen alten Eselskarren vor sich. Darauf stapelten sich Netze, Vogelbauer aus Rohr und sternförmige Netzbeschwerer aus schwerem Metall. Er sah, wie der für seine Rufe bekannte Flachsfink benommen in dem engen Drahtgehege kauerte, das gleich neben dem buckligen alten Vogelfänger auf einem Brett stand. Sah, wie die frühmorgendliche Dunkelheit des Frühlingstags so über den Straßen lag, als hätte jemand einen Vogelbauer mit einem Tuch verhängt. Jetzt verzog der Lehrherr des kleinen Max, der ihm die Familie ersetzte, das Gesicht und erklärte ihm, welche Gebiete sie heute abklappern würden. In dieser Jahreszeit fuhren sie meistens nach Hounslow, um Dompfaffen einzufangen.

Während er die Seile festband und wie im Halbschlaf über das aufgerissene Kopfsteinpflaster stolperte, lauschte er auf die leisen Worte seines verkrüppelten Lehrmeisters. Auf der Fahrt saß er hinten im Wagen, wo er heftig durchgerüttelt wurde, und starrte aus Schweinsäuglein in das Purpur der Morgendämmerung.

Später am Tag, auf der Rückfahrt nach London und zu den wartenden Geschäften, zupfte Max graubraune Federn aus den Netzen und versuchte die Körbe, in denen die Vögel aufgeregt mit den Flügeln schlugen, im Gleichgewicht zu halten. Die piepsenden neuen Gefangenen, es waren Hunderte, verstummten nach und nach – darauf war stets Verlass. Wie Küken drängten sie sich zusammen und schlossen die verschreckten Augen. Viele Vögel starben am Schock, ehe sentimentale Hausfrauen mit ihnen turteln konnten. Es war seine Aufgabe, die toten oder sterbenden Vögel auszusondern und in Hecken oder Gossen zu werfen. In der Stadt kam es hin und wieder vor, dass geschmeidige braune Ratten vorbeihuschten, zwischen den Rädern des Karrens herumsprangen und sich an den Kadavern labten.

In einem muffigen Kellerraum brachte der Bucklige dem kleinen Max bei, wie man Dompfaffen abrichtete, indem man die Vogelbauer zunächst mit Tüchern verhängte und die Neuankömmlinge hungern ließ, bis sie klein beigaben. Später pfiff man ihnen bestimmte Tonfolgen vor, die lieblich durch die schale Luft drangen, damit sie die Melodien nachahmten. Zur Belohnung brachte man sie kurz an die Sonne und gab ihnen

Futter. Auf diese Weise lehrte der Alte die kleinen Geschöpfe, sich Londons beliebteste Melodien zu merken und später zu trillern.

Nach sechzig qualvollen Jahren war der Vogelfänger an Schwindsucht gestorben. Ehe der Sohn des Vogelfängers, der sich dem Vater entfremdet hatte, Max aus der engen, verwinkelten Bruchbude warf, die sie ihr Zuhause genannt hatten, hatte Max die letzten Vögel aus ihren Beständen freigelassen. Er hatte die Türen der Vogelbauer hochgeschoben und den Fang einer ganzen Woche in den dunstigen Himmel gescheucht. Das war sein letztes gutes Werk gewesen.

Glaucous hatte jüngst, nachdem bei den Hounslow Barracks eine Bahnstation eingerichtet worden war, die Vogelgebiete besucht, die dem buckligen Alten am liebsten gewesen waren. Er war neugierig gewesen, hatte zu seinem Leidwesen jedoch feststellen müssen, dass die einst vertrauten Äcker und Felder inzwischen Straßen, gelben Backsteinhäusern und kleinen Gärten gewichen waren. Nach all den Jahren hatte sich so vieles verändert, dennoch war seine eigene Situation nicht viel anders als früher. Immer noch ging er auf die Jagd, immer noch lieferte er junge Geschöpfe selbstsicheren Herren und deren Gebieterin aus. Allerdings war diese Dame, die Kalkfürstin, alles andere als eine gewöhnliche Frau.

Jedenfalls roch die Morgenluft noch ziemlich so wie früher.

Nachdem er sein Taschentuch wieder verstaut hatte, sog Glaucous eine Flamme in seine kleine Pfeife ein, schnippte das Streichholz weg und trat aus dem Schatten des Vorbaus. Er wandte sich nach Süden, entfernte sich von dem üppigen, blaugrün schimmernden Gras, den roten und grauen Gebäuden aus Backstein, Beton und Stahl, den geschäftigen jungen Büroangestellten und ging auf das Viertel zu, in dem die Menschen mit leerem Blick und ausgestreckten Händen zu finden waren. In dieser Hinsicht glichen sich alle Städte, ob es dort regnete oder die Sonne schien: Die Kehrseite all des Wohlstands und Reichtums war blinde Not.

Schon von Berufs wegen interessierte Glaucous sich für einige der Bewohner, die wie angestaubte Puppen auf den Fußwegen kauerten oder herumstanden – Trickbetrüger, Straßenkünstler, Gauner, der herumziehende Abschaum jeder großen Stadt. Besondere Aufmerksamkeit schenkte er den jüngeren Menschen. Es war durchaus möglich, dass manche von ihnen Glücksjäger oder Schicksalswandler waren, ohne von ihren schwach ausgeprägten Talenten überhaupt zu wissen. Dennoch waren diese Leute interessant, insbesondere, wenn sie zu träumen begannen.

Anders als in London konnte man die Innenstadt Seattles bei forschem Schritt in weniger als einer Stunde von Osten nach Westen durchqueren und dabei die Straßen abgrasen. Allerdings zog er es vor, in seiner Wohnung sitzen zu bleiben und abzuwarten. Schon aufgrund seiner Erfahrungen als Vogelfänger fiel es ihm nicht schwer, die Fassade der Geduld zu wahren, hinter der manche nur Müßiggang vermuteten.

Er fand den grauen Mercedes auf einem schäbigen gebührenpflichtigen Parkplatz. Die Heckscheibe war wegen des Rauchs mit einer goldenen Patina überzogen, das Armaturenbrett mit zwölf Quittungen übersät, eine für jeden Tag. Scharfe Fingernägel hatten Pfade durch den Ruß an den Türverrieglungen geritzt. Also stimmte es: Chandler und seine Gefährtin, die Brandstifterin, waren in der Stadt.

Während er sich nach Osten wandte, blieb Glaucous mehrmals stehen, um sich die Hausnummern anzusehen, bis er schließlich den Eingang zum Gold Rush Residential Hotel vor sich hatte. Hier hielt er an, stieß die Tür mit seinem Stock auf und atmete leise und nachdenklich seufzend aus. Hinter der schweren Glastür, eingeklemmt zwischen einem orientalischen Antiquitätengeschäft und einem leer stehenden Secondhandladen, verströmte die schmale, kaffeebraune Lobby des Hotels angestaubte Gastlichkeit. Die schmucklosen Wände waren mit dicken Farbschichten überzogen, die – verdreckt und voller Risse – auch über den Gipsverkleidungen lagen. Das zerschlissene Mobiliar, zwei eckige braune Sofas und ein alter Sessel, gruppierte sich um einen schwarzen Tisch, auf dem Zigaretten Brandnarben hinterlassen hatten. Auf dem Tisch lagen Stapel von *The Stranger* und *The Seattle Weekly*, deren Umschnürungen aufgeschnitten waren und herunterbaumelten.

Ein Angestellter mittleren Alters bequemte sich schließlich aus seiner Klause hinter der Rezeption und musterte Glaucous, der ihm so freundlich zunickte, als wären sie alte Bekannte. »Ist bei Ihnen ein Mann namens Chandler abgestiegen?«, fragte er. »Ich glaube, er erwartet mich.«

»Nehmen Sie das Haustelefon oder gehen Sie einfach hoch«, erwiderte der Angestellte mürrisch.

London – für alle mittellosen Grünschnäbel ein Nest voller Dornen – hatte den kleinen Max schnell geprägt und in einen stämmigen Burschen mit argwöhnischem Blick verwandelt, der ebenso ordinär wie hässlich war. Also wurde auf ihm herumgetreten. Nach dem Tod des Vogelfängers entpuppte sich der Zwölfjährige, der nun erneut auf der Straße saß, als geschickt im Münzwurf und im Kartenspiel. Der Hunger und seine Unerfahrenheit verwickelten ihn in Straßenkämpfe, bei denen er sich Verletzungen an den Fingerknöcheln, Schwellungen am Ohr und drei Nasenbrüche zuzog. Der Krawall in einem Varietétheater, bei dem er unsanft eine Steintreppe hinunterkullerte, gab seinem Bulldoggenkörper den Rest, so dass sein Wachstum bei knapp einem Meter dreiundsechzig zum Stillstand kam. Dass sich nur wenige Menschen mit einem derart finsteren Grobian anlegen wollten, kam ihm bei der Arbeitssuche entgegen. Ein paar Monate später konnte er sich bei gut betuchten Herrschaften als Leibwächter verdingen. Diese Leute litten unter einem Hunger, der niemals zu stillen war: Sie gierten nach Karten, Huren, Kapriolen. Jetzt wurde er Zeuge von Ereignissen, jetzt verlangte man Dinge von ihm, die abstoßender waren als alles, was er als Gehilfe des Vogelfängers je erlebt hatte. Im Laufe der Zeit gaben ihm nicht nur seine Kunden, sondern auch deren Verbündete und Gegner viele Spitznamen: *Verhüterli der Reichen, Knochenbrecher, Schlagholz, Fäustling, Rohrschnepfe, Überzieher.* Binnen zwei Jahren lernte er, den Mund zu halten und möglichst viel abzusahnen, wenn seine Auftraggeber nach exzessivem Genuss von Alkohol und Drogen besinnungslos herumhingen.

Bei Max' letztem Einsatz als Leibwächter krächzte und kreischte sein damaliger Auftraggeber eines Tages so seltsam, dass alles auf einen Schlaganfall mit anschließender Gesichtslähmung hinwies. Eine private Krankenpflegerin instruierte Max, wie er das entstellte Gesicht seines Dienstherrn mit Hilfe von Wachs und Metallteilen wieder zusammenflicken konnte. Dabei musste er Risse auffüllen und zerstörte Partien ersetzen, während der Syphilitiker, dessen Gesicht einer Fratze glich, seinen stinkenden Atmen durch die frei liegenden Nasenlöcher herausließ.

Bald fand Glaucous sich erneut auf der Straße wieder. Das Haus seines Dienstherrn wurde mit Brettern vernagelt. Sein letztes Geld hatte er für irgendwelche Wundermittel von Kurpfuschern ausgegeben. Wie gewonnen, so zerronnen. Und doch …

Glaucous wurde klar, dass er möglicherweise eine ungewöhnliche Gabe besaß. Zwar setzte er nur wenig Vertrauen in sein Talent und setzte es kaum ein, doch nach einer Woche auf der Straße, getrieben von Hunger, blieb ihm keine andere Wahl: Er verfeinerte sein Talent und erwarb sich in der eng vernetzten Welt der schrägen Schickimickis schnell einen gewissen Ruf – den Ruf, gefährlich zu sein. Solange er einem Mitglied der »guten Gesellschaft« zu Diensten war, wurde eine Fähigkeit wie seine toleriert. Doch allein auf sich gestellt, nutzte Glaucous höchstens sich selbst, also niemandem, und wurde entsprechend behandelt.

Ein Gentleman edler Herkunft, seine Vorfahren hatten in unmittelbarer Nachbarschaft von Westminster Abbey gelebt, erwischte Glaucous eines Tages beim »Falschspiel« mit Karten. Nachdem die Schläger des feinen Herrn den reumütigen Gnom in die Zange genommen hatten, befahl ihr Dienstherr ihnen, Glaucous wie einen Hund in einen Käfig zu verfrachten und zu seinem Landsitz zu befördern.

Dort wurde er in ein unterirdisches Verlies gesperrt, dessen Räume alle durch schwere Vorhängeschlösser gesichert waren. Jeder neue Raum, den er bezog, war etwas größer und heller als der vorherige. Irgendwann gab die Haushälterin ihn in den Gewahrsam eines fülligen Stutzers namens Shank, dem es überlassen blieb, über das weitere Schicksal von Max Glaucous zu entscheiden. Er sollte ihn zur Unterhaltung des Gentlemans entweder bestrafen oder herausfinden, ob dieser raue Bursche tatsächlich ein echtes Talent besaß, das zu fördern sich lohnte.

Und so geschah es: Irgendwann offenbarte Shank dem jungen Gauner, dass es für sein unausgereiftes Talent eine Bezeichnung gab. Glaucous sei von Natur aus ein Glücksjäger. »Sonst wäre ein solcher Mops wie du auf der Straße längst unter die Räder gekommen und gestorben«, erklärte er. »Manche nennen es Glück, andere Fortune. Wir hier bezeichnen es als eine *Jagd nach dem Glück*, die eine starke Willenskraft voraussetzt. Diese Willenskraft nutzt man fortwährend und in beliebigen Situationen dazu, dem Glück auf die Sprünge zu helfen – selbstverständlich zum Nutzen des Dienstherrn, und nur für ihn.«

Unter Shanks Anleitung brachte Glaucous Münzen dazu, stets auf der gewünschten Seite zu landen, gruppierte Spielkarten neu, ohne sie auch nur anzutasten, lenkte die Bahn einer silbernen Roulettekugel genauso wie den Fall von Holzkugeln in einem rotierenden Zylinder. Ihr gut aussehender, nobler Dienstherr war zwar selbst keine Spielernatur, doch ihm wurde schnell klar, dass viele Spieler etwas dafür geben würden, auch Bargeld, wenn ein so talentierter Bursche wie Max sie in die einschlägigen Clubs begleitete.

Und so wendete sich das Schicksal von Maxwell Glaucous zum Besseren, während er von Monat zu Monat schlechteren Umgang pflegte, auch wenn das der Kleidung und dem Status dieser Leute nicht unbedingt anzumerken war.

Glaucous griff nach einer Ausgabe von *The Stranger* und schlug treffsicher die Seite mit den Kleinanzeigen auf. Da war sie, die

Anzeige, aber nicht von *ihm* aufgegeben. Er ließ das Blatt auf den Tisch fallen und stieg lautlos die Hoteltreppe hinauf. Im zweiten Stock schnupperte er und streckte die Hand aus, um rückläufige Strömungen zu erfassen. Noch zwei Treppenfluchten. Im vierten Stock blieb er kurz vor einem Notausgang stehen, prüfte, ob die Scharniere der Tür quietschten, und schob sie leise auf. Dahinter lagen sechs Zimmer, drei auf jeder Seite des Ganges, an dessen Ende sich ein durch Stahldraht verstärktes Milchglasfenster befand. Das Licht, das durch das Fenster auf den Gang drang, waberte, denn es stand mit Glücksjägern auf dem Kriegsfuß, und jetzt waren gleich zwei in unmittelbarer Nähe.

Glaucous strich über den Knopf der ersten Tür zu seiner Linken. Im Zimmer wetteiferte laute Musik mit den grellen Stimmen von zu schnell gewachsenen Kindern – *Fernsehen*. Lautlos wie eine Katze überquerte er den Gang und tastete an der gegenüberliegenden Tür herum. Das Zimmer war zwar unbewohnt, gab seinen forschenden Fingern aber trotzdem gewisse Informationen: Irgendjemand hatte sich hier überrumpeln und ermorden lassen. Immer noch war das wimmernde Vibrieren des Schicksalsknotens zu spüren, der das Unglück heraufbeschworen hatte.

Glaucous schlich weiter. Hinter der nächsten Tür fand er, was er suchte: das leise, stete Atmen eines verhältnismäßig jungen Mannes (Chandlers Alter betrug nicht einmal ein Fünftel seines eigenen) und dessen Kraft (die Chandler jedoch vergeudete und schlecht beherrschen konnte).

Erneut blähten sich seine Nasenflügel, denn er roch etwas wie Kerzenrauch. Sicher stammte er von Chandlers Gefährtin, einer stets verschleierten, sehr gefährlichen Frau. Als Glaucous sich näher beugte, hörte er eine Münze aufschlagen. Dem gedämpften Geräusch nach zu urteilen, musste es ein Silberdollar Morgan'scher Prägung sein, der vom dünnen Teppich zurückprallte. Chandler übte. Stets landete der Dollar auf der Kopfseite. So ein Kunststück konnte zwar jeder bewerkstelligen, doch Chandler berechnete nicht die Umdrehungen der Münze, sondern zog geistig Falllinien und berücksichtigte dabei auch das Abprallen der Münze von der Zimmerdecke und der Wand. Egal, aus welcher Höhe der Dollar hinunterfiel, stets blieb er auf der Kopfseite liegen.

Glaucous passte seine Atmung der des Mannes an und synchronisierte weitere Körperrhythmen: das Pulsieren des Blutes, das Fließen der Lymph- und Gallenflüssigkeiten. Verwandelte sich in Chandlers Doppelgänger. Kauerte sich mit geschlossenen Augen an die Wand.

Und wartete.

Kurz nach seinem letzten Besuch in Hounslow, auf dem Höhepunkt seiner Karriere als Begleiter eines Spielers, begann sein Ruhm seine Perspektiven zu schmälern. Der ehrenwerte Gentleman hatte ihm mitgeteilt, für ihn sei es an der Zeit, weiterzuziehen. Glaucous' Tage als Spieler waren vorbei, zumindest in London, wahrscheinlich sogar in ganz Europa.

»Du solltest es mal in Macao versuchen, junger Freund«, schlug Shank vor. Doch dann fügte er leise und mit abgewandtem Blick hinzu, er könne, falls erwünscht, eine spezielle Zusammenkunft arrangieren und ihm endlich eine sichere Festanstellung besorgen.

Schon lange hatte Glaucous Vorbehalte gegen das Leben auf der Straße.

Wie im Traum ging er zu dem Ort, den Shank ihm genannt hatte: eine schmale, schmutzige Gasse am Markt in Whitechapel entlang bis zum Ende einer Sackgasse. Dort erwartete ihn ein seltsamer, skurriler Mann. Er war klein, bleich wie der Tod und roch so moderig wie ein nasser Wischlappen. Der stinkende Zwerg kramte eine Karte hervor, auf der in Druckbuchstaben nur ein einziges Wort stand, das auch ein Name sein mochte: WHITLOW. Auf der Rückseite war mit Bleistift ein Termin notiert und die Warnung:

Diesmal ist es für immer. Unsere Bleiche Gebieterin erwartet das, was ihr gebührt.

Auf seinen Reisen hatte Glaucous bereits einige lückenhafte und konfuse Berichte über diese Person gehört. Angeblich leitete sie einen kleinen Stab von Männern, die alle einen außerordentlich schlechten Ruf hatten. Flüsternd erzählte man sich Gerüchte, doch kaum einer, falls überhaupt jemand, hatte sie je mit eigenen Augen gesehen. Sie hatte viele Namen: *Bleiche Gebieterin, Kalkfürstin, Königin in Weiß.* Niemand wusste, was sie wirklich trieb, doch offenbar stieß allen Geschöpfen, die der Stab dieser Frau ins Visier nahm, zwangsläufig ein einzigartig schlimmes Unglück zu. Ein Unglück und etwas, das die Leute »einen Riss in der Zeit« nannten. Einem solchen Riss, sagten sie, müsse man unbedingt ausweichen.

Glaucous, zum ersten Mal seit zehn Jahren wieder auf freiem Fuß, packte eine perverse Art von Neugier. Also nahm er den Zug und ging vom Bahnhof aus zu Fuß nach Borehamwood. Dort empfing ihn ein jugendlich wirkender Mann mit einem Klumpfuß, wachsweicher Haut, schmaler Nase, feinem, weißblondem Haar und tiefblauen Augen, der einen eng sitzenden schwarzen Anzug trug. Er stellte sich nur mit Nachnamen vor: Whitlow.

Whitlow hatte einen schwarz lackierten Spazierstock mit Silberspitze und ein kleines graues Kästchen mit seltsamem Deckelmuster dabei. »Das hier ist nicht für Sie«, teilte er Glaucous mit. »Ich treffe mich später noch mit jemand anderem. Lassen Sie uns gehen.«

Das, was Glaucous von diesem erst en Treffen in Erinnerung behielt – die Farbpalette wies nur verschwommene Grau- und Brauntöne auf –, waren die Nervosität und die Verlegenheit, die er wegen seines schlecht sitzenden Wollanzugs empfunden hatte. (Shank hatte darauf bestanden, dass er seinem Dienstherrn die feine Kleidung zurückgab. »Ich bitte dich: Welcher Affe hat schon Anspruch auf die eigene Livree?«)

Whitlow bot ihm einen Schluck Kognak aus einem silbernen Flachmann an und führte ihn danach die von Hecken gesäumte Auffahrt zu dem heruntergekommenen Hauptgebäude hinauf, das sich als wahres Mäuseparadies entpuppte. Ein Flügel war eingestürzt, und Dutzende von Tauben, die auf Stangen thronten, hatten die Zimmer in Beschlag genommen. Mit einem riesigen alten Schlüssel verschaffte Whitlow sich Zutritt und schob Glaucous mit innerer Belustigung in eine Diele, die mit zerbrochenem Mobiliar und spiral- oder kreisförmig angeordneten Katzen- und Mäuseknochen übersät war. Danach zeigte er ihm das »besondere Zimmer«, das, wie Whitlow behauptete, schon seit vielen Hundert Jahren niemand mehr aufgesucht oder bewohnt hatte. Solche Zimmer seien heutzutage kaum noch zu finden und für die engsten Diener der Gebieterin am besten geeignet. Letztendlich sei sie es ja, erklärte er flüsternd und öffnete eine innere Tür, die für die Kosten ihrer Bediensteten aufkomme.

Whitlow sperrte die Tür hinter Glaucous zu.

Nachdem er einige Zeit in dumpfer Stille ausgeharrt hatte, so lange, dass er inzwischen quälenden Hunger empfand, bekam Glaucous Gesellschaft, ohne dass er eine aufgehende Tür bemerkt hätte. Sein Besucher schien keine materielle Substanz zu besitzen – der sanften Stimme und dem Geruch (oder dem fehlenden Geruch) nach zu urteilen, handelte es sich offenbar um einen vornehmen Herrn. Diese nebulöse Gestalt, die in ein Gewand noch tieferer Schatten gehüllt war, nahm keine eindeutige Form oder Größe an. Der Besucher mochte blind sein, zumal er Glaucous' Gesicht und dessen Schultern abtastete, wobei die suchenden Finger an den Flügelschlag von Fliegen erinnerten.

»Ich gehe niemals an andere Orte«, flüsterte er. »Ich bin stets hier. Das *Hier* bewegt sich dorthin, wo ich mich aufhalten muss. Man nennt mich den *Nachtfalter*. Ich heuere Personal für unsere Gebieterin an und führe es ihr zu.«

Glaucous kam es so vor, als rede das Wesen eine ganze Weile mit ihm. Seine Stimme war suggestiv, wohl moduliert, jedoch schwer zu verstehen. Er sprach von Büchern, Wörtern, Permutationen und einem großen Krieg – größer als jede trostlose Schlacht zwischen den Himmeln und Höllen der Fantasie. »*Unsere* Höllen sind durchaus real«, sagte er. »Und unsere Gebieterin beherrscht sie alle.« Die Dame suche nach *Schicksalswandlern* und *Träumern. Glücksjäger*, sofern richtig angeleitet, seien ideale Jäger und Sammler.

Der Nachtfalter reichte ihm eine schimmelige Brotkruste und strich danach mit einem Finger über Glaucous' Schläfe.

»Falls du ein guter Diener bist, wird es dir nie an Arbeit mangeln«, wisperte er. So weit vorgestoßen, hatte Glaucous offenbar keine Möglichkeit mehr, das Angebot auszuschlagen. »Wir bezahlen in mehr als barer Münze. Zeit spielt hier keine Rolle. Andere Vögel – andere Käfige, Mr. Glaucous. Hören Sie genau zu, dann werde ich Ihnen alle Lieder vorflöten, die Sie jemals werden singen müssen.«

Einige Stunden später ging die Tür auf, und ein gebrochener Sonnenstrahl schnitt durchs Zimmer. Glaucous blinzelte wie ein Maulwurf ins Licht. Whitlow erschien, um ihn hinauszubegleiten. Als sie aufbrachen, schwang ein jämmerlich klagender, schmerzerfüllter Ton, wie Glaucous ihn noch nie vernommen hatte, durch den Raum: Die Leere nahm wieder von ihm Besitz. Leere und tödliche Erschöpfung.

»Werde ich der Gebieterin je von Angesicht zu Angesicht gegenüberstehen?«, fragte Glaucous, während er mitgenommen und verstört an der Auffahrt stehen blieb.

»Seien Sie nicht albern«, erwiderte Whitlow. »Niemand von uns wünscht sich das. Der Nachtfalter ist schon schlimm genug, und er kann ihr nicht mal den kleinen Finger reichen.«

In den folgenden hundertzwanzig Jahren reiste Glaucous quer durch Großbritannien, von Stadt zu Stadt. Und danach durch die Vereinigten Staaten, wo er zur Abwechslung auf Rummelplätzen, in Spielsalons und Kuriositätenshows arbeitete. Ständig war er auf der Suche, verhielt sich unauffällig und gab an jedem Aufenthaltsort Kleinanzeigen in Zeitungen auf, deren Text bis auf die angegebene Adresse (später die angegebene Telefonnummer) stets derselbe war:

Träumen Sie von einer Stadt am Ende der Zeit?

Glaucous bewahrte tödliche Ruhe. Er konnte jedes Vibrieren im Gebälk spüren. Es herrschte absolute Stille. In den nächsten paar Minuten würden hier keine Besucher auftauchen. Der Eintreiber hinter der Tür, der endlos lange seinen Silberdollar warf, hatte es in gewisser Hinsicht an Höflichkeit mangeln lassen: Er hatte Glaucous nicht von seiner Anwesenheit unterrichtet und ihm Informationen vorenthalten. Er wilderte in Glaucous' Revier.

Mit einem schwieligen Fingerknöchel klopfte Glaucous an die Tür. »Hallo? Ich bin's – Howard. Howard Grass«, flötete er mit junger, unsicherer Stimme. Dieselbe Stimme hatte er am Telefon vorgetäuscht, als er sich auf Chandlers Anzeige gemeldet hatte.

Der schlanke Mann, der die Tür aufmachte, hielt zwischen Daumen und Mittelfinger einen Silberdollar Morgan'scher Prägung. Seine dunklen Pupillen waren erweitert und wirkten starr. Er setzte ein kaltes, überraschtes Lächeln auf – und gleich darauf ein überlegenes Grinsen. »Mr. Glaucous. Wie schön, Sie zu sehen.«

Glaucous wusste, wann ein Glücksjäger drauf und dran war loszuschlagen, er kannte die Anzeichen. Also würde er schnell vorgehen müssen.

Der Kopf der gekrönten Dame auf dem Silberdollar, den Chandler immer noch zwischen den Fingern hielt, wies nach Norden. Glaucous verdrehte ein Auge nach oben, zog einen entgegengesetzten Strang nach unten, bog ihn zur Seite – und der Kopf wies nach Süden.

Auch Chandlers Herz geriet aus der Bahn und füllte dessen Brustkorb sofort mit Blut. Die zuckenden Finger lösten sich von der Münze, so dass sie flach auf dem Teppich landete, mit der Adlerseite nach oben. Sein Gesicht nahm einen ungesunden Grünton an. Lautlos und steif wie ein Brett kippte er nach vorn, aufs Gesicht, und begrub die Münze unter sich.

Auch er hatte jetzt die Kehrseite der Medaille erwischt.

Die verschleierte Frau im Badezimmer schrie auf. In Chandlers Abwesenheit konnte sie ihr Talent und ihre Obsession ungezügelt ausleben: Flammen schossen unter der Badezimmertür hervor und setzten alles ringsum in Brand. Nur ein ganz klein wenig trug Glaucous dazu bei, der Dame ihren Herzenswunsch zu erfüllen.

An diesem Nachmittag blieb Glaucous, versunken in Melancholie, in seiner warmen Wohnung sitzen. Er hatte die Jalousien heruntergelassen. Das einzige Licht im vollgestopften Wohnzimmer fiel auf das Telefon, das auf einem Tisch neben seinem Sessel stand. Hinter der geschlossenen Schlafzimmertür trällerte Glaucous' Gefährtin Penelope mit hoher, kindlicher Stimme vor sich hin. Im Hintergrund schwang ein ständiger Summton mit, der so klang, als brenne eine Glühbirne durch.

Glaucous' Lider wurden schwer. Vor einer Stunde hatte er einen kärglichen Mittagsimbiss zu sich genommen: einen Apfel und eine Scheibe Weißbrot, belegt mit drei dünnen Salamischeiben. In den frühen Londoner Tagen wäre das ein Festmahl für ihn gewesen.

Er starrte auf das Telefon in dem Quadrat aus goldenem Licht. Irgendetwas tat sich. An der von ihm ausgeworfenen Angelschnur spürte er ein starkes Zerren, und das kündigte einen Fang an. Bisher hatten seine Auftraggeber ihn stets über bevorstehende Änderungen der Anweisungen oder Spielregeln informiert. Doch diesmal hatten sie ihn nicht vorgewarnt. Vielleicht war dazu keine Zeit gewesen.

War es ein Fehler gewesen, Chandler auszuschalten?

Als er seiner Intuition nachgab, spürte er mindestens zwei, höchstwahrscheinlich sogar drei kleine Vögel in unmittelbarer Nachbarschaft. Allerdings kam ihm einer davon befremdlich vor, anders als erwartet. Bei den beiden anderen war er sich aufgrund langjähriger Erfahrung sicher, dass er ihre Gewohnheiten, Sorgen, Ängste und Bedürfnisse kannte.

Eine dunklere Ära zog herauf, das spürte Max Glaucous in den lockeren, treffsicheren Fingern: die lange befürchtete, lange erwartete Zerstörung, auf die Freiheit folgen würde. Seine eigenen Probleme würden damit eine ungewöhnliche Lösung finden.

Drei Integralläufer.

Whitlow wird sich uns anschließen, genau wie der Nachtfalter. Ohne mich können sie das hier nicht bewältigen. Endlich wartet die Belohnung auf mich.

Und meine Erlösung.

5

Wallingford

Weil Daniel versuchte, seine aufgewühlten Gedärme und sein dringendes Bedürfnis nach Entleerung unter Kontrolle zu halten, ging er wie ein Spastiker. Der Fußweg, alt, grau und voller Risse und Kuhlen, stellte einen einzigen Hindernisparcours dar. An der Sunnyside Avenue wandte er sich nach rechts, wild entschlossen, es noch bis nach Hause zu schaffen. Er schämte sich. Stets hatte er den inneren Kurs selbst bestimmt und sich auf den Hauptstraßen und Seitenwegen des zerfaserten Multiversums im Griff gehabt. Und jetzt war er nah daran, sich in die Hose zu machen.

Sein Viertel hatte sich nicht so verändert, dass er Unterschiede zu früher ausmachen konnte. Allerdings hatte er die Gebäude, die nicht unmittelbar an sein Haus angrenzten, auch nie sonderlich beachtet. Und jetzt hatte er es so eilig, dass keine Zeit blieb, eine Liste offensichtlicher Veränderungen aufzustellen.

Die Sonne ging bereits unter. Dieser kranke neue Körper hatte weder Uhr noch Schlüssel dabei. So lange Daniel auch herumkramte, weder in irgendeiner Tasche noch im Rucksack konnte er einen Schlüssel entdecken. Doch während er und sein neuer Körper sich der Betontreppe, dem Spitzdach der Veranda und den klobigen, sich nach oben verjüngenden Stützträgern näherten, waren sie sich darin einig, dass sie genau hier wohnten, hier ihre Habseligkeiten aufbewahrten. Das hier war *sein* Haus, dasselbe wie früher. Wenigstens das war dank höherer Mächte gleich geblieben.

Welche Mächte es auch sein mögen, die sich um meine Verrücktheiten kümmern und sie sich womöglich als Verdienst anrechnen. Und was ist mit den Integralläufern?

Das Gras war zu lang, braun und mit Unkraut überwuchert. Er stieg die Stufen von der Straße hoch und ging ruckartig und verstohlen über die Schulter blickend durch den seitlichen Garten. Offenbar war dieser Körper nicht daran gewöhnt, das Haus bei Tageslicht zu betreten. Durch hüfthohen Dschungel stolzierte er so steif wie eine Vogelscheuche zur hinteren Tür.

Die alten Rosenbüsche, die früher seiner Tante gehört hatten, waren verschwunden. Als er einen Bogen um die rückwärtige Veranda machte und überlegte, wo er einen Schlüssel versteckt haben könnte, musste er feststellen, dass es gar keinen gab.

Die Fenster waren mit Pappe abgedichtet.

Doch dem Körper fiel etwas ein: Er ließ sich auf die Knie nieder (meine Güte, wie die Schlange in seinen Gedärmen sich dabei wand!), schob ein Kellerfenster auf, zwängte sich hindurch, landete auf einer Kiste und trat auf den mit Teppich belegten Betonboden. *Pitsch – patsch*: Der Teppich war klitschnass, und der ganze Keller stank nach Schimmel und Moder. Der Strom war abgestellt. Im Dunkeln watschelte er die Kellertreppe hinauf, prallte im Erdgeschoss mit der Schulter gegen eine Wand und tastete sich bis zum Badezimmer vor. Nachdem er die Hose heruntergelassen und sich auf die Toilette gesetzt hatte, brüllte er vor Schmerz auf. Fast wäre er ohnmächtig geworden. Er schlug gegen die Wand, wobei das Toilettenpapier im hölzernen Halter den Aufprall seines Ellbogens dämpfte.

Eine halbe Stunde später beugte er sich nach vorn. Am Waschbecken des Badezimmers stieß seine Hand auf einen Kerzenstumpf und eine Streichholzschachtel. Nachdem er die Kerze angezündet hatte, zog er sich nackt aus und duschte kalt. Er überließ es dem Körper, das zu tun, woran er gewöhnt war.

Einen Fuß aus der Duschkabine streckend, tastete er nach dem schmuddeligen Handtuch. Musterte sich im Spiegel des Arzneischränkchens. Die Augen eingesunken und stumpf. Spärliches, zerzaustes Haar. Fahle Haut unterhalb eines zotteligen, verfilzten Bartes. Jahre, in denen er den Großteil seiner Kalorien aus der Flüssignahrung namens Alkohol bezogen hatte.

Aus dieser Ruine von Mund mit den verfaulten Zähnen hörte er eine unbekannte, raue Stimme dringen: »O Gott.«

Das hier war nicht Daniel Patrick Iremonk und auch keine andere Version Daniels. Diesmal war er in einen Körper geschlüpft, der nicht einmal entfernt seinem eigenen ähnelte. Bei seinem Abflug war er in einem gänzlich neuen Spiel gelandet, das ihm einen unbekannten, schwindelerregenden Aspekt seines besonderen Talents offenbarte.

Er steckte in einem anderen Mann, lebte das Leben eines anderen Mannes.

VIERZEHN NULLEN

6

Die Kalpa

Fünfundsiebzig Jahre waren vergangen, seit Ghentun sich im Zerstörten Turm mit dem Angelin getroffen hatte, weniger als ein Lidschlag für jedes Große Eidolon, doch eine lange Zeitspanne für einen bloßen Instandsetzer.

Ungesehen überquerte der Hüter die Brücken, die die drei Inseln miteinander verbanden – die Basisplateaus, die über den Hochwasserkanälen aufragten und die übereinandergeschichteten Ebenen stützten. Danach nahm er zunächst den Aufzug nach oben und stieg anschließend durch die Treppenhäuser des riesigen Blocks, der fünfzig Stockwerke mit Nischen umfasste, weiter empor. Das tat er fast in jeder Schicht, um zu überwachen, wie seine Schützlinge, die Nachzucht einer uralten Art, arbeiteten, herumwuselten, schwatzten, über Sorgen klagten, ihre Kinder abholten, die mit großen Augen zum ersten Mal den Hort verließen, oder Mahlzeiten zubereiteten. Nahrungsmittel konnte man auf den belebten Märkten erwerben – die Ernte von Weiden und Äckern, die hinter den beiden breiten Hochwasserkanälen namens Tartaros und Tenebros lagen.

Nur noch in den Ebenen der Kalpa gab es bemerkenswerte Zeitenwechsel: Geburt und Tod. Sobald der Düstere Aufseher die Alten von ihrem Joch erlöst hatte, wurden Kinder im Hort herangezogen, denn die urzeitliche Biomasse der Alten wurde recycelt und für neue Kinder verwendet. Einige wenige davon – allesamt von Natur aus Wanderer – wählte der Hüter für eine besondere Ausbildung aus, die sie darauf vorbereitete, später und entsprechend ausgerüstet an einem Marsch teilzunehmen und ins Chaos vorzustoßen. Offenbar interessierte dieser Zeittakt allein den Hüter. Allerdings hoffte er immer noch auf das Interesse des Bibliothekars, der all das vor Ewigkeiten geplant hatte. Aber Große Eidola vergaßen schnell …

Die Wetterzyklen hatten sich in letzter Zeit wieder eingependelt, und die Zeit tickte so munter vor sich hin – an manchen Tagen funktionierte die Erinnerung sogar fast wieder so wie vorgesehen –, dass manche in der Kalpa den Eindruck hatten, die alten Lebensweisen und Regeln könnten sich wieder einspielen. Doch das würde kaum geschehen. Die großen Realitätsgeneratoren schwächelten. Meistens waren es nur winzige Verschiebungen, die sich bemerkbar machten, manchmal aber auch kleinere oder gar größere Sprünge. Öfter kamen beängstigende Eingriffe vor: Bruchstücke der vom Typhon geprägten alptraumartigen Leere brachen bis zur Kalpa durch. Dutzende von Ghentuns Zöglingen, die so, wie sie lebten – auf den Basisebenen der Stadt –, überaus verletzlich waren, waren vernichtet worden oder spurlos verschwunden.

Etwas im Chaos schien die Jagd eröffnet zu haben.

In der Dunkelheit vor der Dämmerung, in Rufweite der Brücke über den Tenebros, säuberten Gruppen von Schiedsrichtern schläfrig eine brachliegende Flur und sperrten sie danach mit Seilen ab – eine Vorbereitung für die Spiele, die Ghentuns Zöglinge *kleine Kriege* nannten. Unsichtbar, jedoch nicht gänzlich unbemerkt von seinen Schützlingen, bahnte Ghentun sich den Weg durch die Menge, die sich inzwischen gesammelt hatte. Auf einem Hügel fand er einen guten Aussichtspunkt, zog die Knie an und nahm Platz. Früh genug würde er weiterziehen müssen.

Hier ging es um ein anderes Spiel, das wichtiger und viel gefährlicher war, nicht nur für den Nachwuchs, sondern auch für Ghentun. Doch am Ende würden sie dabei vielleicht den Schlüssel finden, um den Typhon zu besiegen. In der Zwischenzeit taten die Bewohner der Ebenen ihr Bestes, so zu leben, wie sie es immer getan hatten: tapfer, närrisch und weise. Sie waren zähe Geschöpfe und schafften es in jeder Situation, ihr Vergnügen aus dem Leben zu ziehen.

Das Gefecht auf der Flur lief hervorragend, darin waren sich die meisten Anwesenden einig. Während über den Erdwällen und Weiden immer noch Bodennebel hing, hatte der althergebrachte Waffengang begonnen. Fünfhundert Zöglinge, gleichmäßig auf vier Gruppen aufgeteilt, traten beim Klang der von den Schiedsrichtern geblasenen Hörner zum Wettstreit an. Die laute, zackige Fanfare hallte vom hohen, hellen Kunsthimmel wider.

Jebrassy, der in seiner purpurroten, aus Kielschwertern hergestellten Rüstung stark und schneidig wirkte, machte mit acht ähnlich ausgestatteten Mitstreitern einen Ausfall, um die Chancen für einen Durchbruch an der linken Flanke des Gegners besser einschätzen zu können. Als sie auf andere Kämpfer trafen, kam es im dichten Nebel zu einem herrlichen Gerangel.

Während der Schlacht, bei der Jebrassy mehr Schläge austeilte als einsteckte, hatte er fortwährend das unangenehme Gefühl, beobachtet zu werden. Aus den Augenwinkeln heraus bemerkte er Wolkenfetzen, plötzliche Luftströmungen und Nebelgebilde, die sich aushöhlten, wanden und danach wieder verschwanden, und das lenkte ihn ab, so dass er nicht so gut kämpfte, wie er es sich gewünscht hatte. In Anbetracht des Schadens, den er auch so schon anrichtete, war das vielleicht ein Glück.

Genau wie Jebrassy legten seine Kameraden, darunter Khren, bei diesem Gefecht großen Kampfgeist an den Tag und schwangen ihre Stabwaffen so energisch, dass nur wenige Gegner den Mut hatten, sie herauszufordern, und sich viele bei den Schiedsrichtern beschwerten, die mürrisch loszogen, um gegen Exzesse einzuschreiten.

Die alten Kämpfer hockten mit zusammengekniffenen Augen und resigniertem Blick da. *Die guten alten Zeiten sind vorbei,* bemerkten sie kopfschüttelnd. Manche fanden, die Kämpfe würden nicht gewaltsam genug ausgetragen, andere, es mangele den jungen Kämpfern an Ehrgefühl und Barmherzigkeit. Nur selten waren die Alten sich in irgendeiner Sache einig.

Die Schlacht zog sich über den ganzen Tag und dauerte bis zum frühen Abend, begleitet von Gebrüll, Flüchen, Kampfliedern, Tumult und Schlägen. Haare wurden ausgerissen und Speichel flog herum, bis der künstliche Himmel sich verdunkelte, einen Braunton annahm und sich das ersehnte Zwielicht schließlich über die mittlerweile kurzatmigen und lädierten Kombattanten senkte.

Die Alten sahen solchen Kämpfen gern zu, solange dabei nicht allzu viele junge Krieger verletzt wurden – doch Jebrassys

Trupp stellte ihre Toleranz auf eine harte Probe. Viele Kämpfer humpelten laut stöhnend davon, und noch mehr machten ihrem Ärger auf dem Kampffeld und jenseits davon lautstark Luft.

Schließlich zog Jebrassy sich ruhm- und ehrenvoll aus dem Getümmel zurück, zumindest der eigenen Einschätzung nach. Sein Kopf war bandagiert, ein Arm ausgekugelt. Im Feldlager wurde er von einem schwerfälligen Sanitäter mit Medikamenten versorgt. Dieser Sanitäter war eine trommelförmige Maschine mit stummelartigen Flügeln, die jetzt eingezogen waren. Obwohl diese Apparate nicht wirklich über Gesichter verfügten – in ihren ovalen Schädeln steckten jeweils nur drei asymmetrisch angeordnete, leuchtend blaue Augen –, schienen solche Gefechte sie traurig zu stimmen; doch sie erfüllten ihre Pflichten widerspruchslos und ohne zu klagen.

In den geräumigen dunklen Nischen, die hoch oben in die Wände oder die Decke eingelassen waren und Aussicht auf die Weiden und Äcker boten, kursierten Gerüchte. Hin und wieder, so erzählte man sich, komme es vor, dass die Hochgewachsenen (die nach den naiven Vorstellungen der Zöglinge die Ebenen beherrschten) diese hübschen kleinen Kriege beobachteten und Noten verteilten. Und diese Beurteilungen würden berücksichtigt, wenn der Düstere Aufseher kam, um einen vom Lebensfaden abzuschneiden und zum Hort zu bringen. Manche behaupteten sogar – allerdings hegte Jebrassy starke Zweifel daran –, dass die Hochgewachsenen sich unter ihre Favoriten mischten. Und falls diese sich im Kampf nicht bewährten, hülle ein Nebel sie ein. Danach flögen die Hochgewachsenen mit ihnen davon …

Doch Jebrassy war mit seiner Kampfleistung zufrieden. Er hatte Schläge ausgeteilt und eingesteckt – fertig, aus. Lieber dachte er nüchtern an andere Dinge, das machte die Situation irgendwie leichter. Während der Sanitäter, der ihn geduldig verarztet hatte, die letzten Handgriffe tat, blickte er über dessen leuchtende, asymmetrische Augen hinweg zu den sanften Braun-, Grün- und Goldtönen des von Zwielicht erhellten künstlichen Himmels empor. Dabei fragte er sich, was die Hochgewachsenen eigentlich von solchem Unsinn halten mochten. Natürlich hatte er niemals etwas anderes als die Ebenen gekannt, und das verunsicherte ihn. Dieses riesige Runddach erdrückte ihn seelisch. Er war ein abenteuerlustiger Bursche, voller Ehrgeiz, die für sie alle geltenden sichtbaren Grenzen zu überschreiten: Diese Linien waren fast alle kurz und flach, doch in den Fluren so weitläufig, dass man sich dahinter die geheimnisvollen, schier endlosen Flächen vorstellen konnte, von denen manche flüsternd berichteten. Orte, wo nichts den Blick einschränkte.

Während der Sanitäter das Ende des Verbandes um Jebrassys Arms wickelte, hielt ein älterer Mann an einem provisorisch eingerichteten Stand an, an dem man sich mit süßem Chafe und Tork eindecken konnte – berauschende Säfte, die in schweren Krügen gärten. Jebrassy erstarrte. Mit leiser, mitfühlender Stimme entschuldigte der Sanitäter sich bei ihm, doch es waren nicht die Salben und Klebepflaster, die Jebrassy Schmerzen bereiteten.

Die Zeit zum Abschiednehmen war gekommen. Der ältere Mann, Chaeto, war sein Per, einer seiner beiden Paten. Er war ein stämmiger Bursche mit dem stacheligen Vollbart eines Geschöpfes, das bald Bekanntschaft mit dem Düsteren Aufseher machen würde. Chaeto und seine Gefährtin Neb hatten Jebrassy bei sich aufgenommen, nachdem seine ersten Paten verschwunden waren. Sie hatten ihn gut behandelt, obwohl Jebrassy ihnen fast nur Kummer bereitet hatte.

Chaeto kam näher und stellte sich neben ihn. Seine trüben Augen verrieten, wie aufgewühlt er innerlich war. Sie begrüßten einander, indem jeder einen Finger an den Hals des anderen legte, Jebrassy als Erster, wie es die Sitte verlangte. Danach strich er über die ausgestreckte Handfläche des Alten. Die Geste brachte kaum Trost.

»Du hast dich da draußen gut gemacht«, sagte Chaeto. »Wie immer. Du bist ein richtiger Kämpfer, das steht fest.« Er räusperte sich und wandte den Blick ab. »Uns bleibt nicht mehr viel Zeit, um Nachwuchs großzuziehen. Mer und ich meinen, dass unsere Anweisungen dir nicht mehr viel nützen werden. Schon jetzt beherzigst du unsere Bitten nicht mehr.«

Erneut strich Jebrassy über die Handfläche seines Pers – eine Geste, mit der er um Vergebung bat. Sie empfanden Zuneigung zueinander, doch keiner von beiden konnte dem ausweichen, was der Alte gleich sagen würde. »Du bist also entschlossen, bei den harten Burschen zu bleiben?«

»Es sind meine Freunde«, murmelte Jebrassy.

»Und redet ihr immer noch davon, fortzuziehen, um fern der Ebenen zu sterben, ohne die Beihilfe des Düsteren Aufsehers?«

»Es hat sich nichts verändert, Per.«

Chaeto sah zum künstlichen Himmel empor, der ein letztes Mal aufleuchtete. »Wir nehmen ein Neues auf. Können nicht zulassen, dass du … dein Vorhaben … vor einem neugeborenen Hortkind ausbreitest. Können das in Mers Nische nicht dulden. Wir haben unser Bestes versucht. Du hast dich für den kurvenreichen Weg entschieden. Von jetzt an wirst du ohne uns weitergehen müssen.« Chaeto entzog Jebrassy die Hand, so dass dessen Finger in der Luft schwebten. »Ich habe deine Sachen hinausgebracht. Mer ist wie am Boden zerstört, doch das neue Kleine wird ihrem Kummer schon abhelfen.«

Der Alte strich zum Abschied ein letztes Mal über Jebrassys Hals, dann drehte er sich um und humpelte davon. Dieses Hinken war erst in den letzten Jahren aufgetreten. Die Sanitäter, die in ihrer Arbeit innegehalten hatten, als wollten sie zuhören, machten sich daran, die übrigen Verletzten zu verarzten. Die anderen Zöglinge nahmen an Jebrassys Misere nur wenig oder gar keinen Anteil und wandten sich ab. Er hatte allzu viele Schläge und Stiche ausgeteilt.

Vermutlich hatte Chaeto den Verwalter der Ebene, auf der sie zu Hause waren, bereits über Jebrassys Rausschmiss informiert. Der Verwalter würde Jebrassy aus dem Wohnbereich verbannen, auch wenn es dort noch leerstehende Nischen gab. Jetzt war er auf sich selbst gestellt. Nie würde er einen seiner Paten wiedersehen, es sei denn zufällig, vielleicht auf einem Markt. Und auch dann würden sie ihn nicht begrüßen. Von nun an war er das, was er seiner Meinung nach immer hatte sein wollen: vogelfrei. Und das schmerzte viel mehr als eine seiner leichten Verletzungen.

Jebrassy rappelte sich hoch und sah sich nach jemandem, irgendjemandem, um, der so großzügig sein würde, ihn aus seinem Krug trinken zu lassen.

Nachdem das Kampffeld geräumt war – sieben Kombattanten waren verletzt, aber keiner davon ernsthaft, was die Blutrünstigen unter den Zuschauern enttäuschte –, schoben sich im Tenebros, zwischen den inneren Weiden und der ersten Insel, die Wände der Nauvarchia nach oben, damit sich Wasser in die verschlungenen Untiefen ergießen konnte. Schön geschmückte Boote wurden zu Wasser gelassen und hinausgerudert, denn jetzt fochten andere Zöglinge eine ruppige Seeschlacht miteinander aus, bei der es darum ging, möglichst viele Boote zu versenken. Diejenigen, die zuvor gekämpft hatten und noch gehen konnten, versammelten sich an den Mauern, aßen, tranken, jubelten und motzten, bis kaum jemand mehr die Kraft hatte, sich von der Stelle zu rühren. Das Licht des künstlich erzeugten Tag-Nacht-Zyklus wurde schwächer, bis trübes Dunkel herrschte. Die Wände der Nauvarchia senkten sich wieder, damit das Wasser abfließen konnte. Die ramponierten Boote wurden angehoben und weggerollt, und jene Zuschauer, die zu viel getrunken hatten und sich kaum mehr bewegen konnten, von ihren Freunden mitgenommen. Der Rest humpelte oder schlenderte über die Wiesen und Felder zurück – weggescheucht von den Ernteaufsehern, falls auf den Feldern etwas wuchs. Einige Unentwegte tanzten, laut singend, mit letzter Kraft über die Brücken zu ihren Unterkünften auf den drei Inseln, gut gelaunt und fest davon überzeugt, dass diese kleinen Kriege eine wunderbare Sache waren – ein ideales Mittel, die uralte Art bei Laune und Gesundheit zu halten.

Jebrassy schob sich an der verdreckten Wand hoch, zuckte wegen des Drucks seiner Verbände zusammen und versuchte, sich ins Gleichgewicht zu bringen. Er hatte ziemlich viel Tork getrunken. Erst jetzt merkte er, dass jemand ihn beobachtete – jemand, den er tatsächlich sehen konnte.

Er drehte sich um, um den scharfen, leicht kritischen Blick einer »Flamme« zu erwidern (wie man hübsche junge Frauen in der Kalpa nannte), und versuchte dabei, Haltung zu bewahren. Sie trug eine offene Weste und locker fallende Hosen, deren Farben zeigten, dass sie im mittleren Block der zweiten Insel wohnte – genau wie Jebrassy, jedenfalls bis jetzt. Als sie näher kam, fiel ihm auf, wie ihr kurzes Haar im verblassenden Licht schimmerte. Ihre Augen blickten starr und durchdringend und so interessiert, dass er sich fragte, ob ihre Mer und ihr Per gleich aus der herumwuselnden Menge auftauchen und sie zurückholen oder sogleich Auskunft über ihn von den Paten verlangen würden, die er nicht mehr besaß.

Das wäre peinlich.

Jebrassy erwiderte ihren Blick ebenso verdutzt wie hoheitsvoll, bis sie sich ihm bis auf wenige Zentimeter näherte, an ihm schnupperte und lächelte. »Du bist Jebrassy, stimmt's?«

»Wir sind uns noch nie begegnet«, erwiderte er mit dem letzten Rest von Geistesgegenwart, den er aufbringen konnte.

»Angeblich kämpfst du gerne. Kämpfen ist reine Zeitverschwendung.«

Fast wäre er über einen leeren Krug gestolpert. »Gibt's irgendwas anderes, das sich lohnt?«, fragte er, mühsam das Gleichgewicht haltend.

»Wir haben drei Dinge miteinander gemein. Das Erste ist, dass wir herumwandern, wenn wir träumen.«

Sie hätte ihn nicht mehr schockieren können. Denn davon hatte Jebrassy nur Khren erzählt, seinem engsten Freund. Sein skeptisches Stirnrunzeln wich Bestürzung und schließlich qualvoller Verlegenheit, deshalb wandte er den Blick ab und blickte über ihre Schulter hin zu der Menschenmenge, die jetzt in schwatzenden Grüppchen die Rampen hinaufstieg und sich vom Schauplatz der Kämpfe entfernte.

»Ich bin betrunken«, murmelte er. »Kein guter Zeitpunkt für ein Gespräch.« Er wollte weggehen, doch sie hakte sich bei ihm unter und brachte ihn dazu, stehen zu bleiben.

»Du hast mich nicht ausreden lassen. Ich will weg aus der Kalpa, genau wie du.«

Angetrunken wie er war, musterte er sie voller Staunen. »Wer hat dir das alles erzählt?«

»Spielt das eine Rolle?«

Er lächelte und sah sie dabei geradezu anzüglich an. Vielleicht würde diese Situation sich doch noch als ganz nett erweisen: zwei abenteuerlustige Jugendliche, ganz allein miteinander hier draußen. Bis auf ein angewidertes Zucken der Augen veränderte sich nichts an ihrem Gesichtsausdruck.

»Und was ist das Dritte?«, fragte er verwirrt.

»Falls du's wissen willst«, ihre Augen funkelten im letzten Zwielicht, »komm unmittelbar vor der nächsten Schlafphase zum Diurn. Ich heiße Tiadba.«

Mit diesen Worten wandte sie sich um und rannte auf die Rampen und die Brücke zu, so schnell, dass er sie in seinem betrunkenen Zustand nicht mehr einholen konnte.

7

Als es dunkel wurde, holte Ghentun seine Aufzeichnungen hervor – er bewahrte sie zusammen mit einem kleinen grünen Buch in einem Beutel auf – und schlenderte durch die tieferen Stockwerke des Blocks auf der ersten Insel. Nach wie vor unsichtbar, bewegte er sich von Nische zu Nische und schrieb dabei mit den feinen, gefächerten Gliedern des Blütenfingers, den er aus seiner Hand sprießen lassen konnte, etwas in Klar-Text auf, wozu er flüssiges Silber verwendete. Während er beobachtete, wie sich die jüngste Generation der uralten Art den Weg ins Leben bahnte, empfand er Liebe und gleichzeitig Traurigkeit.

Ghentun ließ die Gedanken schweifen. Ehe er Hüter geworden war, hatte er sich gründlich mit der Stadtgeschichte befasst. Wie bei allen Geschichtswissenschaftlern in der Kalpa bedeutete dies, dass er eher wenig über sehr vieles wusste. Was er wusste, jedoch nie mit eigenen Augen gesehen hatte, begann mit einer tiefdunklen Decke, die mit unzähligen Sternen übersät war: mit der Leuchtenden Pracht. Doch daran konnte er sich nur noch sehr schwach erinnern, es war kaum mehr als ein Traum.

Während der ersten hundert Milliarden Jahre expandierte der Kosmos, bis sein Gewebe dünn wurde und sich Hohlräume auftaten, in denen Dimensionen neue Bedeutungen annahmen oder aber jede Bedeutung verloren. Ganze Galaxien verzerrten sich, brannten aus oder schrumpften weg.

Der Raum selbst begann zu altern und zu zerfallen – manche glaubten: zu sterben.

Viel länger als die Diaspora gedauert und die Menschen an die Randgestade des Universums geworfen hatte, überlebte die Gattung in den letzten kompakten Inseln künstlicher Sonnen, inmitten einer großen und ständig wachsenden Leere. Das wurde zum Dauerzustand und als gegeben hingenommen, während das Frühstadium des Universums inzwischen als krankhafte, chaotische Phase betrachtet wurde – als Anomalie.

Das Zeitalter der Dunkelheit hüllte sich in den Mantel würdevoller, gesetzter Reife, auch wenn sich überall Verfall abzeichnete. Eine Gerontokratie aus Unsterblichen, die durch und durch von der eigenen unübertrefflichen Weisheit überzeugt waren, wachte über alles.

Doch es gab einige, die sich mit diesen verstreuten Inseln in der abgrundtiefen Dunkelheit nicht begnügen wollten. Eine Minderheit, die gewiss nicht vernünftig dachte, doch zumindest nicht unter tödlicher Selbstzufriedenheit litt, sprach sich dafür aus, weiterzuziehen und die Wärme und das Licht der verbliebenen Sterne hinter sich zu lassen. Man wies sie zurück, mehr noch: brachte sie zumindest zum Schweigen, sofern man sie nicht liquidierte. Einer Handvoll Menschen gelang es zu fliehen – wobei sie alles opferten, was ihnen vertraut gewesen war – und sich so anzupassen, dass sie in den letzten öden und zerfallenden Grenzregionen des Kosmos überleben konnten. Diese Zurückgewiesenen und Verzweifelten verteilten sich später über einen Radius von dreihundert Milliarden Lichtjahren.

Und da draußen, im fernen Dunkel, begannen sie zur Verblüffung der Gerontokratie neue Technologien zu entwickeln. Kühne Forscher hatten herausgefunden, wie man die bis dato tödlichen Risse und Gräben im Raum produktiv nutzen konnte. Aus dem, was die meisten anderen für eine trostlose, nichts mehr hergebende Raumregion gehalten hatten, gewannen sie riesige Energievorräte und Nahrungsmittel.

Doch diesen letzten Pionieren gelang es nicht nur zu überleben: Dank ihrem nie versiegenden Einfallsreichtum bahnten sie auch dem Fortschritt den Weg und vermehrten sich wie niemals zuvor. Als sie genügend Macht hatten, machten sie sich daran, ihre Unterdrücker zu vernichten oder zu neutralisieren, und schufen zahllose Imperien.

Auf das Zeitalter der Dunkelheit folgte das Trillennium, die größte Lern- und Wachstumsperiode in der menschlichen Geschichte. In der Hochrechnung der Jahre vervielfachten sich die Nullen. Es wurde Geschichte gemacht, und alles kam und ging so schnell wie ein Aufflackern und Verlöschen unendlich vieler Kerzen. Alles Fremdartige verband sich miteinander, und alles Leben, ob menschlich oder andersartig, wurde toleriert und kontinuierlich verbessert. Zwangsläufig führte das auch zu einer Revision des Gattungsbegriffs »Mensch«. Sieg folgte auf Sieg, Neuerung auf Neuerung.

Dabei spielte es keine Rolle, dass das Universum ständig schwächer und dünner wurde, denn trotz seiner andauernden Agonie vermochte es seine Jugend gut zu ernähren. Das währte so lange, bis die Nachkommen der Menschheit in den äußersten Raumregionen erste Spuren des Typhon entdeckten.

Es dauerte eine Milliarde Jahre, schlüssige Beweise für die Existenz des Typhon zu sammeln – und danach nur noch die kurze Spanne von ein paar Millionen Jahren, das Phänomen zu analysieren und annähernd zu verstehen. Gerade wegen seiner Widernatürlichkeit löste dieses Phänomen viele neue Entwicklungen in der Mathematik und den Naturwissenschaften aus. Und es brachte neue Möglichkeiten, den Verstand zu verlieren.

Nie zuvor hatte man so etwas wie den Typhon beobachtet. Weder Ort noch Ding, breitete der Typhon sich dadurch aus, dass er alternde Welten verschlang. Manche bezeichneten das

Phänomen – diesen gewalttätigen, aggressiven Katalysator des Wandels – als Krankheit, als Seuche, als Parasiten. Andere behaupteten, hier sei eine jüngere, ungezügelte Schöpfung am Werk, die die zerfallenden Reste der alten Schöpfung durchsetze.

Wo der Typhon sich ausbreitete, regierte Schlimmeres als Stille. Die Knoten dieses Universums lösten sich auf: Vermessungen versagten, Visierlinien zerfaserten zu Fraktalen. Informationen wurden von zahllosen Spielarten der Singularität verschluckt, Systeme stürzten plötzlich ab oder gaben ihren Geist gänzlich auf, Daten kollabierten, wurden abgefangen, verzerrten sich, verwandelten sich in seltsame Zeichen, und die Elementarteilchen spielten verrückt … Und all das beschleunigte sich so, dass keine Impulse mehr übertragen werden konnten, schnitt quer durch die alternde Matrix, zerfraß das verrottende Gewebe, schuf Regionen, die nicht aus der zumindest vertrauten Dunkelheit bestanden, sondern in denen Inkonsistenz und Regellosigkeit herrschten.

Angeblich konnte dort alles Mögliche passieren. Genauer gesagt: Es gab viele Berichte darüber, dass dort tatsächlich alles Mögliche passierte. Und das konnten selbst die zähesten und stursten Kinder der Erde – die letzte Welle der Siedler, die in die Diaspora gegangen waren – nicht ertragen. Diesem Phänomen wurden sie nicht mehr Herr, die meisten hielten ihm nicht stand. So viele von ihnen wurden Opfer des Typhon, dass einem angesichts der Zahlen schwindlig werden konnte; sie überschritten alles bisher Dagewesene. Überlebende, die ihre irdischen Ursprünge immer noch in Ehren hielten, zogen sich schließlich in ihr altes Heimatsystem zurück. Dort hatte sich die Menschheit – besser gesagt: deren Nachkommen sowie Hybriden und vielfältige Verbündete – inzwischen in der Feste der alten Erde verschanzt und lebte im schwindenden Licht einer wiederbelebten Sonne, umgeben von den letzten sterbenden Planeten.

Die Populationen, bei denen sich Masse und Energie zu neuen Arten verbunden hatte, waren gezwungen, unter sehr eingeschränkten Bedingungen mit den anderen zusammenzuleben. Es folgten schwierige Zeiten – Hunderttausende von Jahren sinnloser Gewalt: die Materiekriege. Und draußen wütete der Typhon und stieß immer weiter vor.

In gewisser Hinsicht hatte das letzte Kapitel der Kalpa vor mehr als einer Million Jahren begonnen, als die Fürsten der zwölf irdischen Städte Sangmer den Pilger beauftragt hatten, einen früheren Bürger namens Polybiblios zu suchen und aus dem Reich der Shen zurückzuholen. Die Shen waren Geschöpfe, die behaupteten, keine Abstammungslinie mit irgendeiner Art zu teilen, die auch nur entfernt der Gattung Mensch ähnelte. Sangmer hatte die letzten freien Regionen des Kosmos durchquert, die sechzig Sonnen der Shen erreicht, Polybiblios gefunden, der auf der größten der Kettenwelten lebte und arbeitete, und ihn durch die zerfallenden Raumregionen zurückbefördert. Aufgrund seiner langjährigen Forschungen bei den Shen hatte Polybiblios enormes Wissen erworben.

Doch außer Polybiblios brachte Sangmer auch ein höchst ungewöhnliches Wesen namens Ishanaxade mit zur Erde. Manche behaupteten, Ishanaxade sei die Letzte ihrer Art; die Shen hätten sie gerettet und beschützt. Einige Millionen Jahre habe sich niemand um ihre weitere Entwicklung gekümmert, doch schließlich habe Polybiblios ihr eine neue Gestalt verliehen.

Alle Legenden über diese Zeit, die in vielen Aspekten voneinander abweichen, stimmen darin überein, dass Polybiblios Ishanaxade adoptierte und sie seine Tochter nannte. Auf dem Rückweg zur Erde oder kurz danach habe sie sich mit Sangmer verlobt, der für seine gefährliche und langwierige Reise reich belohnt wurde.

Die Letzten der alten Welten, die Sangmer auf dem Rückweg hinter sich ließ, waren dem Untergang geweiht: Das Chaos verleibte sich die sechzig Sonnen der Shen ein – ein Schicksal, das die Shen offenbar bereitwillig hinnahmen.

Als die Stadtfürsten Polybiblios in ihren Herrschaftsbereich zurückholten, gingen sie ein Risiko ein. Doch inzwischen waren die Städte zum Äußersten entschlossen, mussten sie doch tatenlos zusehen, wie eine Sonne nach der anderen verschluckt und umgewandelt wurde. Sie setzten darauf, dass Polybiblios es aufgrund seiner Ausbildung bei den Shen schaffen würde, das Chaos fernzuhalten. Und nach seiner Rückkehr zur Erde gelang es ihm tatsächlich, die Barriere zu schaffen, die Sonne und Planeten im Erdsystem so lange schützte. Die Shen hatten ihm viel beigebracht.

Die Menschen verdankten Polybiblios nicht nur das Überleben, sondern auch ihre geistige und seelische Stabilität. Doch keiner konnte wissen, wie lange und wie gut die von ihm geschaffene Barriere funktionieren würde. Wie viel hatte er auf der anderen Seite dieses sterbenden Himmels gelernt?

Die Barriere bot der Schreckensherrschaft des Typhon Einhalt; allerdings galt das nur für eine an den Polen abgeflachte Zone, die sich bis knapp hinter den schwer gebeutelten Neptun erstreckte. Jenseits dieser erstarrten Kugel aus Eis und Gestein versiegte das Licht so abrupt, als hätte jemand einen Schalter umgelegt. Und die Materie löste sich in dieser Raumregion auf wie Blut in Wasser.

Allgemein herrschte die Ansicht, man werde sich von jetzt an mit der Erde begnügen müssen, die kaum mehr als erkaltete Asche war. Niemals würde man die Lichtjahre entfernten Raumregionen zurückgewinnen können. Und so endete die Vorherrschaft der lebendigen, denkenden Wesen im Kosmos.

Manche bezeichneten diese Epoche als letztes *Goldenes Zeitalter*, denn sie waren der Meinung, das Unbegreifliche habe der lange währenden Vermessenheit menschlichen Lebens einen Denkzettel erteilt.

Doch es dauerte nicht lange, bis das Chaos die Barriere durchdrang, sich die Sonne und die anderen Welten einverleibte und die letzten zwölf Städte der Erde bedrohte. Die Sperre rund um die Städte wurde gestrafft, was die ganze Barriere bedenklich schwächte und fast zerstörte. Und selbst jetzt noch gingen die Materiekriege weiter. Die Stadtfürsten – allesamt noetische Eidola, vergeistigte Lebensformen – zwangen den Städten bis auf Nataraja die Umwandlung nach ihrem Muster auf. Bewohner, die damit nicht einverstanden waren, flohen Tausende von Kilometer quer durch die aschgraue Wüste bis nach Nataraja.

Sowohl die überlieferte Geschichte als auch die Legenden sind recht lückenhaft, was die Zeit danach betrifft. Wenn der Ablauf auch vage bleibt, zeichnet sich doch folgende Entwicklung ab: Bis auf die Instandsetzer und Gestalter – Techniker und Konstrukteure, die in der Kalpa die Unterschicht bildeten – bestanden jetzt alle Bewohner der Stadt aus noetischer Masse, die viel praktischer, zuverlässiger und leistungsfähiger war als die Biomasse der Menschen. Aber Polybiblios hatte seine ursprüngliche Gestalt behalten wollen. Um ihn besser begreifen und kontrollieren zu können, zwangen die Stadtfürsten schließlich auch ihm die Umwandlung auf und machten ihn zu einem ihnen ebenbürtigen Großen Eidolon, was sie wohl als ungeheure Ehrbezeugung betrachtet haben müssen. Im Gegenzug gelobten die Stadtfürsten, sich nicht in seine seltsamen, von den Shen inspirierten Forschungen einzumischen. Allerdings führte die Umwandlung bei Polybiblios keineswegs dazu, dass er fügsamer wurde oder mehr Rücksicht auf die Interessen der Stadtfürsten nahm. Im Gegenteil: Er verhielt sich ihnen gegenüber noch distanzierter als früher und zog sich mehr und mehr zurück. Wenn er seine neuen Eidolon-Teile, die Angelins und Epitome, zum Sprechen nutzte, dann nur, um mit Ishanaxade zu reden.

Er zog in den Turm, der mehr als hundertfünfzigtausend Meter über dem ersten Bion der Kalpa aufragte, und setzte dort seine Arbeiten fort. Im Laufe der Zeit bezeichnete man ihn nur noch als den »Bibliothekar«.

Bald darauf ordnete der Bibliothekar an, es müsse eine neue Klasse oder Unterklasse von Bürgern geschaffen werden, und zwar aus urzeitlicher Materie – ein wunderlicher Einfall, den man sowohl persönlichen als auch philosophischen Motiven zuschrieb. Inzwischen lag die Kontrolle über diese kostbare alte Materie ausschließlich in den Händen der Stadtfürsten, denn der Vorrat auf der Erde stellte die letzte Quelle im ganzen Universum dar. In der Regel gaben die Fürsten nur kleine Mengen davon frei, um die kümmerliche Anzahl der Instandsetzer und Gestalter in ihren Diensten aufzustocken oder den kultischen

Austausch zu vollziehen, wie er zwischen Eidola üblich war. Irgendwie gelang es dem Bibliothekar jedoch, sie dazu zu überreden, ihm eine sehr viel größere Menge der Materie zu überlassen.

Ohne ihre Absichten näher zu erläutern, machten sich der Bibliothekar und seine Tochter daran, die ersten Modelle der ursprünglichen Gattung Mensch zu schaffen. Da Aufzeichnungen über die Frühphase der Leuchtenden Pracht längst verschollen waren, basierten ihre Muster bestenfalls auf Vermutungen. Gewisse Fragmente uralter Dokumente legten nahe, dass die Menschen der Frühzeit nur in einer mit hüpfenden und fliegenden Insekten bevölkerten Umwelt überleben konnten, deshalb bezogen der Bibliothekar und seine Tochter Insekten und Gliederfüßler in ihre Kreation mit ein.

Ishanaxade überwachte im ersten Bion der Kalpa die Eröffnung der niedrigsten Ebenen und die Verlegung der Basisfundamente, mit denen die alten Hochwasserkanäle so aufgeteilt wurden, dass drei Inseln entstanden. Zunächst wurden die (noch leeren) Blöcke fertiggestellt, danach ging es an die Landschaftsgestaltung: Es entstand eine primitive, doch auf seltsame Weise anziehende Flur, über der sich ein künstlicher Himmel wölbte. Der Wechsel zwischen Helligkeit und Dunkelheit sollte die Schlaf- und Wachzyklen der neuen Wesen festlegen. Danach wurde ein Teil urzeitlicher Materie aus den Besitztümern der Stadtfürsten zu den Ebenen transportiert, und die Ersten der uralten Art nahmen ihr Leben im Verborgenen auf.

Doch der Bibliothekar konnte sein Vorhaben nicht vollenden: Erneut drang das Chaos vor und verleibte sich zehn der letzten irdischen Städte ein, wandelte sie um, peinigte sie. Und deren frühere Bewohner begannen in den riesigen zerfallenden

Wüstenregionen herumzuspuken – als Spielzeuge des Typhon, menschliche Karikaturen und Monster, die selbst das Vorstellungsvermögen der Eidola überstiegen.

Nur die Kalpa und Nataraja blieben übrig. Doch bald darauf brach auch die Kommunikation zwischen diesen beiden Städten ab.

Der Astyanax der Kalpa, der einzige noch lebende Stadtfürst, der das letzte bisschen Vertrauen zu seinem früheren Retter verloren hatte, schickte dessen Tochter Ishanaxade in die Verbannung. Es kann aber auch sein, dass sie die Stadt freiwillig verließ, um nach Nataraja zu ziehen. Allerdings vermag bis heute niemand zu sagen, warum und ob Nataraja zu diesem Zeitpunkt überhaupt noch existierte.

Vom Turm aus untersuchte Sangmer die neue Struktur der Erde und durchquerte danach das aufgewühlte Chaos, um nach seiner Frau zu suchen. Man hat ihn nie wiedergesehen.

Bald darauf kam es zu einer schrecklichen Auseinandersetzung. Manche behaupten, der Bibliothekar habe sich am Astyanax rächen wollen, weil der Stadtfürst seine Tochter verbannt hatte. Jedenfalls sabotierte er die Barriere rund um die Kalpa so, dass vier der sieben Bione dem Typhon anheimfielen. Im Gegenzug vernichtete der Astyanax das Leben in den Ebenen und tötete die erste Population der uralten Art – die Menschen, die Ishanaxade aufgezogen und unterrichtet hatte.

Der Turm wurde fast zerstört, er zerbrach in zwei Hälften. Doch der Bibliothekar überlebte. Schließlich zeichnete sich mit grausamer Deutlichkeit ab, dass die letzten Nachkommen der Menschheit, wie sie auch gestaltet und beschaffen sein mochten, welche Lebensphilosophie und Ziele sie auch verfolgten, dem Chaos nicht mehr lange standhalten würden.

Da ihm andere Eidola gewaltigen Druck machten, erklärte der Astyanax sich schließlich zu Zugeständnissen bereit.

Indem der Bibliothekar sich mit den besten Köpfen der Kalpa zusammentat und mehr als die Hälfte aller städtischen Energiereserven einsetzte, gelang es ihm, einen viel kleineren, stärker konzentrierten Ring von Realitätsgeneratoren zu schaffen – die Verteidiger – und den Typhon ein letztes Mal zurückzudrängen. Er verbannte ihn hinter die Grenze des Realen.

Damals glaubten die meisten Bewohner, die Stadt Nataraja und deren Rebellen hätten nicht überlebt.

Nachdem Sangmer zu seiner letzten Reise aufgebrochen und dabei spurlos verschwunden war, stellte der Astyanax jeden Versuch, die Kalpa zu verlassen, unter Strafe. Die Außenfenster der verbliebenen drei Bione und alle weiteren ließ er zumauern, bis auf die im Zerstörten Turm, in dem nach wie vor das wichtigste und seltsamste aller Eidola residierte.

Die Arbeit an den Ebenen wurde wiederaufgenommen und eine neue, leicht veränderte Population der uralten Art in die Welt gesetzt.

Ein junger Instandsetzer namens Ghentun, der sich in keiner Hinsicht besonders ausgezeichnet hatte, wurde nach Malregard bestellt, von den Angelins ins Verhör genommen und zum Hüter der Ebenen auserkoren. Und damit war diese Sache erledigt. Es gab keine weiteren Bewerber auf den Posten.

Wie so viele andere junge Instandsetzer dieser Zeit hatte auch Ghentun sein genetisches Erbe aufgegeben und noetische Masse angenommen. Doch der Bibliothekar ließ ihn durch seine Epitome wissen, er müsse wieder die alte, urzeitliche Gestalt annehmen, wolle er als Hüter dienen.

Allerdings lief bei der Rückverwandlung etwas schief: Ghentun bewahrte zwar seine Geschichtskenntnisse, büßte jedoch alle persönlichen Erinnerungen ein. Der alte Ghentun verschwand, ein neuer wurde geboren. Aber bei wem hätte er sich beschweren sollen? Kleine Instandsetzer stellten die Entscheidungen Großer Eidola niemals in Frage.

Manchmal, wenn Ghentun seine Schützlinge beim Schlafen beobachtete, sah er, wie sie plötzlich erschauerten. Es kam ihm so vor, als reagierten sie auf etwas Seltsames, als lauschten sie Todesschreien aus der tiefen, zerstörten Vergangenheit, als könnten sie die Leiden ihrer Artgenossen nachempfinden. Die Leiden der Menschen, die aus derselben Materie bestanden wie sie selbst, Fleisch von ihrem Fleisch. Menschen, die sich an miteinander verbundenen Schicksalsfäden entlanggehangelt hatten, bis die Fäden gewaltsam durchtrennt worden und sie in den dimensionslosen Abgrund des Typhon gestürzt waren.

Genau dazu hatte man diese neue alte Art ja auch geschaffen: Sie waren die Kanarienvögel in einer Kohlengrube.

Sie sollten den Beweis dafür erbringen, dass die Ebenen nicht das nutzlose Spielzeug eines dementen Großen Eidolon waren, sondern die letzte reale Chance darstellten, diesen winzigen Rest des Universums vor dem Untergang zu bewahren. Falls es überhaupt eine Grundlage für einen solchen Beweis gab.

Nach Beendigung der Inspektion fuhr Ghentun mit den speziell gesicherten Aufzügen, die in den dicken Außenmauern installiert waren, zur Quelle aller neu gezüchteten Lebewesen der alten Art, zum Hort weit oberhalb der Ebenen.

Am äußeren Rand des Hortes, vor den flüssigen, Licht absorbierenden Vorhängen, bekundete der Hüter mit einer Geste seine Achtung vor dem, was dahinter lag: rotierende Säuglingsstationen, auf denen Hunderte neu geschaffener Embryonen in völliger Stille schliefen und auf ihre Geburt warteten – sollte es jemals dazu kommen. Reihe um Reihe.

Als die Vorhänge weit aufschwangen, ergoss sich goldenes Licht über den Hüter und wärmte seine Haut. Er hatte sich stets gern persönlich davon überzeugt, wie und wo seine Schützlinge geformt, genährt und später unterschwellig angeleitet wurden, bis die Umber – schlanke, graubraune Pflegerinnen, die sich leise und schnell bewegten – sie auf den Umzug zu den Ebenen vorbereiteten.

Mehrere Umber empfingen Ghentun unter dem weiten blassen Bogen, mit dem die Gestalterin die »Glückshaube«, die embryonale Eihauthülle, symbolisiert hatte. Zwei Umber geleiteten ihn hindurch, denn ohne Begleitung wäre er möglicherweise unvorhersehbaren Kraftfeldern und Druckbelastungen ausgesetzt gewesen. Anschließend stiegen sie weiter hinauf, passierten grüne Gelvorhänge und große, unheimlich still wirkende Behälter mit urzeitlichem Eis und traten in den funkelnden Nebel des Vitreions ein. Das Vitreion war das Allerheiligste der Gestalterin und für Maschinen gesperrt.

Noch intensiver wurde das goldene Licht, als er sich den gegenläufig rotierenden Kugeln näherte, in denen die pränatalen Kraftfelder lagen. Die Spinanlagen, die rings um ein Dutzend halb ausgereifter Säuglinge silberne Vektorkurven beschrieben und die Embryonen weiter ausformten, ähnelten mit ihren Ausläufern heftig herumwirbelnden Büschen. Sie arbeiteten so schnell, dass Ghentun die Bewegungen selbst dann nicht verfolgen konnte, als er die eigene Frequenz auf Maximum hochgefahren hatte.

Die letzte Gestalterin der Kalpa, Herrscherin über die Geburten im Hort, stand auf sechs schlanken Beinen neben einem erhöhten pränatalen Feld. Als Ghentun näher trat, tauchte ihr kleiner Kopf aus den dunkel glänzenden, von Kraftfeldern umgebenen Greifwerkzeugen auf, die ihre Arme darstellten. Hinsichtlich der physischen Form hatten sich die Wege von Instandsetzern und Gestaltern schon vor langer Zeit getrennt.

Nachdem sie ihn kurz begrüßt hatte, vollendete sie ihre Arbeit: Sie versah ein winziges, zitterndes, mit feinem weißem Pelz behaartes Ding mit mehreren mentalen Besonderheiten, um es bereits in diesem Frühstadium zu prägen. Das Kleine hatte die großen Augen fest geschlossen, bewegte jedoch fortwährend die Lippen und wirkte so, als könnte es beim geringsten Geräusch aufwachen.

Danach verstaute die Gestalterin ihre Instrumente und begleitete Ghentun auf einem Spaziergang durch den Anbau, in dem die Prototypen untergebracht waren. »Ich weiß nicht, was wir sonst noch tun könnten«, bemerkte sie, während sie zwischen den Paletten umherschlenderten, auf denen die meisten historischen Modelle für den zweiten Zuchtversuch lagerten – nüchterne Zeugnisse einer langwierigen Entwicklung, die zunächst an Unentschlossenheit und persönlichem Versagen gescheitert war. Auch Ghentun hatte zu Beginn seiner Amtszeit schwerwiegende Fehler gemacht.

Er reichte der Gestalterin seine Aufzeichnungen, die sie mit mehreren ihrer zahlreichen Augen durchflog.

»Keine Anweisungen. Keine *Befehle*«, murrte sie. »Soll ich etwa in letzter Minute Verbesserungen nach eigenem Gutdünken vornehmen – falls es überhaupt Verbesserungen sind? Einigen haben wir bereits die Fähigkeit mitgegeben, sich eigenständig, ohne mein Eingreifen, fortzupflanzen, was an sich gefährlich genug ist. Allerdings erhöht es ihre Sensibilität. Falls wir sie noch sensibler machen, werden sie beim zartesten Lufthauch zittern und an Stress sterben. Und wenn wir sie noch schlauer machen, sterben sie vor Langeweile.« Sie machte ihrem Ärger mit einem leisen Summton Luft. »All diese *Bücher* kann man ja wohl kaum amüsant nennen.«

Ghentun tastete nach dem kleinen Buch in seinem Beutel. »Sie sind schlau genug«, erwiderte er. »Der Bibliothekar möchte ein außergewöhnliches Zuchtergebnis untersuchen.« Er projizierte das Bild eines jungen Mannes, der vor Aggressionen schier zu platzen schien. »Diesen hier habe ich erstmals beim Wettstreit auf den brachliegenden Feldern entdeckt. Und einmal, als ich an ihm vorbeiging, habe ich ihn dabei ertappt, wie er in meine Richtung starrte. Fast so, als könne er mich sehen.«

Die Gestalterin warf zwei Arme nach vorn, griff nach dem Bild, wirbelte es herum und ließ es los. Es flog davon und verblasste. Sie mochte solche Projektionen nicht. »Er heißt Jebrassy. Ich habe ihm ein bisschen zu viel Temperament mitgegeben. Er ist ein geborener Marschierer und wird sich schon bald einem deiner Selbstmordtrupps anschließen.«

»Und wie steht's bei ihm mit der Reproduktion?«

»Er ist einer der neuen Zeugungsfähigen, falls irgendeine gebärfähige Frau ihn will, was ich bezweifle. Er hat die Resonanz einer Glocke. Schon im pränatalen Feld ist etwas in ihn gefahren, hat seine Stimme benutzt und ihn verwandelt. Ich vermute, dass er heftig träumt. Die Zöglinge nennen das *Herumgeistern*. Typisch dafür sind Augen, die nichts sehen, leerer Blick, unruhiger Schlaf. Schreckt die anderen ab.« Die Gestalterin musterte Ghentun mit schrägen Blicken aus ihren drei mittleren Augen, die anklagend, ungeduldig und zugleich belustigt wirkten. »Geisterst du vielleicht auch herum, mein Freund?«

Diese absurde Unterstellung wollte Ghentun nicht mit einer Antwort würdigen. »Der hier kommt mir richtig vor«, sagte er stattdessen. »Ich werde mich mit Grayne beraten und etwas in die Wege leiten ...«

»Grayne? Weilt sie immer noch unter uns? Die ist wirklich ein zäher Brocken. Eine meiner besten Arbeiten, macht einfach weiter und weiter ...«

»Inzwischen ist sie eine Sama. Und rekrutiert Marschteilnehmer.«

»In ihrer Jugend war sie einfach wunderbar. Schande über uns alle, dass wir unsere schönen Kinder in diese Wüste schicken. Ich bin auf meine Arbeit hier noch nie stolz gewesen, Hüter.«

»Aber deine besonderen Gaben sind sonst nirgendwo gefragt, Gestalterin.«

Das räumte sie ein. »Der Bibliothekar sollte sich freuen. Diese Züchtungen vibrieren bei der leichtesten Erschütterung der Weltlinien. Während die Eidola sich uneingeschränkt einem Vergnügen nach dem anderen hingeben und das Offensichtliche zu ignorieren versuchen, reagiert unser Nachwuchs inzwischen außerordentlich empfindlich auf etwas, das ich nicht richtig fassen kann, egal wie ich mir den Kopf darüber zerbreche. Vielleicht ist es die Vergangenheit, die sich in Agonie windet und Fäden zu uns knüpfen will. Meinst du nicht auch, Hüter?«

Auch darauf gab Ghentun keine Antwort. Beide wussten sie, dass es wahrscheinlich zutraf. Schließlich hatte man die Ebenen vor allem aus diesem Grund geschaffen.

»Dennoch lässt die Leistung der Realitätsgeneratoren immer mehr nach. Und das Chaos kennt keine Geduld«, fuhr sie fort. »Wie lange wird es noch dauern, bis der Bibliothekar dir Gehör schenkt?«

»Nicht mehr lange.«

»Den Eidola kann man es niemals Recht machen, das ist mir während meines langen Lebens stets klar gewesen. Falls der Bibliothekar noch immer nicht zufrieden ist …« Unvermittelt und schneller, als Ghentun denken konnte, griff die Gestalterin in seinen Beutel und zog das grüne Buch heraus. Dabei griffen ihre Finger so fest zu, dass sie das Buch zu zerquetschen drohten. »Dieser kleine Schatz ist uralt. Und du hast ihn deiner Sama gestohlen.«

»Genauer gesagt: ihrer Vorgängerin.«

»Und, ist das Buch aufschlussreich?«

»Es ist in der Ursprache der Nachgezüchteten geschrieben und verändert sich jedes Mal, wenn ich es lese. Deshalb nehme ich an, dass es nicht für unsere Augen bestimmt ist.«

»Wieso befasst du dich dann überhaupt damit?«

»Aus Neugier. Und wegen meines schlechten Gewissens.« Ghentun grummelte etwas vor sich hin – damit drückten Instandsetzer Verlegenheit oder Belustigung aus. »Bist du denn gar nicht neugierig darauf, was der Bibliothekar mit dem Nachwuchs vorhat?«

Die Gestalterin schnaubte abfällig. »Wir könnten noch mal von vorn anfangen. Verbesserungen sind immer möglich.« Offenbar war sie nicht willens, ihre Arbeit zu stecken, so sehr deren Resultate und quälende Umstände ihr auch zu schaffen machten. »Wie viel Zeit bleibt uns denn noch? Was meinst du – einige Tausend Jahre?«

»Das bezweifle ich.« Ghentun bat sie mit einer Geste, ihm das Buch zurückzugeben. Widerwillig reichte sie es ihm und hinterließ dabei tiefe Fingerabdrücke im Einband. Nach und nach und so, als hätte man es beleidigt, nahm das Buch wieder die ursprüngliche Form an.

»Das hier ist die letzte Ernte, die wir einbringen«, bemerkte Ghentun. »Entweder klappt es mit diesen Züchtungen oder gar nicht.«

8

Die erste Insel

»Glaubst du etwa, ich würde einer *Flamme* deine Geheimnisse anvertrauen?« Khren machte ein derart bestürztes Gesicht, dass Jebrassy ihm sofort das schlechte Gewissen ansah.

Sie hockten in Khrens Nische, wegen der atmosphärischen Störung zwischen ihnen allerdings nicht ganz so locker wie sonst. Ringsum war die farbenfrohe, wenn auch nutzlose Beute verstreut, die sie beim Gefecht gemacht hatten: Fähnchen, die sie dem Gegner abgenommen hatten, und zwei gepolsterte, schwere Stabwaffen, in deren Ornamente – ineinander verschlungene Blätter – gute Wünsche für den Kampf eingraviert waren. Außerdem hatte Khren bei einer Wette auf den Sieger der Seeschlacht einen prachtvollen Krug Tork gewonnen.

»Was hast du sonst noch ausgeplaudert?«, fragte Jebrassy. Beide kannten einander, seit die Umber sie im Hort zur Welt befördert hatten.

»Sie war neugierig. Hat Fragen gestellt, und ich habe sie beantwortet. Sie hat gewisse Methoden, einen zum Reden zu bringen, das weißt du ja.«

Jebrassy kniff die Augen zusammen und grinste. »Bist du etwa scharf auf sie?«

Verärgert darüber, dass Jebrassy sich den Freund und das Mädchen offenbar nicht als verknalltes Paar vorstellen konnte, lehnte Khren sich zurück und starrte zur Zimmerdecke hinauf. »Natürlich nicht. Ich hab eine andere im Auge.«

Dieser anderen war Jebrassy bisher noch nicht begegnet, Khren hatte ja nicht einmal irgendeinen Namen erwähnt.

»Würde sie mir was bedeuten«, sagte Khren, »hätte ich ihr gesagt, dass Jugendmärsche Blödsinn sind, dazu noch gefährlich. *Dich* hat diese Sache ja sogar schon um deine ererbten Rechte gebracht.«

»Was könnte ich *hier* je erben?«

»Es ist doch gar nicht so verkehrt hier. Im Gefecht haben wir uns ziemlich gut geschlagen. Warum sollte man sich auflehnen, wenn es nichts gibt, was die Auflehnung lohnt? Außerdem sieht es ganz so aus, als wärst du einer hübschen Flamme aufgefallen, als du mit deinen Muskeln geprotzt und ein paar gute Schläge ausgeteilt hast. Wobei es ihr zweifellos um deinen scharfen Verstand und rebellischen Geist geht.«

»Die Hochgewachsenen können mit uns doch anstellen, was sie wollen. Wir können uns in keiner Weise dagegen schützen. Für die sind wir nur Spielzeug.«

»Ich betrachte uns lieber als *Experimente*«, erklärte Khren. Gleich darauf zuckte er mit den Achseln, denn diese Bemerkung stellte auch schon den Gipfel seiner philosophischen Höhenflüge dar.

»Und was unterscheidet Spielzeug und Experiment voneinander?«

»Wir sind die Nachzucht einer uralten Art mit uralten Vorzügen. Falls wir Experimente sind, werden wir alle anderen überflügeln. Und dann werden sie uns für unsere Tapferkeit belohnen und unsere Ebenen in die Freiheit entlassen. Danach können wir hinziehen, wo wir wollen – selbst ins Chaos, falls es einen Besuch lohnt, was niemand weiß.«

»Es lohnt sich«, sagte Jebrassy, »da bin ich mir sicher. Ich habe meine Quellen …«

Khren hob die kleinen Ohren, was leichte Belustigung signalisierte. »Und bist selbstverständlich gut unterrichtet.«

»Ich habe tatsächlich Quellen«, betonte Jebrassy, um zumindest den zweiten Streitpunkt zwischen ihnen vorläufig beizulegen. »Warum musstest du ihr unbedingt davon erzählen, dass ich im Schlaf herumgeistere?«

»Das hab ich ihr ja gar nicht von mir aus erzählt. Sie hat so danach gefragt, als wüsste sie längst davon. Und sie kann sehr überzeugend wirken.« Anstatt weiterzureden, bedachte er Jebrassy mit einem so lüsternen, anzüglichen Blick, wie es sein derbes, breites Gesicht zuließ.

»Im Unterschied zu mir hat sie immer noch Paten«, warf Jebrassy ein. »Folglich wird sie wohl kaum noch einmal mit einem von uns beiden reden.«

»Aha.« Khren stand auf, schenkte sich Tork nach und fläzte sich wieder in die Kissen, ohne einen Tropfen zu verschütten. Angelegentlich musterte er die Farbe seines Getränks, auf das warmes Deckenlicht fiel.

»Ich brauche keine Gefährtin«, beteuerte Jebrassy. »Ich muss hier weg und herausfinden, wie es jenseits der Tore aussieht.«

»Du hast die Tore ja noch nicht mal gesehen, kannst sie nicht beschreiben. Alles, was wir über das Draußen wissen, sind nur leere Worte und irgendwelche Namen. Und selbst wenn du den Geschichten glaubst: Nie ist jemand von denen, die so weit vorgestoßen sind, zurückgekehrt, um uns davon zu berichten. Und das besagt wohl einiges.«

»Wie bitte? Vorausgesetzt, wir hintergehen die Pflegerinnen und sie stecken es den Beamten: Werden dann alle Entflohenen, sofern man sie wieder einfängt, dem Düsteren Aufseher ausgeliefert? Oder sperrt man sie zur Unterhaltung der Hochgewachsenen in Käfige? Willst du *das* damit andeuten?«

»Das klingt selbst für die Hochgewachsenen ziemlich brutal«, erwiderte Khren.

»Ich *hasse* es, so wenig zu wissen! Ich will die Dinge, *neue* Dinge, mit eigenen Augen sehen. Ich hasse es, ständig *umsorgt und beaufsichtigt* zu werden!«

Jebrassys Wutausbruch bereinigte die Atmosphäre ein wenig. Khren nahm wieder die gewohnte Rolle an: die des Resonanzbodens für Jebrassys Soli. In Wirklichkeit fand Khren Jebrassys Pläne höchst interessant und sah dabei fasziniert und mit lediglich gespieltem Entsetzen zu. Es war so, als hätte er diese Pläne auch selbst schon durchgespielt und dabei einen toten Punkt erreicht – eine Mauer, die ihm die weitere Sicht versperrte und es ihm unmöglich machte, für sich eine Entscheidung zu treffen. Manchmal schien Khren Jebrassy nicht abzunehmen, dass dessen Vorhaben mehr darstellte als interessantes, aber hohles Geschwätz. Denn nur das war es für Khren.

»Was hat dein Besucher dir denn letztes Mal gesteckt?«, fragte Khren und genoss den letzten Schluck Tork. Jebrassy hatte bei den ersten beiden Runden mit seinem Freund mitgehalten, verzichtete jedoch auf einen dritten Becher, weil er sich für den kommenden Tag einen klaren Kopf bewahren wollte. Für das Treffen, das bestimmt nicht stattfinden würde.

»Er ist ein Idiot«, murmelte Jebrassy. »Hilflos. Hat überhaupt keine Ahnung.« Er rülpste, um der herabsetzenden Bemerkung Nachdruck zu verleihen. Bei den Nachgezüchteten der alten Art existierten keine Vorstellungen über Geisteskrankheiten. Mit Verschrobenheiten, Launen und außergewöhnlichen Charakteren kannten sie sich aus, doch ein Begriff wie »Wahnsinn« war unbekannt. Deshalb beschuldigte auch niemand den anderen, die Verbindung zur Realität verloren zu haben, es sei denn, mit einer vagen Andeutung oder einem Witz, der einem selbst als peinlich aufstieß, was man durch ein Rülpsen unterstrich.

»Und, was weiter? Hat er dir irgendwas Neues erzählt?«

»Ich war ja nicht dabei. Wenn er kommt, gehe ich, das weißt du doch.«

»Und die Zeichnungen auf dem Schütteltuch?«

»Ergeben nie einen Sinn.«

»Vielleicht ist dein Besucher *ihrem* Besucher begegnet, und sie weiß deshalb so viel über dich.«

»Du hast doch selbst mit ihm gesprochen und kennst ihn besser als ich.« Jebrassy ließ sich tiefer in die Kissen sinken.

»Du – er – konnte ja kaum was herausbringen«, sagte Khren. »Er hat nur in meinen Spiegel gesehen und irgendwelche *Geräusche* gemacht. Sagte so was wie: *Die haben alles falsch verstanden!,* bloß lallte er dabei. Und dann stolperte er – du oder dein Besucher – einfach vorwärts, nahm genau dort Platz, wo du jetzt sitzt, schloss seine oder deine Augen und war gleich wieder weg.« Khren wackelte mit dem Zeigefinger. »Wenn beim Herumgeistern nur so was herauskommt, überlasse ich es gern dir, Kumpel.«

ZEHN NULLEN

9

Seattle, südliche Innenstadt

Um sich die schier endlose, trostlose Zeit zu vertreiben – der Regen klatschte gegen das Oberlicht des hohen dunklen Raums –, blätterte Virginia Carol, von ihren Freunden Ginny genannt, in einem dicken, schweren Band mit dem Titel *Die Wasserspeier von Oxford*. Der Verfasser war ein Professor J. G. Goyle, das Erscheinungsjahr 1934. *Wie mochte der zweite Vorname Mr. Goyles lauten? Garth oder einfach nur Gar?*

Die Reste eines halb verzehrten Butterbrots, immer noch in Wachspapier eingewickelt, warteten auf einem leeren Messingtisch, der neben einem Lesesessel mit hoher Lehne stand. Schon seit zwei Wochen versteckte Ginny sich in dem grünen Lagerhaus und hoffte auf eine Erklärung, die offenbar nie gegeben werden sollte. Ihre Angst hatte sich gelegt, doch jetzt begann sie sich zu langweilen, was sie vor zwei Wochen nicht für möglich gehalten hätte.

Wenigstens waren die Abbildungen in dem Buch amüsant: Sie zeigten anzüglich blickende, widernatürliche Gestalten, die, so behaupteten die Gelehrten, böse Geister fernhalten sollten. Doch das, was ihren Blick wirklich fesselte, war ein grobkörniges Foto in einem Kapitel über die älteren Gebäude der Universitätsstadt. Es zeigte die Innenseite einer Steinbrüstung hoch oben in einem Uhrenturm. In die jahrhundertealte schwarze Kruste aus Ruß und Dreck hatte jemand deutlich lesbar, mit den braven Druckbuchstaben eines Schuljungen, die Frage eingeritzt:

TRÄUMET IHR VON EINER STADT
AM ENDE DER ZEIT?

Und darunter stand das Jahr, **1685**.

Eine weitere Inschrift unterhalb der Jahreszahl, vermutlich ein Name oder eine Adresse, war gewaltsam herausgekratzt worden, so dass ein hellbrauner Fleck zurückgeblieben war.

Durch die Tür am anderen Ende des Zimmers schob sich Conan Arthur Bidewell mit einem weiteren Stapel von Büchern, die wieder in die hohen Holzregale einsortiert werden mussten. »Das ist ein echtes Buch, keine meiner Kuriositäten, Miss Carol«, sagte er, als er sah, welche Lektüre sie sich ausgesucht hatte. »Allerdings gibt es unangenehme Tatsachen wieder.« Bidewells Wangen waren eingefallen; den gegerbten, glänzenden Schädel bedeckten spärliche Haarbüschel. *Er ähnelt einer gut konservierten Mumie oder einer Moorleiche*, dachte Ginny. *Trotzdem ist er nicht wirklich hässlich.*

Sie zeigte ihm die Abbildung. »Der Text ist wie der in der Zeitungsanzeige.«

»Stimmt.«

»Also geht das schon seit Jahrhunderten.«

Bidewell spähte durch die winzigen Brillengläser. »Viel länger.« Unter seinem Arm klemmten zwei zusammengefaltete

Zeitungen, *The Stranger* und *The Seattle Weekly*, die er auf dem Lesetisch ablegte. Eine Zeitung war schon eine Woche alt, die andere vom Vortag. Mit Haftzetteln hatte er bestimmte Kleinanzeigen markiert, die fast gleich lauteten:

Träumen Sie von einer Stadt am Ende der Zeit?
Wir können Ihre Fragen beantworten, Tel. ...

Nur die Telefonnummern wichen voneinander ab.

»Dieselben Leute?«, fragte Ginny.

»Kann man nicht wissen. Allerdings gibt es in unserer Nachbarschaft nur noch einen, der so was aufgibt. Früher waren es zwei, glaube ich. Doch es werden bald wieder mehr sein.« Bidewell dehnte die freie Hand, so dass die Fingerknöchel knackten, und stieg die hohe Leiter hinauf, die oben an einer Gleitschiene befestigt war. Die Schiene erstreckte sich über alle vier Wände und führte auch über die Türen und ein zugenageltes Fenster hinweg. Bidewell stellte die Bücher, mit denen er sich befasst hatte, ins Regal zurück. Als er die spindeldürren Beine beugte und streckte, knisterten seine dicken Kordhosen.

»Und die suchen schon die ganze Zeit nach Leuten wie mir? Dann müssten sie ja uralt sein«, meinte Ginny.

»Manche leben und arbeiten immer noch, falls man es so nennen will. Es gibt sehr viele schlimme Unterströmungen in diesen tiefen jungen Gewässern. – Ist Ihnen auf dem Weg hierher jemand gefolgt?«

Bisher hatte Bidewell es unterlassen, Ginny danach zu fragen, vielleicht absichtlich. Wie verschroben er auch sein mochte, offenbar konnte er sich in ihre Ängste einfühlen.

Ginny wollte sich nicht an den Mercedes, den Münzen werfenden Mann und die zündelnde Frau erinnern. »Ich glaube schon«, erwiderte sie leise. »Gut möglich.«

»Mm.« Während Bidewell die letzten Bücher in die Lücken stellte und die Leiter hinunterstieg, machte er mit Lippen und Backen kleine glucksende Geräusche. Von der letzten Sprosse aus blickte er über die Schulter und spähte zu der großen Kugellampe aus Milchglas hinüber, die in einer Fassung aus Bronze von der Decke baumelte. »Sollte die Birnen wohl besser austauschen, wie?«

»Diejenigen, die diese Anzeigen aufgeben und das hier eingeritzt haben ...«, Ginny tippte auf die Abbildung aus Oxford, »sind das Menschen?«

Bidewell nickte so hastig, dass er an einen pickenden Vogel erinnerte. »Diese Inschrift hat ein Schuljunge eingeritzt, den ein anderer Schuljunge dazu angestiftet hat. Ein älterer Mann hat den anderen dafür bezahlt. Doch um Ihre Frage zu beantworten: Ja, die meisten sind Menschen.«

»Und wieso sterben sie nicht?«

»Etwas hat sie berührt und ihre Lebensspannen unglaublich verlängert. Tut mir leid, ich möchte nicht geheimnistuerisch wirken.«

Ginny war sich über diese Dinge noch immer nicht im Klaren, wusste nicht einmal, ob sie Bidewells Lagerhaus einfach wieder verlassen, jede Hoffnung auf Erklärungen aufgeben und ihr Glück draußen versuchen sollte. (»Alles zu seiner Zeit«, hatte er gesagt).

Im Alter von sechzehn Jahren waren bei Ginny erstmals Phasen der Geistesabwesenheit aufgetreten. Wenn sie spazieren ging, Bus fuhr oder vor dem Einschlafen war, verlor sie oft kurz das Zeitgefühl und konnte sich später an nichts erinnern. Nach diesen Aussetzern war ihr manchmal leichter ums Herz, und es kam ihr so vor, als wäre die Liebe in ihr Leben zurückgekehrt – ein Gefühl, das sie in ihrer sprunghaften Jugend nicht oft empfand. Doch manchmal blieb solche Angst oder ein so starkes Gefühl von Verlust zurück, dass es ihr fast die Luft abschnürte, begleitet von einem Gestank, der schlimmer als Verbranntes roch, und einem moderigen, bitteren Geschmack, der übler war, als hätte sie etwas Verdorbenes gegessen.

Gleichzeitig wurde ihr bewusst, dass sie sich durch eigene Willenskraft in verschiedene Situationen hineinversetzen konnte, auch wenn das oft ins Auge zu gehen schien. Seitdem sie ihre Familie verloren hatte, war Ginny eine Meisterin darin, falsche Schritte zu tun, als wäre sie wild entschlossen, bei jeder Weggabelung die verkehrte Richtung einzuschlagen.

Da sie selbst nicht genau wusste, wie und warum sie das alles anstellte, las sie seit geraumer Zeit Bücher über Parallelwelten und fand sie faszinierend, aber auch unbefriedigend. Auch weiterhin versetzte sie sich in andere Situationen, hatte aber immer noch keine Erklärung dafür, warum und wie sie das schaffte.

Bis Bidewell sie bei sich aufnahm, hatte sie keinem Menschen von ihren Fähigkeiten erzählt. Erst in der vergangenen Woche hatte der Alte, nachdem er ihre Geschichte gehört hatte, sich so geöffnet, dass er endlich einmal eine Meinung geäußert hatte. »Klingt ganz nach jemandem, der sich im Chaos verloren hat und davon unterjocht wird. Was es auch sein mag, man kann es nicht in Erfahrung bringen, kann es nicht wissen.« Mit zwei seiner dünnen Finger hatte er die Lippen zusammengequetscht und mehrmals wiederholt, er könne nur Mutmaßungen anstellen, schließlich sei er kein Experte in diesen Dingen.

Dieser Mann konnte einen wirklich zur Verzweiflung bringen.

»Was wissen Sie denn überhaupt, Mr. Bidewell?«, platzte es jetzt aus Ginny heraus. Sie klappte das schwere Buch so heftig zu, dass der Knall von der Zimmerdecke widerhallte.

»Nenn mich bitte Conan«, bat er. »Mein *Vater* wurde Mr. Bidewell genannt.«

»Und wie alt war *er*, als Sie geboren wurden?«

»Zweihunderteinundfünfzig Jahre.«

»Und wie alt sind Sie jetzt?«

»Eintausendzweihundertdreiundfünfzig.«

»Jahre?«

»Selbstverständlich.«

»Das ist unmöglich.«

»Nein, nur recht außergewöhnlich«, korrigierte Bidewell, schob seine kleine Brille hoch und hielt sich den Einband eines anderen Buchs dicht vor die blassblauen Augen. »Viele Dinge sind vorstellbar, allerdings unmöglich. Viele weitere Dinge sind zwar vorstellbar, aber nicht sonderlich wahrscheinlich. Einige wenige sind tatsächlich unvorstellbar, jedenfalls für uns, und dennoch möglich.« Er summte vor sich hin. »Wenn man Bücherstapel von A nach B bewegt, kann man wirklich Wunder bewirken. Sieh mal, liebe Ginny, was wir hier haben: den zwölften Band der Gesamtausgabe von David Copperfield. Ich meine den Protagonisten in dem Roman von Dickens, verstehst du? In Wirklichkeit war er ein Schriftsteller. Nicht zu verwechseln mit dem Magier, obwohl es sicher interessant wäre, ihm irgendwann einmal zu begegnen. Ich frage mich, was *er* wohl träumen mag. Ist eine Frage von Wahlmöglichkeiten … Falls du Zeit hast, meine Liebe, könntest du dann wohl nach einem kleinen Fehler auf Seite 432 suchen? Das hier ist sehr klein gedruckt, und meine Augen sind nicht mehr das, was sie mal waren.« Er hielt ihr das Buch hin.

Ginny stand auf und nahm es aus Bidewells ausgestreckter knotiger Hand. Sie hatte diesen Unsinn, der sie ständig vor neue Rätsel stellte, allmählich satt. Wie konnten Romanfiguren ein Buch schreiben oder sogar ein Werk mit zwölf oder mehr Bänden verfassen? Allerdings fühlte sie sich hier geborgen und in Sicherheit. Der Widerspruch machte ihr zu schaffen.

Sie wusste noch, wie Bidewell bei ihrer Ankunft leicht ihre Finger umschlossen und sie im Lagerhaus willkommen geheißen hatte. Seine Geste hatte bei ihr ein Erschauern und zugleich ein seltsames Wohlgefühl ausgelöst.

»Welche Art Fehler ist es denn?«

»Eigentlich kann es alles Mögliche sein – ein Tippfehler, ein Rechtschreibfehler, eine Lücke im Text oder etwas, das dort nicht hingehört. Wir müssen uns den Fehler notieren, dürfen jedoch keine Korrektur vornehmen oder versuchen, die offensichtlichen Mängel zu kaschieren. Sie könnten wichtiger für jene Stadt am Ende der Zeit sein, als du wissen magst, junges Fräulein. Was und wo diese Stadt auch sein mag.«

Während eine weitere Woche verstrich, wuchs Ginnys innere Unruhe. Sie spürte die schlimmen Unterströmungen, von denen Bidewell gesprochen hatte. Und etwas, das noch alarmierender war: Der Fluss, der vor ihr lag, schien auf ein plötzliches Ende zuzusteuern. Sie konnte nicht sagen, wann das Ende eintreten würde, ob in Wochen, Monaten oder einem Jahr. Doch dahinter … lag das Nichts. Bidewell weigerte sich, ihr mehr zu verraten, und die meisten ihrer Gespräche liefen darauf hinaus, dass er abschließend krächzte: »Kann man nicht wissen, kann man nicht wissen!«

In Bidewells Lagerhaus war eine Bibliothek von mehr als 300 000 Büchern untergebracht. Ginny schätzte die Anzahl der Werke in den Regalen durch schnelles Durchzählen und die Bücher in den Kisten durch noch schnellere Hochrechnungen. Außer Bidewell und ihr lebten auch sieben Katzen im Lagerhaus, alle mit unnatürlich vielen Zehen ausgestattet. Zwei schwarz-weiß gemusterte Kater schienen sogar kleine Daumen zu haben. Während Ginny Bücher einsortierte und zwischendurch las, tapste der kleinere der beiden, der gerade dem Babyalter entwachsen zu sein schien, leise zu ihr hinüber und rieb sich so lange an ihren Fußknöcheln, bis sie ihn schließlich aufhob, auf ihren Schoß setzte und streichelte. Der Kater, dessen geschmeidiger Körper unter dem weichen Fell Wärme ausstrahlte, war auf der Brust mit einem weißen Lätzchen gezeichnet und hatte eine weiße Pfote. Er schnurrte zufrieden, bis sie mit dem Streicheln aufhörte. Danach stemmte er sich gegen ihre Brust und tippte mit einer seiner breiten Pfoten leicht gegen ihr Kinn, was ein bisschen zwickte.

Von ihrem belegten Brot wollte er nichts abhaben. Stattdessen legte er an diesem Abend eine äußerlich unversehrte, aber sehr tote Maus am Fußende ihres Bettes ab, was bezüglich seiner Ernährungsgewohnheiten wohl als Wink mit dem Zaunpfahl zu verstehen war.

Alle Katzen waren sehr eigenständige Wesen und reagierten nur selten, wenn sie lockend nach ihnen rief oder mit ihnen sprach. Aber während der langen Nächte fand sie oft eine, zwei, manchmal auch drei Katzen am Fußende ihres Bettes liegen, die Pfoten unter den Körper gezogen, die Augen zu Schlitzen verengt. Sie beobachteten Ginny und schnurrten dabei liebevoll und zufrieden. Offenbar mochten sie Bidewells neue Hausgenossin.

Selbstverständlich hatten die Katzen vor allem die Aufgabe, Mäuse und Ratten vom Lagerhaus fernzuhalten, denn Bidewell hielt nicht viel von angenagten Büchern.

Seit sie Freundschaft mit den Katzen geschlossen hatte, war ihr die Zeit nicht mehr so lang. Wenn eine nach der anderen sich auf Ginnys Schoß zusammenrollte, fiel es ihr sogar leichter, das Lesepensum zu bewältigen, das Bidewell ihr aufgehalst hatte. Neben ihrem Arbeitstisch hatte er mathematische und physikalische Lehrbücher sowie mehrere Abhandlungen über hinduistische Mythologie aufgestapelt. Drei der Physikbücher schienen über das hinauszugehen, was Ginny für den aktuellen Stand von Theorie und Forschung hielt. Beispielsweise handelten sie Reisen mit Überlichtgeschwindigkeit so ab, als wären sie das Normalste von der Welt, und beschrieben ausführlich fünfdimensionale Scheiben und Querschnitte gewisser Phänomene in der Raumzeit.

Neben diese Werke hatte Bidewell fünf Bücher mit größtenteils leeren Seiten gelegt, die er als »Ausschuss« bezeichnete. Als Ginny den Stapel genauer untersuchte, stellte sie fest, dass bei allen Büchern auf jeder jungfräulich weißen Seite nur ein einziger Buchstabe stand.

Welche mysteriösen Dinge in Büchereien, Buchhandlungen und zwischen den Kartonstapeln im Lager von Verlegern auch vor sich gegangen sein mochten: Für diese größtenteils leeren Bücher schien Bidewell sich kaum zu interessieren. »Das sind bestenfalls Nullnummern, Freiräume, Leerstellen zwischen Tastenanschlägen. Schlimmstenfalls lenken sie vom Wesentlichen ab. Du kannst sie dazu benutzen, Tagebuch zu führen oder Notizen festzuhalten.« Er warf einen Blick auf den anderen Stapel. »Die da dienen deiner Bildung, die wir ja trotz aller Einschränkungen vorantreiben müssen.«

»Und haben die ebenfalls Mängel?«, fragte sie. »Soll ich nach Fehlern Ausschau halten und sie markieren?«

»Nein. Deren Fehler sind nur natürlich und unvermeidbar, es sind die Fehler jugendlicher Unwissenheit.«

In den wenigen Jahren auf der staatlichen Schule hatte Ginny sich stets gern mit der Mathematik und den Naturwissenschaften befasst und im Lauf der Zeit mühelos Aufgaben begriffen, die ihre Klassenkameraden vor Rätsel stellten. Doch als Tüftlerin oder hochbegabten Freak hatte sie sich nie gesehen. »Ich würde aber lieber einen Fernseher haben oder einen Computer mit Zugang zum Internet nutzen«, bemerkte sie.

Bidewell schüttelte sich. »Das Internet ist eine fürchterliche Entwicklung. Alle Texte der Welt … All diese unglückseligen Meinungen, Lügen und Irrtümer, die sich unablässig verändern … Und wozu das alles? Wer kann sich dabei je auf dem Laufenden halten oder sein Wissen erweitern? Was mich interessiert, ist nicht das unglaubliche Ausmaß menschlicher Torheit, liebe Virginia.«

Zwar konnte man sie wohl kaum eine Gefangene nennen, doch wie oft sie sich der Außentür auch näherte, nie konnte sie sich dazu überwinden hinauszugehen. Hin und her gerissen zwischen ihrer Sehnsucht nach der Außenwelt und der Angst, hatte sie jedes Mal Magenkrämpfe und eine unerträgliche Spannung in Kopf und Brustkorb. Sie konnte nicht zurück nach draußen gehen – jetzt noch nicht.

»Warum halten Sie mich unter Verschluss?«, schrie sie eines Morgens, als Bidewell weitere Kisten voller Bücher ins Zimmer karrte. »Ich hab's satt! Immer nur Sie und diese Katzen!«

»Ich halte dich keineswegs unter Verschluss«, schnappte Bidewell zurück. »Egal, wo du hingehst, ich bin sicher, dass du auf Umwegen nach Hause zurückfindest, denn mit dieser Gabe bist du wirklich gesegnet. Kann sein, dass du den Katzen fehlen wirst.« Danach stapfte er mit knirschenden Kniegelenken hinaus und schloss die weiße Tür des Lagerhauses, deren ölige Rollen und Gegengewichte quietschten.

Ginny versetzte einer Kiste einen Fußtritt. Als sie sich umdrehte, sah sie, dass der kleinste Kater auf dem Fußboden hockte und sie mit selbstgefälliger Neugier beobachtete. »Du hast doch alles, was du willst«, teilte sie ihm in vorwurfsvollem Ton mit. Der Schwanz des kleinen Katers klopfte gegen einen verschlossenen Karton. Er stellte sich auf die Hinterbeine, kratzte heftig an der Pappe und hinterließ dabei nach Katzenart ein Zeichen: Es sah wie ein X mit Ausrufezeichen aus. Danach marschierte er mit hoch erhobenem, zuckendem Schwanz davon.

Manchmal knabberte er sogar an den Ecken der Bücher, die auf dem Arbeitstisch lagen, doch das schien Bidewell nichts auszumachen.

Als das Mädchen am Tor des Maschendrahtzauns aufgetaucht war, hatte Conan Arthur Bidewell drei heftige Emotionen gespürt: Ärger, freudige Erregung und Angst – wobei Letzteres in seinem Alter kaum noch von Freude zu unterscheiden war. Dass Veränderungen in der Luft lagen, konnte er mit den Händen greifen. Im Grunde war ihre Ankunft auch nicht mysteriöser als das Gerinnen eines Tropfens in einer Regenwolke. Allerdings wusste er jetzt, dass die Arbeit vieler einsamer Jahre endlich Früchte tragen würde. Warum also sollte er, abgesehen von dem unvermeidbaren Herzklopfen angesichts drohender Gefahr, nicht auch Freude empfinden? Viele Jahrzehnte, allzu viele, hatte er sich in seine Bücher vergraben und Berechnungen für den unvorstellbaren Wandel durchgeführt und aufgezeichnet. Was hätte aussichtsloser und unerheblicher sein können? Er hatte darauf gewartet, dass die Integralläufer ihre Samen aussäten und eine neue Familie für ihn und das Lagerhaus schufen. Und jetzt …

Schon seit langem waren Bidewell in der literarischen Welt Veränderungen aufgefallen. Aus allen Teilen des Planeten schickte man ihm inzwischen bedeutende Funde, und es wurden ständig mehr. (Schade, dass sie keinen Zugang zu anderen Planeten hatten! Denn bestimmt tat sich da draußen inzwischen Ähnliches und stellte andere Gelehrte vor Rätsel, falls sie so wachsam wie die auf der Erde waren.) Die Stimmungen, die seine Bücher ausdrückten, waren jetzt durchweg düster. *Auf diese Weise wird es mit der Welt zu Ende gehen: nicht mit einem Knall, sondern mit einem Fehldruck.*

Auch in unmittelbarer Nachbarschaft hatte er Veränderungen bemerkt: Die Anzahl der Mäuse schrumpfte, die der Katzen stieg. Im Lagerhaus lebten jetzt zwei Katzen mehr als vor der Ankunft des Mädchens. Mit Minimus, seinem Lieblingskater, schienen sie gut auszukommen. Zweifellos gehörten sie trotz ihrer Unabhängigkeit allesamt zu Mnemosyne, der Mutter der Musen und Göttin der Erinnerung.

Und jetzt leistete ein Mädchen ihm und den Katzen Gesellschaft, das eigentlich wenig Bemerkenswertes an sich hatte.

Ginny war launisch, hielt ihre Gefühle aber wohlweislich in Zaum. Schließlich befand sie sich ja auch in einer heiklen Situation. Sie hielt sich für eine Achtzehnjährige. Bidewell wusste es zwar besser, hatte aber nicht das Herz, es ihr zu sagen. Am besten allen auf einmal die Wahrheit offenbaren, sobald sie sich zusammengefunden hatten. Zwangsläufig würden noch andere bei ihm eintreffen. Ihre Zeit war angebrochen, auch wenn die Räuber – trotz aller Anstrengungen der Katzen, die Mäusepopulation im Lagerhaus zu dezimieren – weiter nach ihnen suchten, um sie mundtot zu machen. Die Zeit war jetzt da. Die Zeit der Kraftprobe.

Ginny hatte eine Abwärtsspirale durchlaufen und einen schlimmen Schock überlebt. Er sah, dass sie erst wieder zu Kräften kommen musste, und lud ihr deshalb nicht allzu viel Arbeit auf. Sie erledigte ihre Aufgaben durchaus zufriedenstellend. Öffnete die Kartons, sonderte die Sammlungen, die am wenigsten versprachen, aus und entwickelte sich zu einer scharfsichtigen Leserin, was Bidewell in Anbetracht ihrer Herkunft nicht überraschte. Irgendwann würde sie ihm vielleicht eine wertvolle Hilfe sein. Allerdings fragte er sich, ob genügend Zeit bleiben würde, Ginnys Fähigkeiten so weit zu fördern, dass sie tatsächlich Entscheidendes würde bewirken können.

Die Arbeit im Lagerhaus ging voran, obwohl er schon in Erfahrung gebracht hatte, was er wissen musste: Die Vergangenheit reagierte wie ein Barometer auf einen gewaltigen Druckabfall. Es war nur noch sehr wenig Vergangenheit da. Und kaum noch eine Zukunft.

Auf das, was man zu erinnern glaubte, war kaum noch Verlass. Jetzt nicht mehr.

Die Geschichte war wirklich nur noch eine Ansammlung wirrer Texte.

10

Seattle

Als Straßenkünstler muss man all seine Zuschauer zufriedenstellen. Auf Frauen jung, charmant und komisch wirken und eine Unterhaltung bieten, in die sie ihre Sehnsüchte für kurze Zeit hineinprojizieren können. Für Männer den leicht heruntergekommenen Clown spielen, der trotz seiner Jugend und des guten Aussehens keine Bedrohung darstellt. Bei Kindern so tun, als wäre man eines von ihnen, so dass sie sich wünschen, genauso singen, tanzen und jonglieren zu können.

Jack hatte heute nicht schlecht verdient: rund achtundzwanzig Dollar in drei Stunden. Ein paar Leute aus dem Publikum, das sich immer wieder ansammelte, hatten das Geld in den Schlapphut geworfen, den er auf dem Gehsteig vor der Tiffany's-Filiale der Innenstadt aufgestellt hatte.

Wie schon seit zwei Jahren arbeitete Jack auch heute mit lebenden Ratten. Sie waren an seine Kunststücke gewöhnt, und er hatte sie noch nie fallen gelassen. Es mochte den Ratten nicht besonders gefallen, durch die Luft zu wirbeln, Schwänze und Köpfe zu verdrehen, während ihre schwarzen oder rosa Knopfaugen funkelten, und in schneller Folge abwechselnd Himmel, Erde und Jacks Hand zu erblicken, doch es klappte. Er fing sie vorsichtig auf und warf sie ebenso vorsichtig in die Luft. Und danach gab er ihnen ihr Futter. Außerdem war durch den Maschendraht stets etwas Interessantes zu sehen, wenn sie nach den Vorstellungen im Käfig hockten und ihr Fell putzten. Ratten hatten schon schlechter gelebt.

Als die Menschenmassen die Betonschluchten um vier Uhr nachmittags schlagartig verließen, um nach Hause zu gehen, packe Jack seinen Krempel zusammen, befestigte alles vorne und hinten an seinem Fahrrad und machte sich auf die lange Fahrt aus der Innenstadt heraus, den Denny Way entlang bis nach Capitol Hill.

Zwar hatte er sich dazu durchgerungen, die Freie Klinik am Broadway aufzusuchen, doch wegen seiner inneren Widerstände hielt er zunächst an Ellens Haus an. Ihr kleiner grauer Bungalow lag versteckt hinter einem schmalen Garten, oberhalb einer ein Meter hohen Böschung, von der Betonstufen zum Haus hinaufführten. Helen war außerhalb der Stadt unterwegs und von ihrem Tagesausflug noch nicht zurück, deshalb holte er sich den Schlüssel, den sie für ihn hinterlegt hatte. Den Käfig mit den Ratten brachte er in den Dachsparren der engen alten Garage unter, wo herumstreunende Katzen nicht an sie herankommen würden.

Jack konnte sehr attraktiv wirken, aber hatte sich Ellen gegenüber in dieser Hinsicht zurückgehalten, denn er wusste nicht recht, was sie eigentlich von ihm wollte. Sie verhielt sich weder mütterlich noch so, als wäre sie scharf auf ihn – na ja, jedenfalls nicht ganz so. Es gefiel ihm, von ihr beachtet zu werden, weil es ihm das Gefühl gab, irgendwo verankert zu sein. Vielleicht würde sie sich im Unterschied zu allen anderen noch wochenlang an ihn erinnern. Dennoch veränderte er kleine Dinge in ihrem Wohnzimmer, um sich ihr ins Gedächtnis zu rufen.

Es war Ellen gewesen, die ihm die Freie Klinik empfohlen hatte. »Selbst Gaukler brauchen ärztliche Kontrolluntersuchungen«, hatte sie gesagt.

Er dachte über das Abendessen in der letzten Woche nach. Ellen hatte den Tisch mit feinem Silber, Kristall und altem Porzellan eingedeckt und ihm Lachs mit glasierten Beeren, Reis und Fenchel in Butter serviert. Wenn sie glaubte, er merke es nicht, hatte sie ihn mit einem sonderbaren Blick gemustert, der Sehnsucht und zugleich Vorsicht ausdrückte. Er hatte versucht, sich ihrer Zuneigung als würdig zu erweisen, ohne allzu viel von sich preiszugeben.

Ellen war keine Jägerin – keine Spionin. Doch Wachsamkeit war das A und O, insbesondere dann, wenn er sich in Sicherheit wiegte.

Wie sie ihn gebeten hatte, holte er ihre Post herein, sortierte den Wertstoff aus den Abfällen heraus und brachte den Müll nach draußen, sah nach, ob ihre Schattenblumen und ein Zitronenbaum, der drinnen bei dem großen vorderen Erkerfenster stand, noch genügend Wasser hatten.

Jack trödelte noch einige Minuten herum und blickte durchs Fenster auf die Straße. Dabei fiel ihm der Abstand zwischen den Straßenlampen auf. Er fragte sich, welche Aussicht man von hier aus wohl um Mitternacht, in nahezu völliger Dunkelheit, haben würde. Oder, noch besser, am frühen Morgen, wenn alle Lichter aus waren und sich mit leichtem Schimmern die Morgendämmerung ankündigte. Er konnte es fast vor sich sehen, doch das Bild verschwamm gleich darauf vor seinen Augen. Etwas anderes hatte sich jetzt darübergelegt, das unmöglich da sein konnte und auf keinen Fall da sein sollte.

Die Häuser auf der anderen Straßenseite schienen aus Glas zu bestehen, und durch sie hindurch konnte er eine Ebene oder Wüste erkennen, schwarz wie Obsidian. Sie war mit riesigen, nur vage auszumachenden Objekten übersät, die irgendwie lebendig schienen und erbarmungslosen Hass und Neid ausstrahlten.

Seufzend schloss er die Augen und schüttelte den Kopf, bis das Nachmittagslicht zurückkehrte. Danach zog er hastig die Vorhänge zu.

Das Wartezimmer der Klinik war voll. Sieben Mütter und deren kranke Kinder drängten sich hier bereits, als Jack eintrat. Jack mochte Kinder, aber wenn es ihnen nicht gut ging oder sie sich in sonstigen Notlagen befanden, kam er sich unbeholfen vor und fühlte sich überfordert. Mit abgewandtem Blick hörte er zu, wie sie husteten und schnaubten, weinten und sich um Spielzeug stritten.

Nervös trommelte er auf die hölzerne Stuhllehne, schlug den Takt des schwungvollen Lieds, das er oft leise vor sich hin summte, wenn er jonglierte. Bei ihm klang das eher wie eine Folge melodischer Grunzlaute.

Ein älterer Mann stand auf, als sein Name aufgerufen wurde, und legte eine *Seattle Weekly* auf den mittleren Tisch. Jack griff nach dem Blatt, überschlug die Film- und Fernsehrezensionen, die ihn kaum interessierten, da er nicht gern fernsah oder ins Kino ging, und blieb an den Artikeln über Szene-Clubs und Live-Konzerte hängen, denn er hielt stets nach guter neuer Musik Ausschau. Gerade hatte er eine Kritik, die sich mit einer neuen Fusion-Ska-Grace-Band befasste, halb durchgelesen, da begannen die Wörter auf der Seite sich nach links zu neigen. In seinem Kopf drehte sich alles. Irgendetwas schien vor seinen Augen zu schweben, ein Schwarm großer Flügelinsekten, der in blendendes Licht getaucht war. Gleich darauf verschwammen die Insekten vor seinen Augen, flogen davon und legten sich wie Flecken auf die Gemälde im Wartezimmer, die hinter den Stühlen und der Spielecke für kleine Kinder die Wände zierten.

Die Blasen des vor sich hin sprudelnden kleinen Aquariums neben dem Empfang erstarrten, und ringsum wurde es totenstill.

Zwar konnte Jack noch sehen, aber was er sah, war verzerrt, drehte sich mal hierhin, mal dorthin, rotierte um ein Zentrum, das sich ständig weiter ausdehnte und dabei die Farbe wechselte: Auf Rot folgte Blau und darauf Schattierungen von Braun und Rosa.

Gleich darauf blickte er direkt in zwei große Augen, die ihn mit einem Ausdruck anstarrten, den er nicht zu deuten wusste. Er wurde nicht schlau aus diesem Gesicht, das allzu viele Konturen zu haben schien, allerdings hatte es nichts Beängstigendes an sich. Aus irgendeinem Grund war ihm klar, dass diese Person einfühlsam war, Anteil an ihm nahm, sich für ihn interessierte. Und mehr als das.

Im Hintergrund dieses Gesichts öffnete sich ein Tunnel, der in künstliche Helligkeit führte. Ihm fiel auf, dass sein eigenes Gesicht so erschlafft war, dass er wie ein Idiot wirken musste, und er schwere Lider hatte.

Er träumte wieder.

Das Gesicht war flacher, als er es gewohnt war, und die Knollennase mit rosafarbenen Härchen besetzt. Dichter rötlicher Flaum reichte bis zu den Wangen. Winzige Ohren.

Als seine bisherigen Bewertungen von Anatomie neuen wichen, fand er das Gesicht anziehend und bald darauf sogar schön und begehrenswert. Doch in das Begehren mischte sich sofort ein Anflug von Besorgnis und Traurigkeit.

Sein Haar kam ihm anders vor als sonst: Die kurzen Haarbüschel, weit hinten am Schädel, waren stachlig und glichen eher Borsten als menschlichem Haupthaar. Er versuchte, wieder Kontrolle über seine Lippen und die Zunge zu bekommen, aber das war nicht leicht. Alles, was er zu sagen versuchte, kam nur verstümmelt heraus. Er betastete seine heißen Ohren: Sie fühlten sich wie Knollenpilze an.

Die Frau mit der flachen rosafarbenen Nase strich ihm mit zarter Hand über die Stirn und sagte erneut irgendetwas, das für ihn wie Kauderwelsch, aber trotzdem sehr hübsch klang. Vielleicht rezitierte sie ein Gedicht oder sang für ihn. Die Farben in seinem Blickfeld spielten verrückt. Er vermochte nicht zu sagen, ob die Frau blau, braun oder rosa war. So als gewinne ein Bild nach und nach an Schärfe, verwandelten sich die Fehlfarben allmählich in natürliche Farben; zugleich trat jetzt ein neues Sprachvermögen an die Stelle des alten, so dass ihm das Reden leichter wurde. Auch seinen Körper konnte er wieder besser beherrschen, zumindest Gesicht und Mund.

»Du bist wieder da«, sagte sie. »Wie schön. Erinnerst du dich noch an mich?«

»Ich glaube … nicht«, erwiderte er, wobei ihm deutlich bewusst war, dass keiner von ihnen Englisch oder eine andere ihm vertraute Sprache gebrauchte.

»An was erinnerst du dich überhaupt noch?«

Er sah zu der gewölbten Decke empor. Große Flügelinsekten mit glänzend schwarzen, zylinderförmigen Körpern, größer als seine Hand, baumelten dort kopfüber hinunter oder krabbelten an der Decke entlang. Jedes war auf dem Rücken mit einem Buchstaben oder Symbol gezeichnet. Sie bewegten sich nebeneinander her, wollten offenbar Reihen und dadurch Wörter bilden. Er konnte die Wörter zwar nicht entziffern, aber dennoch wirkte alles ringsum real, völlig real, stabil und nachvollziehbar.

»Das hier ist kein Traum, oder?«, fragte er.

»Ich glaube nicht. Nicht auf dieser Seite.«

»Wie lange …?«

»Du hast schon eine ganze Weile gezuckt, aber es war nicht einmal …« Sie gebrauchte ein Wort, das er nicht erfassen und festhalten konnte, es entschlüpfte ihm einfach.

»Wo bin ich?«, fragte er.

»Ich will ja nicht unhöflich sein, aber hier gelten bestimmte Umgangsformen, die wir selbst festgelegt haben. Der Gefährte, mit dem du dir den Körper teilst, ist ein wenig …« Ein weiteres Wort, das er nicht verstand, jedoch für abfällig hielt. »Er hat dir eine Nachricht hinterlassen, die ich ein wenig verbessert habe. Um dir mitzuteilen, wo du bist und was du besser unterlassen solltest.«

Da er seinen Kopf nicht drehen konnte, hielt sie ihm ein viereckiges schwarzes Tuch hin, das mit glitzernden rötlich gelben Schriftzeichen übersät war – ein *Schütteltuch*.

»Ich kann das nicht lesen«, erklärte er.

»Dann werde ich's dir vorlesen.«

»Ich heiße …« Doch er hatte bereits vergessen, wer und wo er früher gewesen war, vor seiner Ankunft in dieser Welt. Er versuchte aufzustehen, aber sein tauber Körper prickelte so, dass er gleich wieder zurückfiel. Voller Anteilnahme berührte sie ihr Ohr und danach ihre Nase. Vielleicht sollte das so etwas wie ein Lächeln ausdrücken. »Lass gut sein. Versuchen wir's mal so: Offenbar kommst du aus einer Zeit, die von dieser hier weit entfernt ist. Falls du real bist und nicht nur ein Trick der Hochgewachsenen, solltest du bestimmte Dinge erfahren.« Sie drehte das viereckige Tuch um und las ihm die glitzernden Wörter vor.

»Willkommen, mein Gegenpol! Ich bin in jüngster Zeit auf Abwege geraten und nehme an, dass du dafür verantwortlich bist. Mehr als das, was du mit eigenen Augen siehst, kann ich dir kaum sagen. Ich gehöre zur uralten Art, verfüge nur über wenige Mittel und bin auf Abenteuer aus. Falls du aus der unmittelbaren Zukunft kommst, hinterlasse bitte keine Hinweise auf unser Schicksal; ich möchte es lieber nicht erfahren. Falls du aus der Vergangenheit stammst, kann ich dir lediglich verraten, dass die Uhren hier nicht mehr richtig ticken. Dennoch ist das Leben bei uns durchaus annehmbar – sofern man sich bescheidet. Andernfalls kann das Leben in den Ebenen recht grausam sein. Falls du aus der unmittelbaren Vergangenheit kommst und dich hier umtun möchtest, pass auf meinen Körper auf – und flirte mit keiner der verlockenden Flammen, denen du möglicherweise begegnen wirst.« Bei diesen Worten verzog sich das Gesicht des weiblichen Wesens so, dass sich Grübchen und Linien bildeten. »Falls du Unterhaltung suchst, kannst du an den Gefechten teilnehmen. – Nein, das wirst du nicht«, setzte sie nach, sah ihn kurz an und las weiter. »Seit deinem letzten Besuch hat sich hier einiges verändert. Wir begeben uns auf einen Marsch, das ist alles, was ich weiß. Doch ich hoffe, bald mehr zu erfahren.«

Die Frau blickte erwartungsvoll auf. »Mehr konnte er nicht niederschreiben. Wirst du schlau daraus? Natürlich würden wir gern alles erfahren, was du uns verraten kannst – alles, was du zu erzählen bereit bist.«

Offensichtlich machte sie sich Sorgen darüber, wie er auf die Nachricht reagieren würde. In seinem Kopf begann sie bereits zu verblassen. *Ich bin dieser Frau schon früher begegnet.* Aber liegt dieses »früher« vor oder nach der jetzigen Begegnung?

Es gibt hier keinen logischen Zeitablauf.

Denk an Mnemosyne!

»Ich bin völlig durcheinander«, brachte er mühsam heraus. Sein Mund war inzwischen wieder taub. »Falls … ich … eine Weile … hier bleibe, muss ich einiges lernen. Könntest du mir dabei helfen?«

»Mit Vergnügen. Allerdings bleibst du meistens nicht lange. Kommst du aus der Zukunft oder aus der Vergangenheit?«

»Das weiß ich nicht. Ist das hier … die Kalpa?«

»Genau!«, rief sie entzückt. »Die Ebenen liegen in der Kalpa, ganz unten, soweit ich weiß. Wir leben sehr bescheiden. Du *erinnerst* dich also!«

»Nur an einige Dinge … Ich erinnere mich an dich.«

»Aber wir sind uns bis jetzt nie begegnet«, erwiderte sie mit liebenswerter Anteilnahme. »Allerdings hat Jebrassy mir … ein wenig … von dir erzählt.«

»Wie heißt du? Warte mal … Du heißt Tiadba, stimmt's?«

Das entzückte sie noch mehr, obwohl es sie zugleich verwirrte. »Hat er dir das erzählt? Und wie heißt du?«

»Ich weiß es nicht. Das hier ist der Ort, den ich aufsuche, wenn ich in meinen Träumen herumgeistere, stimmt's?«

»Der Ort, den du aufsuchst, ja. Aber woher kommst du?«

»Ich kann mich nicht daran erinnern. Es ist alles so verwirrend.«

Tiadba zeigte Mitgefühl, so viel erkannte er. Aber ihre Mimik, die Art, wie sich ihre Wange, der Kiefer und die Lippenmuskeln bewegten, befremdete ihn … Er fand es seltsam, doch allerliebst. Sie hatte überaus winzige Ohren und überaus große Augen, fast wie eine …

Ein weiteres Wort, das ihm nicht mehr einfallen wollte.

Er spähte zur Decke hinauf. Fast konnte er entziffern, was die Insekten mit den Buchstaben auf den Rücken geschrieben hatten. Offenbar hielt man sich hier als Haustiere Insekten, die Wörter bilden konnten. »Was machen die da?« Er versuchte sich vorzubeugen, aufzurichten und aufzustehen. Aber das ging zu schnell und war zu viel auf einmal. Seine Augen verloren den Fokus, und er konnte nur noch verschwommen sehen. Es war so, als wäre ein Rollladen heruntergelassen worden. Er wollte nicht fort, gerade jetzt nicht, da er kurz davor stand, mehr in Erfahrung zu bringen, diese schöne Frau an seiner Seite hatte, die ihm helfen wollte, und so lange einsam gewesen war.

Er versuchte die Hände auszustrecken, konnte sie jedoch nicht bewegen. »Ich falle. Halt mich fest«, sagte er, wütend darüber, dass er die Lippen kaum auseinanderbringen konnte.

»Versuch zu bleiben, versuch's mit aller Kraft!« Tiadba umklammerte seine Hände und Arme. Sie war verblüffend stark. Doch aus seinem Kopf, dem Körper, den Gliedern wich jedes Gefühl. Das Letzte, was er sah, war ihr Gesicht, ihre – braunen – Augen und die flache, ausdrucksvolle Nase …

Jacks Bewusstsein schrumpfte auf einen wirbelnden Punkt zusammen. Irgendetwas schwirrte herum und rastete danach ein. Gleich darauf dehnte der Punkt sich aus, und das Schwindelgefühl wich Inseln von Licht – er war zurück.

Mit zusammengekniffenen Augen musterte er die Fische im Aquarium und lauschte benommen auf das Summen der Klimaanlage im Wartezimmer. Versuchte an dem festzuhalten, was er gerade erlebt hatte – besonders an dem Gesicht der Frau und an den Insekten mit den Buchstaben auf dem Rücken – eine verrückte Vorstellung, die ihn eigentlich belustigte. Doch als er schließlich wieder wusste, wo er sich befand, entglitt ihm alles, und es blieb nur ein Gefühl von Panik zurück. Jemand steckte hoffnungslos in der Klemme.

Hier oder dort? Jetzt oder in dessen Zeit?

Auch diese dringlichen Fragen verblassten.

Jack blickte sich im Wartezimmer um. Von den Familien waren nur noch eine Mutter im Sari und ihr schlafendes Baby zurückgeblieben. Ein altes Paar hatte nahe bei ihm Platz genommen. Peinlich berührt blickte er auf seine Uhr. Dreißig Minuten lang war er geistig völlig abwesend gewesen. Dennoch hatte er es irgendwie geschafft, die Zeitung weiter umzublättern. Er faltete sie zusammen und steckte sie in seinen Rucksack.

Die Aufnahmeschwester tauchte in der Tür auf. »Jack Rohmer? Dr. Sangloss hat jetzt Zeit für Sie.«

11

First Avenue South

Ginny zog einen bis oben mit Kartons beladenen Handwagen durch Gänge, die zwischen weiteren Kartonstapeln hindurchführten. Inzwischen hatte sie den Trick heraus, den Wagen, der nur eine lange Deichsel mit Griff zum Lenken hatte, wie eine altmodische Spielzeugkarre hinter sich herzuziehen, Wendekreise vorauszuberechnen und alles von vorne aus zu dirigieren. Diese Kartons waren vor zwei Tagen angekommen und kurzerhand auf der ausgekühlten, aber trockenen Laderampe abgestellt worden, unterhalb eines Regenschutzes aus Wellblech. So viele Kartons – wo kamen sie nur alle her? Woher hatte Bidewell überhaupt das Geld, all die Kundschafter auszuschicken, all diese Bücher zu kaufen und sie sich aus der ganzen Welt hierherschicken zu lassen?

Und noch rätselhafter: zu welchem Zweck?

Sie zog den Handwagen zum Sortiertisch herüber, der in derselben Ecke stand, in der sie auch schlief. Mit Lattenkisten und Kartons hatte sie ihr Bett vom übrigen Raum abgeteilt. Wie hieß es doch: *Bücher machen ein Zimmer wohnlich …*

Glücklicherweise war das Lagerhaus geheizt und trocken. Es herrschte darin stets eine Temperatur von 18 Grad Celsius. Zwar mochte Bidewell verrückt sein, aber das Sammeln war für ihn kein Selbstzweck, und er ließ nicht zu, dass seine Funde durch Schimmel Schaden nahmen.

Während Ginny die Kartons auspackte, trat Bidewell durch die stählerne Rolltür, die zu seiner persönlichen Bibliothek und den Privaträumen führte. In denselben dunkelbraunen Anzug wie jeden Tag gehüllt, zeichnete sein alter Körper sich wie ein angedeutetes Fragezeichen vor dem schmutzigen Weiß der Tür ab. Er blieb stehen und holte ächzend Luft, als hätte er sich in erschöpfenden Gedankengängen verloren. Sie mochten mit seiner Arbeit zu tun haben, die er nie würde vollenden können, denn diese Arbeit würde kein Mensch jemals bewältigen.

Langsam wandte er den Kopf. »Sind das alles Taschenbücher?«, fragte er.

Erst jetzt fiel Ginny auf, dass sie nichts als Taschenbücher ausgepackt hatte. In der letzten Stunde hatte sie ihre Arbeit völlig mechanisch verrichtet und, während sie ständig dieselben Bewegungen vollführte, die Gedanken schweifen lassen. »Bis jetzt ja.«

Bidewell faltete die Hände. »Bücher, die in großen Mengen gedruckt werden, lieben offenbar Veränderungen, besonders die in den großen Stapeln, die moderne Verleger in ihren riesigen Lagern aufbewahren. Wenn diese ungelesenen Bücher so dicht aufeinanderliegen und zusammengepresst werden, erreichen sie eine kritische Masse und beginnen sich zu verändern. Ein Zeichen von Langeweile, meinst du nicht auch?«

»Wie können sich Bücher langweilen? Die sind doch gar nicht lebendig.«

»Ah.«

Sie reihte die Bücher in Fünferstapeln auf dem Tisch auf. Alle waren in englischer Sprache gedruckt und nicht einmal zwanzig Jahre alt. Viele befanden sich in traurigem Zustand, während andere brandneu wirkten, mal abgesehen davon, dass das Papier schon gilbte, bei manchen die Ecken geknickt waren, die Buchrücken Risse aufwiesen oder sie auf andere Art beschädigt waren. Sie rochen moderig. Allmählich begann Ginny den Geruch von Büchern zu hassen.

Bidewell kam näher. Ginny fühlte sich von seiner Anwesenheit zwar nie bedroht und hatte auch keine Angst vor ihm, wurde aber trotzdem nicht den Gedanken los, dass sie ihn im Auge behalten musste.

Er musterte die Bücherstapel, die sie aufgeschichtet hatte. Wie jemand, der Spielkarten austeilt, hob er sie ab, fächerte mit dem Daumen die Seiten auf, hielt sie sich vor die Nase, um daran zu schnuppern, warf aber kaum einen Blick auf den Inhalt der stark riechenden Blätter. »Sobald ein Buch gedruckt ist, ist es nicht mehr neu. Neu sind nur die Leser«, murmelte er. »Denn für ein solches Buch, für einen solchen Text, der aus einer langen Folge von Zeichen besteht, existiert die *Zeit* nicht. Selbst ein brandneues, frisch gedrucktes Buch, das mit seinen genau gleich aussehenden Genossen in einem Karton lagert, kann alt sein.«

Ginny verschränkte die Arme.

Unvermittelt grinste Bidewell sie so breit an, dass seine braunen Zähne zu sehen waren. *Beißerchen wie George Washington. Nur sind diese real und wirken kräftig.*

»Alles Alte *langweilt* sich«, sagte er. »Würde man dich in große Stapel ewig gleicher Texte einsperren, in denen Leben und Geschichten konserviert sind, ohne sich jemals zu ändern, würdest du dann nicht auch bei passender Gelegenheit gewisse Spielchen treiben?« Er blickte auf die Gänge zwischen den Kartons, zuckte die Achseln und schnäuzte sich so forsch und feucht, dass er regelrecht ins Taschentuch trompetete. »Ein Buchstabe, der aus der Reihe tanzt, ein Wort, das sich wandelt oder verloren geht – wer wird es je merken? Wer sieht überhaupt hin, wen kümmert's? Hat es je eine wissenschaftliche Untersuchung über solche winzigen, graduellen Abweichungen gegeben? Doch *wir* suchen nicht nach der belanglosen, alltäglichen Abweichung, sondern nach dem Ergebnis genialer Vertauschung: nach dem Buch, das eine andere *Bedeutung* angenommen oder eine Bedeutung hinzugefügt hat, während niemand hinsah, niemand es las. Und am interessantesten ist das Buch, das seine Textfolgen in allen Ausgaben, unabhängig von ihrem Erscheinungsjahr, so verändert hat, dass niemand je erfahren wird, wie es ursprünglich, im Original, hieß. Die neue Lesart wird zur Norm. Und was diese neue Version beisteuern kann, ist bestimmt faszinierend.«

»Wie sollte man dieses Buch je finden?«

»Ich behalte das, was ich lese, im Gedächtnis«, erwiderte Bidewell. »Und ich habe im Laufe meines Lebens viel gelesen. Wenn sich in diesen Büchern, immerhin einer recht beträchtlichen Anzahl, irgendetwas ändert, wird es mir auffallen.« Er schwenkte seine langen Finger über den Tisch und schnaubte verächtlich. »Diese hier sind nicht sonderlich interessant. Sie weisen nur einzelne Abweichungen auf, ein Buchstabe hier, einer dort. Diese Veränderungen mögen zwar interessant, vielleicht sogar bedeutsam sein, doch in der Zeit, die uns noch bleibt, sind sie nicht von großem Nutzen.«

»Tut mir leid«, sagte Ginny gereizt.

»Du kannst ja nichts dafür. Bücher können auch nerven, genau wie ich.« Er zwinkerte ihr zu. »Geh diese Sendung bis zum Abend durch. Und dann bestellen wir uns was zu essen.«

Mit undurchdringlicher, strenger Miene stakste Bidewell durch die Gänge zur Stahltür, machte sie hinter sich zu und überließ Ginny die Arbeit, die Bücher zu sortieren und aufzustapeln, bei der kein Ende abzusehen war.

Sie öffnete den nächsten Karton auf dem Handwagen, zog ein Taschenbuch heraus und hielt sich die Seiten vor die Nase. Der Gestank modernden Papiermaschees brachte sie zum Niesen.

12

Die Schwester stellte Jack auf eine Waage und brachte ihn danach ins winzige Behandlungszimmer der Ärztin, das in Grau und Rosa gehalten war. Dort fühlte sie ihm fachmännisch den Puls, legte ihm eine Manschette um den Arm und pumpte sie auf, um seinen Blutdruck zu messen.

Ein paar Minuten später trat die Ärztin ein und schloss die Tür hinter sich. Miriam Sangloss war Anfang vierzig, schlank, hatte kurze braune Haare, braune Augen und ein energisches Kinn. Sie trug einen weißen Arztkittel und darunter einen grauen Wollrock, der bis über die Knie reichte. Schwarze Socken mit orangefarbenem Uhrenmuster und praktische schwarze Laufschuhe vervollständigten ihre Garderobe. Wie ihm auffiel, trug sie an der linken Hand einen Granatring, der mindestens zwei Karat haben musste.

Sie bedachte ihn flüchtig mit einem wissenden Lächeln und musterte ihn eingehend. »Wie geht's unserem Rattenmann heute?« Er fragte sich, woher sie von den Ratten wusste; vielleicht hatte Ellen es ihr erzählt.

»Gut. Hab allerdings gewisse Abschnitte meines Tages verloren.« Er gestand sich höchst ungern ein, dass er krank war. Krank sein hieß, das Fingerspitzengefühl zu verlieren. Bald würde er langsam werden, Runzeln bekommen, mit gebeugtem Rücken gehen, und seine Vorstellungen auf der Straße würden niemanden mehr interessieren. »Hab Aussetzer gehabt«, fügte er hinzu.

»Wie lange?«, fragte Sangloss.

»Wie lange die Aussetzer gedauert haben, meinen Sie?«

»Nein. Wie lange geht das schon so, dass Sie Abschnitte Ihres Tages verlieren?«

»Zwei Monate.«

»Und Sie sind wie alt? Fünfundzwanzig? Sechsundzwanzig?« Sie blätterte eine Seite des Krankenblatts um, das in einem Klemmbrett steckte. Er fragte sich, wie sie es angestellt hatte, sich so viele Notizen zu seinem Fall zu machen.

»Vierundzwanzig.«

»Viel zu alt. Hören Sie sofort damit auf.«

»Zu alt für was?«

Sehen Sie sich doch an: Sie sehen teuflisch gut aus, sind dazu noch stark und agil. Fit. So jemand wird doch nicht einfach krank. Lebt sein Leben nach eigenen Regeln und wird es stets so halten; man erwartet es auch nicht anders von ihm. Also, raus mit der Wahrheit – was ist mit Ihnen los?

Er konnte fast sehen, wie sich Dr. Sangloss' Lippen bewegten, um ihm das zu sagen, aber sie hatte es natürlich gar nicht laut ausgesprochen. Das alles lag in dem langen Blick, mit dem sie ihn bedachte. Sie seufzte kurz und schaute auf das Klemmbrett. »Erzählen Sie mir von Ihren Erlebnissen.«

»Wahrscheinlich ist es gar nichts Besonderes. Ich habe Aussetzer, manchmal nur wenige Minuten, manchmal eine ganze Stunde. Zwei- oder dreimal am Tag. Es kann auch eine Woche lang gutgehen, bis es wieder passiert. Letzte Woche war ich einmal einen ganzen Nachmittag weggetreten und bin mit dem Fahrrad völlig mechanisch herumgefahren. Bin bei den Ladedocks gelandet.«

»Und Sie haben sich dabei kein blaues Auge geholt?«

Jack schüttelte den Kopf.

»Sind bei Ihnen in letzter Zeit seelische Schockzustände, Fehleinschätzungen, seltsame Verhaltensweisen oder Halluzinationen aufgetreten?«

Er verneinte abermals.

»Sind Sie sich da auch sicher?«

Er blickte auf das gerahmte Plakat neben der Anschlagtafel an der gegenüberliegenden Wand – die kunstvolle anatomische Darstellung eines männlichen Profils, das in zwei Hälften gespalten war. Irgendwie fiel ihm dabei ein, wie er sich beigebracht hatte, Tischtennisbälle und kleine Orangen zu schlucken und wieder auszuspucken. »Es ist eine Art Traum. Ein Ort mit einer besonderen Stimmung.«

»Haben Sie vor oder nach diesen Episoden irgendwelche Gerüche, Geräusche oder einen bestimmten Geschmack im Mund gespürt?«

»Nein. Na ja, hin und wieder. Einen schlechten Geschmack.«

»Im Wesentlichen war's also nur der Nachhall eines Traums, an den Sie sich nicht mehr erinnern konnten?«

»Ich weiß es nicht. Wirklich nicht!«, setzte er wegen ihres skeptischen Blicks nach.

»Und es waren keine Drogen im Spiel? Zum Beispiel Marihuana?«

Das verneinte er nachdrücklich. »So was würde mich beim Jonglieren bremsen.«

»Ah ja, klar.« Sie inspizierte seine linke Hand, spreizte deren Finger und starrte neugierig auf die Schwielen. »Ist in Ihrer Familie mal Epilepsie vorgekommen? Schlafsucht? Schizophrenie?«

»Nein, ich glaube nicht. Allerdings weiß ich nicht viel über die Familie mütterlicherseits. Meine Mutter starb, als ich fünfzehn war.«

»War Ihr Vater Kettenraucher?«

»Nein. Er war gut beieinander, fast schon dick. Wollte immer gern als Bühnenkomiker auftreten.« Jack zwinkerte ihr zu.

Sangloss tat es mit einer Geste ab. »Wir sollten weitere Untersuchungen durchführen. Sie sind nicht krankenversichert, oder?«

»Nein.«

»Und auch nicht Mitglied einer Gewerkschaft von Straßenkünstlern? Oder in der Gewerkschaft der Teamsters?«

Jack lächelte nur.

»Vielleicht können wir für Sie eine kostenlose Behandlung im Medizinischen Zentrum Harborview ausmachen. Würden Sie dort hingehen, wenn ich es arrangiere?«

Er sah sie unsicher an. »Was für eine Behandlung? So was wie 'ne Biopsie?«

»Magnetresonanztomografie. Ein Scan des Gehirns. Petit-Mal-Anfälle treten normalerweise nur bei Kindern auf, diese Art Epilepsie verschwindet mit der Pubertät. Kinder können jeden Tag Dutzende solcher kleinen Anfälle haben, manchmal sogar Hunderte, allerdings dauern sie selten länger als ein paar Sekunden. Aber Ihre Symptome passen nicht zu diesem Krankheitsbild. Schlafsucht, möglich – entspricht jedoch auch nicht Ihren Symptomen. Hat Sie schon mal jemand bei diesen Aussetzern beobachtet?«

»Gerade eben ist es wieder passiert, im Wartezimmer. Trotzdem hab ich weiter in der Zeitung geblättert. Offenbar ist es keinem aufgefallen.« Er deutete auf den Stuhl, auf dem seine Jacke lag. Aus der Tasche ragte die *Seattle Weekly*.

»Aha.« Sie leuchtete ihm mit einer kleinen grellen Taschenlampe in die Augen. »Telefonnummer?«

»Wie bitte?«

»Ihre Telefonnummer, wegen des neuen Termins.«

Es gab ihr Burkes Nummer, die sie sich auf seinem Krankenblatt notierte. »Ich werde Dr. Lindblom bitten, Sie im Harborview unterzubringen. Bitte nehmen Sie den Termin wahr. Wenn nicht aus Eigeninteresse, dann wenigstens mir zuliebe, ja?«

Jack nickte feierlich, wich ihrem Blick jedoch aus.

Sangloss zückte einen Zungenspatel. »Weit aufmachen!« Während er nicht sprechen und nur Vokale herausquetschen konnte, sagte sie: »Vor drei Wochen habe ich Sie in der Innenstadt gesehen. Beschwert sich nie jemand, wenn Sie mit Ratten jonglieren?«

»Ammm«, erwiderte Jack. Als sie den Holzspatel anhob, nahm er seine Lippen zwischen zwei Finger, ließ sie losschnalzen und lächelte. »Manche schon. Dann lasse ich sie die Ratten streicheln und führe ihnen vor, wie ich mit den Viechern umgehe.«

»Womit jonglieren Sie sonst noch? Ich meine, mit welchen lebenden Objekten?«

»Früher mal mit einem Kätzchen.«

»Tatsächlich? Und warum haben Sie damit aufgehört?«

»Wurde zu groß. Hab sie einem Freund geschenkt. Den meisten Katzen gefällt das Jonglieren nicht, aber diese war was Besonderes. Ich hatte auch mal eine Schlange, aber Schlangen sind kompliziert.«

»Kann ich mir vorstellen.« Während Jack seinen Mund wieder schloss, machte Sangloss sich weitere Notizen.

»Was stimmt bei mir nicht?«

»Es ist nichts, das schnell zu diagnostizieren wäre. Sie sollten immer ein kleines Notizbuch mit sich führen, griffbereit. Halten Sie alle Episoden fest – Häufigkeit, Empfindungen, Aura, alles, woran Sie sich erinnern können. In Harborview wird man Sie danach fragen.«

»Geht klar.«

»Und hören Sie damit auf, Ihre Ratten durch die Gegend zu werfen, ja? Bis wir herausgefunden haben, was mit Ihnen los ist.«

Dr. Sangloss machte für heute Schluss, verabschiedete die Empfangssekretärin und die Schwestern, schloss ab, drehte die Heizung herunter, sah nach, ob die Wasserhähne in den Toiletten und im Labor abgestellt waren, überprüfte alle Schlösser und die Überwachungskameras im Arzneimitteldepot. Danach blieb sie einen Augenblick stehen und blickte sich im vorderen Behandlungsraum um. Die Klinik versorgte die unterschiedlichsten Patienten, und nicht allen konnte man trauen.

Im Behandlungsraum war es völlig still. Durch die halb heruntergelassenen Fensterjalousien konnte sie sehen, dass kein Mensch auf der Straße war. Durch irgendeinen Mauerriss pfiff leichter Wind. Es war ein altes, zugiges Gebäude.

Sie ging zu dem kleinen hinteren Büro hinüber, in dem sie einige Akten aufbewahrte, und schloss die untere Schreibtischschublade auf. Während sie ihr Handy herausholte, fröstelte sie plötzlich. Das kam ihr seltsam vor, denn die alte Heizung hatte bis eben noch Wärme abgestrahlt, ehe Sangloss sie für die Nacht heruntergedreht hatte. So seltsam, dass sie am liebsten das Buch aufgeschlagen hätte, das Conan Arthur Bidewell ihr mit der Anweisung überlassen hatte, es nie zu lesen und nicht einmal längere Zeit in den Händen zu halten.

Bidewell war ein seltsamer, aber fesselnder Mensch – und er kam für die Kosten der Klinik auf. Hatte sie sogar schon fünf Jahre im Voraus bezahlt.

Zum vierten Mal jährte sich heute ihre erste Begegnung im grünen Lagerhaus. Grün, genau wie der Ledereinband des kleinen alten Buchs, das jetzt halb von Lehrbüchern und Zeitschriften verborgen auf dem Stahlregal stand. Sie musterte den Buchrücken aus rissigem Leder, in den nur eine einzige Zahl eingraviert war: *1298*. Eine Zahl oder ein Jahr.

Worauf würde sie stoßen, wenn sie es tatsächlich lesen würde?

Mühsam löste sie sich aus dem Bann des Buches und gab eine Telefonnummer in ihr Handy ein. Eine Frauenstimme antwortete. »Ellen? Hier Miriam. Ich habe unseren jungen Mann untersucht. Alle Zweifel beseitigt. Du hast doch seine Adresse, oder … Nein, ich will damit gar nichts andeuten, Liebes. Sicher werden *wir alle* mütterliche Gefühle für ihn entwickeln. Grüß die Hexen. Ich glaube nicht, dass ich heute Abend noch komme. Könnte den armen Jungen erschrecken. Lass mich wissen, was die anderen meinen.«

13

Wallingford

Die Wohnzimmerfenster waren mit Plastik verhüllt. Irgendjemand, vielleicht der ursprüngliche Besitzer, musste schon vor Jahren versucht haben, die Fenster zu ersetzen, und hatte wohl irgendwann aufgegeben. Holzlatten und Gips waren aus den Wänden herausgerissen; in Papier gewickelte alte, zerfetzte

Kabel lagen in Knäueln herum. Das Dach war leck. Das Wasser hatte den Holzfußboden verzogen, war in den Keller durchgesickert und hatte ihn überflutet.

Offenbar stand das Haus schon so lange leer, dass schließlich ein obdachloser Bettler sich den Weg hineingebahnt und in der trostlosen Umgebung eingerichtet hatte – ohne Heizung und Strom. Fließendes Wasser gab es noch, für den Gärtner, der längst nicht mehr kam. Der Bettler hatte nur ein paar alte Möbelstücke und eine Matratze ins Haus gebracht, wahrscheinlich nachts mit großer Mühe hineingeschmuggelt.

Als Daniel zum ersten Mal seit Tagen aufstehen konnte, ohne gleich würgend zu husten, durchkämmte er nochmals das ganze Haus.

Und diesmal …

In einem Hohlraum unmittelbar hinter dem Waschbecken in der oberen Toilette fand er einen verschnürten Karton. Als er die Schnur durchschnitt und den Inhalt ausleerte, fiel eine abgenutzte Brieftasche auf die zersprungenen Bodenfliesen. Hinter einem vergilbten Plastikfenster war ein Führerschein zu erkennen. Das Foto bestätigte, dass dieser Körper früher einmal einem Mann namens Charles Granger gehört hatte, der bei Ausstellung des Dokuments zweiunddreißig Jahre alt gewesen war. Nach weiterem Schütteln flogen einige Blätter Schreibmaschinenpapier, ein schwarzer Marker und ein stumpfer Bleistift aus dem Karton. Als Letztes fiel ein kleines, kompaktes Kästchen heraus, das mit Klebestreifen am Boden befestigt gewesen war – und er erkannte, dass es genau das war, wonach er die ganze Zeit gesucht hatte.

Sein Integralläufer. Der Stein, der nur gelegentlich zu sehen war.

Das gleiche Kästchen, das gleiche Siegel als Flachrelief in den Deckel eingraviert: ein Kreis, in dem sich miteinander verschränkte Bänder oder Schleifen um ein Kreuz wanden. Wie war das möglich? Eine weitere Verbindung zwischen Daniel und Charles Granger. Er machte keinen Versuch, das Kästchen zu öffnen – noch nicht. Mit leisem Pfeifen steckte er es in die Hosentasche und blätterte die Papiere durch. Unverständliche Kritzeleien, seltsame Symbole, eine schreckliche, dennoch in gewisser Hinsicht vertraute Handschrift.

Allzu ähnlich. Sehr unheimlich.

Wo war Granger jetzt, der frühere Besitzer dieses Wracks von einem Körper? Verschwunden, zur Seite gedrängt, aus dem Nest gestoßen? Lediglich ein weiteres Opfer. Und was war mit all den anderen Fäden, mit all diesen Weltlinien, die er durchkreuzt haben musste, mit all diesen unzähligen, eng verknüpften Schicksalen, die zwischen Daniel Patrick Iremonk und dem Hier und Jetzt lagen?

An diesem Schicksalsfaden hängt kein Daniel. Nur jemand, der im alten Haus von Daniels Tante wohnt und sich Dinge mit seltsamen Symbolen notiert …

Er kommt noch am nächsten an Daniel heran; ich konnte keinen finden, der besser geeignet war. Nur ist er nicht ICH. Wieso?

Das Kästchen ist die entscheidende Verbindung. Ist auch Charles Granger ein Wanderer zwischen den Welten gewesen? Charles Granger war am Ende seines Schicksalsfadens angelangt. Das Kästchen weiß es. Es hat dich hierhergeführt.

Er schob die Blätter zusammen, verstaute sie wieder im Karton und verschloss ihn.

Draußen frischte der Wind auf.

Als Daniel sich aufrichtete, knackten und knirschten seine Gelenke. Irgendetwas stimmte hier nicht, war nicht vollendet. Zwar hatte er das Kästchen gefunden – *ein* Kästchen –, aber Daniel Iremonk hatte seinen Integralläufer nie in einem Pappkarton aufbewahrt, das war zu auffällig.

Er hatte ihn hinter dem Steinkamin versteckt.

Als Daniel die Steine abtastete, stieß er an der Sockelleiste auf einen lockeren Ziegel. Er ruckte ihn hin und her, zog ihn heraus, kniete sich mit verzerrtem Gesicht hin und langte in den Hohlraum.

Und fand ein *zweites Kästchen.*

Als leitete ihn ein Instinkt, stellte er beide Kästchen nebeneinander: Sie sahen völlig gleich aus. Nachdem er ihren trickreichen Verschluss geöffnet hatte, sah er, dass beide Steine in ihren Samtvertiefungen lagen und in dieselbe Richtung wiesen. Er holte sie heraus, nahm sie in die Hände und inspizierte ihre abweisenden rötlichen Augen. Sie wollten sich nicht drehen und auch nicht zusammenfügen lassen. Zwei identische Steine in einem Puzzle.

Er legte das Duplikat in dessen Kästchen zurück, schloss es, verstaute es wieder im Pappkarton und schob Grangers Papiere darüber. Besser, nur einen Stein mit sich herumzuschleppen und den anderen zu verstecken – für den Notfall.

Das ständige Summen und Rauschen der Verkehrsader, die hinter der nördlichen Hausecke verlief, hätte eigentlich beruhigend klingen müssen, so wie ein tosender Wildwasserbach nach der Schneeschmelze ein wunderbares Hintergrundgeräusch bieten kann, doch Daniel fand keine innere Ruhe. Schlaflos wälzte er sich auf dem zerrissenen Schlafsack hin und her, den er im hinteren Zimmer mitten auf dem Holzfußboden ausgebreitet hatte. Kleine, prickelnde Stromstöße jagten durch seinen Körper, als wäre sein Herz mit dem zerfaserten Ende eines Schwachstromkabels verbunden. Ständig tauchten irgendwelche Dinge in seiner Erinnerung auf, unglaubliche Dinge, die er unmöglich persönlich erlebt haben konnte. Jeder kleine Stromstoß hatte eine ganz eigene Ladung, vermittelte das Gefühl eines persönlichen Verlusts, das Daniel noch mehr schwächte und verwirrte.

Selbst vor seiner Ankunft in diesem Körper hatte er sich oft so gefühlt, als wäre er ein Knoten, in dem sich alle losen Enden der Zeit miteinander verbanden. Allzu viel lastete auf seinen Schultern.

Die Zeit bewegt sich nicht wie ein Punkt vorwärts; vielmehr läuft sie wie ein Pinselstrich aus, was eine Minute, eine Stunde oder eine Woche dauern kann, manchmal auch einen Monat. Und dieser aus Schicksalsfäden zusammengefügte Pinsel malt für jeden Menschen ein anderes Bild.

Das Wissen darum verschaffte Daniel einen Vorteil: Über die Länge einer Stunde, einer Woche, eines Monats hinweg ahnte er seinen Weg voraus. *Du siehst etwas Unangenehmes im Anmarsch? Dann biege links statt rechts ab, suche eine Tür, die offen statt versperrt ist, weiche dem Unglück aus. Und falls sich etwas abzeichnet, das unvermeidbar erscheint, tauche in eine sehr nahe, aber leicht verzerrte und ein klein wenig verbesserte Welt ab. Greife nach einem Schicksalsfaden, der dich in dieser Hinsicht nicht behindert.*

Bis jetzt hatte er es stets so gehalten. Hatte sich mit geschlossenen Augen von einem Geschick ins nächste, möglichst bessere, begeben und mit aller Kraft aus der früheren Situation gelöst. Und immer war es ihm gelungen, in Versionen seines Selbst zu schlüpfen, die nur so geringfügig anders waren, dass niemandem die Veränderung auffiel – ein seltsamer Kuckuck, der in Nestern landete, in denen ausnahmslos schon andere Kuckucke nisteten.

Nie blieb Daniel besonders lange an einem Schicksalsfaden hängen. Schon früh hatte er mit dem Auslöschen anderer Existenzen begonnen und sie dem eigenen Geschick zuliebe geopfert, so sehr zum Äußersten entschlossen, als müsste er noch viele weitere Chancen nutzen, um dort hinzugelangen, wo er sein musste, und das zu tun, was er tun musste. Vielleicht war es dieser vielfache Verrat an anderen Menschen gewesen – diese *Morde*, wie man sie im übertragenen Sinn nennen musste –, die ihn so heruntergezogen, mitten in die entsetzliche *Schweigende Gesellschaft* geschleudert und an diesem kranken, zerstörten Gestade hatten stranden lassen, das von so vielen weiteren verrottenden Welten umgeben war.

Ein unendlicher Vorrat von Fortune war durch seine Hände geglitten, doch jetzt war diese Quelle offenbar aufgebraucht. Manchmal fragte er sich, ob er womöglich das ganze Universum auf dem Gewissen hatte.

Aber nein. Da draußen gab es Schlimmeres als Daniel Patrick Iremonk, und es lauerte nur darauf, ins Innere einzudringen.

Vielleicht waren die rätselhaften Kästchen schon die ganze Zeit über hier gewesen, unbewacht, und Granger hatte sie gefunden, aber nicht gewusst, was sie darstellten oder beinhalteten.

Als Hirte schlecht gewählt.

In einer Ecke der Küche hatte sich eine ganze Flaschenbatterie angesammelt: Night Train, Colt 45, Wild Irish Rose. Selbst in Daniels Welt hatten solche Marken und Flaschen auf den Regalen kleiner Eckkneipen gestanden – anrüchige Symbole fortwährenden menschlichen Kummers und menschlicher Fehltritte. Billigen Fusel gab es in allen Welten …

Daniels Gedanken rasten so schnell, wie es dieses Hirn überhaupt zuließ. Eine träge graue Masse, die durch jahrelangen Alkohol- und Drogenmissbrauch und Krankheit vergiftet war. Er dachte an die beißende Schlange, die sich in seinen Gedärmen wand.

Jäh fuhr er von der Matratze hoch und schlug auf seine Arme ein. Seine Haut war davon überzeugt, dass winziges Ungeziefer auf ihr herumkrabbelte. *Scheiße gebaut? Maden in der Haut.*

Er ging ins Wohnzimmer und zog die braune Folie weg, die jemand vor das Fenster geklebt hatte. Straßenlampen milderten das Dunkel da draußen; jede beschrieb mit ihrem Licht eine vage Ellipse auf den Fußgängerwegen und dem Gras.

Ein Wagen mit grellen blauen Scheinwerfern fuhr mit zischenden Reifen über das nasse Pflaster.

Da er kaum fähig war, sich zu rühren, las er schon seit zwei Tagen. Aus dem Altpapierbehälter unter der Küchenspüle hatte er Zeitungen und Zeitschriften herausgeholt, um herauszufinden, wie viel Zeit ihm noch blieb – wie viel Zeit ihnen allen in dieser Welt noch blieb, bis die Anzeichen sich vervielfachen, die mythologischen Tiere sich vermehren und die Bücher vor Unsinn überquellen würden. Bis Staub und Schimmel sich überall festsetzen würden.

Brer Rabbit ran so fast
Skip right out o'his skin,

Had ter push 'nother rabbit out –
And climb –
Back –
In.

Er ließ das Rollo herunter und zog einen einsamen Esszimmerstuhl in die Zimmermitte. Als die Stuhlbeine über die unebenen Holzbohlen kratzten, klang es wie das heisere Geschrei einer alten Frau.

Was war sonst noch anders an dieser Welt? Mal abgesehen von der schmerzlichen Tatsache, dass Daniel Patrick Iremonk hier nicht existierte …

Sag du mir, was anders ist, Bruder Hase.

Wo kommst'n du her?

Auch Daniels Heimatstadt hatte Seattle geheißen.

Das gute alte Seattle. Noch feuchter und grauer als diese Version, falls das überhaupt möglich war. Weniger Einwohner. Und seinerzeit hatte sich hier nicht annähernd so viel Reichtum konzentriert. Die Stadt war freundlicher gewesen. Die Leute hatten viel persönlicher miteinander verkehrt, die Nachbarn zusammengehalten. Und die Kinder hatten nicht ewig vor den Computerbildschirmen geklebt, eingeschlossen in künstliche Welten. Waren bodenständiger gewesen. Wenn er an diese Welt zurückdachte, empfand er sie als passender, richtiger, und dennoch hatte er nie wirklich dazugehört. Stets hatte er Ausschau nach einem Weg gehalten, der nach draußen führte, und nach einem Vorwand gesucht, diese Welt zu verlassen. Und schließlich hatte er zu seinem grenzenlosen Bedauern (das jedoch nicht lange anhalten sollte) beides gefunden.

Right out o' yo' skin.

Er war aus seiner Haut geschlüpft. Als Teenager hatte er dem, was er da anstellte, schließlich einen Namen gegeben: *den Abflug machen*, um unterschiedliche Schicksalsfäden zu kreuzen. Eine Reise in der fünften Dimension aus rein eigennützigen Motiven. Ein Monopoly-Spiel, bei dem es nicht darum ging, Straßenfelder zu erwerben, sondern Schleichwege rund ums Spielbrett einzuschlagen oder sich unter bebauten Spielfeldern hindurchzugraben.

Die Reichen wurden reicher, weil sie bereits reich waren, doch die Armen wurden ärmer, weil sie sich an die Spielregeln halten mussten. Sie konnten sich nicht wie Maulwürfe durch das Monopoly-Spiel graben oder wie Hasen einen Satz zur Seite machen.

Now, dat rabbit, some rabbit,
Brer Rabbit, my, how he could jump!

Als Teenager fand er es außerdem an der Zeit, sich gründlicher mit dem zu befassen, was er da eigentlich trieb. Irgendwann führte ihn das quer über die Schnellstraße zur alten Carnegie-Bibliothek an der Ecke Fünfzigste Straße und Roosevelt. Im sanften Licht der großen Hängelampen aus Bronze und Milchglas hatte Daniel, während er dem Regen lauschte, der gegen die hohen Fenster schlug, populärwissenschaftliche Bücher von Gamow, Weinberg und Hawking durchgearbeitet und war schließlich auch auf P. C. W. Davies gestoßen. Von Davies hatte er viel über die spezielle Relativitätstheorie, Singularitäten und universelle Konstanten gelernt.

Ein Mann namens Hugh Everett hatte die Viele-Welten-Interpretation der Quantenmechanik begründet. Und zwei Männer mit dem Vornamen David – Bohm und Deutsch, sehr unterschiedlich in ihren Ansätzen – hatten ihn mit der Möglichkeit eines Multiversums vertraut gemacht. Nach dieser Lektüre hatte Daniel sich verästelte Realitäten, irgendwie nebeneinanderliegende vierdimensionale Kosmen jenseits einer fünften Dimension vorgestellt – einen dicken Strang unterschiedlicher Weltlinien.

John Cramer, der als Professor für Physik an der University of Washington lehrte, hatte über Retrokausalität spekuliert. Nach seiner Theorie griffen Partikel in die Vergangenheit zurück, um ihren gegenwärtigen Zustand mit der Vergangenheit in Resonanz zu bringen. Genau das vollzog sich innerhalb seines grauen Kästchens, das konnte Daniel spüren, auch wenn er keine Ahnung hatte, was es bedeutete.

Als er älter und ein bisschen weiser war (inzwischen wusste er, dass man nicht in die Vergangenheit springen konnte, um sich die Jugend zu erhalten, und schon gar nicht in die Zukunft – nur »zur Seite«, »nach oben« oder »nach unten«), betrachtete er sich als eine Art Athlet und fragte sich: Wie *oft* werde ich springen können? Und wie weit? Und mit wie großer Zielorientierung und Zielgenauigkeit? Wie kann ich meine Situation am wirksamsten verbessern? Und welche Messlatten werde ich erreichen, sofern es Geld und Liebe betrifft?

Das stürzte ihn in ein frustrierendes Dilemma. Denn als er versuchte, schnell zu Geld zu kommen, stellte er bald fest, dass bessere Lebensumstände keine Nachlässigkeit dulden, sondern verstärkte persönliche Anstrengungen erfordern. Und er konnte nicht gut mit Geld umgehen, schon gar nicht mit großen Summen. Das war ein Grundzug seines Charakters.

Also versuchte er, sein Leben auf Kosten anderer zu bereichern, indem er beim »Springen« auf Beutezug ging. (War das nicht immer schon sein besonderes Talent gewesen? Er hatte es so oft erlebt: *Daniel hat diesmal besser abgeschnitten, während Joe Blow zurückgefallen ist.* Bis zu Daniels Sprung hatte Joe gleichmäßig gute Leistungen gezeigt. Allerdings hatte Daniel keinen stichhaltigen Beweis dafür finden können, dass Joes Leistungsabfall mit dem eigenen Sprung zu tun hatte. Und vielleicht wollte er es auch gar nicht so genau wissen.)

Niemals war er absichtlich grausam gewesen. Es machte ihm keinen Spaß, andere Menschen zu verletzen. Er war lediglich ein Mensch mit einem nervösen Tick, beherrscht von dem Drang, sein Glück zu machen, hatte jedoch kein Händchen für ausgefeilte Pläne, keinen opportunistischen Sinn dafür, sein Leben in vielversprechende Bahnen zu lenken. *Vielleicht bin ich noch viel durchgeknallter als der arme, kranke, ausgemergelte Charles Granger. Schließlich hab ich ihn aus seinem Körper verdrängt.*

Right out o' his skin.

Bald würde er einen weiteren Sprung tun müssen. Doch wie sollte er das anstellen? Er wusste ja nicht einmal, wie er im Körper von Granger gelandet war. Wusste nur, dass sie verschiedene Versionen desselben Hauses bewohnten und die gleichen Steine bei sich aufbewahrten.

Nie hatte er sich so isoliert gefühlt wie an der Straßenecke, als er die Autofahrer angestarrt hatte. Selbst in den schlimmsten Zeiten nicht, in jenen letzten Tagen, als die Dunkelheit ihn einzuschließen begann. Er musste aus sich herausgehen, den Puls und die Stimmung wirklicher Menschen mit wirklichen Gefühlen ertasten.

In dieser Nacht fühlte er sich einsam, entsetzlich einsam. Das Alleinsein kam ihm weniger verlockend vor als je zuvor, denn jetzt war er sich über zwei Dinge im Klaren: Diese Welt steuerte auf ihr Ende zu. Und dieser Körper lag im Sterben.

14

Capitol Hill

Als Jack zurückkehrte, hatte Ellen Crowe Gäste. Das Klirren von Weingläsern und weibliche Stimmen im Esszimmer verrieten ihm, dass Ellens Literaturzirkel tagte. Sie nannten sich die Hexen von Eastlake.

Er blickte auf die Karte mit der Einladung: Er hatte völlig vergessen, dass sie für heute Abend galt. So leise wie möglich öffnete Jack das Garagentor. Er stand gerade auf der Trittleiter, um den Käfig mit den Ratten herunterzuholen, als Ellen auf der hinteren Veranda erschien. »He, Fremder, sei nicht so schüchtern. Hast du Hunger?«, rief sie ihm zu.

Während Jack sich auf den Weg zum Haus machte, hoben seine Ratten schnuppernd die Nasen in die Luft, die nach Essen roch. »Deinen Freundinnen gefällt es bestimmt nicht, wenn ich einfach so hereinplatze«, erwiderte er.

»Immerhin ist es *mein* Haus.«

Er schenkte ihr ein schwaches Lächeln. Da er seit dem Frühstück nichts mehr gegessen hatte, war er wirklich ausgehungert, und Ellen kochte gut.

Während Ellen ein Blech mit Brathähnchen aus dem Backofen des schwarzen Gasherds (Edeldesign, rundum verchromt) holte, nahm Jack auf einem hohen Küchenhocker Platz. Die Hähnchen rochen so köstlich, dass sich die Ratten mit zuckenden Näschen an den vorderen Rand des Käfigs drängten. Sie spießte eines der Hähnchen auf eine Gabel und legte es auf einen Teller, der auf dem Küchentresen stand. *Pilzfüllung,* fiel Jack auf. »Wir haben schon gegessen. Bedien dich selbst und nimm dir auch Salat. Wein ist im Kühlschrank.«

»Muss ich mir das Essen mit einem Lied verdienen?«, fragte er.

»Nur das nicht.«

Jack schob sich eine Serviette in den Ausschnitt seines schwarzen T-Shirts, bauschte sie zu einer breiten Krawatte und setzte sich mit erhobenem Messer und Gabel in Positur. Mit seiner durch rote Hosenträger gehaltenen Schlabberhose, dem wilden schwarzen Haarschopf, dem schmalen Gesicht, den hohen Wangenknochen und den großen, feucht glänzenden Augen stellte Jack seinen imponierenden Mangel an bürgerlicher Gesetztheit wirkungsvoll zur Schau. »Was lest ihr diesen Monat?«, fragte er.

»Ein Buch von Oprah Winfrey. Dir würde es nicht gefallen.«

Er schnaubte verächtlich, was Ellen ebenso verächtlich erwiderte. »Lass es dir schmecken. Im Kühlschrank steht eine Dose Hundefutter, für deine Ratten. Ich stell dich meinen Freundinnen beim Nachtisch vor.«

Jack verzog das Gesicht. Er hatte keine Ahnung, was Ellen vorhatte. War das irgendein Test? Oder rächte sie sich auf diese seltsame Weise für irgendetwas, das sie ihm übel genommen hatte?

»Entspann dich«, raunte sie mit grimmiger Miene und stieß die Tür zum Esszimmer auf, die mit einem leichten Luftzug zurückschwang.

Jack holte das Hundefutter aus dem Kühlschrank, löffelte einen Teil davon in einen Napf und brachte es mit großer Geste zum Käfig. »Füllt eure Bäuche, meinen süßen kleinen Nager. Mit dem Fliegen ist jetzt Schluss. Und vielleicht gibt es auch lange nichts mehr zu futtern.« Nachdem die Ratten den Inhalt des Fressnapfs mit dem verglichen hatten, was sie sich sehnlich erhofft hatten – die wunderbar duftenden Brathähnchen –, machten sie sich schließlich resigniert ans Knabbern und Mümmeln.

Jack setzte sich an den Küchentresen, schlug die Zeitung auf, die er im Wartezimmer der Klinik gemopst hatte, und blätterte die Seiten mit den Kleinanzeigen durch. Er suchte nach irgendetwas, konnte sich aber nicht mehr daran erinnern, was es war. In der Mitte der letzten Seite stieß er schließlich darauf: Es war die Anzeige, die seine Augen im Wartezimmer gelesen und abgespeichert hatten, während der übrige Jack geistig völlig weggetreten war. Mit gerunzelter Stirn ließ er den Zeigefinger über den kurzen Text gleiten. Gleich darauf hörte er zu essen auf und rutschte unruhig auf dem Hocker hin und her. Blickte auf die Fliegengittertür, die zur hinteren Terrasse führte. Lauerte da draußen irgendetwas? Nein …

Während er weiteraß – er konnte das Hähnchen nicht einfach links liegen lassen, dazu schmeckte es zu gut –, sah er auf die Anzeige. Schließlich riss er sie heraus und steckte sie sich in die Hosentasche. Den Rest der Zeitung stopfte er in Ellens Altpapiersammler unter der Spüle.

Die Gesprächsfetzen, die durch die Küchentür drangen, klangen nach einer munteren Unterhaltung, die eine gewisse weibliche Derbheit nicht ausschloss und nach mehreren Gläsern

Wein wohl auch offenherziger als üblich verlief. Die wohlige Trägheit, die nach einer guten warmen Mahlzeit fast zwangsläufig eintritt, hatte die Zungen von Ellens Gästen offensichtlich gelöst.

Als Ellen den Zeitpunkt für gekommen hielt, servierte sie den Nachtisch, schob Jack durch die Tür und baute sich neben ihm auf. Dabei streckte sie einen Arm mit abgewinkelter Hand nach oben und stemmte den anderen in die Taille, als wäre sie eine Modeschöpferin, die ihre neue Kollektion vorstellt. Schlagartig verstummten die beiden älteren Frauen am langen Eichentisch.

»Ich hab euch ja schon von Jack erzählt«, sagte Ellen. »Er verdient sein Geld auf der Straße. Als *Gaukler.*«

Ellens Gäste starrten Jack an und wechselten gleich darauf verstohlene Blicke, als gebe es jede Menge zu bemerken, allerdings keine Möglichkeit, es laut auszusprechen. Niemals würde man sie bei einer solchen Unhöflichkeit ertappen – jedenfalls nicht in Anwesenheit ihrer Gastgeberin. Beide Frauen waren Ende vierzig oder Anfang fünfzig und sahen so aus, als könnte ihnen ein bisschen mehr Bewegung an der frischen Luft gut tun. Omabrillen, seidene Hosenanzüge – nein, die Rothaarige trug einen mit Strass besetzten Jeansanzug –, sorgfältig manikürte Hände, modische Frisuren. Jack machte sich schnell ein Bild von ihnen: gehobene Wohngegend, Einkommen von mehr als hunderttausend Dollar pro Jahr. Eine davon mochte lesbisch sein, aber wusste sie es überhaupt? Unter normalen Umständen hätte er ihnen bedenkenlos so viel Geld abgeluchst, wie er riskieren konnte, ohne ein blaues Auge davonzutragen.

Ihrerseits musterten Ellens Gäste Jack mit formeller Höflichkeit: Dieser allzu junge Mann, ein dunkler Typ, der dazu noch allzu gut aussah, war einfach so in ihre Frauenfestung eingedrungen. Natürlich hatte Ellen ihn dazu eingeladen, aber *warum*?

Jack räusperte sich und verbeugte sich gleich darauf. »Meine Damen, herzlichen Dank für das wunderbare Essen. Aber jetzt möchte ich Sie nicht länger stören.« Er versuchte sich durch die Küchentür zurückzuziehen, doch Ellen hielt ihn am Ellbogen fest. Da die Frauen nicht wussten, wie sie darauf reagieren sollte, sahen sie Ellen hilfesuchend an. Sie ließ Jack los und faltete die Hände vor sich, sittsam wie ein braves Schulmädchen. »Jack ist ein Freund von mir«, erklärte sie.

»Welche Art Freund?«, erkundigte sich die Älteste, die Ellen mindestens zehn Jahre voraushatte.

»Was meint Ellen damit, wenn sie sagt, Sie verdienen sich das Geld auf der Straße?«, fragte die Rothaarige, die trotz ihrer rundlichen Figur durchaus anziehend wirkte. »Was genau macht ein *Gaukler*?«

»Ursprünglich waren Gaukler in Frankreich verbreitet, wo man sie *busquer* nannte. Ein *busquer* ist ein Suchender, der seine persönliche Richtung erst noch finden muss, genau wie ein Schiff seinen Kurs«, erklärte die Ältere. Für sie war Jack nicht mehr als ein Störfaktor, ein winziges Sandkorn, das das Auge reizte.

Wie eine Lehrerin forderte Ellen ihn mit einer Geste auf, den Damen seinen Broterwerb zu erklären. Und das brachte ihn so in Rage, dass Ellen ihm einen Moment lang völlig zuwider war. »Ich bin Schausteller«, sagte er schließlich. »Ich führe Zaubertricks vor und jongliere.«

»Und zahlt sich das aus?«, fragte die Rothaarige.

»Manchmal schon. Gelegentlich schaffe ich's rechtzeitig auf die Bank.«

Sie erwiderten sein Lächeln nicht, allerdings zuckten die Lippen der Rothaarigen. *Und was findet Ellen an dir?*, schien sie zu fragen. *Was findet sie nur an einem so mageren jungen Kerl!*

Die Ältere riss die Augen hinter den dicken Brillengläsern weit auf und blickte um den Tisch herum. »Könnten Sie uns ein Kunststück vorführen?«

Sofort nahm Jack die Ruhestellung eines Tänzers ein und beugte den Kopf wie zum Gebet. Hob die Hände, legte Zeigefinger an Daumen, als wollte er mit Kastagnetten klappern. Die Damen sahen ihm einige Sekunden lang voller Spannung zu. Schließlich scharrte die Frau, die er für lesbisch hielt, mit den Füßen und hüstelte.

Jack hob das Kinn und sah Ellen an. »Ich führe keine Kunststücke vor«, erklärte er. »Ich bringe die Welt zum Tanzen.«

»Erzähl uns, wie du das anstellst, Jack«, murmelte Ellen.

Alle drei Frauen sahen sich mit geblähten Nasenflügeln im Zimmer um und wirkten dabei wie Löwinnen, die Blut gerochen haben. Diese Art von Aufmerksamkeit gefiel Jack ganz und gar nicht. Seine Geduld war erschöpft.

»Es reicht«, sagte er. »Nochmals vielen Dank, aber meine Vorführung ist zu Ende. Und hier ist mein *Kunststück.*«

Eine Zehntelsekunde – eine kaum merkliche Zeitspanne – lang senkte sich eine jegliche Geräusche dämpfende Decke über das Zimmer, als hätten sich alle Oropax in die Ohren gestopft. Der Kronleuchter aus Kristall begann zu wackeln, und die sechs elektrischen Kerzen verglühten zischend.

»Ich würde gern fragen …«, setzte die Rothaarige an, doch Jack deutete mit hochgezogener Braue nach draußen, so dass sie den Blick zum Fenster wandte. In diesem Moment prallten auf der engen Straße vor Ellens Haus zwei Wagen aufeinander, und es krachte laut. Die Wände bebten. Alle drei Damen fuhren zusammen und stießen Schreckensschreie aus.

»War das Donner?«, fragte die Rothaarige.

Ellen eilte zur Haustür. Für den Augenblick war Jack vergessen. Er schob sich durch die Küchentür, schnappte sich die Ratten, die sich flach auf den Boden gepresst hatten, und flüchtete über die Veranda.

Während er in die Pedale trat und durch die finstere Seitengasse radelte, spürte er, wie sich, wie so oft, seine Schultern verspannten. Das hätte Ellen nicht tun dürfen: Die Art, wie sie ihn vorgeführt hatte, ging über einen kleinen Schabernack weit hinaus. Es war brutal gewesen. So brutal, als hätte man Wendy just in dem Moment mit Peter Pan bekannt gemacht, in dem sie die Hoffnung auf das Fliegen für immer hatte stecken müssen. Noch schlimmer war, dass er sich bei der Suche nach einem Ausweg aus dieser grässlichen Situation so weit von seiner überschaubaren Weltlinie wegbewegt hatte, dass er womöglich Tage brauchen würde, um zurückzuspringen.

Und wer wusste schon, was in dieser Zeit passieren konnte?

Während Jack im Leerlauf einen Hügel hinuntersauste, fühlte er sich überaus verletzlich und völlig ungeschützt.

15

First Avenue South

An diesem Abend aßen Ginny und Bidewell thailändische Gerichte, die ihnen der Lieferservice des Restaurants ins Haus gebracht hatte. (Dennoch bezeichnete Bidewell es hartnäckig als »Essen zum Mitnehmen«). Bidewell kochte nur selten und hatte auch keine richtige Küche, nur eine Kochplatte und einen Kanonenofen, auf dem stets ein Teekessel siedete. Und im Kühlschrank befanden sich nie mehr als Weißwein, Katzenfutter und Milch für den Tee.

Bidewell konnte sehr geschickt mit Stäbchen umgehen, da er mehrere Jahre in China verbracht hatte, wie Ginny von ihm wusste. Er hatte dort nach bestimmten buddhistischen Texten Ausschau gehalten und in irgendeinem Krieg versucht, japanischen Soldaten zu entkommen. Allerdings hatte Ginny ihm nicht genau zugehört.

Plötzlich war aus dem Hauptlager ein dumpfer Schlag zu hören, der eine Lawine weiterer Geräusche auslöste: Ein Bücherstapel war umgefallen. Ginny deutete mit ihren Stäbchen hinüber: »Ihre Katzen?«

»Minimus ist der Einzige, der sich für meine Bücher interessiert.«

»Im Unterschied zu mir«, frotzelte Ginny. »Offenbar streunen die Katzen überall herum, ganz nach Lust und Laune.«

»Nein, all meine schönen Smintheus-Diener bleiben stets hier. Genau wie ich. Das Lagerhaus ist alles, was sie brauchen.«

»Smintheus-Diener?«

Bidewell schob ihr ein Lexikon für Alte Sprachen zu. »Homer. Ilias. Schlag's nach.«

Während Bidewell die Pappteller und Schachteln wegräumte, fragte Ginny: »Warum erlauben Sie den Katzen – warum erlauben Sie Minimus –, ganze Bücherstapel umzuwerfen? Das könnte die Werke doch beschädigen.«

»Er *beschädigt* sie nicht. Manche Katzen reagieren empfindlich auf die Spinnen zwischen den Buchzeilen.« Er schloss die Rauchabzugsklappe des Kanonenofens, um das Feuer zu ersticken.

»Was, zum Teufel, soll das denn bedeuten?«, fragte sie Bidewell, der ihr den Rücken zuwandte. Über die Schulter lächelte er ihr zu. Gleich darauf verschwand er in seine Schlafgemächer, die hinter der Bibliothek mit dem warmen Ofen lagen.

An diesem Abend fand Ginny ein schmales braunes Bändchen auf ihrem Tisch, das einen eigenartigen Text enthielt.

Die Geschichte der Kopisten

Gegen Ende des achten Jahrhunderts gab es auf der Insel Iona der Inneren Hebriden vor der Küste Schottlands ein Kloster, das viele wertvolle Manuskripte der Antike vor den ungestümen Wellen der Geschichte schützte, die über Europa und Britannien hereinbrachen.

In der Abtei kopierten die Mönche Manuskripte, frischten die alten Farben auf und bereiteten sich auf den Tag vor, an dem sie die überlieferten Texte wieder auf andere Klöster, Burgen und Städte verteilen würden – und auf Universitäten. Denn selbst damals träumte man schon von Zentren der Literatur und Wissensvermittlung und hoffte darauf, dass sie das Licht der Vergangenheit über einer in Dunkelheit begrabenen Welt erstrahlen lassen würden.

Innerhalb der Steinmauern hatten sie Kopierzimmer eingerichtet, die schwach von Talgkerzen, hier und da auch von Öllampen beleuchtet wurden. Dort erlernten die Novizen die getreue Wiedergabe uralter Manuskripte, die Mönche und andere Sammler aus der Alten Welt zusammengetragen hatten.

Irgendwann wurde hier auch die Buchkunst erfunden, die später die alten Schriftrollen ersetzen sollte, denn die gebundenen Werke waren leichter zu lesen und zu handhaben, außerdem auch haltbarer.

In ganz Europa galten die Kopierzimmer dieses Klosters als die Werkstätten, in denen mit höchster Werktreue und größter Genauigkeit gearbeitet wurde. Als die Novizen älter wurden und sich zu Experten entwickelten, wurden sie weit über die Grenzen des Klosters hinaus bekannt, und das machte sie stolz. Und dieser Stolz, so will es die Legende, nahm die Form einer Spinne an, die den Kopisten während eines überaus kalten Winters ständig zu schaffen machte. Es war so kalt, dass die Mönche Handschuhe tragen mussten, um Pinsel und Feder führen zu können, und die in ihren Fässern erstarrende Tinte mit Kerzen flüssig gehalten wurde. Die akribischen Striche der Mönche gefroren auf den Blättern, ehe sie überhaupt trocknen konnten. (Tatsächlich sind in diesen Manuskripten bis heute Buchstaben mit besonderem Glanz zu finden: Zeichen aus gefriergetrockneter Tinte.) Es mangelte an Brennmaterial; weder Büsche, Holz oder trockener Seetang noch Kohle vom Festland oder Viehdung von der Insel reichten aus, um das Kloster zu beheizen.

Wie die Kopisten dem Abt mitteilten, tauchte trotz der Kälte plötzlich eine Spinne auf, die sich zuerst als beweglicher Fleck in den schreibmüden Augen der Mönche bemerkbar machte. Aus den Augenwinkeln heraus sahen sie, wie irgendetwas nicht deutlich Umrissenes über die Seiten huschte und Tintenspuren hinterließ. In die Abschriften schlichen sich Fehler ein, denn die gespenstische Erscheinung lenkte die Mönche ab. Und weder ein gründliches Durchfegen noch der himmlische Segen konnten diesem Missstand abhelfen.

Es dauerte nicht lange, bis die Spinne dreist wurde und sich in aller Gemütsruhe auf dem Pergament niederließ. Versuchte man sie zur Seite zu schieben oder mit einem Pulverbeutel nach ihr zu schlagen, hob sie die Vorderbeine und streckte zur Verteidigung die Fühler aus. Stets verschwand sie, ohne irgendwelche Spuren zu hinterlassen, um sogleich auf einer anderen Seite, auf einem anderen Kopierpult wieder aufzutauchen.

Wochenlang verfolgte dieser unheimliche Plagegeist (der auch ein natürliches Ärgernis sein mochte, niemand konnte es mit Sicherheit sagen) die Mönche und brachte sie völlig durcheinander. Manche behaupteten, es sei ein heidnischer Geist, ausgeschickt, um sie mit dem Fluch des Teufels zu belegen und noch mehr Irrungen und Wirrungen in diese mit Sünde geschlagene Welt zu bringen.

Selbst diejenigen, die gewöhnlich zur Skepsis neigten, mochten kaum glauben, dass ein so winziges Geschöpf die Eiseskälte überlebt hätte, wäre es nicht mit dem Teufel im Bunde gewesen. Wobei den Mönchen die Höllenfeuer als beinahe verlockende Perspektive erschienen, jedenfalls bis zum Ende dieses schrecklichen Winters.

An der Situation änderte sich nichts, bis die Heide ihre verdorrten Blüten abwarf und grüne und rote Blattknospen an Büschen und Bäumen sprossen. Inzwischen war es Februar, und der harte Inselwinter ging mit Regen und Sturm flugs in einen wunderbar sonnigen Frühling über.

Die Mönche legten eine Arbeitspause ein und sammelten Seetang an den weißen Stränden, um damit ihre Gärten und kleinen Ackerparzellen zu düngen. Sanfte Brisen wehten durch die Abtei und drängten die Kälte aus dem alten Gemäuer und der feuchten Erde. Frisches grünes Gras schoss empor, und während Kälbchen und Lämmer geboren wurden, nahmen die Mönche ihre Arbeit wieder auf und stellten dazu Velinpapier und feines Pergament her. Die im Winter gefertigten Abschriften brachten sie ins Freie und setzten sie der Luft aus, damit die Feuchtigkeit daraus entwich und sich kein Schimmel bildete. Mit liebevollem Blick prüfte der Abt sie bei hellem Tageslicht im Garten der Abtei. Seine Augen waren zwar schwach, doch er achtete sorgfältig auf jede Abweichung, jeden Fehler und alles, was gegenwärtige oder zukünftige Kunden nicht hinnehmen würden. (Im steinernen Turm der Abtei lagerten viele Bücher, die schon auf die künftige Nachfrage einer wiedergeborenen Welt warteten.)

Und so war es der Abt, der als Erster entdeckte, dass eine Abschrift innerhalb einer ganzen Serie von Manuskripten eine Seite enthielt, auf der am Rand nachlässig hingekritzelte, holperig gereimte Gedichtzeilen standen, die dort keineswegs hingehörten:

Dadideldum –
ein Butzemann geht um.

Man sieht ihn verweilen
zwischen den Zeilen.
Acht Augen, acht Beine zeichnen ihn aus,
ist in allen Schriften zu Haus.
Hat er ein Buch einmal heimgesucht,
schlägt er die Buchstaben in die Flucht.
Sorgt dafür, dass die Tinte verschmiert,
bis trostlose Asche das Wolfsauge gebiert.
Drei wissen, was im roten Auge wohnt.
Sie haben dieses Geschöpf verschont.
Aus Wort wird so Fleisch und Wiedergeburt.
Die Fünf, die verschollen, erscheinen am Ort.

Der Abt befahl, diese abscheulichen Zeilen mit Bimsstein auszumerzen, doch es dauerte nur Stunden, bis die Tinte wieder durchkam und diese Beleidigung für das Auge erneut auf der Seite auftauchte. Der Meister der Kopisten schnitt die Seite heraus, brachte sie zum Abfallhaufen vor den Klostermauern, verbrannte das anstößige Pergament und intonierte dabei exorzistische Gebete. Danach streute er die Asche über Knochen- und Fleischreste.

Doch weder die Spinne noch das Gedicht waren damit aus der Welt geschafft. Jemand hatte die Zeilen mit fast unmerklichen Abweichungen auf Pergamentfetzen, Holz und sogar Tonscherben kopiert – keiner wusste, wie oft – und diese Abschriften in den Mauerspalten der Abtei und anderswo versteckt. Immer wieder tauchten auf der Insel solche Kopien in alten Gebäuden und Wohnhäusern auf, was erst mit der Invasion der Wikinger ein Ende fand. Doch noch vor deren Ankunft war auf die Manuskripte aus dem

Kloster Iona kaum mehr Verlass, und schließlich stellten die Kopisten dort die Arbeit ein. Alle neueren Abschriften wurden entweder verbrannt oder unter Schloss und Riegel gehalten, denn niemand konnte ausschließen, dass womöglich *alle* Abschriften, von der ersten Kopie bis zur letzten, Fehler enthielten. Schließlich überforderte es auch die gründlichsten Leser unter den Mönchen, sich vollständig an diesen Wust von Seiten zu erinnern. Bald darauf schloss die Abtei, und die wertvollsten und schönsten Bücher wurden an andere Stätten verlagert.

Niemand wusste, was das Gedicht bedeutete. Doch jahrelang behaupteten die Gelehrten, die Spinne und die Fehler in den Manuskripten würden für immer verschwinden, sobald die Zeilen entschlüsselt wären.

Wer waren die »drei«, und was war diese »trostlose Asche«, in der sie lebten? Und von welcher seltsamen Apokalypse war hier die Rede, wenn dabei lediglich fünf Tote aus ihren Gräbern auferstanden? (So interpretierte man inzwischen den Schluss des Gedichts, denn in manchen Versionen endete es mit der Zeile: »Fünf Tote werden zum Leben erweckt.«)

Und warum machte man ein solches Getue um das Gedicht? Wozu all das Geraune, all diese Gerüchte, all die verzweifelten Versuche, sich durch die Beichte der eigenen Sünden zu entledigen?

Schließlich war es doch nur ein winziges, wenn auch hartnäckiges Geschöpf mit acht Beinen gewesen, das in den Abschriften herumgespukt hatte. Außerdem hatte es ja keinen Menschen gebissen oder auf andere Weise verletzt. Und bestimmt hatten sich diese Manuskripte, die im Laufe der

Jahrhunderte durch so viele Hände gegangen, in so vielen Ländern kopiert und in andere Sprachen übertragen worden waren, bereits in der Antike weit von ihrem Original entfernt. Abschriften hatte man ja selbst in den Ländern der Sarazenen angefertigt, und dort waren Fehler zweifellos eher die Regel als eine Ausnahme.

Auch weiterhin behaupteten manche Sturköpfe, die man getrost als Ketzer bezeichnen kann, die Spinne sei eine Gottesdienerin und weise mit ihren Beinen lediglich auf angemessene Korrekturen hin. Sie stütze sich dabei auf Erinnerungen an Fehler, die sie schon vor langer Zeit bemerkt habe.

Doch warum hätte Gott ein derart widerwärtiges Geschöpf mit einer solchen Aufgabe betrauen sollen? Niemals hätte er dergleichen getan.

Mit finsterem Blick klappte Ginny das Büchlein zu. Jetzt reichte es ihr. Sie hatte Bidewell und seine Spinnereien gründlich satt.

Sie verdrängte die Angst vor dem Draußen, hob die Stahlstangen an, löste die Verriegelung und schob das Tor zur Laderampe auf. Die Nachtluft war feucht und kühl und roch schwach nach Abgasen. Nach achtzehn Uhr herrschte hier stets nur wenig Verkehr. Schon vor Stunden hatte es aufgehört zu regnen; jetzt hatte sich der in der Abenddämmerung immer noch helle Himmel aufgeklart und leuchtete tiefblau.

Ginny trat auf die Rampe und starrte mit ausgehungertem, dankbarem Blick nach oben, als könne sie so den ganzen Himmel in sich aufnehmen und bei sich behalten. Und nirgendwo ein Buch in Sicht!

Sie musterte die Schatten auf dem kleinen leeren Parkplatz. Niemand da, der sie beobachtete. Immer noch unsicher, was sie unternehmen sollte, ging sie mit den steifen Schritten einer Marionette die Rampe hinunter auf das offene Tor zu und drehte dabei immer wieder den Kopf, um nach oben oder auf das Lagerhaus in ihrem Rücken zu blicken.

Nur noch ein paar Schritte, ein paar Meter …

Es war an der Zeit, sich auf ihre frühere Stärke und Entschlusskraft zu besinnen und das zu tun, wofür sie geschaffen war. Inzwischen hatte sie alles Vertrauen zu ihrer ursprünglichen Gabe verloren, auch mit Krisensituationen fertig zu werden. Wieso war sie hier überhaupt gelandet? Wegen der Klinik, wegen der Ärztin … Sie konnte nicht klar denken, da es in ihren Ohren so laut summte und ihr Herz so heftig klopfte, als wolle es aus der Brust springen.

Die geben nie auf, weißt du. Hast du sie erst mal angerufen, liegen sie ständig auf der Lauer.

»Könnte ich nur fortfliegen«, murmelte sie. »*Die* halten mich hier fest.«

Du selbst hältst dich hier fest.

»Geh einfach weiter!«

An der Ecke hinter der langen, dunklen Mauer des Lagerhauses wurde die Ampel grün, gelb, rot und wieder grün. Inzwischen dunkelte es, und die Straße lag verlassen da.

Doch die Luft roch frisch und rein.

Zum ersten Mal seit zwei Wochen suchte Ginny nach einem Ausweg, streckte ihre ätherischen Fühler nach der nächsten, sichersten Parallelwelt aus, nach einem kühleren, frischeren Strom.

Irgendetwas beeinträchtigte ihre Konzentration. Als sie auf den Boden blickte, sah sie, dass Minimus sich zwischen ihren Beinen wand. Mit dem Schwanz strich er sanft über ihre Waden, als streichle sie ein Finger. Nachdem er kurz über die Straße gelinst hatte, stieß er mit dem Kopf gegen ihren Fußknöchel.

Der dünne Mann mit den Silberdollars und die qualmende Frau – sind sie immer noch da draußen?

»Was weißt du schon«, sagte Ginny zum Kater. »Willst du denn nie nach draußen?«

Erneut stieß der Kater sie an, als wolle er sagen: *Ist doch gar nicht so schlimm hier. Immerhin sind wir Freunde und teilen uns die Mäuse. Und du kannst dich doch mit diesen so schön gekennzeichneten Bücherkartons beschäftigen und sie durchsuchen, oder?*

Ginny schob das Tor auf und schlich hindurch.

Ihre stromaufwärts sondierenden Fühler meldeten sich zurück: Neue Flussläufe seien nicht mehr auszumachen, weder für Ginny noch für sonst einen Menschen. Entweder müsse sie auf dieser Insel des Friedens bleiben oder sich erneut mit diesem grauenhaften *Ding* auseinandersetzen. Mit diesem unglaublich blassen und seltsamerweise *weiblichen* Geschöpf, das überall herumwirbelte und sich alles ringsum einverleibte.

Genau diesem Wesen hatte das Paar sie ausliefern wollen. Mit tränenüberströmtem Gesicht drehte Ginny sich um, wollte ins Haus zurückkehren. Doch just in diesem Moment vernahm sie aus weiter Ferne Musik, von einer sanften Brise nach Süden getragen.

Komm raus und spiel mit uns.

Ihre Finger lösten sich vom Tor. Ein Schritt vor, schon stand sie mitten auf dem Gehweg. Während das Tor ins Schloss fiel und zuschnappte, breitete sie die Arme wie Flügel aus.

Minimus blieb hinter dem Zaun zurück.

Wer Ginny auch sein und wo sie sich aufhalten mochte, stets war dieses Verhalten typisch für sie gewesen: weggehen, aufbrechen, einen neuen Weg einschlagen, welche Gefahren dort auch lauern mochten.

Die Katze beobachtete sie mit runden, neugierigen Augen.

»Ich bleib nicht lange weg«, versicherte Ginny ihr. »Sag Mr. Bidewell …«

Gleich darauf schoss ihr das Blut ins Gesicht und sie musste darüber lachen, wie albern sie sich verhielt. Sie wischte sich die Augen, rannte nach Norden und folgte der leisen Musik, die verlockender klang als alles, was sie je vernommen hatte.

Bidewell hatte in einer Ecke seiner privaten Bibliothek ein altes Klappbett stehen, auf dem er häufig übernachtete.

Das Mädchen hatte nicht auf seinen Rat gehört. Jetzt konnte er nur noch abwarten. Sie spielte eine viel wichtigere Rolle als er, verfügte über weitaus mehr Macht. Auf ihre Weise mochte sie das verkörpern, was von Mnemosyne übrig geblieben war.

Er schloss die Augen.

Diese Suche mochte das sein, was in seinem Leben am ehesten der Liebe gleichkam: die Suche nach Beweisen für das Unbeschreibliche, nach der Fährte dieser Mutter aller Musen, die sämtliche Fäden zusammenführte und das Universum zusammenhielt. Und die jetzt nach und nach stranguliert wurde, schwächer wurde, so dass sie ihre Aufgaben nicht mehr erfüllen konnte. Weil ein grauenvoller Schatten sie quer durch alle Epochen verfolgte.

Bidewell vollzog die Rituale, mit denen er sich stets auf den Schlaf vorbereitete, streckte und reckte sich so weit, wie es seine alten Muskeln zuließen, hörte mit grimmiger Zufriedenheit, wie Rückenwirbel, Schulter- und Hüftgelenke knirschten, legte sich langsam nieder und wartete darauf, dass der Schmerz in gegenseitigem Einvernehmen klein beigab.

Heftiges Kratzen und Balgen unterbrach seine Meditation. Neben lautem Miauen und aufgebrachtem Zischen waren klappernde und klatschende Geräusche zu hören, mehrfach auch ein grelles Quietschen. Zwischen den Bücherkisten war eine Katze auf Beute aus. Sicher war es kein Vogel, es sei denn, seine Flügel waren aus Plastik. Minimus tauchte auf einer hohen Kiste an der dunklen Außenwand auf und sprang in die Luft, um nach etwas zu schnappen, das so groß wie einer von Bidewells Federkästen war und vergeblich zu flüchten versuchte.

Mit dumpfem Aufschlag landeten Katze und Beute hinter den Kisten auf dem Boden. Zwangsläufig würde auf den Sieg der Katze die Ablieferung der Beute folgen. Und auf die Ablieferung Bidewells Lob und die Belohung des tapferen Jägers, ein kleiner Imbiss. Das war das Abkommen zwischen Katze und Mann, Mann und Katze. Bidewell stand auf, um die Schachtel mit dem Trockenfutter zu holen, die er hoch oben in einem Regal aufbewahrte, weit entfernt von den Bücherkisten. Diese Lektion hatte er mühsam gelernt, nachdem er mehrmals Katzenkotze hatte aufwischen müssen. Minimus mochte in mancher Hinsicht zwar durchaus feinsinnig sein, doch er genoss es, sich zu überfressen. Allerdings verspeiste er niemals die Mäuse, die er fing, oder sonstige Beutetiere.

Nach einigen Minuten setzte Bidewell sich an den kleinen Schreibtisch, der leichter Lektüre in schlaflosen Nächten vorbehalten war, und knipste die alte Messinglampe an. Hier hatte er eine kompakte Ausgabe von Samuel Butlers Werk »The Way of all Flesh« liegen, das ihm wegen Butlers zynischer Kritik des Profanen zusagte. Das zerlesene Buch umfasste selbstverständlich auch die zwei abschließenden Kapitel, die in keiner anderen Ausgabe zu finden waren.

Gerade hatte Bidewell Platz genommen, da tapste Minimus aus der Dunkelheit ins Helle und sprang auf den Schreibtisch. Im Maul hatte er ein Geschöpf, das wie ein Edelstein funkelte. Der Alte holte tief Luft und schob den Stuhl zurück, während die Katze ihn von der Seite ansah, die Beute fallen ließ und sich niederkauerte.

Das Geschöpf – eine Art Insekt, obwohl mehr als fünfundzwanzig Zentimeter lang und mit viel zu vielen Beinen ausgestattet – war vor Schreck erstarrt. Jetzt streckte es vorsichtig den langen Körper, erbebte und zauberte ein paar glänzende Flügel hervor, die die Farbe von poliertem dunklem Eichenholz hatten. Seine Flügel waren von Natur aus gezeichnet, mit einem einzelnen elfenbeinfarbenen Ornament, das wie ein Symbol wirkte. Oder wie ein Buchstabe irgendeines Bidewell nicht bekannten Alphabets. Wie eine Zikade legte es den großen Kopf schräg, während in den Facettenaugen etwas strahlend Blaues aufblitzte.

Minimus hatte das Insekt zwar nicht sichtbar verletzt, doch es konnte sich nur mit Mühe bewegen. Trotz seiner Notlage sanftmütig, sammelte es genügend Kraft, um bis zum Tischrand zu kriechen, wo es wie ein intelligentes Spielzeug liegen blieb, den Kopf erneut neigte und zirpte.

Unter den scharfen Blicken von Mensch und Katze drehte es sich um und kroch auf eine Reihe von Federkästen aus Buchsbaum zu, die mit großen ägyptischen Hieroglyphen verziert waren.

Minimus leckte sich die Pfote.

Das Insekt kroch zum Kasten, der ihm am nächsten war, ließ sich zischend daneben nieder, wobei seine Körperhaltung Einverständnis und Zufriedenheit ausdrückte, und rührte sich nicht mehr.

Das Insekt war tot.

Danach verlor die Katze das Interesse an ihrer Beute und sprang auf den Boden.

Verblüfft fuhr Bidewell das elfenbeinfarbene Zeichen mit dem knochigen Zeigefinger nach. »Stammt aus keiner mir bekannten Epoche«, murmelte er.

Seine Texte, Hunderttausende von Schriften, fungierten als eine Art Linse, bündelten das kaum Glaubliche und holten aus einer nicht unbedingt sehr fernen Vergangenheit Dinge in die Gegenwart, die erst glaubhaft werden würden, wenn ihre Zeit sich erfüllte. Doch jetzt löste sich diese Zeit auf, zerfiel in Einzelteile. Auf bestürzende Weise vermischten sich Geschichte und Geschichten miteinander oder prallten einfach aufeinander.

Falls niemand etwas dagegen unternahm, würde die Zukunft in die Gegenwart einsickern, wie Milch aus einer zersprungenen Flasche.

Vielleicht würde ihr spärlicher Vorrat an Zeit schon innerhalb von Tagen oder Wochen verzehrt sein. Und danach würde das Chaos über sie hereinbrechen, wahre Alpträume und sich endlos wiederholende Schleifen – die letzten verblüffenden, unvorhersehbaren Überreste trügerischer Chancen und Hoffnungen.

Terminus. Die Endstation.

Vielleicht befand er sich jetzt schon in einer solchen Zeitschleife. Allerdings sprach das Auftauchen des Mädchens – der eigensinnigen jungen Frau, die ihm mürrisch Gesellschaft geleistet hatte – gegen diese Annahme. Nach wie vor gab es eine Möglichkeit, eine Chance, das Unvermeidliche abzuwenden.

Ginny würde zurückkehren. Und die Steine würden sich zusammentun.

Sein ganzes Leben lang hatte er diese Chance vorausgesehen und sich darauf vorbereitet. Selbstverständlich hatte er Angst. Aber er empfand auch eine Art Freude. Es warteten reale und dringliche Aufgaben auf ihn: Er würde Verbindungen knüpfen, Gruppen zusammenstellen und die Kinder schützen müssen. Die mit besonderen Gaben gesegneten Kinder. Sicher würden sie sich wie eine neue Familie um ihn scharen und damit die alte ersetzen – die Menschen, die versagt hatten oder einfach verschwunden waren. Bald würden die Kinder wie Frühlingsblumen ihre Knospen entfalten – unglaublich! Viel besser als jeder Band mit verstümmelten Texten.

Doch natürlich würden dann auch die Raubtiere auftauchen. Sie lagen bereits auf der Lauer.

VIERZEHN NULLEN

16

Die Ebenen

Jebrassy empfand kaum Bedauern, als er die Brücke über den Hochwasserkanal überquerte, die zu den langen Straßen führte. Jetzt hatte er ungestört Zeit für sich selbst, Zeit zum Nachdenken, und das kam ihm so vor, als wäre er gerade einer erdrückend engen Nische entflohen.

Hinter der Brücke, auf den brachliegenden Feldern, beugten sich zwei kleine Wächter mit eingeklappten Flügeln über irgendetwas am Boden, um es genauer zu untersuchen. Jebrassy kratzte sich am Kopf und wandte den Blick zur Seite. Ein blasser Nebelvorhang verhüllte das, was ihr Interesse geweckt hatte. In den Ebenen sah er solche Wächter mit kleinen, golden funkelnden Körpern nur selten. Und wenn, dann befassten sie sich ganz sicher nicht mit dem Nachwuchs.

Dennoch war ihm klar, was sie untersuchten: die Spuren eines Überfalls. Er wollte sich abwenden, spähte jedoch unwillkürlich in den Nebelvorhang hinein und versuchte darin die wandelbaren Formen der unsichtbaren Beherrscher der Ebenen auszumachen: die Hochgewachsenen, die den Nimbus von Fantasiegestalten hatten. Jebrassy verspürte einen Anflug von

Scham. Er bedeutete ihnen nichts – weniger als einem Landarbeiter ein Pede, das er mit Paketen und Körben für den Markt belädt. Die Lehrer brachten ihnen nur bei, was die Hochgewachsenen wollten – nichts, was einer ihrer Zöglinge wirklich wissen musste. Wie er sie alle hasste!

Auf dem Markt war eine alte Sama, die er schon einmal aufgesucht hatte, um seine Fragen endlich laut aussprechen zu können: *Warum variiert die Zeit – der Schlaf- und Wachzyklus – in den Ebenen so stark? Was befindet sich jenseits der Ebenen, falls da überhaupt irgendetwas ist? Warum kehren Marschteilnehmer niemals zurück?* Das waren Fragen, die die Lehrer schlicht mit Nichtbeachtung straften.

Warum geistere ich im Schlaf umher?

Im Unterschied zu Khren würde die Sama nichts herumtratschen.

Es sei schon spät, sagte sie; sie werde nicht viel Zeit für ihn haben. Sie stellte sich nicht namentlich vor, das taten Samas nie. Oft huschten sie zwischen den Inseln und Stockwerken der Ebenen hin und her, doch niemand wusste, wo ihre Nischen lagen, sie waren unauffindbar. Niemand bezahlte sie; als Lohn für ihre Arbeit erhielten sie lediglich die Nahrungsmittel, die an Markttagen übrig blieben. In ihren Marktbuden sagten sie die Zukunft voraus, leiteten Ratsuchende zu Gebeten an und behandelten kleinere Verletzungen, denn um die größeren kümmerten sich die Pflegerinnen. Fast alle Samas waren schlecht gekleidet. Oft rochen sie auch schlecht und starrten vor Schmutz. Und diese alte Frau war keine Ausnahme.

Sie zog die Vorhänge der engen Bude zu. Die Beratungen fanden stets in unbequemer Hockstellung und bei verschlossenen Vorhängen statt, um die Sonne und neugierige Blicke auszusperren.

Sie schob die mit Essensresten verkrustete Schale zur Seite, kauerte sich vor Jebrassy nieder und warf einen dünnen Leuchtstab in den Sand zwischen ihnen. Der Stab tauchte ihr braunes Gesicht in Licht und ließ ihre wissenden braunen Augen glänzen, so dass sie wie Glasscherben funkelten.

Wie üblich waren ihre Fragen sehr direkt. »Warum haben deine Paten dich rausgeworfen? Weil du dich für einen Krieger hältst und dich mit Rabauken abgibst? Oder liegt es daran, dass du herumgeisterst?«

Jebrassy beugte sich vor und stützte sich mit gespreizten Fingern auf dem Boden ab. Samas durften alles fragen, was sie wollten, sie hatten in dieser Hinsicht einen Freibrief. »Das sind nicht meine ursprünglichen Paten. Mer und Per wurden entführt.«

»Entführt? Wie das?«

»Von einem Alptraum.« Das war die übliche beschönigende Umschreibung, und Jebrassy schämte sich dafür, dass er auf sie zurückgriff.

Die Sama zeigte keine Spur von Verständnis, und es war auch nicht ihre Aufgabe, diese Dinge zu verstehen. Wer verstand schon, was während eines Überfalls geschah? »Wie traurig«, bemerkte sie.

»Die neuen Paten haben mich für hundert Schlaf-Wach-Zyklen bei sich aufgenommen. Dann hatten sie genug von mir.«

»Warum?«

»Wegen meiner Aufsässigkeit. Und wegen meiner Neugier.«

»Und wo schläfst du jetzt?«

»Manchmal unter einer Brücke. Hin und wieder verstecke ich mich auch in den Mauernischen am Hochwasserkanal.«

»Im alten Webla-Viertel? Hoch oben, bei den unechten Büchern?«

»Ganz in der Nähe. Es gibt dort jede Menge leerer Nischen. Manchmal schlafe ich auch bei einem Freund.« Er klopfte auf sein Knie. »Ich finde immer irgendeinen Unterschlupf.«

»Hat schon mal jemand mit diesem anderen, deinem Besucher, gesprochen?«

Jebrassy hob einen Finger, was ein Ja bedeutete. »Manchmal erzählt mir mein Freund von ihm.«

»Aber du erinnerst dich nicht an das, was gesprochen wurde.«

Er ließ zwei Finger kreisen: Nein.

»Kennst du noch andere, die wie du herumgeistern?«

Seine Stirn zuckte. »Möglich. Eine Flamme, der ich nur ein einziges Mal begegnet bin. Sie … sie will sich später mit mir treffen. Ich weiß nicht, warum …« Jebrassy ließ den Satz in der Luft hängen.

»Hast du denn kein Selbstwertgefühl?«

»Ich bin ein Krieger, ein Vagabund, ohne Familie.«

Die Sama kicherte leise. »Du verstehst die Flammen nicht, stimmt's?«

Er starrte sie finster an.

»Du behauptest also, ein nichtsnutziges Geschöpf zu sein. Aber nicht, weil du herumgeisterst. Warum dann?«

»Ich möchte Dinge in Erfahrung bringen. Früher hatte ich vor, die Hochgewachsenen zu bekämpfen und aus den Ebenen zu fliehen, falls es mir nicht gelingen sollte, mich einem Marsch anzuschließen.«

»Ha! Hast du überhaupt schon mal Hochgewachsene gesehen?«

»Nein, aber ich weiß, dass sie da sind.«

»Und du hältst dich wegen deiner Fluchtgedanken für etwas Besonderes?«

»Ist mir völlig egal, ob ich was Besonderes bin oder nicht.«

»Und hältst du diese Flamme für eine Tranfunzel?« Die Sama hatte sich nicht bewegt, seit sie sich hingehockt und zu reden begonnen hatten, doch Jebrassys Knie schmerzten inzwischen.

»Jedenfalls wirkt sie nicht so.«

»Warum willst du dich mit ihr treffen?« Die Sama kratzte sich mit der schmutzigen Fingerspitze am Arm.

»Es wäre schon interessant, jemanden, egal wen, zu finden, der so denkt wie ich.«

»Du bist ein Krieger«, bemerkte sie. »Und bist stolz darauf.«

Er wandte den Blick ab und presste die Lippen aufeinander. »Der Krieg ist nur ein Spiel. Hier ist ja nichts echt.«

»Die Umber verhelfen uns auf die Welt. Danach lernen wir von unseren Paten und Lehrern. Wir arbeiten, wir lieben, und irgendwann holt uns der Düstere Aufseher. Und dann wird weiterer Nachwuchs gezeugt. Ist das etwa kein echtes Leben?«

»Da draußen gibt's aber noch mehr. Ich kann's spüren.«

Sie schaukelte leicht auf den Fersen hin und her. »Wovon träumst du noch, wenn du nicht gerade herumgeisterst?«

»Von dem Überfall, bei dem Mer und Per entführt wurden. Ich hab's miterlebt. War gerade aus dem Hort gekommen. Danach haben die Pflegerinnen mich eine Weile in Tiefschlaf versetzt, und ich fühlte mich besser, aber ich träume immer noch davon. Ich dachte, die wären gekommen, um mich zu holen, aber stattdessen haben sie meine Paten mitgenommen … Das ergibt doch keinen Sinn.«

»Nein? Wieso nicht?«

»Solche Überfälle kommen und gehen. Die Pflegerinnen lassen die Schleier herunter und vernebeln alles, danach räumen sie auf, und das war's dann. Und die Lehrer halten einfach den Mund. Niemand weiß, aus welcher Richtung diese Überfälle kommen und was sie beabsichtigen. Wir wissen ja nicht mal, warum man das *Überfälle* nennt. Kommen sie von draußen? Aus dem Chaos, was immer das sein mag? Ich möchte mehr darüber erfahren.«

»Was gibt es da noch zu wissen?«

Jebrassy stand auf, während die Sama weiter hin und her schaukelte.

»Ich biete dir keinen Trost an«, sagte sie. »Ich heile nur die Bisse von Buchstabenkäfern oder die Tritte und Knüffe, die Pedes austeilen. Manchmal helfe ich auch bei Alpträumen. Aber gegen *diese Dinge* bin ich machtlos.«

»Ich will ja gar keinen Trost. Ich will Antworten.«

»Weißt du denn überhaupt, welche Fragen du stellen musst?«

»Niemand hat mir das je beigebracht«, erwiderte Jebrassy unnötig laut.

Draußen ebbte der Marktlärm nach und nach ab. Jebrassy vernahm klagendes Geheul: Ein hungriges Weidepede zerrte in seiner Box an den Haltegurten und forderte seine frühabendliche Mahlzeit aus Getreideähren und Süßwasser ein.

Die Sama stülpte die breiten Lippen vor, ließ sich zurückfallen und atmete tief und seufzend aus. Er dachte, sein Besuch sei damit beendet, doch sie zog die Vorhänge noch nicht auf.

»Ich gehe jetzt«, sagte er.

»Still«, befahl sie. »Meine Beine schmerzen. Ich bin verbraucht, junger Freund. Wird nicht mehr lange dauern, bis mich der Düstere Aufseher holt. Bleib noch ein bisschen – mir zuliebe.«

Sie klopfte auf den Boden. »Ich bin noch nicht fertig mit meiner Befragung. Was hat dich zu einer armen alten Sama getrieben?«

Jebrassy setzte sich wieder und blickte peinlich berührt zum Strohdach hinauf. »Diese Flamme … Falls ich mich irgendwann für sie interessiere und sie sich für mich … ist das nicht gut. Sie hat Paten, ich habe keine.«

»Hast *du* sie angesprochen?«

»Nein.«

Die Sama zog ein kleines Säckchen mit getrocknetem rotem Süßpulver aus ihrem Gewand und umwickelte es mit einer Hanffaser, damit Jebrassy es wie einen Aufgussbeutel in heißes Wasser tunken konnte. »Trink das, es wird dich entspannen. Wenn du herumgeisterst, mach dir hinterher Notizen. Hast du ein Schütteltuch?«

»Ich kann mir eins besorgen.«

»Ah – du meinst stehlen. Borg dir lieber eins von deinem Freund, falls er eins besitzt, oder von der Flamme, falls du sie wiedersiehst. Schreib alles auf, und dann komm zurück und zeig es mir.«

»Warum?«

»Weil wir beide wissen müssen, welche Fragen zu stellen sind.« Die Sama stand auf, zog die Vorhänge auf und ließ das schwindende graue Licht des künstlichen Himmels hinein. Der Markt war geschlossen, der Platz fast leer. »Vielleicht ähneln Träume Schütteltüchern. Wenn man träumt, löscht man alle Wörter aus, die nicht die ureigenen sind. Für heute sind wir fertig, junger Krieger.« Sie schob ihn aus ihrer Bude.

Eine noch sehr junge Flamme in Schnürstiefelchen – sie hatte wohl gerade erst den Hort verlassen, wie eine winzige rote Stelle an ihrer Stirn verriet – stand vor einer geschlossenen Bude und fütterte ein hungriges Pede. Das Pede wand seine glänzenden schwarzen Glieder um ihre Fersen und zuckte mit den zahlreichen Beinen, die es besaß. Die Kleine drehte sich um und sah mit einem Ausdruck freudigen Entzückens zu Jebrassy hoch.

Er fasste sich an die Nase, um ihr mitzuteilen, dass er ihre Freude teilte.

Eine Gefährtin wählen, eine Nische erben oder zugewiesen bekommen, in stiller Zufriedenheit in den Ebenen wohnen, nicht auf Dinge achten, die man sowieso nicht verstehen konnte, die Patenschaft für ein neues Wesen übernehmen – warum sollte man mehr vom Leben verlangen?

Doch er hatte gesehen, wie sehr der jüngste Überfall die Wächter beunruhigte. Nichts von diesem herkömmlichen Leben würde noch lange Bestand haben, das spürte er bis in die Knochen.

Auf dem Weg zu den Diurnen blieb Jebrassy kurz stehen, spähte auf den Boden und kniete sich gleich darauf hin, um das Geröll am Wegesrand zu untersuchen. Bis jetzt hatte er nie viel über die Stoffe nachgedacht, aus denen seine Welt gemacht war. Er verglich den Schotter mit dem Material, das üblicherweise für die Brücken verwendet wurde, und fragte sich dabei, wie dieses Gestein sich von seinem Körper und von den Feldfrüchten unterschied. Und von dem wandlungsfähigen Stoff, aus dem die Wächter bestanden. Er hatte schon mehrfach Bekanntschaft mit diesem Stoff gemacht, wenn sie ihn bei dieser oder jener Rauferei von seinem Kontrahenten getrennt hatten.

Schotter, Feldfrüchte, fleischliche Körper waren aus ganz anderem Stoff als die freiliegenden silbergrauen Inseln unterhalb der Ebenen. Die Inseln waren weder warm noch kalt, und ihre silbergraue Substanz wies überhaupt keine besonderen Merkmale auf, wenn man sie berührte, was er seltsam fand. Und dennoch war es diese Substanz, die alles begründete: die Fundamente, die Mauern und wahrscheinlich auch den künstlichen Himmel – all das, was seine Welt umgrenzte.

Auch darüber wollte Jebrassy unbedingt mehr erfahren. Und in dieser Hinsicht unterschied er sich so sehr von fast allen Gefährten, die er kannte, dass er sich zuweilen fragte, ob bei seinem Eintritt in diese Welt ein Fehler passiert war. Hatten die Umber, als sie ihn aus dem Brutapparat zogen, ihn versehentlich auf den Kopf fallen lassen?

Klapperstorch.

Dieses unbekannte Wort, diese mühsame Erinnerung an einen Laut löste bei ihm heftiges Kopfschütteln aus.

Die Umber haben dich gebracht – so ähnlich wie der Klapperstorch, stimmt's? Haben dich auf die Welt gebracht und unter einem Kohlblatt abgelegt.

»Halt den Mund.«

Seine nackten Füße trugen ihn weiter den Pfad entlang.

Du ähnelst einem Tier im Zoo. Aber du weißt ja nicht mal, was ein Zoo ist. Warum halten sie euch hier fest?

Jebrassy hatte zwar nichts gegen seinen Besucher, schon gar nicht ließ er sich von ihm einschüchtern, doch diese Erinnerungsfetzen brachten ihm nichts, beantworteten keine seiner Fragen. Wenn Jebrassy herumgeisterte und der Besucher das Sagen hatte, passierte normalerweise nichts Besonderes, wie Khren ihm verraten hatte.

»Ich weiß nicht, wer oder was du bist«, knurrte Jebrassy leise. »Aber ich wünschte, du würdest *verschwinden*!«

Er blieb an der Brücke stehen, blickte auf den Bauernmarkt, der jetzt geschlossen war und ruhig dalag, und darüber hinweg auf die Straßen, die hier begannen und sich bis zu den fernen Grenzen der Felder und Mauern rings um die Ebenen erstreckten. Das war die Umgebung, in der sie sich bewegten: Bei forschem Schritt konnte man sie in einem halben Tag durchqueren. Darüber wölbte sich der künstliche Himmel mit seiner Fassadenwand und der anderen Innenwand, die für Luftfeuchtigkeit sorgte. Am äußersten, so gut wie unerreichbaren Ende liefen beide Wände in einem Scheitelpunkt zusammen. Auf dem Boden bildete dieser Scheitelpunkt die imaginäre Mitte einer Rundmauer, die das ganze, von tiefer liegenden Hochwasserkanälen durchschnittene Gebiet umschloss.

Manchmal bezeichneten die Lehrer die Rundmauer als *äußere* und die anderen beiden Wände als *innere Schutzmauern.* Zusammen bildeten sie die Grenzen dieser Welt. Und wiesen die Neugier in die Schranken.

17

Die Wächter hatten Nebel und schwarze Schleier über den Schauplatz des Überfalls gebreitet, der sich im Schatten der Befeuchtungswand am äußeren Rand eines Hanffeldes befand. Jetzt standen sie nervös herum und warteten darauf, dass Ghentun den Schauplatz inspizierte.

Hinter den Schleiern hatte sich ein unregelmäßiger Abschnitt des Hanffeldes, der mehr als tausend Quadratmeter umfasste, mit feinen Schneekristallen überzogen. Die Vegetation war hier abgestorben und nicht mehr nutzbar. Diese Zerstörung der Natur aus reiner Böswilligkeit trug den Stempel des Typhon. Mitten in den Kristallen lag ein Nachgezüchteter der alten Art so, als hätte irgendjemand ihn achtlos niedergestreckt. Den steif gefrorenen Fetzen der Arbeitskleidung nach zu urteilen, hatte es einen Feldarbeiter erwischt.

Er war noch am Leben gewesen, als die Wächter ihn gefunden hatten.

»Habt *ihr* ihn getötet?«, fragte Ghentun den leitenden Wächter.

»Er hat gelitten, Hüter, deshalb haben wir einen Düsteren Aufseher herbeigerufen und sein Leben ausgelöscht. Niemand hat ihn seither berührt.«

Der Düstere Aufseher – er war mager, hatte einen rötlichen Brustkorb und glänzende schwarze Schwingen – hatte inzwischen ebenfalls seinen Geist aufgegeben und lag deaktiviert neben dem Feldarbeiter. Seine erstarrten, vor Kälte gekrümmten Glieder waren mit weißen Kristallen überzogen. Man würde ihn entsorgen müssen, genau wie den Leichnam des Feldarbeiters, die Erde und alles andere, das vom Typhon berührt war.

Ghentun blickte zu der schnurgeraden Straße hinüber, die von den nicht genutzten Innenbezirken – den Diurnen und der spitz zulaufenden Brücke – quer durch die Felder und Wiesen bis zu dem engen, gewundenen Flaschenhals führte, in dem der Hochwasserkanal Tenebros an der ersten Insel endete. Im Zwielicht waren noch einige Bewohner unterwegs, doch alle machten einen großen Bogen um das nebelverhangene Hanffeld.

In den fünfundsiebzig Jahren, die vergangen waren, seit Ghentun den Bibliothekar um eine Audienz gebeten hatte, hatte er schätzungsweise zweitausend Zöglinge verloren. Diese Überfälle auf die niedrigen Ebenen der Kalpa traten inzwischen ein- oder zweimal innerhalb von zwölf Schlaf-Wach-Zyklen auf. Offenbar zielten sie vor allem auf den Nachwuchs ab – auf diejenigen, die Dinge auf uralte Weise wahrnehmen und erkennen konnten. Bei den meisten Überfällen hatten die Wächter den Verlauf auf eigene Faust untersucht und ihre Schlüsse daraus gezogen, doch mittlerweile waren Ghentun gewisse Zweifel an ihrer Sorgfalt gekommen. Er konnte nicht ausschließen, dass die Wächter von den städtischen Beamten beeinflusst wurden, von Eidola, die dem Astyanax treu ergeben waren. Und der Astyanax hatte sich in all diesen Hunderttausenden von Jahren kaum um die Ebenen geschert.

In den höheren Etagen und reicheren Vierteln der Kalpa schienen die Realitätsgeneratoren es besser zu schaffen, die große Mehrheit der Bürger zu schützen. Hier kamen kaum Übergriffe des Chaos vor, doch das mochte auch daran liegen, dass das Chaos kein Interesse an den Eidola hatte. Und dennoch: Je mehr Überfälle auf die Ebenen da unten verübt wurden, desto gefährlicher konnte es auch für die höher gelegenen Stadtviertel werden – gefährlicher für deren Bewohner in einem realen, wenn auch metaphysischen Sinn, gefährlicher für den Astyanax in politischer Hinsicht.

Sobald man den armen Landarbeiter weggebracht hatte, trugen die kleinen grauen Wächter die mit Kristallen überzogene Erde ab und lagerten sie in versiegelten Behältern ein. Wie schon früher würde man die Behälter, das Opfer und alle Wächter, die Berührung damit gehabt hatten und deshalb verunreinigt waren, in die Kellergewölbe tief unter den Hochwasserkanälen sperren. Im vergangenen Jahrhundert hatte Ghentun diese Keller mehrmals aufgesucht. Wegen der Gärungsprozesse, die giftige Dämpfe freisetzten, war es da unten wirklich entsetzlich.

»Den hier müssen wir *an einen anderen Ort* befördern, Hüter«, vertraute der leitende Wächter Ghentun an, der neben dem gekrümmten Leichnam kniete. »Die Keller sind fast voll.«

Das war fast mehr, als Ghentun ertragen konnte. Sie würden den kontaminierten Beweis für den Übergriff ins Chaos hinauskatapultieren müssen.

18

Das Zwielicht hatte sich in lohfarbenes Gold verwandelt, ein letztes Aufflammen, ehe zarte Schäfchenwolken und Zwielicht den Schlafzyklus ankündigten. Dieses Aufglühen tauchte alles ringsum in so diffuses Licht, dass Jebrassy kaum einen Schatten warf. Alles in seiner Umgebung, die jetzt alt und verkommen wirkte, schien sich im Nebel eines Traums zu verlieren.

Die rötlich angestrahlten Diurne lagen an der Fassadenwand. Um dorthin zu gelangen, musste man einen ausgedehnten und an manchen Stellen tückischen Fußmarsch hinter sich bringen, der über den nicht mehr benutzten Dammweg bis zum Scheitelpunkt führte. In diesem Scheitelpunkt trafen die Kuppen der drei Inseln zusammen – die Plateaus, die die übereinandergeschichteten Ebenen stützten. Die Fassadenwand erstreckte sich von hier aus fast fünftausend Meter in die Höhe, zum gewölbten künstlichen Himmel, der in endloser, monotoner Folge das Hell und Dunkel des Schlaf- und Wachzyklus erzeugte, wie schon seit Zehntausenden von Lebensspannen.

Von der Stelle des Dammwegs aus, an der er gerade stand, konnte Jebrassy alles mit einem einzigen Blick erfassen. Außerdem sah er nach rechts und links, um sich zu vergewissern, dass keine Kreischeulen oder Wächter in den Schatten darauf warteten, Schlafwandler auf frischer Tat zu ertappen. Nach jedem Übergriff des Chaos waren die Wächter besonders auf der Hut.

In Jebrassys Rücken führte der Dammweg über mehr als fünfzehnhundert Meter bis zu den Brücken, die früher als Verkehrsadern über den Tartaros gedient hatten, den breiteren der beiden Hochwasserkanäle zwischen den Ansiedlungen. Das Ende des Dammwegs flankierten vier schlanke, hundertfünfzig Meter hohe Spiraltürme, durchzogen von geriffelten Röhren, die früher angeblich tiefe, ehrfurchtgebietende Töne erzeugt hatten: Musik. Ob diese Türme von Anfang an zu den Diurnen gehört hatten oder erst später gebaut worden waren, wusste niemand zu sagen. Es gab hier eine Unmenge baufälliger Reste von rätselhaften Konstruktionen, die die Nachgezüchteten der alten Art einst geschaffen hatten. Für heimliche Besucher bedeuteten diese Relikte zusätzliches Gefahrenpotenzial. Schon vor vielen Jahren hatte man dieses Gebiet zum Sperrbezirk erklärt, durch Geröll blockiert und Kreischeulen als Wächter eingesetzt. Die meisten Gebäude waren seitdem längst eingestürzt, hatten den Betrieb eingestellt oder waren schlicht in Vergessenheit geraten, da sie nicht mehr benötigt wurden, denn nur wenige der alten Art spürten den Drang, hierherzukommen. In den bewohnten Teilen der Ebenen gab es genügend Bauten, die schon bessere Zeiten erlebt hatten, wozu also sich mit diesen hier befassen?

Am Scheitelpunkt, an dem die Fassadenwand mit der Befeuchtungswand zusammentraf, befand sich ein Amphitheater, das früher dreißig- oder vierzigtausend Besuchern Platz geboten hatte. Als Grünschnabel war Jebrassy zweimal hier gewesen, um seine Tapferkeit, zumindest aber sein Durchhaltevermögen unter Beweis zu stellen. Damals war er auf das Geröll geklettert, den wenigen Wächtern ausgewichen, die hier noch Dienst taten, und hatte sich durch die schmutzverkrusteten Mittel- und Aufgänge den Weg zum obersten Rang gebahnt. Diese Empore war ein überdachtes Labyrinth, das sich über mehrere Hundert Meter bis zur Proszeniumsloge erstreckte.

An mehreren Stellen der Empore war das Dach eingestürzt, so dass man dort einen freien Blick auf die Diurne hatte. Während Jebrassy sich wie damals durch das steinerne Labyrinth arbeitete, verlor er sich wieder einmal in Mutmaßungen über diesen Ort. Vielleicht hatten hier früher Initiationsrituale stattgefunden. Bestimmt gehörte das Labyrinth nicht zur ursprünglichen Anlage. Schon bei seinem ersten Besuch hatte er das Rätsel dieses Labyrinths ohne viel Mühe lösen können: Es verlief im Gegenuhrzeigersinn; zwar nahmen die äußeren Ränder überall überraschende Wendungen, aber wegen des langjährigen Zerfalls konnte man hindurchspähen.

Will die Flamme damit meine Entschlusskraft auf die Probe stellen? Ist doch ein Kinderspiel!

Er folgte dem Weg, den er schon in seiner Kindheit genommen hatte, denn er konnte sich immer noch deutlich daran erinnern: Schließlich gräbt sich jedes Abenteuer, wie enttäuschend es auch ausgehen mag, tief ins Gedächtnis. Schließlich gelangte er zu einem riesigen Loch in der Überdachung und wurde mit einem unverstellten Blick auf die *Schallmauer* belohnt – eine Bezeichnung, mit der er nichts anfangen konnte. Es war eine fleckige graue Wand, mehrere Hundert Meter hoch, die bis auf die durch Erosion verursachten Löcher und Vertiefungen völlig glatt war. Möglich, dass die Vertiefungen früher große Objekte geborgen hatten.

Nachdem er noch einige Minuten weitergegangen war und die letzten Hindernisse der Empore überwunden hatte, kam er am Fuß der Schallmauer an. Von hier aus war es nur noch ein Klacks, bis er in den unermesslich großen schimmernden Schatten der gewölbten Lichtwand eintauchte.

Jebrassy nahm sich einen Augenblick Zeit, um wieder zu Atem zu kommen. Der riesige Schirm der Lichtwand war von oben bis unten mit Staub und einem dunklen Belag überzogen. Der Belag war kein Ruß, er rührte nicht von Rauch her, sondern von den Ausdünstungen vieler Tausend Generationen von Lebewesen. Auf der anderen Seite befand sich eine kunstvoll verzierte, aber teilweise zerfallene Trennwand aus Steinen und Mauerwerk, deren höchste Überreste immer noch mehrere Hundert Meter über die Empore hinausragten. Die Trümmer waren auf die Proszeniumsloge und den untersten Rang des Amphitheaters gestürzt, dessen Sitze schon vor langer Zeit entfernt worden, vielleicht auch verfault waren. Sicher hatten schon viele der alten Art vor ihm versucht, das Rätsel dieses Ortes zu lösen oder ihn für eigene Zwecke zu nutzen, indem sie sich hier als Steinmetzen betätigt hatten. Genau wie die ursprünglichen Bauten waren auch die jüngeren mittlerweile zerfallen. Schlimm genug, doch noch mehr machte Jebrassy der

Gedanke zu schaffen, dass es eigentlich nicht viel Mühe kosten konnte, die Schirmwand zu reinigen, die Sitze in den Rängen zu reparieren oder zu ersetzen und den ursprünglichen Bau zumindest oberflächlich zu restaurieren. Dennoch tat es niemand, denn keiner der heute Lebenden besaß die Hartnäckigkeit und den Einfallsreichtum derjenigen, die die Lichtwand einst geschaffen hatten.

Wer waren sie? Hochgewachsene?

»Ich weiß es nicht«, murmelte Jebrassy als Antwort auf die leise Frage des Besuchers. »Halt den Mund.«

Hoch über dem Amphitheater fuhr in der Ferne eine Brise durch die Röhren der vier Spiraltürme und erzeugte Töne, die wie das unterdrückte Kichern von Hunderten belustigter Stimmen klangen.

Die Diurne selbst befanden sich unmittelbar links von der Schirmwand – drei miteinander verschränkte Ellipsen, jede mit einem Durchmesser von mehr als hundert Metern, auf denen gelegentlich immer noch irgendwelche Darstellungen auftauchten. Angeblich zeigten sie die Zeit an, aber in einer Art und Weise, die keiner der Lebenden entschlüsseln konnte, selbst wenn es jemand geschafft hätte, die ständig wechselnden verstümmelten Symbolreihen innerhalb der Ellipsen zu erfassen. Die einzige einleuchtende Theorie besagte, die Diurne hätten einmal einen riesigen Zeitmesser dargestellt, der mit einem noch größeren Bildschirm verbunden gewesen sei. Diesen Wandschirm habe man früher bei öffentlichen Zusammenkünften und Feiern eingesetzt, doch schon sehr lange nicht mehr benutzt.

Rechts von den Diurnen blitzten auf der riesigen Lichtwand – sie war dreihundert Meter breit und hundertfünfzig

Meter hoch – immer noch schwache, schnell verlöschende Funken auf, Zufallsbilder, die sich in stündlichen Abständen wiederholten. Doch ständig setzten solche Störungen ein, dass nicht einmal mehr flackernde Punkte zu sehen waren, sondern der Schirm schwarz wurde. Soweit bekannt, hatten die Diurne schon in der Frühzeit der nachgezüchteten alten Art so ausgesehen.

Jebrassy bog den Hals so weit wie möglich zurück, um die ganze Lichtwand zu erfassen, drehte sich danach rasch um und starrte so auf das Amphitheater, als wolle er einen Blick auf vierzigtausend Gespenster erhaschen – auf die Bürger, die hier früher einmal gesessen oder gestanden hatten, wie gebannt von diesem Ort, der einst ein wunderbarer Versammlungsraum gewesen sein musste. Sicher hatten sie sich hier ausgetauscht und einander Geschichten erzählt.

Seine Annahme verfestigte sich, als er die Szenerie durch ältere und vermutlich klügere Augen in sich aufnahm: An diesem Ort hatte die Gemeinschaft Informationen und Klatsch ausgetauscht. Tausende hatten sich hier versammelt, hatten Anweisungen und Warnungen empfangen und vielleicht auch Berichte über das erhalten, was sich in den Ebenen tat. Über den Schirm waren Schlagzeilen und Bilder der Welt gelaufen, die jenseits der Kalpa lag und jetzt verleugnet wurde.

Es war nur eine Mutmaßung, doch vieles sprach dafür.

Die innere Stimme äußerte nichts dazu.

Mit ihrem Schmutz und der Patina des Alters – beides war typisch für die verlassenen Bezirke hinter den Ebenen – vermittelten die Ruinen schon an sich eine bestimmte Botschaft. In Verbindung mit dem unsteten Aufflackern der Zeit, den Übergriffen des Chaos und dem Bevölkerungsschwund, der allein schon an den unbewohnten Nischen und längst verlassenen Stadtteilen abzulesen war, bewies der Zerfall der Architektur, dass die Kalpa – egal, wie sie früher ausgesehen haben mochte – die Blüte ihrer Jahre jedenfalls hinter sich hatte.

Die Hochgewachsenen wurden schwächer. Die lange Knebelung der alten Art würde vielleicht bald schon ein Ende finden. Dann würden alle, die wollten, unter der Rundwand hindurchschlüpfen können, durch die Hebewerke am Ausfluss der Hochwasserkanäle und unter den Bogen hindurch bis zu den Toren. Und danach würden sie die Grenze des Realen überqueren und in die endgültige Freiheit des Chaos gelangen.

Ein schöner Traum.

Während Jebrassy hierhin und dorthin stapfte, blickte er auf die nur schwach zu erkennenden verstümmelten Wörter. Das leise Schlurfen seiner Füße hallte mit unheilverkündenden Verzerrungen von den Mauern wider.

Lauter Krach und Gepolter links von der Lichtwand meldeten, dass weiteres Mauerwerk eingestürzt war. Große Steinbrocken und Teile verrosteten Metalls rollten nach unten. Als sie gegenüber der Empore aufschlugen, stieg eine Staubwolke auf. Die ganze Szenerie und deren Umfeld lösten bei Jebrassy Wut und Frust aus. Das verloren gegangene Wissen, die versagenden Kommunikationssysteme, der trügerische Anschein, man wolle die Massen erziehen … Dazu passten auch die unechten Bücher. Sie verhöhnten jeden, der die verlassenen Gänge in den höheren Stockwerken der Ebenen durchkämmte. Endlose Reihen voller Bücher mit faszinierenden Titeln, soweit er sie lesen konnte. Aber keines dieser Bücher ließ sich herausnehmen. Seit der Kindheit hatte er es tausendmal versucht, doch die Bücher waren wie festgeschweißt, kalt, nutzlos.

Falls wir Spielzeuge oder Instrumente sind, dachte er, *interessiert sich kaum noch jemand sonderlich dafür, was wir tun oder denken. Vielleicht ist es denen sogar egal, ob wir leben oder sterben …*

Er drehte sich langsam um sich selbst, wie bei einem Tanz, lauschte auf das Echo und fasste sich gleich darauf an die Nase, weil er sich albern vorkam.

Besser Albernheit als Langeweile und Sicherheit.

»Hallo!«

Die beiden Silben trieben nach oben und hallten mit unheimlichem Rauschen zurück. Als Jebrassy sich umwandte, sah er eine dunkle weibliche Gestalt am Rande der Proszeniumsloge hocken.

In dem schwachen Licht, das von der Schirmwand herüberdrang, stand sie auf.

Erleichtert atmete Jebrassy mit einem Seufzer aus.

»Für was hast du mich denn gehalten?«, fragte Tiadba.

»Du kommst spät.«

»Netter kleiner Tanz, den du da aufgeführt hast. – Warum bist du hierhergekommen? Nur weil ich dich darum gebeten habe?«

»Ich bin früher schon hier gewesen. Ist ja keine große Sache. Darf ich auch mal Fragen stellen?«

»Klar doch.«

»Die Frauen unserer Art mögen in der Regel normale bodenständige Männer mit normalen bodenständigen Anschauungen. Warum bist du anders?«

Tiadba schlenderte unten an der Lichtwand entlang und schlug einen Bogen um die Schutthaufen. »Nicht bei allen von uns fließt das Blut so langsam.« Sie musterte etwas auf dem

Boden, blieb stehen und holte tief Luft, während ihre Schultern sich anspannten.

Jebrassy gesellte sich zu ihr. Sie war auf einen verschrumpelten Leichnam gestoßen – einen Angehörigen ihrer Art, der jung gestorben war. Er lag zusammengekrümmt im Geröll, übersät mit Staub und Flocken des verkrusteten Belags, die von der Lichtwand hierhergetrieben waren.

Tiadba kniete sich hin, um den Schmutz von dem Toten zu fegen. »Manche von uns machen sich auf die Suche … Ein paar Dutzend in jeder Generation, Aufwiegler, Unruhestifter. Nicht mal der Düstere Aufseher hat den hier gefunden. Wir beide könnten genauso enden. Macht dir das Angst?«

Jebrassy ließ zwei Finger im Uhrzeigersinn kreisen, und Tiadba tat es ihm nach, um Einverständnis zu signalisieren. »Es mag uns erschrecken«, sagte sie nachdrücklich, »aber es wird uns nicht aufhalten.«

»Du hast meine Frage noch immer nicht beantwortet.«

»Manche behaupten, wir seien Spielzeuge oder niedliche Haustiere. Aber ich weiß, dass wir wichtiger sind. Wir sind das Ende eines langjährigen Experiments. Deshalb geistern wir herum. Und die Hochgewachsenen wollen, dass wir es tun.«

»Und woher weißt du das? Wie kannst du dir da sicher sein?«

»Wenn ich's dir zeigen soll, musst du mir zuerst drei Dinge versprechen.«

»Alle guten Dinge sind drei, wenn's nach dir geht, stimmt's?«

»Dreiecke sind stabil. Du hast ja selbst gesagt, dass Frauen nach Stabilität streben.«

Jebrassy zog die Brauen zusammen.

»Du musst mir versprechen, dass du's niemals jemand anderem verrätst.«

»Und was noch?«

»Du musst mir versprechen, dass du das, was du erfährst, für all unsere gemeinsamen Entdeckungen nutzen wirst und nicht nur für dich selbst. Du wirst nicht auf eigene Faust nach Ruhm und Ehre streben.«

Das tat weh, denn genau das war es, was er vorgehabt hatte. »Was noch?«

»Du darfst dich weder allein noch mit jemand anderem auf den Marsch begeben, jetzt noch nicht. Du erklärst dich damit einverstanden, dass man dich auswählen wird. Wählt man dich nicht aus, bleibst du in den Ebenen.«

»Nichts ist einen solchen Preis wert. Ich würde ...« Ihn schauderte. »Der Gedanke, niemals von hier wegzukommen, würde mich in den Wahnsinn treiben.«

Der erbitterte Blick aus Tiadbas zusammengekniffenen Augen verriet Jebrassy, dass er einen schwerwiegenden Fehler gemacht hatte.

»Dann geh jetzt«, sagte sie. »Ich bleibe noch hier und komme ein bisschen später nach. Man sollte uns nicht zusammen sehen. Wenn ich zurück bin, melde ich diesen armen toten Forscher bei den Wächtern.«

Jebrassy drehte sich um und setzte sich an den Rand der Proszeniumsloge. Was konnte sie ihm schon anbieten, das ein solches Opfer, eine solche Knechtschaft aufwog?

»Es wird tatsächlich ein Jugendmarsch stattfinden«, sagte Tiadba in seinem Rücken, wobei ein seltsames Zittern in ihrer Stimme mitschwang. »Die Teilnehmer werden sehr sorgfältig zusammengestellt. Leider verzögert das die Sache. Wir alle sind ungeduldig, aber es muss noch vieles vorbereitet werden. Trotzdem wird's bald losgehen.«

Jebrassy hatte munkeln hören, dass handverlesene Gruppen zusammengestellt, ausgebildet und in die Hochwasserkanäle geschickt werden würden, doch bis jetzt waren es nur Gerüchte gewesen.

»Wir haben einen Plan und eine Anführerin«, erklärte Tiadba. »Es ist jemand, dem wir vertrauen.«

Das klang so, als könnte es stimmen. Von jeher hatte Jebrassy sich gefragt, wie jemand ohne Ausbildung, Essensvorräte und Ausrüstung in dem unbekannten Gebiet jenseits der Kalpa überleben sollte.

Als Tiadba sich leise und mit anmutigen Bewegungen neben ihn setzte, war er erneut von ihr entzückt. Mit halb geschlossenen Lidern, was sie friedlich und schläfrig wirken ließ, blickte sie nach links. Leicht schaudernd rutschte sie näher an ihn heran und lehnte den Kopf an seine Schultern. Die Berührung war wie ein Stromstoß. Jebrassys Herz begann heftig zu klopfen, und seine Hände wurden heiß.

»Du wirst uns nicht anlügen«, sagte sie. »Und du wirst uns niemals im Stich lassen.«

»Wie kannst du dir in allem so sicher sein?« Er gab sich Mühe, schroff zu wirken.

»Weil ich dich kenne. Wir sind uns schon früher begegnet, spürst du das nicht?«

Er stand auf, schüttelte die Arme aus und trat den Rückzug an. »Zu viele Versprechen, zu wenig als Gegenleistung.«

Wieder hellwach, rannte Tiadba ihm nach, streckte seine Hand hoch und zog energisch an seinen Fingern. »Versprich es! Du *weißt*, dass du es tun musst!«

»Lass mich los!« Er wollte sich ihr entwinden, doch mit einem kleinen Aufschrei packte sie seine Schultern und brachte ihn zu Fall. Gemeinsam rollten sie über die staubige Bühne. Sie war stärker als er – manche Frauen ihrer Art waren sehr drahtig und verströmten im Kampf einen süßen Geruch, der ihre stärkste Waffe war. Der Duft untergrub Jebrassys Kampfeslust.

»Hör auf!«, rief er, als sie ihn auf den Boden drückte. Ihr Gesicht lag nahe an seinem, ihre Augen sahen ihn eindringlich an. Beide waren völlig mit Staub übersät.

Sie schaute so finster, dass er vor Scham den Blick am liebsten abgewandt hätte. »Sei kein Schwachkopf, versprich's! Du weißt, dass du's tun wirst! – *Versprich's!*«, wiederholte sie in heiserem Flüsterton, während ihre Lippen fast die seinen berührten.

»Gib mir irgendwas als Gegenleistung, lass mir wenigstens Hoffnung«, erwiderte er mit aufgebrachter, rauer Stimme. »Versprich *du* mir, dass ich beim nächsten Marsch dabei sein werde!«

Sie wälzte sich von ihm herunter, rappelte sich hoch und klopfte sich den Staub von der Kleidung. »Ich bin nicht diejenige, die die Teilnehmer auswählt.«

»Du behauptest, wir würden einander kennen, doch offensichtlich kennst du mich überhaupt nicht.«

Tiadba legte die Hände aneinander und berührte auf diese Weise mit geschlossenen Augen ihre Stirn.

»Ihr nutzt mich aus«, sagte er. »Ihr stürzt euch auf einsame Wölfe wie mich … Verhaltet euch so, als würdet ihr einem Pede saftige Hanfsprossen vor die Nase halten, um es auf den Acker zu locken.« Er löste ihre Hände von der Stirn und sah ihr direkt in die Augen. Es gab tatsächlich eine Verbindung zwischen ihnen, doch er konnte sie sich nicht erklären, und das machte ihn noch wütender. Schließlich ließ er sie los.

»Wenn du so mutig bist, warum bist du dann nicht schon längst allein fortgelaufen?«, fragte sie. »Was hält dich davon ab?«

»Jemand muss doch nach Wächtern Ausschau halten«, gab er scharf zurück. »Mit einer Sache bin ich einverstanden: So etwas muss man *planen.*«

»Was ist, wenn ich dir von den Problemen erzähle – nur ein bisschen darüber, was alles zu berücksichtigen ist?«

»Du würdest deine Leute hintergehen?«

»Ich vertraue dir.«

»Das solltest du aber nicht. Ich bin kein verantwortungsbewusster Typ.«

»Haben dir das deine Paten gesagt?«

»Meine Mer und mein Per sind nicht mehr da.«

Sie rückte wieder näher an ihn heran. Wenn irgendetwas typisch für sie war, dann ihre Hartnäckigkeit. »Ich weiß«, erwiderte sie.

»Ein Überfall hat sie erwischt.«

»Ich weiß.«

»Woher?«

»Weil du auf dem Markt mit unserer Anführerin gesprochen hast. Aber davor habe ich ihr schon von dir erzählt. Sie hat mir erlaubt, mich hier mit dir zu treffen.«

Das verschlug Jebrassy die Sprache. Er konnte kaum fassen, dass eine Sama – eine Heilerin und Beraterin, der man persönliche Dinge beichtete – sein Vertrauen genauso unbekümmert missbraucht hatte wie Khren.

Kaum zu glauben, aber derzeit war alles im Wandel begriffen, selbst die Zeit. Ständig gab es Überfälle, und die Wächter verhielten sich anders als früher. Er sah es fast vor sich, wie die

Hochgewachsenen unter ihnen umhergingen. Warum sollte er noch irgendjemandem oder irgendetwas trauen?

Tiadba, die merkte, wie bestürzt er war, griff erneut nach seinen Schultern, diesmal jedoch sanft. »Ich werde dir so viel erzählen, wie ich weiß. Die Sache ist so wichtig, dass du mir nicht mal was versprechen musst.«

»Hat *sie* dir aufgetragen, mir das zu sagen?«

»Nein, das tue ich auf eigene Gefahr.«

Jebrassy schüttelte bekümmert den Kopf. »Ich weiß nicht, wer ich bin oder wo ich mal landen werde. Deshalb bin ich ja überhaupt zu einer Sama gegangen.« Er schauderte.

Tiadba kämpfte um die richtigen Worte. »Zwei Namen. Erzähl mir, was sie bedeuten. Ich sage dir einen Namen und du mir den anderen.«

»Namen?«

»Ginny.«

Jebrassy fuhr zurück. »Jack«, platzte er ohne weiteres Nachdenken heraus.

Sie sah ihn triumphierend und zugleich erschrocken an. »Zwei seltsame, hässliche Namen. Sie stammen nicht von den Ebenen. Wir *kennen* einander, Jebrassy. Wir kennen einander von einem anderen Ort her. Es ist so, als hätten wir uns schon immer gekannt. Das Gefühl habe ich bei jemand anderem noch nie gehabt.« Sie war so aufgewühlt, dass sie fast schielte. »Irgendwann wird einer von uns furchtbar in der Klemme stecken. Ich glaube, ich werde diejenige sein, die dich dann braucht. Und du wirst kommen, um mich da rauszuholen.«

Jebrassy seufzte und kniete sich hin, weil er sich plötzlich schwach fühlte. Es stimmte: Schon jetzt spürte er den heftigen Schmerz des Verlusts. Er wusste, dass Tiadba ihm gehören würde. Er würde dieser Frau treu und an sie gebunden sein, doch sie allzu schnell wieder verlieren.

Aus der Zeit gerissen.

Außer Kontrolle geraten.

Unsere Leben gehören uns nicht.

»Das ist doch völlig verrückt«, flüsterte er.

Sie kniete sich vor ihn, legte die Stirn an seine, umfasste seine Schläfen mit beiden Händen, und er tat es ihr nach. »Versprich mir diese drei Dinge, dann weihe ich dich ein und zeig's dir.«

Der Besucher oder dessen nutzloses Überbleibsel in Jebrassys Kopf wollte ihn offenbar zu einer Entscheidung zwingen, denn er veranstaltete dort einen wahren Wirbel.

Jebrassy streichelte Tiadbas Wange.

Sie schworen so, wie sie es als Kinder gelernt hatten, wiederholten die Worte immer wieder, bis sie sich diese genau gemerkt hatten. Dann pfiff Tiadba kurz eine Melodie, die den Pakt besiegelte.

Damit war die Sache entschieden. Jebrassy hatte keine Ahnung, was gerade eben passiert war. Nach und nach gewannen seine Augen den Fokus zurück. Tiadba hatte sich von ihm gelöst, stand nahe bei ihm und starrte nach oben. Sie deutete auf einen offenen Vorbau, der in den rechten Rand der Lichtwand hineinragte und im Vergleich dazu winzig wirkte. Er sah wie eine private Loge aus, bot im Amphitheater allerdings den schlechtesten Blick überhaupt. »Siehst du das?«

»Ein Mauervorsprung. War schon immer da. Was ist damit?«

»Früher nannte man das die *Valeria*«, erklärte Tiadba. »Von dort aus hat man die Vorführungen organisiert und gesteuert. Ich hab einen Weg gefunden, der hinter der Lichtwand hinaufführt. Möchtest du die *Valeria* sehen?«

»Da oben ist bestimmt alles verdreckt, stimmt's?«

»Ich hab dort saubergemacht.«

Es versuchte, Stimme und Verhalten wieder unter Kontrolle zu bringen. »Könnte interessant sein … Aber warum ist das so wichtig?«

»Der große Schirm der Lichtwand ist kaputt. Aber da oben gibt es einen *kleinen* Schirm und Zugang zu einem Verzeichnis der Vorführungen, die sie früher in den Diurnen veranstaltet haben. Einige hab ich mir angesehen. Meiner Meinung nach erzählen sie eine bestimmte Geschichte, wenn auch nicht unbedingt unsere. Die Geschichte derjenigen, die vor uns hier waren.«

»Ich verstehe noch immer nicht, wie das den Marschteilnehmern weiterhelfen soll.«

»Bist du denn gar nicht neugierig, nicht mal ein kleines bisschen? Neugierig darauf, Dinge zu sehen, die seit Millionen Schlaf-Wach-Zyklen kein anderer unserer Art oder sonst jemand gesehen hat? Willst du nicht erfahren, wie wir hier gelandet sind und … vielleicht auch … warum? Wir wissen so wenig«, seufzte sie. »Und das …«

»… ist das Dritte, was wir gemeinsam haben«, bemerkte Jebrassy. »Außerdem muss ich dir sagen, dass ich impulsiv bin. Manche behaupten, ich sei dumm, aber eigentlich bin ich nur ein Sturkopf. Außerdem mache ich mir zu viele Gedanken.«

»Vier, fünf und …«

»Sechs Dinge, die wir gemeinsam haben, stimmt's?«

Als Tiadba sich aufrecht hinstellte, war sie ein bisschen größer als Jebrassy. Dass Frauen die Männer überragten, war bei der alten Art nicht ungewöhnlich. »Falls die Wächter uns erwischen oder erfahren, dass wir Bescheid wissen, ziehen sie uns wahrscheinlich aus dem Verkehr und liefern uns den Hochgewachsenen aus, ist dir das klar?«

Er nickte.

»Na, dann komm mit. Vor einiger Zeit ist ein Teil der alten Empore eingestürzt, direkt neben der Proszeniumsloge.«

Jebrassy folgte ihr etwa fünfzig Meter und stieg hinter ihr in eine dunkle Grube zwischen den Wänden einer Kammer, deren Dach eingestürzt war. Unten in der Proszeniumsloge war eine kleine Falltür eingelassen, die offen stand, teilweise aber von Geröll blockiert war.

»Hast du Angst vor engen Räumen?«, fragte Tiadba, während sie ein paar Steine und Ziegel aus dem Weg räumte.

»Ich glaube nicht, solange es irgendeinen Weg nach draußen gibt.«

»Na gut, das hier ist nämlich ein Tunnel. Er zieht sich eine ganze Strecke hinter der Lichtwand entlang und geht danach in einen Schacht über, der nach oben führt. Ich glaube, in der Nähe gab es früher einen Aufzug, doch der funktioniert nicht mehr. Wenn wir nach oben wollen, müssen wir eine enge Wendeltreppe hinaufsteigen, und sie hat jede Menge schmaler Stufen.«

»Zeig's mir.«

Fröhlich griff Tiadba nach Jebrassys Hand und zog ihn mit.

ZEHN NULLEN

19

Seattle

Meilenweit war Ginny der Musik gefolgt. Jetzt war sie ans Ende ihres langen Spaziergangs gelangt und starrte voller Ehrfurcht auf das, was hier auf sie wartete: ein breites Spruchband mit roten und schwarzen Buchstaben, wie sie typisch für Zirkusankündigungen waren. Und sie besagten:

LE BOULEVARD DU CRIME.

Wahre Kaskaden von Tönen drangen durch die Luft. Sie stammten von Drehleiern, Dampfpfeifenorgeln, elektrischen Gitarren, Flöten, Posauen und Trompeten – ein schriller, blecherner und dennoch melodiöser Lärm, der triumphierend in den sternenklaren Himmel stieg und den Wolken Glanz verlieh.

Ein breites Lächeln huschte über ihr erregtes Gesicht.

»He, schöne Frau!«, rief ein Clown in rot-blauem Kostüm. Der riesige weiße Haarschopf, der ihn wie ein Heiligenschein umgab, brachte ihn fast aus dem Gleichgewicht. »Feier mit uns das Gauklerfest. Verrückte sind wir, besagt der Test, doch besser als jeder Jahrmarkt in diesen Landen – als Geister sind wir ja nicht mal vorhanden!«

Der Clown führte einen zähnefletschenden Affen, der ebenso graziös wie vorsichtig auf meterlangen Stelzen einherstolzierte.

Das Gauklerfest erstreckte sich über viele Tausend Quadratmeter Gras und Schotter, die oberhalb des wie Obsidian funkelnden Wassers der Elliot Bay lagen. Ein großer Getreideheber markierte das nördliche Ende, während die Landseite von graubraunen Mietskasernen und Gebäuden mit Eigentumswohnungen gesäumt war. Die Südseite ging in einen Skulpturengarten über, der jetzt geschlossen war, und in einen Parkplatz, auf dem ein wildes Durcheinander aus abgestellten Wagen herrschte. Rote und gelbe Zeltbahnen flatterten im leichten Wind. Marktwagen mit kulinarischen Angeboten und Wohnwagen hatten sich neben dem Parkplatz gesammelt.

Zwischen den Marktwagen am südlichen und dem Getreideheber am nördlichen Ende waren in einer endlos langen Schlangenlinie Schaubühnen und Manegen unterschiedlichster Größen aufgebaut, die alle Schilder trugen: THÉÂTRE-LYRIQUE, CIRQUE OLYMPIQUE, FOLIES DRAMATIQUE, FUNAMBULES, THÉÂTRE DES PYGMES, THÉÂTRE PATRIOTIQUE, DELASSEMENTS-COMIQUES.

Noch nie hatte Ginny so viele Artisten auf einem Haufen gesehen: Clowns, Musiker, Akrobaten, Magier und natürlich auch Pantomimen. Am liebsten hätte sie gleichzeitig gelacht und geweint, so sehr versetzte das Spektakel sie in die Jugendzeit, an die sie sich nicht mehr erinnern konnte, doch in die sie so verzweifelt gern zurückgekehrt wäre.

Während Jack auf dem Radweg entlangfuhr, nach vertrauten Gesichtern Ausschau hielt und dabei schwungvoll das Vorderrad von rechts nach links und wieder nach rechts lenkte, um einigermaßen im Gleichgewicht zu bleiben, entdeckte er einen Kreis, in dem geprobt wurde – und darin Flashgirl, die blaue Echse, Joe-Jim und andere alte Freunde, die sich für ihren Manegenauftritt aufwärmten.

Hunderte von Besuchern wuselten in Gruppen umher, lachten, applaudierten, machten *Oh!* und *Ah!* und warfen Geldscheine und Kleingeld in Schachteln und Hüte. Es sah ganz nach einem *Klingklong*-Abend für Jacks Freunde und Kollegen aus. Straßenkünstler nannten erfolgreiche Auftritte *Klingklong*-Vorstellungen – Lautmalerei, denn bei solchen Vorstellungen klingelten die Münzen und fielen mit einem *Klong* auf dicke Stapel von Geldscheinen.

In der ersten Manege baute T-Square, der ein feuerrotes Trikot trug, gerade drei brennende Behälter und eine runde Rampe im Achterbahn-Design für sein Einrad auf. Auf dem Kopf trug er einen grellblauen, innen mit Stahl ausgekleideten Hut, der seine riesige, mit Strass besetzte Schmetterlingsbrille überragte. Während seines Auftritts sprach er kein Wort, führte nur seine Akrobatik auf dem Einrad vor und radelte durch die beängstigend auflodernden Flammen, die aus den Behältern schossen. Jack wusste etwas, was die Zuschauer nicht durchschauten: Gleich würde T-Square seinen Hut Feuer fangen lassen und die Hilfe einer vorgeblichen »Zuschauerin« fordern: Seine Tochter, eine kluge, fixe Neunjährige, würde die Flammen gleich darauf mit Schaumspray aus einem Feuerlöscher ersticken.

Somnambul, der Schlafwandler, der keine Manege brauchte, führte eine Reihe spannender Kartentricks vor, fiel danach scheinbar in Erstarrung, stemmte sich mit flatterndem Taschentuch und einem Hut, der ständig vom Kopf zu fliegen drohte, gegen einen imaginären Wind, schmiegte anschließend seine Wange an die aneinandergelegten Hände und schnarchte bis zur nächsten Nummer.

Als Jack vorbeiradelte, zwinkerte er ihm zu. Jack legte zwei Finger an die Schläfe und grüßte zurück.

Flashgirl arbeitete nicht mit Feuer, doch mit ihrem gelborangefarbenen Overall, der sinnlichen Körperhaltung und wütenden, superfeministischen Sprüchen gab sie den Leuten auch so genügend Zunder. Ihr Auftritt bestand darin, mit dem Jonglieren von Messern und Zauberstäben Illusionen zu erzeugen, ekstatisch zu tanzen und die männlichen Zuschauer mit verbalen Beleidigungen zu überschütten. Deren »sexistischen Einstellungen« gab sie die Schuld, wenn irgendein Zaubertrick nicht klappte. Fast alle lachten; sie war gut. Nicht ein einziges Mal hatte Jack erlebt, dass Flashgirl einen Zuschauer tatsächlich verärgert hatte. Doch jetzt war sie fünfundvierzig Jahre alt und verlor allmählich an Schwung. In Anbetracht ihrer hängenden Schultern und des leisen Keuchens beim Tanzen dachte Jack, dass sich ihr jahrzehntelanges Rauchen inzwischen vielleicht rächte.

Aber Gaukler arbeiteten immer, ob gesund oder krank. Er hoffte, dass sie nur gegen eine Erkältung ankämpfte.

Jack wusste, wo die den Künstlern vorbehaltene Zone lag: am Ende eines kurzen Pfades, der sich bis zu einem kleinen Garderobewagen schlängelte. Dieser Bereich war mit Bändern und Pfosten abgesperrt und wurde vom Dunkel des riesigen Getreidehebers überlagert, der im Mondlicht Schatten warf. Hier, im Halbschatten, hockte Joe-Jim auf einem umgestülpten weißen Eimer und aß Obstsalat aus einem Plastikschälchen.

Als er Jack entdeckte, sah er ihn einen Moment lang ausdruckslos an.

Er erinnert sich nicht an mich.

Gleich darauf schien etwas bei ihm einzurasten – in seinem Kopf zu klicken –, und er winkte Jack mit der Gabel zu. »Bruder Jack, warst lange weg!«, rief er und spuckte dabei ein paar Orangestückchen aus.

»Mit wem hab ich heute Abend die Ehre?«, fragte Jack und schüttelte ihm nach Gauklerart die Hand, indem er ihm auf die Handfläche klatschte und drei Finger mit seinen verhakte.

»Heute Abend sind wir Jim. Joe macht Urlaub in Chicago. Ist in einer Woche zurück. Ruft mich aber jeden Tag an, um sich zu melden.«

Joe-Jims Nummer bestand darin, akrobatische Kunststücke zusammen mit einem unsichtbaren Partner vorzuführen. Mitten in der Luft griff er bei allen möglichen Gelegenheiten zum Mittel der Pantomime, und wenn er in Bestform war, wirkte das wirklich verblüffend. Er war zwar nur wenige Jahre älter als Jim, sah aber älter aus und auch so, als ließe seine Ernährung zu wünschen übrig. Sein Blick war gehetzt, die Gesichtsfarbe von ungesundem Gelb, und an beiden Wangen und am Kinn spross ein Zweitagebart. Ein Handgelenk war dick mit einem verschmutzten Wundverband umwickelt. Ein Schnitt, der quer verlief, wie Jack annahm – kein ernsthafter Selbstmordversuch.

»Wieso machst du hier nicht mit?«, fragte Joe-Jim. Er bestand darauf, stets mit beiden Namen angesprochen zu werden, unabhängig davon, wer von beiden anwesend war. Nur wenige Zuschauer ahnten, dass jede der bei den Vorstellungen wechselnden Personen die Hälfte einer tatsächlich gespaltenen Persönlichkeit war.

»Die Ratten streiken«, erwiderte Jack.

»Spüren ihr Alter, genau wie ich«, erwiderte Joe-Jim. »Sind keine guten Zeiten, Jack.« Der unverbesserliche Pessimist zog eine Packung Zigaretten heraus und klopfte eine auf die Handfläche. »Hält die Dämonen auf Abstand«, bemerkte er und zündete sie mit zusammengekniffenen Augen an.

»Apropos Dämonen«, sagte Jack. »Sind dir in letzter Zeit welche begegnet?«

»Nicht häufiger als sonst.« Joe-Jim zog einen anderen Eimer heran, drehte ihn um und bot Jack an, Platz zu nehmen. Der Pantomime und Akrobat hatte schon viel durchgemacht: Raubüberfälle, Liebeskummer, Wochen und Monate, in denen er immer wieder in psychiatrischen Kliniken gelandet war. Jacks Einschätzung nach hatte er höchstens noch ein, zwei Jahre vor sich, bis die Straßen und die Armut – mal abgesehen von den Dämonen – ihm den letzten Rest Gesundheit rauben würden. Das Leben als Straßenkünstler war hart.

»Bewegst du dich jemals im Leerlauf?«, fragte Jack. »Hast du Momente, in denen weder Joe noch Jim zu Hause sind?«

Joe-Jim blies eine Rauchspirale in die Luft. »Mit *zwei* unsichtbaren Kerlen könnte ich ja gar nicht auftreten. Warum?«

»Nur so 'ne Frage.«

»Nein, aber es nervt mich, wenn wir Krach haben und ich den unsichtbaren Kerl nicht dazu bringen kann, seine Rolle zu spielen.« Er lächelte verschlagen. »Gleich wirst du sagen, dass ich mich ganz gut arrangiert habe.«

»Du hast dich ganz gut arrangiert.«

»*Ich* jedenfalls bin mir da sicher. Niemals könnte ich in einem winzigen Büro arbeiten, mit Kollegen, die sich fragen, wer von uns an welchem Tag auftaucht.« Er ließ die halb gerauchte Zigarette ins Gras fallen und trat sie mit dem Absatz seiner Schlappen aus. Ganz plötzlich verkrampfte sich seine Miene. »Achtung, da kommt der wandelnde Schatten, der sich als Mensch ausgibt.«

Ein hochgewachsener ausgezehrter Körper in Gesellschaftskleidung samt Zylinder – der Anzug war von Kopf bis Fuß in eine schwarze und in eine weiße Hälfte gespalten und der Rücken mit einem metallisch blauen Skelett verziert – schlenderte auf sie zu. Er ging wie eine Zombieversion von Fred Astaire. Bis auf die schwarz umrandeten Augen war sein Gesicht weiß geschminkt. Er strahlte tödliche Schwermut aus.

Joe-Jim beachtete er nicht. Stattdessen steuerte er zielgerichtet und mit unverhüllter Gier direkt auf Jack zu.

»Hau ab, Sepulcher«, sagte Jack und stand mit geballten Fäusten auf.

Joe-Jim sah nicht hin, er hatte den Blick nach innen gewandt.

Sepulcher durchbohrte Jack mit seinen scharfen, tief liegenden Augen. Er wirkte ausgehungert, aber nicht nach Essen. »Wie geht's deinem Vater, Jeremy?« Seine Stimme klang so hohl und verloren wie die eines in einer Zelle eingesperrten Stiers.

»Ist immer noch tot.« Schon vor Jahren hatte Jack seinen Namen geändert, wie alle hier wussten.

»Hatte ich ganz vergessen. Ist immer gut, Unangenehmes zu vergessen. Doch dann hab ich dich gesehen, und alles war wieder da.«

Sepulcher schien niemals viele Zuschauer anzuziehen oder gutes Geld zu verdienen. Jemand aus dem Artistenkreis hatte spekuliert, er sei womöglich ein reicher Exzentriker. Jedenfalls war seine Nummer wirklich schlecht. Sie bestand darin, dass er stundenlang reglos an einer Straßenecke stand, mit den Augen die Passanten verfolgte, sich gelegentlich aus der Erstarrung löste und eine Totenklage pfiff.

Manche Gaukler – die übelsten einer ansonsten netten Gruppe – waren unheimliche Monster.

In Wirklichkeit hieß Sepulcher Nathan Silverstein.

»Hab mit deinem Vater zusammengearbeitet, Jack«, sagte er. Das stimmte. Vor fünfzehn Jahren waren Silverstein und Jacks Vater als Komikerduo aufgetreten.

»Ich weiß.« Jack drehte sich um, weil er sich von Joe-Jim verabschieden wollte, doch Sepulcher griff mit seinen knochigen Fingern, die wie Schraubzwingen wirkten, nach seiner Schulter.

»Eigentlich wollte ich ja gar nicht hierherkommen«, knurrte Sepulcher. Er sog die Wangen ein und zog die dünnen, weiß geschminkten Brauen zusammen. »Diese Leute *hassen* mich.«

»Warum nur«, erwiderte Jack.

»Aber du, der junge Sohn eines alten Freundes, *du* besitzt etwas, das ich brauche.«

Jack senkte den Blick. »Lass mich los, sonst breche ich dir den Arm.«

Sepulcher gab ihn frei, doch seine weißen Finger krümmten sich. Mit Zeigefinger und Daumen formte er einen Kreis von knapp fünf Zentimeter Durchmesser. »So groß. Dunkel, schartig, glänzend. Von der Zeit verbrannt. Ein schwarzer Stein mit rötlichem Auge. *Die* wollen, dass ich ihn finde.«

Jack lieferte ihm mit knirschenden Zähnen ein Blickduell.

»Um eine Schuld zurückzuzahlen«, setzte Sepulcher nach. »*Du* hast ihn, das weiß ich.«

Jack schüttelte den Kopf. »Hab ihn nicht gesehen, Nathan.« Und das stimmte in gewisser Hinsicht.

Sein Vater und Silverstein hatten sich nach wenigen Monaten getrennt, obwohl sie bei ihren Auftritten auf Kleinkunstbühnen im Mittleren Westen relativ viel Publikum angezogen hatten. Damals war Sepulcher anders als heute gewesen, aber Jack hatte ihn nie gemocht.

»Dieser Stein …« Offenbar schaffte Sepulcher es nicht, den Gedanken zu Ende zu bringen. Jack war klar, dass er jetzt gehen musste, wollte er eine Schlägerei mit Sepulcher vermeiden. Also verabschiedete er sich von Joe-Jim, schlug einen großen Bogen um Sepulcher und ging schnell zu seinem Fahrrad.

Sepulcher, fest davon überzeugt, dass Jack ihn belogen hatte, sah ihm resigniert hinterher. Jack konnte regelrecht spüren, wie die Augen des Mannes sich wie winzige Nadeln in seinen Nacken bohrten. »Das war früher *mein* Stein, Jack! Dein Vater hat ihn mir gestohlen. Seitdem war mein Leben die wahre Hölle!«

Andere Gaukler scharten sich um Sepulcher. Langsam und wohlüberlegt umringten sie ihn, raunten ihm etwas zu, stupsten ihn an und drängten ihn leise dazu weiterzuziehen.

Jack radelte nach Süden.

Der ganze Abend war ihm verdorben.

Vor Glück wie benommen, schlenderte Ginny umher. Immer schon hatte sie den Zirkus, Straßenkünstler und Magier geliebt und sich stets eine Geburtstagsparty auf einem großen, breiten Rasen gewünscht, bei der Spielleute, tanzende Hunde und Jongleure auftraten. Jetzt konnte sie fast so tun, als wäre das hier ihre Party, eine Party unter den Sternen, ihr ganz persönlicher magischer Moment.

Hier bin ich also, endlich mal glücklich. Und unversehrt.

Gleich darauf fiel ihr ein junger Mann auf, der vorgebeugt auf einem Fahrrad saß und auf dem Teerweg nach Süden fuhr, wobei er über die Schulter hinter sich blickte. Er war mager, hatte jedoch einen schönen Teint und muskulöse Unterarme, die unter einem kurzärmeligen gestreiften Hemd zu sehen waren. Seine schwarze Haarmähne wehte, und die dunklen Augen blickten konzentriert. Er wirkte nicht verängstigt, aber wachsam.

Wie gelähmt blieb sie stehen. Ihre Arme begannen zu zittern. Sie wollte ihm nachlaufen und ihn nach seinem Namen fragen, doch er trat nun kräftig in die Pedale, beschleunigte und ließ gleich darauf den langen Streifen mit Zelten, Manegen und dem Spruchband LE BOULEVARD DU CRIME hinter sich.

Sie kannte ihn.

Obwohl sie einander nie begegnet waren.

»Warte doch!«, rief sie und lief ihm nach.

Aber der Radfahrer hielt nicht an. Er verschwand in Licht und Schatten des Hafengebiets, unter dem sternenübersäten südlichen Himmel.

20

Queen Anne

Jacks Mitbewohner Burke war nicht nach Hause zurückgekehrt. Nach dem Zusammenstoß mit Sepulcher sehnte Jack sich nach Gesellschaft, die über die der Ratten hinausging. Durch das offene Fenster drangen Schreie von Seemöwen; anscheinend warnten sie einander vor einem vom Meer heraufziehenden Sturm. Bald würde das Wetter umschlagen.

Das hastig verschlungene Brathähnchen und das Glas Rotwein lagen Jack wie Blei im Magen. Er hielt sich die Hand vor den Mund, da er dachte, er müsse aufstoßen, aber das war Fehlalarm. Gleich darauf griff er in die Hosentasche, um die Kleinanzeige herauszuholen. Während er das Blatt entfaltete und glatt strich und die simple Frage wieder und wieder las, überlegte er, was er tun sollte und wem er vertrauen konnte.

Überall, wo er hinging, hatte er das sonderbare Gefühl, verfolgt zu werden. Irgendjemand hielt ihn für etwas *Besonderes*; vielleicht taten das sogar alle Menschen in seiner Umgebung. Doch Jack wollte nichts Besonders sein, sondern einfach so weiterleben, wie er es schon seit Jahren tat.

Seit dem Tod seines Vaters. Seit der Beerdigung. Seit er unter den Habseligkeiten seines Vaters das Kästchen entdeckt hatte, das manchmal den geschmolzenen, seltsam geformten Stein mit dem rötlichen Auge barg – und manchmal auch nicht.

Die Klinik. Ärzte. Nadeln. Mein Leben in andere Hände geben.

Es war ein Abend, an dem er keine Ruhe fand, wie so oft in letzter Zeit. Er ließ sich auf den Futon fallen, der im Schlafzimmer an der Wand lag. »Eigentlich ist es gar keine richtige Stadt«, murmelte er ins Dunkle. »Eher ein Zufluchtsort. Eine Festung. Der letzte, prächtigste Ort auf der Erde.«

Eine Ratte wälzte sich herum und piepste mit geschlossenen Augen, während ihre erhobenen Vorderbeine zuckten.

»Außerdem würde ich es nicht träumen nennen.«

Mit zusammengezogenen Brauen musterte er die Telefonnummer. Falls die Anzeige überhaupt irgendeine Bedeutung hatte (was sicher nicht zutraf), bot sie eine bessere Alternative als ein Arztbesuch. Doch der Text war in jeder Hinsicht irreführend. Weder ging es hier um einen *Traum* noch um eine *Stadt.* Und wie stand es mit dem *Ende der Zeit*?

Schon beim bloßen Gedanken daran, die Nummer zu wählen, bekam er heftige Kopfschmerzen.

Eines war klar: Die Zeit der Freiheit, in der er sich vor größeren Entscheidungen hatte drücken können, war für ihn vorbei. Um einen besseren Schicksalsfaden zu finden, konzentrierte er sich auf die westliche Zimmerecke, wo die Decke mit den Wänden zusammentraf. Plötzlich neigten sich all diese Winkel und Linien und strafften sich. Vor sich konnte er ein Spannseil sehen, das sich bis in die Unendlichkeit erstreckte, zumindest in eine unermessliche Ferne, wobei es so vibrierte, als wäre es lebendig, und Töne erzeugte. Er würde Tage und Wochen auf den Versuch verwenden müssen, die Knoten dieses Seils aufzulösen, während er in dem unglückseligen Wind festsaß, in dem sich alles verhedderte …

Oder aber er spielte einen eigenen Trumpf aus und traf auf der Stelle eine Entscheidung.

Er fühlte sich hundeelend und legte die Hände über die Augen. Zweifellos hatte er nicht mehr alle Tassen im Schrank. War dabei, eine nach der anderen fallen zu lassen und zuzusehen, wie sie zersprangen. Hatte sich nicht mehr im Griff.

Als er mit dem Fuß austrat, prallte seine Ferse gegen die alte Seemannskiste, den Schrankkoffer, in dem er die Requisiten früherer Shownummern aufbewahrte – die irdischen Güter seiner Eltern aus längst vergangenen Zeiten.

Der Stein.

Erneut trat er gegen die Kiste, um sich abzureagieren.

Inzwischen waren alle Ratten hellwach und sahen ihm zu, ohne sich zu rühren. Nur ihre Barthaare zuckten. »Ich weiß ja, ich weiß …«, beruhigte er sie.

Es war an der Zeit, sich Momente der Vergangenheit ins Gedächtnis zu rufen. Nachzusehen, ob der Stein noch in seinem Kästchen lag. Ein magischer Stein in einem magischen Kästchen – nur wusste Jack, dass hier keine Magie im Spiel war.

Das Geheimnis liegt in der Erinnerung. Doch nicht immer gelingt es mir, mich zu erinnern …

Er stand auf und griff nach der Verriegelung des Schrankkoffers. Um ihn ganz zu öffnen, musste er ihn von der Wand wegzerren. Als er sich an die Arbeit machte, geriet ihm irgendetwas in die Finger, das hinter dem Koffer steckte. Verwirrt griff er danach und versuchte sich ins Gedächtnis zu rufen, was er dort verstaut hatte. Er zog eine dünne schwarze Zeichenmappe hervor, die etwa fünfundsiebzig Zentimeter breit und fünfundvierzig hoch war. Sie war mit einem schmutzigen Leinenband verschnürt.

Er löste den Knoten – damit kannte er sich gut aus.

Die Mappe enthielt neun oder zehn Skizzen auf dickem Zeichenpapier, die ihm irgendwie bekannt vorkamen. Auf den ersten Blick sah es so aus, als wäre die oberste Zeichnung eine Darstellung von drei massiven Schiffsbugen, die durch eine aufgewühlte, dunkle See pflügten, so wie manche Ozeandampfer auf alten Seestücken. Doch die ausladenden Schiffsbuge waren stark gekrümmt und wuchtig, und das Meer ähnelte seiner Meinung nach eher einem Gebirge. Also konnten diese drei Objekte eigentlich keine Schiffe sein. Außerdem waren sie riesig, erstreckten sich Zehn-, wenn nicht Hunderttausende von Metern in die Höhe.

Irgendjemand – nicht er selbst – hatte die geschwungenen Objekte durch dünne Linien und Schraffierungen mit Andeutungen von Details versehen. Vom mittleren und markantesten Objekt ragte ein schmaler Turm oder Mast in den Himmel. Nein, es waren eindeutig keine Schiffe, sondern architektonische Strukturen, Bauten.

Er schob das erste Blatt zur Seite, wobei es leise raschelte, und inspizierte mit geschürzten Lippen das zweite. Dieses hier mochte er ganz und gar nicht. Hinter einer Darstellung der drei Objekte in kleinerem Maßstab, die mit Buntstift, Pastellkreide, Bleistift und Wasserfarben skizziert waren, füllte eine abgeflachte Kugel fast das ganze Blatt aus. Die Kugel war von tiefrotem Feuer umgeben, doch ihr Mittelpunkt mit einem schwarzen Wachsstift fett markiert. Wenn er die Zeichnung in einem bestimmten Winkel hielt, so dass sie kein Licht reflektierte, wurde das Zentrum der Kugel zu einem dunklen Auge, das anstelle von Lidern und Wimpern mit auflodernden kleinen Flammen umrandet war. Alles im Umfeld der Kugel – auch das Stück vom Himmel, das zu erkennen war – vermittelte die bestürzende Ansicht eines faulenden, zerfetzten Gewebes. Und diese Fantasie aus dunklen Farben und Texturen wurde durch grellbunte Schlangenlinien noch betont.

Mühelos konnte er sich vorstellen, dass die Schlangenlinien wie Leuchtzeichen aufflammten.

Auf keinen Fall hatte sein Mitbewohner das gezeichnet. In dieser Hinsicht hatte Burke keinen Funken Talent. Eigentlich auch in keiner anderen, mal abgesehen davon, dass er stellvertretender Küchenchef war und die Kochkunst genügend beherrschte, um sich, anders als ein Straßenkünstler, den Lebensunterhalt auf solide Weise zu sichern.

Jack versuchte den Blick von den Blättern zu lösen, doch sie fesselten ihn, auch wenn sie ihm den Magen umdrehten. Er hatte diese Dinge schon gesehen, wusste, was sie bedeuteten. Also …

Was stellten sie dar?

Mit heiserem Lachen schloss er die Zeichenmappe, band sie zu und verstaute sie wieder hinter dem Schrankkoffer, den er heftig an die Wand schob.

»Wer wohnt außer mir noch in diesem Zimmer?«

21

Das grüne Lagerhaus

Ginny warf sich auf dem schmalen Bett hin und her und zerwühlte dabei die Laken und Decken. Wie ein Feigling war sie ins Lagerhaus zurückgekehrt, da sie nicht wusste, wo sie sonst hätte bleiben sollen. Sie bezweifelte, dass jemand außer Minimus ihre Abwesenheit überhaupt bemerkt hatte.

»Fast wäre mir sein Name eingefallen«, flüsterte sie, holte tief Luft und ließ sie langsam wieder entweichen, verwandelte ihre Sorgen in ein Wölkchen, das zum Dach emporstieg, durch die Spalten schlüpfte und sich in der Nachtluft da oben verlor.

Ohne den bleichen Mond hinter den Wolken zu beachten, starrten ihre Augen zu dem alten Oberlicht hinauf. Während sie sich herumwarf und vor Anspannung leise stöhnte, tauchte der Mond ihr Gesicht in gespenstisches Licht. Sie war weit weg; ihre Pupillen waren riesengroß, und der Puls raste. Weit weg – und verängstigt.

Sie schlief nicht, war aber auch nicht wach.

Diesmal hatte Ginny ihre Wirtin nicht aus dem Körper verdrängt, sondern teilte ihn sich mit ihr. Tiadba war kaum bewusst, dass jemand durch dieselben Augen wie sie sah und mit denselben Ohren hörte.

Derzeit geschah einfach zu viel anderes, als dass es ihr wichtig gewesen wäre.

Mit der Zeit konnte sich Ginny – die diesen Körper nicht beherrschte und den Blick nicht in eine bestimmte Richtung zu lenken vermochte – zusammenreimen, dass Tiadba sich an einem geräumigen grauen Ort befand. Falls es hier Mauern gab, mussten sie weit entfernt oder hinter dem Ort liegen. Tiadba watete mit bloßen Füßen durch ein seichtes Meer aus flirrendem Staub, das bei jedem Schritt leise, knirschende Geräusche erzeugte.

Tiadba war in sehr gedrückter Stimmung. Das Abenteuer bedeutete ihr nichts mehr. All ihr Training, all ihre Pläne hätten sie sich schenken können, denn inzwischen hatten sich mehrere Hochgewachsene der Gruppe angeschlossen. Rechts von Tiadba meldete sich eine tiefe melodische Stimme. »Die Zeit drängt. Sobald ihr ausreichend vorbereitet seid, geht ihr durch das Tor. Niemand verlässt die Gruppe ohne angemessenes Training und entsprechende Ausrüstung.«

Als Tiadba zu dem Sprecher aufblickte, sah sie sein längliches, sonderbares Gesicht durch die Brille der eigenen Angst und des persönlichen Frusts. Sie trug eine silberne Maske, um sich vor dem Staub zu schützen, den ihre Füße aufwirbelten, so dass er in kleinen Wolken hochstieg. Sie war Teil einer dreizehnköpfigen Gruppe; neun der Teilnehmer gehörten zur alten Art. Ihre Begleiter (oder Bewacher) waren vier Hochgewachsene, die sie bis zur Grenze des Realen bringen würden, um sie dort dem Chaos auszuliefern.

Während die Mauern hinter ihnen zu einer dünnen Linie zusammenschrumpften, marschierten die neun und ihre Begleiter unter einer hohen dunkelgrauen Überdachung vorwärts. Die Szenerie wirkte beunruhigend: Über der riesigen Fläche herrschte Halbdunkel, und jenseits davon war nur eine endlose staubige Ebene zu sehen.

Wie lange würde es dauern, ihr Ziel zu erreichen? Und wo lag dieses Ziel?

Der älteste Hochgewachsene gab ein trillerndes Geräusch von sich, das Tiadba als Bekundung guter Laune deutete. »Atmet durch die Masken«, riet er ihnen, »auch wenn hier nichts giftig ist. Es ist nur alter, kostbarer Staub – älter als ihr, älter als irgendeiner von uns!« Er war mindestens doppelt so groß wie Tiadba, hatte lange, graziöse Glieder, ein kurzes, aber breites Gesicht mit perlmuttfarbenem Teint und feinen Falten. Die großen braunen Augen saßen rechts und links über einer breiten, flachen Nase, an der keine Nasenflügel zu erkennen waren. (Ginny versuchte sich ins Gedächtnis zu rufen, ob die Hochgewachsenen von Menschen abstammten. Tiadba nahm das offenbar an, auch wenn diese Wesen höchstens entfernte Verwandte sein konnten und ihre Beziehung zur menschlichen Spezies nicht klar war.) Der Hochgewachsene trug einen eng sitzenden schwarzen Anzug mit dicht aneinanderliegenden rötlichen Schläuchen, die sich alle paar Sekunden neu zu ordnen schienen. Auch das war beunruhigend.

Abgesehen von den Masken trugen die Jugendlichen der alten Art immer noch das, was sie bei ihrer Ankunft angehabt hatten: graubraune Pyjamas.

Tiadba (und mit ihr auch Ginny) wurde allmählich klar, wie naiv sie alle gewesen waren. *Wer hat hier wen hinters Licht ge-*

führt? Hat Grayne Bescheid gewusst, ehe sie uns an die Hochgewachsenen auslieferte – ehe sie starb?

Ginny spürte, dass irgendein furchtbarer Schrecken und Kummer Tiadba zu schaffen machte. Der Kummer zehrte regelrecht an ihr. Irgendetwas musste in den Ebenen passiert sein, das Tiadba allerdings nicht persönlich miterlebt hatte.

Etwas in Tiadbas Hinterkopf nahm Ginnys Anwesenheit plötzlich sehr deutlich wahr. *Du da! Verzieh dich. Oder verhalte dich still und gib Ruhe!*

Ginnys Augen zuckten. Für kurze Zeit war sie wieder im Lagerhaus, erkannte das Oberlicht und die Kisten und Kartons, die an den Wänden aufgestapelt waren. Die braunen Bettdecken hüllten sie so fest ein wie ein Leichentuch. Wie ein gewaltsam gezügeltes Tier starrte sie nach oben.

Anderswo verrann die Zeit, doch sie war weder hier noch dort. Nur noch vage konnte sie sich daran erinnern, wo – und wer – sie gewesen war. Da waren irgendein Name und drei Töne einer viel längeren Melodie, die sie sich nicht mehr ins Gedächtnis rufen konnte.

Gleich darauf flatterten ihre Lider und senkten sich wieder, während sie schnell und flach zu atmen begann.

Ihr Körper kam zur Ruhe.

Und sie ging wieder auf die Reise.

Inzwischen hatten sie die flirrende Staubebene durchquert. Vor ihnen ragte auf einem Sockel eine Gruppe silberner runder Bauten auf, die wie Seifenblasen im Mondlicht aussahen. Auch rings um den Sockel lag flirrender Staub, der hier und da kleine

Dünen gebildet hatte und sich in Schlangenlinien über einen nicht zu ergründenden schwarzen Boden erstreckte.

»Nichts hier ist real«, bemerkte ein junger Mann namens Nico, der neben Tiadba herstapfte. Sie alle waren mehr als erschöpft. Sie vermissten die strahlende Helligkeit des künstlichen Himmels über den Ebenen, der ihnen bei der Orientierung hätte helfen können. Ihre Welt hatte sich enorm ausgedehnt – und kam ihnen jetzt größtenteils hässlich, öde und sonderbar vor. Tiadba ließ den Blick über die Neunergruppe schweifen – *ihre Gruppe.*

Du da drinnen. Das hier könnte sich als gefährliche Zeit erweisen. Wir sind eine innerlich zerbrochene Gruppe. Ich weiß nicht, was wir unternehmen werden.

Ginny hatte noch nicht wieder die Kraft zu reagieren. Sie fühlte sich nur lose mit dieser Situation verbunden. Was Tiadba sah, schien zu schwanken und sich Ginnys Blick zu entziehen, wirkte wie ein Bild am Ende einer langen Röhre.

Sie war kaum mehr als eine schlecht gesicherte Trittbrettfahrerin, zur Seite gestoßen von den Gedanken und selbst von den Herzschlägen ihrer Wirtin. Sie konnte nicht reden, schaffte es ja kaum zuzusehen.

Die Laken spannten sich um sie; sie fiel und fiel …

Die Gruppe kletterte eine Rampe zum Sockel hoch und befreite sich dabei so gut wie möglich von dem Staub an Füßen und Waden. Tiadba kannte ihre Namen und versuchte sie lautlos aufzusagen, als wolle sie ihrem Gast ihre Gefährten vorstellen.

Sie war dankbar dafür, dass nicht sie es war, die jetzt herumgeisterte; wie Ginny – deren Namen Tiadba weder aussprechen noch deuten konnte – hatte sie nur rudimentäre Erinnerungen an ihre Sprünge. *Du wirst mich doch nicht aus meinem Körper verdrängen, oder? Das wäre für beide von uns fatal. Wir könnten sterben.*

Die Gruppe betrat die nächstliegende Silberblase. Dort hingen an transparenten Gestellen glänzende Schutzanzüge, deren Verbindungsglieder so funkelten, als wären sie in Flammen getaucht. Zweigeteilte Helme schmückten die Schulterstücke. Sie ähnelten Tauchanzügen, waren jedoch aus festem Material, eng gerippt und unterteilt.

Ihr taucht? Im Wasser?

Lenk mich jetzt bitte nicht ab!

Verlegen wollte Ginny sich zurückziehen, schaffte es jedoch nicht. Wie ein lockerer Zahn, der an einem schmerzenden Nerv hängt, weder im Kiefer verankert ist noch herausfallen will, war sie mit Tiadba verbunden und deren Emotionen ausgesetzt. Allerdings war ihr klar, dass Tiadba nur oberflächlich bewusst war, dass etwas anders war als sonst. Dafür sorgten schon die »Haushüter« ihrer Wirtin, die sich um deren alltägliche Bedürfnisse kümmerten und Ginny jetzt dringend rieten, sich zurückzuziehen.

Ginny wusste auch, dass diese über Tiadba wachenden »Haushüter« die kurze oberflächliche Irritation, die sie durch ihre Anwesenheit ausgelöst hatte, beiseitefegen würden, sobald sie verschwunden war. Denn genau das taten auch Ginnys »Haushüter« im umgekehrten Fall, wenn sie als Wirtin fungierte. Wie seltsam, dass sie so etwas wusste!

Könnte sie all das doch im Gedächtnis bewahren, all diese Erfahrungen in den Wachzustand mitnehmen, um sie zu überdenken und mit den anderen Mosaiksteinchen zusammenzufügen! Vielleicht würde sie sich dann ein vollständiges Bild machen können.

Bislang passte so wenig zusammen.

Die bunten Anzüge in neun Farbschattierungen, darunter mattes Rot, zartes Gelb und ätherisches Grün, fesselten Tiadbas Aufmerksamkeit so, dass sie offenbar kaum noch Augen für etwas anderes hatte. Im Ausgangslager hatte man ihr von diesen Wunderwerken erzählt, allerdings erst vor kurzer Zeit, unmittelbar vor dem Marsch durch die Staubwüste im grauen Hohlraum. Diese Anzüge zählten zu der Ausrüstung, die ihr Leben im Chaos, jenseits der Grenze des Realen, schützen würde … Niemand der alten Art in den Ebenen hatte jemals Bekanntschaft mit solchen Dingen gemacht. Wie schön, dass es so etwas gab; und wie bestürzend zu hören, wozu so etwas nötig war!

Tiadba war längst klar, dass ihre Pläne und Hoffnungen auf ein Abenteuer mehr als naiv gewesen waren. Das Chaos bedeutete nicht Zuflucht oder Freiheit, sondern ständige Gefahr. Offenbar wollten selbst die Hochgewachsenen nicht darüber reden, wenn es sich irgendwie vermeiden ließ.

Was sie vor ihrer Ankunft im Hochwasserkanal durchlitten hatten – Kummer und Trauer, gepaart mit dem Schock darüber, dass man der Gruppe das Heft aus der Hand genommen hatte –, war nur ein Vorgeschmack dessen gewesen, was jenseits der Kalpa auf sie wartete.

Ja, sie waren jetzt tatsächlich zu einem Marsch aufgebrochen – aber mit welchem Risiko und zu welchem Preis? Wem konnte man nach all dem, was man ihnen vorenthalten und nie erklärt hatte, überhaupt noch vertrauen?

Verschwinde jetzt! Ich muss mich konzentrieren …

Das Letzte, an das Ginny sich wie an ein glitschiges Seil klammerte, ehe die »Haushüter« sie vertrieben und die Verbindung gewaltsam kappten …

… war Tiadbas Hoffnung: *Wir werden uns wiedersehen, das weißt du doch, oder?*

Die Zeit trat aus den Fugen. Alles verzerrte sich, geriet durcheinander, schob sich ineinander: Traum und Leben.

Wo ist er? Ist er noch am Leben? Du weißt es! Sag's mir!

Doch Ginny wusste es nicht.

Warum haben wir nichts von ihm gehört?

Ginny fiel aus dem Bett und schlug in einem Gewirr aus Decken und Laken auf dem Boden auf. Ihr Nachthemd war schweißnass. Verzweifelt versuchte sie festzuhalten, was sie gesehen und gehört hatte, aber in der Hitze des Erwachens zerrann die Vision wie ein Eisstückchen. Vor Anspannung und Frust schrie sie leise auf.

Minimus kam angesprungen, rieb sich an ihren Füßen, setzte sich auf und sah zu, wie sie das Bettzeug entwirrte und wieder auf dem Bett verfrachtete.

Was sie auch gesehen haben und wo sie auch gewesen sein mochte: Möglich, dass es sich in der logischen Abfolge (falls es eine gab) vorher ereignet hatte. Vor *was*? Vor diesen Sprüngen, die bei ihr ein so entsetzliches Gefühl von Beklemmung und Angst hinterlassen hatten.

Angst vor den schlimmen Zeiten, die bald hereinbrechen und endlos lange währen würden.

22

Seattle, Universitätsbezirk

Wovon träumen diese Menschen gerade? Und wie lange wird es noch dauern, bis sie überhaupt keinen Schlaf mehr finden werden?

Aufmerksam beobachtete Daniel die morgendlichen Pendler in ihren Wagen – sofern er sie sehen konnte. In dieser Welt verbargen sich so viele Menschen hinter getönten Scheiben. Als wären sie menschenscheu oder hätten Angst. Die Gesichter waren stur nach vorn gerichtet, während die Augen hin und her huschten und seinem Blick auswichen. Manche lasen sein Schild und lächelten oder winkten, andere brüllten irgendeine Beleidigung. Alles gute Menschen, kluge Menschen, aber sie hielten nicht an, um ihm Geld zu geben. Nur sehr wenige, und um die tat es ihm am meisten leid, kurbelten ihre Fenster herunter und boten ihm überzähliges Kleingeld oder ein paar Dollar an. Der Rest sah ihn nicht, wollte ihn nicht sehen. *O je, jetzt fahren die anderen schon weiter, nun ist es zu spät, sonst hätte ich ihm irgendwas gegeben, hab ja wirklich Mitleid mit diesen armen, vom Glück verlassenen Leuten …*

Und wie lange würde es noch dauern, bis *sie alle* vom Glück verlassen waren? Glückssträhnen halten nicht ewig an. Die Weltlinien würden sich aneinanderheften, wie die ausgetrockneten Sehnen eines Leichnams verklumpen und darauf warten, dass man sie kappte … Kurze Stängel in einem verwelkten Blumenstrauß.

Einen Augenblick lang war die Straße leer und die Ecke ruhig. Er lauschte darauf, wie der Wind durch das spärliche Gestrüpp fuhr und die jungen Erlen am Straßenrand sich wegduckten. Schon den ganzen Morgen über hatte es plötzliche

Schauer gegeben. Der Regen hatte Daniels Mantel – den mottenzerfressenen alten Pendelton aus dem Ramschladen – und die langen Wollunterhosen durchnässt, und bei jedem Schritt quietschten die Socken in den Schuhen. *Trage nie teure Schuhe. Achte darauf, den Mantel und die Oberbekleidung nach der Säuberung wieder mit Dreck zu beschmieren. Verteil den Dreck auch auf Handflächen und Fingern, damit ein bisschen Schmutzwasser von der Hand tropft, während du deren armseliges Kleingeld (in Ausnahmefällen auch Geldscheine) entgegennimmst.*

Um was zu beißen zu haben, hatte Daniel Patrick Iremonk sich vorläufig mit der Situation arrangiert und spielte mit.

Ein kleiner gelber Volkswagen fuhr heran; er wirkte vertraut. In Daniels Welt hatte es auch solche Volkswagen gegeben, bevor sich diese Welt vom Schlackenstaub der Asche verdunkelt und er überstürzt die Flucht angetreten hatte. Hinter dem Steuer hockte ein dicker junger Mann mit kirschroten Wangen, Himmelfahrtsnase und kurzem, dichtem schwarzem Haar. Er trug ein graues Jackett, dessen Ärmel zu kurz waren, und darunter ein Hemd mit rosa Streifen. Daniel hielt ihn für einen Handelsvertreter. Nicht viel Geld auf der Bank, dafür jede Menge Schulden. Aber den Wagen hielt er sauber und achtete auf gebügelte Kleidung.

Daniel streckte sein Schild hoch.

Sind schlechte Zeiten für mich.
Haben Sie etwas Kleingeld für mein Essen übrig?
Gott segne Sie!!!

Daniel konnte die Ampel fünf oder sechs Minuten lang auf Rot stellen und die Autofahrer damit so lange zum Halten zwingen, bis sie nervös wurden, die Scheiben herunterkurbelten und ihm Kleingeld anboten, damit er sie weiterfahren ließ. *Mein Gott, ist das eine langsame Ampel. Zeit, dass es weitergeht!*

Inzwischen reichte die Wagenschlange schon bis zur Schnellstraße zurück.

An der Ecke gegenüber hatte sich Florinda aufgebaut, die magere braunhäutige Frau, deren knochige Arme und Beine an Stöcke erinnerten. Auch sie streckte ihr Schild hoch, ein braunes Pappschild mit Eselsohren, auf dem Sätze voller Rechtschreibfehler standen. Sie würdigte die Autofahrer kaum eines Blickes – es war eine ungünstige Ecke mit ständig fließendem Verkehr.

Florinda war Ende vierzig. Lange verfilzte Haarsträhnen umrahmten ihr Gesicht. Da sie Kettenraucherin war, musste sie mit ungünstigen Standorten vorlieb nehmen, denn alle fünfzehn Minuten machte sie eine Zigarettenpause und verlor dadurch die besseren Plätze zwangsläufig an aggressivere Schnorrer.

Die Ampel blieb ewig lange auf Rot stehen, fraß den Leuten die Zeit weg, frustrierte sie, ließ sie nervös mit den Fingern trommeln.

Der Vertreter bedachte Daniel mit einem feindseligen Blick. Er atmete durch den Mund, wie Daniel auffiel. Der Kiefer war leicht aufgeklappt, die Unterlippe hing schlaff herunter. Seine Augen konnte Daniel nicht sehen, sie lagen im Schatten des schräg einfallenden Lichts, das von Wallingford herüberdrang.

Schließlich beugte der Vertreter sich mit finsterem Blick vor und kurbelte die Scheibe herunter, wobei seine Schulter vor

Anstrengung zuckte. »Lassen Sie mich durch, wenn ich Ihnen Geld gebe?«, rief er.

»Klar«, erwiderte Daniel und beugte sich ebenfalls vor, um dem Mann in die Augen zu sehen. Doch dessen Kopf senkte sich, als er die dicken Finger unter den harten, klobigen Verschluss des Sicherheitsgurts schob, um in die Jackentasche zu greifen.

Daniel konnte die Ampel höchstens noch ein paar Sekunden auf Rot lassen. Wenn er das zu lange ausdehnte, würde die Verkehrsüberwachung in der Stadt merken, dass etwas nicht stimmte, und Techniker vorbeischicken, vielleicht auch die Polizei. Zweimal hatte Daniel aus seiner Ecke flüchten müssen, weil er die Ampel zu lange auf Rot gelassen und allzu offensichtlich mit all diesen kleinen Schicksalsfäden gespielt und ihr Leben durcheinandergebracht hatte.

»Hier, Zerberus.« Der Fahrer hielt ihm vier verkrumpelte Dollarscheine hin. »Stellen Sie mir bloß keine Fragen, und fressen Sie mich nicht auf!«

Daniel versteckte die Scheine in der tiefsten Manteltasche. Ihre Blicke begegneten sich. Die Augen des Fahrers lagen tief in den Höhlen und sahen ihn ebenso traurig wie direkt an, während Daniel ihn aus weit geöffneten, ausgewaschenen Augen fixierte. Dabei sprang ein kleiner Funke über und fuhr Daniel ins Rückenmark.

»Hab schlimme Träume«, vertraute der Fahrer ihm an. »Und Sie?«

Daniel nickte. Gleich darauf schwang er den Arm herum, und die Ampel schaltete auf Grün.

Ankündigungen der Flut.

Er spürte, dass diese vernichtende Flut bereits an den unberührten Stränden dieser Welt leckte. Das erste Anzeichen dafür waren Flüchtlinge wie er selbst, verkrüppelte Sturmvögel, die sich, verzweifelt und nach Atem ringend, mit gebrochenen Flügeln ans Ufer schleppten.

Und als Nächstes …

… kamen schlimme Träume.

Er hatte verschiedene Möglichkeiten abzuschätzen, wie viel Zeit ihm noch blieb, konnte die restlichen Tage, Wochen und Monate kalkulieren. Inzwischen war er ein Meister darin, Sturmfluten vorherzusagen.

Daniel klappte sein Pappschild zusammen und winkte über die Kreuzung hinweg Florinda zu. »Ich mach für heute Schluss«, rief er.

»Warum denn jetzt schon?«, fragte sie. »Bald machen doch viele Uni-Leute Mittagspause.«

»Willst du meinen Platz übernehmen?« Daniels Standort war bestens, denn er lag links von der Ausfahrt der Schnellstraße, an der Fahrerseite.

»Nicht, wenn du später wieder da bist und mir ins Gehege kommst.«

»Ich mach den Rest des Tages frei. Bin erst morgen früh wieder da. Aber überlass den Platz nicht irgendeinem Mistkerl, nur weil du rauchen musst.«

»Werd die Stellung schon halten«, erwiderte Florinda mit einem verblüffend gesunden Grinsen: Sie hatte noch alle Zähne.

Daniel fehlte sein früher so gutes Gebiss.

Er wickelte sein Schild in eine Mülltüte aus Plastik und versteckte sie im Gebüsch. Danach ging er die Fünfundvierzigste Straße hoch, vorbei an asiatischen Restaurants, Videoläden und Spielsalons. Vor einem Buchantiquariat blieb er stehen, aber dort wurden nur Bestseller in Taschenbuchausgaben verkauft. Am Stone Way bog er links ab, kam an Mietshäusern und einem schicken Lebensmittelmarkt vorbei, danach an weiteren Gebäuden mit Miets- und Eigentumswohnungen, einem Geschäft für Installationszubehör und einem Eisenwarenladen. Gleich darauf stieg er den sanft abfallenden Abhang zum Lake Union hinunter.

Daniel hatte seine Suche vor drei Tagen begonnen, indem er einen Bus zur Bibliothek in der Innenstadt nahm – nicht zur alten Bücherei, die er kannte, sondern zu einem riesigen, rautenförmigen Bau aus glänzendem Stahl, der ihm unheimlich war. Die Unterschiede waren beängstigend und zugleich beruhigend. Denn daran merkte er, dass er einen sehr langen Weg hinter sich gebracht hatte, und das war gut, aber auch traurig, weil er so vieles zurückgelassen hatte.

Die Bibliothek in der Innenstadt führte das gesuchte Buch nicht und konnte auch kein Exemplar in der Fernleihe ausfindig machen.

Trotz der enormen Verschleißerscheinungen hatte Charles Grangers Körper aufgrund des geringeren Alkoholkonsums und der besseren Ernährung wieder etwas Kraft bekommen. Obwohl ihm die Gelenke wehtaten, das Herz heftig schlug und die Hände zitterten, brauchte Daniel nicht einmal fünfunddreißig Minuten bis zum Seattle Book Center.

Anderthalb Straßenzüge vom Schifffahrtskanal entfernt, auf der östlichen Seite der breiten Straße, teilten sich drei Buchhandlungen einen graubraunen Flachbau. Auch in Daniels früherer Welt hatten sich hier Buchhandlungen befunden – eine Übereinstimmung, über die er in Anbetracht viel größerer Veränderungen, die ihm aufgefallen waren, nicht eingehender nachdachte.

Während er an der Ladenfront auf und ab ging, warf er immer wieder Blicke durch die bis zu halber Höhe versilberten Schaufenster. In unregelmäßigen Reihen standen dort Kunstbücher, deren Rücken nach innen wiesen, so dass man die Titel von der Straße aus nicht lesen konnte.

Als er eintrat, schlug die Glocke der Glastür an. Angesichts des Stadtstreichers, der da hereinschneite, war der Inhaber sofort auf der Hut, allerdings nicht verängstigt. Bestimmt war ein Anblick wie der von Daniel in seiner jetzigen Erscheinung nicht ungewöhnlich im Universitätsbezirk jenseits der Schnellstraße, wo so viele obdachlose Jugendliche und Stadtstreicher herumhingen … heruntergekommene Penner.

Gesindel.

Daniel schluckte und musterte den Inhaber: Er war ein untersetzter Mann Ende fünfzig, mittelgroß, mit leicht gebeugter Haltung, langem Haar und erfahrenen, ruhigen Augen, die jetzt gelassen, leicht gelangweilt und selbstsicher blickten. »Kann ich Ihnen helfen?«

Daniel bemühte sich, ein Zittern in seiner Stimme zu kaschieren. Wie alles andere, das dem Verfall preisgegeben war, machten ihm auch Büchereien und Buchhandlungen Angst, doch daran lag es nicht, dass er zitterte: Erst vor kurzem hatte er diesem Körper seine tägliche Medizin entzogen, die aus einem Liter Night Train – billigem Wein mit hohem Alkoholgehalt – und knapp zwei Litern Starkbier der Marke Colt 45 bestanden hatte.

»Ich suche nach einem kryptozoologischen Buch«, sagte er. »Es geht darin um ungewöhnliche Tierarten, die lange als ausgestorben galten oder deren Existenz nie bestätigt wurde. Neue Arten. Monstren. Ich habe auch einen Titel im Kopf …«

»Schießen Sie los.« Der Inhaber lächelte vorsichtig.

Daniel zwinkerte. Er war es nicht gewöhnt, sofort mit solcher Vertraulichkeit behandelt zu werden. Er sah sich den Inhaber nochmals gründlich an, denn er kam ihm allzu scharfsichtig vor. Kundschafter und Sammler konnten überall stecken.

Vielleicht aber stellte sich der Inhaber auch nur auf einen Kunden ein, der sich mit Büchern auskannte. In der Gemeinschaft der Büchernarren waren Exzentriker nichts Ungewöhnliches.

»Es hat mit Vorzeichen zu tun«, fuhr Daniel fort und versuchte ein Zucken im linken Auge zu unterdrücken. »Mit unheilverkündenden Vorzeichen. Sie manifestieren sich in fremdartigen Tieren – verschollen in Zeit und Raum.«

»Ein Titel wäre hilfreich. *Verschollen in Zeit und Raum* ist doch kein Titel, wenn ich Sie richtig verstehe, oder?«

»Ich weiß nicht, unter welchem Titel das Buch … *hier* erschienen ist. Jedenfalls heißt der Autor Bandle, David Bandle.«

»B-A-N-D-L-E?«

»Genau.« Daniels Adamsapfel hüpfte auf und ab. Dieses ausgedehnte Gespräch mit dem Inhaber stresste ihn so, dass seine Stirn bereits feucht war.

Dagegen wirkte der Inhaber keineswegs nervös. »Ich erinnere mich an ein Buch über Kryptozoologie, das jemand mit diesem Namen verfasst haben könnte … *Expeditionen zu verborgenen Bestien* heißt es, glaube ich.«

»Das könnte es sein.«

»Hab's aber nicht da. Könnte es übers Internet bestellen.«

»Das wäre nett. Ich möchte die jüngste Ausgabe. Wie viel … würde das kosten? Ich bin kein reicher Mann.« Dieser Körper war im Lächeln nicht geübt – hatte schlechte Zähne und roch aus dem Mund. Immerhin brachte Daniel kleine Grübchen rechts und links vom Mund zustande, die wie eckige Klammern wirkten.

»Oh, dreißig Dollar für ein schönes Leseexemplar. Das Buch ist doch nicht sehr alt, oder?«

»Kann ich nicht genau sagen.«

»Die Anzahlung beläuft sich auf zehn Dollar. Den Rest zahlen Sie, sobald das Buch da ist. Kann eine Woche oder zwei dauern. Können Sie eine Adresse dalassen?«

Daniel schüttelte den Kopf. »Ich komme wieder vorbei.« Er holte zwei schmuddelige Fünfdollarscheine aus der Manteltasche und legte sie – ordentlich nebeneinander – auf den Tresen. *Das Abendessen kann ich vergessen.*

Der Inhaber strich die Scheine glatt und stellte eine Quittung aus. »Solche Bücher habe ich schon immer gemocht«, erklärte er. »Abenteuer an entlegenen Orten, die Jagd auf von der Zeit vergessene Kreaturen. Wunderbare Geschichten.«

»Ja, wirklich wunderbar.« Daniel steckte die Quittung ein.

»Wir haben auch gute Tiefseebücher da, sind gerade hereingekommen. Beebe, Piccard und Ähnliches.«

»Nein danke.« Mit einer halben Verbeugung und kurzem Winken trat Daniel den Rückzug an. *Gut gemacht,* versicherte er seinem neuen Körper. *Ein guter Anfang.*

Mittlerweile hatte er Vertrauen zu Bandle. Bandles Bericht über Kryptiden hatte ihm vor Jahren in einer anderen Welt, in einem anderen Leben wesentliche Hinweise geliefert. Bandle hatte Sichtungen von Tieren katalogisiert, die unmöglich existieren konnten, darunter Seeschlangen, halbmenschliche Ungeheuer und Ohrenkneifer, die größer als Ratten waren. Jedes dieser Tiere konnte ein Vorzeichen bedeuten. *Warnungen,* die sich in Abarten und Permutationen manifestierten. All das hatte Bandle in einem richtungsweisenden Text zusammengefasst und kommentiert.

Doch während Daniel die Straße entlangging, verfestigte sich in ihm das Gefühl, dass er diese Buchhandlung besser kein zweites Mal besuchte. Es hing mit der Art und Weise zusammen, wie der Inhaber ihn ins Verhör genommen hatte. Wahrscheinlich war es riskant, zu diesem späten Zeitpunkt auch nur nach Bandle zu fragen. Die zehn Dollar konnte er in den Wind schreiben.

An einer von Stahlschienen eingefassten Bordsteinkante blieb Daniel stehen und sah mit zusammengekniffenen Augen zu den hellen Wolken und der niedrig stehenden Herbstsonne empor. Wie schön diese Welt war.

Du bist, was du zurücklässt.

Einmal hatte sein Großvater ihn im Gefängnis besucht und gesagt: *Wo steuerst du eigentlich hin, junger Mann? Würdest du sogar über Leichen gehen, um dein Ziel zu erreichen? Irgendwann lässt du so viel zurück, dass du völlig ausgebrannt vor deinen Schöpfer treten wirst, innerlich so leer wie dein verdammtes Zauberkästchen. Innerlich so leer, dass du nicht mal mehr du selbst bist und auf den Himmel scheißt.*

Daniel begann zu weinen.

VIERZEHN NULLEN

23
Die Ebenen

Der Durchgang war für jemanden geschaffen worden, der kleiner als Jebrassy oder Tiadba gewesen war. Früher einmal mussten die grünen Ringe, die alle paar Meter in die Mauer eingelassen waren, für Beleuchtung gesorgt haben, doch mittlerweile gaben sie nicht einmal mehr schwaches Licht her.

Gebückt, später auf allen vieren, krochen sie im Dunkeln durch den nasskalten Tunnel. Vor ihnen war nichts zu erkennen, und hinter ihnen schrumpfte der Kegel aus Zwielicht immer mehr zusammen.

Sie waren schon so lange unterwegs, dass Jebrassy lieber nicht darüber nachdachte, und hatten den senkrechten Schacht noch immer nicht erreicht.

»Findest du dieses ständige Wechseln der Zeit nicht auch schrecklich?«, fragte Tiadba. »Mal ist der Tag kurz, mal lang. Hab das Gefühl, als krabbelten wir schon seit unserer Geburt immer nur rum. Selbst hier. Man würde doch annehmen, dass die Diurne …«

»Wie lange hast du hier letztes Mal gebraucht?«

»Weiß ich nicht«, erwiderte sie leicht schnaufend. »Wart mal, ich glaube, die Stelle liegt unmittelbar vor uns.« Sie schob sich hastig vorwärts. Gleich darauf richtete sie sich auf, und Jebrassy konnte die Umrisse ihrer Beine und Füße erkennen. »Hier fangen die Stufen an.«

Das Licht, das, wie er annahm von oben einfiel, war schwach. »Von hier aus geht's also zur … wie hast du's genannt?«

»Valeria. Ich weiß auch nicht, woher all diese Namen stammen. Klingen nicht nach der Sprache der alten Art, oder? Die Stufen sind winzig. Am besten, man krabbelt auf allen vieren hinauf. Schling deine Arme und Beine um den Mittelpunkt der Spirale. Und dann mach dich einfach klein und schlängele dich hinauf.«

Ihr fiel das leichter als ihm. Wieder brauchten sie endlos lange für den Weg. Sie robbten und schlängelten sich nach oben, probierten hin und wieder auch andere Fortbewegungsarten aus, indem sie in geduckter Haltung vorsichtig einen Fuß vor den anderen setzten, was nur dazu führte, dass Jebrassy sich den Kopf stieß. Seine Bewunderung für Tiadba, die immer noch gut gelaunt schien, wuchs, zumal ihr bezaubernder Duft in den engen Raum drang.

»Schau mal.« Mit der kaum sichtbaren blassen Hand strich sie über einen langen Riss im glatten Mauerwerk rings um die Stufen. »Blick durch die Spalte und sag mir, ob du das auch für einen Aufzugsschacht hältst.«

Er erkannte eine Art Schienensystem, das senkrecht durch einen Parallelschacht verlief. Dieser Schacht war heller und breiter als der, den sie hinaufstiegen; allerdings war nichts von einem Aufzug zu sehen.

»Es gibt hier so vieles, was uns eigentlich neugierig machen müsste«, sagte Tiadba von oben. Ihre Stimme war jetzt nur noch schwach zu hören, denn sie war ihm inzwischen weit voraus. Nun ja, schließlich war sie dünner, größer und ein bisschen stärker als er ...

»Lass mich hier nicht zurück!«, rief er, und das war nicht unbedingt als Scherz gemeint.

Die Zeit dehnte sich. Ihm schwirrte der Kopf, als er darüber nachdachte, wie lange sie schon unterwegs waren. Gleich darauf setzte eine Art Panik ein. Mit aller Kraft presste er sich gegen die Stufen der Wendeltreppe, bis seine Gelenke hervortraten und er merkte, wie er sich Quetschungen zuzog. Er atmete rasselnd und stoßweise und fühlte sich so, als wäre er tot, könnte aber noch sehen und hören ... Spürte, wie sein Körper schlapp machte.

»Ich bin hier oben!«, rief Tiadba. »Beeil dich. Ist zwar eng hier, aber der Platz reicht für uns beide, wenn wir uns zusammenquetschen.«

Während er mit den Augen das Licht suchte, biss Jebrassy die Zähne zusammen und kroch schneller. Bald darauf robbte er durch einen kurzen horizontalen Gang und gelangte durch eine Luke in einen offenen Vorbau, die halbrunde Loge der Valeria.

»Pass auf, hier ist nicht viel Platz«, warnte ihn Tiadba.

Er stand auf, streifte Tiadba dabei und spähte über den Rand vorsichtig nach unten, auf die von Schutt übersäte, staubige Bühne Hunderte von Metern unter ihnen. Im Geröll konnte er den zusammengekrümmten Leichnam erkennen. Als er ebenso vorsichtig wieder aufsah – er hatte Angst, ihm könne so schwindlig werden, dass er womöglich rückwärts in den Abgrund stürzte –, fiel sein Blick auf den letzten Schimmer des Tageslichts, das vom künstlichen Himmel hereindrang.

Von dieser Höhe aus wirkte der Himmel noch künstlicher als sonst.

Wir haben unser ganzes bisheriges Leben in einem Bühnenbild verbracht, dachte er. *Zur Unterhaltung eines grausamen, gefühllosen Publikums.*

Tief Luft holend, quetschte er sich neben Tiadba und blickte auf den Kontrollsitz und die Konsole. Über dem Pult war ein kaum zwei Hand breiter flacher Bildschirm in die Wand eingelassen. Darunter befand sich eine Fläche mit Dutzenden verschiedenfarbiger kleiner Knöpfe. Über dem Bildschirm funkelten sechs gläserne Linsen wie Insektenaugen.

Der einzige Stuhl vor dem Steuerpult bot nur Platz für jemanden, der halb so groß war wie er. Tiadba riskierte den Absturz, als sie sich mit dem Hintern auf den Rand der offenen Loge hockte. Beide starrten mit ernsten Gesichtern auf den kleinen grauen Bildschirm, der nichts anzeigte.

»Der hier funktioniert auch nicht mehr richtig«, bemerkte sie. »Ich musste ein paarmal herkommen, bis ich mit diesen schwarzen Dingern was anfangen konnte. Setz dich neben mich, dann rufe ich ein Verzeichnis auf. Bisher hab ich mir nur ein oder zwei Einträge angesehen. Mehr wollte ich mir allein nicht anschauen, denn ich weiß nicht, ob diese alten Erinnerungen, diese Aufzeichnungen noch lange halten. Es ist viel besser, wenn man sich das zu zweit anguckt und einprägt.«

Aufmerksam blickte Jebrassy auf die glänzenden schwarzen Knöpfe. »Ich schau ja hin«, sagte er und hockte sich halb neben Tiadba. »Aber ich …«

Sie streckte die Hand hoch und rückte seinen Kopf in einen besseren Blickwinkel. Als ihn grelle Bilder überfluteten, zuckte er zusammen. Ringsum konnte er nichts mehr erkennen, denn die Szenen hatten eine unmittelbare Sogwirkung und flogen so schnell an ihm vorbei, dass er nicht schlau daraus wurde. Von der Intensität der Bilderflut wurde ihm übel. »Muss gleich kotzen«, warnte er sie.

»Du wirst dich daran gewöhnen, außerdem lohnt es sich, selbst wenn man Kopfweh davon bekommt. Ich probier immer noch den besten Blickwinkel aus. Falls dir einfällt, welche Funktionen all diese Noppen und Knöpfe haben könnten, sag's mir.«

»Was ist, wenn wir die Aufzeichnungen aus Versehen löschen?«

Tiadba zuckte die Achseln. »Ich glaube kaum, dass sie jemandem hier oben so viel Macht zugestanden haben.«

Plötzlich war Jebrassy fasziniert. Stets hatte bei dem Gedanken, die Kalpa zu verlassen, sein Wissensdrang die entscheidende Rolle gespielt: Er wollte erfahren, wer und was er war und wo er vielleicht seinen Platz im Leben finden konnte. Niemand hatte ihm das bis jetzt sagen können; doch schon seit seiner Kindheit war er davon überzeugt, dass an diesen uralten Orten, im tiefen Gemäuer – selbst in solchen Vortäuschungen wie dem künstlichen Himmel und den angeblichen »Bücher«-Regalen hoch oben in den Gesteinsblöcken – Anhaltspunkte verborgen sein mussten.

Mehr als Anhaltspunkte.

Die ganze Geschichte, lückenlos und stimmig.

Die Rechtfertigung für alles, was er tat.

»Das hier scheint die Bilderfolge zu verlangsamen«, murmelte er, während er mit dem Finger eine Noppe berührte. Er stellte fest, dass er mit ein bisschen Übung die Noppe nach rechts oder links verschieben konnte. Doch gleich darauf merkte er, dass nicht sein Finger die Geschwindigkeit veränderte, sondern dass es an dem Blick lag, mit dem er die vorbeiziehenden Szenen betrachtete. Die Konzentration, der Fokus, das Flattern eines Lids, das Zucken eines Gesichtsmuskels, die Anzeichen dafür, dass er seine Aufmerksamkeit mal diesem, mal jenem Ausschnitt zuwandte, beeinflussten den Ablauf. Besser als mit den Fingern konnte er die Bilderfolge durch seine Mimik steuern.

Die Bilderflut ebbte nach und nach ab. Jeder Teil dieser Flut barg neue Bilder, die sich inzwischen aber mit relativ normaler Geschwindigkeit bewegten – dreidimensionale Darstellungen, die irgendwie alle gleichzeitig sichtbar waren, eine ließ die andere durchscheinen. Sichtbar, dicht und real.

»Gewöhnst du dich allmählich daran?«, fragte Tiadba und drückte ihre Schulter gegen seine.

»Nein«, erwiderte er, obwohl er jetzt besser damit zurechtkam. »Wie wählt man die Szenen aus?«

Geduldig erklärte sie ihm, was sie wusste. In Verbindung mit Tiadbas Stimme entstand der Eindruck, in einer anderen Realität zu schweben. Nach einer Weile merkte Jebrassy, dass Tiadbas hypnotische Stimme ihn genauso faszinierte wie die Panoramen, die sich ihnen erschlossen – zumal diese eigentlich nur wie Bestandsaufnahmen der Orte innerhalb der Ebenen aussahen, die ihnen großenteils vertraut waren.

In keiner der Szenen kamen Einwohner vor. Sie zeigten nur menschenleere, verlassene Räume, und das wirkte so unheimlich, als spähe man in eine Totenstadt – oder in die Diurne.

»Die Person, die das hier gesteuert hat, war kleiner als wir«, erklärte Tiadba und setzte flüsternd nach: »Aber man hat von ihr nicht mehr Intelligenz verlangt, als wir beide besitzen. Und sie war auch körperlich nicht viel anders als wir. Sie müssen Leute wie wir gewesen sein, nur durften sie sich diese Dinge ansehen und etwas davon erfahren, was mit ihnen geschah. Uns ist das nicht mehr erlaubt. Was mag der Grund sein?«

»Aber da passiert ja gar nichts«, widersprach er. »In den Szenen kommen keine Leute vor.«

»Hab Geduld. Das ist nur *eine* Dimension unserer Suche.«

Er zog sich von den Linsen zurück, um Tiadba zu taxieren. Das brachte sie zwar nicht in Verlegenheit, nervte sie jedoch, deshalb packte sie ihn an seinem kurzen Ohr und drehte seinen Kopf sanft wieder zur Linse.

»Da, jetzt sind wir wieder in den Diurnen. Schau hin.« Nachdem sie einige Einstellungskorrekturen vorgenommen hatte, wurden die Bilder und Orte plötzlich lebendig. Am äußersten Ende der Ebenen – an den Brücken und am Dammweg – waren Tausende von festlich gekleideten Menschen zu sehen. Sie waren viel farbenprächtiger angezogen als die Nachgezüchteten der alten Art, deren Kleidung eher düster war.

Wer oder was auch immer diese Bilder eingefangen haben mochte: Offenbar hatte er, sie oder es die Möglichkeit gehabt, überall gleichzeitig zu sein.

»Die sind alle *wohlhabend*«, bemerkte er.

»Geh näher ran. Schau mal auf ihre Gesichter.«

Gemeinsam machten sie einen flachen Schwenk über die Menschenmenge und wählten sich mehrere Personen für Nahaufnahmen aus. Eindeutig gehörten sie nicht zur alten Art. Sie waren nicht nur kleiner, sondern auch schlanker und zierlicher, hatten längere Nasen und stärker ausgeprägte Gesichtszüge, besonders im Bereich von Kinn und Ohren. Die Ohren waren recht groß und wie kleine Flügel geformt. Die Haut war bleich, fast wächsern und wirkte dennoch vital. Die Menge bewegte sich wie in einer einstudierten Choreografie, ganz anders, als er es von seinen Zeitgenossen kannte. (Bei ihnen kam es bei Ansammlungen ständig zu Gerangel; man rempelte andere an, stieß zusammen, verteilte mit den Ellbogen Rippenstöße und hüpfte auf und nieder.)

»Was glaubst du, wer die waren?«

»Offenbar hatten die Hochgewachsenen schon andere Spielzeuge vor uns«, bemerkte er skeptisch.

Das ärgerte Tiadba. »Wir sind keine Spielzeuge, das hab ich dir doch gesagt. Und das waren sie auch nicht.« Mit finsterem Blick suchte sie nach den richtigen Worten. »Vielleicht sind sie unsere …« Diese Vorstellung war so peinlich. »Wie nennt man das … Vielleicht sind diese Leute unsere *Vorfahren.*«

In der winzigen Loge, die wie eine Tasse geformt war, sahen sie dem Festzug zu, bis sich ihre Muskeln verkrampften. Dann standen sie abwechselnd auf, um die Glieder zu strecken. Zwangsläufig führte das zu noch engeren Körperkontakten. Jedes Mal, wenn sie einander streiften, erst recht, wenn ihre Körper sich aneinanderrieben, war es wie ein Stromstoß.

»Wir können nichts über sie herausbekommen«, bemerkte Tiadba mit zusammengekniffenen Augen, »solange wir ihre Sprache nicht verstehen und ihre Schrift nicht lesen können.«

Er quetschte sich wieder an die Wand und versuchte seine Gefährtin im schwachen Licht eingehender zu betrachten. Sie hatte jetzt etwas Gespenstisches an sich, denn der Widerschein der Linsen hob ihr rundes Kinn und die hohen Wangenknochen hervor und ließ ihre schönen Augen glänzen.

»Man braucht Training und eine Ausrüstung, um die Grenze des Realen zu überqueren«, sagte sie. »Kleidung, Apparate,

Dinge, die wir noch nie gesehen haben. Man kann nicht einfach allein losziehen, dann stirbt man nämlich.«

»Und wer stellt die Kleidung und die Apparate?«

»Keine Ahnung.«

»Wie viele Märsche hat die Sama schon organisiert?«

»Auch das weiß ich nicht.«

»Arbeitet sie mit den Hochgewachsenen zusammen?«

Tiadba schüttelte den Kopf.

»Und wer darf den Anführer spielen und die Lorbeeren einheimsen?«

»Das weiß keiner von uns.«

Jebrassy holte tief Luft. Die Sache war nicht annähernd so einfach und klar, wie er gehofft hatte. Schließlich quetschte er sich wieder neben Tiadba. »Also gut. Ich hab keinen blassen Schimmer davon, wie ich zugeben muss. Wie heißt diese Sama?«

Tiadba tat so, als konzentriere sie sich auf die Linsen. »Das hier muss irgendeine Feier gewesen sein«, murmelte sie. »Vielleicht haben auch sie einen Marsch auf den Weg gebracht, und das ist die Abschiedszeremonie. Heute ist alles so anders. Aber man sieht, dass sie in die Hochwasserkanäle steigen. Und die Kanäle sind sauber, da liegt kein Schutt. In den Mauern sind lauter Behausungen. Damals haben unheimlich viele Leute in den Ebenen gewohnt. Warum ist das anders geworden?«

Widerwillig sah Jebrassy wieder hin.

»Da ist auch eine Tür, die Öffnung zu einem Aufzug, und der Aufzug funktioniert«, sagte Tiadba. »Vielleicht haben sie den Hochgewachsenen ein Geschenk überbracht – damit sie den Marschteilnehmern helfen, schneller voranzukommen oder so.«

Jebrassy sah sich alles genau an: Viele der Versammelten hatten auf ihren Schultern Tragen befestigt, die mit Speisen beladen waren, oder schleppten Käfige mit Buchstabenkäfern mit sich herum. Die Käfer sahen genauso aus wie diejenigen, die sich die Nachgezüchteten der alten Art immer noch als Haustiere hielten. Manche hatten auch Bücher dabei. Ungeschickt holte er das Bild näher heran, um sich die Titel auf den Buchrücken anzusehen, doch er konnte sie nicht entziffern. Die Schriftzeichen waren alt, wie jene auf den Rücken der ältesten Buchstabenkäfer, und die Wörter ergaben keinen Sinn.

»Im Gemäuer auf den oberen Stockwerken gibt es immer noch solche Bücher«, bemerkte er. »Nur kann man sie nicht herausnehmen.«

»Ich weiß.« Tiadba zog vielsagend eine Augenbraue hoch, als wäre sie in diese rätselhafte Sache eingeweiht.

Der Festzug überquerte den Kanal und baute sich am anderen Ende vor einer Mauer auf. Gleich darauf öffnete sich eine große Tür, die bisher unsichtbar gewesen war, und die Leute reichten die Speisen und die anderen Gaben, darunter auch Bücher, hindurch. Als Tiadba mit der Wange zuckte, trat an die Stelle der Szene ein Schaubild: eine dreidimensionale Zeichnung oder Karte.

Der Blickwinkel war unglaublich: Er lag jetzt oberhalb des Kanals, wanderte durch die Mauer zum künstlichen Himmel hinauf, verfolgte einen leuchtenden Punkt auf einer vertikalen roten Linie (das musste der Fahrstuhl sein), stieg höher und höher, durchschnitt dabei schwindelerregend komplexe Konstruktionen (vermutlich die oberen Teile der Kalpa), die so transparent wie Glas wirkten, bis Tiadba und Jebrassy schließlich die drei Inseln der Ebenen tief unten entdeckten.

Zum ersten Mal erkannte Jebrassy, wie sich ihre Heimstatt in das Gesamtbild einfügte. Drei große, abgerundete Gebilde, die wie gigantische, sanft geschwungene Höcker wirkten, lagen nebeneinander, wobei das mittlere in einen ummauerten Innenraum hineinragte, der nach oben hin offen war ... Doch aus dieser Perspektive war der künstliche Himmel nicht auszumachen; vielleicht lag der Blickwinkel außerhalb der Kalpa, wo es möglicherweise gar keinen künstlichen Himmel gab.

Auch die nächsten Bilder waren von weit oben, aber aus noch größerer Distanz aufgenommen. Der Punkt wanderte die rote Linie hoch und schnitt durch die abgerundete Spitze des mittleren Höckers. War das die Kalpa? Oder galt die Bezeichnung für alle drei Höcker? Erst jetzt wurde Jebrassy klar, wie riesig die ganze Anlage war, hundertmal größer als die Ebenen selbst, die ganz unten lagen. Inzwischen schwirrte ihm in der Tat der Kopf.

Der Punkt wurde langsamer und kam am Fuß eines Turms zum Stillstand. Während die Perspektive sich veränderte und die ganze Länge des Turms einfing, verharrte der Punkt, der den Aufzug mit den Gaben aus den Ebenen anzeigte, am Fuß des Turms. Das Turmende ragte so hoch über die Kalpa hinaus, dass der Abstand dazwischen sicher so groß war wie der zwischen dem Sockelgeschoss der Ebenen und dem Fuß des Turms. Oben endete der Turm unvermittelt in einer gespaltenen Kuppel, als hätte ihn jemand gewaltsam in zwei Hälften zerbrechen wollen.

»Die Sama nennt den Turm *Malregard*«, erklärte Tiadba. »Hast du schon mal vom Zerstörten Turm gehört?«

»In Kindergeschichten«, erwiderte Jebrassy schwer atmend und mit tränenfeuchten Augen. Gerade hatte er mehr erfahren, als irgendjemand aus seinem Bekanntenkreis wusste, einschließlich seiner Paten und deren Paten. Vielleicht hatte überhaupt keine Generation ihrer Art je über dieses Wissen verfügt. »Malregard«, wiederholte er und versuchte den Blickwinkel so zu verändern, dass er erkennen konnte, was die Kalpa umgab – vermutlich das Chaos –, doch er sah nichts als bläulichen Nebel.

»*Malregard* bedeutet *böser Blick*, sagt die Sama«, bemerkte Tiadba. »Da fragt man sich doch, was sich da draußen befinden mag.« Sie beobachtete seine Reaktion.

»Falls du zum nächsten Marsch zugelassen wirst … Kann ich dann mitkommen?«

»Ich entscheide ja nicht darüber.«

»Entscheidet … diese Sama darüber?«

»Sie teilt uns die Entscheidungen mit.«

Er rieb sich das Gesicht und schüttelte, von Gefühlen überwältigt, den Kopf. »Man spielt mit uns. Kein Hochgewachsener würde einem der alten Art jemals so viel anvertrauen, wie wir eben gesehen haben. Ich muss nachdenken. Du kannst ja zu deiner Nische zurückgehen.«

»Ich kann dich hier nicht zurücklassen. Sie warten auf dem Dammweg auf uns.«

»Wer?«

»Einige aus der Gruppe. Jetzt, wo du Bescheid weißt, kannst du nicht einfach zurückkehren und es womöglich herumerzählen. Das können wir nicht riskieren.«

Jebrassy bekam eine ähnliche Panikattacke wie in dem engen Schacht der Wendeltreppe. »Du spielst den Lockvogel, und ich bin der Schwachkopf, der sich locken lässt. Werden die mich umbringen, falls ich nicht pariere?«

Tiadba wirkte echt schockiert. »Unsere Art bringt einander nicht um, niemals.«

»Es sei denn zufällig, vielleicht in einem kleinen Krieg. Und dann heißt's: Welches Pech aber auch! Genau deswegen hat mich eure Sama ausgewählt: weil ich ein rücksichtsloser Draufgänger bin, bei dem es sehr wahrscheinlich ist, dass er irgendwann umkommt oder ins Unbekannte verschwindet, genau wie dieser arme Schwachkopf dort unten. War *er* euer letzter Kandidat? Was hat er falsch gemacht?«

»Du verhältst dich widerlich!«

»Ich denke nur laut.«

»Wir werden viel Zeit miteinander verbringen«, sagte Tiadba leise. »Die Gruppe verlangt, dass jeder Teilnehmer mit einem Partner zusammenarbeitet. Spürst du denn gar nichts? Wir sind bereits Partner.«

»Was ich spüre, ist keineswegs so eindeutig. Etwas läuft hier falsch, *das* spüre ich.«

Tiadba schwenkte den Arm und deutete auf die Diurne. »Wer kann schon irgendetwas mit Sicherheit behaupten? Was ist, wenn wir bei einem Überfall umkommen? Was ist, wenn die Zeit einfach stehen bleibt?«

»Ich glaube ... Ich glaube, das würden wir nicht einmal merken«, erwiderte Jebrassy, doch beim Gedanken an diese Möglichkeit und das, was knapp unter der Schwelle seiner Erinnerungen lag und er nicht richtig fassen konnte, stellten sich ihm die Härchen auf. Er dachte an all das, was aus den Fugen geraten konnte, aus den Fugen geraten *würde*, selbst wenn sie sich niemals ins Chaos hinauswagten.

ZEHN NULLEN

24

Tag für Tag verloren Daniels Erinnerungen etwas mehr an Farbe und Tiefe, bis das Denken an Vergangenes ihm so vorkam, als betrachte er ein verblasstes Negativ oder einen Abdruck in feuchtem Sand. Immer stärker machte sich Charles Granger mit all seinen eingefleischten Gewohnheiten, seinen Instinkten und den allgegenwärtigen Schmerzen in ihm bemerkbar. Es war so, als überspüle eine pausenlos hereinströmende Flut einen im Körper von Granger gestrandeten Eindringling.

Daniel öffnete Grangers Pappkarton und holte den Marker, den stumpfen Bleistift und mehrere Blatt Papier heraus. Danach verteilte er die Seiten auf dem verzogenen Holzfußboden, wobei er darauf achtete, sie nicht auf feuchte Stellen zu legen, und untersuchte sie kritisch. Sie waren mit handschriftlichen Notizen übersät; das Meiste wirkte verrückt, denn die Buchstabenfolgen ergaben auf den ersten Blick keinen Sinn. Ganze Reihen bestanden aus Wörtern, die sich ständig wiederholten, nur dass jedes Mal irgendein Buchstabe im Wort verändert war. Außerdem hatte Granger jede Menge Zahlen notiert.

Charles Granger war ein Gelegenheitsdichter gewesen, aber auch ein Denker und Logiker, vielleicht sogar ein Mathematiker. Seinen Kritzeleien lag irgendein sonderbares Ordnungsprinzip zugrunde, allerdings konnte Daniel es nicht rekonstruieren.

Die Steine wussten, wen sie erwählten. Und wann sie vielleicht besser daran taten, auf eine Veränderung zu drängen.

Daniel blätterte die Seiten durch. Manche davon waren unbeschrieben. Es war an der Zeit, sein Leben, seine Gedanken vor dem letzten Sprung zu rekonstruieren. Er konnte alles, was ihm einfiel, auf den leeren Flächen zwischen Grangers Geschwafel aufzeichnen. *Wie passend!* Doch viel schwieriger, als Platz zwischen Grangers Zeilen zu finden, war es, sein Gehirn, seinen Körper dazu zu bringen, den Bleistift zu halten und damit zu arbeiten. Was immer Granger auch vorgehabt haben mochte, die Aufgabe – das Problem – hatte ihn überfordert. Er war reif dafür gewesen, ersetzt zu werden, allerdings schon überreif, so dass sich ein Ersatz für ihn kaum noch lohnte.

Daniel lächelte bitter, ohne den Mund dabei zu öffnen.

Dennoch begann er in der klammen Dunkelheit, während eine Kerze auf dem Kaminsims, eine weitere in einem Marmeladenglas auf dem Fußboden brannte und beide die aufgefächerten Blätter in schwaches Licht tauchten …

… zu schreiben. Grangers krakelige Schrift glättete sich nach und nach und wurde seiner eigenen ähnlicher. Es war recht begrenzt, was er in der verbleibenden Zeit – der Zeit, die Granger noch blieb, der Zeit, die dieser Welt noch blieb – steuern und verbessern konnte. Vor Konzentration runzelte er die Stirn und schrieb:

Granulöser Raum. Entscheidend ist die Lokalität.

Danach folgten mehrere Gleichungen, die sich eigentlich gar nicht so sehr von Grangers Kritzeleien unterschieden; die Lektüre von Richard Feynmans Arbeiten hatte Daniel vor Jahren auf die Idee gebracht, ein selbst erfundenes mathematisches Zeichensystem zu verwenden. So würde niemand sonst entschlüsseln können, was die Symbole bedeuteten.

Alle Schicksalsfäden sind mittlerweile an Lokalitäten gebunden.

Die Raumzeit hat sich aufgelöst/aufgespaltet.

Das Universum ist dabei, sich selbst zu verzehren, verwandelt sich in widerliche faule Molke, gerinnt wie saure Milch.

Die geodätischen Dimensionen verkürzen sich, stauen sich, fressen sich fest. Saiten (Stränge?) und Fundamentalkräfte. Licht und Gravitation durchqueren die Membranen, doch Materie gelangt nicht hindurch.

Noch nicht.

So sehe ich es.

Er notierte drei weitere Gleichungen, lange und nicht sonderlich elegante Gleichungen, die viele konzeptuelle Lücken aufwiesen. Der Versuch, diese Ideen zu quantifizieren und zu formalisieren – sie so konsistent und anwendbar auszudrücken, dass sie Prognosen erlaubten –, war mehr als schwierig. Selbst früher, bei guter Gesundheit, war ihm so etwas verdammt schwergefallen, fast ein Ding der Unmöglichkeit. Seine Hand ermüdete bereits, und sein Kopf tat ihm weh, genau wie der Magen.

Er musste unbedingt rekonstruieren, was er aufgeschrieben hatte, ehe er in diesen Alptraum geraten war. Seinerzeit hatte er gewisse Theorien entwickelt, die über diese Gleichungen hinausreichten. Er hatte sie zwar noch nicht quantifizieren können, doch gerade deswegen waren sie in gewisser Hinsicht stimmiger und nützlicher gewesen.

Die Landkarte ist nicht das Gelände.

Indem er bewusst gegen Grangers verworrenen Schreibstil ankämpfte, gelang es Daniel, sich frühere Erkenntnisse zügig ins Gedächtnis zu rufen und sie aufzuzeichnen.

Wesentlich ist, dass sich einzelne Weltlinien zu größeren Grundbausteinen zusammenfassen lassen. Unterhalb dieser Bausteine liegen die Linien einzelner Komponenten, die durch Beobachtung zur Ebene der Grundbausteine aufsteigen können. Und noch weiter darunter liegen die Schwingungen und Mehrfachschwingungen, die sich normalerweise nicht beobachten lassen, im zerfallenden Multiversum jedoch deutlich hervortreten. Meistens erlangen wir den Zugang zu diesen Schwingungen, wenn wir meditieren, unsere Fantasie spielen lassen oder träumen. Doch üblicherweise treten sie nicht so in den Vordergrund, dass sie sich unsere grundlegende, nach vorn gerichtete Zeitachse einverleiben.

Dennoch leisten sie einen Beitrag. Sie sind die Wegintegrale, fügen alle Geschichten, alle Dinge zusammen.

Beobachter des Elementaren sind bereits im Frühstadium des Multiversums aufgetaucht, haben die wirksamsten Methoden der Wegintegrale bestimmt und gefördert, haben die dem Multiversum eigene Fähigkeit verfeinert, sich selbst weiter auszubreiten, und logische Simplizität hergestellt.

Auf uneigennützige Weise sind sie »intelligent«. Doch da sie nichts selbst erschaffen, sondern nur justieren und verfeinern, kann man sie nicht als Gottheiten betrachten.

Eine solche Beobachterin des Elementaren ist Mnemos …

Plötzlich überhitzte sich sein Gedankenstrom und verdampfte im glühenden Krater des Schmerzes und der Gefühlswallungen. Er ließ den Bleistift fallen und schlug mit der Faust so lange auf den Boden ein, bis der innere Schmerz nachließ. Er hatte versucht, sich einen Namen ins Gedächtnis zu rufen, der offenbar etwas mit der Erinnerung zu tun hatte … Aber es war nicht der Name einer Gottheit, sondern der einer Muse.

Mühsam umklammerte er den Bleistift und zwang die zitternden Finger, weitere Sätze aufzuschreiben, ehe sie ihm völlig entfielen.

Wegintegrale. Sums-over-history.

Linien, Stränge, Verflechtungen, Spannseile, Elementarkräfte …

Schicksalsfäden.

Alle möglichen Pfade, die ein Teilchen oder ein Mensch einschlagen kann, unendlich viele Wege, die sich über die ganze Raumzeit erstrecken, schwach, wo sie unwahrscheinlich, stark, wo sie wahrscheinlich sind – kollabieren am Ende zu einem einzigen energieeffizienten Pfad, zur ergiebigsten und einfachsten Weltlinie.

Doch das gilt jetzt nicht mehr.

Die Effizienz wird auf den Kopf gestellt.

Die Regeln werden nicht mehr eingehalten.

Er blickte auf. Lippen und Kiefer hingen so schlaff herunter, dass die faulen Zähne zu sehen waren. Er wurde nicht mehr schlau aus dem, was er gerade geschrieben hatte. Jetzt musste er schnell handeln.

Er musste einen günstigeren Schicksalsfaden finden, einen Ort, an dem Granger bei besserer Gesundheit, als stärkerer Mann existierte. Schon seit Tagen zögerte Daniel, sich auch nur an den Versuch zu machen. Er war davor zurückgeschreckt, weil er eine traumartige Erinnerung an einen unendlichen Verlust, unendlichen Schrecken mit sich herumschleppte. Nur noch vage war ihm im Gedächtnis, was ihn überhaupt gezwungen hatte, sein früheres Selbst und seine Heimat aufzugeben; was ihn dazu gebracht hatte, wie eine Möwe vor einem Orkan zu flüchten.

Die Dämmerung senkte sich bereits über die Fünfundvierzigste Straße, als er nach Westen marschierte, in das verblassende Licht, zur Quelle der langen Schatten. Immer noch schwirrte ihm der Kopf. Am letzten Buchantiquariat in dieser Gegend hielt er an – alle anderen hatte er bereits bis zur Erschöpfung abgeklappert – und ging vor der Ladenfront auf und ab. Das letzte Fenster gab den Blick auf angestaubte, wild aufeinandergetürmte Auslagen frei.

Er verließ sich auf sein Bauchgefühl, trat über die Schwelle und löste dabei die Glocke aus, die über der Tür baumelte.

Die Inhaberin, eine kleine, dicke Frau mit weißem Haar und rundem Gesicht, die ihn an ein altes Apfelweibchen erinnerte, stand von ihrem Hocker auf und kam um die hüfthohe Glasvitrine herum, die ihr auch als Tresen diente. Dabei ließ sie ihn deutlich merken, dass sie auf der Hut war. Die fette, rötlich getigerte Ladenkatze blickte von ihrem Bettchen an der Kasse auf und streckte sich.

Die Kasse stand am Ende der Vitrine, in der die Alte solche Bücher ausstellte, auf die sie offenbar stolz war; zumindest waren diese Bücher wertvoller als die Liebesromane mit den zerfledderten Buchrücken und die Bestseller, die den wesentlichen Warenbestand dieser Buchhandlung ausmachten. Daniel erkannte ein Reisebuch von Richard Halliburton, Krimis der Nancy-Drew-Reihe in Schutzumschlägen, eine alte Oxford-Bibel mit abgewetztem Ledereinband. Langsam wanderte sein Blick zum letzten Band in der Vitrine, der ganz rechts im untersten Fach stand: Es war ein dickes, gebrauchtes Taschenbuch. Die roten Buchstaben, die Titel und Autor angaben, waren so verblasst, dass sie kaum noch lesbar waren, aber als er die Augen zusammenkniff, konnte er sie entziffern: *Kryptiden und ihre Entdecker* von David Bandle.

Er holte tief Luft und schloss die Augen. Durch die Augenlider hindurch konnte er das Buch fast vor sich sehen; es glühte wie brennende Kohle. Er beugte sich vor und klopfte mit dem schmutzigen Zeigefinger auf die Vitrine. »Wie viel kostet dieses Buch?«

»Ich feilsche nicht«, erklärte das offenbar immer noch argwöhnische Apfelweibchen. Es machte keine Anstalten, die Vitrine zu öffnen. »Haben Sie überhaupt Geld?«

Er hatte Geld: neun Dollar vom Betteln an der Schnellstraße, wo er so lange herumgestanden hatte, bis sein Rücken sich verkrampft, der Kopf sich in Matsch verwandelt hatte und die Beine ihm taub geworden waren. Sein Atem stank wie Abgas. »Ja, ich habe etwas Geld. Ich hoffe, das Buch ist nicht allzu teuer.«

»Es ist eine Erstausgabe«, erwiderte das Apfelweibchen, dessen Augen wie blaue Feuersteine funkelten.

»Wie viel kostet es?«

»Vermutlich zu viel.«

»Könnten Sie bitte nachsehen?«

Die Inhaberin krauste die Nase, zuckte die Achseln, zog den Spitzenschal von den Schultern und schob die Rückwand der Vitrine auf. Während sie sich mit vielsagendem Stöhnen vorbeugte, holte sie das Buch heraus, richtete sich wieder auf und drückte es an ihren Busen.

Noch nie hatte Daniel eine derart dicke Ausgabe von Bandles Werk gesehen. Der Abstand zwischen den beiden Buchdeckeln war mehr als fingerbreit.

Die Inhaberin setzte sich die Brille auf die Nase und schlug mit ihren plumpen, trockenen Fingern das Buch vorne auf. »Fünfzehn Dollar.«

»Ich habe neun. Ich werde Ihnen neun dafür geben.«

»Ich feilsche nicht«, wiederholte sie naserümpfend.

Daniel bedachte sie mit einem entschuldigenden, schmallippigen Lächeln. »Es ist angestaubt. Sieht so aus, als hätte es schon eine ganze Weile hier gestanden.«

Mit zusammengekniffenen Augen blickte sie auf das Datum, das mit Bleistift unterhalb des Preises eingetragen war. Irgendetwas brachte sie zum Einlenken, jedenfalls wirkte sie nicht mehr ganz so steif. »Möchten Sie das Buch wirklich unbedingt haben?«

Er nickte. »In meiner Kindheit war's eines meiner Lieblingsbücher. Erinnert mich an bessere Zeiten.«

»Das Buch steht seit genau drei Jahren in dieser Schauvitrine. Stimmt, es ist angestaubt, aber ich habe noch nirgendwo eine andere Ausgabe davon entdeckt. Ich lasse es Ihnen für fünfzehn Dollar.«

»Ich hab aber nur neun, ganz ehrlich.«

Sie lehnte sich zurück und musterte ihn mit Schweinsäuglein. »Sie sind doch der Bursche, der an der Schnellstraße bettelt, stimmt's?«

Offenbar war Charles Granger jedem hier ein Begriff. Daniel lächelte breit, zeigte dabei all seine unregelmäßigen, verstockten, kaputten Zähne, hustete und verströmte dabei üblen Mundgeruch.

Das Mitgefühl, das die Inhaberin einen Moment lang empfunden haben mochte, legte sich sofort wieder. Doch um ihn loszuwerden, verkaufte sie ihm das Buch. Und er zahlte dafür alles Geld, das er besaß.

Nachdem er ins dunkle Haus zurückgekehrt war, nahm er das Buch ins Wohnzimmer mit, setzte sich ächzend auf den kaputten Rohrstuhl, wobei sämtliche Gelenke knirschten, und musterte den Buchrücken. Diese Ausgabe des Werks war wirklich bemerkenswert dick, dicker als jede andere, die er je besessen hatte. Da ihm das Sitzen zu weh tat, streckte er sich auf dem Fußboden aus, um bei Kerzenlicht zu lesen. Doch gleich darauf stützte er sich auf Ellbogen und Knie, ging schließlich in die Hocke und wiegte sich auf einem Polsterkissen langsam hin und her.

Endlich war dieses Buch – *diese aufgeblähte, detaillierte Version,* dachte er, als er mit dem Daumen über die Seiten fuhr – in seinem Besitz. Also konnte er sich mit der Lektüre jetzt ruhig Zeit lassen, so lange, bis er sich dafür gewappnet fühlte. Falls ihm überhaupt noch Zeit blieb. Er war in gewisser Weise vorangekommen, falls man es als »vorankommen« bezeichnen konnte, sich an die Entschlüsselung von Hiobsbotschaften zu machen.

Was das Buch beschrieb, war wirklich purer Horror: zentimeterlange Flöhe. Urzeitliche Säugetiere, entdeckt in Neuguinea. In Kanada war jemand auf Exkremente und Haare des sagenumwobenen *Bigfoot* gestoßen, und die DNA-Analyse hatte ergeben, dass der alte Herr tatsächlich existierte und ein entfernter Verwandter der menschlichen Spezies war.

Er sah sich das Register an und schlug es etwa in der Mitte auf.

Fische, behaart: neu entdeckte Art; Haarwurzeln wie bei Säugetieren

Fledermaus, indigoblau: in Adlergröße in Mexiko entdeckt

Fliegender Alptraum: gesichtet in Pine Barrens, New Jersey; Flügelspannweite 2 Meter, unbekannte Spezies, möglicherweise Libellenart

Garten Eden, Neuguinea: 300 neue Arten entdeckt, 15 neue Arten von Lemuren, darunter faustgroße fliegende Lemuren

Gigantopithecus: Riesenaffe, 3 Meter großer Gorilla, Schädel konserviert in einer Wiener Museumssammlung; lebende Exemplare möglicherweise in Kambodscha gesichtet

Hautflügler: Bienen lernen, bei ihrem Tanz Zeichensprache zu verwenden

Homo floriensis: 1 Meter groß, Verwandter des Menschen; verfügte über Feuer und Werkzeuge, jagte mit winzigen Speeren kleinwüchsige Elefanten

Koranfrösche: entdeckt in irakischen Sumpfgebieten, quaken »Gott ist groß« auf Arabisch; Schriftzeichen verkürzter Suren auf der Rückenhaut lesbar

Krabben mit menschlichen Gesichtern: entdeckt in Thailand und Sri Lanka; äußere Panzer weisen bemerkenswerte Ähnlichkeiten mit Gesichtern Ertrunkener auf

Kua-Nyu: Ratte, die Eichhörnchen ähnelt, seit 11 Mio. Jahren ausgestorben, jetzt entdeckt in Laos

Meeresskorpione (Eurypteriden): entdeckt vor der Küste Madagaskars, 3 Meter lang; angeblich seit vielen 100 Mio. Jahren ausgestorben; größtes wirbelloses Tier, das je gelebt hat; Einheimische loben das Fleisch als süß und zart, behaupten, diese Skorpione schon »seit Anbeginn der Zeit« zu jagen

Riesenratten: 50 Kilo schwer, entdeckt auf Borneo.

Er schlug die Anfangsseiten des Registers auf.

Aepyornis: gefangen in Tasmanien; flugunfähiger Vogel, 6 Meter groß; frisst Ziegen und Schafe, legt Eier in doppelter Größe eines Basketballs

Sein Blick glitt nach unten:

Domtermiten: haben sich aufgrund eines Orkans an der nordamerikanischen Golfküste über Holzsplitter überall in den USA verbreitet; bilden Bauten, die den Kathedralen in Chartres und Paris (Notre-Dame) ähneln

Mit zitternden Händen klappte er das Buch zu. Kryptiden und Lazariden – Geschöpfe, deren Existenz nie bewiesen wurde, und ausgestorbene Tierarten, die plötzlich und unerwartet zu Tausenden aus der fernen Vergangenheit auftauchten. Allein das Register umfasste hundert Seiten. Selbst wenn er an der früheren Annahme festhielt, dass etwa die Hälfte der gesammelten Berichte im Wesentlichen falsch oder gefälscht waren, blieben mehr als tausend Einträge, die er als vertrauenswürdig einzuschätzen wagte. Doppelt so viele wie früher, ehe Dunkelheit und Staub eingedrungen waren und ihn zur Flucht gezwungen hatten.

Unglaubliche Phänomene sammelten sich wie Schatten um ein loderndes Lagerfeuer, umzingelten die aufgeklärte, rationale, von Wissenschaft geprägte Welt, die er stets so hochgehalten und dennoch mit Skepsis betrachtet hatte. Er würde Verbündete finden müssen. Verbündete … und, falls überhaupt möglich, einen anderen Wirt. Einen neuen Körper, der stärker und gesünder war. Jünger. Er spürte, wie sich die Schlange in seinen Gedärmen wand, als wäre sie wütend über diese Respektlosigkeit ihr gegenüber, und schlug den Kopf gegen die Wand.

Er konnte diese Sache nicht allein schaffen; seine Konzentration und Willenskraft würden wohl kaum dazu ausreichen, ein weiteres Mal einen so großen Sprung zu tun. Und das, was auf ihn zukam, würde noch schlimmer sein als beim letzten Mal.

Er schlug Bandles Einführung auf, in der es hieß:

Die vorliegende Ausgabe enthält mehr als fünfhundert neue Einträge – eine größere Erweiterung als bei jeder früheren Fassung –, und sie wurden in lediglich drei Jahren zusammengestellt. Das wirft eine sehr unwissenschaftliche Frage auf: Hat jemand die Tür zur Vergangenheit aufgestoßen, so dass sie uns jetzt all dies beschert – ausgestorbene Tierarten, Geschöpfe, die eigentlich gar nicht existieren dürften und doch nur allzu real sind?

Schweißnass und von Fieber geschüttelt kam Daniel am folgenden Nachmittag um drei Uhr am Physikgebäude der University of Washington an, das auf dem Universitätscampus lag. Nachdem er die Wegweiser im Erdgeschoss durchforstet hatte, nahm er die Jagd durch die Gänge auf, musterte die Namensschilder an den Bürotüren, suchte nach dem einen Menschen, der dies alles vielleicht verstehen würde, nach dem verletzlichsten – und neugierigsten – Menschen, den er kannte.

Nach einem alten Freund.

25

Capitol Hill

Nur selten verließ Penelope ihr Schlafzimmer, und Glaucous störte sie dort nie, wenn es nicht unbedingt sein musste. Das leise, ständige Summen da drinnen und das sanfte Gemurmel, mit dem seine Gefährtin sich beruhigte und tröstete, verriet ihm alles, was er wissen musste. Was jenseits dieser verschlossenen und verriegelten Tür lag, barg selbst für ihn Gefahren.

Vielleicht bestand seine schwierigste Aufgabe an den meisten Tagen darin, seine Gefährtin bei Laune zu halten. In den letzten dreißig Jahren hatte er sich nur unmerklich verändert, während Penelope in dieser Zeit, in der Glaucous sie in das wunderbar willfährige Werkzeug verwandelt hatte, das sie jetzt darstellte, sehr viel verloren hatte. Nicht nur ihre verführerische Weiblichkeit – ihre Schönheit und Jugend –, sondern auch das letzte bisschen Verstand.

Glaucous schlug die *London Times* auf, die er am Zeitungskiosk am University Way gekauft hatte, sog mit zusammengekniffenen Augen genüsslich an seiner Zigarre und überflog die Schlagzeilen. Sein stämmiger Körper ruhte entspannt in einem großen schwarzen Ledersessel; eines seiner kurzen, dicken Beine hatte er angewinkelt, so dass der in Pantoffeln steckende Fuß auf den Boden baumelte, der andere ruhte auf der gepolsterten Fußstütze. Beim Lesen wackelte er bedächtig mit den kleinen, fein gestalteten Zehen.

In einer Zeitspanne von mehr als hundertfünfzig Jahren hatte er sich ein Auge für viele verschiedene Muster erworben – wirtschaftliche, politische, philosophische und selbst wissenschaftliche Muster. Die Instinkte, die er als Glücksjäger und Begleiter der Reichen und Ehrgeizigen entwickelt hatte, waren ihm immer noch von Nutzen. Im Laufe der Jahrzehnte war er zu Wohlstand gekommen. Man musste nur vorausschauend handeln. Letztendlich entpuppten sich die Arbeitgeber stets als Versager – den eigenen Angestellten gegenüber, meistens aber auch in ihren diversen Projekten –, und dann blieb man ohne finanzielle Mittel zurück. Es sei denn, man hatte vorgesorgt. Es sei denn, man erkannte die Muster und wusste sie zu nutzen.

Als Asche auf sein Seidenjackett fiel, schnippte er sie weg, verteilte sie dabei und wischte sie mit den dicken Fingern vom Ärmel. An seinen Händen kräuselten sich die grauen Haare bis zu den ersten Fingerknöcheln. Dazwischen prangten Narben und Schwielen unterschiedlicher Größe, Dicke und Form, die einen Sherlock Holmes bestimmt ins Grübeln gebracht hätten. In seinem langen Leben hatte Glaucous sich den Lebensunterhalt auf so unterschiedliche – und zuweilen ausgefallene –

Weise verdient, dass er jede Menge Verletzungen davongetragen hatte: Hühnerkrallen hatten an seinen Händen genauso Spuren hinterlassen wie die Bisse von Hunden, Ratten und menschlichen Zähnen.

Er hatte viele Bisse abbekommen – und ebenso viele Schläge eingesteckt.

Diesen Kämpfen hatte er auch die Boxernase und die Blumenkohlohren zu verdanken.

Vielleicht hätten einen ermittelnden Detektiv am meisten die Schwielen interessiert, die sich wie Baumringe um seine Finger wanden: Sie zeugten von lebenslangem Verbergen, Vertauschen, Verdrehen und Werfen von Münzen und Spielkarten (sofern man die Lebensspanne eines Normalsterblichen zugrunde legte). Auffällig war außerdem, dass Glaucous niemals Fingerabdrücke hinterließ. Diese Persönlichkeitsmerkmale waren ihm schon an der Schwelle zum vergangenen Jahrhundert abhandengekommen.

Da er viele Jahrzehnte abwartend im Halbdunkel verbracht hatte, hatten seine blassen Arme, deren Hautschattierungen von Rosa bis ins Olivgrüne spielten, überall Fett angesetzt, genau wie der jetzt gebeugte Rücken, die Hüften und Beine. Abnutzung und Missbrauch hatten ihre Spuren auf seinem Körper hinterlassen. Und Narben, die nie ganz verblassen würden. Wie lange konnte das noch so weitergehen? Immer noch schleppte er sich schnaufend durchs Leben. Sein Körper war eine mit unglaublicher Stärke gesegnete Maschine, doch er konnte nur noch flach und verhalten atmen. Vielleicht würde er ewig leben, aber da er schon seit Jahrzehnten rauchte, ging es seinen Lungen nicht gut, im Gegenteil, sie waren sogar ziemlich lädiert.

Vielleicht würde bald eine Zeit der Entschlackung und Regenerierung kommen, eine Zeit ohne Laster. Wochenlang würde er dann wandern und trainieren, wenig essen, das Rauchen völlig einstellen, seinen Körper von dem Unrat der letzten fünfzig Jahre befreien – so leben wie ein Mönch, was er gemeinhin verabscheute.

Vielleicht würde es so kommen, doch er hegte da gewisse Zweifel.

Durch Irreführung und Betrug hatte Glaucous sein Leben verlängern können – und natürlich durch das Eingreifen der Gebieterin. Eine so lange Geschichte, so viele Erkenntnisse, doch wozu? Er kam sich vor wie eine hässliche Attraktion in einem Kuriositätenkabinett. Wann würde man Maxwell Glaucous wegen seiner Untätigkeit den Lebensfaden abschneiden, ihm die Stärke und das Geschenk der Langlebigkeit nehmen?

Bis auf die Lampe, deren Licht direkt auf die zerknitterte Zeitung in seinem Schoß fiel, war das Zimmer völlig dunkel. Das Telefon hatte den ganzen Tag nicht geläutet, und vorher hatten sich nur Spinner bei ihm gemeldet: neugierige oder unverschämte Anrufer, Betrunkene, Menschen, die sich langweilten, und durchgeknallte Typen. Die übliche Klientel.

Aber er kannte sich mit diesen Mustern aus. Es gab einen Grund dafür, dass Maxwell Glaucous in den Nordwesten gezogen war und sich in Seattle niedergelassen hatte. Hier spürte er all die kleinen Wellen im menschlichen Ozean – Bugwellen, als pflügten winzige Schiffe durch die großen Wirbel und Strudel eines unkontrollierten oder falsch gelenkten Geschicks.

Sieben Jahre lang war er kreuz und quer durch das Land gefahren, hatte mit dem Wagen endlose Meilen hinter sich gebracht, neben sich die eigenbrötlerische und reizlose Penelope.

Seine Lider sanken auf Halbmast. Er glitt in sein morgendliches Nickerchen hinüber. In einigen Minuten würde er frisch und munter wieder aufwachen … Doch im Augenblick wollte er nur schlummern, spürte den überwältigenden Drang, kurz ins Wasser der Lethe einzutauchen. Das Summen im Schlafzimmer, die Stille des stickigen Wohnzimmers, der angenehm weiche Ledersessel – all das lullte ihn ein. Mit verschwommenem Blick starrte er auf das schwarze Telefon, dann wandten sich die wässrigen Augen nach innen, der Knollennase zu, und sein Sichtfeld trübte sich …

Plötzlich riss er beide Augen weit auf, und sein Rückgrat versteifte sich. Jemand war an der Eingangstür seiner Wohnung.

Er konnte sehen (sich zumindest ausmalen), wie sich Handknöchel hoben und krümmten. Gleich darauf hörte er ein lautes Klopfen, gefolgt von einer scharfen, tiefen Stimme, die so klang, als rollten Kiesel über verschlammten Flussgrund. »Ich weiß, dass Sie da drin sind, Max Glaucous! Machen Sie auf! Wie in alten Zeiten, denn die alten Regeln gelten noch.«

Glaucous erwartete keine Besucher.

»Ich komme.« Hastig stand er auf, doch ehe er an die Tür ging, klopfte er leise bei Penelope an. Das Summen brach ab. »Es ist jemand da, mein Liebling«, sagte er. »Sind wir bereit, ihn zu empfangen?«

26

Universitätsbezirk

»Ich kenne Sie nicht. Ich kenne niemanden, der so heißt«, sagte Fred Johnson zu dem verkommenen, krank wirkenden Mann, der an seiner Veranda lehnte.

»Verstehe«, erwiderte Daniel. »Aber ich kenne *Sie* oder zumindest jemanden, der Ihnen sehr ähnlich ist.« Seine Stimme klang heiser und unmoduliert. Der lange Marsch von der Universität hierher hatte ihn erschöpft.

Der frühere Charles Granger war fünf Zentimeter größer als Fred Johnson, der knapp einen Meter achtzig maß, sofern man den schwarzen Haarschopf über der hohen Stirn mitrechnete. Überaus geduldig taxierte er den unerwarteten Gast; mehr Geduld hätte Daniel in dieser Situation von keinem Menschen erwarten können.

»Ich brauche ein paar Minuten, um es zu erklären«, sagte Daniel. »Vermutlich werden Sie mir nicht glauben, also gehe ich, sobald ich damit fertig bin. Aber ich dachte, falls überhaupt jemand die Situation verstehen kann, dann Sie. Ich bin froh, dass Sie immer noch hier wohnen. Eigentlich ist das ziemlich erstaunlich.«

»Sie haben meine Adresse aus dem Telefonbuch, stimmt's?«

»Nein, ich habe bei der Universität vorbeigeschaut. Vielleicht bleiben sich die Physiker in allen möglichen Welten gleich. Vielleicht sind es die Physiker, die die wichtigen Fäden miteinander verknüpfen.« Er streckte die langen Arme vor, zog die schmutzigen Ärmel hoch und grinste so breit, dass die faulen Zähne zu sehen waren.

Johnson musterte ihn von Kopf bis Fuß, versuchte dabei, seinen Ekel zu verbergen, und kam offensichtlich zu dem Schluss, dass dieser Mann zwar sonderbar war, aber keine Bedrohung darstellte. »Ich beschäftige mich nur mit einem sehr kleinen Gebiet der Physik«, erwiderte er. »Sagen Sie mir, was Sie brauchen. Ein bisschen Geld?«

»Es geht hier nicht um Geld, sondern um Wissen. Ich weiß gewisse Dinge, die Sie bestimmt gern erfahren würden.«

Johnson schnippte mit den Fingern. »Sie sind der Bursche von der Schnellstraße. Der Bettler.« Sein Gesicht nahm den Ausdruck von Verachtung an. »Erzählen Sie mir bloß nicht, dass Sie jetzt auch noch Privathäuser abklappern.«

»Ich brauche einen Menschen, der mir zuhört. Jemand, der vielleicht weiß, wovon ich rede. Sie können mir dabei helfen herauszufinden, ob es tatsächlich passieren wird, besser gesagt: wann es passieren wird.«

Mit Johnsons Geduld war es vorbei. Inzwischen war er nicht nur verärgert, sondern auch so beunruhigt, dass seine Wangen sich röteten. Er wollte jemanden im Haus schützen, an dem ihm viel lag, wie Daniel merkte.

»Die meisten Menschen erkennen die Anzeichen nicht«, fuhr Daniel fort. »Aber in dieser Weltlinie laufen die Dinge eindeutig aus dem Ruder.«

Johnson verzog das Gesicht. »Wenn Sie kein Geld wollen, ist diese Unterredung hiermit beendet. Ich habe nicht viel Zeit.«

»Das haben wir alle nicht, Fred.«

Johnson senkte die Stimme und blickte nach links, zur Küche hinüber. »Verschwinden Sie von meiner Veranda!«

Daniel versuchte Johnsons Reaktion einzuschätzen. Starke Worte, aber Johnson neigte nicht zur Gewalttätigkeit. Daniel wusste, dass er es sich nicht leisten konnte, Schläge ins Gesicht zu bekommen oder von der Polizei eingebuchtet zu werden. Es ging ihm keineswegs gut. Das Mindeste, was er jetzt brauchte, waren ein Krankenhaus und ein guter Arzt. Doch am meisten …

… brauchte er Fred.

Neugierig tauchte eine Frau hinter Johnson auf – jünger als er, vermutlich Ende zwanzig, mit kurzem rotblondem Haar, hohen Wangenknochen, länglichem Kinn. Sie wirkte frisch und hübsch. »Wer ist da gekommen, Liebling?« Sie legte beide Hände auf Freds Schultern und musterte Daniel.

Daniel blinzelte Tränen weg und versuchte verzweifelt, den Blick zu fokussieren. »Mary«, sagte er. »Mein Gott, du hast ihn also *geheiratet*. Das verändert alles. Ist ja toll!«

Der Ausdruck ihrer Augen veränderte sich sofort. »Woher kennen Sie uns?«, fragte sie mit harter Stimme. »Schließ die Tür, Fred.«

»Mary, *ich* bin's, Daniel.« Seine Knie gaben nach, so dass er sich an den Türpfosten lehnen musste.

»Mein Gott«, sagte sie. »Ihm geht es schlecht.«

»Holen Sie mir bitte ein Glas Wasser«, bat Daniel, während er langsam nach unten sackte, sich jedoch festzuhalten versuchte. »Und lassen Sie mich ein wenig ausruhen. Ich weiß ja, es klingt verrückt, und vielleicht bin ich wirklich nicht mehr ganz richtig im Kopf, aber ich kenne Sie beide.«

»Aber ich bin verdammt sicher, dass ich Sie *nicht* kenne«, erwiderte Mary, ging jedoch Wasser holen, während Johnson Daniel stützte.

»Warum haben Sie sich ausgerechnet unsere Veranda ausgesucht, Kumpel?«, fragte Fred. »Sie sehen gar nicht gut aus, und Sie riechen schauderhaft. Wir sollten einfach einen Krankenwagen rufen – oder die Polizei.«

»Nein«, sagte Daniel nachdrücklich. »Ich bin den ganzen Tag herumgelaufen und werde auch gleich wieder gehen – nachdem wir miteinander geredet haben. Bitte!« Er griff in die große Jackentasche, holte das Buch von Bandle heraus und blätterte darin herum. »Sehen Sie sich das an. Kryptiden. Lazariden. So viele. Jetzt wird es nicht mehr lange dauern.«

Mary kehrte mit einem Glas Wasser zurück, das Daniel hinunterstürzte. An ihrer rechten Hand, die sie zur Faust geballt hatte, konnte er keinen Ring erkennen. »Ich mach hier schon keinen Schlamassel, Mary. Ich freue mich so sehr, euch zu sehen ... Seid ihr beiden verheiratet? Lebt ihr zusammen?«

»Das geht Sie nichts an. Wer, zum Teufel, sind Sie überhaupt?«

»Ich bin dein Bruder. Ich bin Daniel.«

Marys Gesicht rötete sich, ihre Brauen zogen sich zusammen, und ihre Augen verloren jeden Ausdruck. Jetzt wirkte sie gar nicht mehr hübsch. »Raus hier!«, forderte sie ihn auf. »Verschwinden Sie von unserer Veranda, verdammt noch mal!«

»Sie gehen jetzt besser, Kumpel«, sagte Fred. »Wie die Dame verlangt hat.«

»Etwas muss passiert sein.« Daniel sah von einem zum anderen, während sein Blick sich trübte. »Was war es? Was ist mir zugestoßen?«

»Falls Sie damit meinen Bruder meinen: Der ist mit neunzehn Jahren gestorben«, erwiderte Mary. »Und um diesenReckskerl war es auch nicht schade. Ich rufe jetzt die Polizei.«

27

Mr. Whitlow hatte sich im Laufe von immerhin hundert Jahren beträchtlich verändert. Zu dem jungen, verzweifelten Max Glaucous war er früher auf seine ernsthafte Art durchaus freundlich und nett gewesen. In jenen wie mit bräunlicher Patina überzogenen Tagen hatte Mr. Whitlow (seinen Vornamen hatte Glaucous nie erfahren) sich sorgfältig, aber konservativ gekleidet und eine eher schmächtige Statur, aber eine angenehme, kräftige Stimme gehabt. Auch körperlich war er fit gewesen, obwohl er offenbar schon auf die mittleren Jahre zuging. Natürlich hatte er auch damals schon den Klumpfuß gehabt, der ihn noch immer nicht zu behindern schien.

Jetzt sah Mr. Whitlow im gelblichen Licht des Eingangs ausgezehrt und blass aus. Sein ganzes Gesicht wurde von den riesigen schwarzen Augen beherrscht, die an eine mondlose Nacht denken ließen. Er trug einen eng sitzenden grauen Anzug mit schmalem Revers, weiße Manschetten mit Manschettenknöpfen aus großen Granatsteinen und spitze schwarze Schuhe. Sein glänzendes schwarzes Haar war kurz geschnitten, und unter dem mageren weißen Hals saß eine ungeschickt und hastig gebundene Fliege. Die frühere steife Melone hatte er inzwischen durch einen weichen Filzhut ersetzt. Während er an der Eingangstür stehen blieb, strahlte er Nervosität und Unterwürfigkeit aus. Die Lippen hatte er geschürzt und zu einem Lächeln gespitzt, das bis zu den hohen Wangenknochen, aber nicht zu den Augen reichte. Er wirkte wie die Figur eines Irren in einer Geisterbahn.

»Erinnern Sie sich an mich, Max?«, fragte er.

»Mr. Whitlow, bitte kommen Sie herein.«

Doch der Besucher trat nicht ein, auch nicht, als Glaucous ihm den Weg frei machte. Stattdessen wanderten seine großen Augen suchend durch das Zimmer, das hinter der Tür lag.

Es war Shank gewesen, der Mr. Whitlow Max empfohlen hatte, und Whitlow, der ihn mit dem Nachtfalter bekannt gemacht hatte, jenem nebulösen blinden Mann in dem alten, leer stehenden Herrenhaus in Borehamwood, außerhalb von London. Und der Blinde hatte ihn als Diener der Bleichen Gebieterin eingestellt.

»Ich bin auf Geheiß von Mr. Shank hier«, erklärte Whitlow. »Er hat mir mitgeteilt, dass Sie erst vor kurzem angekommen sind, aber bereits einen unserer Agenten ausgeschaltet haben.«

»Ah.« Glaucous spürte, wie ihm das Blut in den Adern gefror. Der in Whitlows Worten angedeutete Tadel der Gebieterin konnte selbst den stärksten Mann in Schrecken versetzen. »Bisher hat man mich nie dafür gerügt, dass ich das Unkraut aus unserem fruchtbaren Boden entferne.«

»Die Umstände haben sich verändert«, erklärte Whitlow. »Sie haben unsere Gruppe in einer entscheidenden Phase dezimiert.«

»Ich bearbeite mein Gebiet stets allein, Mr. Whitlow«, stellte Glaucous mit einem letzten Rest von Würde klar. Dieses Zusammentreffen war so seltsam, als träume er, und er ahnte, was das zu bedeuten hatte: Es bestätigte seine Intuition. Eine Schlinge zog sich um ihn zusammen. Warum sonst hätte Mr. Whitlow so viel preisgeben sollen? Denn jetzt wusste er, dass Mr. Shank immer noch lebte, arbeitete und ein Günstling der Kalkfürstin war. Und das, obwohl Shank an jenem schwarzen

Tag, dem 9. August 1924, in Reims doch vor aller Augen in dem schrecklichsten Zeitriss verschwunden war, den Glaucous je gesehen hatte.

»Sie hätten auf diskrete Weise bei uns Auskunft einholen können«, sagte Whitlow.

Glaucous wusste, dass er mit ihm spielte. »Ich arbeite seit neun Jahrzehnten ohne Aufsicht. Mit meinen Arbeitgebern spreche ich nur, wenn ich eine Lieferung für sie habe. Meine letzte Lieferung liegt mehrere Jahre zurück, und damals war von Veränderungen keine Rede.«

Penelope beobachtete sie durch den Spalt ihrer Schlafzimmertür.

Whitlow, der Glaucous' stille Wut spürte, wollte nach wie vor nicht eintreten. Jäger statteten ihre Besuche stets mit Vorsicht ab und näherten sich ihrer Beute äußerst behutsam. Allerdings lächelte er immer noch so seltsam, dass Glaucous sich fragte, ob der alte Sammler zur Marionette geworden war – ein fremdgesteuertes Opfer, das jetzt auf Feindseligkeit programmiert war. Allerdings hatte Glaucous so etwas noch nie erlebt, kannte es nicht einmal vom Hörensagen. Doch wo die Bleiche Gebieterin ihre Hand im Spiel hatte, war nichts auszuschließen.

»Wie ist es Ihnen ergangen, mein Junge?«, fragte Whitlow, wobei sein Adamsapfel auf und ab hüpfte.

»Gut bis mittelprächtig. Und Ihnen, Sir?«

»Gestrüpp, Dornen und Nesseln. So viele von uns wurden abberufen, und trotzdem … sind wir noch da. Sind Sie mal wieder in der alten Heimat gewesen?«

»Schon seit Jahren nicht mehr. Soll inzwischen sehr zugebaut sein.«

»Unerträglich. Wir leben schon zu lange, Max.«

»Sie könne gern hereinkommen, wenn Sie möchten, Sir. Meine Gefährtin habe ich im Griff.«

»Nett von Ihnen, Max, aber ich gebe nur meinen Bericht ab, leite die Aufforderung an Sie weiter, und dann sind wir für heute fertig.« Whitlow grinste. Seine Zähne waren perfekt, wie mit Elfenbein überzogen. »Schön zu wissen, dass es Ihnen gut geht. Das frischt so viele Erinnerungen auf.«

»Allerdings, Sir.«

Während Whitlow sich zu voller Größe aufrichtete, löste sich sein verkrampftes Lächeln. »Man hat uns alle hierhergebracht – *alle.*«

Glaucous kalkulierte auf der Basis seiner jahrelangen Spekulationen und Beobachtungen schnell durch, wie viele das sein mochten. Sicher Dutzende, wenn nicht Hunderte.

»Ansonsten hat man mir wenig verraten. Aber ich gehe davon aus, dass uns allen jetzt klar ist, wie wichtig Ihr Territorium geworden ist, und das ist ein Glück für Sie. Wir verfügen über Berichte, genau wie die anderen.«

»Die anderen?«, fragte Glaucous. Penelope, die hinter der Schlafzimmertür lauschte, räusperte sich.

Whitlow schüttelte feierlich den Kopf. »Wir haben beide den Saum unserer Gebieterin geküsst, und der streicht jetzt nahe an uns vorbei. Wie viel wissen Sie bereits, Mr. Glaucous, als der durchtriebene junge Nimrod, der Sie sind?«

Glaucous' kleine Augen weiteten sich, allerdings reichten sie nicht an Whitlows große Augen heran. »Ist es vorbei?«, fragte er mit trockener Kehle.

»Es könnte bald ein Endpunkt erreicht sein.«

»Sind die Integralläufer hier?«

»Mir wurde gesagt – und ich spüre es auch –, dass eine Mindestzahl von ihnen unsere Zeit demnächst in Anspruch nehmen wird. Deshalb bitte ich Sie, junger *Shikari*: Beseitigen Sie keine weiteren Kollegen! Ihr Lebensfaden ist auch meiner, und meiner ist unauflöslich mit dem des Nachtfalters, unseres großen Übermittlers, verwoben. Uns beide vereint dasselbe Schicksal.«

Während er sich verbeugte und zurückzog, ließ er Glaucous nicht aus den Augen. »Muss schnell weiter, muss noch viele Pfandleihen besuchen.«

»Selbstverständlich, Sir.«

»Schließen und verriegeln Sie die Tür, Max. Ich will hören, wie der Riegel einrastet.«

»Ja, natürlich. Entschuldigen Sie mich jetzt bitte.« Er schloss die Tür, verriegelte sie und lauschte auf das vertraute, ungleichmäßige Aufsetzen von Whitlows Füßen, als er die Treppe hinuntereilte.

Selbst in diesem Augenblick juckte es Max in den Fingern, dem alten Mann etwas Böses anzutun.

28

Wallingford

Nach einem vierstündigen Gespräch im Wohnzimmer – vorher hatte man Daniel einen Teller Hühnerbrühe, ein Glas Milch und ein Glas Rotwein angeboten, und er hatte alles dankbar angenommen – zog Mary Fred im Gang zur Küche auf die Seite. »Was, zum Teufel, tust du da?«, flüsterte sie ihm unwirsch ins Ohr. »Der Mann ist krank, er hat uns verfolgt und hält sich für meinen Bruder, um Gottes willen – für meinen *toten* Bruder.«

Freds Ohren liefen rot an. Er war sichtlich verärgert über ihre Einmischung und konnte sich kaum bremsen. »Stimmt ja alles, aber du solltest mal hören, was er sagt. Ich schreibe es auf. Womöglich ist er der brillanteste Mensch, dem ich je begegnet bin.«

»Und was ist so brillant?«

»Die Fourier-Transformation – phi von k und r –, die maximalen Abweichungen von Nullenergie-Zuständen einander überlappender diskreter variabler Systeme …«

»Verrücktes Geschwätz.«

»Ach ja?« Fred zog sich empört zurück. »Er fühlt sich jetzt besser, Mary. Deine Suppe hat ihm wieder auf die Beine geholfen. Er hat schwere Zeiten durchgemacht, seitdem er hierhergekommen ist.«

»*Hierher?* Zu uns nach Hause?«

»Seitdem er von einer Welt in die andere hinübergewechselt ist. Jetzt hat er sich entspannt und gerade angefangen, mir die Sache zu erklären. Sie könnte wirklich wichtig sein.«

»Er redet von *Parallelwelten*, Fred.«

Fred setzte eine ironische Miene auf. »Ist in der Physik nichts Neues. Und es mag verrückt sein, aber es ist Mathematik. Entweder er hat Einzigartiges gelesen oder aber die Arbeiten selbst durchgeführt, Konzepte und Lösungen entwickelt, von denen ich noch nie gehört habe. Manches davon ist sogar brillanter als Sütős Lösung für das erforderliche Minimum an Gesamtenergie. Stell dir ein unendliches Raster aus sich verzweigenden und abzweigenden Linien vor, die alle fähig sind, ein weiteres

Raster zu erzeugen. Man würde meinen, das wäre überhaupt nicht mehr nachzuvollziehen, aber das Geheimnis liegt darin, dass die Verzweigungen nicht auf Dauer bestehen. Sie bilden ein Wegintegral, das bei geringstem Energieaufwand die größte Wahrscheinlichkeit und die größte Effizienz aufweist ... Er hat etwas gesagt, das so durch und durch genial war, dass es schon wieder stupide klang. Er sagte: *Dunkle Materie ist ein Stoff, der nur darauf wartet, in Erscheinung zu treten.*«

Mary hatte die Arme verschränkt und beobachtete ihren Mann, und je mehr er sagte, desto schmaler wurden ihre Lippen.

»Er hat einige Gleichungen aufgeschrieben. Klar, es handelt sich um Parallelwelten, aber auch um die effizientesten Zustände der Bewegung und Wechselwirkung von Proteinen, Lösungen zur Schichtung von Sand- und Salzkristallen, vielleicht sogar um Verteilungen und Wahrscheinlichkeiten bei der Erzeugung von *Spartikeln*, Teilchen dunkler Materie, in Hochenergiebeschleunigern. Wenn dir das nicht passt, Mary, dann halte dich bitte einfach raus. Geh lesen, back Brot oder mach sonst was. Der Mann ist eine Goldmine.«

Seine Frau machte große Augen. »Hast du ihn überhaupt gefragt, woher er so viel über uns weiß?«

Freds Nasenflügel blähten sich. »Die Antwort wird dir nicht gefallen.«

»Probier's aus.«

»Er weiß, was vor Daniels Tod geschehen ist, und einiges von dem, was du mir schon erzählt hast. Ich hab ihn nicht dazu aufgefordert, er hat's freiwillig erzählt.«

»Das hat er schon irgendwie herauskriegen können.«

»Hast du etwa jemandem davon erzählt, dass du euren Terrier mit Silberfarbe übersprüht hast, als er dich gebissen hat?«

Mary starrte ihn wütend an, ihr schossen Tränen in die Augen.

»Siehst du. Er weiß über deinen älteren Bruder Bescheid. Und er weiß auch, wie dein Vater war.«

Marys Gesicht nahm den Ausdruck qualvollen Kummers an. Schlimmer, als es nicht zu glauben, war es, die Wahrheit nicht annehmen zu wollen. »Weiß er, wie Daniel gestorben ist?«

»Das würde jeder Logik widersprechen.«

»*Du* musst es jemandem erzählt haben.« Mehr und mehr steigerte sie sich in Wut hinein.

»Ich hab's nie jemandem erzählt, Mary. Nimm's einfach so, wie es ist: Er weiß über dich und deine Familie Bescheid, aber kaum etwas über die Zeit nach seinem, ich meine nach Daniels Tod. *Dieser* Daniel ist nie gestorben. Und in seiner Welt haben wir nie geheiratet. Selbst wenn er unter einer Wahnvorstellung leidet, ist sie genial. Ich will nicht behaupten, dass er mich überzeugt hat, aber ich muss ihm weiter zuhören. Bitte, Mary.« Sanft drückte er ihren angespannten Arm. »Vielleicht verwickelt er sich ja in logische Widersprüche. Dann werfen wir ihn einfach raus oder übergeben ihn der Polizei.«

Sie wirkte besänftigt; vielleicht war sie dieses Gespräch auch nur leid. »Ich könnte ihm einige wirklich schwierige Fragen stellen. Du weißt, dass er dann passen müsste.«

»Er wird unruhig, wenn du in der Nähe bist. Traurig und zugleich aufgedreht. Und er ist nicht gerade bei bester Gesundheit.«

Ihre Schultern sackten herunter. »Und wie lange soll das noch gehen?«

»Könnte den ganzen Abend dauern. Er kann auf der Couch schlafen. Im Vergleich zu dem, was er gewohnt ist, wäre das ein Luxus. Bitte, Mary.«

Was ihr Blick ausdrückte – Verletztheit, Verwirrung, Wut –, spiegelte sich auch in seiner Miene wider, doch sein forschender Blick blieb fest. Ihr war klar, dass Fred nicht nachgeben würde.

»Finde heraus, wer er wirklich ist«, murmelte sie. »Er lügt. Er ist verrückt. Und selbst wenn er mein Bruder wäre, würde ich nicht mit ihm reden, wie du weißt. Daniel war ein unglaublicher Mistkerl. Deshalb hat John ihn umgebracht – um uns Übrige zu retten. Um *mich* zu retten. Das weißt du doch noch, oder?«

»Klar«, erwiderte Fred allzu hastig und klopfte ihr auf die Schulter. »Aber wie du ja ständig sagst, kann er gar nicht dein Bruder sein, stimmt's? Warum gehst du nicht ins Bett und überlässt ihn mir?«

»Ich will ihn nicht unter unserem Dach haben. Er macht mir Angst, Fred.«

»Mir auch, Liebling. Mit seiner Klugheit.«

Sie stieg die Treppe zum Schlafzimmer im ersten Stock hinauf und ließ Fred auf dem Gang stehen. Er starrte auf die dort hängenden Drucke, die er von ihren Fotos hatte machen lassen. Mary hatte sie in Genf und Brookhaven aufgenommen, wo sie vor zwanzig Jahren gewohnt hatten, denn ihr Vater hatte dort gearbeitet. Von einem der Drucke hingen Reste eines Spinnennetzes herunter, Spuren von Seidenfäden, die auseinandertrieben und sich im Zug der durch den Gang wehenden Heizungsluft wieder vereinten.

Fred verfolgte diese Spuren, die sich in wellenartigen Zyklen trennten und wieder vereinten, so lange mit Blicken, bis das Bild vor seinen Augen verschwamm. Danach beeilte er sich, das Gespräch mit dem Fremdling in seinem Wohnzimmer wieder aufzunehmen. Doch zuerst ging er ins Bad und schmierte sich eine Fingerspitze Mentholsalbe unter die Nasenlöcher.

Ob Daniel oder Charles: Jedenfalls stank dieser Mann bis zum Himmel.

Während der Abend nach und nach in den Morgen überging, tranken sie etwas – Daniel Sodawasser, Fred Scotch. Schon leicht angetrunken, schwelgte Fred in Spekulationen. »Wie konnten Sie im Körper eines anderen Menschen landen? Haben Sie Ihre Seele auf ihn übertragen? Gibt es so etwas wie einen Geist, den man weitergeben kann?«

»Das weiß ich nicht«, erwiderte Daniel. »Es ist mir vorher nie passiert.« *Jedenfalls kann ich mich nicht an so etwas erinnern.*

»Hat es etwas mit diesen Weltlinien zu tun?«, fragte Fred mit erregtem Gesicht. »Könnten wir eine Gleichung entwickeln, um es zu beschreiben?«

Daniel beobachtete ihn genau. »Könnte sein.«

»Eine Weltlinie wird abgetrennt – löst sich –, fliegt herum und verbindet sich mit der nächsten ähnlichen Weltlinie. So als spalte sich DNA oder als lösten sich Drähte in einem Kabel. Ich weiß nicht, wie das passiert, es ist nur eine Metapher. An was in Ihrer Vergangenheit erinnern Sie sich noch?« In Anbetracht des plötzlichen Gewichts dieser Frage runzelte er heftig die Stirn.

Daniel blickte sich im Zimmer um und zuckte die Achseln. »Von Tag zu Tag ist es weniger. Manches ist ziemlich nebulös.«

Fred stützte die Ellbogen auf die Knie und schwenkte das Glas Scotch langsam hin und her. »Bis jetzt haben Sie sich auf die Erinnerungen früherer Versionen Ihres Ichs gestützt, doch das können Sie jetzt nicht mehr. Man kann nicht alle Erinnerungen von einem Körper auf den anderen übertragen. Dieser Körper – sind nicht Sie. Sie gleiten auf einer Welle von Erinnerungen aus der Zeit des Transfers dahin, doch diese Welle ebbt inzwischen ab.«

Daniel gab ihm Recht.

»Genau«, sagte Fred, begeistert von der eigenen Genialität. »Falls irgendetwas davon zutrifft, dann ist das auch nur logisch.«

»Ich habe mir bestimmte Dinge notiert«, erklärte Daniel.

»Meine Frau könnte – falls Sie wirklich Daniel sind, meine ich – wichtige Erinnerungen beisteuern, Dinge aus Ihrer Vergangenheit. Natürlich würde das nicht alles ausgleichen, was Sie verloren haben, aber es wäre besser als nichts.«

Daniel senkte den Blick. Plötzlich fürchtete er, dieser intelligente Mann könne es womöglich schaffen, alles bis zur letzten Konsequenz zu durchdenken, bis zu dem, was bald zwangsläufig geschehen würde. Doch zu Daniels Glück interessierte Fred sich offenbar eher für theoretische Probleme als für deren praktische Seite, so dass ihm gar nicht auffiel, dass er selbst einer realen Bedrohung, realer Gefahr ausgesetzt war.

»Wie viele Menschen haben diese Gabe?«, fragte Fred.

»Ich bin nicht der Einzige.«

Freds Augen funkelten. »Wenn andere Weltlinien absorbiert, zerstört oder verändert werden, wandern Leute wie Sie vielleicht hierher aus. Flüchten von anderen, aufgezehrten Weltlinien zu uns. In diesem Fall könnte man anhand der Anzahl von Menschen, die wie Sie hier auftauchen, möglicherweise bestimmen, wie nah die Zerstörung der eigenen Weltlinie ist.

Falls man diese Menschen aufstöbern kann. Ich meine, wie viele Leute würden schon zugeben, dass sie andere Menschen ersetzt und deren Körper übernommen haben?«

»Klingt plausibel.«

»Sie sehen geschafft aus.«

»Das bin ich auch.«

»Es ist spät. Wir müssen uns noch weiter über diese Mersauvin-Lösungen unterhalten. Warum bleiben Sie nicht hier? Eine Couch kann auch nicht schlimmer sein als ein Abbruchhaus.«

»Großzügiges Angebot.«

»Nun ja, mich fasziniert das alles. Wir machen morgen weiter, nach meinen Seminaren.«

»Schlafen wir erst mal darüber«, sagte Daniel. »Wir setzen uns später wieder zusammen.«

VIERZEHN NULLEN

29
Die Ebenen

An ihrem ersten Abend in Tiadbas Nische liebten sie sich nur kurz. Es war zwar vielversprechend, aber nicht das, was Jebrassy sich erhofft hatte. Sie fielen wieder in die Haltung geduldigen Abwartens zurück, doch worauf sie eigentlich warteten, wussten sie nicht. Der künstliche Himmel jenseits der nach oben hin offenen Nische wechselte von Grau in bläuliches Schwarz. Winzige Lichter funkelten in der Dunkelheit. All das kam ihnen schön, vertraut – und unwirklich vor.

Irgendwann, auf Tiadbas sanftes Drängen hin, erzählte Jebrassy ihr mehr von seinem Besucher. Und von der Vermutung, dass der Unbekannte, der in seinen Träumen in seinen Körper eindrang, nicht aus der Kalpa kommen konnte. Er bleibe nie lange und lasse auch nur wenig über sich heraus. »Ich glaube, er könnte aus der Vergangenheit stammen.«

Über die Kissen und Decken hinweg, die sie für ihr Rendezvous ausgebreitet hatte, sah sie ihn aufmerksam an.

»Aber ich kann nichts mit Sicherheit sagen«, erklärte Jebrassy. »Er könnte auch aus der Zukunft sein. Oder er ist ein Bote aus dem Chaos.«

»Meine Besucherin kommt aus der Vergangenheit«, flüsterte Tiadba mit weit geöffneten Augen und rätselhaftem Blick. »Sie weiß nicht, wie wir hier leben. Aber woher sie auch stammen mögen, ich glaube, die beiden kennen einander.«

Unter ihrem direkten Blick vergrub sich Jebrassy, der verwirrt war, unter den Decken. »Ich hab eine Botschaft aufgeschrieben«, erklärte er mit gedämpfter Stimme. »Falls er mich übernimmt, während ich hier bin … bei dir … dann zeig sie ihm.«

Tiadba grub ihn wieder aus, legte sich neben ihn, und beide blickten durch die obere Öffnung der Nische auf das samtene schwarze Dach ihrer Welt.

»Wie ist das möglich?«, fragte Tiadba. »Was geschieht da draußen? Und warum halten sie uns in Unwissenheit?«

Sie ließen die äußerste Kuppe, die der dritten Insel, hinter sich und wanderten zu den Feldern und Plantagen, die ihnen die Lebensmittel lieferten. Der künstliche Himmel leuchtete am Horizont zunächst in tiefem Orange und verblasste gleich darauf. Der Grauton kündigte den baldigen Beginn der Schlafphase an. Doch auf den Plantagen wuselten immer noch rote und schwarze Pedes herum, die die reifen Früchte einsammelten. Zwischen den engen Reihen von Sträuchern und kleinen, ausladenden Bäumen trabten Dutzende eilfertiger Füße so schnell nebeneinander her, dass sie nur vage auszumachen waren. Im Abstand von jeweils rund fünfzig Metern schnalzten und pfiffen Landarbeiter, um die Pedes auf abholbereite Körbe und Handkarren hinzuweisen.

Ein einzelner Wächter, aus dessen glattem grauem Brustkorb stummelartige gläserne Treibflügel ragten, schwebte zwischen der Straße und dem Rand der nächsten Baumgruppe in der Luft. Er summte vor sich hin und achtete gar nicht auf sie, als sie an ihm vorbeikamen, genau wie Tiadba vorhergesagt hatte.

Die Pedes stiegen durch die Bogenspaliere neben den Körben nach oben und luden ihre Fracht dort mit zufriedenem Trillern und fröhlichen *Pirip*-Lauten ab. Die Landarbeiter hoben die Körbe auf Wagen und rollten sie zu den Hütten, wo Verpacker und Köche sie für die Mahlzeiten des kommenden Tages bereitstellten. Die alte Art in den Ebenen ernährte sich von landwirtschaftlichen Erzeugnissen; allerdings waren es die Pedes, die die Felder bestellten und einen Großteil der Beschneidung von Sträuchern und Bäumen und des Transports erledigten.

Zweieinhalb Kilometer hinter dem Auslieferungslager verließen Jebrassy und Tiadba die Straße, die inzwischen in einen ausgetretenen Sandweg übergegangen war, und durchquerten noch nicht bestelltes Brachland und das spärliche Gehölz rings um die Farmen. Kurz darauf kamen sie an einem Steinplateau an, auf dem sich ausrangierte Landmaschinen samt Zubehör stapelten. Schon seit Generationen waren diese Maschinen kaputt oder vom Alter zerfressen. (Jebrassy war sich sicher, dass die Pedes nicht von jeher den Großteil der Erntearbeiten erledigt hatten. Er nahm an, dass man früher diese inzwischen verrosteten und verkrusteten Maschinen dazu eingesetzt hatte.)

Nachdem Tiadba sich vergewissert hatte, dass ihnen niemand folgte, bildete sie mit den Händen einen Tritt, um ihm hinaufzuhelfen, und er zog sie dann zu sich auf das Plateau. Von dort aus führte sie ihn an Stapeln zerfallender Kisten vorbei bis zu einem Hohlraum in der Mitte. Mittlerweile hatten sie sich schätzungsweise sechs Kilometer von dem Block entfernt, in dem sie beide wohnten. Sie stiegen eine seltsam geformte Leiter hinunter, deren Sprossen wie eine Wendeltreppe durch einen tiefen, merkwürdig gewundenen Schacht führten. Nach knapp zwanzig Metern ging der Schacht in einen Durchgang über, der zwar immer noch Sprossen aufwies, jedoch eher für große Pedes als für Geschöpfe der alten Art gemacht schien. Sie gelangten noch weiter nach unten und in einen Teil der Ebenen, von dem Jebrassy noch nie gehört hatte. Es war ein schon lange nicht mehr genutzter Lagerbereich, der offenbar nur noch so heimlichen Zusammenkünften wie dem bevorstehenden Treffen diente.

Mit strahlendem Gesicht, weil sie dieses verschwörerische Tun so aufregend fand, versicherte Tiadba ihm, dass niemals Wächter hierherkämen. »Dieser Plantagenwächter hat uns gar nicht beachtet. Findest du das nicht auch seltsam? Dabei haben wir uns auf verbotenem Gebiet aufgehalten, dazu noch kurz vor der Dämmerung.«

Jebrassy gab ihr Recht.

»Manche glauben, dass man den Wächtern befohlen hat, sich herauszuhalten. Sie nehmen an, dass wir genau das tun *sollen*, was wir derzeit tun.«

Jebrassy widersprach ihr nicht, jedenfalls nicht laut, aber innerlich war er völlig anderer Meinung. Er betrachtete sich lieber als aufsässig, wollte keine Figur in einem Spiel abgeben, das sich ein anderer ausgedacht hatte.

Als sie endlich in dem kleinen runden Raum ankamen, wo die ausgewählten Marschteilnehmer im Schein von drei uralten grünen Lampen im Kreis herumhockten, fühlte er sich wie ein Idiot. Wie ein Mann, dem die Liebe den Verstand geraubt hat.

Klar, Tiadba war das wunderbarste Geschöpf, das man sich vorstellen konnte. Aber ihre Sturköpfigkeit war noch schlimmer als seine. Auf seine Gefühle achtete sie kaum, denn sie hatte immer nur Ziele vor Augen. Genauer gesagt: die *eigenen* Ziele. Und jetzt war dieses Ziel, das sie über alles stellte, auch über seine Liebe, der Marsch. Sie hatte ihn im wahrsten Sinne des Wortes hierhergeschleppt: hatte vor dem Aufbruch aus den mittleren Ebenen ein Seil um seine Hüften geschlungen, damit er beim Abstieg nicht von der bizarren Sprossenleiter stürzte. Und selbst jetzt zerrte sie ihn vorwärts, damit er im Kreis der Gruppe Platz nahm und mit den anderen auf ihre Anführerin wartete – die alte Sama namens Grayne. Alle blickten abwartend zur halbdunklen Raummitte hinüber.

»Sie enttäuscht einen nie«, vertraute ein junger Mann Jebrassy an, während er und Tiadbra sich Schulter an Schulter zwischen die anderen quetschten und niederkauerten. Jebrassy fragte sich, ob die Bemerkung Tiadba galt, und wollte schon beleidigt reagieren, doch es wurde schnell klar, dass der Mann sich auf die alte Sama bezog.

Alle hockten sich hin, ließen sich nach hinten fallen und lehnten sich gegen die Mauer. Es dauerte nicht lange, bis in Jebrassy wieder das vertraute, eiskalte Gefühl von Unterdrückung hochkam. Ihm war dieser Ort zuwider. So liebend gern er auch an einem Marsch teilnehmen wollte: All diese Geheimnistuerei und das Versteckspiel empfand er als albern und gekünstelt.

»Seltsamer Treffpunkt«, flüsterte er Tiadba zu, doch sie tat so, als hätte sie ihn nicht gehört. »Man hätte doch wenigstens Stühle und einen Tisch hinstellen können.«

»Wir hinterlassen nie Spuren«, erwiderte Tiadba, und der junge Mann neben Jebrassy nickte zur Bestätigung.

»Wenn die Wächter sowieso nie hierherkommen, wozu dann die Umstände?«

»Wir wahren die *Form*«, erwiderte der Mann gereizt und verpasste ihm einen Rippenstoß. »Der Marsch wird immer auf diese Weise vorbereitet.«

»Ich würde anders vorgehen«, erklärte Jebrassy mürrisch.

»Was würdest du denn tun?«, fragte der Mann mit düsterer Miene. Er beugte sich vor, um Tiadbas Reaktion abzuschätzen, doch sie tat so, als hätte sie von dem ganzen Wortwechsel nichts mitbekommen – und das brachte Jebrassy noch mehr in Rage.

»Ich würde allein losziehen oder mit einer Gruppe von Leuten, die ich kenne und denen ich vertraue. Gut ausgebildet.«

»Und wer wäre der Anführer?«

»Ich natürlich.«

Der Mann kicherte. »Und woher würdest du deine Ausrüstung bekommen?«

»Er hat keine Ahnung von Ausrüstungen«, warf Tiadba ein.

»Warum hast du ihn dann überhaupt mitgebracht? Wir sind fast startbereit. Das hier soll doch angeblich eine Gruppe von Leuten mit Erfahrung sein.«

»Weil Grayne es so wollte.« Was nur die halbe Wahrheit war.

Der Mann dachte kurz darüber nach und zuckte die Achseln. »Wie heißt er denn?«

»Jebrassy.«

»Der Kämpfer?« Der junge Mann stupste Jebrassy erneut an, diesmal mit dem Ellbogen an den Arm. »Ich hab dich schon kämpfen sehen. Ich heiße Denbord.« Er deutete auf die anderen beiden Männer. »Und das sind Perf und Macht. Wir sind Freunde. Eigentlich wollten wir auch an Kämpfen teilnehmen, aber der Marsch ist wichtiger.«

Die anderen, denen man Jebrassy noch nicht vorgestellt hatte, fassten sich an die Nase und sahen einander voller Einverständnis an: Kämpfer waren zu bedauern, wie amüsant ihre kleinen Kriege auch sein mochten.

»Still jetzt«, sagte Tiadba. »Sie kommt.«

Der Kreis der Anwesenden hatte einen Spalt neben dem Tunneleingang frei gelassen. Die Luft war inzwischen so stickig und schwül, dass Jebrassy zu schwitzen begann.

Eine alte Frau trat ein. Sie war mindestens einen Kopf kleiner als Tiadba und ging dazu noch gebückt. Es war tatsächlich die Sama, mit der sich Jebrassy auf dem Markt getroffen hatte. Sie bewegte sich langsam und vorsichtig und stützte sich auf einen Stock. Zwei jüngere Frauen in langen grauen Hemden und Sandalen folgten ihr mit Körben. Früchte wurden herumgereicht – Trauben, die noch nicht ganz reif, aber sehr saftig waren. Außerdem getrockneter Hanf zum Kauen. Während die Gruppe sich bediente, hockte sich die alte Frau in der Mitte der Kammer hin. Mit den dunklen Augen, die ihr erschöpftes, unansehnliches Gesicht überstrahlten, suchte sie den Kreis ab. Schließlich blieb ihr Blick an Tiadba hängen, wobei die harte Linie ihrer Lippen weicher wurde, und schließlich an Jebrassy. Sie nickte ihm verbindlich zu.

Eine der jüngeren Frauen brachte Grayne einen niedrigen Hocker, auf dem sie ächzend Platz nahm, während sie ihre Inspektion abschloss.

Will man uns hereinlegen?, überlegte Jebrassy. *Diese alte Frau kann doch unmöglich einen Marsch anführen. Warum hat der*

Düstere Aufseher sie noch nicht geholt? Er spürte, wie sein Gesicht sich verkrampfte, und zwang sich, eine lockere Miene aufzusetzen, denn er wollte von sich nicht mehr als unbedingt nötig preisgeben.

»Zwanzig sind ausgewählt«, begann Grayne. »Vier aus dieser Gruppe, sechzehn … von anderswo. Die Kalpa besteht für alle Zeiten, aber wir sind *neu*. Wir stehen für *Jugend* und *das Neue*. Wir sind weder Haustiere noch Spielzeug – wir bedeuten *Hoffnung*. Und diese Hoffnung wird unter Verschluss gehalten, bis man sie braucht. Jetzt wird dieser Verschluss geöffnet, denn man braucht uns. Niemand sonst in der Kalpa ist willens, das Chaos zu durchqueren.«

»Niemand sonst«, intonierte die Gruppe im Chor.

»Wir schicken unsere Marschteilnehmer durch die Tore, über die Grenze des Realen, ins Mysterium, denn wir wollen unsere verschollenen Cousins und Cousinen wiederfinden und uns selbst befreien. Was ist da *draußen*, jenseits der Kalpa?«, fragte Grayne leise. »Weiß das irgendjemand mit Sicherheit?«

Jebrassy schüttelte den Kopf. Seine Augen waren von dem eindringlichen Blick ihrer dunklen Augen wie gebannt.

»Weißt du's?«, sprach sie ihn direkt an.

»Nein.«

»Und so lassen wir alle uns auf das Mysterium, das Unbekannte ein, um dem Erstickungstod zu entgehen. Bist du auf unserer Seite?«

»Ja«, erwiderte Jebrassy.

Grayne musterte ihn gründlich, stand von dem Hocker auf, griff in die Tasche ihres Gewandes und holte einen kleinen Beutel heraus. Danach wanderte sie in der Kammer herum und reichte jedem außer Jebrassy kleine viereckige Karten.

»Vor dem Marsch werden wir uns noch einmal treffen. Alle werden jetzt gehen – bis auf den Kämpfer und Tiadba.«

Gefolgt von Jebrassy, half Tiadba Grayne bis zur Oberfläche hinauf. Oben blieben sie einen Augenblick stehen, damit Grayne langsam wieder zu Atem kommen konnte. »Alles, was du zu wissen glaubst, ist falsch, junger Kämpfer«, erklärte sie.

Die anderen Gruppenmitglieder hatten sich bereits über das von Furchen durchzogene Brachland verteilt, danach den Weg durch die kleinen Gehölze genommen und sich an dem einsamen regungslosen Wächter vorbeigeschlichen, dessen Treibflügel in der Dunkelheit pulsierten und schwach bläulich funkelten. Um sich warmzuhalten, hatten die Pedes sich mittlerweile zusammengerollt und aneinandergeschmiegt. Ihre glänzenden Leiber zuckten, wie im Dämmerlicht zu sehen war.

»Ich weiß ja, dass ich keine Ahnung habe«, sagte Jebrassy mit gesenkter Stimme. »Aber dumm bin ich nicht.«

Grayne streckte die Hand aus, umfasste Jebrassys Kinn mit ihren starken, knorrigen Fingern und drehte sein Gesicht so, dass es ihr zugewandt war. Ihr Blick durchbohrte ihn. »Tiadba hat mir erzählt, dass dein Besucher nichts von den Ebenen oder der Kalpa weiß. Woher kommt er deiner Meinung nach?«

Jebrassy entzog sich ihr nicht. »Vermutlich weiß Tiadba mehr über ihn als ich.«

»Schon gut.« Die Luft hatte sich so abgekühlt, dass Grayne zitterte. »Gehen wir.«

Die Nische der Sama war durchaus bescheiden. Sie hauste auf der tiefsten Ebene im Hauptblock der dritten Insel, innerhalb einer Art Trägersäule, umgeben von uralten, stillgelegten Maschinen. Es waren unförmige dunkle Kolosse mit fugenloser harter Oberfläche, die nicht verrieten, wozu sie früher einmal gedient hatten. Auch die Einrichtung der Nische war sehr bescheiden. Sie bestand nur aus graubraunen Decken und Kissen, einer kleinen Kiste, in der die Sama ihre Nahrungsmittel aufbewahrte, und einer größeren, die mit einem Fingerabdruckschloss gesichert war.

Nachdem die Sama Jebrassy und Tiadba Wasser eingeschenkt hatte, setzten sie sich still hin und sahen zu, wie die Alte die Kiste berührte, aufmachte und …

… ein Buch herausholte. Ein echtes, grün eingebundenes Buch, das auf dem Rücken und vorderen Deckel beschriftet war. Es war das erste echte Buch – das erste unversehrte und herausnehmbare Buch –, das sie je zu Gesicht bekommen hatten.

Tiadba atmete so tief aus, als hätte ihr jemand einen Faustschlag in den Magen versetzt. Jebrassy hielt seinen Gesichtsausdruck streng unter Kontrolle, denn wieder einmal war ihm nicht klar, was diese beiden Frauen im Schilde führten – vielleicht nichts Gutes. Womöglich waren sie Köder einer Falle, die die Hochgewachsenen unwissenden jungen Kerlen stellten …

Seine Gedanken rasten und wurden ständig konfuser. Doch dann sah er Tiadba an und merkte, dass es ihr ähnlich ging.

Grayne drückte das Buch an die Brust und ging mit bedächtigen Schritten zu ihnen hinüber. »Ich liebe diese gefährlichen, unglaublichen Dinge mehr als alles andere in den Ebenen«, erklärte sie, streckte ihnen das Buch mit beiden Händen hin und schlug es so auf, dass sie hineinblicken konnten. »Ist es nicht zauberhaft?«

Jebrassy hätte es gern in die Hand genommen, wagte jedoch nicht, danach zu greifen. Der Buchdeckel war mit Blumen verziert, wie er sie auf ihren Feldern und Wiesen noch nie gesehen hatte. Sie umrankten ein Symbol, das seinen Blick sofort anzog: ein Kreuz, um das sich miteinander verflochtene, offenbar herumwirbelnde Bänder wanden.

Als Tiadba seinen Blick suchte, nickte er ihr zu. Dieses Symbol war beiden vertraut, obwohl sie es vorher noch nie gesehen hatten.

»Stammt das Buch aus den Regalen in den oberen Stockwerken?«, fragte Tiadba.

»Da oben gibt's gar keine echten Bücher«, sagte Jebrassy. »Ich hab versucht, welche herauszuziehen. Aber die sind nur zur Zierde da.«

Grayne ließ zwei Finger über dem Buch kreisen, schürzte die Lippen, blies die Backen auf und ließ den Atem pustend entweichen. »Meilen über Meilen voll unerfüllbarer Verlockungen. Ist schon seltsam, dass wir Bücher instinktiv lieben, aber sie nicht besitzen oder lesen können. Wir können lediglich die Buchrücken anschauen, die in diese entsetzlichen, wunderbaren Regale einzementiert sind.« Feierlich legte sie das Buch auf einen kleinen Tisch, der zwischen ihnen stand. »Fasst es mal an. Es ist sehr alt und sehr robust. Hat seit vielen Tausend Generationen darauf gewartet, von Nutzen zu sein. Ihr könnt es gar nicht beschädigen.«

Tiadba hatte Tränen in den Augen, als sie das Buch anhob und an seinem Deckel schnupperte. »Kannst du es lesen?«, fragte sie Grayne.

Die Sama bejahte, indem sie einen Finger hob. »Einige von uns haben auch Seiten übersetzt. Viele Seiten.«

»Wie das?«, fragte Jebrassy.

Grayne strahlte. »Bei all den seltsamen Anweisungen und Pflichten, denen ich nachkommen muss, ist diese Tätigkeit mir am liebsten. Es steckt ein Geheimnis dahinter, ein so wunderbares Geheimnis, dass euch niemand glauben würde, solltet ihr es herumerzählen – versucht es also gar nicht erst. Früher einmal, als wir noch recht jung waren, haben meine Hortschwestern und ich ein Spiel erfunden. Wir kletterten zu den oberen Stockwerken hinauf und rannten zwischen diesen unglaublichen Regalen herum. Kichernd sprangen wir an ihnen hoch und zerrten an den Buchrücken, die sich nicht bewegen ließen. Nahmen uns die oberen Reihen vor, danach die unteren, eine nach der anderen, dann die mittleren … Zerrten stundenlang an diesen seltsamen, unnachgiebigen Büchern, lachten, hüpften hoch, scheiterten, fielen dabei hin und lachten noch lauter. Keiner dachte, wir würden damit je Erfolg haben. Doch nach Kinderart glaubten wir fest daran. Wenn wir uns so stark zu diesen Büchern hingezogen fühlten, wenn es so viele Kindergeschichten und Legenden über Bücher gab, dann musste doch irgendetwas hinter diesen verführerischen Buchrücken stecken, etwas Wahres und Echtes.«

Mit vorsichtigen Bewegungen hockte Grayne sich hin. In ihrer persönlichen Umgebung war ihr deutlicher anzumerken, unter welchen Schmerzen sie litt. Jebrassy fragte sich, ob er je das Alter erreichen würde, in dem er solche Schmerzen am eigenen Leib erfuhr. *Sie ist die Älteste der alten Art, die ich je gesehen habe …* Zum ersten Mal ertappte er sich bei dem Gedanken, dass der Besuch des Düsteren Aufsehers auch eine Gnade sein konnte und nicht unbedingt zu fürchten war.

»Ich habe es nicht als Erste entdeckt – dieses Buch, das sich zu unserer Verblüffung herauslösen ließ. Es war meine beste Freundin, die Klügste all meiner Schwestern, die stets neugierige Lassidin. Ein Leuchtfeuer unter den Flammen, wie ihr Männer das nennt. Für mich war sie wie ein Feuerwerk …« Grayne schloss die Augen. »Der Düstere Aufseher hat sie schon vor langer Zeit geholt. Sie war die Erste, die das Rätsel löste, indem sie in ihrer aufgeweckten Art alles in ihrer Umgebung genau beobachtete. Ständig hat sie Dinge gesehen, die uns gar nicht auffielen. Sie rannte an den Regalen entlang, sprang hoch, zerrte an den Büchern … und hatte schließlich Erfolg.«

Grayne streckte den Zeigefinger hoch, krümmte ihn und tat so, als hake sie ihn irgendwo fest. Noch einmal ließ sie diesen Moment an sich vorbeiziehen. »Lassidin griff nach einem Buchrücken, genau dem richtigen, und zog das Buch vor unseren Augen heraus. Davon war sie selbst so überrascht, dass sie hinfiel und auf dem Hintern landete. Das Buch schlug auf dem staubigen Boden auf und öffnete sich auf einer Seite, die mit Schriftzeichen eines uralten Alphabets übersät war. Einige Symbole kannten wir, aber die meisten sagten uns nichts. All meine Hortschwestern – insgesamt waren wir vier, denn damals waren die Familien oft größer als heute – bildeten einen Kreis um das Buch, betrachteten es, hatten aber Angst, es anzufassen. Zwei rannten sogar weg. Doch Lassidin und ich fanden irgendwie den Mut, das Buch in die Nische unserer Familie mitzunehmen, wo wir es vor unserer Mer und unserem Per verbargen. Anfangs erzählten wir niemandem davon. Als wir später zu der Stelle in den oberen Stockwerken zurückkehrten, wo Lassidin das Buch herausgeholt hatte, war die Lücke in der Bücherreihe schon wieder gestopft. Das Buch, das jetzt dort stand, war genauso unecht und fest einzementiert wie alle anderen. Wir fragten uns, ob das alles nur ein Traum gewesen war, und gingen schnell zu unserer Nische zurück. Dort hatte Lassidin das Buch in der alten Kiste hier verstaut und mit einem Fingerabdruckschloss gesichert. Ein paar Schlaf-Wach-Zyklen später stiegen wir erneut in die oberen Stockwerke hinauf. Mittlerweile hatte Lassidin das Rätsel der Bücherregale gelöst, und die Regale belohnten sie – uns – für Lassidins Klugheit. Es gelang uns, das zweite Buch herauszuziehen, dem viele weitere Bücher folgen sollten. Wir versteckten sie alle in der Kiste.«

»Wie viele waren es?«, fragte Tiadba.

Grayne spannte die Lippen und berührte die steifen Haare auf ihrer Nase. »Mehr als eins«, erwiderte sie mit schwachem Lächeln. »Und weniger als ein Dutzend.«

»Wer oder was hat die Bücher aus der Erstarrung gelöst? Warum hat man zugelassen, dass ihr sie in die Hände bekommt?«, fragte Jebrassy. »Ich hab immer gedacht, die Hochgewachsenen wollten uns in Unwissenheit halten.«

»Eine kluge Frage, die unser junger Krieger da aufwirft«, bemerkte Grayne. »Aber ich kann sie nicht beantworten. Gerüchten nach hat ein großer, mächtiger Bürger, der weit über den Hochgewachsenen steht, diese Bücherregale zu Ehren seiner längst verstorbenen oder verschollenen Tochter geschaffen. Vielleicht waren sie gar nicht für uns bestimmt. – Nun ja, irgendwann hat der Düstere Aufseher all meine Schwestern geholt, aber mich hat er ausgelassen.« Sie sah auf. »Also wurde ich zur Hüterin von Lassidins Kiste und aller Bücher, die wir geborgen haben – aller Bücher, die man uns zu finden erlaubte.«

Während Tiadba die erste Seite des grünen Buchs aufschlug, zog sie die Nase so hoch, dass sich feine Falten bildeten, und schob das Kinn vor. »Ich kann's nicht lesen. Die Buchstaben sind ganz anders als unsere.«

»Sie sind alt. Aber einige kennen wir.«

Tiadba fuhr eine Zeile mit dem Zeigefinger nach. »Den hier kenne ich. Und den da auch.« Hocherfreut wies sie Jebrassy auf die Buchstaben hin.

»Meine Hortschwester Kovleschi war nicht so wagemutig wie wir anderen und hat bei der Bücherjagd nicht mitgemacht. Aber sie wusste von alten Buchstabenkäfern, deren Flügel mit solchen Symbolen gezeichnet waren. Also haben wir die Familien, die solche Käfer hegten und pflegten, besucht und zugesehen, wie die Käfer sich zu Wörtern zusammentaten. Und dann haben wir diese Wörter mit neueren derselben Bedeutung verglichen, die jüngere Käfer mit jüngeren Schriftzeichen bildeten.«

Buchstabenkäfer konnten viele Generationen von Nachgezüchteten der alten Art überleben und wurden oft von einer an die nächste weitergereicht.

»Im Laufe der Zeit gelang es uns, ein Silbenverzeichnis zu erstellen und auf dieser Grundlage ein Wörterbuch anzulegen. Trotzdem konnten wir auch damit nur wenige Buchpassagen entschlüsseln. Immer noch gibt es so vieles, das mir nichts sagt, obwohl ich es auswendig gelernt habe, sofern das Buch so lange stillgehalten hat. Offenbar verändern sich diese Bücher ständig.«

Tiadba reichte Jebrassy das Buch. Auch er überflog die erste Seite und zog gleich darauf die Brauen hoch. »*Sangmer*«, las er vor und deutete mit dem Finger auf seltsame Schriftzeichen.

»Handelt dieses Buch von *Sangmer*?« Hin und wieder schüchterten die Lehrer Zöglinge, die sich schlecht benommen hatten, mit beängstigenden Geschichten ein. In einigen kam ein Wanderer namens Sangmer vor, der bei Ausflügen in fremdes Territorium sein Leben eingebüßt hatte.

»Vielleicht bin ich doch nicht ganz dumm gewesen«, sagte Grayne und zwinkerte ihnen zu. »In den meisten unserer Bücher ist an vielen Stellen von Sangmer und Ishanaxade die Rede. Sie waren Lebensgefährten, doch nicht immer besonders glücklich miteinander. Ein temperamentvolles Paar. Das Wenige, das wir entschlüsseln konnten, besagt, dass beide letztendlich im Chaos verschwanden.«

»Wovon handeln die Bücher sonst noch?«

»Andere sind noch rätselhafter und handeln von Dingen, die keiner von uns Nachgezüchteten begreifen kann: von einer alternden Welt jenseits der unserigen und vom Niedergang allmächtiger Herrscher. Und davon, wie sie gezwungen waren, sich in die Kalpa zurückzuziehen. Es gibt sogar einen kurzen historischen Abriss über die letzten Jahre einer Erscheinung am *offenen Himmel.* Anscheinend nannte man diese leuchtende Pracht früher *Sonne.*«

»Das würde ich gern lesen«, flüsterte Jebrassy. »Ich würde gern all diese Bücher lesen.« Er blickte sich um, als fürchte er, Grayne, die Nische und die Kiste mit all diesen echten Büchern könnte sich schlagartig in Luft auflösen.

Grayne zog die Kiste mit ihrem Stock zu sich heran. »All das waren *unsere* Bücher. Sie waren nur für uns bestimmt, sollten uns als Richtschnur dienen. Ihr werdet eure eigenen Bücher finden, und sie werden euch zu Orten begleiten, die wir nie besuchen konnten. Vielleicht werden sie die große Geschichte sogar zu einem Ende bringen.« Sie war so erschöpft, dass ihre Augen ganz schmal wurden.

Tiadba wirkte bestürzt, doch sie nahm Jebrassy das Buch weg, zerrte es ihm buchstäblich aus den Fingern und reichte es Grayne, die es wieder in Lassidins Kiste verstaute.

Grayne klappte den Deckel zu und verschloss die Kiste wieder. »Das hier wird der letzte Marsch sein«, erklärte sie. »Ihr werdet nichts ahnend losziehen, es sei denn, ihr findet eure Bücher und lernt, ihren Inhalt zu entschlüsseln. Dann werdet ihr diese Geschichten euren Gefährten erzählen. Zu jedem Marsch gehören bestimmte Geschichten und Instruktionen. So lauten die Regeln.«

»Wessen Regeln?«, fragte Jebrassy.

Doch Grayne beachtete ihn nicht. Sie legte ihren Umhang ab, so dass unter dem glatten schwarzen Gewand ihre mageren, gebeugten Schultern zu sehen waren, und reichte ihn Tiadba. »Die Schwesternschaft hat diesen Umhang vor vielen Generationen angefertigt, als wir alle noch jung waren. Schau hinein … Ins Futter ist unser grobes Silbenverzeichnis und ein vergleichendes Wörterbuch eingenäht. Alles auf der Grundlage dessen angelegt, was uns die alten Buchstabenkäfer verraten haben. Manche dieser Käfer haben bis heute überlebt. Ihr müsst nach ihnen suchen, sie ausborgen und eure eigenen Wörter lernen. Fügt unserem Wissen so viel ihr könnt hinzu.«

»Warum gerade wir?«, fragte Jebrassy.

»Frag besser, warum ausgerechnet du, junger Krieger. Eigentlich wollte ich all das nur Tiadba übergeben, jedenfalls hatte ich es vor – bis sie plötzlich ihre Abenteuerlust entdeckte. Eine Weile war ich ihr böse und spielte mit dem Gedanken, das Geheimnis der verschlossenen Kiste in den Tod mitzunehmen.

Auf diese Weise wollte ich mich an einer Welt rächen, die keine wunderbaren, *einsichtigen* Schwestern mehr hervorbringt. Aber ich habe meine Anweisungen.«

Anweisungen der Hochgewachsenen? Jebrassy biss sich auf die Zunge, platzte aber mit einer anderen Bemerkung heraus. »Du leitest die Märsche, sorgst für die Ausrüstung, schickst die Teilnehmer …« Er verfing sich im eigenen Gedankengestrüpp.

»Stimmt. Man hat mich benutzt. Aber ich habe stets gehofft – oder mir zu meiner Verteidigung selbst eingeredet –, eines Tages würden wenigstens Einzelne zurückkehren und mir erzählen, was jenseits der Grenze des Realen liegt. Doch niemand ist zurückgekehrt. Wie viele habe ich zum Tode verurteilt?« Sie wischte eine Träne weg. Gleich darauf richtete sie sich zu voller Größe auf und nahm wieder die Haltung einer Sama an. »Ich verrate euch jetzt unser Geheimnis. Das, was die Schwesternschaft herausgefunden hat. Lassidin und ich haben in dem Silbenverzeichnis auch die am meisten versprechenden Ebenen und Stockwerke aufgelistet. In allen Stockwerken, die noch bewohnt sind, geben die Regale mit den unechten Büchern nichts her. Nur in den leeren, nicht mehr genutzten Stockwerken lässt sich hin und wieder ein Buch aus seiner Reihe lösen. Nach diesen Bücherregalen müsst ihr Ausschau halten. Zuweilen verändern sie sich. Wenn ihr begreift, wie und warum, werdet ihr erfahren, was auch wir erfahren durften. Es bleibt uns nur noch wenig Zeit, meine jungen Gefährten. Ich glaube, bald wird mir der Düstere Aufseher einen Besuch abstatten. Aber ehe das geschieht, muss ich noch diesen letzten Marsch vorbereiten.«

Jebrassy senkte den Blick. Er war innerlich erregt, verwirrt – und bekam Angst.

»Eure erste Aufgabe besteht darin, so viel wie möglich in Erfahrung zu bringen. Das ist zwar überaus wenig, aber vielleicht kann es euch vor dem Tod bewahren. Später wird man euch in die Hochwasserkanäle bringen, damit ihr dort euer Training aufnehmt.«

30

Alles Wasser der Ebenen floss durch diesen Verbindungskanal, der im niedrig wabernden Nebel irgendwo hinter Jebrassys Standort verschwand, am Rand der äußeren Auen. Während das Wasser die Schleuse hinuntersickerte, gluckerte es träge vor sich hin. Es war sauber, roch nach Feuchtigkeit und ein wenig auch nach Melancholie. Mit Armen und Fingern maß Jebrassy den Abstand zwischen dem obersten Rand der Schleuse und dem Boden in ihrer Umgebung, der aus derselben körnigen, mit Kieseln übersäten graubraunen Erde bestand, wie sie überall in den Ebenen zu finden war. Immer noch versuchte er, alles gleichzeitig zu erfassen – und davon bekam er Kopfweh.

Weiter hinten, näher an der Brücke, war der Wasserstand höher gewesen. Vielleicht führte der Verbindungskanal gar nicht bis zur hinteren Mauer, sondern versickerte irgendwo im Boden, wurde von der Erde wie von einem Aufwischlappen absorbiert. Irgendwie schaffte es dieser harte, körnige Boden, das Wasser aufzusaugen, es zu verteilen und zugleich zu klären.

Das Unbekannte, das das Wasser anzieht, zieht auch mich an. Saugt der Boden das Wasser in sich hinein und spuckt es dann wieder aus, genau wie mich? Ich weiß überhaupt nichts über den Ort, an dem ich lebe.

Verwirrt und frustriert hätte er am liebsten zu einem Schlag ausgeholt, stets sein erster Impuls, wenn er sich der eigenen abgrundtiefen Unwissenheit stellen musste.

Als er Schritte hörte, richtete er sich auf und drehte sich um. Anfangs konnte er wegen einer Bodenerhebung auf der Wiese nicht erkennen, wer da kam, doch dann erkannte er Khrens runden, von einem pelzigen Haarschopf gekrönten Schädel. Er hatte drei Jugendliche dabei, die voll freudiger Erwartung die Augen weit aufgerissen hatten.

Tiadba hatte gesagt, er müsse vier Helfer finden. Sie werde sich mit ihnen an der inneren Wendeltreppe treffen, die mitten durch die Ebenen der ersten Insel führte. Sie hatten vor, ein stillgelegtes Stockwerk ziemlich weit oben zu durchsuchen. Vielleicht würden sie den ganzen Tag dazu brauchen, nur einige der Gänge zu durchforsten, die vom Treppenhaus strahlenförmig abzweigten – ein sehr kleiner Teil der leer stehenden Stockwerke. Bei dem schwachen Licht würden zusätzliche Hände und wache junge Augen bestimmt nützlich sein. Dennoch war Jebrassy nicht wohl bei dem Gedanken, dass Tiadba und er ihre kostbare Zeit mit anderen teilen würden. Selbst dass Khren dabei war, mit dem er schon so viele Abenteuer gemeinsam durchgestanden hatte, störte ihn.

Die Jugendlichen rannten die gerade Straße entlang, scharten sich um ihn, berührten seine Finger und begrüßten ihn mit lauten Pfiffen.

»Shewel, Nico, Mash: Das hier ist Jebrassy«, sagte Khren. »Ein sehr unkluger und hinterhältiger Kerl.« Sie waren beeindruckt. Offensichtlich hatte Khren ihnen viel Unsinn über seinen Freund erzählt.

»Jebrassy der Krieger«, bemerkte Shewel, der größte von ihnen, ein schlaksiger junger Mann mit weit auseinanderstehenden Augen und rötlicher Schädelbehaarung.

»Hab nicht mehr viel Zeit für Kämpfe«, erwiderte Jebrassy.

»Seine Freizeit verbringt er jetzt mit einer Flamme«, warf Khren ein. Als Jebrassy ihn böse ansah, hüpfte Khren zur Seite, als hätte Jebrassy einen Stein nach ihm geworfen.

Die Jugendlichen waren völlig außer Atem. »Wonach suchen wir überhaupt?«, wollte Nico wissen. Er hatte blasse Haut, silberige Kopf- und Körperbehaarung und hellblaue Augen. Eigentlich sah er recht gut aus, nur störte seine hohe Piepsstimme. »Horten die da draußen Nahrungsmittel? Verstecken die Wächter dort seltsames Zeug?«

»Nichts dieser Art«, sagte Jebrassy. »Wir werden ein leer stehendes Stockwerk der Ebenen durchsuchen.«

»Um nach Traumgespinsten Ausschau zu halten?«, fragte Mash. Er wirkte kräftig und hatte einen Quadratschädel. Jebrassy hielt ihn für den jüngsten der Gruppe, aber er war eindeutig der stämmigste. Manchmal erzählten die Älteren dem Nachwuchs vor dem Schlafengehen eine Geschichte, die von Träumen handelte: Die schönsten Traumgespinste, sagten sie, flüchteten beim Erwachen, um sich in den verlassenen Stockwerken zu verbergen. Dort könne man sie wieder einsammeln und nach Hause mitnehmen, damit sie einem auch zukünftig den Schlaf versüßten. Dagegen müsse man bösen Traumgespinsten selbstverständlich aus dem Weg gehen.

»Sind es gute oder böse?«, hakte Mash trotzig nach, als die anderen sich über ihn lustig machten, und schlug einen Bogen um die Gruppe, als wäre es ihm unangenehm, sich den anderen anzuschließen.

»Hier geht's nicht um Traumgespinste. Wir wollen die Regale untersuchen und nach Büchern Ausschau halten, die wir herausziehen können. Nach echten Büchern, die wir vielleicht lesen können.«

»Nein!«, erwiderte das Trio im Chor. Alle waren enttäuscht, da sie wussten, dass es dort keine echten Bücher gab. »Ist doch Quatsch, reine Zeitverschwendung!«

»Jeder, der ein echtes Buch findet, bekommt einen großen Beutel mit süßem Hanfgetränk«, verkündete Jebrassy. »Und egal, ob wir was finden oder nicht, teilen wir uns drei Beutel, sobald wir zurück sind, damit jeder gut abgefüllt nach Hause ziehen kann. Wer nicht mitmacht, geht allerdings leer aus.«

Das motivierte sie immerhin so weit, dass sie sich Khren und Jebrassy anschlossen, als die beiden die mittlere Brücke zur ersten Insel überquerten.

Da die unteren Ebenen noch bewohnt waren, nahmen sie nicht den Haupteingang, sondern gingen außen herum, wichen den an den Aufzügen wartenden Grüppchen aus und stiegen eine Wendeltreppe hoch, die durch einen der zahlreichen Belüftungsschächte führte. Die Stufen waren voller Sand: Offenbar wurde diese Treppe kaum noch benutzt.

Alle trafen sich im zehnten Stock wieder und blieben dort abwartend stehen, denn hier sollten sie sich auf Tiadbas Anweisung hin sammeln. Schon seit mindestens einer Generation standen auf dieser Seite des Blocks alle Etagen oberhalb des zehnten Stocks leer, nachdem es hier innerhalb eines einzigen Schlaf-Wach-Zyklus drei Überfälle gegeben hatte. Das mochte Zufall gewesen sein, doch der Schock hatte ausgereicht, sämtliche Familien und selbst junge Alleinstehende aus diesem Komplex zu vertreiben. Keine der Nischen wies Anzeichen dafür auf, dass sie in jüngster Zeit bewohnt gewesen wäre. Die Räume waren mit zerbrochenem Mobiliar und Schutt übersät, außerdem auch von Kot, den auf Abwege geratene Buchstabenkäfer oder Pedes hinterlassen haben mochten.

Während Jebrassy auf und ab stapfte, blickte er auf die strahlenförmig angelegten Gänge. In dem von unten aufsteigenden Luftzug wuselten zwei Buchstabenkäfer orientierungslos umher – zu wenige, zu weit von ihren Artgenossen entfernt und zu verwirrt, als dass sie interessante Wörter hätten bilden können. Einsame Überbleibsel besserer Zeiten, in denen Pflegerinnen sie auf Schütteltüchern ausgebreitet hatten, um dem Nachwuchs beim Lernspiel das Alphabet beizubringen.

Die drei Jugendlichen begannen sich bereits zu langweilen, also vergnügten sie sich mit Ringkämpfen. Danach schüttelten sie die Handgelenke aus und rannten einen Gang entlang, angeblich, um sich im Lockern von Büchern zu üben, obwohl auf diesem Stockwerk keine Regale und erst recht keine Buchrücken auszumachen waren. »Lauft nicht so weit weg!«, rief Khren ihnen hinterher. Ihm war nur allzu bewusst, wie kurz die Aufmerksamkeitsspanne in diesem Alter sein konnte. »Sie ist spät dran«, sagte er mit leiser, nervöser Stimme zu Jebrassy. »Es heißt zwar, dass Überfälle sich niemals am selben Ort wiederholen … Aber ich bin mir da nicht so sicher.«

Die beiden Freunde teilten sich einen kleinen Brocken Trockenhanf und kauten nachdenklich auf den Fasern herum, bis die Stille schier unerträglich wurde. Vom Toben und kreischenden Lachen ihrer drei Gefährten war nichts mehr zu hören. Auch die Buchstabenkäfer waren verschwunden.

»Sie laufen zu weit weg«, sagte Khren schließlich. Da er keine Lust hatte, wie Jebrassy nahe dem Treppenhaus hin und her zu tigern, kauerte er sich nieder. »Ich sollte sie suchen gehen.« Allerdings machte er keine Anstalten, wieder aufzustehen. Khren sann lieber über Dinge nach, als sie tatsächlich in Angriff zu nehmen, selbst wenn er ein ungutes Gefühl hatte.

»Geht schon klar«, erwiderte Jebrassy. »Ein Ruf, und sie sind wieder hier. Geduld.«

»Wie zuverlässig ist deine Flamme denn?«, fragte Khren.

Gerade wollte Jebrassy ihm antworten, da hörten sie das Echo leichter Schritte. Tiadba tauchte auf und trat schnell durch die Absperrung. Sie trug dieselben Hosen und dasselbe in der Taille gegürtete Hemd wie beim Ausflug zu den Diurnen. Sie wirkte erschöpft. »Tut mir leid, dass ich so spät komme. *Graue Wächter.* Ich musste außen um das erste Stockwerk herumgehen, um sie abzuschütteln. Wie kommen die überhaupt auf die Idee, dass irgendjemand nach oben will?!« Sie bedachte Khren mit einem vorwurfsvollen Blick.

»Ich hab niemandem was erzählt!« Gekränkt ließ er zwei Finger kreisen.

»Natürlich *nicht*. – Hast du Helfer auftreiben können?«

»Khren hat drei besorgt«, warf Jebrassy ein. »Sind zwar noch Grünschnäbel, aber aufgeweckt. Haben sich schon auf die Jagd gemacht.«

Immer noch beleidigt, sah Khren zu Jebrassy hinüber und erklärte, er werde die drei holen.

»Er ist eine ehrliche Haut«, bemerkte Jebrassy, als Khren außer Hörweite war. »Anführer müssen aufpassen, was sie sagen.«

Tiadba schnaubte verächtlich. »Grayne hat mir verraten, dass die besten Chancen oberhalb des fünfzigsten Stocks bestehen.

Diese Stockwerke sind schon seit Hunderten von Generationen nicht mehr bewohnt. Aus irgendeinem Grund trägt das zur Lockerung der Buchrücken bei, behauptet sie. Sie sagt …«

»Woher weiß sie so viel?«, unterbrach Jebrassy sie. »Mit wem redet sie darüber? Mit den Hochgewachsenen?«

»Mit Leuten *unserer Art*. Schon seit sehr langer Zeit ist sie eine Sama. Aus allen Ebenen kommen Nachgezüchtete zum Markt, um sich von ihr beraten zu lassen. Wenn wir überhaupt eine echte Lehrerin haben, dann ist es Grayne. Aber eigentlich wollte ich dir erzählen, dass …«

Ein Gepolter, das durch den langen Gang hallte, kündigte die Rückkehr von Khren und den drei anderen an. Als Tiadba sich mit ihnen bekanntmachte, mäßigte sie den scharfen Ton, den sie Khren gegenüber angeschlagen hatte. Die Grünschnäbel verhielten sich in der Gegenwart eines weiblichen Wesens jedoch keineswegs befangen; eher führten sie sich noch lauter und angeberischer als vorher auf (sofern das überhaupt möglich war). Sie sahen so aus, als könnten sie jeden Augenblick vor Energie explodieren. Nur Nico schien willens, eine gewisse philosophische Würde zu bewahren.

»Kommt, wir rennen um die Wette. Der fünfzigste Stock – das ist ganz weit oben«, rief Shewel, während er bereits die Wendeltreppe hinauflief. Das Echo seiner Stimme hallte durch den Gang. »Wir könnten aufs Dach hinausklettern!« Die anderen folgten ihm auf den Fersen, nur Mash zuckelte ein wenig kleinlaut hinterher.

»Wozu brauchen wir überhaupt Bücher?«, fragte er. »Selbst wenn sie echt sind, würden sie uns nur was über die Zeiten verraten, ehe es die Nachgezüchteten gab. Wen interessiert das schon?«

»Es ist nur ein Spiel«, erklärte Tiadba. »Du kannst doch lesen, oder?«

»Ich kann alle Rätsel der Buchstabenkäfer entschlüsseln, wenn sie nicht zu verzwickt sind«, sagte Mash. »Und ich kann alles lesen, was ein Lehrer mir vor die Nase hält. Ich bin zwar groß und schwer, aber blöde bin ich nicht.«

Der fünfzigste Stock roch so desolat und muffig, dass Jebrassy bis zu den Fingerspitzen erschauerte. Wenige Stockwerke unterhalb des Dachs hatte das Treppenhaus sich fast auf das Dreifache seines Durchmessers im Erdgeschoss ausgeweitet. Die Stufen wurden von da an breiter und der Abstand zwischen ihnen geringer, so dass sie verrückterweise noch mehr Stufen als erwartet erklimmen mussten, um nach oben zu gelangen. Mehrmals geriet Jebrassy ins Stolpern. Kein anderes Treppenhaus war wie dieses, was das seltsame Gefühl beim Aufstieg noch verstärkte. *Kein guter Aufenthaltsort für uns*, dachte Jebrassy.

Doch den drei Jugendlichen schien das gar nicht aufzufallen. Sie waren bereits in verschiedene Richtungen ausgeströmt und hatten vor jedem Gang, den sie inspizierten, ein Zeichen im Schutt hinterlassen. Insgesamt gab es hier mehr als zwölf Gänge, die vom Zentrum des Stockwerks wegführten, und Hunderte von Nischen, die alle leer standen. Nicht einmal der Flügelschlag vereinzelter Buchstabenkäfer durchbrach die Stille, die sich vor so langer Zeit über die Räume gesenkt hatte.

Offenbar mied jedes lebende Geschöpf diesen Ort.

Doch es dauerte nicht lange, bis die Rufe der drei Grünschnäbel durch die Stille drangen. Sie zählten laut auf, an wie vielen Buchrücken sie vergeblich gezerrt hatten. Je weiter sie sich entfernten, desto schwächer wurden ihre widerhallenden Stimmen, bis man sie kaum noch hören konnte.

»Ich lass euch beide jetzt allein und schließe mich ihnen an«, kündigte Khren an. »Drei ist eine blöde Zahl, meint ihr nicht auch?«

Jebrassy wollte schon Einwände erheben, doch Tiadba kam ihm zuvor und bedankte sich bei Khren, der sich recht hastig aus dem Staub machte. Offenbar fühlte er sich in Tiadbas Gegenwart nicht wohl, was Jebrassy nicht wunderte – sie hatte sich ja auch nicht gerade um ein freundschaftliches Verhältnis zu ihm bemüht.

Tiadba nutzte die Gelegenheit, um ihm über die Schulter zu streichen. »Hast du's gesehen?«

»Was gesehen?«

»Ich hab's gesehen, kurz bevor Khren sich verabschiedete. Ob's denen überhaupt auffällt?«

»Was denn?«

Tiadba schob ihn voran. Den Gang, der vor ihnen lag, hatte noch niemand durchsucht, denn hier fehlte jede Markierung im Schutt. Auf beiden Seiten war er von sechs Regalen gesäumt, die jeweils zehn Armlängen maßen und den Abstand zwischen den Nischeneingängen ausfüllten. Sie erstreckten sich bis zum Ende des Ganges, das im Halbdunkel lag. So weit der Blick reichte, Reihen über Reihen von einzementierten Buchrücken, als marschierten sie in feierlicher Prozession. »Warte. *Schau mal.*«

Jebrassy, der nicht aufgepasst hatte, beugte sich schuldbewusst vor und zwang sich zur Konzentration auf die Titel. Stirnrunzelnd ging er an den Regalen entlang und nahm dabei die Mittelreihe in Augenschein. »Wonach soll ich suchen?« Bewusst bemühte er sich um einen gleichmütigen (und leicht unterwürfigen) Ton.

Und dann sah er es: Die Titel veränderten sich. Die eigentümlichen Buchstaben schienen zu wabern, sich neu zu ordnen und danach zu erstarren, bis sie wieder genauso unschuldig und beständig aussahen, wie er sie in Erinnerung hatte. Der Anblick war für ihn mehr als bestürzend – so schockierend, dass ihm das Blut in die Ohren schoss, er nach hinten taumelte und gegen das gegenüberliegende Regal prallte. Er sah zu Tiadba hinüber. Eine solche Unbeständigkeit bei diesen Regalen mit den erstarrten Büchern, die an keine Zeit gebunden schienen, kam ihm fast so beängstigend vor wie ein Überfall.

Wenigstens lachte Tiadba ihn nicht aus. »Hat Grayne das hier gemeint?«, fragte sie voller Ehrfurcht. »Ich meine, verändert sich hier alles, weil niemand zuschaut?«

»Wir schauen doch zu. Warum verändern sie sich vor unseren Augen?«

»Ich … weiß … es … nicht.« Tiadba streckte die Hand aus und zerrte an einem einzementierten Buch. Selbstverständlich gab es nicht nach. »Grayne hat uns nur die halbe Wahrheit verraten. Das hier ist ein Rätsel, und wir müssen es lösen, um uns der Bücher würdig zu erweisen.«

»Ich verstehe zwar überhaupt nichts mehr, aber das lag von jeher auf der Hand«, erwiderte Jebrassy, dessen Ohren immer noch glühten. »Mir gefällt es hier nicht.«

»Vielleicht zeigen diese Regale uns, was ringsum geschieht, während wir schlafen. Und wir sind einfach zu unwissend und zu unachtsam – oder schlafen zu fest –, um es zu bemerken, falls es uns überhaupt interessiert. Dabei könnten wir lernen, diese alten Symbole zu entschlüsseln. Wir könnten sie auf Schütteltücher schreiben und die Zeichen nach einigen Nächten miteinander vergleichen …«

Plötzlich hatte Jebrassy einen Geistesblitz. Für den Augenblick vergaß er seine Angst, kehrte zum Regal zurück, berührte die Buchrücken, zerrte aber nicht daran, denn er ging davon aus, dass er sich das Privileg, sie in Besitz zu nehmen, noch nicht verdient hatte. »Die Bücher, die sich lockern *könnten*, so dass man sie herausziehen kann, sind stets dieselben«, sagte er. »Aber sie sind in Bewegung, die Titel verändern sich. Liegt das Geheimnis darin?«

Tiadba lächelte und zerrte an weiteren Büchern, hatte aber kein Glück. Gleich darauf pfiff sie vor Aufregung und rannte den Gang entlang.

»Vielleicht ähneln sie Buchstabenkäfern«, überlegte Jebrassy und ging ihr nach. »Vielleicht erzeugen sie sogar Neues. Vielleicht produzieren die Titel neue Titel, vielleicht entstehen neue Bücher.«

»Ich sehe nicht, wie uns das weiterbringen soll«, rief Tiadba ihm zu.

»Wie können wir das wissen?«, murmelte Jebrassy. Der Schock dieser Entdeckung – der Entdeckung, dass die Bücher sich wandelten – schwand genauso schnell, wie er gekommen war. »Wir können die Bücher ja nicht lesen … wissen nicht, an welchen wir ziehen sollen … Und in jeder Schlafphase, wenn niemand hinsieht, verlagern sie sich oder vermehren sich … Und das bedeutet, dass es auch Titel gibt, die verschwinden, denn die Regale dehnen sich ja niemals aus … So ein *Mist*!«, fluchte er. »Es ist wie ein *Würfelspiel.*«

»Und die Würfel sind präpariert«, ergänzte Tiadba. »Wir können gar nicht gewinnen. Nie werden wir ein echtes Buch entdecken. Aber Graynes Schwesternschaft hat immerhin ein paar gefunden.« Ihre Miene hellte sich auf. »Ist das nicht eine wunderbare Herausforderung für uns?«

Jebrassy linste zu ihr herüber. »Na ja, das kann ja nicht alles sein. Wir haben irgendetwas Wichtiges übersehen.«

»Ruf deinen Freund und die anderen«, sagte Tiadba. »Vielleicht können sie uns helfen. Gut möglich, dass sie die Bücher finden, die für sie bestimmt sind.«

Jebrassy blickte über den Mittelpunkt des Stockwerks hinweg auf die anderen Gänge, die sich strahlenförmig bis zu den äußeren Ebenen erstreckten. Tausende von Bücherregalen … Er konnte nicht einmal ansatzweise schätzen, wie viele Titel das sein mussten. »Das hier wird eine *Ewigkeit* dauern.«

»Was meinst du denn mit *Ewigkeit*?«, fragte Tiadba.

Keiner von beiden hatte das Wort je zuvor gehört, denn im Wortschatz der alten Art gab es diesen Begriff nicht.

ZEHN NULLEN

31

Whitlow, der vor einem Kino stand, blickte nach links und rechts, ehe er die Fünfundvierzigste Straße überquerte. Obwohl er so viele Jahre in London und Paris verbracht hatte, wusste er noch immer nicht, aus welcher Richtung von Pferden gezogene oder mit Benzin angetriebene Gefährte auf ihn losstürmen würden.

Whitlow fehlte jeder Sinn für Gefahr, er spürte sie sogar noch weniger als die Menschen, die er jagte. Hätte ihn der Zauber der Kalkfürstin nicht geschützt, wäre er wahrscheinlich schon vor tausend Jahren gestorben, im letzten Feuerschlund des brennenden Cordoba.

In keiner der Pfandleihen dieser Gegend war er auf irgendetwas Interessantes gestoßen. Das hatte er auch gar nicht erwartet – es gab Kräfte, die dem offensichtlich entgegenwirkten und sich auf eine Konfrontation vorbereiteten.

Die Neonschrift des Kinos kündigte einen Film mit dem Titel *Das Buch der Träume* an, was ihm ein breites Grinsen entlockte, so dass seine großen, kräftigen Zähne hervortraten. Sie sahen alle gleich aus und hatten die Farbe alten Elfenbeins.

Er trug seinen besten Anzug, der nach fünfzig Jahren zwar schon leicht zerschlissen, aber gut ausgebessert war. An manchen Stellen war neuer Webstoff eingesetzt, aber für das bloße Auge war das nicht sichtbar. In seiner Atelierwohnung in Belltown hatte er sich sein zweiwöchentliches Bad gegönnt und mit dem Schwamm abgeschrubbt, danach das schüttere schwarze Haar eingeölt, den schmalen Schnauzbart gestutzt und gewachst, Wollsocken übergestreift und die hohen schwarzen Schnürstiefel angezogen, die er sich in Italien für seine deformierten Füße hatte anfertigen lassen. Als Letztes hatte er den neuen weichen Filzhut aufgesetzt.

Es war schön gewesen, seinen jungen Schützling Max Glaucous nach so vielen Jahrzehnten – sogar mehr als einem Jahrhundert – wiederzusehen. Während die Zeit weiter und weiter abspulte, schien sich die Vergangenheit jetzt aufzutürmen, Hügel und Täler zu bilden, so dass es schwierig wurde, Entfernungen und das Terrain überhaupt noch richtig abzuschätzen … Egal. Glaucous war stets ein produktiver Jäger gewesen, wenngleich er nach Whitlows Maßstäben oft ein bisschen grob und allzu leicht durchschaubar vorging.

Whitlow hielt sich schon seit über einem Monat in Seattle auf, denn er hatte einen *Zusammenfluss* gespürt, die bevorstehende Vereinigung wichtiger Weltlinien. Was ja nicht verwunderlich war, da der Nachtfalter ihm die *Gnade* hatte zuteil werden lassen, einiges aus seinem schier unerschöpflichen Brunnen der Weisheit ans Licht zu befördern. Eine der zahlreichen Gaben des Nachtfalters bestand darin, dass er merken konnte, wenn andere sich einem Punkt näherten, an dem sie zwangsläufig Entscheidungen treffen mussten. Insbesondere waren das Punkte, an denen eine Konfrontation mit der Kalkfürstin oder ihrem Personal unvermeidlich wurde. Dieses besondere Talent des Nachtfalters durfte man weder leichtfertig ignorieren noch bei Leuten wie Glaucous thematisieren.

Whitlow wusste sehr wohl, dass er Glaucous besser nicht ins Gehege kam, wenn er jagte. Hielt er sich in derselben Stadt wie Glaucous auf, so ließ er ihn das aus guten Gründen nicht einmal wissen. Doch die Bleiche Gebieterin verlangte, dass er seinen Pflichten nachkam, und derzeit beherbergte Seattle mindestens zwei, wenn nicht drei Zielobjekte.

Das dritte Ziel war nicht nur schwer dingfest zu machen, sondern warf auch Probleme auf. Einige in Whitlows Branche bezweifelten, dass ein Zielobjekt dieser Art überhaupt mit irgendwelchen Ködern zu locken war. Dennoch besaß dieses Jagdziel möglicherweise mehr Einfluss als eines der beiden anderen oder beide zusammen.

Der schlechte Hirte.

Schon seit Jahrzehnten beobachtete Whitlow in allen möglichen Städten der Welt aus der Ferne andere Jäger, ohne deren Aufmerksamkeit auf sich zu ziehen, oft auch ohne in deren Revier zu wildern. Denn die Kalkfürstin hatte ihm einige Monate nach dem Großen Krieg, dem *Ersten Weltkrieg*, eine besondere Aufgabe übertragen: den einen und einzigen Schicksalswandler zu finden, der *nicht* von der Stadt träumte, über die sie angeblich ewig wachte – in einer anderen Weltlinie. Whitlow hatte sich angewöhnt, stets einen Stab von Gelegenheitsarbeitern zu beschäftigen, die er mit Geld, Drogen oder beidem entlohnte. Eine handverlesene Gruppe von Leuten, die so lebten wie Insekten unter Steinen. Menschenscheue, argwöhnische Geschöpfe, die nichts mehr zu verlieren hatten als ihre eigene, kurze und schmerzvolle Lebensspanne. Etwa fünfzig von ihnen, die er auf gut Glück verteilte, reichten in den meisten Städten aus. Schicksalswandler schienen stets lockeren Kontakt mit solch entwurzelten Menschen zu pflegen, so als würden ihre eigenen, überaus straff kontrollierten Weltlinien von diesen kürzeren, brüchigen Lebensfäden angezogen.

Unter gewissen Umständen konnten sie sich sogar mit ihnen verbinden.

Whitlow hatte das vor 634 Jahren miterlebt, in Granada. Hätten die Abmachungen geklappt, hätte er, getarnt als jüdischer Antiquitätenhändler, es damals geschafft, sich die anvisierte Beute zu schnappen, wären all diese folgenden Jahrhunderte überflüssig gewesen.

Zu seinen Leuten gehörte auch dieser Fatzke namens Sepulcher. Er hatte ihn auf die Existenz eines Schicksalswandlers namens Jack hingewiesen, dessen sonstige Lebensumstände ihm nicht genau bekannt waren. Jack war die Beute, auf die Glaucous derzeit Jagd machte.

Und vor kurzem hatte eine andere Kundschafterin in Whitlows Diensten ihm weitere Geschichten zugetragen. Sechs Straßenzüge ostwärts stand die magere, knochige Frau namens Florinda im Schatten eines Vordachs einer kleinen Buchhandlung und unterhielt sich mit einer dicken alten Frau. Die Alte hatte weißes Haar und ein rundes, von feinen Falten durchzogenes Gesicht, das Gesicht einer Raucherin. Als Florinda Whitlow kommen spürte, verrenkte sie den Kopf so, dass sich der Hals wie ein Seil zusammenschnürte. Ebenso verblüfft wie erwartungsfroh riss sie die Augen auf.

Während Whitlow und Florinda miteinander sprachen, murmelte die weißhaarige Alte irgendetwas vor sich hin und starrte ausdruckslos auf die Straße. Anschließend bezahlte Whitlow Florinda mit der Münze, die sie am meisten begehrte.

Als sie in dieser Nacht, vollgepumpt mit Drogen, unter einer Schnellstraßenüberführung lag, vor sich hin dämmerte und immer wieder in den Schlaf trieb, löste sie sich irgendwann von allen Weltlinien und Fäden, die sie ans Leben banden. Der Regen prasselte auf ihre blaue Plane, und die ersten sporadischen Blitze in der Ferne tauchten ihr friedliches Gesicht, das jetzt kalt wurde und sich glättete, in helles Licht.

In seiner winzigen Atelierwohnung legte Whitlow den Kopf zurück, schloss die Augen und lächelte, als lausche er wunderschöner Musik. Er wartete darauf, dass der Sturm Kraft sammelte und Gestalt annahm – die ihm vertraute weibliche Gestalt.

Nur noch Tage bis zum Ende.

Und stets die nie beantwortete Frage: *Warum machen unsere Giganten überhaupt so viel Aufhebens von so winzigen Sandkörnchen? Wir alle wirbeln doch nur ziellos und unwissend in der großen Brandung der Welten umher.*

Warum überhaupt darum kümmern?

32

Queen Anne

Jack hatte kein Licht gemacht. Im Dunkeln saß er am kleinen Küchentisch, in der Hand einen Becher mit heißem Tee. Doch in diesen frühen Morgenstunden war auch der Tee kein Trost. Sein Mitbewohner Burke war spät dran; vielleicht hatte er sich mit seinen Freunden vom Bedienungspersonal zusammengetan und zog jetzt durch die Clubs.

Bis auf den heftigen Regen und die Blitze im Süden war alles still. Er sah auf die Uhr am Küchenherd: zwei Uhr früh.

Burke verbarg sein Telefon stets unter einem Kissen hinter der Couch. Oft schlief er tagsüber, hatte aber Bedenken, das Läutwerk des Telefons abzuschalten, deshalb das Kissen.

Jack spielte mit dem Zeitungsausschnitt herum. Die Ortsvorwahl 206 zeigte, dass es eine Nummer in Seattle war, also würde ein Anruf Burkes kostbares Telefon nicht mit besonderen Kosten belasten. Schlimmstenfalls würde er einen einsamen Kauz an den Apparat bekommen und sich mit ihm über das trostlose Wetter und langweilige Alpträume austauschen. Was an sich ja gar nicht so schlecht sein musste. Zumindest hätte er dann einen Zuhörer, der Anteil nahm.

Er griff unter die Couch, um das Kissen wegzuschieben und das Telefon an sich zu nehmen. Der Anrufbeantworter neben der Telefongabel blinkte rot: vierzig alte Nachrichten und zwei neue. Burke war abergläubisch, was das Löschen alter Nachrichten betraf. Die erste neue Nachricht hatte jemand namens Kylie von einer Kräuterfarm hinterlassen. Die zweite stammte von Ellen. »*Das hier ist für Jack bestimmt. Tut mir leid, das war ein schlechter Anfang. Ich dachte, es könnte Spaß machen, die*

Dinge mit den Mädchen durchzusprechen. Dein Abgang war eindrucksvoll. Könntest du das noch mal machen, auf Kommando?« Sie seufzte. *»Ich hab die Zeitung gefunden, Jack. Das muss für dich eine schwierige Zeit sein. Handle nicht voreilig! Und ruf mich sofort an. Was immer du tust, unterlass es, die …«*

Der Apparat piepte, da der Speicher voll war. Jack berührte das Kästchen in seiner Hosentasche. Drei Nummern, die er anwählen konnte: die der Klinik, die in der Anzeige oder die von Ellen. Dass er mit Ellen jetzt nicht reden wollte, lag eher an Verlegenheit als an Wut.

Er starrte auf die westliche Ecke des Wohnzimmers, dorthin, wo die beiden Wände mit der Decke zusammentrafen. Drei Linien, die einen Winkel bildeten. Wenn man diesen Zusammenfluss von Linien wie ein Seil in die Unendlichkeit spannte … alle Linien miteinander verschränkte … würden sie an Stärke gewinnen. Welchen Weg einschlagen? Und mit welchen Konsequenzen?

Jetzt verhältst du dich schlicht irrational. Entscheide dich.

Er fuhr so zusammen, als hätte ihm jemand ins Ohr gepustet.

Bring's hinter dich. Es wartet Arbeit auf uns, und entweder du hilfst dabei, oder du lässt es bleiben. Nur tu *irgendetwas.*

Er griff nach dem Telefon und wählte die erste Nummer, die ihm in die Finger geriet. Selbstverständlich war es die in der Anzeige angegebene. Um zwei Uhr früh rief er einen völlig unbekannten Menschen an, doch es kam ihm irgendwie richtig vor. *Ein angenehmer Ausweg. Alles wird gut.*

Noch vor Ende des ersten Läutens wurde abgenommen. »Lokalredaktion«, meldete sich eine heisere Stimme. »Zeitschrift für Traumbilder.«

»Ist das die Nummer aus der Anzeige? Die man anrufen soll, wenn's … um Träume geht?«

»Klingt es danach?«

»Tut mir leid, ich hab wohl falsch gewählt.«

»Sagen Sie, was Sie auf dem Herzen haben. Ist ja noch früh.«

»Ich muss etwas über *die Kalpa* erfahren.« Selbst verblüfft über dieses Wort – diesen Ort –, sog Jack den Atem ein und legte die Hand über die Sprechmuschel.

»Name und Adresse bitte.« Die Reibeisenstimme klang souverän und keineswegs schläfrig.

»Wie bitte?«

»Sie haben nach der Kalpa gefragt.«

»Ich weiß nicht mal, was das ist.«

»Haben Sie Aussetzer? Momente geistiger Abwesenheit?«

»Ich glaube schon.«

»Wie oft treten Ihre Träume auf, wo und wann? Auch winzige Einzelheiten zählen.«

»Ich war schon beim Arzt deswegen.«

»Ärzte bringen Ihnen nichts. Ich brauche Einzelheiten. Meine Feder ist gespitzt.«

»Vertreten Sie irgendein Unternehmen? Wer sind Sie?«

»Ich heiße Maxwell Glaucous und arbeite mit Penelope Katesbury zusammen. Wir beantworten Anrufe und manchmal auch Fragen, haben aber nicht unbegrenzt Zeit. Also … Geben Sie mir jetzt bitte Namen und registrierte Nummer durch.«

»Ich heiße Jack. Meine Telefonnummer lautet …«

»Die habe ich. Was ich brauche, ist die Ihnen zugeteilte Registriernummer. Sie haben doch eine bekommen, oder nicht?«

»Nein, ich glaube nicht. Ich weiß es nicht.«

»Es gibt eine solche Nummer, und Sie besitzen sie«, sagte der Fremde mit Bestimmtheit. »Suchen Sie diese Nummer und rufen Sie wieder an. Besser früher als später, wenn ich Ihnen einen Rat geben darf. Denn falls jemand anderes von Ihren Aussetzern erfährt, könnte es schlecht für Sie ausgehen. Aber wir können Ihnen helfen.«

»Wissen Sie, was mit mir los ist? Ist es eine ernste Sache?«

»Eine ernste Sache ist es allerdings, aber mit Ihnen ist alles in Ordnung. Nur sind Sie mit einer wunderbaren Gabe gesegnet. Suchen Sie Ihre Nummer und rufen Sie wieder an.«

»Wo soll ich denn danach suchen?«

»Sie haben einen Gast beherbergt. Sehen Sie in seinen Sachen nach, durchsuchen Sie das, was er zurückgelassen hat, was es auch sein mag.« Glaucous hüstelte und legte auf.

Jack blieb noch einen Augenblick sitzen. Vor Ärger, gepaart mit Neugier, war sein Gesicht rot angelaufen. Mit zitternden Knien ging er in sein kleines Schlafzimmer hinüber und zerrte den Schrankkoffer von der Wand weg.

Die Zeichenmappe war verschwunden. Verblüfft starrte er auf die leere Stelle. Er durchsuchte das ganze Zimmer, sah unter dem Bett nach, deckte Bettzeug und Matratze auf, kehrte zum Schrankkoffer zurück. Nichts.

Als er im Schatten hinter dem Koffer herumtastete, stieß er auf ein kleines sechskantiges Stück Papier und nahm es an sich. Das Sechseck war kunstvoll gefaltet, wie ein *Origami*-Papier oder eines dieser rätselhaften mathematischen Objekte, die Schüler basteln lernten. Es war so dicht und ausgeklügelt gefaltet, dass er es nicht weit genug öffnen konnte, um den Inhalt zu erkennen. Es gab keine losen Enden. Soweit er sehen konnte, liefen alle Ecken und Kanten in der Mitte zusammen.

Um Papier so zu falten, braucht man wirklich sehr geschickte Finger.

»Aufhören!«, rief Jack in die reglose Luft. Er drückte das gefaltete Papier von zwei gegenüberliegenden Seiten aus zusammen, danach aus einem anderen Winkel, und probierte eine Kombination nach der anderen aus, um das Ding dazu zu bringen, aufzuspringen und sich wie eine Blüte zu entfalten. Nichts.

Vorsichtig meldete sich eine innere Stimme: *Die wollen eine Registriernummer. Den Katalogeintrag des dir zugeteilten Buches. Was immer du tust, gib sie ihnen nicht, auf keinen Fall.*

»Warum nicht?«

Keine Antwort.

»Ach, geh zum Teufel.« Er spürte einen zunehmenden Druck in der Luft, der seine Gedanken vernebelte.

Jack blickte auf. Jemand kam die Treppe hinauf. Draußen waren schwere Schritte zu hören. Er hoffte auf Burke – jemanden, mit dem er reden konnte. So vieles war heute geschehen. Der Druck wurde so stark, dass er davon Kopfweh bekam. Er hätte alles dafür gegeben, dass das hier aufhörte. Der Wind hatte aufgefrischt, und der Regen prasselte jetzt heftiger.

Die schweren Schritte wurden langsamer und klangen wie die eines alten, vorsichtigen Menschen. Keineswegs nach Burke, der ein fixer, sportlicher Typ war. Plötzlich wollte Jack irgendwo sein, nur nicht hier. Dann schwand dieses Gefühl und wich einem weiteren Anflug von Euphorie. *Alles wird gut …*

Über die Vorhänge vor dem Wohnzimmerfenster fiel ein großer Schatten, an dessen Stelle bald ein kleiner trat, so kurz und breit wie der eines Gnoms. Gleichzeitig hämmerte jemand so fest gegen die Tür, dass der Türrahmen und die Wand wackelten und die Vorhänge bebten.

»Ich bin's, Glaucous, mein lieber Junge«, rief eine raue Stimme – die Stimme, die Jack vom Telefon her kannte. »Ich habe meine Partnerin mitgebracht, damit ihr euch kennenlernt. Wir suchen Ihre Nummer gemeinsam, in Ordnung?« Als die Faust erneut zuschlug, setzte die Stimme leicht belustigt nach: »Nicht so fest, Liebes.«

33

Das grüne Lagerhaus

Ginny ging vor der dicken Stahltür auf und ab. Schließlich legte sie das Ohr gegen das kalte, mit mehreren Farbschichten überstrichene Metall und lauschte auf die Stimmen auf der anderen Seite. Gemurmel … Auf- und absteigende Satzmelodien. Bidewell sprach mit mehreren Frauen.

Sie konnte nur wenige Satzbrocken verstehen: »… alle hier. Zusammen …« Danach Bidewell: »Das Mädchen hat ihn nicht dabei …« Eine andere, tiefere Frauenstimme: »Pfandleihen, die üblichen …«

Ginny zog die Brauen zusammen und reckte den Hals, um nach oben zu blicken. Durch das Dachfenster drang schwaches blaugraues Licht in ihre provisorische Unterkunft zwischen Stapeln von Lattenkisten und Pappkartons voller Bücher. Dicke Regentropfen schlugen dumpf gegen das Drahtglas der bogenförmigen Scheiben. Ein Gewittersturm braute sich zusammen, das merkte sie an der aufgeladenen, schwülfeuchten Luft. Gleich darauf flammten in der Nähe zwei Blitze in grellem Violett auf, denen Donnerschläge folgten, die das alte Lagerhaus erzittern ließen und in der Ferne von Wolkenkratzern widerhallten.

Sie musterte das zerknüllte Bettzeug und den angeschlagenen alten Sekretär, den sie ans Fußende ihres Feldbetts geschoben hatte, damit es nicht verrutschen konnte. Dieser Teil des Lagerhauses war weiträumig, staubig und zugig.

Früher einmal hatte sie Regen und selbst Gewitter geliebt, doch das war vorbei. Wenigstens war der Gewittersturm diesmal nicht hinter ihr her, denn das Lagerhaus schützte sie. Nein, der Sturm verfolgte einen anderen Menschen, der so war wie sie, jemanden, der ebenfalls eine Anzeige gelesen oder eine Plakatwand an der Straße entdeckt hatte und jetzt drauf und dran war, den schlimmsten Fehler seines Lebens zu begehen. Und Ginny glaubte auch zu wissen, wer es war: der junge Mann auf dem Fahrrad, den sie auf dem Gauklermarkt gesehen hatte. Sie wünschte sich verzweifelt, sie könnte ihn warnen und herausfinden, was er wusste. Ihm, ihr und allen anderen Menschen blieb nicht mehr viel Zeit.

Der Sturm tobte bereits.

Letztendlich wird man uns alle von unseren Fäden abschneiden, so dass wir aufeinanderprallen.

Bei dieser Vorstellung sog sie so heftig den Atem ein, dass sie aufstoßen musste. Sie ging weiter an der Tür auf und ab und knabberte dabei an einem Daumennagel. All ihre Nägel waren bis auf das rohe Fleisch abgenagt. Früher einmal hatte ihre Mutter erklärt, sie könne hübsche Hände haben, würde sie nur nicht an den Nägeln kauen. Da das Knabbern sie schnell zu langweilen begann, drehte sie so lange an einer Haarsträhne, bis sie ihr als lange Ringellocke über die Nase fiel.

Jetzt reicht's!

Sie streckte ihre zur Faust geballte Hand zu der riesigen Schiebetür vor. Doch ehe sie dagegenhämmern konnte, knarrte die Tür und öffnete sich so weit, dass Bidewell seinen mageren Arm hindurchschieben konnte. Übertrieben stöhnend, zog er die Tür so weit zurück, bis sie gegen den Gummistopper prallte. Währenddessen setzte er das Gespräch mit den Frauen einfach fort. »Ich glaube, wir sollten die Jahrhundert-Räume dafür benutzen. Ich habe sie bewusst leer stehen lassen, es ist alles vorbereitet. Falls ihr sicher seid, dass ihr sie alle finden könnt.«

In Bidewells persönlicher Bibliothek, die sich in der rückwärtigen Hälfte des Lagerhauses befand, saßen drei Frauen auf Sesseln mit hohen Rückenlehnen. Weiß glühende Blitze erhellten ein großes Fenster, das mit Stahlstangen gesichert war, und ließen Teile der wandhohen Bücherregale aufleuchten.

»Wir werden sie schon finden«, versicherte ihm eine der Frauen.

Alle Frauen waren mindestens drei oder vier Jahrzehnte älter als Ginny. Eine hatte kurzes braunes Haar und grüne Augen und trug eine lange grüne Jacke und einen braunen Rock. Sie war es, die Bidewell geantwortet hatte. Ginny wandte sich um, um die zweite Frau zu mustern, die lange rote Haare und ein hübsches rundes Gesicht hatte. Obwohl ihre grauen Augen durchaus selbstbewusst blickten, nestelte sie nervös an einem Messingknopf ihrer Jeansjacke herum und strich ihr maßgeschneidertes Samtkleid glatt.

Als Ginny sich zu der dritten Frau umdrehte, knarrte der alte Holzfußboden. Diese Frau war ganz in Lila gewandet und hatte sich einen riesigen Schal um die Schultern gelegt. Sie war untersetzt und älter als alle anderen bis auf Bidewell. Ihre dunklen Augen wirkten dreist. Ginny gefiel es keineswegs, wie diese Frau sie von Kopf bis Fuß musterte: Ihr Blick war abschätzend, so als wolle sie Ginny wiegen und vermessen, gegebenenfalls auch Störendes abschneiden.

Ginny war sich nicht sicher, ob ihr überhaupt eine dieser Frauen gefiel.

Bidewell lächelte und enthüllte seine kräftigen Zähne, die an verfärbtes Knochenporzellan erinnerten. »Würde Miss Virginia Carol uns die Gefälligkeit erweisen, sich zu uns zu gesellen?«, fragte er. »Auch wenn es noch ein bisschen zu früh sein mag. Wir warten noch auf Dr. Sangloss.«

Ginny erinnerte sich an Dr. Sangloss. Sie war die Ärztin, die sie in der Klinik behandelt und ihr von Bidewell und dem grünen Lagerhaus erzählt hatte. Mittlerweile überraschte sie gar nichts mehr.

Sie haben von Pfandleihen gesprochen. Mein Stein!

Die Frauen betrachteten sie mit vorsichtiger Neugier und warteten auf ihre Reaktion. *Ich könnte ja beißen. Wer sind die überhaupt?*

Ein weiterer Donnerschlag.

Die Frau in der grünen Jacke stand schließlich auf und streckte ihr die Hand hin. »Ich heiße Ellen«, sagte sie. Ginny wollte die Hand nicht nehmen, doch die Frau kam noch näher. Da sie nicht unhöflich sein wollte, lenkte Ginny ein und gab ihr die Hand. Anschließend stellte Ellen ihr die Rothaarige namens Agazutta vor. Die untersetzte Frau mit dem abschätzigen Blick hieß Farrah. »Der Sturm hat gerade erst angefangen, Virginia«, bemerkte sie. »Doch diesmal ist er nicht hinter Ihnen her – noch nicht.«

»Ich weiß.«

»Uns bleibt höchstens noch eine Stunde«, fuhr die Frau fort. »Wir hätten uns früher darauf vorbereiten sollen.«

»Ich habe mir zu lange Zeit gelassen, stimmt«, räumte Bidewell ein. »In den letzten Tagen war ich ein wenig erschöpft, tut mir leid. Wir brauchen dich, Virginia, denn keiner von uns anderen ist ein Schicksalswandler.«

»Was ist ein Schicksalswandler?«, fragte Ginny. Als es ihr gleich darauf dämmerte, war sie so verblüfft, dass sie den Mund aufriss und die Augen zusammenkniff. Plötzlich verwandelte sich ihr Argwohn in Angst. Niemals hatte sie einem Menschen von ihrer Gabe erzählt, da sie fürchtete, sie dadurch aufs Spiel zu setzen. Sie war sich ja nicht einmal sicher, ob sie ein solches Talent überhaupt besaß. Dennoch wussten diese Menschen darüber Bescheid. Entweder sie verfügte tatsächlich über spezielle Fähigkeiten, was ihre jahrelangen Alpträume und verzweifelten Hoffnungen erklären würde, oder sie alle litten unter den gleichen Wahnvorstellungen.

Ein Raum voller Menschen, die genauso verrückt sind wie ich.

Nach der Vorstellungsrunde griff Ellen nach einer Plastiktüte und entnahm ihr eine zerknitterte Zeitung, die *Seattle Weekly*. »Die hab ich bei mir zu Hause im Altpapier gefunden«, erklärte sie, legte die Zeitung auf den Holztisch und schlug die Seite mit den Kleinanzeigen auf, in der ein Loch in der Größe von ein, zwei Kontaktanzeigen klaffte. »Vielleicht weiß Virginia, was das zu bedeuten hat.«

Ginny wurde rot und wandte sich ab.

»Kein Grund, Angst zu haben oder sich zu schämen«, sagte Bidewell.

»Natürlich nicht. – Wo bleibt denn Miriam?«, meinte Agazutta und blickte auf die gegenüberliegende Holztür.

Farrah starrte Ginny immer noch geduldig und unerbittlich an. Abschätzend. »Das Mädchen weiß es«, erklärte sie leise. »Auch Virginia war dort – und ist denen entkommen.«

Ginny bedachte sie und alle anderen mit einem wütenden, trotzigen Blick und wirkte dabei so hilflos wie ein von Tigern umzingeltes Reh. Wie auf Kommando sprang Minimus in diesem Moment auf den Tisch, ließ sich neben der Zeitung nieder, hob die weiße Pfote und schlug die Krallen wie besessen in die Seite, bis sie zerfetzt war.

»Es ist stets dieselbe Frage, mit der diese Jäger ihre junge Beute in die Falle locken«, bemerkte Bidewell. »Und jemand ist drauf und dran, darauf einzugehen.«

»Ein junger Mann namens Jack«, ergänzte Ellen. »Er ist so wie Sie, Virginia. Ein Schicksalswandler.«

»*Träumen Sie von einer Stadt am Ende der Zeit*«, flüsterte Ginny.

»Das wissen wir«, erklärte Farrah. »Doch uns bleibt weniger Zeit als erwartet. Was können wir tun?«

Die Holztür am anderen Ende der Bibliothek ging auf, und Miriam Sangloss trat ein. »Endlich«, seufzte Agazutta.

»Tut mir leid.« Dr. Sangloss trug einen kurzen weißen Arztkittel, eine blaue Bluse und Jeans und darüber einen braunen Regenmantel, der klitschnass war. Unter ihrem linken Arm klemmte eine Zeichenmappe aus schwarzem Kunstleder. »Tut mir wirklich leid, dass ich so spät komme.« Während sie den Regenmantel auszog, blickte sie sich im Zimmer um, in dem die Spannung förmlich zu greifen war. Sie zog eine Grimasse und wandte sich Ginny zu: »Freut mich zu sehen, dass manche Leute meinen Rat tatsächlich beherzigen.«

Um den Tisch für die Zeichenmappe freizumachen, warf Bidewell die zerfetzte Zeitung in den Papierkorb. »Hab mich als Einbrecher betätigt«, erklärte Sangloss, während sie die Mappe öffnete. »Bin gerade in die Wohnung eines jungen Mannes im Stadtteil Queen Anne eingedrungen und habe sie durchsucht. Die Adresse hatte ich aus seiner Krankenakte. Das hier habe ich dort gefunden, aber seinen Integralläufer konnte ich nirgendwo entdecken. Er muss ihn bei sich tragen.«

Vor Verblüffung kniff Ginny erneut die Augen zusammen.

»Die haben ihn und seinen Stein bestimmt schon geschnappt.« Die Rothaarige, Agazutta, ließ die Hand auf einen Stuhl knallen.

»Bis jetzt vielleicht nicht, aber es wird nicht mehr lange dauern«, erwiderte Miriam. »Der junge Mann ist sehr verwirrt.«

»Auch nicht verwirrter als wir alle«, sagte Farrah.

Der Regen prasselte nun so laut aufs Dach, dass Minimus' Pupillen sich weiteten und er nach oben blickte.

Bidewell wandte sich Ginny zu. »Du solltest keine Angst vor uns haben. Wir sind die Beschützer und Bewahrer, das genaue Gegenteil der Leute, die diese Anzeige aufgegeben haben ...« Er schüttelte den Kopf. »*Die* sind die Monster.«

»Nachdem das nun klargestellt ist, möchte ich euch zeigen, was ich in Jacks Wohnung gefunden habe.« Miriam zog einen kleinen Stapel von Skizzen aus der Zeichenmappe und breitete sie vor Ginny aus. Die oberste war mit Wasserfarben, Kreide und einem Bleistift ausgeführt und wies Kleckse und Striche in Pastelltönen auf. »Wirkt irgendetwas davon vertraut?«

Unwillkürlich legte Ginny den Kopf schräg und betrachtete die erste Zeichnung. *Tiadba,* schoss es ihr durch den Kopf. Es fiel ihr schwer, sich zu erinnern. *Ein Wort, ein Name ... meine*

Besucherin. Tiadba hat diese Gebilde gesehen. Sie ähneln Schiffen, die durch schwere See pflügen. Alle drei müssen riesig sein, was sie auch darstellen mögen. Und jetzt bedauert Tiadba, dass sie diese schützenden Bauten je verlassen hat.

»Bedeutet das ein Ja?« Miriams Augen funkelten. Als sie das nächste Blatt auslegte, schlug Ginny sich die Hand vor den Mund und wandte den Blick ab. Was jemand hier grob, aber zielstrebig skizziert hatte, war das Letzte, was sie zu sehen wünschte. Ein riesiger Kopf, der auf einem bizarren Gestell über einer schwarzen Hügellandschaft thronte. Winzige flüchtende Gestalten gaben ihm Perspektive. Der Kopf war so groß wie ein Berg. Das einzige runde Auge in diesem Schädel war ohne jeden Ausdruck auf einen fernen Punkt fixiert und schickte einen grellen grauen Lichtstrahl aus, der durch Rauch und Nebel schnitt. Der tiefe Seufzer, der aus Ginnys Kehle drang, verwandelte sich in einen Hustenanfall.

Der Zeuge.

»Armes Kind«, sagte Farrah. »Hol ihr Wasser, Conan.«

»Tut mir leid«, bemerkte Miriam. »Sieht wirklich makaber aus, nicht? Ich wünschte, wir könnten all diese Mosaiksteinchen zusammenfügen. Wir haben diese Dinge ja nie mit eigenen Augen gesehen.«

»Ich auch nicht«, erwiderte Ginny. »Nicht persönlich, meine ich.«

»Aber in deinen Träumen. Bist du je dem jungen Mann begegnet, der das hier gezeichnet hat?«, fragte Bidewell.

Ginny schüttelte den Kopf. »Ist er derjenige, den sie jetzt jagen?«

»Das hoffen wir nicht«, sagte Miriam. »Meine Damen …«

Alle standen auf.

»Sie müssen mit uns kommen«, teilte Ellen Ginny mit. »Conan wird wie immer die Stellung im Lagerhaus halten.«

»Mir bleibt ja keine andere Wahl«, erklärte Bidewell.

»Wohin mitkommen?«, fragte Ginny und sah von einer zur anderen.

»Wir folgen dem Sturm«, antwortete Miriam. »Orientieren uns an den Blitzen. Es wird noch schlimmer werden, und niemand weiß, was dieser junge Mann tun wird. Falls er so begabt ist wie Sie, wird er die Nacht vielleicht überstehen. Oh, noch etwas.« Sie zog ein in braunes Papier gewickeltes Päckchen aus der Kitteltasche. »Das hier hab ich in einem Laden in der Nähe der Klinik aufgestöbert. Hab ziemlich viel Geld dalassen müssen, um den Pfandleiher dazu zu bringen, sich davon zu trennen.«

34

Jacks Gedanken flatterten wie in einem Netz gefangene Vögel. Seit seinem Anruf waren nicht einmal fünf Minuten vergangen. Ihm blieb die Möglichkeit, den Balkon hinunterzuklettern, von dort aus auf die Veranda zu springen und durch die Gasse zu flüchten. Doch eine zuckersüße Euphorie hielt ihn davon ab. Es waren doch nur dicke Freunde, die hinter der Tür auf ihn warteten. Dick und zäh wie Melasse. Es gab keinen Grund zu flüchten oder Angst zu haben. Seine Füße waren sowieso wie angewurzelt. Jeder Weg war so gut wie der andere. Es würde in jedem Fall gut ausgehen.

»Wir sind hier!«, rief Glaucous. »Sie haben bei uns angerufen, und jetzt sind wir hier, um Ihre drängenden Fragen zu beantworten.« Danach, fast unhörbar: »Ich glaube, ich habe ihn außer Gefecht gesetzt. Du kannst dir jetzt Zutritt verschaffen, Liebes.«

Selbst nach dem dritten schweren Schlag gegen die Tür – es klang so, als zermalme ein Betonquader das arme Holz – hielt bei Jack das Gefühl an, alles werde sich ganz wunderbar fügen.

Er konnte die Benommenheit so weit abschütteln, dass er einen Schritt zurücktat. Der vierte Schlag knickte die Tür so, als wäre sie aus Pappe, hob sie aus den Angeln, zerschmetterte den Türrahmen, verbog das Riegelschloss und gab dem Wind freie Bahn ins Wohnzimmer. Irgendwo quiekten Jacks Ratten. Trotz des Lärms, der Böe und der Regentropfen empfand Jack keine Angst. Er stand so da, als wären seine Füße am dünnen Teppich festgeleimt.

Ein kleiner, strammer, aber untersetzter Mann in grauem Tweedanzug trat ein und zog sich mit dicken rötlichen Fingern die Baskenmütze vom Kopf. Sein Gesicht war so flach und rosafarben wie das einer Puppe – einer hässlichen Puppe. Den wachen Schweinsäuglein reichte ein einziger Blick, um Jack und das ganze Zimmer zu erfassen. Das aufgesetzte breite Lächeln war eher ein Zähnefletschen, dennoch strahlte er nach Jacks Eindruck Aufrichtigkeit und Menschenfreundlichkeit aus.

»Guten Abend«, sagte er nachdrücklich. Wie selbstverständlich schien er vorauszusetzen, dass man ihm Respekt entgegenbrachte und seine Anwesenheit freudig begrüßte.

»Hallo«, erwiderte Jack.

Im Rahmen der zerschmetterten Tür zeichnete sich ein langer Schatten ab, dessen kräftiger Arm sich jetzt zurückzog. Am Ende des Arms saß eine bizarre Hand – die Hand eines Comic-Helden oder -Schurken mit unförmigen Knöcheln und Fingern, die sich vor Energie oder vor Schmerzen krümmten. Als der Schatten ins Helle trat, sah Jack, dass er eine sehr große Frau vor sich hatte, eine wahre Riesin, deren Länge er nicht einmal abschätzen konnte. Ihr Gesicht war so weiß wie Packeis oder Knochenporzellan. Regentropfen rannen an den Linien und Vertiefungen des bleichen Gesichts hinunter, sickerten bis zur großen stumpfen Nase, deren Löcher an dunkle Gullyschächte erinnerten. Ihre leeren trüben Augen wirkten so, als litte sie am Grauen Star. Als sich die dicken, feucht glänzenden grünlichen Lippen zu einem flüchtigen Lächeln verzogen, waren die ebenmäßigen kleinen Zähne zu sehen. Wie vertrocknetes graues Moos lugte unter ihrem grotesken flachen Hut verfilztes Haar hervor.

Die Ratten kreischten wie verängstigte Kinder. Jack war sich sicher, dass Glaucous und seine Gefährtin Hirngespinste sein mussten – Symptome dafür, dass er endgültig den Verstand verloren hatte.

»Sollen wir hereinkommen?«, fragte Glaucous, obwohl er bereits im Zimmer stand.

Jack mobilisierte all seine Willenskraft, um sich noch weiter von ihm zurückzuziehen. Er konnte fast hören, wie sich die schreckliche süße Melasse an seine Sohlen heftete.

Die Riesin duckte sich, um ins Zimmer zu treten.

»Das ist meine Partnerin«, erklärte Glaucous. »Sie heißt Penelope.«

Jack holte tief Luft und drehte sich halb herum, doch die kummervolle, enttäuschte Miene des Zwergs ließ ihn an Ort und Stelle verharren. Es kam ihm so vor, als fügten sich die Dinge jetzt wie Mosaiksteine zusammen: die Windstöße, der aufgewirbelte Staub, die verblüffenden Wendungen, die an sich unbedeutende Ereignisse genommen hatten – all das wirkte zusammen, um ihm jede Bewegungsmöglichkeit zu nehmen. Jack fand das interessant, überaus interessant.

Als Glaucous sich umwandte, um seiner Partnerin irgendetwas mitzuteilen, konnte Jack sich unerwartet aus der Erstarrung lösen. Und da die süße Melasse ihn jetzt nicht mehr umfing, erkannte er etwas, auf das er in keiner Weise vorbereitet war: Mit jedem Atemzug verbreitete das Paar ein solches Grauen, eine so widerwärtige, bösartige Atmosphäre, als erzeugten sie einen giftigen, tödlichen Luftstrom. Kurz entschlossen trat Jack die Flucht nach vorn an, huschte zwischen anderen Weltlinien hin und her, drang in andere Personen ein – verband seine Seele unmerklich mit anderen Geistern.

Doch selbst hier konnte man ihn aufspüren und nach ihm *schnappen.*

Glaucous zog die benachbarten Weltlinien an die eigene heran, griff unmittelbar in die Situation ein, anstatt davor zu flüchten. Derartige Eingriffe kannte Jack nicht einmal vom Hörensagen, aber er war ja auch noch jung. Er konzentrierte sich auf die Macht und die Fähigkeiten dieses Mannes und versuchte sich zu einer Möglichkeit vorzutasten, sich Glaucous erneut zu entziehen. Glaucous war zwar stark, aber Jack war geübter als er darin, alle zugänglichen Pfade auszuloten, trotz der Melasse, die ihn festhalten wollte. Doch er ließ sich nicht festhalten, würde auch diesem Paar nicht erlauben, ihn ein für alle Mal einzufangen.

Glaucous senkte den Blick. »Du willst flüchten, aber alle Pfade scheinen dir gleich gut geeignet. Welchen Weg willst du einschlagen? Ich bin so glücklich dran, dass mir alle Wege gefallen. Und deshalb gefallen sie auch *dir.*« Über die rundliche Schulter sah er seine Gefährtin an. »Penelope, er ist noch nicht überzeugt. Er möchte uns verlassen. Leiste ein bisschen Überzeugungsarbeit.«

Die große Frau legte den Kopf in den Stiernacken und zuckte so mit den Schultern, dass sich ihr langer brauner Regenmantel öffnete und auf den Boden glitt. Die breiten nackten Schultern glänzten feucht. Die Haut wies Beulen auf, die an aufgehenden Hefeteig erinnerten.

Jack schaffte es nicht, den Blick abzuwenden.

Unter dem Mantel hatte sie zwar nichts an, war aber trotzdem nicht nackt. Eine dunkle Masse bedeckte die Blöße ihres unförmigen Leibs: Er war mit krabbelnden Wespen übersät. Zu Tausenden bewegten sich die gelb ummantelten Insekten in langsamen, auf und ab flutenden Wellen über ihr schlaffes Fleisch, sammelten sich in summenden Grüppchen an Knien und Fersen, bildeten ein lebendes Gewand.

Das eine, was Jacks Existenz wirklich gefährden, das eine Schicksal, das er nicht besiegen konnte, war ein Schwarm wütender, stechender Wespen. Schmerzlich hatte er am eigenen Leib erfahren müssen, dass Insektenkolonien, Wespennester und Bienenstöcke über ihr eigenes verschlungenes Netz verfügten, über Tausende individueller Weltlinien, die sich mit wilder Entschlossenheit zusammenballen und wie zu lange gekochte Spaghetti verklumpen konnten. Wespen, Bienen und selbst Ameisen hatten die Macht, seine Entscheidungen durch ihr Ausschwärmen zu blockieren, seine Sprünge von Weltlinie zu Weltlinie zu verhindern. Die Wespen hatten dazu beigetragen, ihm die Grenzen seiner Fähigkeiten aufzuzeigen. Zugleich hatten sie ihn für ihr Gift sensibilisiert: Er reagierte allergisch auf ihre Stiche. Ein einziger Stich würde ausreichen, um ihn aus dem Gefecht zu ziehen.

Und sie wissen es!

Jetzt stiegen die Wespen wie dunkler Nebel vom Körper der Frau auf, schwärmten aus, schwirrten im Zimmer umher. Ohne den Schutz der Wespen sah Penelope nur noch wie ein Fleischklumpen aus; an den Beinen, die so dick wie Baumstämme wirkten, schwabbelten Fettwülste. Doch sie war keineswegs verlegen. Ihr leeres Lächeln veränderte sich nicht.

Er hatte keine Möglichkeit, sich diesen herumschwirrenden, durch das Zimmer schießenden Wespen zu entziehen.

»Penelope, Liebes, lass uns das tun, was wir am besten können«, sagte Glaucous. »Lass uns diesem jungen Mann helfen.«

Für ein Geschöpf ihres Umfangs bewegte Penelope sich recht schnell, doch Glaucous war schneller. Hände schnappten nach Jack, Flügel surrten, während die festen kleinen Leiber mit den schönen Streifen lange Stacheln ausfuhren und hasserfüllte schwarze Facettenaugen ihn ins Visier nahmen, bis es Jack so vorkam, als hätten Menschen und Insekten sich symbiotisch miteinander verbunden.

Plötzlich tat es einen Schlag. Es klang so, als würden riesige Spielkarten gemischt und danach auf den Tisch geknallt. Gleich darauf rastete irgendetwas geräuschvoll ein – und Jack konnte sich wieder *bewegen*.

Ehe Glaucous mit seinen unförmigen Händen nach ihm greifen konnte, löste Jack sich aus der Melasse und dem Horror-Trip und setzte über Hunderte, Tausende von Schicksalsfäden hinweg, ganze Bündel von Schicksalsfäden. Es war die größte Leistung, die er je vollbracht hatte, weitaus größer als das, was er in Ellens Haus vorgeführt hatte. Und all das nur, um diesen schrecklichen Stacheln zu entkommen.

Glaucous starrte auf den jungen Mann hinunter, der jetzt schlaff auf dem Boden lag. Auf seinem plumpen, zerklüfteten Gesicht zeichnete sich ein Anflug von Zweifel ab. Ihm fiel ein, wie jämmerlich und zerzaust die sterbenden Vögel des Buckligen ausgesehen hatten, als er einen nach dem anderen auf die Straße geworfen hatte, den Ratten zum Fraß.

»Ist er entkommen?«, fragte Glaucous und beugte sich über den Körper.

»Er liegt direkt vor dir.« Mit einer Geste wischte Penelope seine Bedenken weg. Auf ihrer riesigen Hand krabbelten immer noch Wespen herum. Während Glaucous den schlaffen Körper weiterhin skeptisch musterte, riss Jack vor verständnislosem Entsetzen weit die Augen auf.

Glaucous tastete die Taschen des Jungen ab. Unter der dünnen Jacke spürte er zusammengefaltetes Papier. Als er unter die Jacke griff, fuhr ihm ein solcher Schock in die Glieder, dass sein Arm zu prickeln begann und seine Zähne aufeinanderschlugen. Er langte nach dem Papier und zog die Hand schnell wieder hervor.

Er brauchte keinen Whitlow; er wusste auch so, dass er das richtige Opfer erwischt hatte. Allerdings wagte er nicht, dem Jungen das Kästchen wegzunehmen. Stein und Beute mussten zusammen abgeliefert werden.

35

Die erste ferne Weltlinie, die Jack erreichen konnte, versetzte ihm einen solchen Schock, dass er fast die Besinnung verlor: Seattle wurde von einem gewaltigen Erdbeben erschüttert. Er verließ diesen Pfad so schnell wieder, dass er den Schlag, der ihn in die Höhe katapultierte, kaum mitbekam. Rückwärts trieb er durch ein Kaleidoskop flüchtig aufblitzender Alternativen, bis die Farben gedämpfter wirkten, das Aufflackern sich verlangsamte und er gegen etwas prallte, das ihm völlig unbekannt war (überhaupt hatte er einen Sprung wie diesen noch nie erlebt): eine Barriere oder gläserne Membran. Einen Moment lang konnte er fast hindurchblicken, doch irgendetwas zerrte ihn zurück, wollte ihn offenbar davor schützen, zu weit vorzudringen. Denn das, was hinter dieser Membrane lag, war noch schlimmer als sein derzeitiger Aufenthaltsort, und der war …

Als er landete, war er wie gelähmt, brauchte Zeit zur Orientierung. Nie zuvor hatte er eine Weltlinie besucht, die so abgestorben wirkte. Schon beim ersten Atemzug schienen sich seine Nase und die Lungen mit Ruß und Asche zu füllen.

Das Mietshaus, in dem er mit Burke gewohnt hatte, war der Form und Größe nach zwar unverändert, aber aus dessen Gemäuer war alles Leben gewichen. Durch das zersprungene Fenster fiel ungesundes Licht, dessen Quelle er nicht ausmachen konnte. Von den Wänden löste sich die Farbe und rieselte zu Boden. Die Luft war zwar feucht, linderte die Trockenheit seiner Kehle aber nicht, sondern legte sich wie ätzender Nebel über seine Schleimhäute, so dass er das Gleichgewicht verlor.

Stolpernd setzte er einen Fuß vor – und trat auf eine ganze Schicht von Injektionsspritzen. Hunderte waren auf dem Fußboden verstreut. Als er aus dem Augenwinkel heraus eine Bewegung wahrnahm und herumwirbelte, zermahlte er dabei einige Spritzen, denn dieser Jack trug Stiefel mit schweren Sohlen. Er konnte nichts Lebendiges entdecken. Die Zimmer waren leer, und bis auf das Abblättern und Hinunterrieseln der Farbreste war kein Geräusch zu hören. Er streckte die bloßen Unterarme hoch und hielt sie sich ungläubig vor die Augen: überall Einstichspuren, teilweise noch schmerzende, teilweise verschorfte Stellen.

Wo er auch sein mochte, zumindest war er Glaucous und dessen überdimensionaler Teigtasche namens Penelope entkommen, da war er sich sicher. Doch das machte ihm keineswegs Mut. In letzter Zeit neigte er dazu, sich allzu weit vorzuwagen und nicht nur die eigenen kurzfristigen Perspektiven, sondern auch die längerfristigen seines ganzen Umfelds zu verändern.

Beispielsweise war er auf der Flucht vor Ellen in einer Weltlinie gelandet, die ihm jedes Gespür für Gefahr genommen hatte. Wie zwanghaft hatte er die Telefonnummer aus der Zeitungsanzeige angewählt – ein falscher Schritt, der eine schlimme Situation herbeigeführt hatte. Und jetzt hatte sich sein Schicksal sogar zu noch Schlimmerem, viel Schlimmerem gewendet.

Eine Grundvoraussetzung seiner verrückten Fähigkeit zu springen – vielleicht auch Symptom seiner neurotischen Machtfantasien – war stets die Gewissheit gewesen, im Voraus zu erkennen, wann eine Situation zu kippen drohte. Ohne diese Präkognition wären seine Sprünge ja völlig sinn- und ziellos gewesen. Doch jetzt war er an einem Punkt angelangt, wo die

Situation nicht nur bereits gekippt war, sondern schlimmer nicht werden konnte – mal abgesehen von dem, was hinter der harten, durchsichtigen Barriere lauerte: der Zerfall an sich, ein schwelendes Unbehagen, vermischt mit … was?

Leere?

»Jemand zu Hause?«, rief er mit krächzender Stimme. »Burke?«

Irgendetwas Kleines huschte in seinem früheren Schlafzimmer herum. Seine Ratten? Vorsichtig ging er über den verzogenen Holzfußboden, zertrat Spritzen, die wie Eiszapfen knirschten, schlurfte durch klirrende Scherben und spähte um die Ecke. In dem winzigen Zimmer stand immer noch die alte Seemannskiste, die er seit dem Tode seines Vaters mit sich herumschleppte. Der Schrankkoffer, in dem er seine wertvollsten Besitztümer aufbewahrte. Hinter dem er die Zeichenmappe gefunden hatte.

Er betastete die zerfledderte Innentasche seiner Jacke: Das Kästchen war noch da.

Nachdem er die Festigkeit des Fußbodens mit dem Stiefel getestet hatte, indem er ihn erst mit halbem, dann mit vollem Gewicht belastete, ging er zum Schrankkoffer hinüber, dessen Holz wie beim Fußboden verzogen war, und hob den Deckel. Bis auf einen schmierigen grauen Belag war der Koffer völlig leer. Er ließ den Deckel fallen, ging zur Schiebetür des hinteren Balkons, deren Glas ebenfalls gesprungen war, zog sie auf und trat kurz ins Freie. Alle gegenüberliegenden Gebäude waren eingestürzt und nur noch graubraune Trümmer, aus denen Balken und Bretter wie tote Finger ragten. Brackwasser strömte durch die Gossen und über den rissigen, gewölbten Asphalt der Straße. Hier und da sammelte es sich in Kuhlen und bildete Strudel. Es sah so aus, als hätte das Wasser nach Wolkenbrüchen wegen Verstopfungen in der Kanalisation nicht abfließen können.

Ein auswegloser Ort in einer ausweglosen Zeit. Soweit er erkennen konnte, gab es hier weder Hoffnung noch Leben. Wie lange ging das schon so? Wie lange war diese Welt schon tot? Seit Stunden? Seit Jahren? Sie sah so aus und roch auch so, als hätte sie niemals wirklich gelebt.

Egal, wo es zuschlägt, egal, wen oder was es berührt – stets setzt es sich fest. Du hast es früher schon erlebt und wirst es erneut erleben …

Wo er auch hintrat, überall lagen achtlos weggeworfene Spritzen. In jedem Zimmer der Wohnung. Er schob die Ärmel seiner schmutzigen Jacke hoch und starrte erneut auf die Einstichstellen. Aus einer frischen sickerte Flüssigkeit – ein gelber Tropfen. Blutserum. Jack spürte, dass er von Drogen benebelt war, kämpfte gegen die Lethargie an, gegen die hasserfüllte, bittere Zufriedenheit, die der letzte Schuss in ihm ausgelöst hatte, und lauschte auf die Geräusche der Außenwelt: Wind, Regen, Wasser, das leise Rascheln des fallenden Staubs und Schutts. Sogar die Luft roch sauer wie altes Erbrochenes. Wie konnte hier irgendetwas leben? Er musste einen Weg hinaus finden, musste weg aus diesem Stadtviertel, das im Koma lag, musste quer durch die Stadt ziehen. Vielleicht war das hier nur ein örtlich begrenztes Phänomen – ein unglückseliger Slum.

Doch er wusste, dass es nicht stimmte. Die Fäulnis war überall präsent. Er war in einer schrecklichen Falle gelandet. Hatte es geschafft, sich zu einem Strang hinüberzuhangeln, der ihm so gut wie keine Chance bot, war umzingelt von zahllosen Vorhöllen, die alle direkt in die Hölle führten. Alle benachbarten

Pfade waren dunkel; die Leere pflanzte sich ständig fort, hatte schon alles erfasst, was für ihn in Sprungweite lag, und sich durch dicke Bündel von Weltlinien gefressen – eine übernatürliche Seuche, deren Verbreitung man gar nicht messen konnte, es sei denn in Milliarden, Billionen zerfressener, verdorbener Leben.

Die Materie hat allen Glanz verloren.

Aus dem Augenwinkel heraus bemerkte er erneut eine Bewegung. Als er herumfuhr, um genauer hinzusehen, war das Ding immer noch da. Diesmal war es nicht verschwunden.

36

Penelope schwang sich den schlaffen schweren Sack über die nackte Schulter und bückte sich, um nach ihrem Mantel zu greifen. Immer noch unbekleidet, zerrte die imposante Frau Mantel und Sack durch die Tür, wobei der Sack mehrmals hart aufschlug. Danach verlagerte sie ihn in eine Position, in der sie ihn besser tragen konnte, schleppte ihn die Treppe hinunter und setzte ihn neben den weit geöffneten Hecktüren des alten Van ab.

Es regnete in Strömen. Blitze flammten so auf, als zwinkerte ein riesiges Augenlid.

Das Kinn auf die vernarbte Hand gestützt, stand Glaucous immer noch in der leeren Wohnung und dachte über das gefaltete Papier nach, das er wie einen gefangenen Schmetterling zwischen zwei Fingern hielt. Er pfuschte wohl besser nicht damit herum, obwohl er schon seit langem gern gewusst hätte, wie man diese Dinger faltete und was sie enthielten. Stattdessen verstaute er das Papier in der Jackentasche. Irgendetwas Wesentliches fehlte. Ja, jetzt hatten sie die Registriernummer und den Jungen. Sie hatten sogar das Kästchen, aber nicht das letzte Teilchen. Und nur, wenn er auch dieses Teilchen ablieferte, würde seine Arbeitgeberin zahlen, ihn mit Geld und Vergebung seiner Sünden entlohnen. Trotz der Wespen hatte der Junge entkommen können, einen Sprung getan und eine gefährliche Leere hinterlassen. Wenn er seine Beute nicht vollständig ablieferte, konnte das übel, sogar tödlich für ihn ausgehen.

Glaucous beugte sich über das eiserne Treppengeländer. »Penelope!«, rief er in den Regen. »Wir haben nur eine leere Hülle eingesackt. Er hat uns ausgetrickst.«

»Nein, er ist doch *hier*!«, schrie seine Gefährtin.

»Wir dürfen kein Risiko eingehen. Wir müssen hierbleiben und darauf hoffen, dass der Junge zurückkommt – oder ihn losschneiden.«

Penelope ließ einen dumpfen Fluch los. »Warum hast du mir das nicht gesagt, *ehe* ich ihn hier runtergeschleppt habe?«, jammerte sie mit der Stimme eines kleinen Mädchens, das den Tränen nahe ist.

Ein müde wirkender Mann Mitte dreißig mit schütterem Haar und Schnauzbart stieg die Treppe hoch, wobei sein Regenmantel sich öffnete und die weiße Arbeitskleidung eines Kochs enthüllte. Oben angekommen, starrte er auf die eingeschlagene Wohnungstür. Beim Klang der kindlichen Stimme, die durch den Regen drang, drehte er sich um und entdeckte Glaucous. Langsam und leicht alarmiert versuchte er sich an dem kräftig wirkenden Gnom vorbeizuschlängeln.

»Entschuldigung«, sagte Glaucous und beugte sich über das Geländer.

»Was, zum Teufel, geht hier vor?«

Glaucous warf ihm ein bizarres Lächeln zu, wich zur Seite aus und glitt rasend schnell die Treppe hinunter, wobei er die dicken Hände als Laufstützen benutzte. »Tut mir leid!«, rief er.

Als Jacks Mitbewohner den Kopf durch die zerstörte Tür steckte, sah er, dass das Zimmer voller Wespen war. Fluchend schlug er die Hände vors Gesicht, während Glaucous sich zu Penelope gesellte. »Das mit dem Jungen macht nichts. Ich werde ihn mir schon schnappen. Komm, ziehen wir los.«

Sie hatte den tropfnassen Sack mit der reglosen Gestalt inzwischen gegen eine Stützmauer des Eingangs gelehnt. Mit ausdruckslosem Gesicht streifte sie sich den Mantel über den riesigen nackten Leib.

Jack Rohmer war so weit geflohen, dass Glaucous seine Spur anfangs nicht einmal erschnuppern konnte. Aber er war sich sicher, dass Jack ihren Weg bald wieder kreuzen würde, schon aus purer Verzweiflung, aus Mangel an Alternativen. Schließlich gab es mittlerweile ja fast nur noch zum Sterben verurteilte Pfade, unendlich viele kranke Weltlinien, die nirgendwo mehr hinführten. O ja, er würde sein wundervolles Netz über die dunkel glänzenden, aufgelösten Schicksalsfäden stülpen und den vor Angst wahnsinnigen Jack mit einem weiteren gewieften Trick dazu bringen, geradewegs hierher zurückzufliegen. *Alles wird gut.*

Aus dem dritten Stock brüllte Jacks Wohnungsgenosse Drohungen hinunter.

Glaucous deutete auf den Sack. »Heb ihn hoch und trag ihn hier rüber. Hol ihn, Liebes.«

37

Nach und nach nahm der andere Bewohner Farbe und Textur des mit Spritzen übersäten Fußbodens, der zerfetzten Tapeten und der eingesunkenen Zimmerdecke an. Dabei gab er einen Laut von sich, als falle hartkörniger Schnee an einem dunklen Abend, der niemals enden, sich niemals wandeln würde, auf die Erde hinab. Es war die einzige Stimme, die das Geschöpf besaß. Gefangen in diesem Zimmer, hatte es ewig lange gewartet, und jetzt beklagte es sich bei dem Erstbesten, der bereit sein mochte, ihm zuzuhören. Jack hatte das Wesen bis jetzt einfach nicht bemerkt. Als er es ansah, war er wie gelähmt.

Das Geschöpf riss die Initiative an sich und bewegte sich – ohne sich von der Stelle zu rühren. Jack war sich sicher, dass es seinen Standort verlagert hatte, wusste aber nicht, ob er seinen eigenen Wahrnehmungen trauen konnte. Als er sich umdrehte, um den Fleck, den verschwommenen Umriss zu inspizieren, der sich jetzt zwischen ihm und der Tür befand, merkte er, dass das Wesen schon die ganze Zeit über dort gewesen war, nirgendwo sonst. Er hatte sich getäuscht. Doch wieder war es so, als bemerke er es zum ersten Mal.

Jacks Lider zuckten und versuchten sich zu schließen. Die von Drogen ausgelöste Schläfrigkeit wollte ihn wie ein Leichentuch einhüllen. Er musste aufhören, dort *hinzusehen*, sich innerlich von dem unglaublichen Ding zwischen ihm und der Tür lösen. Sein Kopf war jetzt nicht fähig, bestimmte Dinge zu verarbeiten oder sich auch nur an sie zu erinnern. Die Mechanismen seines Gedächtnisses funktionierten nicht mehr richtig. Bald würde er hier genauso festsitzen wie das andere Geschöpf und sich auf die einzige Weise schützen, die Bewohnern dieser Vorhölle blieb: Er würde seinen Körper mit Fußboden, Wänden und Decke verschmelzen lassen und sich *dem direkten Blick* entziehen. »Ich will dich nicht in Schwierigkeiten bringen«, erklärte Jack zitternd. »Ich will hier nur raus.«

Der gefrorene Schnee löste sich zu einzelnen Flocken auf, an die Stelle des früheren Geräuschs trat leises, ununterbrochenes Weinen. Das Wesen weinte Tränen eiskalter, erstarrter Trauer – es war das traurigste Geräusch, das Jack je gehört hatte. Gleich darauf gab es seine Tarnung auf und nahm festere menschliche Gestalt an. Zwei Arme tauchten auf, eine runde Masse (dort musste wohl der Kopf sitzen), ein Rumpf, der in zwei Beine überging. »Wo willst du hin?«, schien es zu fragen. »Nimm mich mit.«

»Ich weiß nicht, wie.« Mit Mühe konnte Jack ein Gesicht ausmachen, in dem ein Loch einen Mund und zwei eingesunkene grünliche Höhlen die Augen andeuteten.

»Bring mich nach draußen.«

»Kannst du hier nicht weg?«, fragte Jack mit mulmigem Gefühl.

»Nein«, zischte das Wesen und kam näher. Immer schon hatte es unmittelbar neben Jack gestanden, würde ihn nie verlassen. Es hatte einen Arm ausgestreckt, als wolle es ihm eine Hand auf die Schulter legen, nur hatte es keine Hand.

Noch nicht.

Gleich würde die Falle zuschnappen.

Und Jack konnte nicht springen. Es gab keine Pfade, keine Freiheit mehr, nur noch ekelhafte Stränge, farblos, weder hell noch dunkel, die alle in pulsierenden geschwulstartigen Knoten endeten, bereit, sich auszudehnen und alles ringsum zu verzehren.

Das Stoffgewebe hier vermodert. Die Stränge haben sich gelöst. Ihre Enden haben sich zusammengeballt, um Schleifen zu bilden. Genau da befinde ich mich: in einer Welt, die aus einer einzigen Schleife besteht.

Jack beugte sich zurück und begann zu schreien. Doch der Schrei drang nicht durch, war nicht lauter als das Quieken eines kleinen sterbenden Tiers, nicht lauter als das Kreischen seiner Ratten.

»Bleib … Ich hab dir was zu essen aufbewahrt«, sagte der Umriss.

Plötzlich erkannte Jack das verschwommene Gesicht. Es war Burke, sein Mitbewohner.

Ein Haken bohrte sich in Jacks Wirbelsäule und zerrte ihn mit einem unglaublich schmerzhaften Ruck zurück. Ehe ihm Zeit blieb, über den Tod und Möglichkeiten der stimmlosen Verständigung nachzudenken – über die konturenlose Klaue auf seiner Schulter, die ihn in einer sich niemals verändernden Ewigkeit willkommen hieß –, wurde er mit beträchtlicher Kraft und noch schmerzhafter als zuvor hochgerissen. Erneut versuchte er zu schreien, probierte es mit aller Energie, die noch in ihm steckte. Das erstickte Geräusch sauste mit Dopplereffekt über tausend graue Pfade hinweg, die nirgendwo hinführten – und er wurde mit einem Schlag heftig in eine andere Richtung gezerrt, durchquerte Tausende weiterer Weltlinien. Das gebrochene Licht, das in seine Augen drang, wurde heller und wärmer, danach dunkler und kälter, und wieder schnappte etwas nach ihm und zerrte ihn unverzüglich zurück. Jemand wollte den Lebensfaden, an dem er hing, aufspulen, und Jack wusste auch, wer das war, spürte dieselbe zuckersüße Melasse wie zuvor, dieselbe perverse Euphorie und die ach so tröstliche Berührung eines Fingers, eine Bewegung, als hole ein Angler seine Schnur ein.

Ein meisterlicher Menschenfischer zog Jack Rohmer aus qualvollen trüben Gewässern.

38

West Seattle

Während Glaucous auf der Kriechspur nach Süden fuhr und später auf die West Seattle Bridge abbog, pfiff er laut und unmelodiös vor sich hin. Immer wieder zuckte er zusammen, warf den Kopf zurück und zog eine Grimasse, als zerfleische er irgendetwas mit seinen gelben Zähnen. »Jetzt hab ich dich«, murmelte er schließlich und strich sich mit der Hand über die Braue.

Penelope lehnte mit trägem Blick am Fenster. Eine einsame Wespe kroch über ihren Mantelkragen und blieb schwankend an einer Speckfalte ihres Halses haften. Der Regen trommelte auf das Dach des Van, und die Scheibenwischer hatten alle Mühe, gegen die Wasserflut anzukämpfen. In dieser frühen Morgenstunde herrschte auf der alten Hochstraße kaum Verkehr. Schüchtern machte im Osten die Morgendämmerung ihr Recht geltend: Ein schwaches Leuchten drang durch Feuchtigkeit und Zwielicht.

Im Sack, der hinten im Van lag, rührte sich etwas.

»Ah«, sagte Glaucous. »Jetzt ist es also vorbei mit der leeren Hülle, der täuschenden Fassade, wie?«

Penelope wischte sich eine Wespe von der Nase und zerquetschte sie mit dem Daumen. Glaucous bewunderte ihre Stärke und Zähigkeit, nicht aber ihre Persönlichkeit. Eigentlich mochte Penelope nichts und niemanden. Sie war seine vierte Partnerin und mittlerweile länger mit ihm zusammen als alle früheren, mehr als sechzig Jahre. Im Gegenzug hatte das Alter sie verschont, dennoch war sie inzwischen fett und reizlos. Andere Partnerinnen vor ihr waren mit den Jahren verschrumpelt oder kleiner geworden. Seine zweite Gefährtin hatte Glaucous zuletzt in der Hosentasche mit sich herumschleppen müssen. Die Dritte war binnen weniger Tage plötzlich so ausgebleicht, als wäre sie zu lange in der Sonne gewesen, und eines Morgens einfach verschwunden. Soweit er wusste, lebte sie immer noch in dem alten Haus, in dem sie früher mit Glaucous gewohnt hatte – nicht dass jemand sie je zu sehen bekam, also spielte es auch keine Rolle.

Penelope öffnete die Augen. »Das *Ding* ist wieder da, glaube ich.«

Er sah sie prüfend an. »Wie können wir sicher sein?«

»Es weint.«

Das grobe Sackleinen saugte sich an Jacks Mund fest. Sein rauer Atem haftete mit schalem Geruch an seinem Gesicht, gab ihm jedoch Sicherheit und Trost. Ja, vielleicht würde er ersticken und sterben, doch alles war besser als der Aufenthalt an jenem Ort, in jenem ausgelaugten Land, wo nur noch Verwesung und Verzweiflung regierten.

Jack weinte tatsächlich leise vor sich hin. Jetzt, da Glaucous ihn aus der Vorhölle gezerrt hatte, in der er der Hölle so nah gewesen war, hatten seine Tränen nichts mehr mit Tapferkeit oder Furcht zu tun, sondern waren Ausdruck eines Kummers, der größer war als alles, was er je erlebt hatte.

Die Materie hat allen Glanz verloren.

Und als er sich widerstrebend an das erinnerte, was er fast durchbrochen hätte – die Membran, die dem Schorf über einer offenen Wunde ähnelte …

»Er riecht verbrannt«, bemerkte Penelope.

»Soll er ruhig«, erwiderte Glaucous, doch in seine Augen schlich sich ein besorgter Ausdruck. Er blickte aus dem Fenster, auf den Regen und die Blitze. Die Luft kam ihm jetzt stärker aufgeladen vor; das trübe Licht pulsierte in großen, schweren Wellen. Oder war es nur das Blut, das durch sein großes, schweres Herz pulsierte?

Glaucous schrieb seine Sorgen in den Wind. »Wir werden ihn gründlich abschrubben. Die Hölle kann nicht schlimmer riechen.«

»Hat nichts mit der Hölle zu tun«, erwiderte Penelope.

In seinem Sack hörte Jack den beiden zu. Er stank tatsächlich, stank nach Verfaultem. Sich die Nase zuzuhalten nützte nichts, deshalb versuchte er, möglichst nicht darauf zu achten. Er nahm all seinen Mut zusammen und schaffte es mit enormer Anstrengung, sich mit einem Zeh in die Strömungen des Schicksals vorzutasten. In allen benachbarten Szenarien war die Lage angespannt und mit allem Möglichen belastet. Unter solchen Bedingungen neigten selbst die zähesten Weltlinien dazu, hin und her zu schwanken.

Er befand sich in einem fahrenden Lastwagen oder Van. Und es war kein Unfall, keine Panne oder ein sonstiges für ihn günstiges Missgeschick in Sicht, das ihm hier heraushelfen würde. Er war schon zu weit auf einer ausgeprägten Linie vorangeschritten. Alle möglichen Alternativen hielten ihn an Ort und Stelle fest – aber nicht unbedingt in einem derart gut gesicherten Sack, in dem es weder Risse noch Nähte gab …

»Versuch's gar nicht erst, kleines Stinktier«, sagte Glaucous vom Fahrersitz her, und erneut schaffte es diese Stimme – die Stimme einer Mutter, die ihr aufgeregtes Kind beruhigt –, ihn mit widerlicher Süße einzulullen. *Alles wird gut* … Er war zu erschöpft, um dagegen anzukämpfen. Fast war es ihm willkommen, dieses zuckersüße Gefühl, dass alles seine Richtigkeit hatte, dieses geistige Rauschmittel, das alle Hoffnungen, alle Schmerzen dämpfte. »Gleich sind wir zu Hause«, bemerkte Glaucous. »Dort wird es dir gefallen.«

»Ach ja?«, sagte Penelope. Ihr Sitz ächzte gequält, als sie ihr Körpergewicht verlagerte. »*Mir* gefällt's dort nämlich nicht!«

»Wir werden dir den besudelten Körper abschrubben, ehe jemand anderes den Gestank schnuppern kann. Jemand, der vielleicht voreilig und allzu ungeduldig handeln würde.« Glaucous gab ein lautes, klickendes Geräusch von sich, das tief aus der Kehle kam. Jack konnte nicht sehen, wie er das anstellte. Jedenfalls klang es so, als schnappten Hummerscheren zu.

ZWEITER TEIL

GEBROCHENER LOGOS

VIERZEHN NULLEN

39

Das erste Bion

Die Füße fest auf der Scheibe aus hartem, kaltem Licht verankert, sauste Ghentun zwischen den silbrig funkelnden Kanälen hindurch nach oben, mitten durch glänzende Schluchten, durchquerte den Raum zwischen den blendend hellen, kilometerhohen Mauern bis zu den höchsten Ebenen des ersten Bion – den Stadtbezirken der Großen Eidola.

Falls man den Mythen glauben durfte, hatten die Menschen früher einmal angenommen, das Universum werde wohl kaum mehr als einige zehn Milliarden Jahre überdauern. Niemand, der in der Leuchtenden Pracht gelebt hatte, im warmen und strahlend hellen Schoß der letzten Jahrbillionen, hatte ahnen können, wie lange die Geschichte sich hinziehen und wie oft sich deren grausame Muster wiederholen würden: in Form von Kriegen, die viele Milliarden oder sogar Billionen von Jahren andauern sollten, das Leben von Billiarden denkender Wesen verschwendeten und unzählige Paradiese durch die Flammen ebenso unzähliger, unsinniger Höllen verzehrten.

Dem unaufhaltsamen Aufstieg vieler Milliarden Zivilisationen zu immaterieller Gottheit war der ebenso unvermeidliche

Niedergang gefolgt, die Rückentwicklung zu einzelnen Gemeinschaften, die in geistiger Umnachtung lebten und nicht einmal wussten, was sie verloren hatten. Es waren Zyklen des Aufstiegs und Falls, vergleichbar mit dem Pulsieren eines Herzens, an dem die endlos tickende, gnadenlose Zeit zerrte.

Auch hätte niemand, der während der urzeitlichen Millennien gelebt hatte, erraten können, in welcher Weise der alternde Kosmos zerfallen und sich aufsplittern würde – so sehr, dass seine Bestandteile nach Neugestaltung, Wiederherstellung oder Ersatz verlangten; oder sich vorstellen können, dass die verschollenen Bruchstücke längst vergangener Zeiten sich losreißen, auseinanderdriften und mit der Gegenwart zusammenprallen würden.

Was das jüngste, vom Chaos überschattete Trillennium betraf, so gab es eine Fülle weitschweifiger Legenden, die das Zeitalter der Materiekriege beschrieben. Bosonische Aschuren waren von ihrem Eroberungszug durch Lichtjahre dunkler Materie zurückgekehrt und hatten sich über alle anderen erheben wollen, waren jedoch von den mesonischen Kanjuren unterworfen worden, die ihrerseits den aus Quarkintegralen zusammengesetzten Devas unterlegen waren. Später hatten die Devas sich gezwungen gesehen, das Feld den Noetikern zu überlassen. Noetische Masse war im strengen Sinn gar keine Materie – eher ein Bindemittel zwischen Raum, Schicksal und zwei von sieben Aspekten der Zeit.

Die Noetiker, die sich selbst Eidola nannten, bargen die Überlebenden der letzten künstlichen Galaxien und zwangen fast alle zur Konversion. Die letzten Überbleibsel der alten Materie wurden konserviert und zu mehreren Reliquienschreinen befördert – solchen, die die längste kontinuierliche Geschichte aufwiesen, darunter die Erde.

Nur den Dienern der alten Erde, vor allem den Instandsetzern und Gestaltern, erlaubten die Eidola, die ursprüngliche Gestalt beizubehalten. Doch viele unterzogen sich freiwillig der Konversion. Eine Zeit lang hatte selbst Ghentun der Versuchung nachgegeben, bis man ihn schließlich als Hüter angeheuert hatte. Die noetische Materie schuf ein Umfeld, das sicherer und eher von Kooperation geprägt war als andere, sorgte für effizientere Gedankenmuster und vielfältigere, exakt gelenkte Versorgungseinrichtungen. Typisch für die Noetik war, dass sie jedem Teilchen im Voraus verschiedene Verhaltensmuster einprogrammierte, so dass diese Teilchen sich zu beispiellosem Nutzen miteinander verbinden konnten. In den letzten Epochen des Trilleniums hatte die der noetischen Persönlichkeit eigene, lückenlose geistige Kontrolle zwar dazu geführt, dass ein Großteil dieser Intelligenzen zahllose Verschrobenheiten entwickelt hatten, doch gleichzeitig hatten die Eidola ihre Vorherrschaft auf diese Weise abgesichert.

Aus den Legenden über die Materiekriege hatte Ghentun eine einzige große Lehre gezogen: In einer Gesellschaft von Möchtegern-Göttern verhielt man sich als einfacher Mann stets höflich.

Die Photonenscheibe raste durch Regionen von Masse und Licht, die einander ständig abwechselten. Es gab hier durchaus massive Wohnungen und Straßen, auf denen sich Stadtbürger mit Körpern aus fester Substanz bewegten. Doch wenn diese Bewegung sie zu ermüden begann, stiegen sie wie Wirbelstürme empor und begaben sich auf eher ätherische Pfade – tauchten in Paläste des Geistes ab, in denen die Künste und intellektuellen Herausforderungen einer schon zehn Billionen Jahre währenden Geschichte pulsierten.

Die Photonenscheibe überflog jetzt einen Stadtteil, der wie ein Ribbon-Diagramm geformt und von früheren Devas bewohnt war. Sie hatten sich geweigert, irgendetwas anderes als ein mit ausgefallener Technologie ausgestattetes Schmalband als ihr Zuhause zu akzeptieren, und darauf bestanden, dass ihr Viertel wie eine Endlosspule gestaltet wurde. Jetzt verfügten sie über Schleifen der Erneuerung und Lokalität, die sich langsam entrollten, jede mit einem Durchmesser von mehreren Hundert Metern, plötzlich auftauchenden Behausungen, Erfahrungsgalerien und Erholungsfarmen.

Vor Ghentun nahmen zahlreiche Bilder Gestalt an – Projektionen der Bewohner des Stadtteils, die vage Neugier zeigten. Doch als sie nur einen einzelnen untergeordneten Instandsetzer ausmachen konnten, verschwanden sie sogleich wieder, und die Projektionen verblassten wie vergilbende Porträtfotos.

Manchmal hatte Ghentun das Gefühl, dass die technologisch fortgeschrittenen Stadtbezirke der Kalpa nicht weniger seltsam waren als das Chaos da draußen – bis er das Chaos wieder einmal sah. Im Vergleich dazu waren die oberen Stadtbezirke und schleifenartigen Straßenzüge eindeutig gemütliche, vertraut wirkende Orte.

Selbst hier verliert man nicht so leicht den Verstand – die Seele –, doch da draußen, jenseits der Grenze des Realen …

Die Photonenscheibe schlängelte sich geschickt durch die Bezirke hindurch, wobei es so aussah, als tanze sie zu ihrem eigenen Vergnügen einen besonders hübschen Weg entlang. Später drosselte sie das Tempo und kommunizierte während der letzten Kilometer mit dem Überwachungsdienst des Astyanax, der aus einem Schwarm von Maschinen bestand. Bis auf ihre Größe und ihre tödliche Macht unterschieden sie sich kaum von den Wächtern der unteren Ebenen.

Auf der höchsten Ebene der Kalpa, am Fuß des Zerstörten Turms, lagen ringsum Viertel, die wie riesige Quallen auf Felsfundamenten ruhten, angestrahlt von einem diffusen blauen Licht, das vom künstlichen Himmel ausging. Von diesen Quallen ragten senkrechte, langsam wogende Gebilde wie Keilflossen mehr als zehntausend Meter in die Höhe. Wenn man genauer hinsah, entpuppten sich diese violett, grün und rot schimmernden Flossen als übereinandergeschichtete, waagerecht verlaufende Behausungen, die ihren Standort im Verhältnis zu den darunter und darüber liegenden Etagen ständig veränderten, so dass sich nie dasselbe Muster wiederholte. Jede dieser Etagen beherbergte Millionen von Eidola – selbst hier noch, in der letzten Stadt, die …

Langeweile, entsetzliche Langweile und einander endlos wiederholende Zerstreuungen, auf die erst trauriges Vergessen und dann erneute Vergnügungen folgten …

Als die Photonenscheibe sich der Empfangsplattform näherte, tauchte unter dem Schwarm von Wachposten eine winzige helle Projektion auf: eine Kugel, die von einem Gürtel smaragdgrünen Lichts umgeben war – das Zepter, das die Anwesenheit Seiner Hoheit anzeigte, des Astyanax der Kalpa.

Nachdem die Wachposten Ghentun überprüft hatten, teilte sich der Schwarm und ließ ihn durch.

Während die Photonenscheibe mit leisem Knall abhob, betrat er die Plattform und löste damit ein bläuliches Leuchten aus, das sich über den Boden verteilte und darauf rotgoldene

Vielecke hinterließ – rituelle Symbole, die so alt waren wie das hoheitliche Amt des Astyanax. Sie ordneten sich so, dass sie dem Hüter den Weg zu einer einfachen Tür wiesen. Ghentun wusste, dass dahinter die Privatquartiere und Diensträume des Astyanax lagen. Zum ersten Mal wurde dem Hüter der Ebenen ein Treffen mit dem Letzten aller Stadtfürsten in dessen Allerheiligstem gewährt.

40

Die Ebenen

Von der Expedition kehrten sie mit der schwachen Ausbeute von drei Büchern zurück – und alle hatte Tiadba gefunden. Khren und die anderen hatten sich nach wenigen Stunden verabschiedet, um sich anderen Vergnügungen zu widmen.

Jebrassy begleitete Tiadba in ihre Nische. Dort breitete sie die Schütteltücher und Graynes Umhang auf einem Tisch aus und stellte die drei Gefäße auf, in denen es von ausgeborgten Buchstabenkäfern wimmelte.

Leicht eingeschüchtert von diesen Vorbereitungen, hielt sich Jebrassy im Hintergrund. Nie hätte er gedacht, dass Buchstabenkäfer von großem Nutzen sein könnten; früher hatte er diejenigen, die sie züchteten und mit ihnen handelten, sogar verachtet. Und jetzt setzten er und Tiadba die Käfer dazu ein, ein echtes Buch in uralter Sprache zu entschlüsseln. Er war ja nicht abergläubisch, doch es kam ihm so vor, als dränge sich hier allzu viel Gespenstisches aus der Vergangenheit auf engem Raum zusammen.

Jenseits des Nischenvorbaus verbreitete sich bereits das erste orangefarbene Licht einer neuen Wachphase über den künstlichen Himmel.

Tiadba sah stolz auf die Gefäße und Bücher hinunter. »Meine Hortgefährten wollten immer schon wissen, was ihre alten Buchstabenkäfer zu sagen haben.« Mit strahlendem Gesicht blickte sie zu Jebrassy, der im Schatten stand.

»Wie lange wird es dauern?«, fragte er.

»Bis zum Marsch bleiben uns noch knapp zehn Schlaf- und Wachzyklen. Und falls wir auf den Schlaf verzichten …« Sie berührte den feinen Pelz auf ihrer Nase und bedachte ihn mit einem leicht spöttischen Pfiff. »Hast du etwa Angst, Krieger?«

»Das kannst du laut sagen. Und du solltest auch Angst haben.«

»Wir haben schon so viel zusammen unternommen und erlebt. Haben sogar unsere Bücher gefunden.«

»Du hast *deine Bücher* gefunden«, korrigierte Jebrassy sie.

»Man wird uns für einen Marsch ausbilden. Was wollen wir denn mehr? Und was sollte uns jetzt noch Angst machen?«

Tiadba befestigte das Schütteltuch an der Wand; es wies bereits die allgemein gebräuchlichen Symbole und Wörter auf, die jüngere Buchstabenkäfer am häufigsten erzeugten. Tiadbas und Jebrassys Aufgabe würde darin bestehen, die Wörter zu notieren, die die alten Buchstabenkäfer aus den unbekannten Buchstaben bildeten, und sie mit den neuen zu vergleichen, Ähnlichkeiten festzustellen und entsprechend zu übersetzen. Vielleicht würden sie es auf diese Weise schaffen, die Texte – wie vor ihnen Grayne und deren Schwesternschaft – zu entschlüsseln.

»Allerdings werden die Bücher uns leider nicht verraten, was sich heute da draußen befindet«, bemerkte Tiadba. »Das hat dein Besucher letzte Nacht gesagt.«

»Und was hat *mein Besucher* sonst noch gesagt?«, fragte Jebrassy mit finsterer Miene. »Hast du mit ihm geschlafen?«

»Eine Frage nach der anderen.« Tiadba griff sich an beide Ohren. Diese überhebliche, lehrerhafte Geste konnte Jebrassy von allen Eigenheiten dieser Flamme am wenigsten ausstehen. Das Problem war nur, dass er ihre anderen Gesten und Berührungen nur allzu sehr mochte. Es gab kein Zurück – Besucher und Bücher hin oder her.

»Er hat nur sehr wenig gesagt. War nicht gerade gut aufgelegt. Offenbar steckt er in seiner Welt in Schwierigkeiten. Er muss sich zurzeit mit einer komplizierten Sache auseinandersetzen. Und nein, wir haben *nicht* miteinander geschlafen. Dazu ist man ja viel zu verwirrt, wenn man den Körper mit einer anderen Person teilt. Er hat gesagt, dass die Bücher von einer Reise weit außerhalb der Kalpa handeln, einer Reise zu den *Sternen*, was das auch heißen mag.«

»Ich hab's allmählich satt, einfach so *übernommen* zu werden«, erklärte Jebrassy. Er gebrauchte die übliche Bezeichnung dafür, dass jemand eine fremde Nische ohne Erlaubnis besetzte. »Und noch mehr ärgert mich, dass ich keine Ahnung habe, was bei seinen Besuchen passiert.« Er hob seinen Schurz an und nahm auf einem Hocker neben dem Tisch Platz. »Meinetwegen kann er im Abflusskanal verschwinden. Verteil die Käfer.«

Tiadba reichte ihm einen weichen grauen Stift, wie man ihn für das fein gewebte Schütteltuch verwendete, öffnete das erste Gefäß, stellte es auf den Kopf und leerte es aus. Die langen, schwarz glänzenden Käfer, die leuchtend blaue Augen und auf jeder Seite fünf Beine hatten, fielen heraus und gaben leise Töne von sich. Die Enge im Gefäß hatte ihnen nichts ausgemacht, doch jetzt waren sie ganz wild darauf, sich zu verteilen, Grüppchen zu bilden und ihre endlosen Wortspiele fortzusetzen. In den beiden anderen Gefäßen hatten die Käfer sich bereits zu Haufen geordnet, streckten die Köpfe zu dem Deckel mit den Luftlöchern empor und zuckten mit den kurzen Fühlern. Tiadba ließ auch sie frei. Je mehr Käfer, desto länger die Wörter.

Tiadba nahm sich ebenfalls einen Stift und setzte sich neben Jebrassy. Während die alten Käfer sich zu parallelen Reihen aufstellten, hielt Jebrassy schon einfache Buchstabenkombinationen fest. Ehrfürchtig schlug Tiadba das erste Buch auf.

Es vergingen zwei Zyklen schwerer, ermüdender Arbeit, bis Tiadba irgendwelche Spekulationen über den Text zuließ. Jebrassy wusste bereits, dass darin der Name *Sangmer* vorkam. Er hatte sich in der Übersetzung des alten Alphabets als der Geschicktere von beiden erwiesen. Doch es wurde schnell klar, dass das Buch nicht nur von Sangmer *handelte*, sondern dass er es sogar selbst verfasst hatte, was beide überraschte.

»Wie mag das sein, wenn man die eigenen Abenteuer tatsächlich aufschreibt?«, überlegte Tiadba, während sie ein Tuchende ausschüttelten, um Buchstaben zu löschen. Hier hatten sie einige der von den Käfern gebildeten Buchstabenfolgen falsch notiert und sie folglich auch falsch übersetzt. Grauer, vom Schreibstift verursachter Staub rieselte in einer dünnen Wolke zu Boden.

»Dazu muss man ja erst mal Abenteuer erleben«, bemerkte Jebrassy trocken. »Unsere Art ist zu unterwürfig, um sich solche Freiheiten zu erlauben.« Er lehnte sich gähnend zurück und streckte sich halb aus – eine offene Einladung an Tiadba, ihn zu verführen.

»Unsinn. Ich gehöre ja auch dazu und bin nicht unterwürfig. Und du auch nicht.«

»Nein. Allerdings wär's mir peinlich, mein Leben von Anfang bis Ende aufzuschreiben, denn es wäre für niemanden von Interesse. Zumindest jetzt noch nicht. Es wäre nicht gerechtfertigt.«

»Vermutlich würde man nur die schönen Dinge aufschreiben«, sinnierte Tiadba. »Sonst würden die *Leser* ja … Hab ich gerade ein Wort erfunden?«, fragte sie angenehm überrascht. »Sonst würden die *Leser* ja denken, dass sie ihre Zeit auch angenehmer verbringen könnten. Zum Beispiel damit …«

Als sie sich neben Jebrassy legte, stellte er erfreut fest, dass er sie immer noch von der Arbeit ablenken konnte – wenn auch nur für kurze Zeit.

Kurz vor Anbruch der vierten Wachphase – der künstliche Himmel wurde bereits hell – konnten sie die ersten Abschnitte des Buches weitgehend verstehen.

Da ihnen nicht recht klar gewesen war, wie man mit einem Buch verfährt, hatten sie es erst an beiden Enden versucht und danach verwirrt bis zur Mitte durchgeblättert. Nach und nach hatten sie gemerkt, dass dieses Buch völlig anders war als die Geschichten, die die Alten dem Nachwuchs erzählten, denn die begannen stets in der Mitte, in einem gefährlichen Augenblick, und führten erst nach weiteren Abenteuern zum Anfang, der erklärte, was all diese Abenteuer zu bedeuten hatten. Die Geschichten der alten Art waren wie Rätsel aufgebaut. Doch dieses Buch begann tatsächlich vorne, man musste nur den Deckel von rechts nach links klappen. Danach setzte es sich fort und schloss ganz hinten, und dann klappte man den Deckel von links nach rechts zu. Nach Übertragung der Buchstaben fiel die Übersetzung gar nicht so schwer, denn die Sprache unterschied sich nicht sehr von der Tiadbas und Jebrassys. Das fand Jebrassy eigenartig, schließlich war inzwischen viel Zeit vergangen. »Angeblich ist dieses Buch doch so alt. Wie kommt es, dass wir für so vieles noch dieselben Wörter verwenden?«

»Wenn es uns zu fremd wäre, könnten wir es gar nicht lesen«, erwiderte Tiadba. »Und jemand will, dass wir es tun. Kann auch sein, dass man uns alle bis jetzt bewusst daran gehindert hat und wir beide einfach nicht *eingepasst* sind.« *Einpassen* war ein Wort, mit dem man normalerweise die problemlose Einbürgerung der Kleinen in die Welt der Paten beschrieb. »Komm, wir lesen mal laut vor, was wir bis jetzt haben. Ist ja eigentlich gar nicht so schwer.«

Nach einer Weile kamen Jebrassy weitere Bedenken. »Sangmer gehört gar nicht zur alten Art«, sagte er, während sie die Käfer aus einem kleinen Beutel mit Trockenharz und Getreideschrot fütterten. Die Käfer sangen leise, während sie kauten. Die Älteren mochten offenbar kein Getreideschrot, denn sie trennten die getrockneten Körner vom Rest und stupsten sie über die Tischkante.

»Na und?«, erwiderte Tiadba. »Vielleicht war er ein Hochgewachsener.«

»Manche dieser neuen Wörter sind wirklich so seltsam, dass ich sie kaum aussprechen kann. Was bedeutet das hier?«

»Ich glaube, es ist eine Zahl. Eine sehr hohe Zahl.«

»Und was ist ein *Lichtjahr*?«

»Wir werden's beim Lesen schon herausbekommen. Lies einfach weiter«, befahl sie und schnippte gegen sein winziges Ohr.

Jetzt machte Jebrassy sich ernsthaft an die Arbeit. Wenn er ins Stocken geriet, nahm Tiadba den Faden auf. Gemeinsam lasen sie das Vorwort – die Einleitung. Wie unschuldige Hortkinder setzten sie voraus, dass jedes Wort wahr sein musste, obwohl so vieles ihr Begriffsvermögen überstieg. Manchmal waren es nur Laute, die sie den Seiten entnahmen, aber auf irgendeine Weise ergaben sie einen unheimlichen, faszinierenden Sinn, so als teilten Tiadba und Jebrassy instinktiv etwas mit dem Verfasser und den Leuten, die er beschrieb.

Mit einem Schiff, das verrückt spielte, glitten wir auf falschem Kurs zwischen zerfallenden Galaxien dahin – starben, erwachten zu neuem Leben und wünschten uns gleich wieder zu sterben – und kehrten auf noch schwierigerem Kurs nach Hause zurück, an Bord das, was die Erde vielleicht retten würde. Doch heimgekehrt, mussten wir feststellen, dass unser Sieg uns isoliert hatte. Man bewunderte unseren Wahnsinn. Jetzt waren wir von denen umgeben, wurden von jenen verehrt, die wir früher als Todfeinde betrachtet und gehasst hatten.

Aufgrund all dieser Ereignisse erlangte ich Macht und ein bisschen Freiheit – und gab all das bald wieder der Liebe wegen auf, verlor aber auch das, was ich liebte. So viel zu der Reise, die mich ins Reich der Shen führte, jener Art, die behauptete, nicht von der Menschheit abzustammen und mit keinem Volk innerhalb der fünfhundert Galaxien verwandt zu sein.

All das erzähle ich heute, um in einer Kalpa, die sich kaum für irgendetwas jenseits ihrer Mauern interessiert, Begeisterung zu wecken. Denn ich beantrage eine zweite Beurlaubung – hoffe auf Erlaubnis oder sogar den Auftrag, eine letzte Reise zu unternehmen. Eine viel kürzere, aber auch weitaus gefährlichere Reise als die erste, von der gewiss niemand von uns zurückkehren wird.

Jebrassy holte tief Luft. »Diese Geschichte geht bestimmt nicht gut aus.«

»Da magst du Recht haben.«

Vorsichtig schob Jebrassy einen Buchstabenkäfer zur Seite, der auf das Buch gekrabbelt war. Die Finger miteinander verhakt, blätterten er und Tiadba zur nächsten Seite weiter. Die folgenden Passagen waren schwieriger zu entschlüsseln, zumal die Käfer, die es satt hatten, ständig hin und her geschoben zu werden, keine sinnvollen Buchstabenfolgen mehr bilden wollten.

Irgendwann fielen Jebrassy die Augen zu, und er döste ein. Nachdem Tiadba sich vergewissert hatte, dass er tatsächlich schlief, blätterte sie eine ganze Fingerbreite vor. Sie hatte das Gefühl, den Inhalt des Buches instinktiv erfassen zu können – die Verbindungen, die es herstellte, die Gestalt der Erzählung – und intuitiv genau die Seiten aufzuschlagen, die ihre Fragen beantworteten, zumindest annähernd.

Meine Frau – eine Verdichtung verlorener Prinzipien … Ein strahlender Schein, den ewig Schatten umgeben wird …

Ishanaxade – die eigensinnigste, intelligenteste und einflussreichste Frau, die ich je gekannt, mit der ich mich je zusammengetan und immer wieder versöhnt habe – hat sogar körperliche Gestalt angenommen. In unserem gemeinsamen Leben strebte sie den Idealzustand durch Zwist an, den Feinschliff durch Hader, den Ausgleich durch Sieg und Niederlage. Sie behauptete, all das sei der größte Beitrag des vom Halbgott Simia abstammenden Geschlechts zum menschlichen Triumph über das Trillennium. Sie schien sich dessen so merkwürdig sicher zu sein, dass ich nicht wagte, ihre Behauptungen anzufechten.

Wie alle Devas sah sie sich mit dem Geschlecht Simia verbunden. Selbst diese Tochter eines Großen Eidolon, auf ihre Weise einzigartig, klammerte sich an die Familien irgendeiner Vergangenheit, wie künstlich konstruiert diese Verbindung, besonders in ihrem Fall, auch sein mochte.

Meine elterlichen Vorfahren, auf ihre Weise genauso irrational wie Ishanaxade (und alle Instandsetzer), behaupteten, vom Geschlecht Avia abzustammen – eine Erblinie, die bis zu den Zeiten der Leuchtenden Pracht zurückreicht und Verbindungen impliziert, die heute keiner mehr nachvollziehen kann. Doch die wenigen Fäden, die sie mit dieser Vergangenheit verknüpften, hielten sie hoch.

Mitten in unserer Hochzeitszeremonie bestanden meine Elternteile darauf, die traditionelle Entschädigung dafür einzukassieren, dass das Geschlecht Simia (der Legende nach) unser Geschlecht einst aufgezehrt, sich einverleibt, uns absorbiert hatte. Es war wirklich abartig, dass Ishanaxade sich an diesem Mythos weidete. Begeistert zahlte sie die Entschädigung, und ich erfuhr auch bald, warum; denn sie spielte diese Überlegenheit in unserer Hochzeitskammer aus.

Das löste unseren ersten Streit als einander frisch angetraute Lebensgefährten aus, eine schwachsinnige Auseinandersetzung über die angebliche historische Fress- und Schlachtorgie und unsere jeweilige Abstammung. Mitten in diesen archaischen, rituellen Manövern, die vom Wesentlichen nur ablenken sollten, gab ich nach und ließ es schweigend über mich ergehen, dass sie an meinem »Schlägel« und meiner »Schwinge« herumknabberte und danach mit meinem »Schenkel« weitermachte. Ich musste all meine natürlichen Reflexe unterdrücken, um Würde zu bewahren.

Während sie zu mir hochblickte, die Lippen rot vor Blut, und mein Gewebe sich recht schnell regenerierte, erklärte sie, wir hätten in unserer Beziehung das ideale Gleichgewicht: Sie würde stets diejenige sein, die sich mich einverleibte, und ich stets derjenige, der bereit war, sich einverleiben zu lassen. Und sobald ich es überstanden hätte, würde ich stets eine Entschädigung dafür einstreichen. Ich nehme an, sie meinte es im Scherz. Trotzdem empfand ich es schnell als abgeschmackt.

Tiadba fuhr die letzten Wörter mit dem Finger nach, weil sie nicht genau wusste, was von all dem zu halten war. Bei Dingen, die sie nicht verstand, überkam sie jedes Mal ein ungutes Gefühl. »Hat sie ihn tatsächlich *verspeist*?«, flüsterte sie entsetzt. Sie war sich nicht sicher, ob sie wollte, dass Jebrassy diese Passagen las, und spielte mit dem Gedanken, die Seite herauszureißen, zerrte sogar leicht daran, doch das Blatt gab nicht nach.

Dennoch sprach irgendetwas in diesem Text sie an. Die wohlüberlegte Anordnung nicht vertrauter Wörter sank tief in ihr Inneres hinab und holte zugleich Erinnerungen herauf, die ihrer Meinung nach nicht aus ihrem persönlichen Erleben stammen konnten. Schon fast schlafend, sah sie, ehe sie weiterblätterte, zu Jebrassy hinüber, der so friedlich neben ihr lag, und dachte – über den zeitlichen Abgrund und all diese unbegreiflichen Wörter hinweg – über Beziehungen, Paare und Liebende nach.

41

Der Astyanax empfing Ghentun vor einem transparenten Gestell voll funkelnder noetischer Gerätschaften, mit denen er akribisch genau ein Simulacrum gestaltete, ohne die Werkzeuge überhaupt zu berühren. Dieses Scheinbild hatte entfernte Ähnlichkeit mit einem Geschöpf der alten Art, war allerdings größer, stämmiger, weniger anmutig und hatte nicht so viel Fell.

Ringsum veränderte sich die Kammer ständig, ganz nach Lust und Laune des Großen Eidolon. Mehrmals musste Ghentun ausweichen, um nicht zu verbrennen, zu erfrieren oder einfach zermalmt zu werden. Aus Respekt hatte er seinen Umhang auf Minimalfunktion gestellt, doch jetzt verstärkte er den Selbstschutz heimlich.

Und dabei versuchte der Astyanax ja nur, höflich zu sein.

»Ich frage mich«, begann er und ließ das Simulacrum rotieren, »ob unsere irdischen Vorfahren früher einmal tatsächlich so ausgesehen haben. Nicht so hübsch natürlich wie eure Nachgezüchteten der alten Art … Aber in ihrer Plumpheit und Rohheit irgendwie eindrucksvoller.«

»Ziemlich eindrucksvoll«, erwiderte Ghentun. »Aber ob sie so aussahen, werden wir niemals erfahren. Diese Aufzeichnungen sind längst verschollen.«

»Es macht aber Spaß zu spekulieren«, sinnierte der Astyanax. »Falls dir ein kleiner Wettstreit nichts ausmacht.«

Das Simulacrum blinzelte beide mit offensichtlicher Verblüffung an.

»Würde ich dem Simulacrum materielle Gestalt verleihen und diese Gestalt in den Ebenen aussetzen – was meinst du, Hüter, würde sie dann *träumen*?«, fragte der Astyanax. »Würde sie sich so verhalten wie früher einmal unsere Vorfahren, die sich im Schlaf jedes Mal der nicht genutzten Weltlinien, der nicht beschrittenen Schicksalspfade entledigten?«

Es kam nur selten vor, dass Eidola Schicksalspfade erwähnten. Ihre Beschaffenheit schloss Variationen längs der fünften Dimension aus. Bei ihnen mündeten alle Schicksalswege automatisch in einem einzigen optimierten Pfad. Diese Unbeweglichkeit machte sie dem Chaos gegenüber besonders verletzlich.

Ghentun umkreiste das Simulacrum. »Schon möglich.«

»Könnten wir die Weltlinien dieses Geschöpfs und deren Verbindung mit seinem Stammgeschlecht zurückverfolgen«, fuhr der Astyanax fort, »könnten wir ein so sensibles *Tier*, das aus urzeitlicher Materie besteht, mit seinen engsten Vorfahren aus welch fernen Zeiten auch immer verknüpfen … würde es uns dann tatsächlich etwas über diese verlorenen Zeiten verraten? Wir würden dabei unterstellen, dass sich seine Weltlinien retrokausal mit ähnlichen, passenden Weltlinien verbinden – so wie bei der Paarung primitiver genetischer Stränge.«

»Dieses Experiment haben wir ja durchgeführt, aber es hat nie funktioniert«, erwiderte Ghentun. Er war sich nicht sicher, wie viel der Stadtfürst darüber wusste, konnte nur darüber spekulieren, was die Großen Eidola einander während einer halben Ewigkeit des Ränkeschmiedens mitgeteilt hatten.

»Und dennoch suchst du doch genau danach – nach Zeugnissen von Vorgängen in der fernen Vergangenheit, Zeugnissen der endgültigen Vernichtung, hab ich Recht?«

»Ihr irrt euch nie«, bemerkte Ghentun.

Der Astyanax ließ das Simulacrum erstarren und löste es auf. Die urzeitliche Materie schrumpfte zu einem schillernden Klumpen zusammen und blieb auf der Plattform liegen. »Ein müßiges Spiel«, sagte er. »Hast du in jüngerer Zeit mal mit dem Bibliothekar gesprochen?«

»Vor fünfundsiebzig Jahren habe ich den Zerstörten Turm besucht«, erklärte Ghentun. »Es wurde eine Besprechung zum Thema Ebenen ausgemacht, aber bislang hat man mich noch nicht vorgeladen.« Er hütete sich, mit leicht überprüfbaren Fakten hinter dem Berg zu halten.

»Du hast den Angelins im Zerstörten Turm von einer Veränderung in den Ebenen berichtet, Hüter. Ich bin davon ausgegangen, dass *irgendjemand* mich zu gegebener Zeit schon darüber informieren würde. Schließlich haben der Bibliothekar und ich bei diesem Projekt seit langem zusammengearbeitet.«

»Es wäre anmaßend, wollte ich Nachrichten von einem Großen Eidolon zum anderen übermitteln.« Ghentun war klar, dass der Astyanax ihn provozieren wollte. Doch von einem Eidolon erwartete er auch kaum eine bessere Behandlung: Im

Vergleich zum Stadtfürsten war er weniger als ein Pede auf einem Feldweg.

»Ich habe gehört, dass der Bibliothekar immer noch an einer grundlegenden Lösung unserer Probleme arbeitet«, erklärte der Astyanax.

»Es gelangen viele Gerüchte vom Zerstörten Turm nach unten«, erwiderte Ghentun. »Ich weiß nicht, was ich glauben soll, dazu reichen meine Informationen nicht aus.«

Der Astyanax sah ihn abschätzend an. Es war kaum möglich, irgendetwas vor ihm zu verbergen. Große Eidola konnten Instandsetzer binnen Sekunden ausforschen. »Aber Instandsetzer und Gestalter befassen sich doch seit mindestens fünfhunderttausend Jahren mit der Nachzucht der alten Art«, wandte der Astyanax ein.

»Was unsere Gestalterin betrifft, kann mich kaum noch etwas überraschen. Sie tut selten das, was ich von ihr verlange«, erklärte Ghentun.

Der Astyanax zeigte einen Anflug von Humor, was sich in einem Aufglühen zeigte. Die Rückstreuung des Lichts ließ Ghentuns Umhang oszillieren. »Manchmal habe ich das Gefühl, dass man diese Stadt gar nicht lenken *kann*. Fast würde ich die Gelegenheit begrüßen, mir anzusehen, wie der Typhon das handhaben würde.«

Unwillkürlich erschauerte Ghentun.

Der Astyanax sah es mit Wohlgefallen. »Du hast offensichtlich keine Lust, die Kalpa preiszugeben, Hüter. Und du willst auch nicht den Bibliothekar hintergehen. In dieser Hinsicht hast du nichts zu verbergen. Allerdings weißt du nichts von der Vergangenheit, hast keine Ahnung, was sich tatsächlich zwischen dem Bibliothekar und dem Stadtfürsten abgespielt hat.

Trotzdem wäre es mir lieb, wenn du mir auf diskrete Weise einen vollständigen Bericht über die Situation in den Ebenen zukommen ließest, eine Kopie des Berichts, den du dem Bibliothekar erstatten wirst, wenn er dich vorlädt.«

»Selbstverständlich.«

Der Astyanax ließ nicht erkennen, dass die Unterredung damit beendet war. Etwas in der Luft der Kammer veränderte sich so, dass die Angelins vibrierten und nur noch verschwommen auszumachen waren, was bei ihnen eine hohe Alarmstufe signalisierte. So verblüfft, dass er zurückfuhr, wurde Ghentun klar, dass er jetzt das ursprüngliche Selbst des Stadtfürsten vor sich hatte. Dieses Selbst griff unmittelbar ein, wenn es auch durch sein Epitom sprach – das überfordert wirkte und so hell aufstrahlte, dass der Glanz Ghentun blendete. Doch die Worte, die es äußerte, kamen aus dem Innersten des Stadtfürsten und klangen nicht mehr so provozierend, sondern geradezu locker.

Offenbar selbst überrascht über diese beispiellose Vertraulichkeit, verfolgten die Angelins Ghentuns Reaktion mit ganzer Aufmerksamkeit, als wollten sie ihn vor unangemessenem Verhalten warnen. Die Audienz hatte sich in etwas verwandelt, das einer Begegnung auf gleicher Augenhöhe ähnelte, und das konnten die Angelins kaum ertragen.

»Ich erinnere mich noch sehr lebhaft an die Zeit, als der Bibliothekar der Deva Polybiblios war«, sagte der Stadtfürst. »Im Vergleich zu dem, was er jetzt darstellt, war er eine kleine Nummer, als er bei uns auftauchte. Und er hat uns neben der Gnade des *Überlebens* auch jede Menge Probleme beschert. Ich habe den Bibliothekar unterstützt, später zu lenken versucht und ihn danach erneut unterstützt. Habe mich bemüht, seine Pläne zu begreifen, die Art, wie er denkt – einfach alles. Doch es ist mir nicht gelungen. Selbst zwischen den Großen Eidola herrscht Ungleichheit, und ich war ihm zweifellos unterlegen. Dennoch hatten die Stadtfürsten gewissen Einfluss, denn der Bibliothekar hätte das, was uns von der Zeit noch geblieben ist, längst zerstört, hätten sie dem nicht entgegengewirkt. So konnte die Kalpa noch einige Hundert Millionen Jahre weiter überleben. Selbstverständlich in stark ausgeprägter Gleichförmigkeit – so als hätte sie nach unbekümmerter Jugend und ewig langen Jahren der Reife den Ruhestand erreicht.«

Eine einfache Projektion tauchte zwischen ihnen auf: drei Teile eines verschlungenen, rätselhaften Objekts. Als sie sich zusammenfügten, bildeten sie eine mehrdimensionale Kugel, die kleiner war als Ghentuns geballte Faust.

»Ich überlasse dir einen Speicher der Erinnerungen, Hüter. Eine Botschaft, die man übermitteln kann, wenn man so will. Der Speicher wird wieder erscheinen, wenn die Zeit dafür gekommen ist, das heißt: wenn keine Zeit mehr existiert. Bis dahin wird er in die Tiefe sinken, außer Sichtweite.«

Unwillkürlich konzentrierte sich Ghentun zunächst auf die linke Seite des rätselhaften Objekts, dann auf die rechte. Schleifenartige, miteinander verflochtene Bänder wanden sich um ein Kreuz, und all das drehte sich und wirbelte um einen Mittelpunkt, der aus … Leere bestand. Diese Leere zog Ghentun an und fesselte für unbestimmte Zeit seine Gedanken, obwohl er der volltönenden, alles beherrschenden Stimme des Astyanax auch weiterhin lauschte. Während er seine Geschichte erzählte, die Ghentun gleich wieder entglitt, um sich in seinem Unbewussten festzusetzen, fand er den Mut zu einer Frage. Allerdings begann er in Anbetracht der eigenen Dreistigkeit zu zittern. »Warum habt Ihr sie fortgeschickt?«

Die Antwort des Astyanax blieb ihm unmittelbar im Gedächtnis haften, auch wenn alles andere schnell verblasste.

»Ich bezweifle, dass du dir ein Eidolon als demütig vorstellen kannst, Instandsetzer. Doch in all meinen Erscheinungen habe ich versucht, mich in Demut zu üben. Ich sah eine große Gefahr auf die Kalpa zukommen. Hätte man alle Teile Babels zusammengefügt, hätte es das Ende der Kalpa und alles anderen bedeutet. Die Vereinigung aller Teile, die Vollendung von Babel, hätte die letzten großen Mächte unseres Kosmos dazu verlockt, *noch einmal ganz von vorn anzufangen*. Brahma, die bewegte Ruhe, die allem innewohnt, wäre neu erwacht. Mnemosyne, die alle Dinge miteinander verbindet und eine Zeit lang unter uns wandelte, hätte ihre wahre Bestimmung neu entdeckt. Shiva hätte ekstatisch den Tanz der Zerstörung vollführt. Verstehst du, was ein Babel ist, Hüter?«

Als der Astyanax seinen Umhang berührte, sah Ghentun, wie Homunculi – Diener Babels – Wendeltreppen erklommen, die von einer Empore zur nächsten reichten. Diese Vorbauten waren reihenweise an einer Wand angebracht, die sich nach oben und unten, rechts und links erstreckte, schier bis ins Unendliche. Die Emporen boten Zugang zu Bücherregalen mit unzähligen uralten Bänden. Im Hintergrund schwangen sich weitere Wendeltreppen in unglaubliche Höhen empor oder führten in nicht auslotbare Tiefen. Ein Homunculus nach dem anderen zog gebundene Ausgaben aus den Regalen, musterte sie mit gerunzelter Stirn, stellte sie wieder zurück und zog weiter, von Buch zu Buch, von Regal zu Regal, von Stockwerk zu Stockwerk.

Als die Perspektive sich zur anderen Seite verlagerte, blickte Ghentun über einen schmalen Spalt hinweg auf eine weitere endlose Wand mit ebenso vielen Büchern und Regalen. Es kam ihm so vor, als liefen die ins Unendliche reichenden Bücherwände in einer vertikalen Kurve zusammen, um miteinander zu verschmelzen. Widerstrebend musste Ghentun einräumen, dass diese Kurve, die eine Verzerrung des Raums (und ewige Büchersuche) andeutete, eine faszinierende Nuance darstellte. Endlosreihen voller Zeichen, voller Informationen: unmöglich, all das quantitativ zu erfassen, jedenfalls für einen Instandsetzer. Vermutlich sogar für den Bibliothekar. Die ganze dokumentierte Geschichte, alle Erzählungen, die Berichte jedes einzelnen Zeitabschnitts, alle Theorien, ob richtig oder falsch – all das unlesbar, da verschollen in den riesigen Labyrinthen eines wie am Laufband produzierten Textes …

»Dem Wirkungsbereich eines zusammengefügten, vollendeten Babels sind keine Grenzen gesetzt. Alles existiert dort gleichzeitig: alle Möglichkeiten, jeder Unsinn, jede Vermessenheit, jede Niederlage. Ein vollendetes Babel wäre tatsächlich das Großartigste, was je erschaffen wurde. Und das Gefährlichste.«

Ghentun schoss plötzlich eine Frage durch den Kopf, obwohl – vielleicht auch weil – sie unmöglich zu beantworten war: *Und was ist für ein* Universum *wichtiger – beliebiger Unsinn oder die Dinge, die wir unserer Meinung nach deuten und begreifen können?*

»Davon habe ich keine Ahnung«, erklärte er mit gesenktem Blick, doch er war bis ins Innerste erschrocken. Ein solches Babel würde sehr viel mehr umfassen als irgendein Universum …

»Ist auch nicht nötig. Hauptsache, du verstehst, dass deine Arbeit noch nicht vollendet ist«, sagte der Stadtfürst. »Und du wirst sie zu Ende führen, komme, was da wolle. Es wird nur noch wenige Schlaf-Wach-Zyklen dauern, bis das Chaos durch all unsere Verteidigungslinien bricht. Ich gestehe meine Niederlage ein. Uns bleibt keine Wahl, es gibt keinen Grund mehr, irgendetwas hinauszuschieben. Ich habe die Schlüssel zur Stadt den Angelins im Zerstörten Turm übergeben, und das gilt auch für meine Befehlsgewalt. Ich weiß, dass du gemeinsam mit dem Nachwuchs der alten Art die Grenze des Realen überqueren möchtest – das wünschst du dir schon lange. Geh *jetzt*, Instandsetzer. Es gibt keine Stadtgesetze mehr, die dich daran hindern könnten. Tu, was du tun musst, um deine Schützlinge nach Nataraja zu bringen, falls es noch existiert. Was sind schon ein paar Schlaf-Wach-Zyklen? Der Bibliothekar wird sein Vorhaben weiter vorantreiben. Wir beide werden uns nie wieder begegnen, jedenfalls nicht in dieser Schöpfung.«

Der Astyanax wurde so grau wie altes Felsgestein, und sein ursprüngliches Selbst verlagerte sich an einen anderen Ort. Die außergewöhnliche Begegnung war vorüber.

Ein Angelin führte den schweigenden Ghentun zurück zu der Plattform und einer wartenden Photonenscheibe.

Er hatte die Überfälle – die Übergriffe des Chaos – schon so lange kartiert, dass er das, was der Astyanax gesagt oder angedeutet hatte, annähernd begriff. Bald würden die Realitätsgeneratoren zu schwach sein, um irgendeines der Bione noch länger zu schützen. Ghentun war klar, dass er unverzüglich handeln musste. Er musste dieses Experiment auf menschliche Weise zu Ende bringen, einen letzten Versuch wagen, die Aufgabe zu erfüllen, die man ihm vor so langer Zeit übertragen hatte – völlig unabhängig davon, was die Eidola wollten und wie sie das Ende aller Zeit philosophisch einschätzten und debattierten.

Nur vage war dem Hüter bewusst, dass er möglicherweise die letzte Karte war, die der Stadtfürst noch ausspielen konnte.

42

Die Ebenen

Grayne zuliebe schloss die Gestalterin sich Ghentun an und tat etwas, was sie so gut wie nie tat: Sie verließ den Hort. Für andere unsichtbar, tauchten die beiden in der Nische der alten Sama auf und beugten sich über die Schlafende. Offensichtlich freute es die Gestalterin, dass Grayne immer noch träumen konnte, trotz all ihrer Gebrechen. Was Träume betraf, war diese alte Art zäh. Sie kniete sich nieder und legte die breiten, weichen Finger an Graynes Stirn. »Sag uns, wer sich am besten für diesen letzten Marsch eignet und wer die Reise zum Zerstörten Turm antreten soll.«

Grayne brauchte nicht zu reden, um zu antworten.

Die Gestalterin ließ sie los, und Ghentun trat vor. »Das Paar scheint eine kluge Wahl zu sein. Grayne hat immer ein gutes Urteilsvermögen besessen.«

»Ein zeugungsfähiges Paar?«

»Das haben die beiden bislang noch nicht entdeckt.«

»Wäre es klug, ein zeugungsfähiges Paar auseinanderzureißen?« Da Ghentun eine rein rhetorische Frage gestellt hatte, ging die Gestalterin nicht darauf ein. Sie war nicht in der Position, Meinungen zu solchen Fragen zu äußern, und würde es dank städtischer Regelungen auch nie sein. Sie gestaltete nur und dachte nicht allzu viel nach. »Sie haben die verlassenen Ebenen nach Büchern durchsucht, wie sie das vor den Märschen immer tun«, erklärte sie. »Grayne hat sie zu den Regalen gelenkt, in denen die Geschichten von Sangmer und Ishanaxade am ehesten zu finden sind. Liebende, die getrennt wurden …«

»Weißt du, wovon Grayne träumt?«

»Oh, das weiß ich schon lange. Alle Ausbilderinnen haben denselben Traum, schon seit dem ersten Marsch. In ihrem Traum gehört Grayne zu einer Gruppe alter Frauen, die offenbar zu der Zeit der Leuchtenden Pracht gelebt haben. Natürlich sind die Einzelheiten nicht deutlich auszumachen, aber anscheinend befassen diese Frauen sich damit, besonders begabte Jugendliche ausfindig zu machen, genau wie Grayne und ihre Schwestern es getan haben.« Erneut berührte die Gestalterin Graynes Stirn. »Schade, sie zu verlieren, nach allem, was wir gemeinsam durchgestanden haben. Sie war mir immer besonders lieb.«

Grayne fuhr zusammen. Ihre Miene verriet eine heimliche Sorge, die nicht das Geringste mit der Anwesenheit von Ghentun und der Gestalterin zu tun hatte.

Ghentun schloss die Augen. »Dann weiß ich, wer sie ist.«

Manchmal zeigte auch die Gestalterin eine Spur von Neugier. Sie sah Ghentun an. »Wie das? Träumst du denn auch, Hüter?«

»Hol die Bücher der Ausbilderin.«

Die Gestalterin hielt kurz inne, um auf die alte Sama hinunterzublicken. Dann griff sie nach der Kiste, öffnete das Fingerabdruckschloss und holte alle Bücher heraus. Es waren fünf; die Gestalterin klemmte sie mühelos unter ihre zahlreichen Arme. »Wir wollen sie nicht aufwecken«, sagte sie. »Ein solcher Verlust würde ihr sehr wehtun. Nicht dass ich sentimental bin.«

Sie zogen sich aus der Nische der Sama zurück. Gleich darauf trat still und bedächtig ein Düsterer Aufseher ein. Als er sein Gewand so ausbreitete, dass die Falten Grayne einhüllten, bäumte sie sich leicht auf. Doch ehe sie die Augen noch einmal aufschlagen konnte, war sie nicht mehr. Eine Gnade in Anbetracht dessen, was bald geschehen würde.

»Bring mir den männlichen Teil des Paars«, sagte Ghentun.

»Und was ist mit der Frau?«

»Sie wird am Marsch teilnehmen. Such noch weitere aus – Freunde, falls die beiden welche haben. Wir müssen die Reisegruppe, die die Sama zusammengestellt hat, so gut es geht vervollständigen und sie so schnell wie möglich ausbilden.«

43

Das Geräusch setzte als tiefer, sonorer Ton ein – ein summender Bass, der die Wände in Tiadbas Nische vibrieren ließ. Jebrassy schlug die Augen auf, fuhr mit einem Arm herum und fegte dabei eines der kostbaren Bücher von der Isoliermatte. Das Letzte, an das er sich aus den Minuten vor dem Einschlafen erinnerte, waren Tiadbas leise, regelmäßige Atemzüge, die anheimelnd und beruhigend geklungen hatten. Doch jetzt war die Matte neben ihm leer. Er setzte sich auf, lauschte auf das

Geräusch und überlegte, ob Tiadba irgendwo herumwerkelte. Wo konnte sie stecken?

Doch es war kein Arbeitsgeräusch, dazu war es viel zu laut. Es klang so, als erbebten die Ebenen und fielen auseinander. Das Vibrieren war so stark, dass Jebrassy sich kaum auf den Beinen halten konnte. Er streifte seinen Schurz über und stolperte über das verstreute Bettzeug zur Tür, die sich halb geöffnet und offenbar irgendwo verklemmt hatte. Seltsamerweise machte ihm das noch mehr Angst als das Geräusch, das immer lauter wurde. Plötzlich legte sich ein anderes Geräusch darüber, das nicht weniger beängstigend, aber höher klang, eigentlich so, als heulten irgendwelche Geschöpfe vor entsetzlichem Schmerz auf.

Er quetschte sich durch die enge Türöffnung und fiel im Gang auf die Knie. Fast hätte er mit der Hand in etwas Öliges, Tiefschwarzes gefasst, das sich so in den Fußboden hineingefressen hatte, als hätte jemand ein Loch in die Fundamente der Ebenen geschlagen. Und dieses Loch vergrößerte sich ständig. Er versuchte zu erkennen, was dort hineingefallen war. Flüchtig hatte er den Eindruck, er könne die Umrisse von zwei oder mehr Nachgezüchteten ausmachen, die versuchten, gegen die dunkle Strömung anzuschwimmen. Gleich darauf packte ihn etwas an der Schulter und wirbelte ihn herum.

Der riesige Wächter füllte fast den Gang aus. Die Flügel waren eingeklappt, die starken Arme vorgestreckt. Während er Jebrassy mit einem Arm umschlungen hielt, warf er mit dem anderen ein Netz aus – ein dickes Kreuzgewebe aus leuchtenden Fasern, das sich über die schwarze Masse legte und sie für den Augenblick zurückzuhalten schien. Der Wächter zerrte ihn von der Stelle weg. »Du kommst mit mir«, sagte er mit einer

Stimme, die keinen Widerspruch duldete, obwohl sie unbeteiligt klang, und hob Jebrassy, der wie eine Marionette mit den Beinen schlackerte, vom Boden auf. Als Jebrassy den Kopf herumwarf, bekam er gerade noch mit, wie Tiadba sich an dem grauen Rückenschild des Wächters vorbeidrückte, um zur halb geöffneten Nischentür vorzustoßen.

Ringsum wurde das Brüllen und Kreischen immer lauter, und auch Jebrassy stimmte voller Kummer mit ein. »*Warum?*«, rief er laut.

Gleich darauf kehrte Tiadba auf den Gang zurück. Sie hatte einen Beutel aus der Nische geholt – ihre Bücher. Während sie dem Wächter den Rücken zukehrte, kauerte sie sich zusammen und ließ es zu, dass er nach ihr griff und sie emporhob. Aus der Höhe hatten Jebrassy und Tiadba freien Blick auf die wogende schwarze Masse am anderen Ende des Ganges, aus der immer noch Schreien und Jammern drang. Das Netz, das die Masse in Zaum hielt, hatte sich aufgelöst, so dass sie weiter vorgedrungen war. Auf dem Kamm einer dunklen Welle tauchten drei, vier, fünf Nachgezüchtete auf und so schnell wieder ab, dass Jebrassy sie nicht zählen konnte. Panisch warfen sie sich hin und her, zuckten auf unglaubliche Weise, während ihr Inneres sich nach außen kehrte und danach wieder umstülpte. Und dennoch waren sie entsetzlicherweise noch am Leben und bewegten Arme und Beine mit unfassbarer Geschwindigkeit. Die Köpfe, die sich wie Kreisel drehten, blähten sich plötzlich auf, und die trüben Augen quollen so aus den Höhlen, als wollten sie explodieren.

Tiadbas Schreie vermischten sich mit denen der Opfer.

Plötzlich wusste Jebrassy, was gerade passierte. Er hatte so etwas schon einmal erlebt, allerdings in geringerem Ausmaß und auf eine einzige Stelle konzentriert. Es war ein Überfall, der dem glich, der seine Mer und seinen Per verschlungen hatte – und die Bewohner dieser Ebene waren das Hauptangriffsziel.

Ruckartig zog der Wächter sich ans andere Ende des Ganges zurück, wobei er mehrmals gegen die Wände stieß. In ihrem Rücken quetschte die schwarze Masse den Gang jetzt so zusammen, dass er mit einer der Mauern verschmolz. Rings um das Treppenhaus hatten sich inzwischen goldfarbene Wächter gesammelt, um überall Netze auszuwerfen. Jebrassys und Tiadbas Beschützer drehte die beiden plötzlich herum und zog sie eng an sich, denn er hatte einen neuen Gang oder Raum betreten und wollte vermeiden, dass sie an die Wände schlugen. Hier waren die Wände fugenlos und schimmerten silbrig. Es war ein Jebrassy unbekannter Schacht, vielleicht auch eine Röhre – *ein Aufzugschacht, genau wie der in den Diurnen,* schoss es ihm durch den Kopf. Er versuchte, nach Tiadba zu greifen, doch seine Finger reichten nicht ganz bis zu ihr hinüber. Er konnte sehen, dass sie noch lebte, denn sie drückte den Büchersack eng an die Brust. Doch sie hielt die Augen geschlossen und den Kopf so gebeugt, als wollte sie sich in ihr Schicksal ergeben.

Blitzschnell sausten sie durch die glänzende Röhre. Obwohl der massive Körper des Wächters sie schützte, riss der rasende Luftstrom Jebrassy fast den Schurz vom Leib. Er spürte, wie die exponierte Haut sich erhitzte. Am Ende der Röhre gelangten sie durch eine Öffnung ins Freie, wo der Wächter die Schwingen ausbreitete. In sanfter Kurve stiegen sie über der dritten Insel empor. Jebrassy konnte die Augen lange genug öffnen, um abzuschätzen, in welcher Höhe sie sich befanden. Von dem

Anblick wurde ihm so übel, dass er sich erbrechen musste. Von Tiadba war nur noch ein Fuß zu sehen, der unter der zweiten Schwinge des Wächters hervorlugte. Doch nachdem Jebrassy seinen Magen entleert hatte, überkam ihn schicksalsergebene Gelassenheit.

Durch die erste und zweite Insel gingen solche Schnitte, dass Dutzende von Ebenen offen lagen. Mit seltsamer Gleichgültigkeit musterte Jebrassy die zerstörten und ausgehöhlten Mauern, die schwarzen Strudel, die sich allmählich zurückzogen, und die Opfer, die in ihnen versanken. Die Luft roch faulig und zugleich verbrannt. Die Hälfte des künstlichen Himmels war verschwunden, so dass jetzt etwas enthüllt wurde, was bislang verborgen gewesen war: die Stadt oberhalb des Kunsthimmels, Elemente einer unbekannten Architektur. Sie umfasste Spiralen und silberne Bogenkonstruktionen, Mauern und Fußgängerwege. Und all das war in Bewegung, schien einen komplizierten Tanz aufzuführen, um die alte Ordnung wiederherzustellen, wollte sich erneut zusammenfügen, um den Bewohnern Schutz zu bieten. Denn natürlich lebten auch hier, oberhalb des künstlichen Himmels, Bürger von Kalpa; auch sie hatte der Überfall getroffen, mit dem Tode bedroht oder gar getötet.

Der Wächter setzte mit Jebrassy und Tiadba über schwarze, stinkende Wolkenfetzen hinweg. Trotzdem waren sie kurz einem derart fauligen Geruch ausgesetzt, dass es Jebrassy erneut den Magen umdrehte, nur wollte der nichts mehr hergeben. Er hörte Tiadba weinen. Als der Wächter Schwingen und Arme verlagerte, um schneller fliegen zu können, hatten sie kurz Gelegenheit, einander in die Augen zu sehen. Doch in Tiadbas Mienenspiel lag etwas, das Jebrassy nicht verstand, nicht nachvollziehen konnte. Über ihre Wangen rannen Tränen, die der Wind mit sich riss. Doch unter den Tränen lachte sie. Sie weinte und lachte zugleich – Ausdruck von Furcht und Kummer, aber auch inneren Jubilierens.

Unvermittelt tauchte aus dem Nirgendwo irgendetwas Widerliches, Feindseliges auf, griff nach ihnen und durchbohrte ihren Beschützer, so dass er schwarz anlief und sich mit einer Kruste überzog. Als es Jebrassy *berührte*, empfand er das als eine solche Vergewaltigung seines Körpers, wie er sie noch nie erlebt hatte. Und der Schmerz war so unerträglich, dass er keine Worte dafür hatte.

ZEHN NULLEN

44

Puget Sound

Der Sturm braute sich über dem Meer als dichter, dunkler Wolkenstreifen zusammen, der einem riesigen Pinselstrich glich. Nur sah der Strich so aus, als wäre hier nicht Farbe, sondern grauer Schlamm verschmiert worden. In den frühen Morgenstunden breitete er sich schnell über die Olympia-Halbinsel aus, verleibte sich alle düsteren Wolken ein, straffte seine Windspirale und gab ihr eine Richtung, sammelte und lenkte die Ladung der den Himmel zerfetzenden Blitze und brauste danach über den Puget Sound, wo er die schattenhaften Umrisse einer riesigen Gestalt formte – einer weiblichen.

Der Schatten fegte über das Binnenland hinweg, wandte sich nach Süden und machte kehrt, als hätte er nicht gefunden, wonach er suchte. Also peitschte er die Stadt. Am erschreckendsten war nicht die ständige Regenflut, die sich über die Stadt ergoss, nein, es waren die Blitze, die stets in Serie kamen, begleitet von einem Regenbogen der Farben und explosiven Donnerschlägen, die so klangen, als traktierten hammerharte Fäuste eine Kirchenorgel.

Die Menschen verdrehten die Köpfe. Mit abgewandtem Blick und wachsender Angst beobachteten die Einwohner, wie die Blitze greller und greller wurden und die Abstände dazwischen immer kürzer. Offenbar nicht zufrieden damit, vom Himmel direkt zur Erde zu springen, bildeten die Blitze seitliche Lichtbogen, stießen in die Schluchten zwischen den Wolkenkratzern vor, sprengten Fenster aus den Gebäuden, krochen an den Außenbalken und Stützträgern entlang, hüllten die Türme in ein mit Energie aufgeladenes Netz, um sich nahe am Boden wieder zu entladen. So mühelos, als zerteilte man Butter mit einem Säbel, schnitten sie durch kompakte Gebäude.

Sirenen heulten auf. Löschfahrzeuge und Polizeiwagen stimmten in die ohrenbetäubende Kakophonie ein, die bis weit in den Norden, bis nach Lake Union zu hören war. Hoch am Himmel zog sich der Gewittersturm zu einem bestimmten Zweck zusammen: Er formte einen dicken Pfeil, der parallel zur Brücke der I-90 verlief, während das breite Gefieder sich über dem Lake Washington abzeichnete. Die kräftige Pfeilspitze sondierte das Terrain, senkte sich, schoss weiter, leuchtete auf: Sie hatte das gefunden, was sie suchte.

Sie folgte einem alten weißen Van.

45
Wallingford

Oh – oh!

Etwas Böses kommt daher.

Binnen einer knappen Minute kam Daniel zu dem Schluss, dass der Gewittersturm vermutlich irgendetwas jagte, doch diesmal nicht *ihn*, denn er tobte südlich von Daniels Aufenthaltsort, südlich der Innenstadt.

Als es zu regnen und danach zu blitzen begann, wandte er den frühmorgendlichen Autofahrern und ihren Wagen, die sich auf der Fünfundvierzig zur Schnellstraße im Westen vorarbeiteten, den Rücken zu. Er war fertig mit den Straßenecken und der Bettelei. An diesem Morgen zählte er nicht mehr zu den tausend grauen Gestalten, die an den mit Abfall übersäten Randsteinen Tausender Auffahrten standen. Dieses Leben war vorbei, es hatte ein neues begonnen.

Am wichtigsten war: Er hatte überlebt.

Er blickte nach Süden, um den Weg des Sturms zu verfolgen. Nicht einmal die grellen Blitze und die sich windenden Wolkenungetüme konnten das neue Hochgefühl, das Gefühl körperlichen Wohlbefindens beeinträchtigen. Seit zwei Stunden war er von der Schlange in seinen Eingeweiden befreit und genoss es. Was von Fred noch übrig war, schaffte es nicht mehr, ihm viel Widerstand entgegenzusetzen. Dieser Körper war jung und relativ gesund, wenn auch nicht in Bestform.

Hinten im Haus schlief Mary immer noch. Und Charles Granger lag tot auf der Couch; eine Decke verhüllte seinen armseligen verbrauchten Körper. *Wenigstens das ist nicht meine*

Schuld, dachte Daniel. Das von innen her verweste Fleisch hatte einfach aufgegeben.

Der neue, gesunde Daniel war auf irrationale Weise sehr stolz auf seine Stärke und Fähigkeiten. Außerdem wusste er jetzt mit Sicherheit, dass noch andere wie er in der Stadt waren – und man sie bald zusammenbringen würde. Fröhlich sang er *Dies irae* vor sich hin. Wenn der Sturm das fand, wonach er suchte, wollte er sich möglichst nicht im Freien aufhalten. Selbst ein paar Kilometer weiter würde dieser Fund unangenehme Begleiterscheinungen haben. Außerdem musste er die Kästchen holen, die in dem verlassenen Haus hinter dem Kamin versteckt waren.

46

West Seattle

Als der Van von der West Seattle Bridge abbog, geriet er ins Schleudern, denn plötzlich musste Glaucous einem Wagen auf der linken Fahrspur ausweichen, den irgendjemand abgewürgt hatte. In den Fahrersitz gekauert und blass vor Anspannung, hielt er den Van in Zaum, als er kurzzeitig nur noch auf zwei kreischenden Rädern lief, lenkte ihn ruckartig zurück auf die Spur und nahm sich danach die Zeit, mit den vernarbten Fingerknöcheln den Schweiß aus den Augen zu wischen.

Jack Rohmer, der hinten im Van immer noch in dem Leinensack steckte, hatte es inzwischen geschafft, einen Arm durch die Verschnürung zu stecken, und schwenkte die Faust, während er über den kalten Metallboden vor und zurück rollte.

Mittlerweile hatte Glaucous mit der Imitation von Vogelstimmen aufgehört und war dazu übergegangen, seine persönlichen Erfahrungen als fliegender Händler aus dem Gedächtnis zu kramen. »Frische Äpfel, Birnen, Stachelbeeren, Johannisbeeren!«, brüllte er und ließ die alten Zeiten fröhlich hochleben.

Penelope stöhnte laut auf: Ein Blitz war in einen Strommast an der Straßenseite gefahren. Ein Funken sprühender Trafo stürzte erst auf die Windschutzscheibe und schlug dann hinter ihnen auf die Straße. Die ganze Zeit über murmelte Glaucous irgendwelche unsinnigen Dinge vor sich hin, die mit ihrer Fahrt und der gefährlichen Situation nichts zu tun hatten: »Schuhbänder und Jute! Fasern und Werg! Lumpen und Papier! Alteisen jeder Art! Schalotten und Zwiebeln! Lauch, Knochen und *FETT!*« (Letzteres schrie er laut, als erneut irgendwo ein Blitz einschlug.) »Pflaster und Salben! Pflaster und Wickel für jedes Kind – alle Schmerzen legen sich geschwind!«

Ein widerlicher, erdrückender Gestank stach Jack in die Nase. Das lag nicht nur daran, dass er in dem engen Sack so schwitzte. Diesen Gestank hatte er von seinem letzten Ausflug mitgebracht. Er war zu weit gesprungen, war zu einem Knoten von maroden Weltlinien vorgestoßen, die in Auflösung begriffen waren, Schleifen bildeten und nach etwas Entsetzlichem rochen.

Er wusste, dass der Van verfolgt wurde, dass irgendjemand diesem Gestank auf der Spur war …

Glaucous schien derselben Meinung zu sein. Zwischen seinen schwachsinnigen Ausrufen – inzwischen war er bei *Blaue Färbemittel! Kauft Indigoblau!* angelangt – hielt er plötzlich inne und beugte sich zu seiner Gefährtin hinüber, als wolle er ihr etwas anvertrauen. Doch dann schüttelte er nur den Kopf, zog sich wieder zurück, setzte sich gerade auf und reckte die Schultern so weit wie möglich vor. Er konnte es selbst nicht fassen, dass er soeben mit dem Gedanken gespielt hatte, derartig seltsame Dinge zu äußern. Dabei konnte er sich doch gar keine Zweifel erlauben, schon gar nicht in dieser Situation.

Penelope hatte die Armlehne von der Wagentür abgebrochen und quetschte deren Plastik und Metall wie eine Banane zusammen. Ihre Augen quollen fast aus den mit schwabbelndem Fett umgebenen Höhlen.

Seltsame Lichtflecken tanzten über ihre Gesichter.

Glaucous schlug sich die Hand vor Mund und Nase und starrte mit weit aufgerissenen Augen über den Daumen hinweg nach vorn.

»Was *ist* das?«, kreischte Penelope mit ängstlicher Kleinmädchenstimme.

»Das ist wahre Größe!«, brüllte Glaucous zurück. »Es bedeutet Macht und ein Versprechen, ein Gelöbnis und den Schwur ewiger Treue!« Doch seine Miene strafte seine Worte Lügen. Er hatte die Brauen zusammengezogen, und die Schweinsäuglein lagen tief in ihren Höhlen.

Inzwischen hatte Jack seinen Arm bis zur Schulter aus dem Sack befreit und wand sich hin und her, um den Kopf durch die Öffnung zu schieben.

»Was sagst du da?«, quäkte Penelope.

»Etwas verfolgt uns! Ist jetzt allzu eifrig, weil es zu lange hat warten müssen!«

»*Wen oder was* verfolgt es denn? Du hast doch gesagt, uns würde nichts passieren!«

»*Mir* wird auch nichts passieren.« Glaucous bedachte sie mit einem schuldbewussten Blick und ließ den Van auf eine Ausfahrt rollen. Erbost, doch zugleich neugierig richtete er die eingesunkenen Augen auf den Rückspiegel. »Als ich eben hier abgebogen bin, sind mir Blitze gefolgt, als stapften riesige Füße hinter mir her. Sie folgen mir, biegen sogar ab, wenn ich abbiege! So etwas hab ich noch nie erlebt, das kannst du mir glauben, liebe Königin der summenden Geschöpfe – noch nie in meinem Leben! Wir haben noch gar keine Lieferung angekündigt, und trotzdem spüre ich etwas, das nicht nur ein Zeitriss ist. Dass die Kalkfürstin so übereifrig ist, haben wir nicht einkalkuliert. Dieser junge Bursche da hinten ist ein großer Brocken, ein größerer, als wir schlucken können!«

Jack war über die Angst hinaus. Die süßliche, berauschende Melasse, Glaucous' spezielle Gabe, war zu saurem Essig gegoren, stach ihm in Nase und Gehirn, eröffnete ihm kurze Einblicke in Weltlinien, die sich verzweigten und Schleifen bildeten. All das schnürte ihm die Kehle zu, denn keine dieser Weltlinien war gut. Im Gegenteil: Alle waren grauenvoll. Was hier geschah, war nie zuvor geschehen. Das sagte ihm nicht nur die eigene Erfahrung, sondern auch die jedes Vorfahren, der zur Summe der Gene beigetragen hatte, die sich in seinem Fleisch und Blut zunehmend bemerkbar machten. Und diese Gene reichten bis zum Urschleim zurück.

47

Wallingford

Daniel streifte Freds graues Wolljackett über, zog die Schultern ein und wandte sich nach Westen. Er spürte, wie der Sturm Kraft sammelte.

Ein plötzlicher Sinneswandel hatte seine Arroganz und die Freude über den neuen Körper ins Gegenteil verkehrt. Der Sturm war nicht hinter *ihm* her, bot sich aber, was ihn betraf, wunderbar als Ablenkungsmanöver an. Er war zu sehr in Gedanken gewesen, um diese Möglichkeit in Betracht zu ziehen – wie unsäglich dumm!

Höchstwahrscheinlich hielt sich ganz in der Nähe ein anderes Zielobjekt auf – ein Schicksalswandler wie er selbst. Vielleicht auch mehr als einer. Aber irgendjemand, der das Ding befehligte, das sie verfolgte, hatte vielleicht immer noch vor, auch Daniel ins Visier zu nehmen. Schließlich war er etwas Besonders. *Ich träume nicht mehr von der Stadt. Warum das so ist, weiß ich auch nicht, es passiert einfach nicht mehr. Ein schlechter Hirte – so nennen sie mich doch, nicht wahr?*

Blitze ließen die Fassaden zur seiner Rechten weiß aufglühen. Jetzt war er nur noch einige Straßenzüge von der Stelle entfernt, an der er abbiegen musste, um nach Hause zu gelangen. Während er an einem großen Lampengeschäft vorbeikam, gingen alle für das Vormittagsgeschäft eingeschalteten Leuchtkörper plötzlich aus.

Die Luft *zischte.*

Mit aller Gewalt musste Daniel seinen neuen Körper vorwärtstreiben, zu dem verlassenen Haus. Die Angst hatte Fred auf den Plan gerufen – einen bedenklich starken Fred, der keineswegs mitgehen wollte. Doch Daniel konnte keinen weiteren Sprung tun, selbst wenn er die Kraft und Konzentration besessen hätte. Gewiss hatte sich die Zersetzung bereits überall verbreitet, und es gab nichts anderes mehr als widerliche, schleifenartige graue Weltlinien, die – ineinander verstrickt – zwischen diesem in Auflösung begriffenen Teil der Geschichte und deren unbekanntem Ende lagen: gewalkte, zerfaserte Schicksalsfäden, durchdrungen von säuerlichem, rußigem Verwesungsgestank.

Eine andere Stimme meldete sich, die weder seine eigene noch die von Fred war. Fred war bereits auf dem Rückzug, wie eine Schnecke, die unter einem Stein Schutz sucht.

Wozu all die Mühe, Mr. Iremonk?

Ein knisternder, blendender Blitz raste die Straße entlang und schlug in einen Hydranten ein. Die Explosion warf Daniel fast um und zertrümmerte alle Glasscheiben des Lampengeschäfts. Er jaulte auf wie ein getretener Hund und stolperte weiter.

Du hast eine Verabredung, hast den Termin lange genug hinausgeschoben.

Die Menschen auf den Gehwegen rannten schreiend davon.

Daniel wirbelte herum. Eine alte Frau in eng anliegender Fahrradkleidung, die einen umgeschlagenen schwarzen Schirm umklammerte, zerrte einen Terrier hinter sich her, der auf der Seite lag und mit den Beinen um sich trat. Jedes Mal, wenn er sich wieder aufgerappelt hatte, ruckte sie so heftig an der Leine, dass er wieder umfiel.

Riesige Hagelkörner, so groß wie Fußbälle, stürzten aus dem aufgewühlten Himmel. Jetzt trennten Daniel nur noch wenige Kilometer vom Auge des Sturms.

Bisher ist nur ihr Rocksaum an dir vorbeigestrichen. Das ist noch gar nichts im Vergleich zu dem Riss in der Zeit. Erinnerst du dich noch, Daniel? Ihr alle seid armselige Mistkerle. Doch du ganz besonders.

Als Daniel einen halben Straßenblock hinter sich einen kleinen Mann mit öligem, aalglattem Haar entdeckte, bog er links ab. Doch auf der gegenüberliegenden Straßenseite wartete ein weiterer. Er war schlank und trug altmodische schwarze Kleidung, die vor Wasser und Alter glänzte. An einem Straßenblock weiter östlich stand ein Dritter, der mit der auffällig bleichen Hand einen tropfnassen ramponierten Filzhut umklammerte. Alle drei lächelten und schienen den Sturm zu genießen, achteten gar nicht auf Regen und Eis.

Wo ist der vierte Pfosten des Netzes, Daniel?

Als er rückwärts zu laufen versuchte, wäre er fast gestürzt. Mit wirbelnden Armen schwenkte er herum und legte sich ins Zeug, gab alles, was er hatte, ohne zurückzublicken.

Er musste es bis zum Haus schaffen.

Unbedingt.

48

West Seattle

Der Sturm hatte eine hohle, emotionslose Stimme. Niemals hatte er Hunger, Mitgefühl, Leidenschaft oder quälende Hormonschübe erlebt; niemals hatte seine Stimme körperlichen oder seelischen Bedürfnissen Ausdruck verliehen. Seine Substanz bestand aus tausend Wirbeln und Strömen von Wind und Wasser, die von ruhelosen elektrischen Ladungen und Entladungen gespeist wurden. Der Sturm wusste lediglich – und mehr konnte er unmöglich wissen –, dass er wider alle Wahrscheinlichkeit freigesetzt worden war und jetzt solche Macht besaß wie kein Sturm je zuvor. Er konnte seine Kräfte konzentrieren, und er konnte töten – heimtückisch töten.

Ein schwarzer Wasserwirbel hatte den weißen Van fast eingeholt.

»Hier geht's um unsere Beute, unsere Fracht, meine Liebe!«, rief Glaucous über das Tosen hinweg und deutete mit dem Daumen nach hinten. »Er hinterlässt eine *Spur* …«

»Die Spule eines *Lebensfaden*?«, quäkte Penelope.

»Nicht Spule, sondern *Spur*! Er dünstet etwas aus, er *stinkt* nach schlimmen Orten, wenn's auch nicht die Hölle ist. Allerdings ist er ihr sicher sehr nahe gekommen, hat vielleicht sogar einen Zeh hineingesteckt … *Violett!* Indigoblau! Rot! Rote und orangefarbene Blitze! Und all das nur, um Madame zu entzücken!«

Jack brauchte alle Kraft, um die Füße gegen die Hecktüren zu stemmen, während er stöhnend den Sack umklammerte und sich darin herumwälzte …

Als sich etwas Dunkles über die Windschutzscheibe legte, kreischten Glaucous und Penelope wie verschreckte Papageien auf.

Jack spähte durch das Loch, das er durch die Lockerung der Verschnürung geschaffen hatte. Zwar konnte er die Silhouetten der riesigen, jetzt zusammengesunkenen Frau und des Fahrers ausmachen, starrte aber zwischen beiden hindurch auf die Windschutzscheibe. Für das, was er dort sah, fand er keine Erklärung. Es war eine Vision, die er weder einordnen noch als unsinnig abtun konnte, nicht einmal im Kurzzeitgedächtnis.

Was er sah, ähnelte einer aufgeplatzten Naht, einem Riss durch die Zeit, einer Welt, die aus den Fugen geraten war.

Und es hatte die Gestalt eines Gesichts, das außerordentlich schön war – und außerordentlich wütend.

Doch Jack vergaß gleich wieder, was er gesehen hatte.

Glaucous blickte zu seiner verängstigten Gefährtin hinüber. Wie durch einen Geistesblitz wurde ihm klar, wie sehr Penelope sich fürchtete und dass sie Bescheid wusste. Sie hatten einen fatalen Fehler gemacht. Und unabhängig davon, dass sie schon sehr lange zusammen waren und Penelope einige Stärken und Talente besaß, würde sie diejenige sein, die dran glauben musste. Nicht zum ersten Mal würde Glaucous eine geschätzte Partnerin opfern.

Der Sturm konnte nicht mehr warten. Jetzt schlug er mit all seiner angestauten Kraft zu, verausgabte seine Energie auf einmal, offenbarte alles, was in ihm verborgen war. Eine schwarze Wolkenwand senkte sich auf sie hinunter. Die Windschutzscheibe zersplitterte. Die Dunkelheit traf sie wie ein Hammerschlag.

Der Van kippte und schleuderte kurze Zeit auf zwei Rädern die Straße entlang, so dass Jack schmerzhaft gegen die Wellblechverkleidung prallte. Als das Metall infolge der Bodenreibung heiß wurde, brannte Jacks Rücken, obwohl er immer noch im Sack steckte. Er wälzte sich herum, trat um sich und schob den Kopf und einen Arm durch die Öffnung.

Gleich darauf raste der Van gegen eine Leitplanke und kippte erneut auf die Seite. Während Jack in der Luft hing, zog er die Knie an und rollte sich zu einer Kugel zusammen – mehr konnte er nicht tun, um sich vor einem Arm-, Bein- oder Genickbruch zu schützen.

Als sich die Sicherheitsgurte der Vordersitze ruckartig strafften, wich bei beiden Passagieren laut hörbar die Luft aus den Lungen.

Der Van überschlug sich und landete auf dem Dach.

49

Wallingford

Als Daniel die Stufen zum Haus hinaufrannte, entdeckte er den vierten Pfosten des Netzes: einen kleinwüchsigen Mann, der wie gescheckt aussah. Er wartete auf der Veranda vor dem Bungalow. Wegen des Wolkenbruchs konnte Daniel kaum das Haus ausmachen und schon gar nicht die Züge des Mannes erkennen, doch auf ihn wirkte er wie ein Schatten mit bleichem Zentrum, zusammengeschrumpft zur Größe eines hässlichen Gnoms.

Der Wolkenbruch hatte das hohe Gras im Garten niedergemäht, jetzt lag es wie schicksalsergeben da. Daniel war bis auf die Haut durchnässt. Eisstücke, die vom Gehweg und Hausdach abprallten, trafen seinen Kopf und die Schultern, so dass Blut an seiner Stirn herunterrann und sich mit dem Regen vermischte. Für einen Mann, der es gewohnt war, im Regen herumzuspazieren, hielt er sich nicht gerade gut. Im Süden spielten Blitze über den Himmel; dort konzentrierte sich die Suche seiner Meinung nach – dort wurde das Hauptziel gejagt.

Nimm lieber nichts als sicher an. Vielleicht sind sie doch hinter dir her.

Instinktiv streckte er die Fühler aus. Alle Weltlinien waren verzerrt und ineinander verwoben. Noch schockierender war, dass er ein Echo vorbeischweben sah, einen flüchtigen Blick auf einen Wiedergänger von Charles Granger erhaschte, der zurück zur Schnellstraße schlurfte und gar nicht wusste, was ihm zugestoßen war.

Gleich darauf sah er noch jemanden: Fred. *Sich selbst,* wie er von einer Barriere, die nur wenige Minuten in der Zukunft lag, zurückprallte. Der angekränkelte Teil ihrer Geschichte näherte sich rapide einer undurchdringlichen Wand, und Daniel hatte keine Ahnung, was dann passieren würde.

Der gescheckte Zwerg kam von der Veranda auf ihn zu – und veränderte sich dabei. Er verlor die feste Gestalt. Daniel hatte so etwas schon früher gesehen, an den schlimmen Orten: Formen und Gestalten, die sich jeder Dimension widersetzten. Während er die Stufen hinunterstieg, wuchs er plötzlich so, als reflektiere ihn ein Zerrspiegel. Je näher er Daniel kam, desto größer wurde er. Und desto mächtiger. Sobald die Erscheinung bis zu ihm vorgedrungen war, würde sie ihn so hoch überragen, dass sie bis zu den schwarzen Wolkenwirbeln reichte.

Als Daniel hinter sich blickte, erkannte er die anderen Männer in ihren altmodischen Anzügen wieder. Jetzt duckten sie sich vor dem Regen und dem Eis, also waren sie offenbar doch von menschlicher Gestalt und schmerzempfindlich.

Die Luft kühlte ab, so dass Nebel vom feuchten Gras aufstieg, und wurde so dick wie Gelatine. Dunkelheit senkte sich über die Erde.

Daniel fühlte sich jetzt stärker als zuvor. Mit aller Kraft versuchte er nachzudenken, wollte sich beweisen, dass er schlauer war als die armseligen Dreckskerle ringsum. Der Widerhall vom Terminus, dem Endpunkt dieser Weltlinie, würde den lokalen Massequotienten vorübergehend wachsen lassen, also würde der Fluss der Zeit sich verlangsamen. Am Endpunkt würde es für die meisten Beobachter so aussehen, als halte die Zeit an oder schleudere sie ein paar Tage oder ein paar Stunden zurück in die Vergangenheit. Und von dort aus würden sie diese kurzen Zeitsequenzen wieder und wieder durchleben, unglückselig wie Roboter, die in einer Programmschleife festsaßen.

Fetzen der Geschichte schwammen jetzt wie Fleischbrocken in einem Schmortopf herum. Von der Zukunft war vermutlich nichts als diese Barriere übrig, an der alles abprallte. Und im Umfeld dieser Wand herrschte eine ausgedünnte, dimensionslose Leere, in der es weder Denken noch Leben gab.

Schon vor langer Zeit und vielen Sprüngen zu Weltlinien hatte er sich, als er noch ganz und gar Daniel Patrick gewesen war, all diese Dinge zusammengereimt. Damals hatte er sich auszurechnen versucht, wie es sein würde, wenn die Zeit, in der er lebte, an ihr zwangsläufig chaotisches Ende gelangen würde.

Die riesige gescheckte Gestalt beugte sich herunter und strich Fred – Daniel – über das kurze braune Haar und die hohe Stirn, die immer noch blutete.

Der Nachtfalter.

Für den Augenblick hielt Daniel still.

Der Integralläufer. Hol ihn mir.

Die anderen Männer hatten sich im Garten inzwischen zu einem Dreieck formiert. *Kein Entkommen.* »Tu, was der Nachtfalter sagt«, befahl ihm derjenige, der ihm am nächsten war, ein schlanker alter Mann mit welterfahrenem Gesicht und einem Klumpfuß. Er stand an den Betonstufen, die durch den von Gras und Unkraut überwucherten Garten führten.

»Selbstverständlich«, erwiderte Daniel und versuchte, einen Bogen um die dimensionslose Gestalt zu schlagen, um zu gehorchen und mitzuspielen – im Grunde die einzige Chance, die ihm geblieben war. Der wolkenbruchartige Regen prasselte auf den Boden, und die Tropfen drehten sich in der Luft, so dass er aus allen Richtungen kam, nicht in geraden Linien fiel. So viele fundamentale Regeln waren jetzt außer Kraft gesetzt.

Werde es nie ganz begreifen.

Der Nachtfalter streckte einen riesigen Finger hoch und hinderte ihn so am Weitergehen. Während er ihn warnte, griff er gleichzeitig nach hinten, wobei sich seine Hand zu einem einzigen Punkt zusammenzog, und berührte das Haus. Sofort bleichte es aus, wurde weiß, und seine Umrisse zerbröckelten zu Kalkstaub. Nur eine höfliche Ermahnung. Falls Daniel tat, was sie verlangten, würden sie ihn vielleicht gehen lassen und nicht umwandeln oder töten. Er empfand einen Anflug von Enttäuschung. *Wer könnte wichtiger sein als ich, wer weiter springen? Wer sonst kann berechnen und begreifen, wie sich das Ende der Welt gestalten wird? Ich bin der Beste. Vielleicht wissen sie es. Sie könnten mich zu ihresgleichen machen. Zu einem Sklaven. Wahrscheinlich haben sie das vor. Wie erhebend. Na, vielen Dank auch!*

Zwei weitere lichtdurchlässige Wiedergänger waberten vorbei. Einer war Granger, der andere Fred. Auch der Nachtfalter schien sich jetzt zu verteilen und Schatten seiner unglaublichen Erscheinung auszuschicken. Dabei verausgabte er viel zu viel Energie. Schneller als alles andere in der Umgebung des Hauses würde er gegen den Terminus prallen.

Das Haus nahm wieder etwas Farbe an, sah aber immer noch so aus, als werde es gleich einstürzen. Selbst auf der Höhe seiner Wahrnehmungsfähigkeit, bei seiner fieberhaften Suche nach Antworten, war Daniel niemals fähig gewesen, das Multiversum in all seinen nahezu unbegrenzten Varietäten zu erkennen. Bis jetzt. *Man lernt immer besonders viel, wenn etwas kaputt geht – wenn es zu sterben beginnt.*

Er hatte nur eine einzige Chance: Er musste sich an dem vorbeidrängen, den sie den Nachtfalter nannten, seinen Stein holen und sich mit aller Kraft an ihn klammern. Daniel senkte den Kopf und quetschte sich unter den verzerrten Beinen des Nachtfalters hindurch, mitten durch dessen ausgedünnte Substanz. Der gescheckte Riese flackerte noch einmal jammernd auf, dann war er nur noch ein Trugbild. Seine Ränder hatten sich aufgelöst, und jede Stärke war ihm abhanden gekommen. Er hatte die Verbindung zur Quelle seiner Macht, zur Gebieterin über alle benachbarten maroden Weltlinien verloren.

Die drei schwarz gekleideten Männer wirkten erst erregt, dann bestürzt. Der Sturm schwächte allmählich ab, und die Luft erwärmte sich wieder. Was sich hier vollzog, war ein Rückzug: Der Nachtfalter stieg aus, solange er noch konnte, und ließ die menschlichen Diener der Bleichen Gebieterin als nutzlosen Ballast zurück.

Offenbar hatten sie damit nicht gerechnet.

Während sich Pfützen um seine Füße sammelten, blieb Daniel auf der Veranda stehen und warf sich gegen die Eingangstür. Das faulige Holz setzte ihm kaum Widerstand entgegen, so dass er in mehreren Verkörperungen unversehens ins Wohnzimmer segelte, inmitten von Staubwolken, die von hundert Variationen der zertrümmerten Tür aufstiegen – Staubpartikel der toten oder sterbenden Zukünfte, die früher einmal nur Sekunden entfernt gewesen waren.

Verblüfft stellte Daniel fest, dass er sich noch bewegen konnte.

Zwar waren Dimensionen niemals genau im Lot, völlig geradlinig, doch jetzt waren sie es weniger denn je. Als eine nicht realisierte, frustrierte Zukünftigkeit Blasen auf seinem Gesicht und den Händen aufwarf, schrie er auf und drehte sich zur Seite.

Zahlreiche Verkörperungen von Fred tauchten am Kamin auf, griffen nach dem lockeren Ziegelstein (der wegen der Wärme, den all diese zupackenden Hände ausstrahlten, heiß wurde) und suchten nach den Kästchen. Sie alle wussten, dass sie hinter dem Ziegel verborgen waren. Doch es dauerte nur einen Lidschlag, bis alle Wiedergänger verschwunden waren.

Diese Dinge, die anderen Augen stets verborgen blieben, hatte er schon früher gesehen,: Weltlinien, die in dem Versuch, sich wieder miteinander zu verbinden, hin und her schwenkten, die Zeit gewaltsam verlangsamten und das Licht da draußen zu trübem Nebel verdunkelten.

Sie waren auf den Terminus gestoßen – und gleich darauf zurückgeprallt.

Jetzt war der Zähler zurückgestellt. Die Barriere des Endpunkts hatte sie ein paar Stunden, allenfalls ein paar Tage zurückkatapultiert, wie auch alles andere in der Stadt, in der Welt, in diesem Abschnitt des Multiversums. Alles prallte von dieser fünfdimensionalen Schorfkruste über der verätzten Wunde ab, von diesem abdichtenden Deckel über allen maroden Weltlinien. Beim nächsten Vorstoß – der in wenigen Stunden, zumindest aber innerhalb der nächsten Tage erfolgen würde, da war er sich sicher – würde der Rückstoß in die Vergangenheit noch kürzer ausfallen, und danach noch kürzer. Und schließlich würden sie alle einfach an Ort und Stelle erstarren und flach gedrückt werden, denn dann würden Zeit und Raum verschwunden sein.

Es gab keine Hoffnung mehr.

Daniel schob sich durch die dicke Luft bis zur Tür vor, fegte Staub und Schutt zur Seite und blieb auf der abgesackten Veranda stehen. Die anderen, diese starken, mageren Männer in den tropfnassen schwarzen Anzügen, versuchten zu fliehen.

Bis auf einen.

Jetzt fiel ihm der Name wieder ein: *Whitlow.*

Die Erinnerung war so, als ramme ihm jemand einen Eissplitter ins Gehirn. Es war eine Erinnerung an Untreue und Verrat – Verrat an einer ganzen Welt.

Der schlechte Hirte.

Voller Selbstverachtung atmete Daniel tief aus.

Whitlow blieb lächelnd und unerschrocken auf der Veranda stehen. Er hatte sich nicht verändert, war immer noch derselbe schlanke, selbstbewusste, würdevolle alte Mann, der er in allen Weltlinien, die Daniel gekreuzt hatte, gewesen war.

Und stets hatte er diesen Klumpfuß gehabt.

Kurz schien Whitlows Blick liebevoll das zu streifen, was Daniel in den Händen hielt. Als der Mann mit dem Klumpfuß lächelte, zeigte er ebenmäßige elfenbeinfarbene Zähne. »Wie heißt du denn diesmal, junger Reisender?«, zog er Daniel auf. »Warum so übereifrig? Wohin kann irgendeiner von uns schon fliehen, außer in IHRE Arme?«

Beiläufig streifte er Daniel, als er ins Haus trat.
Daniel wandte sich um und folgte ihm.

50

West Seattle

Die Hecktüren des Van flogen weit auf. Jack kullerte auf den Asphalt und schlug ein Dutzend Meter immer wieder auf dem Pflaster auf, bis er schließlich auf einen Randstein aus Beton prallte, seine freiliegende Hand in der Gosse landete und das dunkle, silbrig schimmernde Wasser ihm über die Finger schwappte. Benommen riss er den sowieso schon lädierten Sack auf, schuf Öffnungen für den anderen Arm und den Rumpf, zog die Beine nach, stützte sich auf Hände und Knie, schälte sich aus den Fetzen …

… und stand auf, während sich in seinem Kopf alles drehte.

Einen Moment lang fragte er sich, ob er blind wurde oder sogar schon gestorben war, denn alles in der Umgebung des umgekippten Vans wirkte verzerrt und wie aufgelöst. Doch nach und nach fügte es sich wieder zusammen, so als hätte man ein Puzzle in eine Vergangenheit zurückkatapultiert, in der die einzelnen Teile wieder ein Ganzes bildeten.

Als er zum Himmel blickte, sah er, dass die Blitze sich um sich selbst drehten und, wie Schlangen spuckend und zischend, sich in Spiralen zu einem rotierenden Trichter hinaufwanden. Im Zentrum des Trichters entdeckte er eine gekrümmte, stämmige Gestalt, die fast nur aus dem Mittelteil des Körpers zu bestehen schien und winzige Arme und Beine hatte, mit denen sie herumfuchtelte. Sie schwebte dort in freiem Fall, schrumpfte zusammen, schlug um sich, wurde dabei aber erneut von Blitzen getroffen und noch höher getragen. Und die ganze Zeit über schrie sie mit schriller Kleinmädchenstimme so laut, dass sie sogar den Donner übertönte.

Hochspannungsleitungen, die sich halb von den Strommasten gelöst hatten, wurden von den Ausläufern des Wirbels gepackt, kräuselten sich, knickten und spannten sich wieder wie straffe Drähte. Schließlich rissen sie ganz ab, schossen nach oben, erschlafften – und fielen wie abgetrennte Schnüre zu Boden.

Während der Trichter sich schloss, ergoss sich eine solche Wasserflut über Jack, als wäre ein riesiger Eimer umgekippt worden. Die Flut drückte ihn nieder und seinen Kopf so dicht an den Asphalt, dass er zu ertrinken fürchtete.

Doch all das hörte plötzlich auf, und ringsum wurde es unnatürlich still.

Jede Bewegung war eine qualvolle Anstrengung. Er blinzelte mehrmals, damit sich die schlammigen Regentropfen aus seinen Augen lösten. Der Wolkenbruch, die Blitze, das bizarre Spiel der Naturgewalten – vorbei. Nur das leise Zischen aufsteigenden Dampfes durchbrach die tiefe Stille. Und ein schwaches, unheilverkündendes Knistern, das so klang, als zerknautsche jemand Zellophan.

Der Van war in einer Wohngegend verunglückt, die aufgeräumt und spießig wirkte. Die alten Häuser in Hanglage, gekrönt von einem Wasserturm, hatten sich mit einer schwarzen Schicht überzogen, aber sie waren nicht verbrannt und eingerußt. Vielmehr hatte sich ihre Substanz in eine glasartige dunkle Masse verwandelt, die wie Obsidian schimmerte. Der

Wasserturm spritzte aus allen Rohren. Und die Straße war mit kniehohen, schwarz glänzenden Stacheln übersät.

Während Jack auf dem Bürgersteig stand, schossen weitere Stacheln aus dem Boden, schoben ihn gewaltsam beiseite, schleuderten den Van herum und durchbohrten zwei seiner Reifen. Die Luft, aus der jede Farbe gewichen war, funkelte auf bizarre Weise. Genau wie Jack roch sie versengt – verzehrt von einem zeitlosen kalten Feuer.

Aus dem Van drang Glaucous' raues, kehliges Gebrüll, das er nur unterbrach, um nach Luft zu schnappen. Schließlich verwandelte sich das Gebrüll in ein grässliches unentwegtes Kreischen. Danach – Stille.

Alles, was Jack sah, verletzte seine Augen und seinen Verstand. Seine Halsmuskeln zuckten, konnten sich nicht einigen, in welche Richtung sie sich drehen (oder besser nicht drehen) sollten. Er schlug einen Arm vor die Augen. Doch wider besseres Wissen sah er erneut hin. Inzwischen waren die farblosen Felder in der Luft so ausgefüllt wie in einem Malbuch, aber der Brandgeruch hatte sich nicht verzogen. Der Wasserturm spie gurgelnd die letzten tausend Liter aus. Die Stacheln waren mit dem Straßenpflaster verschmolzen. Regenwasser strömte in Kaskaden aus den überlaufenden Gossen. Doch die Häuser waren zu einer Imitation von Normalität zurückgekehrt.

Während er die schmerzende Schulter lockerte, machte er sich schwankend auf den Weg zum Van, wobei er vorsichtig auftrat, weil er sich einen Fußknöchel verstaucht hatte. Er kniete sich vor die zertrümmerte Windschutzscheibe, an deren ausgezacktem Glasrand die letzte von Penelopes Wespen ruckartig entlangkrabbelte. Zwar war sie durchnässt und konnte nicht mehr fliegen, summte aber noch.

Alles ringsum warf flackernde Schatten – Kopien, die sich vom Original lösten, um gleich darauf wieder mit ihm zu verschmelzen. Er blickte auf seine Hände: die gleichen zuckenden Schatten. Soeben war etwas Gewaltiges passiert. Die Zeit vibrierte wie eine schwingende Gitarrensaite.

Jack spähte in den Van: Der Fahrersitz war leer, genau wie der Beifahrersitz. Es gab niemanden mehr, den er hätte retten können.

51

Ellen saß am Steuer von Miriams altem Toyota, Agazutta neben ihr. Auf den Rücksitzen hockten Farrah und Ginny, die fasziniert beobachtete, wie eine Bernsteinkette am Rückspiegel hin und her schwang. Sie durchkämmten eine regennasse Straße nach der anderen, um nach jemandem zu suchen, der jung und männlich war, wie Ginny den spärlichen Gesprächsfetzen entnommen hatte.

Auch jetzt noch schwappte das Regenwasser in den Abflussrinnen und ergoss sich von Überführungen und Ausfahrten auf die Straßen, so dass sie nur langsam vorankamen.

Wieder einmal empfand Ginny die Situation nicht nur als mysteriös, sondern als unbeschreiblich bizarr. Hier saß sie nun, umgeben von unheimlichen Frauen mittleren Alters, die alle überaus *neugierig* waren. Doch sie mochten sich noch so viel Mühe mit ihr geben, einen noch so guten Plan verfolgen: Die wesentlichen Fragen wollten sie genauso wenig beantworten wie Bidewell. Allzu oft hatten sie erwidert: *Abwarten, dann werden wir schon sehen.* Und ihr eigenes Schicksal war so sehr mit dem der Frauen verknüpft, dass sie litt wie ein eingepferchtes wildes Tier.

Der Sturm hatte jemanden gejagt; jedenfalls hatten die Frauen darüber diskutiert, ehe sie sich für die Fahrt über die West Seattle Bridge entschieden hatten. Selbstverständlich taten Stürme so etwas nicht.

Über die Schulter warf Agazutta einen Blick nach hinten. »Was spüren Sie?«, fragte sie Ginny.

Ginny schüttelte nur den Kopf. Vor sich spürte sie lediglich eine beängstigende Stasis – eine ausdruckslose, alles vereinnahmende Leere. »Sagen *Sie's* mir. Ich fahre hier nur mit.«

»Möglich, dass der Sturm heute nicht das einzige ungewöhnliche Ereignis ist«, bemerkte Ellen. »Möglich, dass Sie uns dabei helfen könnten, einen anderen Menschen zu retten, der genauso wichtig ist wie Sie. Also bitte, Virginia – sagen Sie uns, was Sie spüren.«

»Wir sind nichts anderes als Holzscheite, die zufällig aus einem Kaminfeuer herausgerutscht sind«, erwiderte Ginny und verkroch sich so tief wie möglich in ihren Sitz. Sie fühlte sich elend und verängstigt.

Farrah rieb sich die Nase. »Riecht tatsächlich verbrannt hier.«

»Sind Sie wirklich Hexen?«, platzte Ginny heraus.

Agazutta schnaubte verächtlich. »Das ist nur ein Scherz, Liebes. Glauben Sie, wir hätten das hier zugelassen, wenn wir wirklich Macht hätten?«

»Falls überhaupt jemand magische Kräfte hat«, warf Ellen ein, »dann vermutlich Sie oder Bidewell. Nicht, dass wir in letzter Zeit viel davon gesehen hätten.«

»Diese Bücher«, gab Farrah zu bedenken.

»Alles frei erfunden«, entgegnete Agazutta.

»Aber sie sind alt«, sagte Farrah.

Ellen zischte, was man auch als Kritik auffassen konnte. »Wir müssen ihm vertrauen, uns bleibt ja gar nichts anderes übrig. Und wir müssen auch Ginny vertrauen.«

»Unserer schlecht gelaunten Ginny«, meinte Farrah.

»Nicht anders als du, jedenfalls anfangs«, gab Agazutta zurück.

»Teufel noch mal, ich bin's immer noch.«

»Sind Sie lesbisch?«, entfuhr es Ginny.

Eisige Stille. »Hier scheint ein grundsätzliches Missverständnis vorzuliegen«, sagte Farrah schließlich. »Jemand sollte das Mädchen aufklären.«

»Im Prinzip spielt das überhaupt keine Rolle«, erklärte Ellen Crowe. »Bis auf mich …«

»Bis auf Ellen …«, wiederholte Agazutta mit einer Spur von Gehässigkeit, »… hat diese Gruppe ein Zölibatsgelübde abgelegt«, vollendete Ellen den Satz.

»Was erklärt, warum wir so viel trinken und obszöne Romane lesen«, sagte Farrah.

»Warum haben *Sie* kein Zölibatsgelübde abgelegt?«, wollte Ginny von Ellen wissen und streckte den Kopf vor.

»Das hat nichts mit Fragen der Magie zu tun, aber sehr viel mit dem Angeln«, erwiderte Agazutta. »Sie sind hier nämlich nicht der Köder, meine Liebe. Der Köder ist *Ellen*.«

»Niemand will mir glauben, dass es alles rein …«, setzte Ellen an, doch Agazutta fuhr ihr dazwischen. »Ist er das?«

Durch die Windschutzscheibe spähte Ellen zu einem mageren jungen Mann hinüber, der mit eingezogenen Schultern und tropfnassem Haar den holperigen Fußgängerweg entlangging. Als der Toyota abbremste, setzte Ginny sich unwillkürlich auf. Der junge Mann hatte sie nicht bemerkt – oder tat zumindest so.

»Das Schoßhündchen wirkt ganz schön verdreckt«, bemerkte Agazutta.

Von hinten sah er wie der Mann aus, den Ginny während des Gauklermarkts auf einem Rad bemerkt hatte. »Anhalten!«, rief sie, als sie sein Gesicht erkennen konnte.

Ellen bremste so scharf ab, dass die Reifen quietschten, was er nicht überhören konnte. Er sah hastig nach links und fiel in Trab.

»Du hast ihn erschreckt«, sagte Agazutta.

»Also, *entschuldige*, aber …«

»Er entkommt uns!«, schrie Farrah. »Wir werden ihn verlieren. Er wird *springen*!«

Allen schien klar zu sein, was das bedeutete. Agazutta suchte mit den Augen den Himmel und die Umgebung ab, als rechne sie damit, dass gleich eine Boeing 747 abstürzen oder ein Baum vor ihnen her marschieren könnte.

»Er kann es nicht«, warf Ginny ein.

»Kann was nicht?«, fragte Ellen.

»Er kann nicht *fliehen.*« Das konnte Ginny an seiner Körperhaltung ablesen. Und an seiner hilflosen Reaktion auf ihre Gegenwart. »Es gibt keinen Ort mehr, an den er sich flüchten könnte.«

Als der Wagen ihn eingeholt hatte, kurbelte Ginny ihr Fenster herunter. »Warte!«

Erneut blickte der junge Mann nach links und stolperte dabei über einen erhöhten Pflasterstein. Mit einem erschrockenen

Hoppla! fiel er auf Hände und Knie. Ginny trommelte mit den Fäusten gegen die Tür. »Lasst mich raus! Ich muss ihm helfen!«

Ellen hielt an.

»Kindersicherung«, rief Farrah ihr ins Gedächtnis.

Ellen löste die Sicherung, so dass die Tür weit aufschwang und Ginny fast aus dem Wagen gefallen wäre. Sie richtete sich zu voller Größe auf, hob den Kopf und ging langsam auf den jungen Mann zu, als wäre er ein angeschossener Leopard. Er ging in die Hocke und blickte ihr finster entgegen. Einen Moment lang waberte sein Umriss. Er war in Nebel gehüllt und zitterte.

»Bitte nicht«, sagte sie. »Bitte bleib.«

Sein Umriss nahm wieder feste Konturen an. Mit angezogenen Armen und gekrümmten Fingern sah er sie an. »Warum sollte ich?«

»Wir sind uns schon mal begegnet.«

Immer noch funkelte er sie böse an.

»Der Sturm war hinter dir her, stimmt's?«

»Weiß ich nicht.«

»Wir können nicht fliehen. Aber es gibt da ein warmes Plätzchen und Freunde – jedenfalls halte ich sie dafür. Ist nicht weit von hier. Komm mit uns.«

»Euer Wagen ist doch schon voll. Es sei denn, ich soll im Kofferraum mitfahren.«

Farrah öffnete ihre Tür und klatschte mit der Hand aufs Wagendach. »Quetschen Sie sich rein, Sie sind ja nicht fett.«

»Raus aus der Nässe, Jack.« Ellen winkte ihm mit beruhigendem Lächeln zu.

Jack stand auf, spähte durch die Windschutzscheibe und schob sich das nasse Haar aus dem Gesicht. »Ihr habt mich wirklich zu Tode erschreckt.«

»Ich hab die meisten auch erst heute kennengelernt«, sagte Ginny.

»Wer bist du denn überhaupt?«, fragte Jack.

»Das weiß ich auch nicht. Jetzt nicht mehr.«

52

Das grüne Lagerhaus

Jack blieb hinter dem Tor zum Lagerhaus stehen und starrte auf das gespenstische Grau der First Avenue South. Er zitterte in dem aschfahlen Licht und der Kälte. Nachdem Ellen den Wagen abgestellt hatte, waren die Frauen die Rampe zum Lagerhaus hochgestiegen und hatten ihn am Maschendrahtzaun zurückgelassen. Er hatte ihnen gesagt, er brauche einen Augenblick, um sich wieder zurechtzufinden.

Ginny war zurückgekommen und beobachtete ihn von der Eingangstür aus.

Binnen weniger Stunden – jedenfalls nach subjektiver Zeitrechnung – hatte sich die Stadt jenseits des grünen Lagerhauses in einen Dschungel flackernder Schatten verwandelt. Unnatürlich schnell flogen die Wolken dahin, prallten aufeinander, schossen empor und verschwanden im grauen Himmel.

Auf dem Rückweg von West Seattle war ihr Auto das einzige auf der Straße gewesen. Sie hatten gesehen, wie Menschen dort entlanggingen, von einer Barriere zurückprallten und wieder von vorn begannen, ohne dass ihnen richtig klar war, was mit ihnen passierte. Allerdings schienen einige ihr entsetzliches Dilemma nach und nach zu begreifen, jedenfalls so weit, dass sie Angst bekamen.

Doch noch beängstigender war es, dass die meisten Menschen den Unterschied zu früher gar nicht bemerkt hatten.

Aus irgendeinem Grund hatten die Steine in ihren Kästchen und das Lagerhaus zur Beruhigung ihrer persönlichen Lage beigetragen und sie beschützt, seit auch sie vom Terminus zurückgeprallt waren. *Terminus* – so hatte Ellen den Endpunkt auf der Fahrt hierher genannt. Doch die Bezeichnung Endpunkt traf nicht ganz zu: Das Ende vollzog sich eher so, als prallte ein Ball mehrmals langsam auf, um danach auszurollen und irgendwann liegen zu bleiben.

Jack war so traurig, dass er es kaum noch ertragen konnte. Da draußen waren so viele verwirrte, orientierungslose Menschen unterwegs, die versuchten, ihr Leben wieder in den Griff zu bekommen. Doch die Zeitschleife warf sie immer wieder zurück und würde sie letztendlich – sobald der Ball nicht mehr aufprallte – erdrücken. Ohne zu wissen, wie ihnen geschah, würden sie sich nicht mehr rühren können, wie Fliegen, die in Teer gefangen waren.

Es war so plötzlich geschehen, wenn auch nicht ohne Vorzeichen.

Schließlich konnte Ginny nicht länger warten. Sie ging die Rampe hinunter und stellte sich mit verschränkten Armen neben Jack.

Sie war jünger als er, vielleicht achtzehn, doch der Ausdruck ihrer Augen sagte ihm, dass sie nicht einfach irgendein Mädchen war. Seit ihrer unruhigen, trostlosen Fahrt zum Lagerhaus hatten sie keine zwei Worte miteinander gewechselt.

»Wie hat der Sturm dich gefunden?«, fragte sie.

Verlegen zuckte Jack die Achseln. »Ich habe eine gewisse Telefonnummer angerufen. Daraufhin haben ein Mann und eine Frau mich buchstäblich eingesackt. Und danach … Ich versuche immer noch herauszufinden, was danach passiert ist.«

»Es war der Riss in der Zeit.«

»Riss in der Zeit?«

»Ja, das passiert, wenn man der Königin in Weiß begegnet.«

»Wer, zum Teufel, soll das sein? Noch eine alte Frau?«

»Ich weiß es nicht. Das ist nur einer ihrer Namen. Lass uns ins Haus gehen, da ist es wärmer. Außerdem solltest du mit Bidewell reden.«

Die Luft im grünen Lagerhaus roch angenehm: nach trockenem Holz und altem Papier. Jack sah sich in dem Raum um, musterte die hohen Wände mit den unlackierten Holzverkleidungen und die dicken Balken, die aus den Stämmen großer alter Zedern hergestellt waren. Durch die hohen Fenster und Dachluken drang trübes, gefiltertes Licht. Überall waren Lattenkisten und Kartons aufgestapelt. Ginny folgte ihm bei seinem Rundgang wie eine kleine Schwester, was ihm anfangs gar nicht gefiel.

Er trat an die breite Stahltür und klopfte mit den Fingerknöcheln dagegen. Auf der anderen Seite unterhielten sich die Damen des Literaturzirkels mit einem älteren Mann, doch er konnte nicht verstehen, was sie sagten. Als er Ginny ansah, lag plötzlich Scheu in ihrem Blick. Sie wirkte wie ein junges Fohlen, das überlegt, ob es ausreißen soll. »Was liegt hinter dieser Tür?«, fragte er.

»Dort hat Mr. Bidewell sein Büro und seine private Bibliothek.«

»Noch mehr Bücher?«

»Jede Menge, alte wie neue. Er lässt sie sich kistenweise aus aller Welt kommen. Manche sind unglaublich. Ich weiß nicht, wo er sie aufstöbert. Ich hab ihm geholfen – helfe ihm dabei –, sie zu katalogisieren. – Was waren das für Leute, die dich entführt haben?«

»Der Mann nannte sich Glaucous. Außerdem war eine dicke Frau dabei, eine wahre Riesin. Sie hieß Penelope, glaube ich.«

»Mich hat auch ein Paar entführt, in Baltimore. Ich konnte zwar entkommen, aber sie sind mir bis hierher gefolgt. Dr. Sangloss hat mich gleich nach meiner Ankunft in Seattle zu Bidewell geschickt.«

»Da hast du Glück gehabt. Meine beiden Entführer haben Wespen eingesetzt.«

Ginny kniff die Augen zusammen. »Wespen?«

»Genau.« Er schwenkte eine Hand und ließ die Finger spielen. »Als die Frau ihren Mantel aufgemacht hat, sind sie ausgeschwärmt und haben mich verfolgt.«

»O Gott!«

»Und bei dir? Was waren das für Leute?«

»Ein Mann mit einer Silbermünze. Und eine magere Frau, die zwischen ihren Fingern Flammen auflodern lassen konnte.«

»Ich hab schon immer von seltsamen Dingen gewusst«, sagte Jack, »aber nicht von solchen wie *diesen*. Nicht von solchen, die so verrückt sind wie meine Träume.«

»Was weißt du noch von deinen Träumen?«

»Nicht viel. Träumst du auch?«

Sie nickte. »Alle Schicksalswandler träumen. Das hat mir Mr. Bidewell erzählt.« Jack biss die Zähne zusammen und sog scharf die Luft ein. Er bemühte sich, nach außen hin ruhig zu wirken. »Schicksalswandler?«

»Wie du und ich. Wir wandeln unser Schicksal und springen von einer Weltlinie zur anderen, wenn die Chancen schlecht für uns stehen.« Sie umriss mit der Hand eine waagerechte Linie auf Schulterhöhe. »Wir tauchen zur Seite ab. Das weißt du doch, oder nicht?«

»Ich wusste nicht, dass es eine Bezeichnung dafür gibt.«

»Allerdings erleichtert es unser Leben nicht gerade. Ich mache immer noch Fehler. Manchmal denke ich …« Erneut dieser scheue, verstohlene Ausdruck in ihren Augen.

Jack begann eine Runde um den Lagerraum zu drehen, und Ginny folgte ihm unaufgefordert. »Warum gerade Wespen?«, fragte sie.

»Aus einem Raum voller Wespen gibt es kein Entkommen. Wohin du dich auch wendest, du hast keine Chance.« Er hatte keine Lust, die Weltlinie zu beschreiben, in die er sich hatte flüchten müssen. Und auch nicht, in welcher Weise das den Sturm – den Riss in der Zeit – kurzzeitig abgelenkt haben mochte. »Über was reden die da drüben? Über uns?«

»Ich weiß es nicht.«

Sie beendeten den Rundgang an der Stelle, wo Ginny sich die kleine Nische zwischen den Kisten geschaffen hatte. Sie hob den Vorhang hoch, den sie dort zur Wahrung einer gewissen Privatsphäre angebracht hatte, und lud ihn zu sich ein. Jack setzte sich auf eine kleine Lattenkiste, da er nicht gern den einzigen Holzstuhl in Beschlag nehmen wollte und schon gar nicht das Bett. Er schlug die Beine übereinander. »Ich bin ein Gaukler«, erklärte er.

»Ja, ich hab dich auf dem Gauklermarkt gesehen.«

»Komisch, dass ich dich nicht gesehen hab.«

»Du hattest dich über irgendwas geärgert, glaub ich.«

»Und was treibst du so?«

»Ich gerate in Schwierigkeiten, und dann laufe ich weg.« Ginny setzte sich ebenfalls auf eine Kiste. Doch da Staub davon aufwirbelte und die Kiste durchhing, stand sie auf, klopfte sich die Jeans ab und nahm auf dem Stuhl Platz.

»Von wo läuft du weg?«

»*Wohin* solltest du besser fragen.« Sie zuckte die Achseln. »Wir beide sind uns schon früher begegnet, da bin ich mir sicher. Nicht nur auf dem Gauklermarkt. Erinnerst du dich denn gar nicht daran?«

Dass Jack erneut zu zittern begann, lag nicht nur an der Kälte. Er hatte sein Visier aufgeklappt, und das passte ihm nicht, nicht an diesem Ort und nicht vor diesem Mädchen.

Staunend und voller Angst blickten beide zu den schmalen hohen Fenstern empor, denn es war plötzlich dunkel geworden. Vielleicht würde nie wieder ein neuer Tag anbrechen. Zwei Sterne leuchteten durch die Glasscheiben. Jack versuchte sich auszumalen, wie die Zeit zum Stillstand kam, erstarrte, von der Barriere – oder wie man es sonst nennen sollte – zurückprallte und bis zu den Sternen hinauskatapultiert wurde, doch es überstieg sein Vorstellungsvermögen. Er stand auf, hob den Vorhang an und kehrte in den hinteren Teil des Lagerraums zurück, wobei Ginny ihm wie ein Hündchen folgte. Er hämmerte gegen die stählerne Schiebetür, doch die Stimmen dahinter redeten so laut weiter, als hätten sie ihn nicht bemerkt.

»Sie werden uns reinlassen, wenn sie so weit sind«, sagte Ginny. »Ein Gaukler ist ein Straßenkünstler, stimmt's?«

»Tja.«

»Warum sollte sich ein Gewitter für einen Jongleur interessieren?« Sie schlug sich die Hand vor den Mund.

Jack sah sie verblüfft an. Dass sie angesichts ihrer misslichen Lage so unerschrocken und übermütig lachte, verlieh ihr einen seltsamen Anstrich von Heldenmut, und das beschämte ihn. »Wer ist Bidewell?«, fragte er.

»Mit vollem Namen heißt er Conan Arthur Bidewell. Ich glaube, er ist schon sehr lange hier.«

»Also ist er so was wie ein großer mächtiger Hexenmeister?«

»Zumindest scheint er selbst das zu glauben. Er hat sein ganzes Leben damit verbracht, Bücher zu sammeln. Hier gibt es Räume, die seit über hundert Jahren kein Mensch betreten hat, sagt er jedenfalls. Ich glaube, er will uns dort hineinstecken und dann sehen, was passiert.«

»Und du traust dem, was er sagt?«

»Ich glaube nicht, dass er lügt.«

Rumpelnd glitt die Schiebetür auf, und Miriam streckte den Kopf herein. »Ihr könnt jetzt kommen. Jeremy …«

»Jack«, korrigierte er sie.

»Jack … Zeit, dass Sie Mr. Bidewell kennenlernen.«

Ginny ging an seiner Seite hinein.

»Wie kannst du das alles nur so hinnehmen?«, fragte Jack.

»Ich hatte auch schon gewisse Probleme damit, bin aber immer ins Lagerhaus zurückgekehrt, denn hier ist es sicher, jedenfalls für den Moment. Es ist der sicherste Ort in der ganzen Stadt, vielleicht sogar in der ganzen Welt. Da draußen …«

Es war nicht nötig, mehr über die Straßen, die Stadt und den Himmel zu sagen.

Der alte Mann – Bidewell, wie Jack annahm – stand an einem langen Holztisch, auf dem mehrere mittelgroße Bücher mit festen Einbänden gestapelt waren. Bidewell trug einen dunkelbraunen Anzug voller Flicken und ausgebesserter Löcher.

Nachdem Miriam sich zu den anderen Frauen gesellt hatte, setzten sich alle um einen eisernen Ofen, in dem Holz brannte. Aus dem Sichtfenster drang ein anheimelnder rötlicher Flammenschein. Agazutta nahm auf dem einzigen Polstersessel Platz – vielmehr fläzte sie sich wie ein verwöhnter Filmstar hinein. Wie Studenten vor einer Prüfung blieben Jack und Ginny an gegenüberliegenden Tischenden stehen.

Bidewell musterte Jack, nahm zwei Bücher vom Stapel und schlug sie in der Mitte auf. Eines schob er quer über den Tisch Ginny zu, das andere Jack. Beide blickten auf die Seiten, doch sie waren unleserlich. Es gab weder Wörter noch Absätze, nur scheinbar sinnlose Folgen von Buchstaben und Zahlen. Jack wandte den Blick ab und klappte das Buch laut zu, während Ginny ihres offen ließ. Bidewell hatte ihr *Die Wasserspeier von Oxford* von J. G. Goyle zugeteilt. Sie erkannte den Einband wieder, konnte von dem Text aber nichts mehr entziffern. Auch die Abbildungen wirkten wie angeschmutzt und waren nur noch vage auszumachen.

Ein drittes Buch, dessen Titel auf dem Buchrücken ebenfalls verstümmelt war, machte bei den Frauen die Runde.

»Vielleicht sind euch die Nebenwirkungen dessen aufgefallen, was ihr draußen erlebt habt, von manchen als *Riss in der Zeit* bezeichnet«, sagte Bidewell, während Agazutta das dritte

Buch zurück auf den Tisch legte. »In Wirklichkeit sind es zwei Ereignisse, die gleichzeitig eingetreten sind: der Riss in der Zeit und der Terminus. Der Riss in der Zeit schneidet uns von unserer Vergangenheit ab, der Terminus von jeder möglichen Zukunft. Und so sind wir mehr oder weniger sowohl von der Kausalität als auch von der Eventualität abgeschnitten, den beiden pulsierenden Wellen der Zeit. Draußen sind die Folgen offensichtlich. Hier drinnen ist meine Bibliothek zwar zerfallen, bietet aber immer noch einigen Schutz.«

»Sind *alle* Bücher zerstört?«, fragte Miriam fassungslos. »Ich meine, schließlich sammelst du ja wirklich Kuriositäten.«

»Jedenfalls alle, die ich bisher untersucht habe, einschließlich derjenigen, die ich recht gut kenne. Jenseits dieser Mauern ist jedes Buch in unserer Region, vielleicht sogar in allen uns früher zugänglichen Regionen, genauso verstümmelt. So etwas habe ich noch nie erlebt, nicht in diesem Maßstab.«

Jack setzte bewusst eine ausdruckslose Miene auf: Er wartete ab.

»Virginia, du bist wieder in Besitz deines seltsamen kleinen Steins, also gibt es jetzt zwei«, sagte Bidewell. »Jack, Ginny – könntet ihr eure Steine bitte aus den Kästchen holen …?«

Jack machte sich an seinem Kästchen zu schaffen und öffnete es. Innen lag der in sich gewundene schwarze Stein; ein einziger tiefroter Strahl ging von ihm aus.

Ginny hob ihren Stein hoch. »Anwesend und bereit zum Appell«, sagte sie bemüht locker.

»In Anbetracht ihrer Formen und der Tatsache, dass sie sich offenbar zusammenfügen möchten … Aber nein, wir werden das *nicht* ausprobieren. Bitte haltet sie getrennt voneinander. Ich nehme an, es gibt irgendwo einen dritten Stein, vielleicht sogar noch weitere. Keiner von uns weiß, wo sie sich befinden könnten. Außerdem hat keiner unserer Wachposten und Kundschafter eine dritte Person mit euren Fähigkeiten gemeldet. Aber im Augenblick können wir uns nicht weiter damit befassen. Alles jenseits dieser Mauern liegt derzeit außerhalb unserer Kontrolle.«

Agazutta schnaubte.

Bidewell nickte. »Wenn die Steine das sind, wofür ich sie halte, haben sie fast das Ziel ihrer langen Reise erreicht – sie haben ein *Integral* gebildet. Bitte bringt sie zur Tischmitte und fahrt damit langsam über dieses Buch. Ich habe einen besonders wertvollen Band ausgewählt, einen, den ich mir schon recht lange für eine besondere Gelegenheit zurückgelegt habe. Doch im Augenblick ist er unlesbar. Kinder …«

Jack tat es Ginny nach und stellte sich neben Bidewell, der das Buch in der Mitte aufschlug. Beide streckten ihre Steine aus, während die Frauen sich an der anderen Tischseite sammelten, um zuzusehen.

Jack und Ginny hielten die Steine über die Seiten. Anfangs blieb der Text unlesbar. Doch dann, so als hätte sie plötzlich das Licht der Vernunft erfasst, kehrten die Wörter nach und nach wieder, zuerst nur wenige, dann Sätze, Redewendungen, ganze Abschnitte, obwohl sich kein Buchstabe von der Stelle gerührt und nichts sichtbar neu geordnet hatte. Unter der Einwirkung der Steine wurde das Buch wieder lesbar.

Unwillkürlich warf Jack einen Blick auf den ersten Absatz, der nach und nach einen stimmigen Text ergab. Obwohl er aus seiner Perspektive auf dem Kopf stand, konnte er ihn lesen – ein Trick, den er vor Jahren gelernt hatte.

Die Sprache ist so grundlegend wie Energie. Damit das Universum beobachtet werden kann, muss es reduziert, codiert werden. In einem nicht beobachteten Universum herrscht das Chaos. Die Sprache wird zur DNA des Kosmos.

Er blickte auf. Auch Ginny hatte den Text gelesen. »Angesichts der Macht, die ihr Kinder besitzt, komme ich mir ganz klein vor«, sagte Bidewell ehrfürchtig. »Ich habe Jahrhunderte darauf gewartet, diese Wirkung mit eigenen Augen zu sehen. Sie bestätigt vieles von dem, was bis jetzt eine bloße philosophische Spekulation war.«

»Was *sind* diese Steine?«, fragte Ginny. Die Hand, in der sie den Stein hielt, zitterte. »Ich habe meinen schon so lange ich denken kann. Und vor mir hatten ihn meine Eltern. Ich war nie sehr lange von ihm getrennt. Trotzdem habe ich keine Ahnung, was er ist.«

»Jack?«, sagte Bidewell und beobachtete ihn genau, wirkte dabei aber zuversichtlich.

»Meine Mutter hat ihn einen Gelegenheitsstein genannt, weil er gelegentlich greifbar ist, manchmal aber auch verschwindet. Einmal hat sie ihn auch als Bibliotheksstein bezeichnet.«

»Seltsam. *Bibliotheksstein.* Als hätte sie darüber Bescheid gewusst.«

»Worüber?«

»Im Augenblick sind diese Steine, diese Kapseln, die etwas umschließen, noch Teilelemente. Ihre Reise ist beendet, sie sind stark und voll ausgebildet, aber noch nicht reif für das Weitere. Dennoch haben sie bemerkenswerte Kräfte, wie ihr sehen könnt.« Bidewell ergriff die ausgestreckten Hände von Ginny und Jack und zog sie langsam auseinander. Trotzdem blieb der Text des Buches lesbar; es kamen sogar ständig weitere lesbare Passagen hinzu. »Über die Zeitalter hinweg hat es viele solcher Steine gegeben. Manche waren Irrläufer und haben sich als nutzlos entpuppt. Andere wurden zusammen mit ihren Hütern eingefangen und vermutlich beschlagnahmt oder vernichtet. Die Namen, die man den Steinen verliehen hat, liefern uns wahrscheinlich Hinweise auf ihre wahre Natur und Funktion. Für den Augenblick könnt ihr sie weglegen.«

»Falls etwas die ganze Ordnung zerhackt hat, wie kommt es dann, dass wir noch denken oder sehen können?«, fragte Miriam. »Warum sind dann nicht auch unsere Körper verstümmelt?« Sie erhob die Stimme. »Eigentlich müsste dann doch alles auseinanderfallen!«

Auf ihre beunruhigende Bemerkung folgte betretenes Schweigen.

Bidewell schlug die wiederhergestellten Seiten auf, eine nach der anderen. Der Alte hatte tatsächlich Tränen in den Augen – Tränen der Erleichterung und der Ehrfurcht. »Wir begreifen erst ansatzweise, welche Dimensionen dieses Geheimnis hat. Wohl oder übel gibt es jetzt überall nur noch die subjektive Zeit. Alle Schicksale sind an den jeweiligen Ort gebunden.« Er hob den Blick zu einer großen elektrischen Wanduhr über der stählernen Schiebetür. Der eine Zeiger war geknickt und steckte fest, als hätten ihn unsichtbare Finger ergriffen und in der Mitte herumgedreht, der andere lag am Boden des Uhrenglases. »Kein Zeitmesser wird die uns noch verbleibenden letzten Sekunden anzeigen. Falls wir flach gedrückt und erstarrt am Terminus landen, sind wir verloren. Dann werden uns selbst diese Steine nichts mehr nützen. Dennoch dürfen wir bei dem, was wir noch tun können, nichts überstürzen. Zuerst müssen wir uns kennenlernen.«

Bidewell zog einen Klappstuhl heran, legte eine Hand auf den Sitz und lächelte Jack zu, der mit aufmerksamem Blick darauf Platz nahm. »Eigens für diesen Anlass habe ich ein kleines Festmahl vorbereitet. Ginny weiß, wo die Dosensuppen und die Zutaten für Sandwiches aufbewahrt werden. Ellen, möchtest du anfangen?«

Alle setzten sich an den Tisch und genossen das Festmahl aus Pastrami auf Roggenbrot und Tomatensuppe, die sie auf dem Holzofen gewärmt hatten. Farrah zauberte eine Flasche Rotwein und einen Korkenzieher aus ihrer geräumigen Handtasche. »Ich frage mich, was der Terminus mit Wein anstellt«, sagte sie und goss ein wenig von der rubinroten Flüssigkeit in ein Trinkglas. Nachdem sie daran genippt hatte, zog sie anerkennend eine Augenbraue hoch und schenkte allen ein. »Ist schon schwierig, einen billigen Merlot zu verderben.«

Ellen hob ihr Glas und schwenkte den Inhalt herum. »Wir vier haben tatsächlich als Literaturzirkel angefangen. Nach wie vor treffen wir uns zweimal im Monat, um etwas zu essen und zu trinken und über Literatur zu diskutieren.«

»Wir alle sind so gut gestellt«, warf Farrah ein, »dass wir es uns leisten können, die freie Zeit auf angenehme Weise totzuschlagen.«

»Wie auch immer, *meine Damen*«, fuhr Ellen fort, »jedenfalls hat Agazutta nach dem Tod ihres Vaters dessen Haus entrümpelt, das schon seit über hundert Jahren in Familienbesitz ist. Auf dem Dachboden stieß sie im hintersten Winkel auf eine verstaubte alte Kiste und entdeckte darin ein ungewöhnliches Buch. Vermutlich lag es dort schon seit Urgroßvaters Zeiten.«

Bidewell rieb sich die Hände und beugte sich vor. Obwohl ihm das hohe Alter anzusehen war, wirkte er wendig – fähig, sich auf neue Situationen einzustellen –, wenn auch nicht agil. Und zäh.

Agazutta schien sich bei diesem Aufwärmen von Erinnerungen zu langweilen. »Ja, ja, gib mir nur die Schuld an allem«, sagte sie.

»Agazutta brachte das Buch zu einem unserer Treffen mit. Nach einer Flasche Pinot Gris und einem köstlichen Melonensalat mit Pinienkernen und Prosciutto waren wir alle der Meinung, das Buch könne kostbar sein. Allerdings war es nicht auf Englisch verfasst – in überhaupt keiner Sprache, die wir kannten. Es schien Teil einer mehrbändigen Reihe zu sein. Wir bekamen Lust, es jemandem zu zeigen, der mit solchen Dingen handelt – einem Bekannten von mir, John Christopher Brown.«

»Im College hatten die beiden mal was miteinander«, posaunte Farrah hinaus.

»Stimmt.« Ellen warf Farrah einen scharfen Blick zu. »Darf ich die Geschichte auf meine Weise erzählen?«

Farrah lächelte zuckersüß.

Jack sank noch tiefer in den Klappstuhl.

»Mr. Brown besitzt ein Buchantiquariat am Stone Way. Offenbar weiß er alles über Bücher und auch ein bisschen über jeden, der irgendwie mit Büchern zu tun hat, mit alten Büchern, seltsamen Büchern. Er kannte einen Käufer vor Ort, der sich genau für solche Dinge wie Agazuttas Fund interessierte.«

Bidewell lauschte so aufmerksam wie ein Kind.

»Gemeint ist unser lieber Conan«, sagte Ellen.

»Aha, jetzt werde ich also mit hineingezogen«, warf Bidewell ein.

»Du hast *uns* hineingezogen. Jedenfalls hast du unser Buch gekauft. Anfangs hat Mr. Brown deinen Namen nicht verraten, sondern uns lediglich unseren Anteil von der Summe ausgehändigt, die Conan für das Buch bezahlt hat. Eine verdächtig hohe Summe, zumindest so hoch, dass wir Lust bekamen, auf unseren Dachböden, in den Kellern und selbst in den Hausmauern weiter nach solchen Schätzen zu graben.«

»Farrah hat dann auch eins gefunden«, meldete sich Agazutta.

»Ja, in meinem Keller, in einer Schuhschachtel. Ich hatte es nie zuvor bemerkt, wirklich nicht. Es war so, als wäre in einem Schrank unverhofft ein verschollener Bügel samt Kleidung aufgetaucht. Das Buch war nicht alt, es stammte aus den 1950er-Jahren. Außerdem war es nur ein Taschenbuch.« Sie zog die Augenbrauen hoch. »Mit einem entsetzlichen Cover.«

»Mit einem entsetzlichen Cover und Rechtschreibfehlern in jedem Wort, außer auf einer einzigen Seite«, ergänzte Agazutta. »Und diese Seite war eine Transkription aus dem Hebräischen, wie sich herausstellte. Mr. Brown verkaufte das Buch zu einem noch höheren Preis als das andere.«

»Wirklich bemerkenswert, diese Damen«, sagte Bidewell. »Fast nicht zu glauben, dass sie zwei derart seltsame Bücher in ihrer unmittelbaren Umgebung aufstöbern konnten! Offensichtlich hatten sie ein Händchen dafür. Also gab ich Mr. Brown die Erlaubnis, den Damen meinen Namen zu verraten. Solche Funde sind mehr als reiner Zufall.«

»Was sind sie dann?«, fragte Ginny.

»Kann man nicht wissen …«, setzte Bidewell an, und sofort fielen alle, bis auf Jack, ein: »*Kann man nicht wissen, ganz sicher nicht, kann man nicht wissen!*«

Bidewell nahm es mit Humor. »Das Taschenbuch war zwar faszinierend, aber nur ein Symptom. Doch bei ihrer ersten Entdeckung waren die reizenden Hexen von Eastlake auf etwas gestoßen, das sich als dreizehnter Band einer bemerkenswerten und äußerst seltenen Enzyklopädie entpuppte.«

»Jetzt kommt er in Fahrt!«, warf Agazutta ein.

»Die ganze mehrbändige Ausgabe war offenbar in Schanghai gedruckt worden, in den 1920er-Jahren, und zwar nach den Vorgaben eines Argentiniers namens Borges. Allerdings hat Señor Borges darin keine Spuren hinterlassen, bis auf ein Namensschild im Register und eine Signatur auf Seite 412 des ersten Bandes. Und so haben unsere Damen eine der größten Entdeckungen dieses Jahrhunderts gemacht, denn sie haben einen Band der verschollenen *Encyclopedia Pseudogeographica* ausgegraben. Wir wissen nur von einem einzigen anderen Band dieser Enzyklopädie: Es ist ein Inkunabel oder Wiegedruck, der 1432 in Toledo aufgefunden wurde. Gegenwärtig hält ihn die British Library unter Verschluss – und das aus gutem Grund, wie ich anfügen möchte.«

»Nur gut, dass wir das Buch nicht lesen konnten«, erklärte Farrah und streckte sich wie eine Katze. (Was Ginny daran erinnerte, dass sie Minimus und die anderen Katzen schon seit einigen Stunden nicht mehr gesehen hatte. Wahrscheinlich hatten sie sich Verstecke gesucht und würden so lange darin bleiben, bis sich das Chaos da draußen und hier drinnen, mit all den unbekannten Gästen, ein wenig gelegt hatte.) »Vielleicht wären wir dann durchgedreht.«

»Noch mehr als sowieso schon«, ergänzte Agazutta.

»Doch wem wäre das schon aufgefallen?!«, murmelte Ellen.

Bidewells Lachen war so locker und hatte so viele Nuancen wie ein gelungener Früchtekuchen. Trotz all seiner Erlebnisse musste Jack sich widerstrebend eingestehen, dass er anfing, den Alten zu mögen.

»Es genügt hier zu sagen«, fuhr Ellen fort, »dass wir alle Mr. Bidewell als gutaussehend, faszinierend …«

»… und reich einstuften!«, ergänzte Agazutta.

Bidewell blickte sich mit solcher Zufriedenheit im Zimmer um, dass es schon an Selbstgefälligkeit grenzte. So als hätte er es endlich geschafft, die lange ersehnte Familie um sich zu sammeln.

»Der Rest ist Geschichte«, sagte Ellen.

»Eine buntscheckige Geschichte«, bemerkte Farrah mit leichtem, halb unterdrücktem Gähnen.

»Und was heißt das?«, fragte Ginny.

»Geschichte kommt stets in zwei Farben daher. Alle anderen Menschen richten ihr ganzes Leben nach einer davon aus«, erklärte Agazutta. »Doch nach unserer Begegnung mit Mr. Bidewell haben wir auch die andere für uns entdeckt.«

»Und was hat all das mit mir zu tun? Oder mit ihr?« Jack deutete mit dem Kinn auf Ginny.

»Ich muss mich um unser Feuer kümmern«, unterbrach Bidewell und stand vom Tisch auf. »Es wird hier allmählich kalt. Jack, in der Kohlenschütte da drüben liegen Holzscheite und alte Zeitungen. Wir werden uns alle noch ein Glas Wein einschenken, und dann stoßen wir auf die verlorenen Erinnerungen an. Auf die *Temps perdu* – und das ist in diesem Fall recht wörtlich zu nehmen. Denn das ist das Gegebene, auf das wir bald zu sprechen kommen werden: die Ordnung, der Zufall, die verlorene Zeit und die Bergung von Objekten, die niemals existiert haben und dennoch ewig existieren werden.«

Jack zog eine Zeitung aus der geschwungenen Kohlenschütte.

Alle Seiten waren leer.

53

Wallingford

Trübes Grau und staubige Schatten, die hin und her ziehen. Ein wie mit Glasur überzogener Himmel, der ständig dunkler wird. Wolken, die wie im Krampf zucken und an Tiere im Todeskampf erinnern – Tiere, die sich hin und her werfen und um sich treten.

Das schäbige, verlassene Haus im Mittelpunkt so vieler Leben, die Daniel bereits hinter sich hat, unsäglich trostlos …

Eiskalte Einsamkeit, die dadurch, dass er nicht allein ist, nur noch schlimmer wird. Jetzt muss er sich auch noch mit Whitlow herumschlagen.

Whitlow hatte Daniel auf der Veranda überholt und war vor ihm ins alte Haus getreten. Jetzt sah er ihn mit einem flüchtigen trockenen Lächeln über einen kurzen Abstand hinweg an. Beide hatten sie auf den zwei alten Stühlen Platz genommen, die auf dem mit Wasserflecken übersäten, verzogenen Fußboden standen, denn sie konnten nirgendwo anders mehr hingehen – genau wie die Uhren, die nicht mehr weitergingen und aufgehört hatten zu summen, zu surren, zu ticken.

»Lass uns über deine Zukunft reden, junger Schicksalswandler.« Trotz des geringen Abstands drangen Whitlows Worte nur verzerrt zu Daniel hinüber, gefolgt von einem Dutzend Variationen dieser Aufforderung, denn alle verbliebenen abgeschnittenen Schicksalsfäden versuchten sich zu vereinen. »Lass uns darüber reden, was jetzt, da du einen starken neuen Körper besitzt, auf dich zukommt … Ehe deine Erinnerungen wieder verblassen, was für Leute deines Schlags ja immer ein Problem darstellt …«

Whitlow hatte diese Sätze so oft wiederholt, dass Daniel das Mitzählen aufgegeben hatte. Es konnte keine passendere Strafe für all seine Sünden geben als das hier. Und dennoch konnte er die Steine nicht einfach wegwerfen und all dem ein Ende machen. Ihm war klar, dass die Steine in den Kästchen einen Schutzring um ihn bildeten, und er wollte nicht erfahren müssen, wie es sein würde, wenn er, wie Whitlow, an den Rand dieses Rings oder darüber hinaus geriet.

Ich habe schon Schlimmeres überlebt, sogar das Schlimmste, was vorstellbar ist, glaube ich. Doch meine Erinnerungen sind trüber als das Chaos da draußen. Könnte ich doch nur irgendeinen klaren Gedanken fassen! Könnte ich doch nur irgendeinen Schritt tun, egal welchen …

Er besaß immer noch einen Funken Hoffnung.

Deshalb hielt er sich an den Kästchen fest. Zumindest würde er nicht unter Hunger und echten Schmerzen leiden müssen. Er konnte hier sitzen bleiben, ohne sich zu rühren, jeden Gedankengang wieder und wieder in leicht abgewandelter Form verfolgen, wobei die Unterschiede so gering sein würden, dass ein außenstehender Beobachter sie gar nicht bemerken würde … Denn kraft des Terminus war Whitlow im Augenblick blockiert, vielleicht sogar endgültig außer Gefecht gesetzt. Die Marionette, die Daniel gegenübersaß, mühte sich so ab, als wäre sie an den Zeigern einer kaputten Uhr befestigt. »Lass uns darüber reden … was unsere Bleiche Gebieterin mit dir vorhat … mit einem so wunderbaren jungen Verräter ganzer Welten …«

Daniel lehnte sich zurück und streckte die Kästchen auf Armlänge hinter sich, um den Schutzring etwas weiter von Whitlow fernzuhalten. Sofort verlangsamten sich die Bewegungen der Marionette, und sie verstummte so lange, bis Daniel den Arm wieder vorstreckte, weil er prickelte. Die anderen Männer, Whitlows Partner, die sich in dem vibrierenden Chaos da draußen verloren hatten, würden ihrem Chef nicht zu Hilfe kommen können, sie würden niemals hier auftauchen. Und auch vom Nachtfalter, was immer dieses Geschöpf sein oder gewesen sein mochte, fehlte jede Spur.

Während Daniel Luft holte und husten musste, wurde ihm klar, dass jede Gewissheit, selbst die bevorstehender Vernichtung, diesen ziel- und endlosen Zeitschleifen vorzuziehen war.

Seine Fühler waren zwar abgestumpft, angesengt und traumatisiert, aber immer noch so empfindlich, dass er wusste, das hier konnte nicht alles sein. Irgendwo existierte ein Zufluchtsort. Hätte Whitlow ihn nicht aufgespürt, wäre er vielleicht rechtzeitig genug dorthin gelangt, um diesem Chaos zu entgehen. Hier steckte er fest, wenn er auch noch nicht gänzlich erstarrt war, und saß einem Vertreter der Nemesis gegenüber, der kaum noch Biss hatte … es aber dennoch fertigbrachte, Daniel mit seinen ständig wiederholten Drohungen und hinterhältigen Plänen so zu langweilen, dass er demnächst ausrasten und losbrüllen würde. Es war so, als tropfe unablässig dünne Säure auf unzählige Meter entblößter Haut.

»… ehe die Erinnerungen an deine früheren Heldentaten verblassen und ein dreister, missgünstiger neuer Verstand sie sich einverleibt. Die Kalkfürstin setzt solche Hoffnungen auf dich …«

Irgendetwas war jetzt anders.

Daniel fuhr ein Schauer über den Rücken, denn in der Atmosphäre des Zimmers hatte sich unverkennbar etwas verändert. Allerdings war ihm nicht klar, wie er das in seinem gegenwärtigen Zustand hatte bemerken können oder warum ihm überhaupt irgendetwas aufgefallen war. Dennoch spürte er es: eine Lockerung der Atmosphäre. Irgendetwas Mächtiges zerrte an den lädierten Fäden, schüttelte sie, presste ein paar letzte Stunden aus ihnen heraus, die einem logischen Zeitablauf folgen würden und deshalb dazu geeignet waren, irgendetwas zu unternehmen.

Jemand *würde* etwas unternehmen.

Ein Klopfen an der Tür, das Daniel scharf und schmerzhaft in die Ohren drang. Er zwang sich dazu aufzustehen und war verblüfft, dass er sich aufrecht halten konnte.

Whitlows Blicke folgten ihm; sein weißes Gesicht zuckte so, als hätte man einen Stromstoß durch einen Leichnam gejagt, doch mehr vermochte er nicht auszurichten.

Daniel überquerte den feuchten Fußboden und machte die Tür auf. Der Krach und das Getöse da draußen warfen ihn fast um. Es war so, als lösten sich Lawinen von Gletschern, als krachten Berge ineinander, als schnitten riesige Messer durch den Himmel.

Als prallten Welten – Geschichten – aufeinander.

Unmittelbar vor der Tür kauerte ein unförmiger Schatten, der sich gleich darauf aus dem Chaos löste und sich mit gewaltiger Willenskraft ins Haus drängte.

»Brauche etwas Hilfe«, erklärte ein gedrungener, kräftiger Mann, streckte die Hände aus und griff mit den fleischigen Fingern ins Leere. Sein grauer Anzug war tropfnass. »Die Königin in Weiß hat uns im Stich gelassen. Verzeihen Sie mir, wenn ich das sage, aber offenbar besitze ich das, was Sie brauchen. Und bitte entschuldigen Sie auch diese Frage, aber wer, zum Teufel, sind Sie überhaupt?«

54

Das grüne Lagerhaus

Die Damen des Literaturzirkels zogen sich mit Decken und Kissen, die Bidewell aus einer alten, mit Messing beschlagenen Holzkommode gekramt hatte, in einen abgelegenen Winkel zurück, in dem sie weitere Feldbetten aufgestellt hatten. Ihre Laternen warfen lange tanzende Schatten über die Wände und die Decke des Lagerhauses.

Ehe Bidewell sich in seine Privaträume zurückzog, holte er einen einzigen Band aus einem ansonsten leeren Bücherregal. Unten am Buchrücken war eine Zahl – oder das Erscheinungsjahr – aufgedruckt: 1298. Er blinzelte Jack und Ginny zu, klemmte sich das Buch unter den Arm, sagte ihnen gute Nacht und schob die Stahltür zu.

Es wurde still im Lagerhaus.

Ginny, der die Situation irgendwie peinlich war, warf Jack einen Blick zu und verkroch sich in ihre Nische.

Gemeinsam mit den Damen hatte Ginny Jack geholfen, ein paar Meter weiter einen Platz frei zu räumen. Danach hatten sie ihn mit einem Feldbett und Decken ausgestattet. Jetzt befand sich jeder in seiner eigenen kleinen Nische, abgetrennt von den anderen, aber beschützt. Und wartete ab.

Jack setzte sich auf den Bettrand und ließ die Schultern erschöpft sinken.

Ginnys Feldbett auf der anderen Seite des Stapels aus Kartons und Lattenkisten quietschte. Ihrer Einschätzung nach waren sie so weit von den anderen entfernt, dass niemand sie hören würde, wenn sie sich leise unterhielten. »Zeit für Gutenachtgeschichten?«, fragte sie im Flüsterton.

»Klar, fang du an.«

Sie ging um die Kisten herum, nahm einen Stuhl mit und setzte sich darauf, wobei sie die Knie aneinanderdrückte und die Füße, die in Stiefeln steckten, spreizte.

»Ich bin achtzehn. Wie alt bist du?«

»Vierundzwanzig.«

»Die Leute behaupten immer, ich sei ein Glückspilz, dabei stoßen mir ständig schlimme Dinge zu.«

»Vielleicht wären sie noch schlimmer, wenn du kein Glückspilz wärst.«

»Genau wie du hab ich auf die Anzeige geantwortet. Ich hab die Telefonnummer angerufen.«

»Mein Gott.«

»An manches kann ich mich nur noch mit Mühe erinnern. Ich kam aus Minneapolis. Dort wohnte ich in einem Haus voller Musiker, alles musikbegabte Leute, die Instrumente spielten oder als DJs bei Raves auflegten. Jeder steuerte mit Gelegenheitsjobs was zum Unterhalt bei. Sie sagten, ich brächte ihnen Glück, denn wir bekamen immer bessere Gigs – Auftrittstermine – und wurden zu *Black Sick Jams* eingeladen.«

»Ist das was Gutes?«

Sie nickte. »Ich hab's geliebt. Wir lebten frei und ungebunden, ernährten uns von Junk-Food, und ich hatte das Gefühl …« Sie sah Jack an.

»Da komm ich nicht ganz mit, aber erzähl ruhig weiter. Irgendwann bekomm ich's schon auf die Reihe.«

»Eines Tages … Ich merkte, dass meine Freunde mich oft völlig vergaßen. Ich dachte, das müsse an den Drogen liegen.« Ihre Stimme und ihre Miene verhärteten sich. »Wir hingen in alten Häusern rum, redeten über Musik, Filme und Fernsehen – Dinge, die uns die Zeit vertrieben. Doch fast jede Woche kam es vor, dass sie sich so verhielten, als hätten sie mich eben erst kennengelernt. Sie erinnerten sich überhaupt nicht an mich. Manchmal tat das so weh, dass ich allein irgendwohin ging, aber ich war nicht gern allein. Ich fragte mich, was passieren würde, falls auch mir entfiel, wer ich eigentlich war. Damals zeichnete ich viel.«

Ihre Stimme wurde so hart, dass Jack zusammenzuckte.

»Sie zogen sich X rein – Ecstasy. Ich hab's auch ein paarmal ausprobiert. Sie waren nämlich alle der Meinung, man sei irgendwie verkorkst, wenn man das nicht mitmachte, nicht fähig, sich wirklich auf Freundschaften einzulassen. Das Zeug machte mich sehr glücklich. Ich hatte nur noch liebevolle Gefühle und gab jedem alles, was ich hatte. All das Liebespotenzial in meinem kleinen Hirn leuchtete auf wie bei einem Flipperautomaten, wenn eine Kugel nach der anderen ins Ziel trifft. Egal, wer vorbeischaute: Bei jedem spürte ich, wie mich dieser Liebessaft durchströmte. Ich war so *dankbar* … konnte meine Liebesgaben gar nicht schnell genug verteilen. Doch das zählte nicht. Sie vergaßen mich trotzdem.«

»Wow!«

Ginny musterte ihn vorsichtig. »Tja. Als ich mit ihnen zusammen war, bin ich kein einziges Mal zu einer anderen Weltlinie gesprungen, hab mein Schicksal nicht verändern wollen. Ich dachte, das sei vorbei, ich hätte jetzt ein Zuhause. Aber die Träume kamen immer noch. Wie gesagt, damals zeichnete ich viel – das war in Ordnung, alle mochten bizarre Kunst. Alles Unheimliche, alles, was mit dem Tod zu tun hatte, galt als cool und Sterben als der größte Kick. Darüber wurde ständig gekichert. Und dann vergaßen sie das alles wieder. Dachten, ich sei eben erst hereingeschneit, und erzählten mir ihre Geschichten wieder und wieder.«

Jack saß still da, damit sie alles herauslassen konnte.

»Ich wäre irgendwann gestorben«, murmelte sie. »Aber dann tauchte diese … Person bei mir auf, diejenige, die die meisten der wirklich seltsamen Zeichnungen machte, wenn ich abwesend war und diese geistigen Aussetzer hatte. Sie kommt auch in meinen Träumen vor, glaube ich. Eines Tages hat sie eine Nachricht hinterlassen, in winzigen Blockbuchstaben, als hätte sie ein Kind geschrieben: *Schlüpf wieder in die eigene Haut. Hau ab von hier. Vor uns liegt Arbeit.* Und ich wusste instinktiv, was sie damit meinte. Was wir in diesem Haus taten, hatte nichts mit Liebe, nicht mal was mit Freundschaft zu tun. Es war so, als wäre ich zu einer Schnecke auf einem Gehweg geworden, die in Gefahr ist, von den Stiefeln irgendwelcher Passanten zertrampelt zu werden. Ich hatte keine Abwehrkräfte mehr; meine Nerven lagen blank. Also gab ich das Haus auf, gab das X auf und alle meine Freunde. Nach ein paar Tagen suchte ich vor dem Schnee unter einer Brücke Schutz. Um mich gegen die Kälte zu schützen, hatte ich eine Zeitung dabei, und darin fand ich die Anzeige.« Sie deutete mit den Fingern An- und Abführungszeichen an. »›Träumen Sie von einer Stadt am Ende der Zeit?‹ Es war eine Telefonnummer angegeben.«

Erneut zuckte Jack zusammen.

»Auf meiner Handykarte war noch Guthaben, also wählte ich die Nummer, hauptsächlich, um die Zeit totzuschlagen. Wieder mal eine schlechte Entscheidung, nicht?«

Jack zog einen Mundwinkel hoch.

»So was passiert mir andauernd. Ich renne vor positiven Entscheidungen davon und auf die negativen zu. Die hier war die bislang schlechteste, glaube ich. Es kam ein Mann zur Brücke, um mich abzuholen. Er sah jung aus und asiatisch, Mitte dreißig vielleicht, groß und mager, aber fit, mit tief liegenden schwarzen Augen. Er fuhr einen alten grauen Mercedes. Auf dem Rücksitz saß jemand, eine Frau, die nach Rauch roch. Sie war verschleiert und sagte kein einziges Wort. Nachdem wir die Stadt verlassen hatten, bogen wir irgendwann von der Schnellstraße ab. Der Mann und ich stiegen aus und aßen in einem Diner zu Mittag, doch die Frau blieb im Wagen. Sie war aber nicht tot, denn ich konnte sie atmen hören. Nach dem Essen, als wir wieder auf der Schnellstraße waren, setzte sie den Wagen in Brand, doch der Typ hatte einen Feuerlöscher unter seinem Sitz. Er fuhr rechts ran, riss die Tür auf, brüllte sie an und besprühte alles mit Schaum. Sie wimmerte, sagte aber kein Wort.«

Jacks Finger, die im Schoß lagen, verkrampften sich.

»Zwar hielt ich ihn für jung, aber die winzigen schwarzen Augen wirkten alt. Die meiste Zeit über war er freundlich. Der Vordersitz war so schön bequem – beheizt und weich, aber trotzdem fest. Er führte Tricks mit seinem Silberdollar vor, mit einer Hand, während die andere am Steuer lag, ziemlich ausgeklügelt. Die Münze machte alles, was er wollte, so als wäre sie lebendig und er ihr Gebieter. Er merkte sich meine Geschichte – das, was ich ihm während der Fahrt erzählte. Wir hätten ewig so weiterfahren können, mit seinen Tricks und meinen Geschichten, vor uns die lange gerade Straße. Ich war so neben der Spur, dass ich alles einfach hinnahm, echter Schwachkopf, der ich war. Schließlich kamen wir an einem großen Haus an, das im Wald lag, nahe bei St. Paul. Überall waren Nutzhölzer und andere Materialien aufgestapelt, aber von Arbeitern war nichts zu sehen. Der Typ erzählte mir, sie hätten unter dem Haus ein Kellergewölbe mit dicken Wänden entdeckt, und dort sei es wirklich schön ruhig. Nachdem er mich dort untergebracht hatte, schlief ich erst mal zwei Tage durch. Es war wirklich still dort. Ich erholte mich, hörte auf, mit den Zähnen zu mahlen und mich in die Backen zu beißen. Ich dachte, ich hätte es gut getroffen und könnte mit der Zeit vielleicht lernen, Dankbarkeit und echte Liebe zu empfinden. Jeden Tag besuchte er mich, brachte mir Essen und was zum Anziehen, und ich wusste von Anfang an, dass er nicht an Sex interessiert war. Er hatte Achtung vor mir. Ich fühlte mich wohl dort. Er war gut zu mir. Und meine Träume hörten auf.«

Ginny hatte zu zittern begonnen. Anfangs war es nur ein leichtes Zucken gewesen, doch jetzt schlugen ihre Zähne aufeinander. Jack wollte nach ihrem Arm greifen, doch sie zog ihn weg.

»Bei seinem letzten Besuch sagte er, wir würden einen Spaziergang machen, also stiegen wir die Kellertreppe hoch. Draußen war es sehr windig und kalt, unter dem Gefrierpunkt. Die Luft roch nach Schnee. Mir fiel auf, dass das Haus weder mit Holz- noch mit Teppichböden ausgestattet war, es war nur mit Sperrholz verschalt. In Wirklichkeit war es einfach ein altes verlassenes Haus, das niemals fertiggestellt worden war. Er sagte, wir würden uns mit der Königin treffen.«

Jack löste die verkrampften Hände, damit er sich nicht die Finger quetschte.

»Er sagte, die Königin bezahle ihn dafür, besondere Menschen zu finden. Irgendwie fiel mir plötzlich auf, dass er ziemlich schäbige Kleidung trug, also konnte sie ihm nicht viel zahlen. Und inzwischen sah auch seine Haut alt aus. Ich dachte, ich sei vielleicht auf einen *echten* Vampir gestoßen – einen echten armen Vampir.« Ginnys Stimme war kaum noch ein Flüstern, so dass Jack sie nur noch mit Mühe verstehen konnte.

Im Lagerhaus knarrte es. Irgendwo miaute eine Katze. Das Miauen hallte vom Dachgebälk so wider, als wären Dutzende von Katzen unterwegs.

»Er hatte genauso Angst vor dem Wald wie ich. Mir war klar, dass die Königin nicht die Frau sein konnte, die zündelte, denn als wir auf die Bäume zugingen, kamen wir am Wagen vorbei. Der war dort einfach geparkt, auf der ungepflasterten Zufahrt. Die Frau saß hinten, und aus einem offenen Heckfenster trieb Rauch. Ich sah, wie sich ihr Schleier bewegte. Sie blickte mich direkt an, aber ich konnte ihre Augen nicht sehen.«

»Und du bist nicht weggelaufen?«

»Ich konnte es nicht. Ich konnte nicht einmal daran denken, zu einer anderen Weltlinie zu springen, denn ich wusste, die

Frau im Wagen würde alles in Brand setzen, ohne den Rücksitz auch nur verlassen zu müssen. Ich sah es fast vor mir: Hunderte kleiner Feuer, die aus dem Himmel fielen. Falls nötig, würde sie auch den Wald abfackeln, das Haus und jeden möglichen Fluchtweg, jeden Ort, den ich zu erreichen versuchte.«

»Die haben das Feuer so eingesetzt wie bei mir die Wespen.«

Ginny sah mit gesenktem Kinn kurz nach links. Es war ein trotziger Blick: Sie kämpfte damit, all das offen auszusprechen. »Ich frage mich, wie viele von denen da draußen sind, um uns zu jagen.«

Jack legte den Kopf schräg. »Keine Ahnung.«

»Fünf oder zehn Minuten lang gingen wir zwischen den Bäumen hindurch. Ich hatte das Gefühl, im Kreis zu gehen, in einem großen Kreis, denn immer wieder kamen wir an einem dunklen See voll grüner Entengrütze vorbei. Ringsum wurde alles dunkel. Niedrige schwarze Wolken brauten sich zu einem Unwetter zusammen, und es fing an zu blitzen.«

»Kamen die Blitze von der Seite?«

Ginny nickte. »Dann sagte er etwas von einem Nachtfalter. Vielleicht bezeichnete er ihn auch als *den* Nachtfalter. ›Gleich kommt der Nachtfalter, um dich der Königin vorzustellen.‹ Die Bäume … mir fiel auf, dass ihre Äste nach unten wuchsen, in den Boden hinein. Die Blätter bewegten sich von ganz allein. Das heißt, eigentlich bewegten sie sich gar nicht, sondern veränderten nur ihre Form, wurden größer oder kleiner, verlagerten sich nach rechts oder links, aber ohne sich zu rühren, denn die schwarzen Bäume waren so massiv wie erstarrter Teer. Jedes Mal, wenn sich ein Baum zu bewegen schien, hatte ich den Eindruck, dass er sich in einen anderen Baum verwandelte. Ich weiß nicht, wie ich beschreiben soll, was mit den Bäumen nicht stimmte. Der Mann mit der Münze hatte offenbar genauso viel Angst wie ich. ›Die Königin in Weiß duldet keine Fehler‹, sagte er. ›Das macht einen Teil ihres Liebreizes aus.‹ Ich fragte ihn, wie alt er sei und wie alt die Königin. ›Welch seltsame Frage‹, erwiderte er. Ich glaube, ich sah noch einen weiteren Mann, der eigentlich keiner war. Die Erscheinung streckte sich nach oben und zur Seite, bis ich geradewegs durch sie hindurchsehen konnte. Schließlich gelangten wir zur Waldesmitte. Ich wusste, es war die Mitte, aber wir hatten den Kreis nicht verlassen. Vielleicht war der Pfad eine Art Spirale, allerdings eine besondere, denn sie drehte sich zwar nach innen, aber nicht innerhalb eines Raums. In der Mitte lag etwas, das wie ein großer See mit gefrorenem jadegrünem Wasser aussah, völlig zerstückelt, als hätte jemand Teile herausstechen wollen. Ich konnte keinen Himmel über dem See erkennen – er war einfach nicht da.«

Jack wollte nichts mehr hören. Er rutschte einige Zentimeter nach rechts, als wäre Ginny eine tickende Zeitbombe.

»Die Wolken senkten sich und schnitten den Blick auf die Bäume ab. Es fielen Blätter, die eiskalt und wie flache kleine Felsbrocken waren. Es tat weh, wenn sie mich an Kopf und Armen trafen. Das Licht wurde eisgrau. Die Schatten hatten messerscharfe Ränder. Wenn man darübertrat, konnte man sich daran schneiden. Alles roch nach Zitronen, angebrannter Bratensoße und Benzin. Ich hoffe, ich muss so was nie wieder riechen. ›Sag kein Wort!‹, befahl mir der dünne Mann. Er verstaute seine Münze in der Hosentasche, streckte die Handfläche vor und wackelte mit den langen Fingern. Ich konnte nicht anders, als ihm den Stein zu zeigen, der immer noch in dem

Kästchen lag. Ich dachte, er wolle danach greifen, doch stattdessen wich er zurück und sagte: ›Nicht bewegen. Nicht hinschauen. Es tut mir leid.‹ Er fiel in Trab, verließ den Kreis, in dem wir uns befanden, und ich hörte, wie er durch die Äste brach. Ich hielt diesen Kreis für eine Falle: Die Spirale hatte mich hypnotisiert. Ich konnte keinen Fuß anheben.«

Jack schlug sich die Hand vor den Mund.

»Die Wolken … am Himmel … glichen denen, die über die Stadt flogen, um dich zu schnappen«, fuhr Ginny fort. »Der Mann wollte mich an etwas ausliefern, das dort nicht hingehörte, etwas, das wütend und traurig war, enttäuscht. Während ich zwischen den Bäumen stand, wirbelten die Blätter um die Königin herum oder was es sonst sein mochte, das sich in der Mitte befand … Ich konnte sie nicht sehen. Aber sie verschnürte alles zu einem einzigen großen Knoten, und dieser Knoten bildete den Mittelpunkt der Spirale. Obwohl ich es nicht glauben konnte, verstand ich plötzlich: Alles, was geschehen *konnte*, würde auch geschehen, und alles würde *mir* geschehen, und manches davon würden sogar Dinge sein, die eigentlich gar nicht möglich waren. Bald würde ich *alles* sehen, und alles gleichzeitig. Als ich mich herumdrehte, einmal um mich selbst, drehten sich die Bäume mit, beschrieben aber nur einen Halbkreis. Ich sah dabei den Mann in den Bäumen. Die Augen saßen wie Schneebälle in seinem Schädel. Er ließ die Hände sinken. Erneut machte ich eine Volldrehung und wusste dabei, dass ich die Königin erst dann erblicken würde, wenn ich mich zweimal um mich selbst gedreht hätte. Klingt verrückt, wie?«

Als Jack die Augen schloss, merkte er, dass er einen Sinn darin erkennen konnte. »An diesem Ort muss man sich zweimal um sich selbst drehen, um einen vollständigen Kreis zu beschreiben.«

»Ich dachte mir schon, dass du's verstehen würdest.«

»Dort herrscht eine andere Logik, genau wie bei unseren Sprüngen. Hast du die Königin gesehen?«

»Sehen würde ich es nicht nennen, aber ja, irgendwie schon. Sie befand sich in der Mitte des Jadesees, war aber nicht weiß gekleidet, sondern nackt. Zunächst verstand ich nicht, warum der Mann sie die Königin in Weiß genannt hatte. Vielleicht sah er sie anders als ich oder wusste noch etwas anderes über sie. Sie war sehr groß. Wenn ich aus einer anderen Welt stammen würde und sie mit einem andersartigen Blick gesehen hätte, wäre sie mir vielleicht schön vorgekommen. Aus ihrem Leib ragten Glieder, die mir unbekannt waren, Arme oder so was, aber an ihr wirkten sie ganz richtig, sie passten zu ihr. Trotzdem wusste ich, dass sie mir sofort die Augen aus dem Schädel saugen würde, falls ich ihr nahe käme. Ich fühlte mich so grässlich, als wäre ich zu Eis erstarrt. Sie stand nur da, in der Mitte ihres Knotens, beobachtete mich unendlich neugierig, und es war eine hungrige Neugier, eine ängstliche Neugier: Sie wollte alles über mich erfahren. Und sie war so *wütend*, so enttäuscht. Am liebsten hätte ich ihr erzählt, was sie wissen wollte, nur um ihrer Enttäuschung, ihrer Wut ein Ende zu machen, aber ich konnte es nicht in Worte fassen. Stattdessen, so war mir klar, würde alles, was ich ihr geben konnte, einfach an die Oberfläche dringen, aus meinem Körper herausschießen. All die Orte, an denen ich gewesen war, all die Dinge, die ich getan hatte oder noch tun würde, die Vergangenheit und die Zukunft, all meine verschiedenen Ichs: All das würde wie ein einziger großer, halb verdauter Schlamassel in ihr Fadenknäuel eingehen. Letztendlich würde sie sich mit mir wie mit einem Kleid oder Schal schmücken. Ich nahm nicht an, dass ich sterben würde, aber ich wusste, dass das, was gleich passieren würde, schlimmer wäre als der Tod.«

Jack saß wie erstarrt auf dem Bett. Die Hände, die er nun unter die Oberschenkel geschoben hatte, zitterten. »Aha«, murmelte er.

Sie lächelte. »Aber ich bin ja hier, nicht? Du kannst dich ruhig wieder entspannen.«

»Das ist nicht so einfach.« Er grinste nervös.

»Na ja, versteht sich. Ich hatte mit etwas hinter dem Berg gehalten, ohne es überhaupt zu wissen, und das war mein Glück, denn sonst hätte ich es ihr womöglich verraten. Vielleicht weißt du ja, von was ich rede.«

»Kann sein.«

»Dann sag mir, was ich getan habe.« Ginny sah ihn direkt an.

Jack tat so, als schneide er mit einer Schere einen Kreis aus.

»Genau. Als ich fertig war, es dauerte nur eine Sekunde, lag ich flach auf dem Gesicht und war mit Blättern übersät. Ringsum waren Bäume umgefallen, und überall war Wasser, das dampfte, obwohl es kalt war. An allen Bäumen hing Entengrütze. Der See war weit über seine Ufer getreten. Den Mann hab ich nie wiedergesehen. Ich weiß nicht, wo er hingegangen ist. Der ganze Wald war flachgedrückt.«

»Was war mit deinem Stein?«

»Ich hatte ihn fallen lassen, fand ihn aber wieder.« Ginny nickte. »Er lag gleich neben dem Pfad, immer noch in seinem Kästchen. Ich hob ihn auf und machte mich durch den Wald auf den Rückweg. Kurz vor dem Haus fiel mir auf, dass der Wagen weg war. Ich war allein. Sicher hast du dasselbe gemacht wie ich, Jack. Also verrat mir, wie ich es geschafft habe, dass sie alle verschwanden.«

Er brachte noch immer kein Wort heraus.

»Können wir Weltlinien *abschneiden*?«, fragte sie. »Nicht nur von einer zur anderen wechseln, sondern sie auch in Stücke schneiden und *abtöten*?«

Er schüttelte den Kopf. »Es hat etwas damit zu tun, dass die Steine ein Integral bilden. Sie sind ein Teil von uns. Wir können sie nicht verlieren, es sei denn, wir sterben.«

»Das war mir klar, als ich das Kästchen ins Pfandhaus brachte. Der Stein kehrt stets zu mir zurück. Hast du irgendetwas losgeschnitten? Während des Sturms, meine ich.«

»Das weiß ich nicht mehr. Ich glaube nicht, dass ich Zeit dazu hatte.«

»Nimm meine Hand.« Als Ginny sie ausstreckte, griff er ohne zu zögern danach. Ihre Finger waren heiß, und die Haut schien leicht kirschrot zu glühen, wie der eiserne Ofen im angrenzenden Raum. »Du glühst ja«, sagte Jack, ohne ihre Hand loszulassen.

»Manchmal passiert mir das, aber es wird vorbeigehen. Schließlich hab ich bis jetzt überlebt, stimmt's?«

»Allerdings.«

»Ich weiß, warum sie uns einfangen wollen«, sagte sie. »Wer sie auch sein mögen.«

»*Was* sie auch sein mögen.«

»Sie haben Angst vor uns.«

Als er ihre Finger drückte, schwand die Hitze. »Da fragt man sich doch, wer oder was Bidewell ist. Worauf haben wir uns da eingelassen?«

»Bidewell hat keine Angst, jedenfalls nicht vor uns. Deshalb bin ich ja hierhergekommen. Hier gibt es keine verknoteten Schicksalsfäden und keine Furcht, nur Stille und jede Menge Bücher. Die Bücher wirken wie eine Isolierung. Ich fühle mich hier immer noch sicher. Auch mein Stein ist hier sicher aufgehoben, jedenfalls für den Moment.«

Jack pfiff leise durch die Zähne. »Okay.«

»Du bist nicht überzeugt davon.«

»Die Stille ist schon in Ordnung. Aber mir wäre es lieb, wenn alles einfach wieder normal wäre.«

»War es denn je normal? Für dich, meine ich.«

»Ja, ehe meine Mutter starb. Na ja, vielleicht nicht gerade normal, aber irgendwie lustig. Und schön.«

»Hast du sie geliebt?«

»Selbstverständlich. Sie und mein Vater … wo wir auch landeten, stets hatten wir ein Zuhause, und wenn es nur für einen Tag war.«

Ginny blickte sich im Lagerhaus um. »Das hier kommt mir eher wie ein Zuhause vor als jeder andere Ort, an dem ich gewesen bin. Was ist mit dir? Was ist deine Geschichte?«

»Meine Mutter war Tänzerin, und mein Vater arbeitete als Komiker und Zauberer. Erst starb meine Mutter, dann mein Vater. Damals war ich fast noch ein Kind. Sie haben mir nicht viel hinterlassen, nur eine Seemannskiste, ein paar Tricks, einige Bücher über Zauberei und den Stein. Ich musste nicht hungern, denn ich konnte Gitarre spielen, jonglieren, kannte Kartentricks und solche Sachen. Genau wie du schloss ich mich eine Zeit lang einer Gruppe an, die hart drauf war. Irgendwann verließ ich sie wieder … Schlug mich auf der Straße durch, fing an, als Gaukler aufzutreten. Schaffte es, nicht umgebracht zu werden. Vor zwei Jahren bin ich mit einem Typ namens Burke zusammengezogen. Er arbeitet als stellvertretender Küchenchef in einem Restaurant. Wir sehen nicht viel voneinander.«

»Seid ihr ein Paar?«

Jack lächelte. »Nein. Burke ist so hetero, wie man überhaupt sein kann. Er wohnt nur nicht gern allein.«

»Und du kennst die Frauen hier von früher?«

»Ellen kenne ich ganz gut. Den anderen bin ich erst vor kurzem begegnet.«

»Hast du diese Zeichnungen gemacht, die Miriam in deiner Wohnung … gefunden hat?«

»Ich hab überhaupt kein Zeichentalent. Der andere hat sie gemacht, mein Besucher.«

»Woher kommt er deiner Meinung nach?«

»*Aus der Stadt am Ende der Zeit* natürlich.« Jack versuchte, sarkastisch zu klingen, doch seine Stimme brach.

»Meine Besucherin auch. Aber als ich das letzte Mal von ihr träumte, war sie nicht dort, sondern außerhalb. An irgendeinem schrecklichen Ort und ohne jede Orientierung.«

»Im Chaos.«

Ginny blickte zu Boden. »Ich möchte nicht darüber reden.«

»In Ordnung.«

»Jack, haben die auch solche Steine wie wir?«

Er schüttelte den Kopf. »Ich glaube nicht.«

»Vielleicht erwarten sie von uns, dass wir ihnen die Steine bringen.«

»Ich wüsste nicht, wie. Sie sind dort, wir sind hier.« Er lehnte sich zurück und blickte auf einen großen Pappkarton, auf dem VALDOLID 1898 stand. »Was für Bücher sammelt Bidewell eigentlich?«

»Alle möglichen.«

Jack klappte die ineinandergreifenden Kartondeckel hoch und zog einen angestaubten Band heraus. Der Falz des Buches hatte Risse, und der Ledereinband hinterließ Staub auf seinen

Fingern. Auch bei diesem Buch ergaben die mit Golddruck eingeprägten Wörter auf dem Buchrücken keinen Sinn. Jack blickte auf. »Da steht nur Kauderwelsch. Ich schätze, die Steine haben noch einige Arbeit vor sich.«

»Viele von Bidewells Büchern sahen auch vorher schon so aus. Offenbar bemerkt er trotzdem einen Unterschied.«

»Ergibt genauso viel Sinn oder Unsinn wie alles andere.« Jack wollte das Buch schon zurücklegen, als es in seinem Arm zog, so als zerre etwas schwach an einem verborgenen Nerv. Er schlug das Buch irgendwo in der Mitte auf. Inmitten des Kauderwelschs tauchte eine Passage auf, die er lesen konnte, wenn auch nur mit Mühe:

Danach btrat Jerem das Haus und fand dari ein Buch, das nur Kauderwelsch enthie, bi auf diese Worte: Habt Ihr noch den alten Stein, Jeremy? Bei Euch, in Eurer Tasche?

Ginny beobachtete genau, wie sein Gesicht rot anlief, als wäre er irgendwo nackt herumgehüpft. Die Zunge ins Wangeninnere geschoben, blätterte Jack das Buch weiter durch, doch alle Folgeseiten enthielten nur Kauderwelsch.

»Was ist damit?«, fragte sie.

Er zeigte ihr die Seite. Als sie die Zeilen las, klappte ihr Kiefer herunter. Sie wirkte wie ein Kind, das gerade ein Gespenst gesehen hat. »Alle Bücher unterscheiden sich voneinander«, sagte sie. »Aber ich komme in keinem vor.«

»Hast du überhaupt schon nachgesehen?«

Sie schüttelte den Kopf. »Dazu war keine Zeit.«

VIERZEHN NULLEN

55

Hochwasserkanal Tenebros

Pahtun hatte sich daran gewöhnt, in dem ewigen Zwielicht zu leben, das über den Ausläufern der Hochwasserkanäle herrschte. Nur selten stieg er in die Kalpa hinauf. Er war zufrieden damit, seinen Pflichten im weiten Tiefland zu nachzukommen, fern vom künstlichen Tageslicht der Ebenen, die er immer noch mit dem alten Namen bezeichnete, als *Krähenhorst.* Er war ein starker, schlanker Mann mit lebenserfahrenem, gebräuntem Gesicht, der Marschteilnehmer schon ausgebildet hatte, als es noch gar keine Nachgezüchteten der alten Art gab. Mit großen Schritten ging er am Kanalbett entlang, mit wachsamen Blicken, die Augen silbergrau. Er wusste, dass die Stadt im Sterben lag. Schon vor seiner Erzeugung hatte die Kalpa stufenweise abgebaut, und nun würde sich das Sterben vermutlich nicht mehr in die Länge ziehen.

Unstet aufflammendes Tageslicht verteilte sich über den fernen künstlichen Himmel. Rote pulsierende Ringe flackerten um die rissigen, böse zugerichteten Stellen auf, die der Überfall hinterlassen hatte. Er hatte in den unteren Ebenen des ersten Bion gewütet, unmittelbar über dem Ort, wo sich Pathuns

Kopf derzeit befand, und die Leben fast aller Bewohner gefordert.

Am Sammelpunkt zwischen der ersten und zweiten Insel beendete er den rund fünfunddreißig Kilometer langen Marsch, der ihn vom Lager am Oberlauf des Tenebros bis hierher geführt hatte, und wartete darauf, dass die braunen Wächter ihre halb bewusstlose Fracht hier absetzten.

Diesmal waren es nur neun statt der üblichen zwanzig Marschteilnehmer. »Ein Riesenschaden«, erklärte der leitende Wächter. »Wir haben etliche Bewohner verloren. Vielleicht sind das hier die letzten Überlebenden.«

Leise stöhnend krochen Pathuns junge Schützlinge in den Schatten der niedrigen Bäume, die im Schlamm des Kanals wuchsen. Während die Wächter wegflogen, untersuchte er einen nach dem anderen. Er hob ihre Köpfe an, tastete mit seinen fächerförmigen sensiblen Blütenfingern ihre lebenswichtigen Organe ab und stellte fest, dass sie körperlich unversehrt waren. Niemals lieferten die Wächter verletzten oder handlungsunfähigen Nachwuchs ab.

Während die Jugendlichen sich erholten, half er ihnen auf die Beine und sang ihnen dabei leise etwas vor: Lieder aus der Hortzeit, die beruhigend wirkten. Inzwischen waren seine vier Helfer schon quer durch die Kanäle bis zum Treffpunkt auf der Sandbank vorgestoßen. Sie wirkten zwar erschöpfter als sonst, und die Zeit drängte, dennoch kümmerten sich diese jüngeren Instandsetzer sachkundig und mit großer Geduld um die Neurekrutierten. Sie brachten sie schnell dazu, eine Kolonne zu bilden und den Marsch zur dunklen Außenmauer und danach zum Ausbildungslager anzutreten. Schon solange es die Ebenen oder Marschteilnehmer gab, empfing das Lager Neuankömmlinge. Zu lange, um darüber nachzusinnen, soweit es Pahtun betraf.

Sechs Männer und drei Frauen. Während er die verstörten Jugendlichen beobachtete, beneidete er sie und bedauerte sie zugleich, wie immer. Sie waren nur so wenige, dazu noch kleinwüchsig und verwirrt. Er fragte sich, was sie auf ihrer Reise erleben würden.

Stets wurden nur junge Nachgezüchtete auf die Märsche geschickt – erschaffen aus ursprünglicher Substanz, kultiviert in den Ebenen, ausgestattet mit den besten Instinkten. Manche dieser Instinkte würden erst im Chaos zum Leben erwachen. Diese Version von Pahtun hatte sich persönlich noch nie über die Zwischenzone hinausbegeben. Falls diese neun, die man seiner sachkundigen Fürsorge anvertraut hatte, die für alle Zeiten letzte Gruppe von Marschteilnehmern bildeten, würde er die ganze Wahrheit über das Chaos und den Typhon vielleicht niemals erfahren.

Er führte seine Schützlinge zu ihren Zelten und vergewisserte sich, dass sie es bequem hatten. Es dauerte nicht lange, bis sie fest schliefen.

Die Helfer schlugen ihr eigenes Lager in der Nähe auf, ein Stück entfernt von den Neurekrutierten und von Pahtuns Einzelzelt. Zwar empfanden sie gewisse Ehrfurcht vor dem Ausbilder, betrachteten ihn aber als alt und sonderbar. Schließlich musste man sich ja fragen, worauf das alles hinauslief.

Vielleicht auf gar nichts. Keine der anderen Versionen Pahtuns, die entgegen den Gesetzen des Astyanax ins Chaos aufgebrochen waren, hatte je über ihre Entdeckungen berichtet. Und keiner der von ihm ausgebildeten Marschteilnehmer war je zurückgekehrt.

56

Der Zerstörte Turm

Hier war er also, wie angefordert, wenn auch unklar war, was der Bibliothekar mit ihm vorhatte: ein lebender Nachgezüchteter der alten Art, im Hort aus ursprünglicher Substanz erschaffen.

Eingehüllt vom träge schimmernden Glanz seines Umhangs, blieb Ghentun auf einer Seite der hohen leeren Kammer stehen, etwa ein Dutzend Meter vom nächsten hohen Bogenfenster entfernt. Auf Taillenhöhe schwebte der junge Mann neben ihm, zusammengerollt und von Betäubungsmitteln in Schlaf versetzt. Er war zwar verletzt, erholte sich aber schon wieder, denn Ghentuns schimmernder Umhang hatte nicht nur die Macht zu schützen, sondern auch zu heilen.

Im Hüter der Ebenen war jedes Gefühl notgedrungen abgestorben. Inzwischen konnte er sich keine Möglichkeit mehr vorstellen, das Blatt zu wenden. Verzögerungstaktik, Dekadenz, Verschwörungen – so viele, dass man sie nicht mehr zählen und schon gar nicht begreifen konnte –, das unvermeidliche Siechtum der Stadt in Anbetracht all der Millionen Jahre, in der sie das Undenkbare verhindert hatte: All das hatte das Ende jetzt in so greifbare Nähe gerückt, wie selbst er es sich nicht ausgemalt hatte.

Bei seiner Ankunft hatte Ghentun die Kammer umrundet, um durch die hohen Fenster auf die drei verbliebenen Bione der Kalpa zu blicken. Der Übergriff des Chaos hatte das unterste Niveau des ersten Bion, dessen Grundmauern die Ebenen umschlossen und auf dessen abgerundeter Spitze der Zerstörte Turm stand, schwer beschädigt. Auch auf dem südlichen und auf dem nördlichen Bion hatte der Überfall verheerende Folgen gehabt. Von beiden Bionen stiegen Unheil verkündende silberne Rauchspiralen empor, die bis zu den Grenzen der inneren Drucksperre reichten. Und jenseits der Grenze des Realen rückten die monströsen Erscheinungen weiter vor, als wärmten sie sich am Feuer der Zerstörung, das die Kalpa heimgesucht hatte. Der ewig rotierende Strahl des Zeugen drehte sich jetzt schneller, und die Substanz des Beobachters, ein riesiger Berg erstarrten Fleisches – früher einmal menschlich, jetzt alterslos und unfähig zu Mitgefühl –, drängte sich in Erwartung weiterer Opfer immer näher an den inneren Kreis der Verteidiger heran.

Stets hatten die heftigsten Angriffe mit dem größten Zerstörungspotenzial den Ebenen gegolten. Jetzt fragte Ghentun sich, ob ein Grund dafür das Geschöpf war, das neben ihm schwebte. Ihm war klar, dass der Typhon seit Einrichtung der Ebenen die Stadt so erforscht hatte, als wüsste er etwas Bestimmtes – falls ein Phänomen wie der Typhon überhaupt über Wissen verfügen und planmäßig vorgehen konnte. Er wandte den Blick vom Zeugen ab und sah nach Osten, hielt nach den Teilnehmern des letzten Marsches Ausschau und hoffte dabei, dass sie noch vor dem endgültigen Zusammenbruch der Stadt, vor dem Sieg des Typhon würden aufbrechen können.

Jahrmillionen hatte der Bibliothekar herumgetrödelt. Allerdings hatte er einen unermesslich scharfen Verstand – wie hätte Ghentun ihn kritisieren oder auch nur begreifen sollen? Dennoch hatte der Bibliothekar nie einen für Ghentun erkennbaren Plan offenbart, jedenfalls keinen, den ein Instandsetzer oder Nachgezüchteter hätte nachvollziehen können. In Wirklichkeit stand er selbst, Ghentun, auf keiner höheren Stufe als seine Schützlinge, war auch nichts Besseres als dieser ungestüme, im Hort herangezüchtete Jugendliche, der trotz aller Täuschungsmanöver und ihm bewusst in den Weg gestellten geistigen Barrieren auf dem eigenen Standpunkt beharrt hatte.

Wie die Instandsetzer – wie er selbst – kannten auch die Nachgezüchteten der alten Art Schamgefühl, so als ob ihre urzeitliche Substanz sich ein Erbe dieser uralten Empfindung bewahrt hätte. Doch den Großen Eidola war dieses Gefühl längst abhanden gekommen.

Ein Angelin näherte sich. Zuerst tauchte es als winziger silberner Fleck jenseits der Raummitte auf, dann plötzlich ganz in der Nähe, nur einige Schritte entfernt. Wie bei der ersten Begegnung hatte es eine blassblaue weibliche Gestalt und reichte Ghentun nur bis zum Knie. Doch diesmal wollte es sich offenbar lieber mit kleinen Schritten nähern, als durch den Raum zu fliegen oder zu schweben. Vielleicht war es dasselbe Angelin, mit dem er schon einmal gesprochen hatte, vielleicht auch nicht. Identitäten spielten bei dieser Gruppe von Dienstboten kaum eine Rolle.

Als Ghentun seinen Schützling anstupste, hob Jebrassy den Kopf, blinzelte, blickte sich um, verharrte jedoch in Embryonalstellung, als wolle er diese letzten Momente der Wärme und des Wohlbefindens noch auskosten.

»Ehre dem Bibliothekar«, trällerte das Angelin mit einer Stimme, die an rieselndes Wasser erinnerte. »Ist das Experiment abgeschlossen?«

»Ja.«

»Und du hast das angeforderte Exemplar von den Ebenen mitgebracht?«

»Ja. Verlangt der Bibliothekar, dass ich anwesend bin?«, fragte Ghentun und erwartete ein Nein.

»Du wirst den jungen Nachgezüchteten begleiten.«

Jebrassy streckte die Beine aus und sank langsam bis zum Saum des Umhangs. Unter den Blicken des Hochgewachsenen stand er aus eigener Kraft auf, wandte sich um und starrte ehrfürchtig auf die wenige Schritte entfernte blaue Gestalt, die eisige Kälte ausstrahlte, so dass er trotz des schützenden Umhangs fror.

Über Verwirrung oder Angst war Jebrassy längst hinaus. Jetzt konnte alles Mögliche geschehen. Fast hoffte er darauf – was es auch sein mochte –, damit das Warten ein Ende hatte. Als ihm Tiadba einfiel, lief ihm ein Schauer über den Rücken, denn ihm wurde klar, dass er nichts mehr mitbekommen hatte und eben erst aus einem seltsamen Schlaf erwacht war. Wie lange hatte er geschlafen? Und wo war Tiadba? Hatte der Sog des Überfalls sie sich doch noch einverleibt? Lebte sie überhaupt noch? Jebrassy stöhnte auf und drückte mit den Händen gegen den schimmernden Umhang.

»Tu das nicht«, sagte ihm eine leise Stimme ins Ohr, die wie das helle Tschilpen eines Buchstabenkäfers klang. »Hier draußen ist es kalt, und der Bibliothekar möchte, dass du dich gesund und munter fühlst. Ihr beide werdet jetzt dieser albernen blauen Gestalt folgen. Es ist mir ein Vergnügen, euch zum wunderbarsten Ort in der ganzen Kalpa zu führen. Vielleicht ist es sogar der wunderbarste Ort, der den Menschen im ganzen Kosmos geblieben ist.«

Verwirrt musterte Jebrassy zuerst den Hochgewachsenen und danach die kleine blaue Gestalt: Sie alle betrachteten sich als *Menschen*, trotz ihres Äußeren – lag das Geheimnis darin?

Als er vorwärtsschlurfte, merkte er, dass das schimmernde Gewand ihm folgte, also ging er mit normaler Geschwindigkeit weiter und hielt mit der nackten blauen Erscheinung Schritt. Ghentun blieb an seiner Seite. Selbst als ein messerscharfer grauer Lichtstrahl über das glatte Dach der Kammer glitt, so als wolle er sie blenden, drosselten sie das Tempo nicht; allerdings fuhr Jebrassy unwillkürlich zurück.

Im Zentrum angelangt – Jebrassy kam es so vor, als hätten sie nur Minuten bis dorthin gebraucht –, warf er einen Blick zurück, musterte die Reihe hoher Bogenfenster in der Ferne und begriff plötzlich, wo sie waren, denn er erinnerte sich an die Geschichten in den Büchern. »Wir sind in Malregard, stimmt's?«, fragte er Ghentun.

»Manche nannten es früher so«, erwiderte Ghentun. »Wir beide befinden uns weit oberhalb unseres Wohnbezirks und auch weit oberhalb unserer gesellschaftlichen Stellung, mein Junge. In der Region der Großen Eidola. Weder denken noch verhalten sie sich so wie wir.«

»Aber wir *alle* sind doch Menschen«, entgegnete Jebrassy.

Der Hüter fasste sich belustigt an die Nase – eine Geste der Nachgezüchteten.

»Passt auf, wo ihr hintretet«, warnte das Angelin. »Am besten, ihr schließt die Augen. Wir vektorieren jetzt zur Spitze des Turms, so weit sie noch steht, natürlich.«

»Was hat den Turm zerstört?«, fragte Jebrassy.

Ghentun reagierte auf die Frage mit einem leisen, mehrdeutigen Laut. »Du brauchst dich nicht mit der Vergangenheit zu befassen, denn davon gibt es schon viel zu viel. Du solltest nur nach vorn blicken. Ausnahmsweise ist die Zukunft mit dir auf Augenhöhe.«

Jebrassy wusste nicht, ob er das als Beleidigung auffassen sollte.

Silberne Kurven tanzten um sie herum, als ob sie sich vorwärtsbewegten, dennoch nahm er keine Veränderung wahr. Und plötzlich standen sie unter einem widerwärtigen Himmel, in dem Feuerräder und Welten herumwirbelten. Irgendetwas blickte auf sie hinunter; allerdings war es unmöglich, es wirklich zu erkennen oder einzuschätzen. Jebrassy schlug sich die zu Fäusten geballten Hände vor die Augen. Er hatte das Gefühl zu fallen, dachte, er sei wieder mit Tiadba zusammen, fliege über die Ebenen, und der Wächter habe ihn losgelassen …

Überall waren Stimmen zu hören, deren Worte er nicht verstand. Dröhnender Lärm ließ seinen Körper vibrieren. Doch er konnte den Gedanken nicht ertragen, hinunterzufallen und nicht zu sehen, wo er aufschlagen würde. Er musste es wissen. Also nahm er die Hände von den Augen, doch einen Moment lang wollten sie sich nicht öffnen. Er hatte bereits zu viel gesehen: etwas Grelles in Regenbogenfarben, von dem große silberne Fahnen in etwas Düsteres, Gewölbtes aufstiegen; strahlend rote Objekte, die zupackten und sich bewegten und ihn an die riesigen Zangen erinnerten, die Landarbeiter dazu hernahmen, um Hanfballen zu wenden …

Über ihm oder unter ihm, er wusste es nicht, waren Tausende weißer Gestalten aufgereiht, deren Haltung geduldiges Abwarten ausdrückte. Sie hatten die Hände auf dem Rücken verschränkt. Jede Gestalt hatte zwei Arme, zwei Beine und einen runden weißen Kopf. Doch sie hatten keine Gesichter, überhaupt keine Gesichtszüge, nur glatte weiße Schädel.

Er fiel gar nicht, sondern schwebte (offenbar mit dem Kopf nach unten) oberhalb eines gigantischen Gewirrs von erhöhten Straßen, an deren Rändern unzählige weiße Gestalten in Reih und Glied standen oder sich auf verblüffend unterschiedliche Weise bewegten. Manche gingen zu Fuß, anderen trieben an den Straßen entlang, einige schwirrten mit schwindelerregendem Tempo über das Gebiet hinweg, schossen lautlos hierhin und dorthin und stießen dabei weitere der schönen silbernen Kurvenlinien aus. Andere verschwanden einfach, während die Übrigen – es mussten Zehntausende sein, denn ihre langen Reihen erstreckten sich bis ins Nirgendwo – wie ein gewaltiges Heer von unbeschriebenen Blättern auf Anweisungen warteten.

Jetzt kam das Angelin in sein Sichtfeld und stupste ihn an. Trotz des schützenden Schimmers, der Jebrassy umgab, wurden seine Füße bei der Berührung eiskalt, doch wenigstens kam er nach einer langsamen Drehung wieder in eine aufrechte Position, so dass er auf den strahlenden Regenbogen und die roten Zangen blickte, die nach oben und zur Seite griffen, feuerfarbige Leuchtkörper packten und nach unten zerrten.

»Der Hüter hat einen Nachgezüchteten abgeliefert«, verkündete das Angelin mit so süßer Stimme, dass Jebrassy die Ohren klingelten. Gleich darauf drang eine andere Botschaft zu ihm durch, die weder von dem Hochgewachsenen noch von der blauen Gestalt kam. Es klang kaum wie eine Stimme, eher wie ein Strahl von Worten, den Jebrassy wegen des Glanzes, der ihn umhüllte, nur halb erkennen konnte.

Der Urzeitliche soll sich einen Ort suchen, an dem er gesunden kann. Wir werden uns treffen, sobald er wieder heil und ganz und ruhiger geworden ist. Ich möchte ihn nicht erschrecken. Schließlich ist er der wichtigste Bürger der Kalpa.

Jebrassy sah zu dem Hochgewachsenen auf, der neben ihm stand.

»So sei es«, erwiderte Ghentun. »Nach fünfhunderttausend Jahren habe ich endlich meine Pflicht gegenüber den Eidola erfüllt.«

57

In Trübsal versunken, stand Tiadba an der Peripherie des Ausbildungslagers, am flachen breiten Ausläufer des Kanals. Nur mit Mühe konnte sie in der Ferne die tafelartigen Umrisse der drei Inseln ausmachen, auf denen sie ihr ganzes bisheriges Leben verbracht hatte. Auf jeder Tafel stapelten sich die Blöcke wie aufeinandergeschichtete Spielkarten. Der Nebel, der vom Kanalbett aufstieg, milderte die Umrisse und trübte sie ein. Während das Licht über den Blöcken schwächer wurde und sich Schlaf über die fernen Ebenen senkte, wandte Tiadba sich dem dunklen Bogen zu, hinter dem sich, so hatte man ihnen mitgeteilt, die Außenanlagen der Kalpa und die Realitätsgeneratoren befanden, die sie vor dem Chaos schützten.

Ihr Körper kam ihr wie eine zusammengerollte Peitsche vor, die bereit war loszuschlagen. Die Zeit floss zu schnell – und doch nicht schnell genug.

Jetzt bildete man sie aus; der Marsch war eine ausgemachte Sache. Gerade dachte sie, sie könnte es vielleicht schaffen, auch ohne Jebrassy weiterzumachen, könnte damit aufhören, ständig über die Wege nachzugrübeln, die sie nun niemals gemeinsam gehen würden, da fiel ihr ein, wie sie ihren Liebsten als Letztes im Griff des braunen Wächters hatte baumeln sehen, und der Kummer war wieder da.

Während des atemberaubenden Fluges war es furchtbar laut gewesen, und es waren dunkle Wirbel aufgetaucht, die aussahen wie hingetuscht. Etwas Beängstigendes, Unausgeformtes hatte sich ihnen genähert. Doch Tiadba hatte allem standgehalten. Die Wächter hatten insgesamt neun Nachgezüchtete im Hochwasserkanal abgesetzt, wie sie annahm. An die ersten Augenblicke konnte sie sich überhaupt nicht mehr erinnern. Allerdings wusste sie noch, dass sie unter einem dunkleren Abschnitt des künstlichen Himmels eine Ebene durchquert hatten. Am Himmel hatte sie bis auf gelegentliches Gestöber von Gesteinsstaub nichts Auffälliges bemerkt. Die niedrigen Baumgruppen am Kanal, die in dem alten Schlamm wurzelten, waren bald einem ungeheuer weiten Tiefland gewichen, das sich zu beiden Seiten hin bis ins Dunkel erstreckte. Schon als sie sich dem Ende des ersten Reiseabschnitts genähert hatten und die riesigen Bogengewölbe hatten erkennen können, die die äußeren Grenzen des Kanals bildeten, waren alle einer Panik nahe gewesen. Furcht war an die Stelle ihres Draufgängertums getreten.

Vielleicht hatte auch Jebrassy Beschützer gehabt und überlebt; gut möglich, dass er irgendwo in der Nähe herumirrte und jeden Moment im Lager eintreffen würde. Doch sie fragte sich, wie sie immer noch daran glauben konnte. Sie nahm auch nicht an, dass er sich noch in den Ebenen befand. Wo er auch stecken mochte, jedenfalls war er nicht bei ihr, und sie sehnte sich nach ihm.

Die neun Nachgezüchteten, die die Wächter geborgen hatten, waren als Gruppe nicht so zusammengesetzt, wie Grayne es vorgesehen hatte. Denbord, Macht, Perf und Tiadba waren die Einzigen aus Graynes ursprünglicher Gruppe, die es bis zum Kanal geschafft hatten.

Außerdem waren Nico, Shewel und Khren dabei, die Tiadba und Jebrassy bei der Büchersuche in den oberen Ebenen geholfen hatten, selbst jedoch keine losen Bücher gefunden hatten. Mash, der Vierte im Bunde, war beim Überfall im Chaos versunken, wie Pahtun berichtet hatte. Tiadba hatte Mash gemocht. Auch andere aus Graynes Gruppe waren spurlos verschwunden, so dass man Ersatz für sie gebraucht hatte – ob die Jugendlichen selbst dazu bereit waren oder nicht.

Die beiden Mädchen, Herza und Frinna, kannte Tiadba nicht. Sie hatten sich abgesondert und unterhielten sich kaum mit den anderen. Khren, der Stärkste der Gruppe, war schon fast sein ganzes Leben lang mit Jebrassy befreundet. Wenn er nicht gerade an Jebrassys Seite in den kleinen Kriegen gekämpft hatte, war er zum Pede-Führer und Ausbesserer von Weidekarren ausgebildet worden.

»Ich hätte niemals bei einem Marsch mitgemacht, und man hätte mich auch nie dazu ausgewählt – also haben wir ein Patt«, sagte Khren im Lager. »Nach draußen zu gehen mag ja besser sein, als ein Pede anzutreiben und Wagenräder aufzuziehen – oder auch nicht. Damit will ich nur sagen, dass sie besser etwas vorsichtig mit mir umgehen sollten.«

»Sie« – das waren die Hochgewachsenen, die sie am Kanal entlang zum Lager geführt hatten, insbesondere aber der Ausbilder, ein erfahren wirkender Instandsetzer namens Pahtun. Inzwischen wussten sie mehr über die Hochgewachsenen, als sie je für möglich gehalten hätten. Offenbar gab es zwei Arten von ihnen: die Gestalter und die Instandsetzer. Doch Gestalter gab es nur wenige, und man sah sie nie. Ihre Begleiter waren alle Instandsetzer.

Shewel und Escolonico, kurz Nico genannt, hatten sich mitten in der Ausbildung zu Markthändlern befunden, was bedeutete, dass sie lernten, Karren mit Gütern zu beladen, die Angebote auszulegen und Marktbuden zu betreiben. Beide waren recht einfach gestrickt, auch wenn Nico sich gern als Hüter des verborgenen Wissens betrachtete. Tiadba bezweifelte, dass Grayne das auch so gesehen hätte.

Denbord hatte in Graynes Gruppe einen höheren Rang als Tiadba eingenommen, war sich über seinen Status aber offenbar nicht mehr im Klaren, da sie den Bücherbeutel bei sich hatte und Grayne ihn gar nicht erst mit der Suche nach Büchern beauftragt hatte. Er war ein schlanker, nachdenklicher Typ, das genaue Gegenteil von Jebrassy.

Ihr kleines Lager war mit dem Nötigsten ausgestattet: mit sechs Zelten aus lichtdurchlässigem Stoff, die an beiden Enden offen waren, und Isoliermatten. Da die Männer jeweils zu zweit in drei Zelten schliefen und auch Frinna und Herza sich eins teilten, stand ein Zelt völlig leer, und Tiadba hatte es für sich allein.

Frinna und Herza waren blasse, stille Mädchen aus den unteren Ebenen der zweiten Insel – das, was Tiadbas Mer und Per als *Schlusslichter* oder, noch schlimmer, als *Tranfunzeln* bezeichnet hätten. Tiadba machte die schwerfällige, wortkarge Art der beiden zwar nichts aus, doch auch in diesem Fall war sie sich sicher, dass Grayne die beiden niemals ausgewählt hätte.

Keiner von allen hatte Träume oder Besucher.

Einige Dutzend Meter hinter den Zelten stand eine große runde Hütte aus festem, silbernem Material, in der die Ausbilder die Werkzeuge und Ausrüstungen aufbewahrten, die die Marschteilnehmer mit auf die Reise nehmen würden. Im Lager gab es kaum irgendwelchen Komfort oder irgendeine Privatsphäre, allerdings wurden sie täglich mit frischen Weideerzeugnissen beliefert.

»Genießt es, solange ihr könnt«, hatte Pahtun bemerkt. »Da draußen könnt ihr nichts mehr essen und trinken und ganz bestimmt nicht von Landerzeugnissen leben. Dort werden euch eure Ausrüstungen ernähren.«

Zwölf Wach- und Schlafphasen verbrachten sie vor allem mit hartem Training, um ihre Körperkraft und Kondition zu stärken, außerdem mit Ausflügen ins schlammige, Staub aufwirbelnde Kanalbett, was kaum besser war als in den Zelten zu schmollen, nervös herumzuzappeln oder sich zu streiten.

Pahtun wirkte älter als die vier anderen Instandsetzer. Khren hatte angenommen, Hochgewachsene könnten so alt aussehen, wie sie selbst es wollten. Sie alle lebten doch ewig, oder nicht? Nico bezweifelte es. Da keiner in der Gruppe den Mut aufbrachte, danach zu fragen, ging Tiadba einfach davon aus, dass Pahtun der Älteste war, denn er bewegte sich mit Bedacht, redete klar und deutlich und verwendete dabei Ausdrücke der Nachgezüchteten, die alle verstehen konnten, so als hätte er schon oft mit ihrer Art zu tun gehabt.

Obwohl man sie erst so spät und zwangsweise rekrutiert hatte, trugen sich nur drei Gruppenmitglieder mit der Absicht, aus dem Lager abzuhauen. Einer davon war Perf aus Graynes ehemaliger Gruppe, ein schlaksiger, unbeholfener Junge, der noch grün hinter den Ohren war. Er hatte Heimweh nach seiner Nische und ließ es jeden wissen.

Herza und Frinna versuchten sich während einer Schlafphase davonzuschleichen, wurden aber schnell wieder eingefangen. Sie probierten es nie wieder.

Danach sah auch Perf von jedem Fluchtversuch ab.

58

Der Zerstörte Turm

Ein warmer Schatten trieb über Jebrassy hinweg, während er in dem kleinen Zimmer lag, das der Nische seiner Paten in den Ebenen recht ähnlich war. Es kam ihm so vor, als würde er gewogen und vermessen. Er wusste zwar nicht, auf welche Weise das geschah, aber es war eine gründliche, ihm unangenehme Untersuchung, auch wenn sie nicht wehtat. »Was geschieht hier?«, fragte er.

Keine Antwort. Stattdessen schien sich das Vermessen jetzt auf andere Punkte zu konzentrieren, weiter oben und außen, und schließlich auf sein Selbst. Sein denkendes Selbst. »Was tust du da?«

Der warme Schatten schien zufrieden. Gleich darauf hörte Jebrassy eine Stimme, die so freundlich und vertraut klang, dass er sicher war, sie schon früher vernommen zu haben. Aber ihm fiel nicht ein, wer es sein könnte.

»*Weißt du, was mit dir geschehen ist?*«

»Man hat mich zum Zerstörten Turm gebracht.«

»*Weißt du auch, warum?*«

»Uns sagt man solche Dinge nicht, denn dazu sind wir zu schwach und zu dumm.«

Die Stimme drang jetzt direkt in sein Ohr. »Im Gegenteil, ihr habt euch gut geschlagen. Wahrscheinlich seid ihr die stärksten Geschöpfe in der ganzen Kalpa. Auf jeden Fall aber die wichtigsten in dieser Phase, in der meine Arbeit fast getan ist.«

»Bist du der Bibliothekar?«

»Ein Teil von ihm – ein Teil, dem es gelungen ist, sich über diese halbe Ewigkeit hinweg ein wenig Verstand zu bewahren. Weißt du über die Eidola Bescheid?«

»Nein.«

»Na ja, macht nichts. Der Bibliothekar ist zu einem Großen Eidolon geworden. Und das bedeutet, dass er nicht mehr versteht, was es heißt, klein und unbedeutend zu sein. Deshalb hat er einige seiner vielen Selbst-Versionen von sich abgelöst, damit sie diese Aufgabe übernehmen. Man nennt sie *Epitome*. Im Moment redest du mit einer solchen Version des Bibliothekars.«

»Aber du bist nicht so kalt wie diese blauen Dinger.«

»Ich bin ja auch näher am Kern des Bibliothekars. Was du mir erzählst und zeigst, erfährt der Bibliothekar sofort.«

»Ich würde dich gern sehen.«

»Bald. Doch du musst wissen, dass alles, was du sehen wirst, eine Illusion ist. Selbst wenn du mich jetzt sehen könntest, würdest du nicht zum Schlag gegen mich ausholen, trotz deiner geballten Fäuste. Denn es wäre so, als zieltest du auf einen Schatten; es würde dir keine Befriedigung verschaffen.«

Jebrassy versuchte seine Hände zu lockern. »Was wird als Nächstes geschehen?«

»Man wird dich im Lauf der Zeit freilassen, damit du deine Pflicht erfüllen kannst. Doch für den Moment müssen wir nur begreifen, was aus dir geworden ist. Du vibrierst wie eine Glocke, junger Nachgezüchteter – wie eine Glocke, die niemand in dieser Zeit geläutet hat. Deine Vibrationen sind wichtig. Im Augenblick ist nur eine Hälfte von dir so präsent, dass ich sie einschätzen kann. Doch auch die andere Hälfte muss sich manifestieren – die Ereignisse müssen dich erst noch einholen. Bis dahin werden wir uns kennenlernen, und ich werde dir einige nützliche Dinge beibringen.«

»Wo ist Tiadba? Ist sie hier oder anderswo?«

»Ich finde es interessant, dass du die Antwort darauf bereits weißt. Nein, sie ist nicht hier im Turm und wurde auch nicht zu den Ebenen zurückgebracht. Wo ist sie deiner Meinung nach?«

Jebrassy hasste es, wenn man Spielchen mit ihm trieb, aber er wusste es tatsächlich. »Sie ist im Hochwasserkanal. Zusammen mit den anderen, den Marschteilnehmern. Ich muss zu ihr.«

»Du würdest ihr wenig nützen. Wie schon gesagt, müssen die Ereignisse dich erst einholen, damit du dein ganzes Potenzial entfalten kannst. Und dann wirst du so weit sein, dass du dich deinen Freunden anschließen kannst.«

59

Der Hochwasserkanal

Pahtun sorgte dafür, dass sich seine neun Schützlinge im Kanalbett unterhalb des hoch aufragenden Doppelbogens versammelten, baute sich vor ihnen auf und sah einen nach dem anderen ernst an. Der Ausbilder war mindestens ein Drittel größer als Khren, der größte der Gruppe. »Man hat euch ausgewählt, weil euer Blut euch nach draußen drängt«, begann er mit tiefer Stimme, in der Traurigkeit mitschwang. »Doch wie stark euer Enthusiasmus auch sein mag, ihr werdet Hilfe bei euren Reisen brauchen und etwas, das euren Drang mäßigt. Ihr seid unerfahren, zweifellos auch tapfer, doch im Augenblick noch Dummköpfe.«

Perf wand sich auf dem Sand hin und her, als fürchte er, jeder werde ihn ansehen.

»Da draußen wird euch kein Wächter sanft nach Hause tragen, wenn ihr euch verletzt. Da draußen erwartet euch mehr als Schmerz und Schlimmeres als der Tod. Genau das verspricht euch das Chaos. Jenseits der Grenze des Realen liegt die größte Herausforderung, der sich menschliche Wesen je stellen mussten – und in diese Gruppe schließe ich sogar die Großen Eidola da oben in ihrer verdammten Überheblichkeit mit ein.«

Pahtun blickte von einem zum anderen, als wolle er sehen, ob er sie vielleicht schockiert hatte, aber diese Nachgezüchteten der alten Art wussten nichts über Eidola, ob klein oder groß. Als er seine langgliedrige Hand schwenkte, fiel Tiadba auf, dass aus seinem sechsten Finger eine fächerartige rosafarbene Blüte spross. Er hatte sechs Finger und einen seltsamen Daumen, der in der Mitte der Handfläche saß. Geduldig beobachtete Tiadba diese Hand, während Pahtun sie beim Reden nochmals schwenkte. Ihre Geduld wurde durch die Erkenntnis belohnt, dass diese »Blüte« in Wirklichkeit aus einer Gruppe von sechs kleineren Fingern bestand. Vielleicht setzte er sie für besonders feine Arbeiten ein. (Allerdings behauptete Nico später, diese Finger würden den Hochgewachsenen vermutlich dabei helfen, ihre Ohren zu säubern.)

»Niemand kann wissen, was ihr sehen und erleben werdet. Das Chaos hat zwar Züge, die einigermaßen feststehen, so dass man sie beschreiben und teilweise sogar erklären kann, doch das meiste da draußen besteht aus unaufhörlichem *Wandel*, der weder Gründe hat noch Gesetzmäßigkeiten unterliegt. Nehmt es einfach so hin. Auf euch wartet ständige Gefahr. Niemals wird eure Ausbildung euch auf jede Eventualität vorbereiten können. Dennoch muss sie ausreichen, denn ihr *werdet* ins Chaos ziehen. Einerseits geht es hier nach dem Willen derjenigen, die bei uns das Sagen haben«, über seinen Kopf hinweg deutete er nach hinten, hoch über die drei Inseln. »Andererseits ist da euer eigener Instinkt, der euch eingepflanzt, gehegt und gepflegt wurde – Kühnheit jenseits aller Vernunft.« Er holte tief Luft. »Also *werdet* ihr die Reise antreten. Ihr *werdet* am Marsch teilnehmen, denn ihr habt keine andere Wahl. *Wir* haben keine andere Wahl.«

Tiadba sprach ein seltsames Wort laut aus: »Amen.« Die anderen taten es ihr nach und sahen einander gleich darauf verwirrt an.

»Also, jetzt möchte ich euch die Hilfsmittel zeigen, die Körper und Seele da draußen im Chaos möglicherweise zusammenhalten werden.« Als Pahtun ein surrendes Pfeifgeräusch von sich gab, standen sie auf.

Die Begleiter führten die Jugendlichen in die Hütte mit der silbernen Kuppel. An den Wänden hingen seltsame, schillernde Anzüge, die eine gewisse Ähnlichkeit mit dem Geschirr der Acker-Pedes hatten, allerdings bunter waren. Der Größe und Form nach waren sie so flexibel gestaltet, dass sie jedem der Marschteilnehmer passen würden. Es gab sie in den Farben Orange, Rot, Blau, Grün und Gelb. Den Jugendlichen kam das sonderbar vor, denn vielleicht würden sie sich da draußen vor Erscheinungen, die sie verfolgten, ja verbergen müssen.

»Das sind die Besten, die die Gestalter der Kalpa je geschaffen haben. Hier schützen uns die Realitätsgeneratoren der Stadt, und im Chaos werden euch diese Rüstungen bis zu einem gewissen Grad schützen. Innerhalb des Panzers halten sie die Gesetze und Prinzipien des Lebens aufrecht. Außerdem sind sie mit Persönlichkeit ausgestattet, wie man es von den Gestaltern, die sie produziert haben, ja auch erwarten kann.«

»Was sind Gestalter?«, fragte Nico.

»So ähnlich wie ich«, erwiderte Pahtun, »nur anders. Ich bin noch nie einem begegnet.« Er ließ sich nicht weiter darüber aus.

Der Ausbilder machte sie mit den Schutzanzügen vertraut und schlug vor, sie sollten sie anprobieren. Tiadba wusste sofort, welcher ihrer war, und strich über die orangefarbene Außenhaut, die sich glatt und kühl anfühlte. Der Panzer vibrierte unter ihren Fingern und gab ein leises, zustimmendes Geräusch von sich. Grayne hatte ihnen ein wenig über diese Dinge erzählt, allerdings nicht erwähnt, dass diese Schutzanzüge mit gewissem Eigenleben über Leib und Glieder gleiten konnten.

Sie streiften sich praktisch von selbst über die Körper, während die Jugendlichen herumhüpften und sich wanden. Herza und Finna versuchten sich aus den Anzügen zu lösen, doch es gelang ihnen nicht. Diejenigen, die als Erste angezogen waren, alberten nervös herum, als sie die Mienen ihrer Gefährten sahen.

Die Helme hingen schlaff auf die Schultern herab, wie abgetrennte Kapuzen, bis sie sich auf Pahtuns Befehl hin aufrichteten, versteiften und luftdicht verschlossen. Dennoch empfand Tiadba keine Platzangst. Sie konnte mühelos atmen, und die Luft wirkte frisch. Sie spürte lediglich einen leichten Juckreiz an den Verbindungsgliedern, schaffte es jedoch schnell, nicht weiter darauf zu achten.

»Sie werden zur zweiten Haut«, erklärte Pahtun. »Nur sind sie feiner und besser ausgestattet. Eure Panzer beschützen euch vor unsäglichem Elend. Die Fertigungskunst ist uralt, doch für mich grenzt sie immer noch an ein Wunder. Allerdings hat auch dieses Wunder Grenzen. So ein Panzer spürt jede Verletzung oder Änderung der Regeln, wie sie da draußen so häufig auftreten. Er wird Sinneseindrücke ins Chaos übertragen oder übersetzen, damit ihr Licht und Schatten, Farbe und Form erkennen könnt. Er hilft euch dabei, euch in etwas zu verankern, das einer Erdoberfläche ähnelt, und euch in etwas zu bewegen, das einer Landschaft gleicht – jedenfalls so verlässlich, dass ihr während eurer Reise vorwärtskommt und voraussichtlich bis zu einem Ort gelangt, an dem das Chaos gebannt ist. Auch das Chaos hat verschiedene Formen und Eigenschaften. Es gibt dort so etwas wie Wetterbedingungen: Einige Orte sind stärker verwandelt als andere, manche von Veränderungen fast unberührt. Hin und wieder scheint es so, als hätte das, was wir dort beobachten, eine Patina von langjähriger Beständigkeit, doch in Wirklichkeit ändern die Regeln sich ständig. Wenn man das nicht schnell begreift und sich entsprechend anpasst, hat das schreckliche Konsequenzen. Deshalb werden sich eure Schutzanzüge anpassen und ständig *dazulernen*, genau wie ihr.«

Zwei der Begleiter brachten einen schlanken schwarzen Dreifuß herein, auf dem ein Gebilde montiert war, das wie ein flachgedrücktes Ei aussah. Wie Ghentun erklärte, war es ein tragbarer Realitätsgenerator, der für mehrere Schlaf- und Wachzyklen einen Schutzring um die ganze Gruppe errichten konnte.

»Innerhalb der Kalpa erhalten unsere Generatoren den Anschein der alten Realität aufrecht. Falls eure Panzer Schwächen zeigen oder ausfallen, können euch diese kleineren Realitätsgeneratoren eine Zeit lang schützen. Allerdings könnt ihr, wenn ihr von einem solchen Schutzring umgeben seid, eurem Ziel nicht näher kommen.«

Als Nächstes zeigte Pahtun ihnen ihre Waffen, die sie, wie er sagte, niemals leichtfertig oder in aggressiver Absicht gebrauchen sollten, weil das nur unerwünschte Aufmerksamkeit erregen werde. Die Waffen bestanden aus blitzenden geschwungenen Klingen, die man *Klaven* nannte. In erster Linie, so erklärte Pahtun, seien sie nicht zum Schneiden gedacht, sondern dazu, Veränderungen zu beschleunigen. »Klaven treiben das Chaos an, verstärken dessen eigene Tendenzen. Die Wirkungen sind jedoch nicht vorhersehbar. Was die Klaven treffen, kann eventuell auseinanderfallen oder auch aufhören zu funktionieren. Andere Waffen habt ihr nicht – außer euren Verstand. Deshalb ist es bei Gefahr stets besser, zu fliehen oder sich zu verstecken.«

Und so wurde ihnen in der Ausbildung vor allem beigebracht, sich dem Chaos zu entziehen (auch wenn sie bis jetzt noch gar keine richtige Vorstellung davon hatten, wem oder was sie sich dabei entziehen sollten).

»Und warum schicken wir euch nicht mit Fahrzeugen hinaus?«, fragte Pahtun. »Mit Flugapparaten, Raumschiffen, Transportmitteln, die über die Oberfläche gleiten oder unter ihr hindurch? Weil unsere Generatoren an bestimmte Größenmaßstäbe gebunden sind, eine bestimmte Skalierung berücksichtigen müssen. Wenn unsere tragbaren Realitätsgeneratoren mehr schützen sollten als eine kleine Personengruppe, wären sie zwangsläufig riesig und unhandlich. Und jeder mobile Generator vernünftiger Größe kann im Chaos nur Objekte erfassen, die sich nicht viel schneller bewegen, als ihr rennen könnt, alles andere würde seine Fähigkeiten der Kartierung übersteigen. Außerdem würde eine allzu schnelle Bewegung mit allzu großer Energie Wirbel von Widersprüchen und Störungen anziehen, die wir als *Verzerrungen* und *Enigmachrons* bezeichnen. Das können schreckliche Fallen sein, denn sie verschlingen und absorbieren alles, was sie erwischen, ob gepanzert oder nicht, und binden es an das Chaos. Sicher werdet ihr auf Opfer solcher Wirbel stoßen – uralte Opfer und Opfer aus jüngerer Zeit. Es dauert lange, bis Opfer des Typhon sich auflösen. Schon vor meiner Erzeugung haben die Angelins – die Beobachter des Chaos im Zerstörten Turm – einige dieser monströsen Erscheinungen, die früher einmal menschlich waren, zu erforschen versucht. Und diese Erscheinungen sind immer noch da draußen.«

Er hielt kurz inne. »Besonders verletzlich sind eure Panzer in der Zone der Lügen, von uns aus gesehen die Zwischenzone zur Grenze des Realen. Dort lässt der Schutz, den die letzte Phalanx von Realitätsgeneratoren unserer Stadt bietet, immer mehr nach, so dass das Chaos an Boden gewinnt. Wenn man die Zwischenzone durchquert, muss man überaus vorsichtig vorgehen. Ihr dürft eure Panzer dabei nicht voll aktivieren, denn konkurrierende Kraftfelder erzeugen unvorhersehbare Ergebnisse. Ich werde euch in die Zone begleiten und überwachen, wie ihr vorankommt. Bis jetzt habe ich in dieser Phase noch keinen Marschteilnehmer verloren. Doch viele andere Ausbilder mussten erleben, wie es ihre Gruppe schon zu diesem frühen Zeitpunkt erwischte und sie in einem Sog oder Wirbel versank.

Ein weiterer Punkt: Im Chaos gibt es Regionen, die scheinbar selbst über längere Zeiträume hinweg Beständigkeit zeigen können. Eine davon ist die Nekropolis, ein Überbleibsel der neun Bione, die früher zur Kalpa gehörten. Der Typhon hat diese Ruinen in Aufzeichnungen festgehalten und sie mit den verfälschten Überresten anderer Städte kombiniert. Es ist eine grausame Verhöhnung der größten Stadtfestungen, die einst die Erde umspannten, und seine Methode, uns Angst vor künftigen Entwicklungen zu machen. Der Typhon hat die Überreste oder Stadtkerne, vielmehr deren Trugbilder, zusammenmontiert und in Sichtweite des Turms platziert. Manche dieser Ruinen scheinen noch bewohnt zu sein, falls das der angemessene Ausdruck dafür ist. Bewohnt von verzweifelten Phantomen. Aus denen, die einst dort lebten, ist jedes Leben gewichen, und dennoch sind sie noch da und wuseln herum. Und das, was niemals gelebt hat, erwacht dort unverhofft zum Leben.

Jetzt möchte ich euch die Zonen beschreiben, die einerseits sehr gefährlich sind, andererseits aber auch Chancen bieten.

Eine davon ist eine Art Weg oder Straße quer durch das Chaos, auch *Pass* genannt. Pässe tauchen mal hier, mal dort auf und verschwinden auch wieder; es sind gewundene Pfade oder Sträßchen, die durch alle Gebiete führen.«

»Wozu dienen sie?«, fragte Tiadba.

»Als Beförderungswege. Selbst im Chaos gibt es Abstufungen zwischen guter und schlechter Verwaltung, Macht und Ohnmacht, Größe und Armseligkeit. Die höchsten und mächtigsten Gestalten oder Gebilde – wir dürfen ihnen nicht unterstellen, dass sie mit Wissen oder Intelligenz begabt sind – nutzen diese Pässe, um von einem Ort zum anderen zu gelangen. Zu diesen gehören die Schweigenden, die so viel Verderben über unsere Marschteilnehmer gebracht haben und selbst zu Sangmers Zeiten schon tätig und mächtig waren.«

»Wie sehen sie aus?«, wollte Nico wissen.

Pahtun schüttelte den Kopf. »Sie haben viele Gestalten. Manche im Turm überwachen ihr Kommen und Gehen; leider erzählen sie uns hier unten nur wenig davon.«

Die Marschteilnehmer blieben neben der überwölbten Hütte stehen, zogen Grimassen und streckten sich, denn sie mussten sich erst an ihre Panzer gewöhnen.

»Die alte Materie, aus der ihr erzeugt wurdet und aus der ein Großteil der Erde besteht, wurde früher einmal durch die Sperre am Leben erhalten, die dem Typhon einen Riegel vorschob. Doch als diese Sperre sich rings um die Kalpa zusammenzog und Realitätsgeneratoren nötig wurden, mussten wir alles außerhalb der Kalpa aufgeben. Innerhalb des Chaos altert die ursprüngliche Substanz auf unvorhersehbare Weise, schafft

Einschlüsse des geologischen Wandels und der Zerstörung, in denen die einfachen Regeln der Schwerkraft und Physik, ja selbst die alten Gesetze des Raums und der Zeit außer Kraft gesetzt sind. Der Typhon scheint in dieser Instabilität zu schwelgen. Und alles, was dem Typhon gefällt, schürt das Chaos weiter und peinigt die alte Erde.«

»Dauernd redest du von dem Typhon so, als wäre er ein lebendiges Wesen«, sagte Nico. »Ist das wirklich jemand, der größer und mächtiger ist als diese seltsamen Eidola?«

»Das weiß ich ebenso wenig wie du«, erwiderte Pahtun nach kurzem Zögern. »Früher einmal betrachteten manche Menschen die unbekannten Kräfte der Natur als ehrbare Gegner oder auch als unversöhnliche Götter. Doch ich halte den Typhon nicht für einen Teil unserer Natur. Er ist kein ehrbarer Gegner, den man achten könnte, sondern etwas Krankes, eine Geißel der Menschheit. Das werdet ihr jedoch bald selbst am eigenen Leib erfahren. Und dann solltet ihr an solchen Vorstellungen über den Typhon festhalten, die euch am besten beim Überleben helfen.«

Diese Antwort schien Macht und Khren zu faszinieren, doch Nico, der Philosoph, wollte sich nicht damit zufriedengeben. Hingegen wirkten Perf, Shewel und die beiden Tranfunzeln nur verwirrt oder gelangweilt. Denbord und Tiadba hörten einfach zu und versuchten, sich mit eigenen Meinungsäußerungen zurückzuhalten.

Offenbar spürte Pahtun Tiadbas zurückgehaltene Skepsis, denn er kniete sich neben sie ins Sandbett des Kanals. Selbst in dieser Stellung war er noch einen Kopf größer als sie, obwohl sie aufrecht in ihrem Panzer dastand.

»Du hast eine Frage«, bemerkte er.

»Wir ziehen dorthin, wo wir hinziehen müssen«, sagte Tiadba. »Aber wer hat uns das in die Wiege gelegt?«

»Die Gestalter, nehme ich an, auf Befehl eines Eidolon. Ich würde den alten Strippenzieher gern einmal treffen und ihm meine Meinung sagen.« Pahtun wackelte mit den Fingern und fasste sich nach Art der Nachgezüchteten an die Nase. »Vor vielen, vielen Jahren, als ich noch jünger war, habe ich, um meine eigene Schuld zu sühnen, gegen die Gesetze des Stadtfürsten verstoßen und eigenständig Außenposten entsandt, die das Chaos untersuchen sollten.« Während sein Gesicht sich in Falten legte, hielt er einen Augenblick inne. Tiadba hatte den Eindruck, einen solchen Gesichtsausdruck zum ersten Mal bei einem Hochgewachsenen zu sehen. Sie wusste nicht, wie sie ihn deuten sollte. War es Traurigkeit, Verwirrung, Kummer über einen Verlust? »Aber sie haben sich nie zurückgemeldet«, fuhr Pahtun fort. »Wer die Kalpa verlässt, darf niemals zurückkehren – aus durchaus guten Gründen, die auf der Hand liegen.«

»Aber *uns* schickst du immer noch nach draußen«, bemerkte Tiadba.

»Klügere Köpfe als meiner haben diese Pläne geschmiedet, und ich nehme an, wir alle fühlen uns daran gebunden, wie die Konsequenzen auch aussehen mögen. Du folgst deinen Instinkten, ich erfülle meine Pflicht.« Er stand auf. »Falls von meinen Außenposten noch welche da draußen und in Freiheit sind, könnten sie von Nutzen sein, vielleicht aber auch nicht. Ihr müsst bei ihnen genauso auf der Hut sein wie bei allem anderen im Chaos.«

Perf blickte auf die Ebenen, die sich jenseits des Lagers im Nebel verloren. Macht legte die Hände aneinander und murmelte eine beruhigende Litanei vor sich hin.

Pahtuns Gesicht glättete sich und nahm einen entrückten Ausdruck an. »Ich glaube es, weil ich daran glauben muss: Falls einer von euch durchkommt, erreichen wir etwas Großartiges, etwas, das vielleicht all die jahrelangen Opfer eurer Art wettmacht.«

»Der alte Pede-Antreiber ruht sich aus.« Auf leisen Sohlen pirschte sich der stämmige Khren an Tiadba heran, die sich umdrehte und ihn kritisch musterte. Sie war erneut in Trübsal versunken. Natürlich war das nicht Khrens Schuld, aber er und seine Freunde boten keinen Ersatz für ihren Krieger, so albern Jebrassy sich zuweilen auch aufgeführt hatte.

»Du hast deine traurigen fünf Minuten«, bemerkte Khren sanft, da er ihre Stimmung spürte. Macht und Perf gesellten sich zu ihnen.

»Bitte lies uns noch was aus den Büchern vor«, sagte Perf. »Bring uns was bei.«

Graynes Schütteltuch und die alten Buchstabenkäfer waren nicht mehr da, um ihr zu helfen. Sie musste die Wörter eigenständig entschlüsseln, allerdings hatte sie Fortschritte darin gemacht. Was immer sie las, versuchte sie den anderen zu vermitteln und zu erläutern. Sie wusste, dass Grayne es so gewollt hätte. Seltsam, dass sie sich nicht mehr an Graynes Gesicht oder an deren melodische, sanft drängende Stimme erinnern konnte. Jebrassy dagegen war ihr deutlich im Gedächtnis geblieben.

Auch die anderen kamen herüber: Denbord, Nico und Shewel, die ihre Schlafmatten mitbrachten. Mittlerweile nächtigten sie lieber draußen, unter den dunklen Bogengewölben, als in den hauchdünnen Zelten, die beim leichtesten Windstoß flatterten und ihnen im Zwielicht Angst machten.

Tiadba setzte sich auf den Boden und schlug eines der Bücher auf. Am liebsten hörten ihre Gefährten Abschnitte, in denen es um Sangmer, den Pilger, ging und um Ishanaxade, die Tochter des Bibliothekars, obwohl die Geschichten nur selten übereinstimmten. Doch diese Merkwürdigkeit machte Tiadbas Zuhörern nicht viel aus.

Notgedrungen ließ sie Teile, mit denen sie Probleme hatte, entweder ganz aus oder erzählte sie mit eigenen Worten. Immer noch war ihr der Sinn mancher Wörter nicht klar, doch beim wiederholten Lesen wuchs ihre Erfahrung, so dass sie deren Bedeutung von Mal zu Mal besser erraten konnte.

Andere Passagen, überall im Text verteilt wie Hanfsamen in einem Kuchen, versetzten sie nach wie vor in Erstaunen. Manche bestanden aus einer Liste von Anweisungen: *Gehe hierhin, tue dies und das.* Tiadba nannte sie »Wörterkarten«. Manchmal las sie diese Listen unmittelbar vor dem Einschlafen vor, kurz bevor die Hochgewachsenen die Lampen löschten, weil sie so beruhigend wirkten.

Diesmal wählte sie einen Text aus, mit dem sie recht gut vertraut war. Ihre Gefährten rollten sich zu ihren Füßen zusammen und starrten in die Dunkelheit. »›Ich erzähle hier eine ganz einfache Geschichte‹«, begann Tiadba. Dabei fiel ihr die Zeit mit Jebrassy ein, die noch gar nicht lange zurücklag, und ihr schossen Tränen in die Augen.

Früher einmal, vor einer halben Ewigkeit, war die wunderbare junge Sonne – so nannte man sie, obwohl sie schon seit zehn Billionen Jahren schien – vom Chaos des Typhon nahezu umzingelt. Nur fünf Welten waren übrig geblieben und auf der Erde zwölf Städte. Während des langwierigen, unglückseligen Zerfalls des Kosmos boten diese Städte Flüchtlingen aus allen Raumregionen eine neue Heimat.

Die größte und älteste dieser Städte war die Kalpa. Und auch die klügste, denn diese Stadt traf unentwegt Vorsorge für die Zeit, wenn das Chaos auch noch die junge Sonne verschluckt haben würde.

Viele Menschen rechneten mit ihrer baldigen Vernichtung.

Der größte Mensch dieser Epoche war ein Deva namens Polybiblios. Er war bis zum letzten Winkel des alternden Kosmos gereist, um bei den Shen zu leben, im Glanz ihrer sechzig Sonnen, und ihre großartige Kultur zu erforschen, denn das Chaos drohte auch diese Zivilisation in nächster Zeit zu schlucken.

Die Stadtfürsten der Erde setzten eine hohe Belohnung für denjenigen aus, der bereit war, zu diesen letzten, fernen Überlebensinseln im Kosmos zu reisen, um Polybiblios zur Rückkehr zu bewegen. Denn Polybiblios war so in seine Studien vertieft, dass er gar nicht mitbekommen hatte, was ringsum geschehen war. Mittlerweile war er von Regionen voller Tücken und Fallen umgeben, so dass er dort wie eingemauert festsaß. Niemals würde ihm die Rückkehr zur Erde allein gelingen.

Der Erste, der sich als Freiwilliger für diese Expedition anbot, war ein junger Instandsetzer namens Sangmer. Wegen zahlreicher Heldentaten und seines außerordentlichen Muts war er damals schon bekannt und beliebt.

Sangmer stellte eine Mannschaft zusammen und erweckte das letzte große Raumschiff der Erde zu neuem Leben. Mit seiner Besatzung – er hatte sie nach den Gesichtspunkten von Stärke, Mut und Klugheit ausgewählt – flog er auf der einzigen noch offenen Route zu dieser fernen Raumregion.

Nur zehn Besatzungsmitglieder, darunter Sangmer, überlebten die seltsamen und gefährlichen Abenteuer dieser Expedition – und deren gab es viele –, so dass sie mit Polybiblios die Heimreise antreten konnten.

Das Chaos wütete, verzehrte alles in seinem Weg und verwandelte es in tödliche, blendende Helle. Mehrmals hätte es fast auch das Raumschiff getroffen, denn nichts ist so hartnäckig und widernatürlich wie der Typhon, wie manche behaupten. Andere sagen, nichts sei so unberechenbar wie der Typhon, deshalb gäbe es keine schwierigere Aufgabe, als planmäßig gegen ihn vorzugehen.

Sangmer brachte auch die geheimnisvolle Adoptivtochter des Polybiblios mit zur Erde. Die meisten Menschen sind sich darin einig, dass sie noch weniger menschlich als die Shen wirkte, obwohl sie eine reizende Gestalt hatte.

Sie hatte den Namen Ishanaxade angenommen, was so viel bedeutet wie ›aus allen Geschichten geboren‹, und fühlte sich dem Geschlecht Deva verbunden, dem ihr Adoptivvater angehörte.

Auf der Erde wurden die Heimkehrer von den Stadtfürsten empfangen und laut bejubelt, doch viele Familien trauerten zur selben Zeit um ihre verlorenen Kinder und waren mit Bestattungszeremonien beschäftigt.

Polybiblios nahm seine Arbeit in dem hohen Turm über dem ersten Bion der Kalpa auf. Das Wissen, das er bei den Shen erworben hatte, nutzte er dazu, die Sperre zu entwerfen und zu schmieden, die tatsächlich eine Zeit lang ausreichte, um die junge Sonne zu schützen und das Chaos fernzuhalten.

Auch Sangmer saß nicht müßig herum, sondern war so ruhelos wie eh und je. Er unternahm weitere Expeditionen, um das Chaos zu erforschen, genauer einzuschätzen und ihm Widerstand zu bieten. All das brachte ihm noch mehr Ruhm ein, auch wenn diese Reisen etlichen vornehmen Familien weitere Söhne und Töchter raubten.

Unterwegs kamen so viele junge Menschen ums Leben, dass Sangmer der Pilger sich den Beinamen Traumtöter zuzog – eine Bezeichnung, auf die er keineswegs stolz war. Deshalb gelobte er, sich ins tiefe Exil zurückzuziehen, ins Reich der in der Stille verankerten Sessile, und erst zurückzukehren, wenn er sich in jahrelangem Schweigen geübt hatte.

Auch Ishanaxade war unter den Neugierigen, die die mit Bändern geschmückte Straße säumten, um Sangmer beim Antritt der Büßerreise zuzuschauen. Ishanaxade baute sich vor ihm auf, während er schwer an der Last der Erinnerungsscheiben trug, auf denen das Leben seiner tausend toten Gefährten aufgezeichnet war. Diese Bürde erdrückte ihn fast.

Keine war so wundervoll gekleidet wie Ishanaxade, aber daran liegt es nicht, dass Abbildungen von ihr bis heute verboten sind oder gelöscht werden. Es war auch keine Frau so schön wie sie, und das nicht nur in den Augen ihres Vaters, sondern auch in denen der Neugierigen, die zuschauten, wie sie Sangmer einen Teil seiner Last abnahm. Sie half ihm, die Scheiben bis zum Eingang der Sessile zu tragen, in deren Reich die Stille Frieden bedeutet.

Manche behaupten, es sei dort gewesen, wo sich ihre Lebenslinien miteinander verbanden und zusammenwuchsen. Andere meinen, ihre Liebe habe schon auf der Rückreise vom Reich der Shen begonnen. Niemand nahm Anstoß daran, dass ein Instandsetzer sich mit Ishanaxade vermählte. Es gab auch nur wenige, die es gewagt hätten, Polybiblios, der dieser Verbindung seinen Segen erteilt hatte, zu verärgern. Schließlich hatte er den letzten Rest der Menschheit vor dem Schlimmsten bewahrt.

Als Ishanaxade und Sangmer aus dem Reich der Stille zurückkehrten, wies Polybiblios ihnen viele wichtige Aufgaben zu, die sie gemeinsam, aber auch getrennt voneinander erledigen sollten.

So war es, und so wird es geschehen.

Als Tiadba das Buch zuklappte, kuschelten sich ihre Gefährten noch enger aneinander. Irgendwie hatte sich die Geschichte seit dem letzten Vorlesen gewandelt. Manche Einzelheiten waren anders als früher. Es mochte aber auch sein, dass ihre Ohren inzwischen einfach mehr aufnahmen.

»Es ist keine Geschichte mit glücklichem Ausgang, nicht wahr?«, fragte Khren.

»Wir alle werden da draußen sterben«, sagte Nico niedergeschlagen. »Ich verstehe es zwar selbst nicht, aber ich will trotzdem mit, verdammt.«

Plötzlich hätte Tiadba trotz ihrer Erschöpfung gern von Jebrassy erzählt und ihren Gefährten zugerufen: Er *ist* nicht tot und wird es schon irgendwie schaffen, zu uns zu stoßen; und wenn er dabei ist, wird dieser Marsch anders sein als alle früheren … Doch stattdessen wandte sie den Blick ab und lehnte sich leicht zurück, denn sie bezweifelte, dass die Gefährten ihr glauben und ihre Worte sie trösten würden.

»Lasst uns schlafen«, schlug sie vor.

Die Jugendlichen bliesen zwar die Backen auf, verfrachteten ihre Schlafmatten jedoch widerspruchslos unter die hohen dunklen Bogengewölbe.

DRITTER TEIL

TERMINUS UND TYPHON

ZEHN NULLEN

60

Wallingford

Anfangs wollte der gedrungene, stämmige Alte im Tweedanzug Daniel seinen Namen nicht verraten. Erst verhielt er sich reserviert, dann plötzlich barsch und bestimmend, so als hätte er stets allein gelebt, sei aber dennoch gewohnt, das Sagen zu haben. Sein Akzent war schwer einzuordnen: Das Englisch klang nach Cockney, aber Daniel war in diesen Dingen kein Experte.

Gemeinsam hatten sie allen Mut zusammengenommen und das Haus verlassen, in dem Whitlow, gefangen in krampfartiger Starre, immer noch auf seinem Stuhl hockte. Jetzt zeichnete sich draußen so etwas wie ein Sonnenaufgang ab: Ein bleiernes Licht legte sich über die Straßen. Die Wohngegend im Norden ähnelte einer zusammengeklebten Collage. Über den dunklen, abweisenden Häusern lagen Streifen von Licht und Schatten. Die Menschen, die auf den Straßen zurückgeblieben waren, sahen so aus, als wollten sie irgendwohin, doch dazu blieb ihnen nur eine sehr kurze Zeitspanne. Noch schlimmer war, dass sie ständig ZURÜCK AUF LOS landeten. Offenbar war nur wenigen ihre missliche Lage bewusst. Sie ähnelten Insekten, die in erstarrendem Harz festsaßen. Nur Daniel und der stämmige Grobian besaßen noch ein gewisses Maß an Bewegungsfreiheit, doch wie lange würde diese Freiheit andauern?

»Ein Schicksalswandler, der nicht träumt«, sinnierte der Grobian zwischen heiseren Flüchen. Er bemühte sich, mit Daniel Schritt zu halten, als sie auf dem Weg zur Schnellstraße nach Osten abbogen, wo sich früher die Fünfundvierzigste Straße befunden hatte. Die Luft war hier voller Sand. »Ich hätte dich niemals gefunden, aber Mr. Whitlow hatte da so eine Ahnung. Du hattest zwar keine Träume, doch er konnte deinen Stein spüren. Das war seine spezielle Gabe. Ist schon eine Ironie des Schicksals, dass ausgerechnet er keinen Unterschlupf finden konnte, als *sie* uns im Stich ließ.« Der Grobian wirkte recht selbstgefällig. »Nur ich bin entkommen«, schnaufte er. »Hab die letzten Weltlinien genutzt. Hab sie heruntergerissen und bin daran entlanggesaust. – Na ja, und du natürlich.«

»*Terminus*«, warf Daniel ein.

Der Grobian nickte, denn er verstand das Wort nur zu gut. »Mr. Whitlow hat es so genannt. Früher wusste ich aber nie, was er damit meinte. Einen Endhaltepunkt der Eisenbahn? Das Ende der Linie? Doch was es auch sein mag, mir gefällt das nicht. Es ist unnachgiebig und verleibt sich alles ein.«

Daniel schlang die Finger um die beiden Kästchen in seiner Hosentasche und segnete die Steine dafür, dass sie ihm – ihnen beiden – ein bisschen Freiheit gaben. Auch der Grobian steuerte irgendetwas dazu bei, obwohl Daniel nicht sagen konnte, was es war. Offenbar war ihnen beiden bewusst, dass sie ohne die Gegenwart des anderen genauso frustriert und zum Untergang verurteilt gewesen wären wie die im Sumpf steckenden, irre blickenden Gestalten, die sie auf den Gehwegen und Straßen überholten.

»Wer ist diese Kalkfürstin?«

»Die Höchste in der Hierarchie, so weit es mein Arbeitsgebiet betrifft. Doch ehrlich gesagt weiß ich es selbst nicht. Bin ihr nie begegnet. Sie ist gefährlich, musst du wissen.«

»Und der Nachtfalter?«

»Ah, der Nachtfalter. Also ist er tatsächlich hier gewesen. Jeder Diener der Königin hat seinen eigenen winzigen Thron. *Nunc dimittis,* kann ich da nur sagen. Ich bezweifle, dass er ein solches Kuriosum wie dich getötet hätte. Wahrscheinlich wollte er dich nur der Königin zuführen, so wie ein Viehtreiber.«

Daniel knurrte irgendetwas und wandte den Kopf nach vorn. Er blickte nicht gern zurück, denn die Straße in ihrem Rücken sah völlig anders aus als die, die sie gerade entlanggegangen waren. Mittlerweile quetschte die Zeit sich offenbar so zusammen wie ein gegen die Wand geschmettertes Akkordeon.

Sie gelangten zu einer Anhöhe, die Aussicht auf die Stelle bot, an der sich früher die Schnellstraße befunden hatte. Jetzt war hier nur noch ein langer Graben voller Schlamm zu sehen, den auf beiden Seiten leere Häuser säumten. In diesem Teil des Viertels hatte das zusammengequetschte Akkordeon lauter materielle Dinge nach oben befördert: Häuser und seltsame alte Automobile. Aber nichts Lebendiges.

»Es sind keine Menschen mehr da«, bemerkte der Grobian.

»Und was bedeutet das?«

»Sag du's mir, junger Herr.«

Die erhöhte Schnellstraße stand ihnen offensichtlich nicht mehr zur Verfügung, also würden sie auf Gedeih und Verderb die kleineren Straßen auf Bodenniveau nehmen müssen. Es würde ein langer, schwieriger Spaziergang werden. Sie blickten in einen Wagen, doch dessen Betriebssystem war hoffnungslos zerstört. Da drinnen war offenbar alles zu Schlacke zusammengeschmolzen.

»Was bist du eigentlich? Mein *Kumpel*?«, rief Daniel über die Schulter. Hinter der bemüht lockeren Art verbarg sich echte Furcht. »Oder mein Butler?«

»Dein *Führer*, junger Herr. Ich bringe dich dorthin, wo ich bereits war. Es ist südlich von hier, ein grünes Lagerhaus. Ich bin um das Gebäude herumgegangen und habe dabei gemerkt, dass *sie* da drinnen sind. Doch ich hatte ihnen nichts anzubieten, konnte also auch nicht hoffen, eingelassen zu werden. Nach diesem Sturm, nach diesem Unfall ... Die Königin hat's verpeilt; sie hat wie eine scheue Geliebte an unserem Zielobjekt herumgefummelt und es dann fallen lassen. Nach all dem wusste ich natürlich, dass man mich nicht hereinlassen würde, wie verzweifelt meine Lage auch sein mochte. Aber dich werden sie hereinbitten. Du gehörst dort nämlich hin. Nicht dass ich besonders viel Dankbarkeit von dir erwarte.« Die dicken Finger des Grobians krümmten sich. »Es wird jetzt schlimmer. Ich scheue mich nicht zu sagen, dass ...«

Daniel streckte die Hand hoch und blickte über einen langen dunklen Graben hinweg. Früher hatte hier die University of Washington gestanden, wie gewisse Reste bezeugten. Die eingestürzten, eingeschwärzten Gebäude schimmerten wie Glanzkohle. Es gab nur wenige Bauten, die noch einigermaßen intakt aussahen.

»Bibliotheken«, murmelte der Grobian mit ungebremstem Redefluss. »An Bibliotheken kommt die Königin nicht heran –

noch nicht. Aber die Bücher verschlüsseln sich im Moment. Bald werden sie nur noch leere Seiten sein. Und dann können sie nichts und niemanden mehr schützen.«

Die Häuser in ihrer Umgebung nahmen jetzt einen stumpfen, dennoch transparenten Glanz an, als hätte sie jemand aus Kristall herausgeschnitten und mit einem Sandstrahler behandelt. Andere waren in zwei Hälften zerteilt, so dass das schlimm zugerichtete Innere zu sehen war. Doch von den Bewohnern fehlte jede Spur.

»Ich glaube, wir verlassen jetzt die Zone, in der Menschen überhaupt existieren können«, sagte Daniel.

»Und ich glaube nicht, dass ich irgendwas davon kapiere, Professor.«

Mittlerweile war es schon seltsam tröstlich, auch nur die Stimme des anderen zu hören.

»Willst du wissen, was ich anzubieten habe, was ich für uns *tun* kann?«, fragte der Grobian. »Ich bin ein Glücksjäger. Es gibt Schicksalswandler wie dich, die ihre Steine haben und all das, und es gibt Glücksjäger. Und die Glücksjäger haben eine Muse: Tyche. Eine unbedeutende Muse, aber sie gehört uns. Im Moment ziehe ich jedes bisschen Glück, auf das ich Zugriff habe, auf uns, auf unsere unmittelbare Umgebung. Eigentlich zittern mir dabei leicht die Knie.« Er grinste und sah dabei aus wie ein altersgrauer Schimpanse. »Trotz deines Steins. Falls du zu weit vor mir läufst, garantiere ich für nichts. Wir brauchen einander, Professor.«

Daniel wandte sich nach Süden, falls es überhaupt noch Richtungen auf irgendeinem Kompass gab. »Ich bin kein Professor.«

»Warst du aber mal. Ein Teil meines Jobs ist Detektivarbeit.«

»Und wie soll ich dich dann nennen? Pinkerton?«

Der Grobian kicherte. »Max reicht, solange noch nicht klar ist, ob ich bei dir bleiben will oder es einfach stecke.« Über diese ungewohnte Entscheidungsfreiheit musste er lachen.

Daniel deutete nach Südwesten, in die Richtung, wo der dunkle Himmel schwer über dem Land und der Stadt hing. »Siehst du, was ich sehe? Da drüben?« Die ölig schwarze Dunkelheit war dort nicht so intensiv. Wenn er sich konzentrierte, sah er darin etwas Blasses aufstrahlen, allerdings war der Fleck von hier aus gesehen nicht einmal halb so groß wie sein Daumen.

»Ist für mich nichts Neues. Wegen des gleichen Blauschimmers hab ich dich ja gefunden.«

»Was verursacht das?«

»Die Steine, würde ich sagen. Im Inneren des Lagerhauses befinden sich zwei davon.«

»Wer ist dort?«

»Ein paar Frauen, zwei Schicksalswandler und eine Art Sammler, allerdings steht er nicht mehr in den Diensten unserer Bleichen Gebieterin. Denen geht's besser als uns und ganz gewiss besser als den anderen armen Seelen da draußen. Trotzdem … Ohne dich würde ich mich dort nicht hintrauen.«

»Warum nicht?«

»Ich habe einen von ihnen gekascht, ihn wie eine Forelle am Haken gehabt und an Land gezogen, auf anständige, faire Sportlerart. Deshalb bin ich dort unerwünscht. Oh, auf dich war Mr. Whitlow angesetzt. Was dich betrifft, habe ich kein schlechtes Gewissen. Aber das spielt jetzt keine Rolle mehr, denn sie hat uns abserviert.« Er blies die Backen auf, um seine Verblüffung anzudeuten. »Hab nicht gedacht, dass ich entkommen könnte. Dachte, die Königin würde mich zum Ende meiner Dienstzeit einfach wegschnippen, wie Zigarrenasche, direkt in die Gosse.« Er zog eine finstere, betrübte Grimasse. »Hab mehr Lebenslinien in meinem Bündel, als ich dachte. *Trotzdem …* Das Lagerhaus da drüben ist meine letzte Chance. Mit dir würden sie sich vielleicht anfreunden können, wenn du dich entsprechend einführst. Kann sogar sein, dass sie mich in den Handel mit einschließen.«

»Was willst du tun, wenn wir dort ankommen?«

»Mich nützlich machen, wie immer.«

»Und ihnen Bescheid stoßen, was mich betrifft?«

»Oh, dich brauchen sie, Professor. Integralläufer ziehen einander an. Schwer, sie getrennt zu halten, wenn ihre Zeit gekommen ist, pflegte Mr. Whitlow zu sagen. Geh nicht so schnell! Hab Erbarmen mit einem alten Mann.«

Daniel verlangsamte seine Schritte, was ihm mehr als schwerfiel. Doch wenn er allzu schnell vorwärtsdrängte und sich zu weit von Max entfernte, spürte er, wie etwas zerrann – Chancen, Schicksal, vielleicht auch das Glück, das Max so mühevoll herbeizitiert hatte. Möglich, dass sie einander tatsächlich brauchten. Andererseits konnte es natürlich auch sein, dass Max ihm nur etwas vormachte.

»So eine traurige Stadt«, bemerkte Max. »Hätte nie gedacht, dass ich jemals so was sehen würde. Alle sitzen in der Falle, sind zum Untergang verurteilt, und die Fäden werden ständig kürzer!« Er schnalzte mit der Zunge. Mit dem geröteten Gesicht und den Borstenhaaren, die sich in der trockenen Luft aufgestellt hatten, sah er aus wie ein hässlicher Weihnachtszwerg voll grausamen Humors, den all das irgendwie belustigte. »Können wir von hier aus überhaupt dorthin? Bei einer

solchen Entfernung und dieser schlechten Luft wird's schwer …«
Er fiel hinter Daniel zurück, da er einen Hustenanfall hatte.

Daniel, auf dessen Stirn sich kalter Schweiß gesammelt hatte, blickte in die Richtung, wo sich früher die Schnellstraße befunden hatte. Sie konnten nicht einfach nach Süden gehen, denn da drüben war die Situation noch chaotischer. Dort sah es so aus, als hätte sich Packeis in einem zufrierenden Fluss gestaut. »Hier entlang.«

Sie wandten sich nach Westen, wo sie hergekommen waren.

Das bleierne Licht des Morgens brach kurz durch und verschwand gleich wieder.

Was von ihrem Teil der großen Welt geblieben war – ihr kleiner Abschnitt von Raum und Zeit –, war so erschüttert, dass er jetzt rapide in Stücke fiel.

Schließlich erreichten sie eine große, lange Brücke, die noch unversehrt war, aber schwankte und im Zwielicht unheimlich wirkte. Während sie die Brücke betraten, warf Daniel einen Blick über die Brüstung: Das Wasser darunter hatte sich in graugrüne, leicht bewegte Nebelschwaden verwandelt, die nichts Gutes verhießen.

»Das ist doch nicht die Brücke, unter der dieser Troll wohnt, oder?«, fragte Max.

»Doch, genau die ist es. Die Aurora-Brücke, unter der ein Troll über Fremont wacht. Allerdings besteht er aus Beton.«

»Sei dir da bloß nicht so sicher«, bemerkte Max. »Ich hasse Trolle. Hab sie schon immer gehasst.«

61

Wie ich höre, haben unsere beiden Rivalen sich vor kurzem anheischig gemacht, mit vereinten Kräften in die Schranken zu treten und uns zu einem Büchervergleich nach Gewicht und Zahl herauszufordern … Wo ließe sich eine Waage finden, die Ersteres erfassen, oder ein Rechenmeister, der Letztere bewältigen könnte?

Jonathan Swift, *Ein Tonnenmärchen*

»Was sind diese Dinger eigentlich?« Miriam ließ die Hand über den beiden grauen Kästchen schweben, die auf dem Tisch lagen. »Alles scheint auf sie hinzudeuten, jeder scheint sie zu begehren, aber ich habe keine Ahnung, was sie sind oder tun.«

»Es geht weniger um das, was sie derzeit tun, als um das, was sie tun *werden*, sobald sie die Chance dazu haben«, erwiderte Bidewell. »Vielleicht erzählt man am besten, wie sie zu uns gelangt sind, doch selbst dann hat man noch keine einfache Erklärung für ihr Potenzial.«

»Alles andere würde mich auch wundern«, warf Agazutta ein.

Bidewell entkorkte die zweite Weinflasche, die Miriam mitgebracht hatte. Offenbar trank er gern Wein. Er füllte die Gläser der Damen, doch Jack und Ginny lehnten ab. Jack hatte Alkohol noch nie viel abgewinnen können.

Bidewell hob sein Glas und brachte einen Trinkspruch aus, in den die Damen einstimmten: »Auf das Überleben, allen Widrigkeiten zum Trotz.«

»Auf das Überleben«, murmelte Jack und streckte die leere Hand hoch.

»Wir hätten gern etwas Gewissheit, Conan«, sagte Miriam.

Bidewell schwenkte sein Glas und richtete den Blick auf die herumwirbelnde rote Flüssigkeit. Einen Moment lang schien sich Ginnys Sicht zu trüben: Ihr kam es so vor, als zische das Glas mit dem Rotwein an ihr vorbei.

»Jedes kleine Ding hinterlässt eine ganz eigene Spur«, begann Bidewell. »So viel wissen wir intuitiv. Wir können uns bildlich vorstellen, dass alles eine Spur hinterlässt. Manchmal nennen wir das Weltlinien. Aber Weltlinien fließen in andere Weltlinien ein, und manche verbinden sich zu einer Linie des Beobachters, die wir auch als Schicksal bezeichnen. Das Schicksal eines Beobachters bringt viele Linien zusammen, die einander andernfalls vielleicht nie berührt hätten, und das schafft Probleme – Verstrickungen. Noch verblüffender ist, dass nicht alle Weltlinien, nicht einmal alle Schicksale mit ihrem Anfang verknüpft sind. Die Schöpfung beginnt nicht immer am Anfang. Die Schöpfung ist – oder war – ein ständiger Prozess, bei dem unentwegt neue Dinge auftauchen. Und manches Neue impliziert lange und verwickelte Geschichten. Diese Neuschöpfungen und ihre Geschichten müssen mit dem zusammengeführt werden, was vorher da war. Deshalb brauchen wir Mnemosyne. Sobald sie zum Leben erwachte – ein höchst bemerkenswertes Ereignis, vielleicht aber auch nur ein nachträglicher metaphysischer Einfall, wer weiß das schon? –, nahm sie ihre Arbeit auf. Sie suchte nach verschollenen Linien, entwirrte Widersprüche und begann damit, ein neues Gewebe zu schaffen, indem sie diese Linien mit ihren Anfängen zusammenführte. Metaphorisch gesprochen, räumte sie auf, katalogisierte und verfrachtete alles wieder auf dem Regal – eine gewaltige Aufgabe, die sie zweifellos noch nicht zu Ende gebracht hat, die Arme.

Die Erschaffung von Neuem setzt stets die Zerstörung von Altem voraus. Nicht alles, was jemals erschaffen wurde, bleibt Teil der Schöpfung. Manches wird ausgelöscht. Deshalb, so nehme ich an, braucht Mnemosyne jemanden, der sie ergänzt, eine Zwillingskraft, nennen wir sie Kali. Allerdings bin ich ihr glücklicherweise nie begegnet. Kali beseitigt Dinge, die mit nichts anderem mehr verbunden sind oder abgetrennt wurden. Dinge, die Mnemosyne nicht mit deren Anfängen zusammenführen kann: Gegenstände, Menschen, Schicksale.«

»Mir wird schon schwindlig, wenn ich nur daran denke«, warf Miriam ein.

»Ist Kali so bleich wie Kalk?«, fragte Ginny plötzlich. Jack sah sie an.

»Kali wird oft als verhutzelte alte Frau dargestellt, deren Haut die Farbe von Krankheit und Tod hat – schwarz«, erwiderte Bidewell und beobachtete Ginnys und Jacks Reaktion. »Aber in der jetzigen Rolle mag sie auch blass sein, so weiß wie Kalk. Schließlich löscht sie ja überflüssige Einzelheiten und Farben aus – *bleicht* sie aus.«

»Ich glaub dir kein Wort«, warf Farrah ein.

Bidewell fand das lustig. »Ich wünschte, ich könnte mir deine Skepsis leisten. Aber ich habe schon vor langer Zeit ein bestimmtes Talent an mir entdeckt: die Fähigkeit, mich vorübergehend von all jenen rückwärtsgerichteten Schicksalen und Weltlinien zu lösen, die Mnemosyne mit ihren Anfängen zusammenführt. Mit seltsamer Klarheit konnte ich damals Dinge sehen, die gar nicht mehr existierten. Schon in jungen

Jahren lernte ich, nach den Anzeichen Ausschau zu halten, lernte, dem Untergang geweihte Menschen, Orte und Dinge zu beobachten, sah, wie sie immer mehr ausbleichten, bis es irgendwann so war, als wären sie nie gewesen. Und dennoch kann ich mich noch in allen Einzelheiten an sie erinnern. Ich habe scharfe Augen und ein eisernes Gedächtnis.«

»Und nur unnützes Zeug im Kopf«, murmelte Agazutta, aber ihre Augen drückten wohlige Trägheit aus. Sie genoss den Wonneschauer so vieler seltsamer Möglichkeiten.

»Anfangs, in meiner Jugend, stellte ich mich diesen Dingen, versuchte, verblassende oder verschollene Dinge bis zu dem Augenblick zurückzuverfolgen, in dem ihre Auslöschung begann. Oder auch bis zu den Anfängen, bis zum Moment ihrer Erschaffung. Doch ich musste feststellen, dass diese Aufgabe nicht zu bewältigen war. Allerdings bin ich ihrer Lösung einmal oder zweimal gefährlich nahe gekommen. Bald darauf wurde mir klar, dass sich die letzten Überbleibsel verschollener Dinge in Zeugnissen manifestieren, etwa in der Erde oder in geologischen Schichten, aber auch in Spuren ausgestorbener Tierarten, in Kindern, die zwischen den Weltlinien umherziehen – und in Schriften. In Büchern. In Texten jeder Art. Da Mnemosyne Texte über alles liebt, hebt sie sich deren Aufbereitung und Rückführung zu den Anfängen bis zuletzt auf, vielleicht deshalb, weil sie es besonders genießen möchte, diese Texte in sich stimmig zu machen. Also begann ich nach den Büchern zu suchen, die sie oder ihre dunkle Schwester übersehen haben.«

62

Daniel musste sich ausruhen. Die Wanderung durch Dunkelheit und Chaos hatte ihm alle Kraft geraubt und jede Hoffnung genommen, zielgerichtet vorgehen zu können und voranzukommen. Er überblickte nicht mehr, an welchem Punkt innerhalb dieses verzerrten Stadtgefüges sie sich befanden, und hatte das entsetzliche Gefühl, den gleichen Weg wieder und wieder zu gehen.

Vor einem halb zerstörten, schräg geneigten Haus blieb er stehen und schob ein zersplittertes Tor auf, um sich auf eine steinerne Gartenbank zu setzen; allerdings konnte man deren Umgebung nicht mehr als Garten bezeichnen. Die Pflanzen hatten sich in traurige tote Objekte mit braunen Rändern verwandelt, doch ehe sie abgestorben waren, hatten die letzten Blumen verrückt gespielt und büschelweise Blüten ausgetrieben, die sofort verwelkt waren und ihn an Krebsgeschwüre erinnerten.

In Daniels Körper glühte ein schwaches Feuer, über dessen Ursache er nur spekulieren konnte. Vielleicht rührte es daher, dass sich seine Körperchemie gegen die Verschiebung physikalischer Konstanten wehrte. Bald schon würde er einfach aufhören zu existieren – zumindest als lebendiges menschliches Wesen. Er konnte fast sehen, wie er zusammenschmelzen, jedes plausible Muster sprengen und sich – so wie die Blumen – noch angesichts des Todes vervielfachen würde, obwohl es kein Überleben gab.

Als er die Blumen in die Hand nahm, zerfielen sie zu Staub.

Er hatte das ferne Schimmern aus den Augen verloren. Inzwischen war an die Stelle der trostlosen umbrafarbenen Dunkelheit wieder das frühere bleierne Licht getreten. Zerklüftete Erhebungen zeichneten sich als ausgezackte Formen vor dem düsteren Süden ab, aber es waren keine Berge. Er wusste nicht, was für Gebilde es sein mochten.

Doch schlimmer als das …

Plötzlich fröstelte er und blickte auf. Offenbar hatte sich Max zu ihm in den toten Garten gesellt – eher Geräusch und Schatten als ein stoffliches Wesen. Beide sahen sie zum Himmel empor, als sie eine gewisse Kälte über ihren Köpfen und im Nacken wahrnahmen. »Irgendetwas frisst den Mond auf«, drang Max' Stimme schwach durch die eiskalte Luft.

Was immer es sein mochte, das die bleichen Sterne ausgelöscht und die Leere zwischen ihnen nach oben gedrückt hatte: Den Mond hatte es bis jetzt nicht angetastet. Doch jetzt nahm die blassgelbe Mondsichel eine tiefrote Färbung an, so dass sie einer blutbesudelten Klinge glich. Es sah so aus, als hätte jemand dem Himmel ein Messer ins Fleisch eingerammt. Zugleich stieg im Osten ein Feuerring empor – vielmehr blühte er, sich weiter und weiter aufblähend, plötzlich auf, denn eine Bewegung war in dieser Himmelsrichtung nicht auszumachen. Schließlich nahm er fast ein Viertel des Himmels ein. Und innerhalb dieses Rings schwebte etwas Dunkles, Widerwärtiges aus zähflüssiger Substanz.

Daniels Augen brannten so, als hätten ihn Nesseln gestreift.

Der blutrote Mond erbebte und floss danach im Schein des Feuerrings wie geschmolzenes Silber über den Himmel, breitete sich immer weiter aus, bis der grell leuchtende, pulsierende Ring ihn sich einverleibte und nichts mehr von ihm übrig blieb.

»Wohin wir auch blicken, überall verschluckt der Riss in der Zeit die Welt.« Max ließ sich neben Daniel auf die Steinbank fallen und versuchte zu schlucken. »Wir befinden uns in *ihrem* Land!«, würgte er hervor. »Gott steh uns bei!«

Während der Feuerring und sein dunkler Kern sich weiter ausdehnten, wurde es im Garten kälter und kälter. »Ich habe das schon einmal erlebt«, sagte Daniel. »Bin sozusagen aus der eigenen Haut gefahren, um mich an einen anderen Ort zu flüchten.«

Max spuckte aus und wischte sich über den Mund.

Daniel tastete nach den Kästchen in seiner Hosentasche. »Aber wir sind in der Lage, es zu besiegen. Streng dich noch mehr an!« Er stand auf, griff nach Max' Arm und zog ihn hoch. Die Luft hatte aufgeklart. In der alles vereinnahmenden Dunkelheit konnte Daniel jetzt wieder das bläuliche Glühen ausmachen, wenn es auch so schwach war wie das Funkeln eines Leuchtkäfers in einer Wüstenlandschaft. Der Feuerring hatte das Glühen zwar leicht verändert, aber es ansonsten nicht angetastet. Eingerahmt wurde der bläuliche Schimmer von den massiven Bauten der beiden Sportstadien, deren Stahl- und Betonwände, Dächer und Arkaden jetzt wie die Blätter im Garten zusammenschrumpelten. Als Daniel hinüberdeutete, nickte Max bestätigend und wischte sich mit dem verdreckten Taschentuch erneut übers Gesicht.

Sie stolperten weiter.

63

Eingehüllt von der Wärme des Eisenöfchens und eingelullt von Bidewells stetem, leierndem Redefluss, waren Farrah und Ellen irgendwann eingenickt. Doch Miriam und Agazutta waren genau wie Jack und Ginny wach geblieben und hörten aufmerksam zu.

»Ich habe Bücher gesammelt, die Mnemosynes unvollendete Arbeit widerspiegelten, vor allem vergessene Werke, vergraben in Bibliotheken und oft auch in Buchantiquariaten. Texte, die lange Jahre niemand mehr gelesen hatte. Wenn ein Buch von vielen Menschen gelesen wird, zählt es zu den Ersten, deren Konsistenz und Kohärenz Mnemosyne wiederherstellt. In Bestsellern wird man nur wenige Ungereimtheiten entdecken! Hätte ich mich als Fossilienjäger oder Geologe betätigt, wäre ich vermutlich auf ähnliche Kuriositäten gestoßen, doch ich bin immer schon ein Büchermensch gewesen.«

»Warum sind Beobachter etwas Besonderes?«, fragte Ginny, um Bidewells steten, bedächtigen Redefluss wieder auf das zu lenken, was sie am meisten interessierte.

»Eine simple Weltlinie, sagen wir ein Atom, das durch das Vakuum des Raums schwirrt, wird man nur registrieren, wenn es auf etwas anderes trifft. Aber Beobachter haben Augen, Ohren, Nasen – und Finger! Unsere Sinne sammeln und bündeln weit voneinander entfernte Weltlinien auf äußerst komplizierte und aufwendige Weise. Und natürlich vermitteln wir auch Wissen über große Entfernungen hinweg, indem wir reden, Geschichten erzählen und Bücher schreiben. Einige unserer Schicksalsfäden erben wir – weitgehend bestimmt von den mendelschen Regeln – von unseren Eltern, doch im Grunde hat unser Schicksal weniger mit unseren Genen zu tun als damit, wohin wir uns wenden, was wir sehen, hören, lesen und lernen. Ständig beeinflussen uns Wörter und Texte. Texte sind etwas Besonderes, jeder Text, in jeder Sprache, die Sprache an sich.«

»Das verstehe ich«, warf Jack ein. »Wenn ich mich in die Zukunft vortaste, weiß ich nur von den Dingen, die ich selbst erleben werde. Und dann versuche ich, mich vom Sog negativer Gefühle fernzuhalten. Ich weiß dabei eigentlich nicht, was andere Menschen tun oder tun werden. Nur was ich selbst empfinden werde, und ein wenig davon, was ich sehen werde. So als ob die Gefühle, die meine künftigen Versionen empfinden werden, entlang der Weltlinien zu mir zurückströmten.«

Bidewell lächelte zustimmend.

Ginny ging es um dringlichere Probleme. »Aber wie kann die Geschichte einfach so an uns vorbeitreiben? Sind ihre einzelnen Abschnitte dazu nicht viel zu groß? Wie können sie umeinandergleiten, wenn sie alle wie Perlen an einer Kette aufgereiht sind? Das verstehe ich einfach nicht.«

»Ausgezeichnete Frage. Eine Bruchstelle kann entlang von Schicksalsfäden auftreten oder sich auch quer durch Schicksalsfäden ziehen, die durchgescheuert oder ausgefranst sind. Manchmal wollen sich solche Bruchstücke von Fäden dann über weite Zeiträume und Entfernungen hinweg miteinander vereinen, sie ›gleiten umeinander‹, wie du es ausdrückst. Dabei kann es passieren, dass sie genau die Schnüre oder Stränge, an denen deine – unsere – Perlen aufgereiht sind, dazu nutzen, sich miteinander zu verbinden.«

»Und dann schichtet sich alles übereinander, wie Holzstämme, die sich im Wasser stauen.«

»Es scheint so. Die Texte haben uns geschützt – bis zu einem gewissen Grad. Aber vor allem behüten uns eure Integralläufer, denn sie bilden eine Art Blase um uns, zumindest bis der Rest der zerstörten Welt sich auflöst. Dann werden wir möglicherweise Wunder und Gräuel in entsetzlichem Ausmaß erleben.« Bidewell zog die Schultern hoch. »All das übersteigt mein Begriffsvermögen. Ich komme mir ganz armselig vor.«

»Endlich mal«, bemerkte Agazutta schläfrig.

Bidewell schenkte sich noch ein Glas Wein ein. »Es ist die zweite Schwester, die ausgerastet ist. Diejenige, die bleicht und auslöscht. Sie hat sich von allen Vertäuungen gelöst, die in der Zukunft liegen ... Wurde dazu gezwungen oder dafür gewonnen, bei der Jagd auf alle Menschen mitzumachen, die Träger dieser wunderbaren Steine sind. Für uns ist sie kaum noch wiederzuerkennen, und sie war schon früher grausam genug. Doch bislang hat sie stets gedient, während sie jetzt durchsetzen will, dass alle nur noch *ihr* dienen. Eure Integralläufer haben euch vor der Auslöschung bewahrt, aber sie schützen nicht jeden, schützen nicht alle Menschen, die ihr kennt und liebt. Ich würde darauf wetten, dass ihr beide Waisen seid und keiner von euch je Unterlagen über seine Geburt oder seine Eltern finden konnte, obwohl ihr euch so deutlich an sie erinnert. Genau dafür sorgen die Integralläufer: Sie verwischen eure Spuren, aber im Gegenzug habt ihr die Gabe erhalten, euer Schicksal zu wandeln. Und schließlich habt ihr zu träumen begonnen, eure Fühler ausgestreckt und Verbindung mit anderen Auserwählten aufgenommen, die vermutlich weit von euch entfernt sind, am Ende der Zeit, wie wir gehört haben. So viel habe ich inzwischen herausgefunden, doch natürlich bleiben viele Rätsel ungelöst.« Er blickte auf sein Glas, das schon wieder fast leer war.

Ginny war bestürzt. Während sie schweigend dasaß, versuchte sie sich an ihre Mutter und ihren Vater zu erinnern. Ihre Lippen zitterten bei dem Gedanken, dass sie selbst das letzte Zeugnis dafür darstellte, dass ihre Eltern je gelebt hatten. Alles andere war spurlos verschwunden.

»Die zweite Schwester …«, fuhr Bidewell fort, wurde aber von einem schrillen Klingeln unterbrochen, das quer durchs Lagerhaus drang. Alle sahen auf. Bei Bidewell traten vor innerer Anspannung die Adern an den Schläfen hervor, und seine Zähne schlugen aufeinander. Jack starrte ihn an. Zum ersten Mal entdeckte er Angst in dem alten Gesicht. Die dösenden Frauen rissen die Augen auf. Niemand im Raum rührte sich.

»Die letzten Menschen auf Erden saßen allein in einem Zimmer«, sagte Miriam trocken. »Da klopfte es an die Tür.«

64

»Wir dürfen die Damen nicht merken lassen, dass wir beunruhigt sind«, ermahnte Bidewell Jack, als sie sich zwischen den hohen Kistenstapeln hindurchschlängelten. »Das hier kommt nicht ganz überraschend. Schließlich verfügen wir nur über zwei Integralläufer, und drei sind, soweit ich weiß, das erforderliche Minimum.«

Jack folgte ihm durch die Außentür auf die Rampe. Bis auf Ellens Toyota war der Parkplatz leer. Hinter dem Zaun hatten sich Kohlenstaubteilchen zu Wolken zusammengeballt, die sich – ähnlich wie Farbe auf feuchtem Papier – immer weiter über die Fläche verteilten, die früher die Stadt Seattle eingenommen hatte.

Das Einzige, was Jack deutlich erkennen konnte, war ein rußiger Finger, der durch den Zaun langte und auf den Klingelknopf drückte.

Bidewell ging die Rampe hinunter. Als er das Tor erreicht hatte, kristallisierten sich die Umrisse von zwei Gestalten aus dem düsteren Umfeld heraus. Mit gefalteten Händen, die Ellbogen nach außen gestreckt, blieb Bidewell stehen; er zögerte, irgendetwas zu sagen oder zu unternehmen. Jack gesellte sich zu dem alten Mann. Beide blickten schweigend durch den Maschendrahtzaun.

Ein schmutziges blasses Gesicht, das älter als das von Jack wirkte, allerdings nicht mehr als zehn Jahre, schälte sich nach und nach aus der Dunkelheit, zuerst die Augen, dann die Nase, die Wangen und die Lippen – weiche, regelmäßige Gesichtszüge, jetzt verhärtet durch Angst und Erschöpfung. Scharf blickende, aufgeweckte Augen.

»Einen kann ich sehen«, sagte Bidewell. »Wer ist der andere? Treten Sie vor, alle beide.«

Eine breite, kürzere Silhouette löste sich aus dem Schatten und baute sich neben der anderen Gestalt auf: ein stämmiger, starker Mann, wesentlich älter als sein Begleiter. Er hatte einen völlig verdreckten grauen Tweedanzug an. Jack, der den Gestank zu Tode erschrockener Vögel und verängstigter Kinder fast an ihm riechen konnte, wich knurrend zurück.

Bidewell kniff die Augen zusammen. »Mr. Glaucous? Sie sind es doch, oder nicht?«

»Lassen Sie uns herein«, grunzte der Angesprochene. »Haben Sie Erbarmen mit uns, schon um der alten Zeiten willen. Wir müssen uns unbedingt aufwärmen und ausruhen. Sind Sie Bidewell, Sir? Conan Arthur Bidewell, früher in Manchester und Leeds, Paris und Triest tätig? Zeigen Sie Anstand, lassen Sie uns herein, nachdem wir so viel Entsetzliches hinter uns haben. Wir sind geradewegs durch die Hölle gegangen. Außerdem komme ich nicht mit leeren Händen, sondern bringe jemanden mit, der für Sie von großem Nutzen sein wird. Und Nachrichten. Zwar sind es entmutigende Nachrichten, könnte man sagen, aber immerhin Neuigkeiten!«

Die Lippen des jüngeren Mannes zuckten. Er blickte auf und taxierte den Maschendrahtzaun, die Mauer und das Lagerhaus aufs Genaueste. Schließlich bohrten sich seine Augen in Jacks. »Ich bin Daniel«, sagte er. »Hier gibt es noch Zeit, Echtzeit, als hätte jemand eine Blase über das Gebäude gestülpt … Wir konnten diese Zeitblase aus meilenweiter Entfernung bläulich schimmern sehen – vielleicht ist hier die Tscherenkow-Strahlung am Werk.«

»Sind Sie Freunde? Oder Partner?«, fragte Bidewell, machte jedoch keine Anstalten, das Tor zu öffnen.

»Einfach ausgedrückt wohl weder-noch«, erwiderte Glaucous. »Bitte, Bidewell. Jeder Atemzug tut mir weh. Was wir da draußen gesehen haben, war ein Mischmasch von Schicksalen und Orten, ebenso miteinander vermanscht wie die Hackfleischfüllung einer Pastete, und hinter jeder Ecke wurde es schlimmer. Das hier ist nicht mehr Ihre Stadt, ist nicht mehr unsere Erde, wie ich leider annehmen muss.«

Als Daniel ein graues Kästchen aus der Jackentasche zog, den Deckel öffnete und Jack und Bidewell das matt schimmernde Wolfsauge zeigte, hüpfte Bidewells Adamsapfel auf und ab. »Jack, gehen Sie die Rampe hoch, greifen Sie rechts hinter die Tür und drücken Sie auf den Knopf, der das Tor öffnet.« Seine Stimme klang brüchig. »Ich fürchte, unser Dritter im Bunde ist eingetroffen.«

»Darf ich auch hereinkommen?«, fragte Glaucous und fand mühsam zu seinem schmierigen Lächeln zurück, dem Grinsen eines Jungen, der in der Gosse groß geworden ist. »Ich stehe zu Diensten und habe mitgebracht, was Sie dringend benötigen.«

»Mal sehen«, erwiderte Bidewell. »Doch wie lange wir unsere Gastfreundschaft noch aufrechterhalten können … kann man nicht wissen.«

»Immer noch derselbe alte Bidewell!«, brüllte Glaucous begeistert und applaudierte. »Unser Dank ist Ihnen gewiss, Sir. Wir zwei beiden haben uns bestimmt viel zu erzählen, schließlich haben wir in all den nun leider verlorenen Jahrhunderten viel Spaß miteinander gehabt und viele Scherze miteinander getrieben. Das waren noch lustige Zeiten!«

»Sie kennen ihn?«, fragte Jack voller Wut und Argwohn.

»Allerdings«, erwiderte Bidewell, sammelte seinen Speichel und spuckte vor Glaucous aus, dessen Augen sofort so tief in die Höhlen sackten, dass sie an winzige Haifischaugen erinnerten. Trotz der Dreckschicht auf seinem Gesicht war zu erkennen, dass es rot anlief. Er presste die Lippen zusammen. »Sir!«, murmelte er.

»Machen Sie das Tor auf!«, befahl Bidewell. »Uns bleibt nichts anderes übrig. Die Steine haben sich hier zusammengefunden und bringen mit, wen sie wollen.«

VIERZEHN NULLEN

65

Der Zerstörte Turm

Die warme Dunkelheit rings um Jebrassy lichtete sich in einer Richtung, so dass ein heller, grün eingefasster Pfad zu erkennen war, auf dem eine weiße Gestalt entlangging – eines von zahlreichen Epitomen des Bibliothekars. Auch dieses Epitom hatte kein Gesicht, wirkte auf Jebrassy aber nicht mehr einschüchternd. Während Jebrassy sich anzog, wartete es geduldig. »Wir gehen nach oben«, erklärte es schließlich mit der vertrauten und dennoch schwer einzuordnenden Stimme, die Jebrassy schon ewig zu kennen glaubte, ohne sich genau an sie zu erinnern. »Du hast dich erholt und bist fast bereit.«

»Ist sie schon aufgebrochen?«, fragte Jebrassy und beeilte sich mit dem Anziehen. »Sind sie bereits unterwegs?«

Das Epitom gab Jebrassy einen Wink, ihm zu folgen, und führte ihn abwechselnd durch dunkle und leere, helle und möblierte Räume. Überall hielten sich weitere weiße Gestalten auf.

Es fiel Jebrassy schwer, die Architektur des Turms zu durchschauen. Wenn er nach oben blickte, sah er eine Art Dach, doch je nachdem, wie nahe er am Rand des Pfads ging und wie er seine Augen bewegte, schien das Dach sich zu heben oder zu senken. Waren das da oben Stützbogen oder frei schwebende Konstruktionen ohne offensichtlichen Nutzen, vielleicht Verzierungen? Oder bewegte er sich in einem weiteren Traum?

Das Epitom ging ihm ein ganzes Stück voraus; ihm kam es so vor, als wären es mehrere Kilometer. Nach dem unruhigen Schlaf, in dem ihn ständig Informationen überflutet hatten, empfand er den langen Spaziergang als angenehm.

Sie näherten sich einer geschwungenen hohen Wand, in die große Fenster eingelassen waren – ähnlich der Mauer, an der er zum ersten Mal dem Angelin begegnet war. Jetzt nahm das Epitom ein Gesicht an, das Gesicht, das Jebrassy von nun an als das des Bibliothekars identifizieren würde, wie unstimmig diese Gleichsetzung auch sein mochte. Denn der Bibliothekar schien ringsum zu existieren, überall im Turm präsent zu sein, verteilt auf sämtliche weiße Gestalten. Und er lenkte auch die Angelins und vermutlich noch weitere Erscheinungen, die Jebrassy bislang noch nicht kennengelernt hatte. Waren die weißen Gestalten seine ferngesteuerten Arme und Beine und die Angelins eher seine Bediensteten? Jebrassy musste noch so vieles in Erfahrung bringen. Es frustrierte ihn, dass er nicht einmal die richtigen Fragen zu stellen vermochte.

Der Bibliothekar sprach mit derselben Stimme wie zuvor, nur klang sie jetzt bodenständiger, irgendwie realer und direkter. »Du hast Geduld bewiesen, eine Eigenschaft, die ich schätze.«

»War ja nicht schwer, da ich die meiste Zeit geschlafen habe.«

»Du hast dich bewundernswert erholt. Es gibt so vieles, das heilen muss. Früher einmal habe ich mir absichtlich eine schlimme Verletzung zugefügt und anschließend geschlafen, nur um mir selbst die Zeit zu geben, ein Problem anzugehen, das bis dahin nie gelöst worden war.«

»Was für ein Problem war das?«, fragte Jebrassy, obwohl er davon ausging, dass er sowieso keine plausible Antwort erhalten würde.

»Auf welche Weise das Universum sterben wird und welche Möglichkeiten sich durch diesen Tod auftun. Damals lebte ich nicht in der Kalpa, sondern am anderen Ende des Universums. Dort lernte ich von anderen Meistern, die zwar nicht zur menschlichen Gattung gehörten, aber durchaus natürliche Geschöpfe waren, allerdings dem Untergang geweiht … Sie wollten nicht zur Erde zurückkehren, und das Chaos hat sie sich einverleibt. Deshalb sind wir hier, mein junger Freund. Komm näher und wirf einen Blick auf das, was außerhalb unserer armen Stadt liegt.«

Jebrassy richtete sich zu voller Größe auf. Alles, was er bis jetzt vom Chaos gesehen hatte, war der seltsame graue Strahl, der durch die hohen Fenster blitzte.

Vielleicht ist sie bereits da draußen …

Als sie sich nebeneinander stellten – sie hatten fast dieselbe Größe –, schafften sie es knapp, über den untersten Fensterrahmen nach draußen zu blicken.

»Es ist beängstigend, doch es wird dir nicht schaden. Hier drinnen nicht«, sagte der Bibliothekar. »Während der letzten Schlaf-Wach-Zyklen hat es sich verändert. Radikaler verändert, als irgendjemand von uns es je erlebt hat, seit das Chaos die Kalpa umzingelt hat.«

Es gab eine Art Horizont, der sich mit dem Ausläufer des Kanals jenseits der Ebenen ungefähr zu decken schien. Doch dort, wo der künstliche Himmel normalerweise in Dunkelheit überging, befand sich jetzt etwas anderes, ein offener Himmel. Nur wirkte dieser Himmel völlig bizarr. Er bestand aus einem Gewebe, das wie zerknittert wirkte, und in den Knitterfalten brannte ein schwaches purpurrotes Feuer, das hier und da verschwand, um an anderen Stellen wie glimmende Kohle wieder aufzutauchen.

»Es mag nicht, wenn man es betrachtet«, bemerkte Jebrassy.

»Wie wahr, wie wahr. Das Chaos mag keine Beobachter.«

Unterhalb des Horizonts und des zerknitterten brennenden Himmels konnte Jebrassy, wenn er den Blick konzentrierte, einen Wust von Umrissen ausmachen. Es mochten weit entfernte zerstörte Gebäude sein, Reste uralter Städte, vielleicht aber auch nur Gesteinstrümmer und aufgehäufter Schutt. Er hatte keinen Vergleichsmaßstab, mit dem er die Dimensionen hätte abschätzen können. Wie groß und wie hoch waren diese seltsam verteilten Objekte? Und wie viele davon gab es? Wie weit waren sie von der Linie zwischen »Himmel« und »Boden« entfernt? Seine Augen schafften es offenbar nicht, sich zu fokussieren. Manchmal tauchten Einzelheiten auf, verschwanden jedoch blitzartig wieder und waren so schwer zu fassen wie Staubpartikel.

Der Bibliothekar fasste ihn an der Schulter. »Genau das wird deine Gefährtin bald sehen.«

»Dann ist sie noch gar nicht fort?«

»Du wirst sie begleiten. Doch erst müssen wir in Erfahrung bringen, ob wir ein großes Problem lösen konnten. In Anbetracht dieses Problems bin ich seit eh und je genauso demütig und von Bürden geplagt wie eines eurer Lasttiere da unten in den Ebenen.«

»Du hast ja keine Ahnung, wie einfältig Pedes sein können.«

Der Bibliothekar legte einen Finger an die Nase. »Nach den Maßstäben meiner Welt bin ich vielleicht genauso einfältig. Schau hin, stell mir Fragen. Ich werde versuchen, dir die Dinge zu beschreiben und zu erläutern.«

»Wie groß ist dieses Draußen?«

»Im Chaos kann man Entfernungen schlecht messen oder beurteilen. Das ist für eure Pilger stets ein Hauptproblem gewesen: Wie kommt man von da, wo man sich zu befinden glaubt, nach dort, wo man sein Ziel zu finden hofft?«

»Das Chaos wirkt verwirrt«, bemerkte Jebrassy. »Ist noch nicht vollendet und kommt sich unvollständig vor. Mag es nicht, wenn man es in diesem Rohzustand betrachtet.«

»Eine angemessene Einschätzung. Allerdings sollten wir dem Typhon nicht unsere eigenen Motive unterstellen. Er hat andere – falls man überhaupt davon ausgehen kann, dass er irgendwelche Motive hat. So einfach wie möglich nach den Maßstäben unserer Kalpa ausgedrückt, überblicken wir hier von Horizont zu Horizont etwa tausend Meilen. Da unten – schau auf die näheren Regionen unmittelbar unter uns – kannst du einen schmalen grauen Ring erkennen, der sich bis zu einer breiteren schwarzen Grenze erstreckt. Vielleicht kannst du auch eine Art Labyrinth und eine niedrige Mauer ausmachen.«

Jebrassy folgte dem Fingerzeig des Bibliothekars und erkannte einen grauen Kreis, umgeben von einem nur vage auszumachenden dunklen Gebilde, das eine Mauer sein mochte, aus seiner Perspektive zwei Handbreit von den großen, abgerundeten, glänzenden Objekten unmittelbar darunter entfernt – den *Bionen*, wie er plötzlich wusste.

Der Turm ragte vom mittleren Bion empor, das beschädigt aussah. Die anderen beiden Bione schienen noch schlimmer zerstört zu sein.

»Ich hab das früher schon gesehen«, murmelte er. »Mein Besucher hat mir davon erzählt.« Sein Gesicht verzerrte sich vor Frust, doch der Bibliotheker schien zu verstehen, was er damit meinte.

»Fahr fort.«

Jebrassy versuchte, den Gedanken zu Ende zu bringen. »Es gibt dort einen Ort, der sich ständig verändert … Ich glaube, man nennt ihn die Zone der Lügen.«

»Sehr gefährlich«, sagte der Bibliothekar. »Für viele Nachgezüchtete war dort die Reise zu Ende, ehe sie richtig angefangen hatte. Aber meines Wissens haben die Instandsetzer eure Erziehung und Ausbildung inzwischen vorangetrieben.«

»Du redest hier von unseren *Leben*!«, empörte sich Jebrassy.

»Kein Grund, gereizt zu reagieren. Erzähl mir bloß nicht, dich würde das, was du siehst, nicht anziehen, selbst jetzt schon!«

»Ja, es zieht mich an!«, brüllte Jebrassy und versuchte sich vom Fenster abzuwenden, schaffte es aber nicht. Er war von dem Anblick wie gebannt und sehnte sich nach draußen. »Das hat es immer schon.« Die letzten Worte kamen fast wie ein Wimmern heraus.

»Ich habe meine Neigungen, und du hast deine. Im Augenblick arbeiten wir zusammen. Und wenn du nach draußen gehst, um dich deiner Gefährtin anzuschließen, wie du es dir erträumst, wirst du ihr Informationen übermitteln, die niemand sonst besitzt. Informationen, die euch beiden vielleicht helfen werden, zu überleben und euer Ziel zu erreichen. Falls ihr es nicht erreicht, kann ich die halbe Ewigkeit von Arbeit, die ich in dieses Projekt gesteckt habe, in den Wind schreiben. Ohne Abschluss, ohne Ergebnis – ein Scheitern auf ganzer Linie. Alles, was ich darstelle, lastet also auf deinen schmalen Schultern, junger Freund. Der Typhon verleibt sich derzeit das alte Universum von Anfang bis Ende ein. Unsere Zeit und unsere Geschichte werden vernichtet, lösen sich auf, du musst ja nur aus dem Fenster schauen. Das Chaos lauert unmittelbar jenseits der Grenze des Realen.«

Jebrassy zwang sich, auf die verzerrte, eingetrübte, wirre Landschaft zu blicken. Vor der Zone der Lügen zeichneten sich zur Stadtseite hin große hohe Silhouetten gegen das Chaos ab, die so schwer auszumachen waren, als wären sie in Nebel gehüllt. Die *Verteidiger.*

»Nur drei Fäden verbinden uns jetzt noch mit der zerstörten Vergangenheit, die bald über uns hereinbrechen wird: der Lebensfaden deiner Gefährtin, die demnächst ins Chaos aufbrechen wird, dein eigener und der eines weiteren Geschöpfes. Dieses gehetzte Wesen war gezwungen, alle Prinzipien fahren zu lassen, und schert sich nur noch wenig um das Leben, egal in welcher Form, sieht sich jedoch gezwungen, hierher *zurückzukehren.*«

Jebrasssy runzelte die Stirn und versuchte, eine schwer greifbare Erinnerung aus dem Gedächtnis zu kramen, bei der es um so etwas wie Hass und um Mitgefühl ging.

Das Epitom klopfte mit dem weißen Finger gegen die Kristallscheibe. »Eure Leben – deines, das deiner Gefährtin und die eurer beiden Traumpartner – sind wie Perlen an den verbliebenen Strängen des Kosmos aufgereiht und steuern auf einen Zusammenprall zu. Falls alles gut geht, wird dieser Zusammenprall in Nataraja stattfinden. Denn dort werdet ihr hinziehen, wie es auch alle früheren Marschteilnehmer versucht haben. Es gibt kein anderes Ziel. Ihr müsst das bewältigen, woran Sangmer gescheitert ist.«

Jebrassy dachte unwillkürlich an die Bücher und Geschichten, zu denen Grayne sie planvoll hingeführt hatte. »Du bist derjenige, der die Bücherregale in die Ebenen gebracht hat, stimmt's?«

»Eine Erscheinung von mir«, erwiderte das Epitom. »Ist noch nicht sehr lange her.«

»Wie lange?«, fragte Jebrassy aufmüpfig.

»Was, wenn ich sagen würde, hundert Millionen Zyklen? Könntest du sie zählen, dich an alle erinnern, auch nur ahnen, wie lang diese Zeitspanne ist?«

Jebrassy versuchte, ein Blickduell mit dem Bibliothekar auszufechten, gab aber schließlich auf. »Nein.«

»Wir sind Kinder unserer Zeit und unseres Raums. Selbst dieses Epitom kann sich ohne fremde Hilfe kaum eine solche Zeitspanne vorstellen, du brauchst dich also nicht zu schämen. Und es ist noch viel länger her.«

66

Die Grenze des Realen

Sie hatte es stets vorgehabt.

Sie würde es jederzeit wieder tun.

Immer schon hatte Tiadba an einem Marsch teilnehmen wollen. Lange, bevor sie Jebrassy kennenlernte; lange, bevor Grayne ihr auftrug, den jungen Krieger anzuwerben; lange, bevor sie sich verliebte; lange, bevor sie ihren Krieger verlor.

Und hier war sie nun, steckte in einem geschmeidigen orangefarbenen Schutzanzug, empfand keine Angst, nur den Schmerz der Trauer und Einsamkeit, der sie nie verlassen würde – und die Gewissheit, dass sie für diese Sache wie geschaffen war. Dafür geschaffen, die Ebenen und die Stadt selbst zu verlassen, die Grenze des Realen zu überschreiten, sich außer Reichweite der großen Realitätsgeneratoren zu begeben. Dafür geschaffen, das Chaos zu durchqueren und sich anzusehen, was auf der anderen Seite lag.

Pahtun nahm Tiadba und Khren beiseite und teilte ihnen mit, sie seien jetzt Gruppenleiter. »Ich werde euch so weit, wie es geht, begleiten. Allerdings werde ich nicht weiter als bis zur äußeren Grenze der Zone der Lügen mitkommen, denn ich muss zur Kalpa zurück. Auf uns wartet die letzte Schlacht.«

Als Tiadba zu Khren hinüberblickte, fiel ihr auf, wie aufmerksam er dem Ausbilder zuhörte. Von Jebrassys herumalberndem jungem Freund war keine Spur mehr übrig geblieben. Auch Khren war fest entschlossen, diese Sache durchzuziehen. Sie fragte sich, ob dieser Wille in allen Nachgezüchteten der alten Art angelegt war.

Unterstützt von den vier Begleitern, machte die Gruppe sich daran, den kleinen Rollkarren vorwärtszuschieben, mit dem sie ihre Klaven und zwei mobile Generatoren befördern wollten.

Pahtun stand auf und wiederholte das, was er bereits gesagt hatte, so oft, dass es allen schon zu den Ohren herauskam und dadurch fast beruhigend wirkte. »Der Leitstrahl der Kalpa leuchtet ständig. Sein Pulsieren wird euch stets zeigen, in welcher Richtung die Stadt liegt. Hin und wieder kann es passieren, dass der Zeuge die Ausstrahlung behindert, vielleicht absichtlich, aber wenn ihr kurz abwartet, bekommt ihr das Signal wieder herein. Bei euch allen sind die Schutzanzüge entsprechend ausgerüstet. Auf keinen Fall dürft ihr mit der Stadt kommunizieren, denn ihr dürft das Chaos nicht auf euch aufmerksam machen. Im Chaos gibt es Wächter jeder Form und Größe, die sich ständig verändern, aber in ihrer Wachsamkeit niemals nachlassen. Das Chaos ist gierig.«

Khren stellte sich neben Tiadba und sah sie durch sein goldfarbenes Visier an.

»Und jetzt … ist die Zeit gekommen, euch euer Reiseziel zu nennen«, fuhr Pahtun fort. »Seit Sangmers Tagen ist es das Ziel aller Pilgerreisen gewesen, der einzige andere Punkt auf der Erde, wo vielleicht noch die Vernunft regiert und die Kalpa Unterstützung bekommen kann. Es ist die Rebellenstadt Nataraja. Wenn alles gutgeht, werdet ihr dort mit allen Verbindung aufnehmen, die noch nicht unter die Herrschaft des Typhon gefallen sind. Ihr werdet mit ihnen zusammenarbeiten, ihnen erzählen, was ihr wisst, und ihre Anweisungen befolgen. Glaubt mir, junge Freunde, ich würde mit euch gehen, wenn ich könnte.«

Tiadba strich über die Tasche an ihrem Bein, in der ihr Bücherbeutel steckte.

Pahtun wirkte nervös, schien sogar Schuldgefühle zu haben. Er wiederholte seine Instruktionen: »Niemand weiß, was euch erwartet. Euer Panzer verfügt über reaktive Schutzmechanismen. Er wird schneller lernen als ihr und alles tun, was in seiner Macht steht, um für eure Anpassung zu sorgen und euch vor den Gräueln des Typhon zu schützen. Eure Visiere werden alles, was Strahlung sein könnte, in Photonen umwandeln, die ihr sehen könnt und die euch nicht schaden werden. Hin und wieder kann es vorkommen, dass die Anzüge nichts finden werden, was sich zur Umwandlung eignet, dann werdet ihr nur etwas Dunkles sehen oder Annäherungen, die auf früheren Erfahrungen beruhen. Je enger ihr als Gruppe zusammenbleibt, desto besser können eure Schutzanzüge miteinander kommunizieren und das Vorgehen koordinieren. Es ist unklug, zu sehr umherzustreifen oder euch zu weit zu verteilen. Allerdings sind die Entfernungen da draußen schwer abzuschätzen, selbst mit der besten Ausrüstung. Mag sein, dass es dort Versuchungen gibt. Die Wächter werden alles daran setzen, dass ihr eure Generatoren abschaltet und eure Schutzanzüge ablegt. Solltet ihr solchen Versuchungen nachgeben, zählt ihr nicht mehr zu den Nachgezüchteten, sondern werdet in die Schreckensherrschaft des Typhon einverleibt – als Monstren, wie jene, die in großen Teilen des Chaos zu finden sind. Und manche, die versagt haben, selbst die Besten und Tapfersten, setzt der Typhon gegen die Kalpa ein.«

Pahtun rang um Worte. »Es kann passieren, dass die Verteidiger ausfallen und ihr jeden Kontakt mit dem Leitstrahl verliert. Dann ist die letzte Möglichkeit die Selbstvernichtung. Eure Schutzanzüge werden euch diese Gnade erweisen.«

Tiadbas Anzug löste keinen Juckreiz mehr aus und rieb auch die Haut nicht mehr wund. Sie konnte ihre Haut gar nicht mehr spüren. Auch die Pelzbehaarung, die vom Anzug an manchen Stellen zusammengedrückt worden war, so dass es gejuckt hatte, schien sich an diese zweite Haut gewöhnt zu haben. Zweifellos steuerte dieser Panzer mittlerweile all ihre körperlichen Empfindungen. Vielleicht würde sie bald kein lebendiges

Wesen mehr sein, sondern nur noch eine vom Schutzanzug gesteuerte Marionette. Was würde Grayne denken, könnte sie die Gruppe jetzt sehen? Wie hätten sie besser auf den Marsch vorbereitet, besser ausgebildet sein können?

»Wir müssen los«, sagte Pahtun und griff sich mit einer Hand an die Schulter. Die vier Begleiter richteten sich zu voller Größe auf und streckten ihre Stäbe hoch. »Wir haben nur ein kurzes Zeitfenster und müssen durch das Tor, ehe es sich wieder schließt.«

Sie marschierten los.

Die mobilen Hälften der Helme, am Nacken befestigt, schwangen im Takt ihrer Schritte hin und her. Ihre Stiefel machten leise, hohle Klappergeräusche. Als Gruppe klangen sie wie Acker-Pedes, die über trockenen, harten Boden trotteten.

Viele Kilometer hatten sie das riesige Bogengewölbe über sich, dessen eine Seite vom Tageslicht des fernen künstlichen Himmels erhellt war, während die andere … im Dunkel lag. Die Geräusche wandelten sich auf eine schwer zu beschreibende Weise. Tiadba hatte während ihres ganzen bisherigen Lebens in den Ebenen das emsige Summen von Stimmen und deren Widerhall in den Ohren gehabt, ihre Gefährten gehört, wenn sie sprachen, sich bewegten oder laut dachten. All das fiel jetzt plötzlich weg, und an seine Stelle trat etwas Neues: erstarrte Stille, armselige Leere, allen Lebens beraubt, Einsamkeit, die dennoch etwas Stolzes hatte und älter war, als irgendeiner von ihnen sich vorstellen konnte.

Die Ebenen am Fuß aller anderen Stockwerke waren innerhalb der Kalpa stets isoliert gewesen, anders als alles ringsum, etwas *Besonderes*. Wie viele Marschteilnehmer mochten diese Reise schon angetreten haben, genauso verängstigt wie Tiadbas

Gruppe, ebenso einsam und weit von allem entfernt, das sie kannten?

»Still hier«, bemerkte Khren.

Und es lagen noch viele Kilometer vor ihnen. Hunderte? Tausende?

Wir lassen die Ebenen für immer hinter uns zurück.

Wir marschieren mitten ins Chaos hinein.

Ob ihre Augen sich an die Dunkelheit gewöhnt hatten oder die Luft aufgeklart hatte, vermochte Tiadba nicht zu sagen, doch plötzlich konnte sie auf beiden Seiten des Bogengewölbes regelmäßige Rechtecke erkennen – größer als der größte Block der Ebenen.

»Was ist das?«, fragte sie leise. Hier draußen hatte sie das Gefühl, es könne sogar noch wichtiger als sonst sein, Respekt zu zeigen.

»Die inneren Reihen der Realitätsgeneratoren«, erwiderte Pahtun. »Sie werden aktiv, wenn die äußeren Reihen ausfallen.«

Der Boden war uneben – immer wieder von Erhebungen und Vertiefungen durchzogen, als hätte er sich unter schrecklichem Druck aufgeworfen oder gesenkt. Hin und wieder verunstalteten Narben und parallel verlaufende Furchen die ansonsten glatte Oberfläche. Vielleicht hatten Überfälle des Chaos diesen Weg gewählt, den Boden berührt … und versengt. Vor sich konnte Tiadba gerade noch den äußeren Rand des Bogengewölbes erkennen. Und noch etwas anderes: eine matt schimmernde Barriere, eine Lichtschranke.

Während aus Minuten des Marschierens Stunden wurden, schien die Lichtschranke nicht näher zu rücken. Dennoch ließ Tiadbas Energie nicht nach. Der Schutzanzug übte eine antreibende, elektrisierende Wirkung auf sie aus. Ihr fiel ein, was Grayne bei ihren ersten Treffen dazu gesagt hatte: *Ihr könnt Tausende von Kilometern durch das wildeste, widrigste Gelände gehen, dennoch werdet ihr stark und fit bleiben, denn dieser Marsch ist die Erfüllung all dessen, was in euch liegt, das größte Abenteuer eures Lebens. Ich beneide euch.*

Nach Dutzenden von Kilometern und Stunden des Marschierens wirkte die dunkle Seite des Bogengewölbes immer noch endlos weit entfernt. Plötzlich: eine Veränderung. Die Lichtschranke schien eindeutig näher zu sein. Trotz ihrer Zweifel hob sich Tiadbas Stimmung unwillkürlich. *Dahinter liegt der offene Himmel.* Pahtun hatte gesagt, sie sollten sich darauf vorbereiten.

»Helme aufsetzen und luftdicht versiegeln!«, befahl einer der Begleiter.

Tiadba sah sich um und holte tief Luft. Die Luft – die letzte Luft der Ebenen, die sie genießen konnten – war bereits bitterkalt. Auf Tiadbas Unterlippe und rund um die Nase bildete sich Reif. Gleich darauf, wie auf einen Schlag, stülpten sich bei allen Marschteilnehmern die Teile der Helme, die bis jetzt wie hohle Fruchthüllen auf den Schultern gebaumelt hatten, über die Schädel und versiegelten sich zischend, so dass es in den Ohren knackte. Tiadbas Kopf wurde warm, und ihr Blick schärfte sich so, dass die Lichtschranke vor ihr zum Leben erwachte. Erst jetzt fiel ihr auf, dass sie Funken sprühte.

»Wunderbar«, sagte Perf. »Jetzt friere ich nicht mehr an den Ohren.«

Pahtun hieß sie anhalten, während die Begleiter sich in ihrem Rücken so aufreihten, als wollten sie jeden Fluchtversuch verhindern.

Die kapieren es nicht. Pahtun versteht es, aber die anderen begreifen überhaupt nichts!

Unruhig traten die Marschteilnehmer von einem Bein aufs andere. Sie waren auf dem Scheitelpunkt einer besonders hohen Bodenwelle in den äußeren Fundamenten der Kalpa stehen geblieben. Plötzlich fiel die Lichtschranke auf die Stelle unmittelbar vor ihnen und wölbte sich nach innen, als wolle sie die Gruppe zurückdrängen. Die Begleiter hoben ihre Stäbe, und Pahtun beugte sich vor. »Abwarten«, sagte er. »Lauft nicht hinein. Sie wird euch von selbst finden.«

Khren sah Tiadba durch sein Visier an. Was sie von seinem Gesicht erkennen konnte, wirkte gelassen, schicksalsergeben.

»Abwarten«, wiederholte Pahtun. Die Marschteilnehmer fuhren in ihren Schutzanzügen zusammen, als fürchteten sie, jemand wolle sie packen und verschlingen.

Obwohl die Lichtschranke sich nicht sichtbar bewegt hatte, befand sie sich plötzlich im Rücken der Gruppe. Sie hatten sie durchquert, ohne einen einzigen Schritt zu tun, und sahen jetzt weitere Kilometer unebenen Geländes vor sich. Und dahinter eine mit riesigen Objekten bestückte Mauer: die Verteidiger der Kalpa.

Die letzte, äußere Reihe von Realitätsgeneratoren.

Jenseits dieser verschwommenen, hoch aufragenden Silhouette lag die Zwischenzone, die Zone der Lügen. Tiadba blickte nach oben: Sie befanden sich jetzt außerhalb des Bogengewölbes, unter dem Himmel, dem *offenen Himmel.*

Was ihre Sinne wahrnahmen, waren endlos fallende Vorhänge und unruhige Farbmuster, doch sie konnte diese Eindrücke weder verarbeiten noch als plausibel akzeptieren, denn eigentlich waren da gar keine Farben, und vermutlich bewegte sich auch gar nichts. Plötzlich verloren ihre Augen jeden Fokus. Der Himmel machte ihr und auch den anderen so zu schaffen, wie sie es noch nie erlebt hatten.

»Es ist nicht gut, wenn ihr gleich alles auf einmal seht«, sagte Pahtun. »Selbst wenn die Visiere es filtern. Schaut nach unten. Schließt die Augen, falls sie euch wehtun.«

Tiadbas Augen schmerzten tatsächlich. Es kam ihr so vor, als wollten sie in ihren Höhlen herumpurzeln und sich zur Rückseite ihres Schädels drehen. Dennoch senkte sie den Blick nicht und schloss auch nicht die Augen. Allzu lange hatte sie auf das hier gewartet. Sie wirbelte auf dem Stiefelpolster herum und sah weiter nach oben, an der großen geschwungenen Außenhülle des ersten Bion entlang und danach nach links und rechts, um die anderen riesigen, dunklen Umrisse in sich aufzunehmen. Beide Bauten wiesen Sprünge und Spalten auf und waren teilweise zerstört. Die Kalpa – das, was davon noch übrig war. Oben kam langsam etwas in Sicht, das sich über das erste Bion erhob und von ihm wegdrängte: ein Feuerring, der rot und zugleich violett leuchtete und ein schwarzes, alles verzehrendes Nichts umschloss, das weder Gedanken noch Leben kannte. Der Anblick tat den Augen weh. Tiadbas Kiefer klappte herunter, und ihr Atem kam nur noch stoßweise. Diese Erscheinung gehörte offensichtlich nicht hierher, wie ihr sofort klar wurde, und war so bizarr, dass sie nicht einmal mehr Angst empfand.

»Ist das die *Sonne*?«, fragte sie.

»Hängt davon ab, was du mit Sonne meinst«, erwiderte Pahtun, der den Blick auf den Boden gerichtet hatte. »Es ist ganz sicher nicht mehr die Sonne, die *wir* geschaffen haben.«

Die zweite Frage stellte Tiadba auf Drängen ihrer Besucherin. »*Wo sind die Sterne?*«

»Längst verschwunden.«

Das warme, begrenzte Licht des künstlichen Himmels hatte sie ihr ganzes Leben lang beschützt und sich während der angenehm beruhigenden Schlaf-Wach-Zyklen fast nie verändert, doch damit war es vorbei. Was jenseits der Mauern und oberhalb der Stadt lag, war majestätisch, aber grausam und selbstbezogen, erzeugte kein Licht, sondern etwas, das die transparenten Visiere ihrer Helme *übersetzen* mussten, damit es irgendeinen Sinn ergab.

Das Chaos.

»Abwarten«, mahnte Phatun erneut und musterte den Boden. Tiadba hatte keine Ahnung, worauf sie jetzt warteten. Was konnte noch seltsamer sein als das hier, ihre Sinne noch mehr reizen?

Irgendetwas streckte die Fühler nach unten aus, obwohl sie sich immer noch innerhalb der Grenze des Realen befanden. Es griff nach unten und versuchte sie beiläufig wegzuschnippen, so als wollte jemand Buchstabenkäfer von einem Tisch fegen. Vier Marschteilnehmer schrien gleichzeitig auf, stürzten zu Boden und wälzten sich in eine flache Kuhle zwischen den Bodenwellen der Fundamente, um sich zu verbergen. Khren und Nico sanken auf die Knie und klammerten sich aneinander. Nur Tiadba blieb neben dem Ausbilder stehen und blickte als Einzige nach oben.

Der Himmel oder das, was früher einmal der Himmel gewesen war, schien zu wissen, dass jemand ihn beobachtete. Er versuchte, in Tiadbas Augen zu dringen, in ihren Verstand einzutauchen und alles zu untergraben, was sie als Nachgezüchtete einer uralten Gattung ausmachte: die Gabe zu denken und zu beobachten, ihre Existenz als selbstständiges Wesen.

Es verweigert sich jedem Verständnis und will sich auf keinen Fall beherrschen lassen.

Langsam senkte Tiadba den Blick auf den unebenen, zerklüfteten Boden und blinzelte. Sie hatte wieder Gewalt über ihre Augen. Irgendwie war es ihr gelungen, das, was oberhalb der Kalpa lag, abzuwehren und auf Abstand zu halten.

Pahtun sah das junge weibliche Geschöpf mit neu erwachtem Respekt an. Er zog eine gewisse Befriedigung aus der quälenden Situation und verfolgte mit beruflichem Interesse, wie die Gruppe sich ihr nach und nach anpasste. »Das ist erst der Anfang«, sagte er. »Und es gibt keine Möglichkeit, euch auf das Kommende vorzubereiten. Überhaupt keine.«

Sie näherten sich der äußeren Reihe der Generatoren, hohen, schmalen Bauten, die entlang des Rings langsam vor und zurück glitten. Mit ihrem matten Glanz und den verschwommenen Umrissen glichen sie in Nebel gehüllten gläsernen Riesen. Die in den Obelisken verborgenen Objekte bewegten sich so bedächtig und zielgerichtet, als verfolgten sie die Spur von außen wirkender Kräfte.

Zwischen den Generatoren waberte ein dunkler Nebel, durchbrochen von einem Labyrinth niedriger Mauern, die den Marschteilnehmern kaum bis ans Knie reichten. Tiadba konnte nicht glauben, dass diese Mauern irgendetwas draußen halten würden, was tatsächlich nach innen dringen wollte.

Pahtun und seine Helfer begleiteten die neunköpfige Gruppe auf den letzten zehn Kilometern bis zur inneren Mauer. Entfernungen hatten an diesem Ort, hundert Kilometer jenseits des Ausbildungslagers am Hochwasserkanal, noch eine gewisse Bedeutung.

Inzwischen hatten sie gelernt, den Blick auf den dunklen grauen Horizont zu richten und nicht höher hinauf, wenn es nicht unbedingt sein musste.

»Früher hatte die Kalpa sieben Bione, und auf der Erde gab es zwölf Städte«, teilte Pahtun ihnen mit. Seine Stimme drang deutlich in ihre Helme. Während er vor ihnen über den harten, von Spalten und Rissen durchzogenen Boden stapfte, wirbelten seine Stiefel Wölkchen des feinen Staubs auf, der sich zu winzigen Dünen aufgetürmt hatte. Der Staub lag wie feine Asche über den uralten Fundamenten; vielleicht war es sogar Asche. »Die Realitätsgeneratoren haben viele Millionen Jahre für den Schutz aller Bione gesorgt. Dann kam der Krieg, und das Chaos machte Beute. Jetzt gibt es nur noch drei Bione und bald vielleicht nur noch eines oder zwei. Kann sein, dass ihr den Rest dieser Geschichte in euren Büchern findet, junge Freunde. Wie die Aschuren, Devas und Eidola miteinander kämpften und die Städte ihrer göttergleichen Dummheit geopfert wurden.«

»Was sind *Götter*?«, fragte Khren. Nico, Shewel und Denbord gingen links von Tiadba, Khren und Machts rechts. Wie immer zuckelte Perf mit Frinna und Herza hinterher.

Niemand beantwortete seine Frage. »Dachte ja nur, ein Hochgewachsener könnte es wissen«, murmelte Khren.

Tiadba spürte weder Hunger noch Schmerzen und litt kaum unter den Anstrengungen des langen Marsches über den uralten ausgelaugten Boden. Inzwischen verspürte sie auch kaum noch Sorgen oder sonstige Gefühle, bis auf die Neugier, die sie nie verließ. Wäre Jebrassy hier, würde ihn die gleiche Neugier vorwärtstreiben, das wusste sie. Auch er hatte unbedingt sehen wollen, was jenseits der Grenze des Realen lag. Früher einmal hatten sie angenommen, ihre einzige Aussicht auf Freiheit müsse wohl jenseits der Kalpa liegen, nur dort könnten sie sich dem Würgegriff von Geschichte und Tradition entziehen. Doch die Bücher, ihr Ausbilder und schon der Himmel über ihnen erzählten eine andere Geschichte. Wieder einmal wurden sie nur benutzt, waren lediglich Werkzeuge, Mittel zum Zweck, wie sie schon immer vermutet hatten. Allerdings schien Pahtun etwas an ihrem Wohlbefinden zu liegen. Jetzt, da ihre Ausbildung fast abgeschlossen war, trat er nicht mehr so schroff auf wie früher und gab ihnen geduldig letzte Anweisungen. Es nervte Tiadba, dass er sich dabei so oft wiederholte, doch wenn sie ihre Marschgefährten ansah, verstand sie, dass es nötig war. Besonders wegen Herza und Frinna, die niemals von sich aus Fragen stellten. Ihnen musste man diese Dinge aus gutem Grund wieder und wieder erzählen. Wie sollten sie im Chaos jemals überleben?

»Die Zwischenzone ist äußerst kompliziert«, erklärte Pahtun zum hundertsten Mal. »Nicht umsonst nennt man sie die *Zone der Lügen*, schließlich muss man hier jederzeit mit Übergriffen des Chaos rechnen. Ihr müsst sie schnell durchqueren. Denn falls das Chaos das Gebiet angreift, in dem ihr euch gerade befindet, wird der Kampf zwischen den Generatoren der Stadt und dem Chaos heftige Strudel von Zeit- und Raumfragmenten erzeugen, die tödlich, aber nahezu unsichtbar sind. Falls ihr in einen solchen Strudel geratet, werdet ihr die Grenze des Realen niemals erreichen. Eure Schutzanzüge werden sich in diesem Gebiet nicht vollständig aktivieren. Hört ihnen zu: Sie werden euch warnen, sobald ihr mit einem Übergriff und dessen Folgen rechnen müsst, und euch auch mitteilen, ob das Chaos eure Wahrnehmungen und eure Entscheidungsfähigkeit beeinträchtigt.«

Die Verständigung untereinander klappte wunderbar: Was sie sagten, drang unmittelbar in die Ohren der anderen Gruppenmitglieder. Doch es fiel ihnen schwer, sich an die Kommunikation mit den Schutzanzügen zu gewöhnen, die nur selten hörbare Wörter gebrauchten. Meistens vermittelten sie alles über die Gedanken. Tiadba war sich nicht klar darüber, was sie von dieser Raffinesse halten sollte. Gut möglich, dass diese Art der Kommunikation sich jenseits der Tore und der Grenze des Realen als nützlich erweisen würde. Allerdings hatten Pahtun und seine Helfer der Gruppe zu bedenken gegeben, dass auch die Anzüge nicht alles wissen konnten.

»Ihr dürft eure Instinkte nicht unterschätzen«, sagte Pahtun. »Ihr seid *Beobachter*, erzeugt aus uralter Materie, und Beobachter sind anderen überlegen, selbst da draußen im Chaos. Der Typhon beneidet euch um eure Sinne. Die erste Regel lautet: Wenn man sich da draußen umsieht und sein Umfeld bewusst wahrnimmt, zieht man *Hass* auf sich. Später, wenn ihr unmittelbare Erfahrungen mit dem Chaos gemacht habt, werdet ihr lernen, euch mehr und mehr und an erster Stelle auf euer eigenes Urteil zu verlassen. Doch anfangs, und vor allem in der Zone der Lügen, verlasst ihr euch besser auf eure Schutzanzüge.«

»Wie kann etwas innerhalb der Grenze des Realen schlimmer sein als das da draußen?«, fragte Nico.

»Nicht schlimmer, nur besonders hinterhältig«, erwiderte Khren. »So als würde einen ein zahmes Pede beißen. Das erwartet man nicht.«

»Oh.«

»Einmal hat mich ein Acker-Pede gebissen, als ich ihm auf den Schwanz getreten bin«, warf Shewel ein.

»Pedes bestehen ja nur aus ihrem Schwanz«, sagte Perf.

»Dieses Pede bestand nur aus Beißwerkzeugen. Ich hätte fast einen Zeh eingebüßt. Tut immer noch weh, wenn ich lange laufe.« Shewels blasse Haut schimmerte hinter dem goldenen Visier.

Pahtun ging langsamer, damit Tiadba ihn einholte, und stellte die Kommunikation ausschließlich auf ihren Helm ein. »Manche Marschteilnehmer glauben, man habe sie hintergangen«, sagte er. »Sie sind davon überzeugt, dass die Kalpa sie zum Sterben oder zu Schlimmerem ins Chaos hinausschickt, obwohl es keinen Grund für diese Annahme gibt. Es ist ihnen egal, was die Ausbilder ihnen erzählen. Vielleicht liegt es an den Büchern, auf die sie in den Ebenen gestoßen sind. Solche Gedanken sind kein guter Anfang.«

Da sie nicht wusste, wie sie darauf reagieren sollte, starrte sie nur vor sich hin.

»Am erstaunlichsten ist es für uns Ausbilder, dass die Marschierer selbst bei einem schlechten Start anscheinend gut zurechtkommen, wenn sie es durch die Zone der Lügen geschafft haben, soweit man es vom Zerstörten Turm aus verfolgen kann. Es stimmt schon, dass ihr jungen Nachgezüchteten für das Chaos wie geschaffen seid.«

»Aber keiner kehrt zurück«, entgegnete sie.

»Vielleicht gelangen sie ans Ziel, und es ist dort besser – für Nachgezüchtete. Wenn ich könnte, würde ich mitmarschieren und nachsehen. Glaubst du mir das?«

Offenbar war ihm ihre Antwort wichtig. Sie glaubte ihm zwar, wollte ihm aber nicht die Genugtuung verschaffen, es aus ihrem Munde zu hören. Schließlich hatten Geschöpfe seiner Art zugelassen, dass die Städte dahinsiechten, das Chaos vordrang und die Übergriffe sich mehrten. Außerdem hatten sie ihr Jebrassy genommen, und sie hatte keine Ahnung, warum.

Nach weiteren Kilometern erreichten sie eine Reihe eckiger grauer Säulen, die jeweils etwa dreißig Meter hoch und drei Meter breit waren. So weit das Auge reichte, erstreckten sie sich in beide Richtungen, unzählige Kilometer weit.

An einer Säule sammelte sich die Gruppe. Pahtun fuhr mit den Fingern darüber. »Diese Säulen haben vor den Materiekriegen und ehe das Chaos auftauchte die äußere Grenze der alten Stadt dargestellt. Damals war die Kalpa riesig, größer, als ich es mir überhaupt vorstellen kann. Die Zwischenzone liegt mehr als drei Kilometer jenseits dieser Grenzmarkierung. Ich führe euch einige Hundert Meter in die Zone hinein, doch dann müssen sich unsere Wege trennen.«

Die Hand gegen die Säule gestützt, blieb Pahtun noch einen Augenblick stehen. Dann richtete er sich zu voller Größe auf und ging weiter.

»Er hat Angst«, bemerkte Khren, während er sich neben Tiadba schob.

»Er kann dich hören«, rief sie Khren ins Gedächtnis.

»*Ich* habe Angst«, erwiderte Khren und tippte sich mit dem Finger an den Helm, als wolle er seine Nase berühren. »Aber zugleich habe ich ein Hochgefühl. Was kann das bedeuten?«

Auch die anderen legten die Finger an ihre Visiere. Nico streckte die Arme aus, winkelte sie wie die Flügel eines Wächters an und tanzte über den zerklüfteten staubigen Boden. Seine Stiefel waren wie die aller anderen mit grauem Ascheстaub überzogen.

»Vielleicht sind wir am Durchdrehen«, sagte Perf. »Das würde vieles erklären. Wir sind noch nicht mal in der Zone der Lügen und jetzt schon neben der Spur.«

Es mochte sein, dass Pahtun und die Begleiter zugehört hatten, doch sie gingen einfach weiter, bis die flache schwarze Linie, die sie schon seit geraumer Zeit sahen, sich als schwarz schimmernde Mauer entpuppte. In der Mitte war ein schmaler Durchlass, gerade so breit, dass ein einzelner Marschteilnehmer hindurchschlüpfen konnte.

»Marschieren die Gruppen immer da durch?«, fragte Khren.

»Nein«, erwiderte Pahtun. »Dieses Tor hat sich erst vor wenigen Minuten aufgetan. Die Kalpa hat für euch den Pfad ausgewählt, der im Moment am sichersten ist.«

»Also verfolgt jemand da oben im Turm unseren Marsch?«, fragte Perf.

Plötzlich spürte Tiadba den Drang, über die Schulter zu blicken, denn jetzt wusste sie mit Gewissheit, wo sich Jebrassy befand. Er war im Turm, beobachtete sie aber nicht. Es gab also keinen Grund, sich umzudrehen. Keinen Anlass, zurückzublicken. Sie war fertig mit der Stadt, würde niemals hierher zurückkehrten. Aber mit Jebrassy war sie nicht fertig, und er nicht mit ihr.

Er wird kommen. Doch wenn er endlich da ist, spielt das vielleicht keine Rolle mehr für dich.

»Ach halt die Klappe«, sagte sie fast unhörbar.

»Entschuldigung?«, erwiderte Perf.

»Hab gar nicht mit dir geredet.«

Pahtun wandte sich zur Seite und quetschte sich durch die Mauerlücke. Als Tiadba und alle anderen ihm folgten, strichen ihre Schutzanzüge mit einem unheimlichen Summton an der offenen Innenfläche der Mauer entlang. Sobald alle auf der anderen Seite standen, sorgte Pahtun dafür, dass sie sich wieder zu einer geschlossenen Gruppe formierten. Sie starrten auf die dunkle, zerklüftete Zone der Lügen hinaus. Vage zeichneten sich am Horizont niedrige Silhouetten ab. »Ihr werdet die Zone schnell durchqueren. Ich gehe so weit mit, wie ich kann, doch dann seid ihr auf euch selbst gestellt. Die nächste Barriere ist eine weitere niedrige Mauer, für euch etwa kniehoch. Sie markiert die größte Reichweite der Realitätsgeneratoren und stellt die Grenze des Realen dar. Unmittelbar dahinter werdet ihr etwas entdecken, das wie ein großes Eingangstor aussieht, aber geht dort nicht hin. Es ist eine Falle, die an allen Stellen auftaucht, wo Beobachter in die Zone der Lügen einzudringen versuchen. Ein typischer Willkommensgruß des Typhon: Wenn ihr dort hindurchgeht, seid ihr verloren, denn das Tor führt euch auf direktem Weg zu den Schweigenden.«

Tiadba sah, wie Khren unhörbar und mit weit aufgerissenen Augen *zu den Schweigenden* wiederholte. Sie blickte gerade so lange nach oben, dass sie dort einen scharfen grauen Strahl erkennen konnte. Dabei wurde ihr bewusst, dass der Zeuge immer noch seinen Suchscheinwerfer über der Kalpa und durch das Chaos kreisen ließ. Bei jeder Peilung durchschnitt der Strahl den Zerstörten Turm. Der Zeuge suchte nach jemandem, nach Jebrassy, hatte von jeher nach ihm gesucht. Doch warum der Zeuge sich überhaupt für Jebrassy interessierte und wieso Jebrassy sich im Turm statt hier unten befand, konnte ihr auch die unzuverlässige innere Stimme nicht verraten. Tiadba wusste es einfach nicht und wollte auch nicht weiter darüber nachdenken.

»Los, folgt mir! Rennt!«, sagte Pahtun und lief voran, um ihnen ein Beispiel zu geben. Die vier Begleiter blieben zurück, knieten sich hin und hoben zum Abschied ihre Stäbe.

Die Gruppe tat ihr Bestes, um mit Pahtun Schritt zu halten, doch es dauerte nicht lange, bis der Ausbilder einen großen Vorsprung hatte. Tiadba konnte nur noch mit Mühe ausmachen, dass er über Schotter kletterte, sich aufrichtete, über die Köpfe der Gruppe zurückblickte und plötzlich die Arme hob. Er musste irgendetwas entdeckt haben. Sofort erkannte sie, dass es ein Fehler war, wenn er einfach dort stehen blieb.

Er wollte sie warnen …

Etwas Dunkles überzog den Himmel, und von den Bionen weit hinter ihnen drang ein entsetzliches Geräusch zu ihnen herüber, das wie eine Sirene klang: ein schriller hoher Ton, der zur tiefen Totenklage anschwoll und schließlich wie ein Knurren wirkte. Bei diesem Lärm stellten sich ihre Pelzhärchen unter dem Panzer auf. Sie biss die Zähne zusammen, lief schneller und rempelte dabei Khren und Nico an, die gleichfalls um ihr Leben rannten, allerdings nicht so schnell wie Herza und Frinna, die bereits über hoch aufgeschichtete Steinblöcke, Wälle aus schwarzen Fundamenten und durch dichtes, zähes Aschegestöber stolperten. Als es plötzlich dunkel wurde, fragte Tiadba sich einen Moment lang, ob die Kalpa ihnen Deckung gab, den schrecklichen Himmel leer fegte und alles ablenkte, was möglicherweise nach ihnen Ausschau hielt, um sie in Versuchung zu führen. Doch dann merkte sie, dass die Dunkelheit nicht von innen kam, sondern von außen hereindrang und in trägen, öligen Wellen auf die Bione der Kalpa zurollte.

Ein Übergriff des Chaos, wie derjenige, der uns isoliert und die Ebenen beschädigt hat. Wie derjenige, der Jebrassys Paten erwischt hat. Man hat uns davor gewarnt!

Sie befanden sich einige Dutzend Meter von Pahtun entfernt, der immer noch mit erhobenen Armen auf einem hohen grauen Steinblock stand und sie heftig weiterwinkte.

»Was hat er denn?«, rief Khren.

»Nicht stehen bleiben!«, brüllte Tiadba. »Rennt weiter! Quer durch die Zone!«

Jetzt schlug die Stadt zurück. Ein Leuchten zerschnitt die Landschaft in simple gezackte Schwarzweißmuster. Alle Zwischentöne verschwanden. Die Dunkelheit wand sich wie in Krämpfen. Sie wagten nicht hochzuschauen, doch Tiadba warf aus den Augenwinkeln heraus einen Blick auf den Steinblock und Pahtun und sah, wie ihn eine rötlich aufflammende Spirale mit schwarzem Innenraum einhüllte. Sah, wie sein Schutzanzug sich auflöste und die Einzelteile im hohen Bogen davonflogen. Er schüttelte die letzten Fetzen ab und blieb nackt auf dem Steinblock stehen. Einen Moment lang – doch es war ein Moment, den sie niemals vergessen würde – sah sie einen Hochgewachsenen so, wie er wirklich war, sah den allzu glatten Körper in all seiner Blöße und Verletzlichkeit.

Und dann war er verschwunden. Von dem Steinblock stieg ein Funkenregen auf und stob davon.

Sie unterdrückte ein Stöhnen und rannte mit gesenktem Kopf weiter, während ihre Augen vor Scham und Angst brannten.

Es schienen nur ein paar schwere, hart zurückfedernde Schritte bis zu der niedrigen Mauer zu sein, die Pahtun ihnen beschrieben hatte. Dieser äußere Ring bildete die Grenze des Realen.

Ohne weiter darüber nachzudenken, sprangen sie über die Mauer. Vor ihnen ragte dort, wo bis jetzt nichts gewesen war, ein majestätischer Torbogen auf, übersät mit monumentalen Figuren. All diese Figuren waren Nachgezüchtete der alten Art, die in irgendeiner wunderschönen goldenen Substanz festsaßen. Ihre lächelnden Gesichter und die zum Willkommensgruß erhobenen Hände waren für immer erstarrt. Das Tor dehnte sich nach oben hin immer weiter aus und durchbrach den dunklen Strom, der sich ein Gefecht mit den Leuchtspiralen der von der Kalpa aktivierten Verteidiger lieferte.

Alle neun Marschteilnehmer schlichen um den Fuß des Bogens herum und quetschten sich zwischen den zerklüfteten, zackigen Felsen hindurch, die sie ringsum in allen Formen und Größen umgaben. Danach ließen sie sich erschöpft in eine Mulde fallen, drückten sich eng aneinander und umarmten sich zitternd.

Die Totenklage der Sirene ging in ein dumpfes Grollen über und verstummte bald darauf.

Stille.

Tiadba weinte. Herza und Frinna murmelten Gebete. Shewel und die anderen Jungen lagen still da, hatten die Augen jedoch auf die erstarrten Figuren im Tor gerichtet. In dieser Mulde war es zwar eng, aber sie kam ihnen wie ein guter Zufluchtsort vor. Zumindest tat sich hier kein Schlund auf, um sie zu verschlingen. Nach allem, was man ihnen beigebracht hatte, konnte sich Tiadba so etwas nur allzu gut vorstellen.

Sie hatten die Zone der Lügen überlebt. Ihre Panzer boten ihnen ausreichenden Schutz, doch bei Pahtun hatte dieser Schutz versagt. Vermutlich hatte ihn eine der Leuchtspiralen erwischt, die die Stadt zur Verteidigung gegen den Übergriff des Chaos ausgesandt hatte – genau das, vor dem er die Gruppe gewarnt hatte.

Er hat sich geopfert. Für uns.

Plötzlich berührte sie das tief. Und nach dem, was Pahtun sie gelehrt hatte (fast meinte sie seine sonore Stimme zu hören), durften sie hier auf keinen Fall länger verweilen. Aber sie schafften es nicht, sich von der Stelle zu rühren. Alle waren wie gelähmt und versuchten zugleich zu rekapitulieren, was sie in der Ausbildung gelernt hatten, bemühten sich zu begreifen, was die Schutzanzüge ihren Körpern mitteilten, um ihnen das Ausmaß der Gefahr zu verdeutlichen. Doch sie vernahmen nur den eigenen Atem. Und später Tiadbas leise, zitternde Stimme, die sie aufforderte, aufzustehen und weiterzuziehen.

»Der Hochgewachsene hat uns geraten, uns bedeckt zu halten«, sagte Khren. »Ist er zurückgegangen?«

»Er ist fort«, erwiderte Tiadba. Es war nicht der richtige Zeitpunkt, den anderen zu erzählen, was sie gesehen hatte.

»Wir sollten hierbleiben, bis er uns abholt«, bemerkte Perf.

»Er wird uns nicht mehr abholen. Wir sind jetzt auf uns selbst gestellt.«

»Wo sind wir überhaupt?«, fragte Nico und versuchte, einen plötzlichen Schluckauf zu unterdrücken. Er löste sich aus der Umklammerung seiner Freunde, setzte sich auf und versuchte, über den Rand der Mulde zu blicken.

»Wir haben's geschafft!«, stellte Perf verblüfft fest. »Wir haben's überlebt.«

»Wir dürfen jetzt nicht haltmachen«, erklärte Tiadba. »Wir sollten so weit wie möglich vorankommen, ehe wir eine Ruhepause einlegen.«

Ein angenehmer leiser Ton, lang gezogen und melodiös, drang in ihre Ohren.

Herza und Frinna fassten sich an die Helme. »Der Leitstrahl«, sagte Herza. »Wir sind auf dem richtigen Kurs.«

»Zeit zu gehen.« Frinna war wie verwandelt und steckte auch Macht mit ihrem Schwung an. Die Lähmung war überwunden – vielleicht allzu schnell.

»Was, wenn etwas Ausschau nach uns hält?«, fragte Perf.

»Irgendetwas wird immer *Ausschau nach uns halten.*« In Khrens Stimme schwang Sarkasmus mit. »Also los, wie sie gesagt hat. Allerdings sollten wir uns vorher natürlich noch kurz umschauen.«

»Das wollte ich ja gerade«, sagte Nico.

Sie alle konnten es spüren: Jetzt hielten sie sich im Chaos auf, mitten in der lange herbeigesehnten Wildnis. Doch Tiadba empfand das plötzliche Hochgefühl und die Vorfreude der Gruppe als ähnlich beängstigend wie Pahtuns Vernichtung. Sie waren viel zu eifrig bei der Sache, viel zu unbekümmert.

Doch was immer als Nächstes passieren mochte, wenigstens war ihnen klar, dass sie genau hierhergehörten.

ZEHN NULLEN

67

Das grüne Lagerhaus

Daniel und Glaucous standen still und wachsam an der Tür des Lagerhauses, zu müde, um zu reden. Bidewell hatte die neuen Gäste hineingeführt, Jack bei ihnen zurückgelassen und sich danach entfernt, um Vorbereitungen zu treffen, wie er sagte. »Die Situation wird noch schlimmer werden, und zwar eher heute als morgen.«

Glaucous ließ sich auf die Holzbank neben der Tür fallen. Sein Gesicht war vor Erschöpfung aufgedunsen, und sein Blick aus den Schweinsäuglein war trübe. Keinem der jüngeren Männer schenkte er auch nur einen Funken Beachtung, als wären sie für den Augenblick Luft. Daniel senkte den Kopf und beugte sich vor, um gegen Übelkeit anzukämpfen.

»Dich kenne ich nicht«, sagte Jack zu Daniel. »Aber dich kenne ich zur Genüge!«, schrie er den stämmigen, kleinwüchsigen Mann an. »Und falls du irgendetwas versuchst, bringe ich dich um, das kann ich dir schwören.«

Glaucous starrte zu Jack hinauf. »Schön gesprochen, junger Herr. Allerdings solltest du wissen, dass ich das Paar getötet habe, das die junge Dame verfolgt hat. Wir alle haben gute und schlechte Seiten.«

»Wie bist du aus dem Van herausgekommen?«, fragte Jack. »Und wo ist die dicke Frau?«

Glaucous ließ die Finger spielen, um anzudeuten, dass etwas davongeflogen war.

»Wegen dem würde ich mir keine Sorgen machen«, sagte Daniel und richtete sich wieder auf.

»Und was ist mit dir?«, fragte Jack.

Glaucous lächelte. »Immer am Ball und überaus scharfsichtig.«

Jack bemühte sich, seine Wut im Zaum zu halten. »Ich weiß nicht, warum der Alte auch nur einen von euch beiden hereingelassen hat.«

»Du nimmst an, dass Bidewell dich hierhergebracht hat, um dich zu beschützen – vor Leuten wie mir. Also hat er dir seine Geschichte wohl nicht erzählt, wie?«, fragte Glaucous.

»Du solltest in seiner Abwesenheit nicht tratschen.«

»Aha, wir befinden uns also unter deiner Aufsicht«, sinnierte Glaucous und senkte den Blick.

»Wie viele von uns sind hier?«, fragte Daniel. »Schicksalswandler, meine ich. Ich glaube drei, mich einbezogen.«

Jack, der keine Informationen preisgeben wollte, schüttelte nur den Kopf. »Woher hast du den Stein?«

Daniel zuckte zusammen. »Das weiß ich nicht mehr. Weißt du es denn noch?«

Jack sah ihn finster an.

»Von deiner Familie, stimmt's? Meine Familie ist verschwunden. Nicht tot, nur verschwunden und vergessen, schon vor diesem … vor dem, was da draußen gerade geschieht.«

»Ein schlimmer Ort«, murmelte Glaucous. »Und kein Fluchtweg offen.«

»So geht es mit uns«, bemerkte Daniel. »Man löscht uns aus der Geschichte.«

Inzwischen war Ginny zu ihnen gestoßen und im Dunkel stehen geblieben, um sie zu beobachten. »Du kommst in meinen Träumen nicht vor«, sagte sie zu Daniel und deutete auf Glaucous. »Wer ist das?«

»Mein Verfolger«, erklärte Jack.

Gleich darauf kehrte Bidewell zurück, im Schlepptau hatte er Agazutta und Miriam, die die Neuankömmlinge erwartungsvoll und zugleich besorgt musterten. Auch Ellen und Farrah gesellten sich zu ihnen, und Ellen griff nach Ginnys Arm. Schweigend blieben sie im Kreis stehen, bis auf Glaucous, der mühsam und rasselnd atmete, fast röchelte.

»Wir haben etwas zu erledigen«, erklärte Bidewell. »Deshalb müssen wir vorübergehend Burgfrieden schließen. Fühlen Sie sich fit, Mr. Glaucous?«

Mit pfeifendem Atem und ächzend rappelte Glaucous sich hoch und rieb sich heftig die Nase. »Meistens so fit wie ein Brauereipferd.«

»Ich habe Sie eher als einen Bullterrier in Erinnerung, den man in die Rattenlöcher schickte«, sagte Bidewell.

»Bieten Sie einem ehrlichen Arbeiter immer noch die typische Belohnung für seine Mühen an? Ich weiß noch, dass Sie früher gern tranken.«

Bidewell drehte sich um und überzeugte sich davon, dass sich alle Damen versammelt und Ginny, die zitterte, in ihre Mitte genommen hatten.

Jack hatte Mühe, sich zurückzuhalten. »Wo ist deine dicke Gefährtin abgeblieben?«, fragte er erneut.

Glaucous warf ihm ein schmieriges Lächeln zu. »Sie wird mir fehlen.«

Bidewell erschreckte alle, indem er in die Hände klatschte. »Das reicht jetzt. Die Außenwelt wird bald noch höhere Anforderungen an uns stellen. Uns bleibt keine andere Wahl, als unsere stärksten Abwehrwaffen dort zu positionieren, wo sie uns am meisten nützen.«

Glaucous öffnete eine Kartonlasche und fingerte an einer Buchecke herum. »Gute Lektüre weiß ich wirklich zu schätzen.«

Bidewell funkelte ihn böse an. »Vorsicht, Mr. Glaucous. Sie haben es hier nicht mit Kindern zu tun. Wenn Sie uns provozieren, dann auf Ihre eigene Gefahr.« Er deutete auf den Kistenstapel. »Wir müssen die Kartons und Lattenkisten an die Außenwände verlagern.«

»Ihr Diener, Sir.« Glaucous neigte den Kopf.

Während die anderen sich an die Arbeit machten, ging Jack zu Bidewell hinüber. Daniel warf ihm einen hintergründigen, abschätzenden Blick zu. Derweil zerrten die Damen Ginny hastig mit sich, und sie machte keine Einwände. Sie würden getrennt von den anderen ihren eigenen Aufgaben nachgehen, erklärte Ellen.

»Mir gefällt das alles nicht«, sagte Jack zu Bidewell, als sie allein waren.

»Ist Ihnen schon aufgefallen, dass nicht wir es sind, die die Vorbereitungen treffen?«, fragte Bidewell.

Die Kakophonie draußen war lauter geworden. Es klang so, als würden Felsbrocken in einer riesigen Mischmaschine zerkleinert. Auf ein heftiges Knistern und Knacken, als stürzte Mauerwerk ein, folgten alle paar Stunden tiefe Glockentöne. Das Läuten ließ die Dachsparren so erzittern, dass sich Staubwolken vom Gebälk lösten.

Als Bidewell die Gänge des Lagerhauses abschritt, sah er, dass seine Leute schliefen, wenn auch unruhig. Er lauschte auf die leisen Stimmen von Glaucous und Iremonk, die aus der Abstellkammer drangen, in der sie ihre Feldbetten aufgeschlagen hatten. Im Augenblick hatten sie sich von den anderen zurückgezogen, und das aus gutem Grund. Jack konnte den Anblick des einen wie des anderen kaum ertragen. Bidewell hielt sich mit eigenen Meinungsäußerungen dazu weitgehend zurück, doch in Wirklichkeit stand er selbst vor einem Rätsel. Glaucous hatte etwas Ungewöhnliches an sich, das überhaupt nicht zu Bidewells Erfahrungen mit anderen Jägern und Dienern der Kalkfürstin passte.

Die Stimmen der beiden Flüchtlinge wurden immer leiser und verstummten schließlich. Hellwach kehrte Bidewell zu seinem Schreibtisch und in die Wärme des eisernen Öfchens zurück. Um den entsetzlichen Bildern zu entgehen, die andere vermutlich als Träume bezeichnet hätten, genehmigte er sich nur einmal im Monat festen Schlaf. Für Bidewell, einen Mann, der niemals etwas vergaß, der sich nicht aus seinen flüchtigen Verbindungen mit allen möglichen Geschichten lösen konnte, waren Träume wie schwarze Magie oder unnütze Hustenanfälle. Doch die Vergangenheit, all seine Vergangenheiten, konnte er nicht abschütteln.

Ihm war klar, dass keiner seiner Leute, kein Angehöriger seiner Wahlfamilie verstehen konnte, wieso er Glaucous ins Lagerhaus gelassen hatte. Hingegen empfanden sie Daniel Patrick

Iremonk eher als mysteriös, denn er war zwar ein Schicksalswandler und besaß einen Integralläufer, war aber trotzdem ganz anders als Ginny oder Jack.

Einige Schritte von ihm entfernt tauchte unvermittelt der Jäger auf. Noch ehe Bidewell den Mann (so er denn noch ein menschliches Wesen war) sah, spürte er dessen Gegenwart. Wie es zu ihm passte, hielt sich Glaucous im Schatten. »Es wird jetzt noch hässlicher«, bemerkte er, doch seine Worte wurden fast von einem Rumpeln im Boden übertönt. »Da draußen, meine ich. Sie sollten mal hinausgehen und sich das ansehen. Für Leute unseres Schlages ein bemerkenswertes Erlebnis. Die Folgen und der Abschluss von allem.«

»Unterlassen Sie solche Anschuldigungen wie *Leute unseres Schlages.* Sie werden hier doch kaum geduldet«, entgegnete Bidewell. »Und ich war niemals ein Vogelfänger.«

»Dennoch habe ich Ihr Sortiment vervollständigt, Conan. Hätte ich ihn nicht hierhergeführt, wäre er vielleicht niemals bei Ihnen aufgetaucht.«

»Scheint so, als ob Sie mehr auf ihn angewiesen sind als umgekehrt.«

»Keine Frage. Man hat ihn nie erwischt; er war nicht mal nahe dran, erwischt zu werden. Bis jetzt hat er nie die Aufmerksamkeit der von der Bleichen Gebieterin beauftragten Jäger auf sich gezogen. Aber diese Ausnahmestellung verleiht Mr. Iremonk offenbar nur noch mehr Gewicht.«

Glaucous suchte sich einen Stuhl, nahm Platz und schaffte es irgendwie, seine kurzen, dicken Beine übereinanderzuschlagen. Er hatte nur schwach ausgebildete Füße, winzig für einen Mann solchen Körperumfangs, und die Schuhe, die er trug, waren schmal geschnitten. Die spitz zulaufenden Zehen mündeten in einer eckigen Kappe, die wie abgeschnitten wirkte. Diese Mischung aus Zartheit und Plumpheit verlieh ihm einen Anstrich herber Komik, so dass er einer Karikatur von George Cruikshank ähnelte. »Wünschte, ich hätte meinen Tabak mitgebracht«, sagte er. »Sie haben nicht zufällig …?«

Bidewell schüttelte den Kopf. Einer solchen Unperson wie Glaucous bot man nicht mehr als unbedingt nötig an, außerdem hatte Bidewell das Rauchen schon vor mehr als vierhundert Jahren aufgegeben.

Jack schlief nicht, fand keinen Schlaf. Irgendetwas hier drinnen versuchte ständig, Verbindung mit etwas da draußen aufzunehmen. Die Fäuste um die Decken geklammert, setzte er sich auf den Bettrand und dachte an all die Leute, die in Bidewells abgeschiedener Festung gestrandet waren. Leute, Katzen – und was sonst noch?

Wer oder was war Glaucous in Wirklichkeit? Oder auch der ähnlich undurchsichtige Daniel?

Was bin ich?

Seine Muskeln schmerzten vom Schleppen so vieler Kisten. An derart stumpfsinnige Schwerarbeit war er nicht gewöhnt. Er stand auf und strich die Knitterfalten in seiner Kleidung glatt. Heute schliefen sie alle in ihren Klamotten. Er überlegte, wann er das letzte Mal geträumt oder seinen Besucher empfangen hatte. Es war schon ein paar Wochen her. Vielleicht war das für immer vorbei.

Er lauschte auf Ginnys leises, regelmäßiges Atmen auf der anderen Seite der Bücherwand, spähte um die Kisten herum und zog das zerfetzte Laken, das als Vorhang diente, zur Seite. Ginny hatte sich in eine von Bidewells alten braunen Wolldecken gewickelt, die vermutlich aus Restbeständen der Armee stammten. Aber von welcher Armee? Und aus welchem Krieg?

Sie hatte die Knie angezogen und wandte ihm den Rücken zu. Ihre Schultern bebten: Sie träumte immer noch, doch schließlich kam sie zur Ruhe.

Während er in dem behelfsmäßigen Eingang stehen blieb, entgleiste sein Gesicht, zeigte nacheinander wechselnde Emotionen – Kummer, Erschöpfung, Verwirrung – und verlor danach jeden Ausdruck. So viele Erwartungen, und so wenig Verständnis für *das Jetzt, das Kommende, das niemals Eintretende.*

Ginny schlug die Augen auf, drehte den Kopf herum und blinzelte. Ihre Lippen zuckten. Als Jack sich zurückzog, prallte er gegen eine Kistenwand, merkte dann aber, dass er Ginny nicht geweckt hatte und sie immer noch schlief. Leise und mit großem Respekt beugte er sich über sie, brachte seinen Kopf näher an sie heran und wandte ihr ein Ohr zu. Wo immer sie sich befinden mochte, was immer sie gerade erlebte: Glücklich war sie nicht. Und er konnte ihr nicht helfen, weder *hier* noch *dort*. Sie murmelte etwas in einer Sprache, die ihm irgendwie bekannt vorkam.

»Was läuft da schief?«, flüsterte er.

Ihre Augen blickten durch ihn hindurch, in die Ferne, und sie zog angestrengt die Brauen zusammen. Offenbar fiel es ihr schwer, Englisch zu sprechen. »Sie verfolgen uns.«

»Wer?«

»Wiedergänger. Ich glaube, sie sind tot. Sind direkt durch ihn hindurchmarschiert. Er ist verschwunden.«

Sie kniff die Augen zu und rollte sich enger zusammen.

Jack wischte sich Tränen von den Wangen. Draußen, unterhalb des Lagerhauses und ringsum, war das Getöse lauter geworden. Kurz darauf kehrte er in seine Nische zurück und trank einen Schluck Wasser aus der Plastikflasche, die er in seinem Rucksack mitschleppte. Legte sich hin, zog die Beine an. Versuchte sich zum Schlafen zu zwingen, zum Träumen, zum Überwechseln an den Ort, wo sich Ginny befand. Doch stattdessen, ehe er sich in den Griff bekommen und beherrschen konnte, tat er mit schierer Willenskraft einen Schritt ganz anderer Art: Er sprang. Und prallte trotz der Anstrengung von etwas unglaublich Hartem ab, so dass er halb vom Bett fiel. Er fühlte sich so, als hätte ihm jemand mit dem Hammer eins übergezogen, und seine Muskeln verkrampften sich. Also legte er sich zuckend und schwitzend wieder hin.

Wie dumm von mir. Alles ist zerquetscht, zerfressen und auf höchstens zwei oder drei Schicksalslinien zurückgestutzt, staut sich vor dem, was Bidewell den Terminus nennt.

Jack wusste es, dennoch empfand er quälende Angst und Enttäuschung. Er saß genauso in der Falle wie alle anderen auch.

All diejenigen, die ich stets hinter mir zurückgelassen habe. Die Angst führt zum Springen. Und das Springen dazu, dass die Menschen einen vergessen. Wie, zum Teufel, konnte ich bloß annehmen, ich hätte etwas Besseres verdient?

Er stützte sich auf einen Ellbogen auf, rieb sich den Hals und den Brustkorb. Zumindest hatte er bei dem früheren Sprung etwas Wesentliches herausgefunden.

Jenseits des Lagerhauses, in der von Zeitverzerrungen heimgesuchten Welt, in der Dunkelheit voller Aschestaub war Burke zu einem hilflosen Gespenst mutiert. Der durchnässte Fußboden ihrer gemeinsamen Wohnung war so von Spritzen übersät gewesen, als hätte sich dort ein Rasen aus stählernen Stacheln gebildet. Durch die Fenster, an denen keine Gardinen mehr hingen, hatte er den Horizont bis zum Stadtrand überblicken können und dabei festgestellt, dass der Himmel wie ein zerknitterter, zerschlissener Teppich aussah, den jemand aufgerollt hatte.

Jetzt gab es *zwei* Städte am Ende der Zeit.

Seattle war die zweite.

»Kannst du nicht schlafen?« Daniel stand mit verschränkten Armen am Eingang zu Jacks Nische. Jack wandte sich um und musterte den fülligen Mann mit dem Teigtaschengesicht. Er hatte eine leicht geschwungene Nase und sanfte grüne Augen. Doch was diese Augen ausstrahlten, passte nicht zum Gesicht: eine zügellose Gerissenheit, die bei der Miene, die aus alter Gewohnheit Zufriedenheit und Neugier ausdrückte, völlig unangemessen wirkte. »Hast du Schuldgefühle, weil du überlebt hast und die anderen nicht?«

»Nein. Das trifft es nicht ganz.«

»Glaucous redet gerade mit Bidewell. Das Mädchen schläft. Sieht nicht gerade glücklich aus.«

»Sie heißt Virginia.« Jack unterdrückte die Empörung darüber, dass Daniel in Ginnys Nische geschaut hatte. »Hast du keine Träume?«

»Alles ist nur schwarz. Vielleicht träume ich von einem großen tiefen Nichts. Wie steht's mit dir?«

Etwas schien mit diesem Mann, der aus den Augen eines anderen blickte, ganz und gar nicht zu stimmen. Doch wie konnte er es wissen? Nur weil Daniel zusammen mit Glaucous hier aufgetaucht war – zwei von vielen Seevögeln, die vor einem Sturm flüchteten?

»Ginny und ich träumen von dem gleichen Ort«, erwiderte Jack. »Deshalb sind wir hier.«

Daniel murmelte irgendetwas Zustimmendes, das zugleich ausdrückte, wie herzlich egal ihm das war. »Wir sollten Bidewell und Glaucous ausspionieren, sie belauschen, meine ich, und danach auf das Dach steigen und selbst nachsehen, was sich tut. Ich hab eine Leiter gefunden.«

Nach kurzem Überlegen rappelte Jack sich hoch. »Also gut.« Für den Augenblick konnte er sich auf das Spielchen einlassen.

Während sie durch das Labyrinth voller Kisten auf die stählerne Schiebetür zugingen, schloss sich Minimus ihnen an. Daniel blickte nach unten. »Katzen sind von Natur aus Schicksalswandler«, bemerkte er. »Neun Leben, stimmt's? Als Kind hab ich mich mit ihnen befasst. Sie bewegen sich schnell und kümmern sich nicht um das, was sie hinter sich zurücklassen. Ich glaube nicht, dass diese hier Glaucous mag.«

Minimus hockte sich hin. Sie blieben stehen, um auf den Kater zu warten, aber er blinzelte nur und verschwand durch irgendeine Lücke.

Daniel fuhr mit den Fingern über die Kisten. »Ich hasse es, wenn mich so viele Bücher umgeben. Ein oder zwei sind in Ordnung, aber nicht Tausende.«

Als sie die Tür erreichten, legte Daniel das Ohr an das kühle Metall. Jack tat es ihm nach, obwohl es ihm nicht gefiel, den Gefolgsmann zu spielen. Zwei Stimmen drangen schwach durch den Stahl. »... Gemeinsam schaffen sie vielleicht, was zwei allein nicht erreichen können«, sagte die tiefere Stimme gerade – Glaucous.

Bidewell räusperte sich. »Sie haben mir keinen Gefallen damit getan, den schlechten Hirten hierherzubringen.«

Daniel verzog die Lippen und lächelte Jack zu.

»Drei Räume«, fuhr Glaucous fort. »Drei Schicksalswandler. Wie vor langer Zeit beschrieben, mein Freund. Ich spiele dabei eine *positive* Rolle.«

Darauf folgte eine unverbindliche Bemerkung von Bidewell, die sie nur teilweise verstehen konnten. Mit lauter Stimme warf Glaucous schließlich seinen Köder aus: »Ich habe mich stets gefragt, warum und wie – durch was – diese Kinder so werden, dass sie Erinnerungen aufwirbeln und hinter sich her ziehen. Warum setzt man sie solchen Qualen aus? Wir *beide* quälen sie, Conan. Sie versprechen ihnen Antworten, die wir ihnen gar nicht geben können.«

»Und Sie werfen den Angelhaken nach ihnen aus und ziehen die Schnur ein, sobald sie angebissen haben«, entgegnete Bidewell.

»Und falls sie mir durch einen Sprung entkommen, tauchen sie bei Ihnen auf.«

»Und falls sie nicht entkommen, liefern Sie diese Kinder der …«

Mit angewiderter Miene zog sich Daniel von der Tür zurück. »Wir können keinem von beiden trauen«, flüsterte er.

Jack legte den Finger an die Lippen und presste das Ohr gegen den Stahl.

»Whitlow hat mir mal von Ihren Jahren in Europa erzählt, lange vor meiner Zeit«, sagte Glaucous. »Was für ein Jux, über die Alpen und quer durch das alte Italien Manuskripten hinterherzujagen, an denen Generationen von Mäusen geknabbert haben. Und bestimmt haben Sie auch nach verschollenen Kindern gesucht.«

»Whitlow war der Jäger, nicht ich.«

»Na ja, ist ja auch egal. Er ist jetzt da draußen und stolpert bis ans Ende seiner Tage in einem abgewrackten Haus herum, an dem er beigelegt hat und gestrandet ist. Am besten vergessen wir ihn. Aber immerhin hatten Sie mit vielen berühmten Leuten zu tun. Zum Beispiel mit Petrarca, der sich nach den Tagen junger Liebe dem Sport widmete, Klassiker wieder auszugraben. Sie und Whitlow waren bei ihm, als er starb, nicht wahr?«

»Ich habe nicht nach dem verlorenen Geist der Antike gesucht, sondern nach den Wundern der Unmöglichkeit.«

Glaucous schnaubte zweimal in sein Taschentuch. »Whitlows Geschichten haben mich fasziniert.« Er streckte die Hand hoch, an der Schleim klebte, und stocherte mit dem dicken Zeigefinger in der Luft herum. »Boccaccio, der so obszöne Geschichten erzählte, sühnte es damit, dass er nach Texten von Tullius suchte. Beide hatten ein feines Gespür für verschollene – oder perverse – Geschichten.«

»Bringen Sie sich auf den aktuellen Stand. Tullius ist jetzt allgemein als Cicero bekannt.«

Glaucous grinste. »Will damit ja nur sagen, dass es mich überrascht, Sie an dieses Lagerhaus gefesselt wiederzufinden.«

Bidewell stand auf, um nach dem Ofen zu sehen.

»Wein mögen Sie offenbar immer noch«, bemerkte Glaucous. »Mochten ihn ja von jeher. Mr. Whitlow …«

Bidewell warf die eiserne Ofenklappe so heftig zu, dass sie schepperte.

Glaucous schürzte die Lippen, trommelte mit einer Hand auf sein Knie, blickte auf, kniff sich in die Nase, schnaubte erneut und sah aus den Augenwinkeln zu Bidewell hinüber.

»Whitlow hat die Falle für Iremonk aufgestellt, und zu seiner Unterstützung ist der Nachtfalter aufgetaucht. Ich hatte niemals solche Hilfsmittel zur Verfügung. Stand immer am Rand, war stets gezwungen, das Wachs aufzufangen, das von all den traurigen Tranfunzeln unserer Nachtseite heruntertropfte, und deren jämmerliche Dochte zu kappen. Meine Gefährtin …« Seine Miene verdüsterte sich. Um seine Lebensgeister wieder zu wecken, schlug er sich mit der Faust auf das Knie. »Kam der Beute wirklich sehr nahe, hatte Mr. Jack Rohmer, den wunderbaren jungen Schicksalswandler, schon am Haken. War schmerzlich nahe am Ziel. War stets blitzschnell mit dem Netz.«

»Hatte Ihre Gebieterin etwa zu viel Angst, um Ihr Geschenk anzunehmen?«

Glaucous zog es vor, das Thema zu wechseln. »Wie stabil ist Ihre Festung, Conan?«

»Hat feste, sorgfältig angelegte Fundamente.«

»Ich nehme an, Sie haben die sauberen, reinen Räume vorbereitet. In diesem weiten Land findet man so viel leichter Leere als auf dem alten Kontinent, wo jeder Zentimeter Boden voller Knochen steckt. Wie lange stehen die Räume schon leer?«

»Hundert Jahre.«

»Reicht das aus? Mr. Whitlow hat mal behauptet …«

»Uns steht der Abschluss bevor, Glaucous. Sehr viel hängt jetzt von Ihrer Auftraggeberin ab. Wird sie Mut fassen und zurückkehren – als kreischende *Harpye*? Was glauben Sie?«

Glaucous' Gesicht verfinsterte sich.

»Hat Sie im Stich gelassen, wie? Verleibt sich jetzt diejenigen ein, die andere fressen, macht Jagd auf die Jäger. Wir nannten sie die Windsbraut; manche bezeichneten sie auch als Hure des Südwinds …«

Als erneut ein Schlag von draußen die Wände erzittern ließ, schoss Glaucous vom Stuhl hoch. Bidewell steckte einen Holzscheit in den Ofen. »Haben Sie eine Verdichtung von Bewegungen und Gedanken bemerkt?«

Glaucous zog eine Augenbraue hoch.

»Bald werden wir zwischen den stahlharten Wänden von Alpha und Omega festsitzen. Es ist nicht nur der Terminus, vor dem Ihre Gebieterin geflohen ist. Zwischen uns und dem Anfang oder dem Ende existiert kaum noch etwas oder gar nichts mehr. Die ganze Geschichte wurde verschlungen; Stränge wurden zu Fäden zusammengepresst und zu Fasern ausgedünnt, bis zu Punkten verdichtet. Ich frage mich, wie *das* wohl sein wird.« Langsam quetschte er die Finger zusammen, bis kein Abstand mehr dazwischen lag. »Eine plötzliche Helle, stelle ich mir vor. Und eine große Schwere, während alles verbliebene Licht und alle verbliebene Schwerkraft quer durch eine konzentrierte Zeitblase vor und zurück pendeln. Und der Lärm! *Markerschütternd*, alter Gegner.«

»Nehmen Sie das nur an, oder *wissen* Sie es?«, fragte Glaucous.

Bidewell deutete mit dem Kinn auf die Bücher. »Ich habe mir Bruchstücke der Vergangenheit und der Zukunft angeeignet und sie so lange sortiert und miteinander kombiniert, bis sie einen nicht bestreitbaren Sinn ergaben.«

Glaucous krümmte die Finger, umklammerte die Knie und schaukelte hin und her. »Meine Gelenke schmerzen. Selbst hier drinnen ist es kalt.«

»Wir gehen besser hoch, solange es dort überhaupt noch was Interessantes zu sehen gibt«, flüsterte Daniel und entfernte sich. Diesmal folgte Jack ihm mit erhitztem Gesicht.

Die Leiter bestand aus festgenagelten Holzbohlen, die in die eng aneinanderliegenden Dachsparren eingelassen waren. Als Jack in die Dunkelheit hinaufblickte, konnte er unter dem Dach die Umrisse einer Luke ausmachen. Daniel war schon halb oben. Die Luke war nicht versperrt. Er schob sie auf und stieg in einen schrägten Vorbau. Eine verzogene Holztür öffnete sich widerstrebend und bot Durchlass zu einer mit Teerpappe ausgekleideten Nische, die mit unregelmäßigen Streifen von Asphalt abgedichtet und ausgebessert war. Kreuz und quer verstreute, verwitterte Holzpaletten dienten als Bodenbelag. An das niedrige Spitzdach grenzte eine kniehohe Mauer, die in bestimmten Abständen von Abflussrinnen durchbrochen wurde. Oberhalb der Mauer hatte man Ausblick auf das, was von Seattle noch übrig war.

Richtung Norden zeichnete sich Daniels Silhouette als hellerer Schatten vor dem aufgewühlten Himmel ab, der einem zerfetzten Vorhang glich. Jack trat neben ihn an den Dachrand. Einzelne Risse im Vorhang enthüllten einen Wirrwarr aus Industrie- und Wohngebäuden sowie Lagerhäusern. Im Westen ragte ein Wald von Masten auf; auf den Straßen hatten sich Schmutz, Schottersteine, Ziegel, Asphalt, Holz und der Beton der Gehwege übereinandergeschichtet. Menschen in altmodischer Kleidung hatte es mitten im Gehen erwischt: Sie vibrierten und ruckelten wie Zeiger zerbrochener Uhrwerke hin und her. Mit qualvollen, langsamen Schritten näherten sie sich dem Nirgendwo.

Als der zerfetzte Vorhang sich teilte, waren weitere Straßen und Gebäude zu erkennen, ein willkürlich zusammengeworfenes Puzzle der Zeit, dessen Teile nicht zusammenpassten. In der nur vage auszumachenden Umgebung des Lagerhauses sah es so aus, als hätte jemand vom Himmel aus eine Kiste mit Bauklötzchen entleert. Die dicke, kühle Luft war voller Streugut – welcher Art, wollte Jack lieber nicht wissen.

Daniel hustete und schwenkte die Hand. »Alles Zurückgelassene findet hier seinen Platz«, bemerkte er. »Genau wie du und ich. Ich wette, wir würden Stadtviertel und auch Menschen aus der Zeit vor der Errichtung dieses Lagerhauses wiedererkennen, hätten wir historische Bildbände über diese Gegend.«

»Was geschieht da draußen?«

»Wer weiß? Aber denke es mal bis zum Ende durch.« Ironisch grinste er Jack an. »Wir sind Ameisen, die sich an die letzten Fleischbrocken klammern. Die meisten Stücke hat jemand bereits durchgekaut und verschlungen – der größte Teil unseres Universums ist verschwunden. Wäre es anders … Warum würde dann *das* geschehen?«

Er deutete auf einen phosphoreszierenden Riss im Himmelsvorhang, durch den ein riesiger Feuerring rund um ein entsetzlich dunkles Zentrum zu sehen war. Der Ring nahm fast zwei Drittel des Himmels ein. »Das ist nicht unsere Sonne. Und das ist auch nicht unsere Stadt. Jetzt nicht mehr.«

KEINE NULLEN

Beobachter sind wie kleine Musen: Was sie sehen, verarbeiten sie auf der Grundlage der ihnen vorgegebenen Gesetzmäszigkeiten, doch auch aufgrund ihrer eigenen Schlüsse. Unter der Maszgabe, dasz das was sie denken die Wirklichkeit sei. Und diese Wirklichkeit gründet auf den Erfahrungen ihres Lebens, auf dem was sie sehen und wissen, auf den Wahrheiten die in ihre Körper eingemeiszelt sind.

Jede Gruppe von Beobachtern erzeugt eine Art lokaler Wirklichkeit. Die indess nicht allzu weit vom Consensus der Musen, von ihren unabdingbaren Gesetzen, abweichen kann. Doch dieser Spielraum verleiht dem Kosmos mehr Stabilität als jedes starre Regelwerk es könnte, denn damit öffnet er sich Beobachtern und heiszt auch deren Sichtweisen willkommen. Hin und wieder können sehr kluge Beobachter die Musen sogar beeinflussen und damit den ganzen Kosmos. Und so bringt Mnemosyne diese vorwärts und rückwärts gerichteten Impulse die wir schon eingangs erörterten in groszem Maszstab stets aufs Neue miteinander in Einklang.

Uns hat ein Schöpfer nicht im eigentlichen Sinne geschaffen. Vielmehr folgen wir notwendig aus der Natur die dem Kosmos als unteilbarer Substanz innewohnt. Denn in der Tat ist alle Schöpfung ein Zusammenspiel des Groszen und des Kleinen bei dem alles stets miteinander verbunden und voneinander abhängig ist. In diesem Zusammenspiel gibt es keine Fürsten, keine Könige, keine ewig herrschenden Götter. Dennoch sind hier Kräfte am Werk die über Zeit und Schicksal walten und unabhängig von unserem eigenen Wollen letztendlich Ausgleich und Gerechtigkeit herstellen.

Am Leben zu sein heiszt blind zu sein. Am Leben zu bleiben ist mühselige Arbeit. Und wenn unsere Arbeit getan und die Last von uns genommen ist, wird unser Lohn sein, der Freude der Substanz, die allem innewohnt, wirklich teilhaftig zu werden und in ihren Glanz einzutauchen. Doch diese Einsicht erlangen nur die Weisesten und die gröszten Narren unter uns.

Aus den Chroniken der Begründer von Lagado
Ein verschollener oder apokrypher Text von Spinoza

68

Das Chaos

Trotz aller Bemühungen ihrer Schutzanzüge spielte ihnen das Licht im Chaos viele Streiche. Entfernungen, die über den Umkreis weniger Meter hinausreichten, konnten sich auf unvorhersehbare Weise perspektivisch verkürzen oder auch verlängern. Besonders Nico machte das so zu schaffen, dass er häufiger als die anderen unter einer Störung seines Gleichgewichtssinns litt. Schließlich verkroch er sich in eine kleine Bodensenke, um sich zu übergeben. Doch das ließ sein Schutzanzug nicht zu.

Während Khren und die anderen die Bodensenke umkreisten, kniete Tiadba sich neben ihn. Allen war inzwischen schwindelig.

»Könnte ich doch nur kotzen, dann würde ich mich besser fühlen«, jammerte Nico hinter dem transparenten, golden schimmernden Visier.

»Dann hättest du im Helm eine einzige Schweinerei«, entgegnete Tiadba.

»Ich könnte ihn ja kurz absetzen …«

»Dafür ist es zu spät«, sagte Denbord und kniete sich ebenfalls hin. »Ich fühl mich auch nicht gerade gut.«

»Hört mal, ich pisse und scheiße doch auch in den Anzug. Wieso soll ich dann nicht auch kotzen?«

»Verkneif dir jeden Gedanken daran«, erwiderte Tiadba. »Und hör auf, in den Himmel zu starren.«

»Ich kann aber nicht anders. Ständig verändert er sich. Ich sehe weg, sehe wieder hin, und jedes Mal ist er anders, abgesehen von dem *Ding* da oben. Brennt ständig, nur das Zentrum nicht, als wäre dort ein großes Loch. Wenn es entflammt ist, warum brennt es dann nicht überall? Was soll das überhaupt sein?« Seine Stimme war schrill geworden.

Das beängstigende Hochgefühl, das die Gruppe noch vor wenigen Stunden empfunden hatte, war einem Unbehagen gewichen, das schon fast an Panik grenzte. Doch ihre Anzüge waren nicht dafür ausgerüstet, ihre Emotionen zu regulieren, und konnten sie nur begrenzt unterstützen.

Mehr und mehr war Tiadba davon überzeugt, dass Graynes Begeisterung über die angeblich so luxuriöse Ausstattung für dieses Abenteuer fehl am Platz gewesen war. Tiadba musste häufig schlucken, ihr Gesicht brannte, die Arme juckten inzwischen wieder, und ihr taten die Füße weh, obwohl sie noch gar nicht besonders weit gegangen waren. Sie fühlte sich eingeschlossen, von einer einzigen Falle umgeben, desorientiert und musste sich wirklich bemühen, nicht zu weinen oder, noch schlimmer, einfach loszubrüllen.

»Ihr spürt das auch, das weiß ich doch!«, schrie Nico, wälzte sich auf den Bauch und versuchte sich an einem Felsen festzuklammern, doch der war glatt und massiv.

Auch Khren, Shewel und Macht machten sich auf den Weg in die Bodensenke. Herza und Frinna hatten sich inzwischen zu beiden Seiten von Nico aufgebaut, der sich zurückgelehnt hatte, und stupsten ihn an. Ihnen schien es recht gut zu gehen, auch wenn sie noch immer nicht viel redeten.

»Wir sind ja noch nicht mal richtig *losgegangen*«, sagte Khren.

»Mach's nicht noch schlimmer«, erwiderte Nico kläglich.

»Wir könnten ja mal die Rollen tauschen: Ich wälze mich auf dem Boden und tue eine Weile so, als hätte ich Angst, während du aufstehst, den Tapferen spielst und herauszufinden versuchst, in welche Richtung wir gehen müssen.«

Je nachdem, ob sie sich an den richtigen Kurs hielten oder nicht, wurde der stetig summende tiefe Ton in ihren Helmen – das Signal des Leitstrahls – lauter oder leiser. Doch sie waren bereits auf zwei beschädigte Mauern gestoßen, die so hoch und lang gewesen waren, dass sie von ihrem Kurs hatten abweichen müssen. Nervös waren sie herumgeirrt und hatten Schleifen und Kreise beschrieben, bis sie das Signal des Leitstrahls wieder mit höchster Lautstärke vernommen hatten. In der Leere, die sich vor ihnen auftat, hatten sie auch zerbröckelnde Barrikaden gesehen, die im rötlichen Schein der Sonne, des Feuerrings, seltsame bläuliche Doppelschatten warfen. Tiadba hielt es für das Beste, dort nicht hinüberzusteigen, um Erkundigungen anzustellen, und die anderen pflichteten ihr bei. Die Neugier war die erste aller Empfindungen, die der Gruppe auf ihrem Weg abhanden gekommen war. Also hatten sie einen Bogen um die Hindernisse geschlagen.

Nun befürchtete Tiadba, sie könnten ihren Durchhaltewillen verlieren. In einer so kurzen Zeitspanne zwischen zwei Extremen, Hochgefühl und Furcht, hin und her zu schwanken, empfand sie als äußerst bedenklich. Dabei waren sie bis jetzt noch nicht einmal auf etwas besonders Entsetzliches oder Beängstigendes gestoßen, sondern nur auf das, was sie aufgrund ihrer Ausbildung erwartet hatten.

»Ich glaube, ich gewöhne mich allmählich an manches«, erklärte Macht ohne große Überzeugungskraft. »Wirklich«, setzte er nach. »Komm schon, Nico, lass uns weiterziehen.«

»Wir gehen noch ein paar Kilometer«, sagte Tiadba und musste mehrmals heftig schlucken, was inzwischen wehtat. *Das hier vergiftet uns!* Und doch war sie sich sicher, dass nichts von außen in den Schutzanzug gelangte. Bestimmt hatten die Hochgewachsenen sie so ausgerüstet, dass dergleichen nicht passieren konnte!

Aber das Chaos verändert sich ständig. Wie hätten sie wissen können, welche Art Schutzanzug sie herstellen mussten?

Sie sah Khren scharf an. Er zeigte nicht dieselben Symptome wie sie, auch keiner der anderen. Jeder reagierte auf eigene Weise.

Nico wälzte sich auf den Rücken, ließ die Augen jedoch geschlossen. »Warum hängen wir immer noch hier fest, wenn im Chaos doch alles so anders ist? Wieso ändern wir die Regeln nicht einfach, steigen in die Lüfte und schweben davon?«

Plötzlich empfand Tiadba so etwas wie Liebe für ihn. Ihr schossen Tränen in die Augen, denn das war eine Frage, die auch Jebrassy hätte stellen können.

»Das geht nicht wegen dem, was man Schwerkraft nennt«, erklärte Khren. »Die herrscht überall, selbst hier draußen. Pahtun hat es uns gesagt, weißt du noch?«

»Tja, und wo ist er jetzt?«, fragte Macht mit düsterer Stimme. »Ich weiß ja nicht mal, was Schwerkraft eigentlich ist. Oder auch Licht.«

»Licht ist das, was uns Sehvermögen verleiht.« Shewel wiederholte, was man ihnen beigebracht hatte. Er war bestimmt nicht derjenige der Gruppe, der die schnellste Auffassungsgabe besaß, doch was er lernte, behielt er bis ins letzte Detail im Gedächtnis. »Und Schwerkraft ist das, was uns am Boden hält.«

»Langweilst du dich nicht allmählich da unten?«, fragte Denbord Nico. Khren und Macht packten Nicos Hände und zogen ihn hoch. Mit wackligen Beinen blieb er stehen und streckte die Arme aus, um das Gleichgewicht zu halten. »Lasst uns zurückgehen. Ich glaube, wir könnten es schaffen.«

Macht kletterte aus der Bodensenke heraus. »Tiadba, du bist die Anführerin. Sorg dafür, dass wir weiterziehen.«

Verwirrt sah Tiadba sich um. Sie lauschte nach innen, nach der Stimme der Besucherin oder einer anderen, die ihr einen Rat geben konnte, da sie selbst so desorientiert war. Aber die Besucherin sagte nichts. Und sie konnte sich auch nicht vorstellen, was Jebrassy ihr wohl geraten hätte.

Gleich darauf hörte sie sich reden. Es war keine gute Ansprache. Die Wörter wurden von einem winzigen Knoten der Wut ausgelöst, der mitten in ihrem Brustkorb saß, oberhalb des Magens, unterhalb der Lungen. Sie spürte brennende Enttäuschung. »Ich weiß nicht, was wir uns erwartet haben. Wollt ihr umdrehen und zurückgehen? Wie viele von euch glauben denn, dass die Stadt noch lange standhalten wird?«

»Ich nicht«, erwiderte Nico. »Ich hab gesehen, wie das Ding Mash erwischt hat. Ich will nicht zurück. Hier draußen …«

»Hier draußen können wir wenigstens sehen, was auf uns zukommt«, sagte Tiadba. »In den Ebenen werden wir im Schlaf sterben. Oder es kommt noch schlimmer.«

69

Das grüne Lagerhaus

Die Frauen des Literaturzirkels hatten sich rings um das eiserne Öfchen auf den Stühlen niedergelassen. Mehr als verlegen hatten sich die beiden Neuankömmlinge zu ihnen gesellt. Glaucous nahm es hin, in die hintere Ecke verbannt zu werden, und hockte sich auf eine Kiste. So wie er da kauerte, hatte er verblüffende Ähnlichkeit mit einem der Wasser speienden Ungeheuer von Oxford.

Ginny hielt sich im Hintergrund, weit von allen und der südlichen Tür entfernt. Mit gesenktem Blick machte sie sich auf eine weitere Nervenprobe gefasst.

»Mnemosyne ist etwas Besonderes und stets kompliziert«, erklärte Bidewell. »Eine gewisse mentale Vorbereitung ist nötig, ehe ihr sie trefft. Ich hoffe, ihr hattet Zeit, über das nachzudenken, was wir besprochen haben.«

»Ist sie eine Person oder ein Ding?«, fragte Jack.

»Weder noch. Wie alt ist das Universum, Jack?«

»Viele Milliarden Jahre, schätze ich. Jedenfalls hat man mir das so beigebracht.«

Agazutta litt mittlerweile unter nervösen Anfällen, die bei ihr Zittern und Wimmern auslösten, und schlug sich die Hand vor den Mund. Miriam und Ellen bauten sich zu beiden Seiten von ihr auf und hielten sie an den Schultern fest.

»Und für wie alt halten Sie selbst es, Jack?«, hakte Bidewell nach.

»Nun ja, ich bin vor vierundzwanzig Jahren geboren«, erwiderte Jack mit ironischer Miene. »So alt ist es für mich.«

»Der Ansatz zu einer guten Antwort. Aber wir wollen nicht in Solipsismus abgleiten, das würde mir nicht gefallen, und schon gar nicht Mnemosyne. Was ihr am ehesten zusagt, ist ein gewisses Maß an – wie soll ich sagen – *Skepsis* gegenüber dem, was gemeinhin als Ordnung aller Dinge gelehrt wird. Für wie alt halten Sie diese Atome und Moleküle, die Sie essen und einatmen, die Ihren Körper ausmachen und die Ihren Gedankenfluss vorantreiben, den Geist des Beobachters, der Ihnen eigen ist?«

»Für genauso alt wie das Universum«, erwiderte Jack mit größerer Gewissheit.

»Ein weitverbreiteter Irrtum. Nicht alle Materie existiert seit den Anfängen. Sie wird immer noch erzeugt, und das wird auch noch sehr lange so weitergehen. Würde so weitergehen, wären wir nicht mit dem Terminus konfrontiert, versteht sich.«

»Versteht sich«, wiederholte Miriam.

»Aber das nur am Rande. Man nimmt an, dass in gewissen Regionen von Raum und Zeit ganze Galaxien wie auf einen Schlag aufgetaucht sind, samt Hunderter Milliarden von brennenden Sternen, ausgebildeter Planeten und lebendiger, aktiver Zivilisationen. Doch ihre Geschichten sind nicht gleichzeitig mit ihnen in Erscheinung getreten. Deshalb ist die Zusammenführung dieser Entwicklungen mit ihren Anfängen eine monumentale Aufgabe.«

Jack fragte sich, ob Bidewell sich einen Scherz mit ihm erlaubte, und sah ihn an. Der warme Feuerschein des Öfchens spielte auf dem faltigen Gesicht des Alten, aber es zeigte keinen Anflug von Humor. Falls seine Miene überhaupt etwas ausdrückte, dann Müdigkeit und Erschöpfung, weil er wieder einmal etwas wiederholen musste, dessen Wahrheitsgehalt auf der Hand lag und allgemein bekannt war.

»Und sie sind einfach so aus dem Nichts aufgetaucht?«, fragte Jack.

Ginny fasste sich ein Herz. »Das scheint unmöglich«, warf sie ein.

Bidewell zuckte die Achseln. »Stimmt schon, gemeinhin erzeugt ein spontaner Schöpfungsprozess nur kleinere Einheiten: jede Menge Teilchen, Atome, Moleküle. Ich gebe zu, dass man sich die spontane Entstehung ganzer Galaxien nur schwer vorstellen kann. Deswegen sind sie allerdings nicht weniger real. Sobald ein Teilchen oder ein Objekt erst einmal erzeugt ist, ist es *schon immer hier gewesen*. Es stellt Verbindungen zu all den Teilchen her, mit denen es in Wechselwirkung getreten ist, und diese Verbindungen, diese Verbundenheit muss, so könnte man sagen, im Nachhinein hergestellt werden. Im wörtlichen Sinne«, Bidewell lächelte, »muss die Buchhaltung ausgeglichen sein.«

»Und was ist mit uns?«, fragte Ginny mit unerwarteter Scharfsicht. »Mit Menschen, Hunden, Katzen? Ich meine, wer führt Buch über all die Menschen auf den Straßen?« Sie blickte scharf zu Daniel und danach zu Glaucous hinüber, die im Schatten saßen.

Bidewell zog eine Schulter hoch.

»Wie könnte irgendjemand wissen, ob ich nicht gerade erst aus dem Nirgendwo aufgetaucht bin?«, fragte Jack.

»In der Regel können wir das nicht«, erwiderte Bidewell. »Mnemosyne ist die Kraft, die alles vor Bruchlandungen bewahrt. Und davor, in unvereinbare Widersprüche miteinander zu geraten. Sie erledigt ihre Arbeit, und sie erledigt sie gut.«

Jack pfiff durch die Zähne. »Eindrucksvolle Dame.«

Doch selbst diese Frivolität konnte den alten Mann nicht aus der Ruhe bringen. »Ihr werdet sie mögen«, bemerkte Bidewell. »Aber eine Dame ist sie nicht.«

»Klingt nach einer ziemlich umständlichen Methode, gewisse Dinge zu erledigen«, sagte Ginny.

»Mag sein, aber das Ergebnis ist ein Kosmos unendlicher Vielfalt und Komplexität. Denn genau deswegen hat das Universum, logisch ausgedrückt, in Wirklichkeit gar keinen zeitlichen Anfang, aus dem sich alle Dinge entwickelt haben. Bis zum Ende der Schöpfung stellt jeder Augenblick irgendwo eine Art Anfang dar.«

»Und was hat's dann mit dem sogenannten Urknall auf sich?«, fragte Jack.

»Ich verlange ja gar nicht, dass ihr mir glaubt. Ihr werdet die Wahrheit schon früh genug erkennen; ich will euch lediglich darauf vorbereiten. Miteinander bereits verschränkte Lichtstrahlen müssen in Bewegung versetzt werden, damit sie das Bild vervollständigen, das jeder Beobachter sieht oder von diesem Zeitpunkt an sehen wird – oder auch in der Vergangenheit erkennt. Die Welle der Zusammenführung läuft rückwärts in der Zeit und danach wieder vorwärts – ein Impuls nach dem anderen, bis diese Feinarbeit vollendet ist.«

»Klingt kompliziert«, bemerkte Jack.

Ginny blickte auf die hohen Bücherregale und die offenen Kisten und Kartons, deren Inhalt auf dem großen Mitteltisch der Bibliothek verteilt war. »Sie haben gesagt, manche der Bücher, nach denen Sie gesucht haben, seien seltsam oder unglaublich, da sie keine Geschichte hätten. Das muss doch heißen, dass sie nie auf ihre Ursprünge zurückgeführt wurden, selbst vor dem nicht … was jetzt da draußen passiert.«

»Gut gefolgert«, sagte Bidewell.

»Und das bedeutet, dass Mnemosyne … na ja, nicht ganz bei der Sache war oder irgendetwas ihr derzeit zusätzliche Arbeit macht, so dass sie überlastet ist. Oder aber … sie ist krank. Vielleicht liegt sie im Sterben.«

»Noch besser gefolgert.«

»Seltsame Bücher, aus dem Nichts auftauchende Galaxien … Welche Anzeichen gibt es sonst noch dafür?«, fragte Ginny.

Plötzlich fiel Jack der riesige Ohrenkneifer ein, den er zwischen den Lagerhäusern hatte krabbeln sehen, falls es keine Sinnestäuschung gewesen war. »Merkwürdige Tiere?«

»Wie kommst du darauf?«, fragte Daniel, dessen schläfrige Miene plötzlich durchtrieben wirkte.

»Ich hab welche gesehen, eines zumindest.«

»Meine Güte.« Bidewell faltete die Hände. »Ja, das sind Anzeichen.«

»Träume kommen manchmal aus dem Nirgendwo«, sagte Ginny. »Sind das auch Anzeichen?«

»Mnemosyne kann alles an allen Orten miteinander verbinden, ausgenommen sind Herz und Verstand eines Beobachters. Das ist für sie verbotenes Gebiet. Aber Beobachter sterben, und mit ihnen ihre Erinnerungen, bis auf die Legenden, die urzeitlichen Mythen, die davon handeln, wie alles war, ehe die Schöpfung so vielfältig und kompliziert wurde. Diese Mythen werden mündlich und durch Träume überliefert und verharren sozusagen in einem Schwebezustand, trotz Mnemosynes größter Bemühungen. Aus diesem Grund befasst sich Mnemosyne nur selten mit Träumen.«

»Und wann tut sie es?«, fragte Daniel.

»Wenn sie wahr werden«, erwiderte Bidewell.

70

Das Chaos

»Was ist das?« Denbord kniete auf einem riesigen Wellenkamm im Steinmeer und blickte nach unten. Die anderen gesellten sich zu ihm.

Im Tal der versteinerten Welle lagen, so weit ihr Blick in dem trüben rötlichen Licht reichte, unzählige Reihen zylinderartiger Objekte in ungefähren Parallelen neben ihren ominösen Beförderungsschlitten. Es sah so aus, als hätten sich Sprossen aus einer umgestürzten Leiter gelöst.

»Sehen gar nicht so groß aus«, bemerkte Nico.

»Groß genug«, erwiderte Shewel.

Perf nahm mal wieder seinen Oberlehrertonfall an. »Schwierig, Größe und Entfernung von hier aus abzuschätzen. Aber ich wette, wenn wir dort hinuntergingen, wären wir im Vergleich dazu winzig.«

Tiadba versuchte sich an das zu erinnern, was Sangmer in den Geschichten beschrieben hatte, die sie ihren Gefährten vorgelesen hatte, um sie von dem langen Marsch und den allzu kurzen Ruhepausen abzulenken. Und von dem Stress, den vom Leitstrahl vorgegebenen Kurs einzuhalten. Was immer das hier auch sein mochte, es blockierte den Weg, den der Leitstrahl ihnen vorgezeichnet hatte. »Das sind Schiffe«, sagte sie schließlich. »Solche wie in der Nauvarchia des Hochwasserkanals.«

»Sie haben aber keine Segel«, bemerkte Denbord.

»Die brauchen sie auch nicht. Es sind Raumschiffe. Sie reisen durch den Raum – oder taten es früher, als es noch Raum gab, den man durchqueren konnte.«

Langsam begriffen die anderen, was sie meinte. »Sternenschiffe«, sagte Perf. »Aus der Zeit, als es noch Sterne gab.«

Bis jetzt war der Marsch zwar seltsam gewesen, aber sie waren stetig vorangekommen, quer durch eine eintönige graue Landschaft. Der Boden war übersät mit winzigen Poren, die pulsierende grüne Kügelchen ausstießen, sobald man sich ihnen näherte, und sich danach schnell wieder ins Felsgestein zurückzogen. Ringsum sah es so aus, als ob die Felsen schwitzten, aber natürlich waren es keine Schweißtropfen, die heraussickerten, sondern Licht.

Tiadba blickte an beiden Seiten des Wellenkamms entlang und danach ins Tal. »Es hilft nichts, wir müssen da durch.«

»Und was ist, falls diese Dinger uns unter sich begraben?«, fragte Shewel.

Denbord legte den Finger an sein Visier. »Wir müssen eben schnell und vorsichtig sein.«

»Und was ist, wenn da unten die Schweigenden sind?«

»Keiner hat sie je gesehen«, erwiderte Nico. »Niemand weiß, wo sie sich aufhalten oder wie sie aussehen. Vielleicht sind sie ja verschwunden. Jedenfalls hat der Schutzanzug bisher keinen

Pieps von sich gegeben. Also liegen wir offenbar nicht völlig falsch.«

»Zumindest sind wir bisher über keinen Passweg gestolpert«, sagte Perf.

»Fast würde es mir ja gefallen, so was mit eigenen Augen zu sehen. Oder auch einen der Schweigenden«, meinte Denbord. »Nur um zu erfahren, was sie sind, was wir zu erwarten haben und was wir vermeiden müssen.«

Wie Nico erwähnt hatte, waren ihre Schutzanzüge die meiste Zeit über stumm geblieben. Nur einmal wurde Perf ermahnt, den pulsierenden Kügelchen keinen Fußtritt zu versetzen.

Tiadba blickte zur anderen Seite der Mulde hinüber, auf den Kamm gegenüber, der anscheinend vier oder fünf Kilometer entfernt lag. Die Luft zwischen den beiden Kämmen klarte immer mehr auf. Schon früher war ihr aufgefallen, dass das Licht hin und wieder auf unvorhersehbare Weise stärker und kohärenter wurde, so dass sie weitere Entfernungen überblicken konnten.

Es war schon seltsam: Je niedriger ihr Standort, desto weiter konnten sie sehen. Offenbar wich das Licht in diesem Teil des Chaos Hindernissen aus, zog um sie herum oder über sie hinweg und schlug einen Bogen, bis es sie erreichte. Das war seit der Durchquerung der Zone der Lügen eines der Phänomene, die sie am meisten beunruhigten. Vom Fuße des Tals aus würden sie möglicherweise Hunderte oder Tausende von Kilometern des Chaos überblicken können. Falls die Entfernungen hier überhaupt konstant blieben und Längenmaßstäbe noch galten.

Nico stellte sich neben Tiadba, obwohl sie sich auch aus der Distanz hätten verständigen können. »Was sollen wir tun?«

»Hinuntersteigen und das Tal durchqueren.«

»Können wir nicht erst diese Objekte erkunden?«, fragte Perf. »Ich würde mir gern mal ein Raumschiff von innen ansehen.«

Macht, der links von ihnen gegangen war, gesellte sich wieder zur Gruppe. »Die müssen alt sein«, bemerkte er. »Da liegen Tausende davon herum.«

»Falls die Schutzanzüge uns nicht davon abhalten, sehen wir uns dort mal um«, erklärte Tiadba.

Sie verteilten sich in möglichst weitem Bogen, damit ihre Helme aus unterschiedlicher Perspektive Informationen aufnehmen und verarbeiten konnten. Die Auflösung der Bilder war jetzt fast schon zu feinkörnig. Jenseits der Mulde, oberhalb der »Leitersprossen« – der Raumschiffe –, konnte Tiadba die Umrisse von Bauwerken erkennen. Sie waren mindestens so groß wie die Bione, die sie hinter sich gelassen hatten, aber völlig kahl und eingesunken. An ihren Rändern züngelten grünliche Flammen, als schwele dort immer noch ein Brand.

Die anderen holten tief Luft.

»Was ist das?«, fragte Khren.

»Die Nekropolis, stimmt's?«, erwiderte der ewige Besserwisser Denbord. »Aber ich sehe dort keine Toten herumlaufen.«

»Dazu sind wir zu weit weg«, sagte Khren.

Ihre Schutzanzüge meldeten sich: »Es gibt hier viele uralte Städte, zusammengetragen aus den unterschiedlichsten Regionen und Geschichten. Ihr solltet sie nicht betreten!«

Denbord und Macht tauschten Blicke und sahen danach zu Tiadba hinüber, während die anderen über das Tal hinweg auf die durcheinandergewürfelten Ruinen starrten, die da draußen schon wer weiß wie lange herumstanden.

Wie weit war die Menschheit zurückgeworfen, wie viel war zerstört worden! Und wie wenig war im Vergleich zur Vielfalt der Vergangenheit übrig geblieben – wie wenig gab es jetzt noch zu verlieren!

Nur wir sind noch da.

»Ist es gefährlich, das Tal zu durchqueren?«, fragte Tiadba ihren Schutzpanzer. Diesmal kam keine Antwort. »Ich schätze nicht«, sagte sie schließlich.

»Die Anzüge sind irgendwie unhöflich, nicht?«, setzte Denbord nach und verlieh damit ihrer eigenen Verärgerung Ausdruck.

Sie begannen mit dem Abstieg.

Je näher sie dem Talgrund kamen, desto verschwommener wurden die Umrisse der Raumschiffe und deren innere Struktur, bis sie nur noch ein tanzendes Mosaik aus Grau- und Brauntönen sahen, durchzogen von schwach erkennbaren grünlichen Bögen. Hingegen schienen die Stadtruinen gleich jenseits der nächsten Bodenerhebung aufzuragen, so dass sie versucht waren, einfach stehen zu bleiben, den Marsch zu unterbrechen und sich mit der verwirrenden Szenerie zu befassen: Neben Türmen und Kuppelbauten gab es dort riesige runde Gehäuse, die sich über Kilometer hinweg erstreckten, so ausgehöhlt, dass man im Inneren unzählige Ebenen erkennen konnte. Und diese Hohlräume bargen Bauten, die sie für Überreste ganzer Städte oder Stadtviertel hielten. Die meisten waren eingestürzt und in unregelmäßigen Abständen mit Verkrustungen überzogen.

»Wirkt ja nicht gerade aufgeräumt«, witzelte Denbord.

»Nicht anhalten!«, mahnten die Schutzanzüge. »Weitergehen!«

»Was ist los?«, fragte Tiadba.

»Störungen unbekannter Ursache. Wir werden verfolgt.«

»Von wem oder was?«

»Möglicherweise von eigenen Wiedergängern.«

Tiadba versuchte zu rekapitulieren, was Pahtun während der Ausbildung darüber erzählt hatte. »Wir selbst verfolgen uns?«

»Kann man nicht wissen.«

71

Der Zerstörte Turm

Jebrassy schaute von dem Buch auf, in dem er gerade gelesen hatte, verließ den schönen goldenen Schreibtisch und sah, wie die große Tür sich öffnete.

An diesem Ort war er sich nie sicher, was lediglich eine lehrreiche Sinnestäuschung und was solide Wirklichkeit war. Hier empfand er weder Furcht noch Hunger, weder Kummer noch Vorahnungen. Seelisch und körperlich fühlte er sich aufgehoben im Hier und Jetzt. Alles war im Fluss und ihm gleichermaßen willkommen, ob kleine Herausforderung oder große Entdeckung, und gab ihm auf seltsame Weise Kraft.

Er war hier glücklich.

Manchmal begleitete ihn das Epitom des Bibliothekars, manchmal ging er allein auf Entdeckungsreise, doch niemals fühlte er sich einsam. Es war so, als wäre er wieder ein Kind, und diese zweite Kindheit kam ihm sehr ausgedehnt vor. Er lernte viel über die Kalpa und erfuhr einige kleinere Geheimnisse jener Wesen, die in den oberen Etagen der Stadt lebten. Beispielsweise erschloss sich ihm jetzt die Welt der Mathematik, die noch nie eine seiner Stärken gewesen war. Bislang hatte er nur das Wenige gewusst, das allen Zöglingen der alten Art über Buchführung eingetrichtert wurde.

Doch die große Tür war ihm bis heute verschlossen geblieben. Sie wirkte eher wie ein Wall, war mindestens so hoch wie ein Block in den Ebenen, geschwungen wie ein Hügelkamm oder Bergschild und mit tief eingravierten Wörtern übersät, von denen er manche sogar lesen konnte. Offenbar verstand er jetzt viel mehr Sprachen und Zeichen als früher.

In Erwartung wunderbarer Dinge trat er durch einen Durchlass in der Tür, der seiner Größe entsprach. Er wurde nicht enttäuscht: Sein Blick fiel auf endlos hohe Wände mit Bücherregalen. Als er sich über die Brüstung beugte, merkte er, dass die Bücherwände sich auch nach unten hin fortsetzten, ohne dass ein Ende abzusehen war. Alle Regale umfassten dichte Bücherreihen, unzählige Bücher mit unterschiedlichen Einbänden – ein wahres Crescendo von Farben, das zur näheren Untersuchung geradezu herausforderte. Bücher in neutralen dunklen Einbänden, die anzeigten, dass sie unberührt und ungelesen waren; Bücher mit blassen Einbänden, die jemand vielleicht ein- oder zweimal in die Hand genommen hatte; Bücher in farbigen, vor allem roten und blauen Einbänden, die verrieten, dass sie größere Beachtung gefunden hatten.

Diese Farben zogen das Interesse vieler kleiner, schlanker Gestalten auf sich. Es waren jedoch keine Nachgezüchteten der alten Art. Vielmehr ähnelten sie den Angelins, die er bereits kannte. Allerdings wirkten sie stofflicher und mit größerer Begeisterung bei der Sache. Munter strömten sie auf allen Ebenen die Wendeltreppen hinauf und hinunter, um die Bücherregale zu inspizieren.

»Das muss ein Babel sein«, murmelte Jebrassy vor sich hin. »Alles ist hier zu einem *Minikosmos* in Kristallgröße verdichtet – eine Erfindung der Shen. Und diese Leutchen erforschen ihn.«

Aus der Nähe betrachtet – die Wesen gingen neben ihm an der Brüstung vorbei, ohne ihn sonderlich zu beachten – war ihre Haut glatt und alterslos, und die Gesichter wirkten heiter oder belustigt. Manche sahen den Eindringling freundlich an, sagten jedoch nichts. Alle hier benutzten eine Zeichensprache, vermittelten das, was sie einander mitteilen mussten, durch ein Zucken von Fingern und Armen oder durch die Mimik.

Innerhalb dieses Babels herrschte Stille, zumindest so lange, bis jemand auf einen nützlichen Text gestoßen war. Dann drang großer Jubel durch die riesigen Räume, die Laufgänge und die strahlenförmig angeordneten Bücherwände, die sich ins Endlose erstreckten, und alle strömten zusammen, um das Ereignis zu feiern. Plötzlich weiteten sich die Gänge zu Arenen, und dort stellten sich die erfolgreichen Forscher – das Gespann, das die Entdeckung gemacht hatte – im Kreise ihrer Bewunderer auf. Es wurde verkündet, welcher lesbare Text aufgetaucht war, und dessen dunkler Einband durch einen farbigen ersetzt. Später wurde das Buch katalogisiert und mit einer Registriernummer versehen. Deren Zahlenfolge entrollte sich jedes Mal wie ein schillerndes silbernes Band in der Arena, um sich gleich darauf auf magische Weise zu einem gefalteten Achteck zusammenzuziehen. Anschließend wurde das Achteck ohne große Förmlichkeit einer schwarz verhüllten Gestalt übergeben, die hin und wieder inmitten der fröhlichen Sucher sichtbar wurde.

Danach verstummten die Jubelrufe, leerten sich die Arenen und schrumpften zusammen, während sich Gänge und Wendeltreppen erneut ausdehnten und miteinander verbanden.

Und alles war wieder wie zuvor.

So viel war Jebrassy inzwischen klar: In einem Babel zu leben bedeutete, sich für alle Zeiten auf das faszinierende, fortwährende Drama der endlosen Suche einzulassen. Dennoch juckte es ihn in den Fingern, sich diesen fröhlichen Gestalten in ihren knielangen Gewändern anzuschließen, sich in der segensreichen Anonymität dieser wichtigsten Suche überhaupt zu verlieren, in die größte aller Bibliotheken einzutauchen …

In die Bibliothek, die alle nur möglichen Erzählungen umfasste. Die ganze Geschichte, alle Geschichten. Und jede Menge Unsinn. Ein Babel, der Name so alt wie das Leben selbst. Geboren in der Zeit der Leuchtenden Pracht. Ein Zentrum, das alle möglichen Sprachen in sich versammelte. Ein Ort der Verwirrung, der Suche und – äußerst selten – der Erleuchtung.

Er versuchte, einen der Forscher anzuhalten, und formulierte in Zeichensprache recht unbeholfen die Frage: *Wie lange schon?* Doch der Forscher schüttelte ihn ab und machte sich wieder auf die Suche. Also stieg Jebrassy eine Wendeltreppe hoch und wanderte ewig lange – es mochten Tage oder Jahre sein – an einer Brüstung entlang.

Hin und wieder blieb er stehen, zog einen Band heraus, durchblätterte die tausend oder mehr Seiten und versuchte, daraus schlau zu werden – nur um festzustellen, dass die anscheinend willkürlich zusammengeworfenen Buchstaben nichts preisgaben. Doch das frustrierte ihn keineswegs, denn es gab ja stets ein weiteres Buch und einen neuen Versuch. Also stellte er den Band zurück und zog weiter. Es war eine wunderbar friedliche und erfüllende Arbeit.

Aber dieses Leben war für ihn nicht vorgesehen.

Seltsamerweise war er nicht einmal beunruhigt, als ihm klar wurde, dass er zu der großen Tür niemals zurückfinden würde. Vielleicht hatte sie sich sowieso hinter ihm verriegelt.

Er zog eine zum Achteck gefaltete Nummer aus seinem Gewand, streckte das Papier über die Brüstung, öffnete es mit einem Trick, so dass es sich entrollte, und ließ es lachend in den Abgrund zwischen den Regalwänden fallen. Bald darauf näherte sich ein Sucher und fragte ihn in Zeichensprache, wer ihn beauftragt habe, nach diesem Band Ausschau zu halten. Als Jebrassy sich verwirrt zeigte, sah sich der Sucher zusammen mit ihm die ersten Ziffern auf dem langen Streifen an und führte ihn zu dem Band, der schon recht früh entdeckt und katalogisiert worden war.

Jebrassy zog das Buch heraus, schlug den robusten blauen Einband auf und vertiefte sich in den Text. In diesem Augenblick trat die dunkle Gestalt zu ihm, schlug die Kapuze zurück, und Jebrassy merkte, dass er den Bibliothekar vor sich hatte – zumindest das Epitom, das er am besten kannte.

»Das alles ist nur eine Sinnestäuschung, nicht wahr?«, fragte Jebrassy.

»Ich dachte, dieses Abenteuer könnte dir gefallen.«

Jebrassy schloss daraus, dass dieses wunderbare Abenteuer bald sein Ende finden würde, und seine Miene verfinsterte sich. »Warum sollte ich gerade dieses Buch finden?«

Das Epitom nahm ihm das Buch ab und wog es in der Hand. »Es ist eine Biografie. Der Text ist nur teilweise lesbar, manches ist verstümmelt. Mag sein, dass es irgendwo einen anderen Band gibt, der diesen Text vervollständigt.« Er deutete auf die endlosen Regalreihen. »Aber das spielt im Moment keine Rolle. Dieses Buch ist für dich bestimmt, bist DU – zumindest vorläufig, bis wir die anderen Bände finden –, und das ist von großer Bedeutung.«

»Enthält es meine Geschichte?«

»Nicht genau die deinige. Und auch nicht die vollständige.«

Jetzt begriff Jebrassy. »Also ist es auch *seine* Geschichte. Die Geschichte desjenigen, mit dem mein Leben verstrickt ist.«

»Ich habe mich gefragt, wie schwer es dir wohl fallen würde, das Buch zu finden.« Das Epitom wies auf die riesigen Räume. »Du hast wirklich ausgezeichnete Instinkte.«

»Wie findet hier überhaupt jemand irgendetwas? Ich meine, ist hier wirklich alles zu einem winzigen Kristall verdichtet? Dass ein kleiner Ort so vieles umfassen kann!«

»Wie wahr. All diese Sucher! Ihre größte Freude besteht darin, ihre Aufgabe wieder und wieder zu erfüllen, über so große Spannen ihres eigenen, besonderen Zeitablaufs hinweg, dass selbst mein vollständiges Ich es kaum ermessen kann. Doch all das, was hier versammelt ist – innerhalb des Kristalls, wie du sagst –, ist dennoch nicht unendlich. Es ist begrenzt. Wie das Babel selbst.«

»Es gibt eine Zahl namens Pi«, sagte Jebrassy voller Stolz auf sein Wissen. »Sie beginnt mit 3,1415 … und setzt sich ins Unendliche fort. Sie ist hier nicht vertreten, oder?«

»Hier drinnen kann man nichts Unendliches vollständig repräsentieren. Natürlich gibt es Bruchteile von Pi, die in ziemlich vielen dieser Bücher vorkommen. Ich nehme sogar an, dass man alle Zahlen von Pi hier finden könnte. Vom Anfang bis zum Ende. Man müsste die Bücher, in denen sie enthalten sind, nur in eine Zahlenfolge bringen und danach immer weitere Bände einfügen, wieder und wieder, doch *dazu* würde man ewig brauchen, sogar länger, als die Zeit innerhalb dieses Kristalls währt. Nein, Pi kommt hier nicht vor und auch keine andere unendliche Zahl oder Konstante. Nicht einmal unendlich lange Geschichten kann man hier finden, obgleich man annimmt, dass sie irgendwo existieren könnten.« Das Epitom drückte seine Belustigung darüber aus, indem es nach Art der Nachgezüchteten den Finger an die Nase legte. »Es wäre eine Geschichte, die auch einen ewig existierenden Herausgeber brauchte, stimmt's? Doch alle Gleichungen, die Pi erzeugen können, sind hier vorhanden. Wenn du wolltest, könntest du dir eine solche Gleichung – oder alle – vornehmen und die Zahl bis zu einer bestimmten Länge berechnen. Allerdings würde dabei auch nicht mehr herauskommen als das, was in den Büchern bereits abgedruckt ist. Und das ist sowohl das Wunderbare als auch das Traurige an diesem Babel: Es ist unvollendet. Die Geschichten, die es enthält, sind nicht lebendig; sie können die Unberechenbarkeit, die Unermesslichkeit, die Wiederholungen des wirklichen Lebens nicht wiedergeben. Trotz seines ungeheuren Ausmaßes ist ein Babel nur ein Kern. Eine Karte. *Aber die Landkarte ist nicht das Gelände,* wie es einmal ein meisterlicher Denker ausgedrückt hat, der in den Nebeln der Leuchtenden Pracht verschollen ist.«

Als Jebrassy darüber nachdachte, hellte sein Gesicht sich nach und nach auf.

Dem Epitom gefiel diese Reaktion. Er zog ein Buch aus dem Regal und streckte es hoch. »In Wirklichkeit erhalten wir solche dicken Bände nicht auf einen Schlag, denn das wäre Verschwendung. Nein, wir erzeugen viel kürzere Symbolreihen und jagen sie danach durch Analyseprogramme, die aufgrund einfacher Regeln nach grammatischen Verbindungen suchen. Das hilft uns dabei, längere Texte in allen möglichen Varianten zusammenzufügen und auszuspinnen. Mehrdeutige Texte – Texte mit erweiterter Bedeutung – lassen sich komprimieren, musst du wissen. Man kann sie verschlüsseln und reduzieren, ohne dass dabei etwas verloren geht. Eher zufällig zusammengewürfelte oder bedeutungslose Texte kann man nicht auf diese Weise reduzieren. Folglich weist dieses Babel innerhalb des Kristalls, wenn ich es von außen betrachte, Regionen der Verdichtung auf. Und nach diesen Regionen halten wir Ausschau, auch wenn der Fund erst den Anfang bedeutet. Zum Beispiel ist Pi völlig zufallsbedingt – das habe ich selbst vor langer Zeit bewiesen – und kann deshalb nicht komprimiert, sondern nur zu einer Gleichung heruntergebrochen werden, und eine Gleichung ist wie eine Fertigungsanlage. Interessanterweise ist Pi als Kreiszahl dieses Minikosmos eine sehr einfache Zahl: schlicht zwei. Kannst du mir verraten, warum?«

Jebrassy kniff die Augen zusammen. Mit diesen Dingen hatte er sich noch nicht befasst. »Und selbstverständlich«, fuhr das Epitom ohne innezuhalten fort, »herrscht hier Symmetrie, vielfältige Symmetrie. Beispielsweise spiegelt die eine Hälfte der Bibliothek die andere Hälfte wider: Es sind dieselben Texte, nur von hinten nach vorn gedruckt. Diese können wir außer Acht lassen. Darüber hinaus wenden wir hier noch sehr viele andere Techniken an. Manche sind recht einfach, andere äußerst kompliziert. Sie wurden über eine halbe Ewigkeit hinweg entwickelt, einige von mir selbst, doch die meisten von anderen, deren Namen längst vergessen sind.«

»So vieles ist in Vergessenheit geraten«, warf Jebrassy ein. »Warum? Wenn man Babels schaffen kann, warum kann man dann nicht auch die reale Geschichte so bewahren und erhalten, dass sie allen zugänglich ist?«

Das Epitom freute sich über diese Frage. »Vielleicht wäre es tatsächlich möglich. Allerdings sollten wir diese Aufgabe nicht unterschätzen. Alles in Erfahrung zu bringen, was an jedem beliebigen Ort geschieht, ist ein ungeheuer schwieriges Unterfangen. Die Shen haben ihre diesbezüglichen Methoden erst lange nach der Zeit enthüllt, als die Städte der Erde ihre eigenen Aufzeichnungstechniken nur noch als belastend empfanden. Die rudimentären Archive der Erdgeschichte unterhalb der Kalpa haben die Grundlagen für die uns verbliebenen Bione geliefert: Erinnerungen und Aufzeichnungen, die zerfallen und begraben sind, nicht besser als uraltes Grundgestein. Die einzige Möglichkeit, sich Zugang zu Teilen dieser Vergangenheit zu verschaffen, besteht tragischerweise darin zuzusehen, wie der Typhon sich die in Stücke zerfetzte Vergangenheit einverleibt. Und die Verschränkungen und Verbindungen zwischen euch Nachgezüchteten und euren Besuchern sorgen dafür, dass wir uns zu den letzten Momenten unserer Geschichte zurücktragen lassen können. Geführt von euch, unseren Träumern.«

»Wie traurig«, sagte Jebrassy. »Aber das bedeutet doch, dass der Typhon eine bestimmte Funktion erfüllt.«

»Du würdest einen ausgezeichneten Forscher abgeben, wie ich sehe. Doch du wärest dabei nicht glücklich. Selbst ich bin hier nicht mehr glücklich, denn es fehlt etwas.«

»Das Leben?«

»Das Überraschungsmoment. Das Unvorhersehbare. Das *Gelände*, auf dem die Kartografie basiert. Alles liegt in diesen Bücherregalen aus und wartet nur darauf, entdeckt zu werden – aber es ist fest vorgegeben. Wenn der Kern eingepflanzt ist und diese Texte Teil eines neuen Kosmos werden, wird sich alles verändern. Das Unsinnige wird dann denselben Wert haben wie die Geschichten. Denn ein Multiversum bildet sich größtenteils aus unlesbarem Unsinn heraus, und niemand kann je mit Gewissheit sagen, welcher Text tatsächlich unnütz ist.«

Jebrassy schlug sein Buch auf, um darin zu lesen, doch die Buchstaben verschwammen vor seinen Augen.

»Übereile nichts, junger Freund«, warnte ihn das Epitom. »Es gibt einen zuverlässigen Indikator, ein verlässliches Merkmal für das Reale.« Alles in der Umgebung begann herumzuwirbeln und vor Jebrassys Augen zu verschwimmen. Doch die Worte des Epitoms prägten sich deutlich in sein Gedächtnis ein, während er wie von einem heftigen und zugleich sanften Wind die Wendeltreppen hinuntergetragen wurde, an den Regalen entlang, nach unten, zur Seite, und noch weiter nach unten, bis zu der großen Tür. Kaum hatte er sich hindurchgezwängt, fiel sie zu.

Die Stimme des Epitom folgte ihm bis zu dem kleinen goldenen Schreibtisch: »Wenn du innerhalb eines Babels ein Buch aufschlägst, ist der Text makellos rein: schwarze Zeichen auf weißem Papier. Nichts wird die Texte verunstalten oder dich von ihnen ablenken. Doch da draußen, in dem, was vom alten Universum noch übrig ist und zum neuen Universum werden wird, im künftigen *Gelände*, wirst du ein Buch aufschlagen, eine Seite lesen … und irgendwann wird ein Lebewesen, ein winziges, verblüffendes, bizarres Geschöpf, über diese Seite, über diese Geschichte krabbeln. Es wird dich erschrecken, bis du es lächelnd erkennst. Es ist lebendig, nur ein kleiner Butzemann, der im Buch umgeht, ein Insekt, aber dieses Insekt denkt, lebt sein eigenes Leben, und am auffälligsten ist, dass es nicht *liest*. Es ist nicht Teil des Archivs. Unverhofft und voller Leben spaziert es über den Text.«

»Bis ich das Buch zuschlage.«

»Ach was, das wirst du nicht tun. Dieses Geschöpf ist das wichtigste Symbol derjenigen, die die Fäden spinnt und zusammenführt, die für Erinnerungen sorgt, und damit auch dafür, dass sich die Zeit entrollen kann. Dieses Geschöpf ist eine Freundin Mnemosynes, der Mutter aller Musen, und das erste Vorzeichen eines neuen Kosmos. Dort entfaltet sich wahre Schöpfung, die lebt und über bloße Wörter hinwegspaziert. Und die Spinne zwischen den Zeilen erweckt diese Schöpfung zum Leben.«

72

Das Chaos

Sie hatten keine Möglichkeit herauszufinden, wie weit sie gegangen waren, aber die Kalpa konnten sie nicht mehr sehen. Die drei Bione und der Zerstörte Turm waren verschwunden und selbst vom Talgrund aus nicht mehr auszumachen. Für den Rückweg würden sie eine andere Route wählen müssen, falls sie je zurückkehren konnten oder es überhaupt wollten.

Der graue messerscharfe Strahl, der über ihre Köpfe strich, löste ein Prickeln in Tiadbas Schädel aus. Pahtun hatte gesagt, der Strahl sei vom Zeugen ausgeschickt, man müsse ihm möglichst ausweichen.

Auch die Sternenschiffe – die Hunderte oder Tausende von Schiffsrümpfen, die sie vom gegenüberliegenden Hügelkamm aus gesehen hatten – waren inzwischen verschwunden. Als sie den Talgrund endlich erreicht hatten, waren sie nur auf Reihen schwärzlicher ausgezackter Scherben gestoßen, auf Umrisse länglicher Gehäuse, die von Verwehungen grauen und schwarzen Schotters fast verhüllt wurden. Von wegen Entdeckerfreude und Befriedigung der Neugier!

Unten legten sie eine Ruhepause ein, stellten einen Realitätsgenerator auf und erzeugten eine Blase der Wärme und des Schutzes, während sie ihre Kapuzen lösten, die Panzer ablegten, sich an den Stellen kratzten, wo es juckte, und versuchten, so etwas wie Normalität herzustellen.

Finna und Herza spielten ein kleines Hüpfspiel, schaufelten Vertiefungen in die Verwehungen und legten abwechselnd graue und schwarze Kieselsteine zu Kreisen aus.

Von der Blase aus, die der kleine Generator erzeugte, verzerrte sich ihr Blick auf die Umgebung auf beunruhigende Weise. Die zerstörten Städte auf der anderen Talseite verschwammen so vor ihren Augen, als wären es Wasserspiegelungen. Nur wenn sie die Schutzanzüge und Helme wieder anlegten und den Generator abschalteten, konnten sie die riesigen halbkugelförmigen Gehäuse und deren frei liegende Ebenen einigermaßen deutlich erkennen.

Es ermutigte Tiadba ein wenig, dass die Licht verströmenden Poren jetzt seltener und in größeren Abständen voneinander auftraten. Sie mussten es nicht mehr mit so vielen Kügelchen aufnehmen.

»Ich verstehe das alles nicht«, klagte Denbold, als sie weitermarschierten.

»Wir folgen dem Leitstrahl«, erwiderte Khren, der sich stoisch gab. Doch Tiadba war aufgefallen, dass er sich während der Ruhepause in der Blase die Füße gerieben und leise gestöhnt hatte.

»Wo sind diese Wiedergänger?«, fragte Nico. Bis jetzt hatte er die meiste Zeit über geschwiegen, vielleicht um die Enttäuschung darüber zu kaschieren, dass sie die Sternenschiffe nicht aus der Nähe hatten betrachten können. »Man hat uns doch gefährliche Wiedergänger versprochen, stimmt's? Und dass wir etwas Neues kennenlernen.«

Niemand reagierte auf den dürftigen Scherz. Als sie über den Scheitelpunkt der Bodenerhebung stiegen und sich umwandten, sahen sie, dass das Tal in ihrem Rücken sich von innen nach außen gestülpt und in einen Höhenrücken, einen lang gestreckten Hügel verwandelt hatte und die Reihe riesiger Sternenschiffe samt Beförderungsschlitten wieder aufgetaucht war. Außerdem waren die zerstörten Städte vor ihnen verschwunden. An deren Stelle waren jetzt kleine dunkle Hügel zu sehen, übersät mit Gruppen kleiner Bäume, die funkelten.

»Jetzt reicht's«, murmelte Denbord.

Einige Dutzend Schritte vor dem ersten Baum formierte sich die Gruppe zu einer Reihe, um die Möglichkeiten abzuwägen. »Sieht nicht gefährlich aus«, sagte Shewel, der sich in seinem Schutzanzug hin und her wand. Offenbar juckte sein Körper immer noch.

»Ist es gefährlich?«, fragte Tiadba ihren Schutzanzug. Manchmal reagierte er auf eine direkte Frage, falls er die Antwort wusste. Diesmal brauchte er beunruhigend lange dazu, zumal sie zu sehen glaubte, dass sich kleine Objekte oder Wesen zwischen den Bäumen bewegten.

»Hier vollzieht sich Evolution«, erwiderte ihr Helm schließlich. »Man sollte es melden.«

»Na dann viel Glück«, bemerkte Shewel. »Ist dem noch gar nicht aufgegangen, dass wir das nicht können?«

»Was ist Evolution?«, fragten Finna und Herza wie aus einem Mund.

»Anpassungen, die das Überleben unter veränderten Bedingungen erleichtern. Hin und wieder stabilisieren diese Anpassungen die Lage.«

Macht schnaubte verächtlich.

»Und was heißt das in einfachen Worten?«, fragte Shewel.

»Es könnten sich daraus gewisse Möglichkeiten ergeben. Die Bedingungen von Realität und Stabilität werden hier ohne Maschinen oder sonstige Hilfsmittel aufrechterhalten. Und das könnte entweder Störungen bei Schutzpanzern und Generatoren auslösen oder deren Wirkung verstärken.«

»Endlich mal eine eindeutige Antwort.« Auch Shewel schnaubte jetzt.

»Dreht euch um«, sagte Tiadbas Panzer.

Als alle herumwirbelten, sahen sie in einiger Entfernung dreißig oder vierzig Gestalten in solchen Schutzanzügen, wie sie selbst sie trugen. Sie kamen den Höhenrücken herunter, beugten sich dabei aber so vor, als stiegen sie nicht nach unten, sondern hinauf, und näherten sich der Gruppe bis auf schätzungsweise hundert Schritte.

»Da sind noch andere aus der Stadt unterwegs!«, freute sich Khren und wollte ihnen entgegenrennen, doch Tiadba hielt ihn am Arm fest.

»Bereitet euch auf die Flucht vor«, riet ihnen der Schutzpanzer. »Die Gefahr in eurem Rücken ist größer als die vor euch.«

»Wiedergänger?«, fragte Tiadba.

»Ja.«

Die anderen Marschierer, welcher Art sie auch sein mochten, bewegten sich mit langsamen, müden Schritten vorwärts, schienen aber trotzdem schnell zu ihnen aufzuschließen. Khren stöhnte auf. Inzwischen konnten sie recht deutlich erkennen, dass die Schutzanzüge dieser Nachgezüchteten bereits zerfielen. Die Kapuzen baumelten in Fetzen über die eingezogenen Schultern. Die Gesichter der Wiedergänger waren düster und verschrumpelt, die eingesunkenen Augen blickten erschöpft und verzweifelt in die Ferne.

Sie schienen *blind* zu sein.

Und trotz der Bewegungen, die sie endlos wiederholten, gelangten sie nirgendwohin. *Wiedergänger.*

»Stellt den Generator so auf, dass er einen engen Radius bildet, und drängt euch aneinander«, befahl Tiadba. Plötzlich fiel ihr auf, dass der Panzer sich nicht mehr meldete, sie aber trotzdem Anweisungen erhielt – Bilder, die ihr durch den Kopf schossen. Ihre Gefährten befolgten ihre Instruktionen hastig und drängten sich in der kleinen schimmernden Halbkugel so eng zusammen, als wären sie neugeborene Hortkinder. Sie legten Hände, Arme und Beine umeinander und starrten nach draußen.

Die blinden Wiedergänger zogen um die Blase herum und schwenkten danach zu der spärlichen Baumgruppe hinüber. Als sie die funkelnden Äste der kurzen Bäume streiften, zerplatzten die Gestalten wie Seifenblasen und hinterließen nur Plastikhäute, die an den Zweigen hängen blieben und später, zu Staub zerfallen, davontrieben.

»Wo ist eigentlich Perf?«, fragte Shewel plötzlich. Tastend suchte die ineinander verschlungene Gruppe nach ihm. Tiadba rappelte sich im Gewühl der Leiber mühsam hoch, um Ausschau nach Perf zu halten, den sie schon länger nicht gesehen hatte. Sie riefen nach ihm, wagten jedoch nicht, den Schutz der Halbkugel zu verlassen.

Dann sah Tiadba ihn, zehn Schritte entfernt, inmitten einer Gruppe blinder Marschierer. In dem Versuch, sich aufrecht zu halten, schwenkte er langsam die Arme, als schwimme er durch eine zähe Flüssigkeit. Sobald die bereits zerfallenen, zerfetzten Schutzanzüge dieser grauen Gestalten Perf streiften, blieben sie an dessen Panzer haften und verwandelten dessen strahlendes Rot in lebloses Grau. Gleich darauf schälte er sich wie die Haut einer reifen Frucht von Perf ab. Als sich alle Fetzen von ihm gelöst hatten, wirbelte er herum.

Hilflos und starr vor Entsetzen sahen Perfs Gefährten in der Blase zu, wie er sich hin und her drehte, auf und ab tanzte und schließlich nackt auf dem mit schwarzen Kieselsteinen übersäten Boden stehen blieb. Weitere der müden grauen Gestalten drängten nach, schlugen einen Bogen um ihn oder gingen mitten durch ihn *hindurch* und rieben seinen bislang unversehrten Körper dabei so auf, dass sich Perf in eine transparente Gliederpuppe verwandelte, die glänzte und wackelte, als sei sie aus Gelatine.

Und dann zerfiel er einfach zu Staub – zu Staub, der in die Lüfte stieg und in den bläulich schwarzen Wolkenfetzen verschwand.

»Da kommen noch mehr!«, rief Khren und deutete auf den Höhenrücken. Tausende toter Marschierer, Wiedergänger oder was sie sonst sein mochten, hatten sich inzwischen gesammelt und bewegten sich in hoffnungslos riesigen Wellen auf den Wald funkelnder Bäume zu, um sich an dem, was sie offenbar für ein Vernichtungswerk hielten, zu beteiligen.

»Das sind die früheren Marschierer, die es nicht bis hierher geschafft haben«, sagte Nico. »Warum wollen sie uns töten?«

»Enger zusammenziehen!«, befahl Tiadba, die ein sehr deutliches Bild im Kopf hatte und spürte, wie ihre Muskeln sich anspannten. Sie merkte, dass die ganze Gruppe gleichzeitig reagierte, geschützt und gelenkt von den Schutzanzügen. Die Halbkugel schrumpfte, nahm einen Silberton an und legte sich eng um die Gruppe, wobei sie scheppernd gegen die Schutzanzüge stieß. Tiadba spürte, wie sie gegen den Dreifuß des Generators gedrückt wurde, sah, wie Himmel, Horizont und alles andere kippte und herumwirbelte. Jetzt ging es den Schutzanzügen nicht mehr darum, ihnen durch die Visiere ein möglichst deutliches Bild der Umgebung zu vermitteln; alle Energie war nun auf das pure Überleben ausgerichtet.

Zum ersten Mal waren sie nahe dran, das Chaos so zu »sehen«, wie es wirklich war: unglaublich bizarr. Der Anblick tat so weh, dass sie sich weder bewegen noch irgendeinen Ton herausbringen konnten. Der Panzer ersetzte diese unbegreiflichen Wahrnehmungen durch hin und her wandernde Farbflächen. Zumindest nahm Tiadba an, es könne der Panzer sein; sie hatte aber keine Möglichkeit, es nachzuprüfen, denn sie konnte kaum noch einen klaren Gedanken fassen. Doch irgendetwas, ein wenig Anteilnahme, schien ihr von ihrer Besucherin zuzuwachsen. Im beruhigend hin und her schwappenden Meer der Farben konnte sie ihr anderes Selbst spüren, das sozusagen hereinspähte und sagte: *Ehe du erstarrst und stirbst, wirst du Wärme empfinden …*

73

Das grüne Lagerhaus

Während Bidewell Jack und Ginny zur südlichen Tür begleitete, passte Glaucous Daniel ab. »Er kennt gewisse Tricks. Du hast gelauscht, als wir uns unterhalten haben, hast ihn also selbst gehört.«

Daniel lächelte. »Du willst *mich* warnen?«

»Er will etwas von dir. Er wird dich ausliefern, genau wie ich es vorhatte.«

»Oder vorhast. Was passiert, falls die Kalkfürstin in diesem Moment auftaucht?«

»Sie irrt in der Dunkelheit umher, genau wie Whitlow und der Nachtfalter. Allerdings wird das nicht lange dauern, wie mir inzwischen klar ist.« Nervös sondierte Glaucous die Umgebung. »Ich kann die Rückkehr der drei geradezu spüren. Sie werden ihr Territorium wieder in Besitz nehmen. – Ich brauche einen Partner«, setzte er nach. Dass Daniel keine Angst zeigte, machte ihn offenbar nur noch nervöser. »Wir beide brauchen Partner, wenn unsere Gebieterin zurückkehrt … Auf uns allein gestellt, würden wir aus dem Gleichgewicht geraten und wären ungeschützt.«

»Du bist der Jäger, ich die Beute.« Daniel neigte den Kopf zu Glaucous' nach oben gerecktem Gesicht und fuhr zurück, als er dessen fauligen Gestank roch, den der Duft von Anis kaum kaschieren konnte. »Denk daran.«

»Zu meiner Zeit habe ich Vögel manchmal auch freigesetzt.« Glaucous wischte sich über den Mund. »Zu meiner Zeit habe ich auch gute Taten vollbracht, wirklich wahr.«

Daniel schüttelte den Kopf und wandte sich der Tür zu.

»Ich bin hier nicht der einzige Jäger«, rief Glaucous ihm nach. »Und *sie* ist nicht die einzige Gefahr.«

Daniel gesellte sich zu den dreien an der Tür. »Ich hoffe nur, euer Mr. Bidewell weiß, wovon er spricht.«

Schicksalsergeben beobachtete Bidewell die Gruppe. »Ich bin sicher, Mr. Iremonk kennt diese Dinge aus praktischer Erfahrung.« Er zog einen Schlüsselring aus der Kitteltasche. Am Stahlhaken der Tür hing ein schwarzes Sicherheitsschloss aus Eisen. Während die Damen in einiger Entfernung warteten und Glaucous sich die Hände über dem Öfchen wärmte, hielt Bidewell den Ring hoch und rasselte mit den drei Schlüsseln. »Ich gebe euch jetzt die Anweisungen, und ihr müsst sie genau befolgen. Jack, gehen Sie zu der hinteren Wand und öffnen Sie die Tür auf der linken Seite – die linke, nicht die mittlere oder die rechte. Ginny, du trittst nach Jack ein und öffnest die Tür auf der rechten Seite – nicht die mittlere und nicht Jacks Tür. Beachte sie gar nicht. Jack links – Ginny rechts. Daniel …«

»Die mittlere Tür, ich hab Sie verstanden.«

»In den Räumen müsste es eigentlich ganz angenehm sein, weder warm noch kalt. In jedem Zimmer dringt durch ein kleines Fenster gerade so viel Licht, dass man etwas sehen kann. Seit hundert Jahren hat sie niemand mehr betreten. Kein Beobachter war dort Zeuge irgendwelcher Ereignisse. Bis auf einen alten Stuhl und – vermutlich – etwas Staub sind die Räume leer und sauber.«

Jack sah Ginny an. Das seltsame Mädchen erwiderte den Blick mit weit aufgerissenen, aber leeren Augen, so als erkenne sie ihn nicht, als wären sie einander nie begegnet, als wäre er ihr völlig gleichgültig. Offenbar war sie im Augenblick der Wirklichkeit weiter entrückt als er.

Daniels Blick sagte: *Wir sind alle völlig durchgeknallt, aber lassen wir dem alten Mann sein Vergnügen.*

»Wie viel Zeit ihr mit Mnemosyne verbringen werdet, ist schwer abzuschätzen, aber von hier draußen betrachtet, wird die Zeit schnell vergehen und die Begegnung höchstens ein paar Minuten dauern. Allerdings werden euch die Minuten vielleicht wie Jahre vorkommen.«

Bidewell griff nach einem großen Messingschlüssel, der im Lauf der Zeit Grünspan angesetzt hatte, schloss die äußere Holztür auf und öffnete sie. Die Damen des Literaturzirkels sahen ihm dabei von ihrer Nische der Wärme und Sicherheit zwischen den hohen Bücherregalen und Leitern aus zu. Die höchsten Regale verloren sich im zunehmenden Dunkel oberhalb des Öfchens und der grün beschirmten Schreibtischlampen.

Beim Öffnen knarrte die Tür, und vom oberen Türpfosten löste sich die Farbe. Als ein kalter Luftzug Jacks Füße streifte, kam es ihm so vor, als wäre ein ungeduldiger Hund an ihm vorbeigestrichen.

»Sie zuerst, Jack.« Er spürte die Blicke wie Nadeln in seinem Rücken und trat, plötzlich fröstelnd, ein.

»*Bonne chance*«, murmelte Glaucous, während Bidewell die Tür hinter Jack schloss.

Der hohe, lang gestreckte Raum hinter der Tür war dunkel bis auf einen Streifen violetten Lichts, das vom Himmel durch das Fenster strömte. Es fiel von links über Jacks Kopf und malte ein blasses Rechteck auf die gegenüberliegende Wand. Ansonsten war der schmale, mit uralten, verwitterten Holzbohlen ausgekleidete Raum völlig leer.

Als Jack die Augen zusammenkniff, konnte er nur mit Mühe die Rechtecke der drei Türen an der Wand gegenüber ausmachen, doch mit der Zeit passten sich seine Augen der Dunkelheit an. Vom Himmel schienen Geräusche auf die Erde zu dringen, doch hier drinnen klangen sie gedämpft und bildeten lediglich den Hintergrund der Wahrnehmung.

Jack ging quer durch den Raum nach links, stellte sich dort in die Ecke und sinnierte darüber, wie sich die hohen Wände und die Deckenbalken in dem lang gestreckten Raum in Winkeln miteinander verbanden. Normalerweise konnte er mit der ausgestreckten Hand ebenso einfach nach Weltlinien greifen wie Tarzan nach Lianen. Doch jetzt waren ihm alle möglichen Pfade abgeschnitten oder liefen zu einem Winkel zusammen, so dass sich nur mehr zwei Alternativen anboten, nur mehr eine einzige Frage stellte: *Trete ich ein, oder bleibe ich draußen?*

Er hatte seinen Nullpunkt erreicht. Den Nullmoment.

Unsicher lachend trat er einen Schritt aus der geschützten Ecke heraus, doch das Lachen erstarb sogleich wieder. Fast stockte ihm der Atem: Der Raum war zwar leer, aber er war nicht allein. Etwas wartete darauf, dass er eine Entscheidung traf. Wartete ab, während es mit unendlicher Geduld auf seine Herzschläge lauschte. Und dennoch …

»Was willst du von mir?«, flüsterte Jack.

Drei Türen, sechs Entscheidungsmöglichkeiten.

Und dennoch gab es nur noch zwei Schicksalsfäden. Im Grunde hatte er keine Antwort auf seine Frage erhalten, diese Antwort ergab keinen Sinn. Was jeder Einzelne von ihnen dreien tat, erschien ihm ohne jeden Zusammenhang, fügte sich in seinem Kopf nicht zu einem Ganzen zusammen.

Trotzdem tat er die beiden Schritte zu der ihm zugewiesenen Tür, deren Knauf mit Grünspan überzogen war, und steckte den Schlüssel ins Schloss. In dem uralten Messingknauf ließ er sich nur schwer drehen. Jack umklammerte den Schlüssel fest und half mit dem Druck der Schulter nach, bis sich nach mehreren Versuchen irgendetwas in dem alten Mechanismus löste und die Tür leise knarrend aufschwang.

Bemerkenswert, dass sich hier drinnen über all die Jahre hinweg so wenig verändert hat.

Er konnte die tote oder sterbende Stadt da draußen kaum noch hören, glaubte fast, er segele auf einem Schiff über einen weiten, stillen Ozean und lausche dabei dem Radio eines Reisegefährten in der Nachbarkabine, das auf einen obskuren Indie-Rock-Sender eingestellt war. Genau: auf KRAK, Ragnarock AM. Jetzt brachte er sogar ein Grinsen zustande. Plötzlich wurde er innerlich völlig ruhig; all seine Schuldgefühle, Sorgen und Ängste und die Unentschiedenheit fielen von ihm ab, so dass nur Jeremy Rohmer zurückblieb. Er musste nicht einmal mehr vorgeben, *Jack* zu sein. Hier war er Jeremy, wie seine Mutter ihn genannt hatte.

Das Zimmer, das er jetzt betrat, war schmal, lang und hoch. Bidewell hatte diesen Teil des Lagerhauses in drei gleich große Rechtecke aufgeteilt. In die hintere Wand war ein einziges Fenster eingelassen, durch das seltsam gebündeltes Licht drang.

Eigentlich hätte es in Anbetracht der Lichtquelle in einem völlig anderen Winkel in den Raum fallen müssen.

Jack ging auf den schlichten weißen Stuhl zu. Sitz und Rückenlehne waren mit einer uralten dicken Farbschicht überzogen, die mittlerweile abgeblättert war. Während er sich umdrehte und nach oben blickte, nahm er langsam Platz.

Verschränkte die Arme.

Musterte mit gehobenen Brauen die Winkel der hohen Zimmerdecke.

Gähnte nach einer Weile.

Wegen des Kieferdrucks summte es in seinen Ohren, so dass er die Stimme tief in seinem Kopf fast überhört hätte.

… deine erste Erinnerung?

Jeremy fuhr zusammen und fragte sich, ob er eingedöst war. Er war immer noch allein, und die Tür fest geschlossen.

Als er Finger spürte, die über seine Arme strichen, fuhr er erneut zusammen, lehnte sich aber gleich darauf zurück. Er spürte, dass es jetzt begann: Sein Selbst brach wie eine Eiskruste auf, und die Erinnerungen begannen wie Wasser herauszusprudeln.

Jeremys Vater saß am Steuer des Wagens, er auf dem Beifahrersitz. Sie verließen Milwaukee, um sich irgendwo anders niederzulassen. Sechs Monate waren seit dem Tod seiner Mutter vergangen, drei Monate seit dem kurzen und, wie sich herausstellten sollte, endgültig letzten Gastspiel seines Vaters in Chuck's Comedy Margin und vier Wochen, seit er sich bei dem Versuch, auf einem Einrad sitzend zu jonglieren, das Bein gebrochen hatte. Er war fünfzehn Jahre alt.

»Hast du je vom Düsteren Aufseher gehört?«, fragte sein Vater.

»Was ist das? Eine Band?«

»Nö.«

Vor den Wagenfenstern strich die Landschaft vorbei: die flache Wüste und niedrige braune Wüstenstädtchen, in die gelbrötlichen Farben des Sonnenuntergangs getaucht. Am Spätnachmittagshimmel waren Gewitterwolken aufgezogen. Doch zwischen einzelnen Gewittern klarte der Himmel immer wieder auf. Die zarten weißen Wölkchen erinnerten an Schafe, die auf endlosen blauen Weiden grasten.

Ich habe mir damals das Bein gebrochen?

Plötzlich schmerzte ihn das Bein, und er beugte sich hinunter, um es zu reiben. Der Raum war immer noch leer.

Zum zweiten Mal öffnete Bidewell die Außentür, diesmal für Ginny. Falls er etwas zu ihr sagte, so hörte sie ihn nicht. Der hohe Gang hinter der Tür erstreckte sich über die ganze Länge des Lagerhauses. Die Luft roch kühl und schal. Sie blickte zur linken Tür, Jacks Tür. Sie war geschlossen, und von drinnen drang kein Ton heraus. Was dort auch passieren mochte, jedenfalls vollzog es sich lautlos.

Bidewell machte die Außentür hinter ihr zu.

Kurzatmig, fast so, als hätte sie Schluckauf, ging sie langsam auf die rechte Tür zu, steckte den Schlüssel ins Schloss, drehte ihn herum, griff nach dem Knauf, zögerte jedoch, »ihr« Zimmer zu betreten. Wie seltsam, dass sie diese Zuweisung ohne Widerrede hingenommen hatte.

Seit hundert Jahren war kein anderer durch diese Tür getreten. Also musste das, was da drinnen wartete, wohl für sie bestimmt sein.

Draußen setzte sich das entsetzliche, sinnlose Zerstörungswerk fort und zermahlte die Zeit und die Erde wie ein Häcksler das Getreide, doch das war ihr gleichgültig. In diesem Raum, dachte sie, wird alles vielleicht ganz schnell vorbei sein. Soweit sie wusste – soweit sie es aus dem Alptraum wusste, den ihr *anderes Selbst* gerade durchlebte –, konnte niemand mehr die Situation zum Guten wenden, nicht einmal die Mutter aller Musen oder was Mnemosyne sonst sein mochte. Eine Gottheit. Eine Göttin. Ein Demiurg. Ehe- und Hausfrau des Schöpfers, die allen Schlamassel beseitigte. Gutherzige Schwester der entsetzlichen Kalkfürstin, die weiß war, obwohl sie eigentlich schwarz hätte sein müssen: Kali, *kala*, was in Sanskrit *Zeit* bedeutete. Diejenige, die sowohl ausbleichte als auch einschwärzte. Ginny hatte einige der Bücher gelesen, die Bidewell für sie ausgesucht und aus einem Regal mit dem Aufkleber NUNC, NUNQUAM herausgezogen hatte. Die Bücher behandelten vor allem die griechische und hinduistische Mythologie. Doch die darin enthaltenen Sagen schienen nicht ganz mit dem übereinzustimmen, was Bidewell ihr beschrieben hatte.

Die alte Zeit ist am Ende oder wird es bald sein. Es müssen neue Erinnerungen erzeugt werden. Es wird eine neue Zeit geschmiedet werden. Doch wer wird die Esse befeuern?

Die Erinnerung beginnt und endet mit der Zeit.

Diese Worte oder Eindrücke (denn eigentlich war es weniger der Text als ein tiefes inneres Gefühl gewesen, das Ginny beim Lesen zu schaffen gemacht hatte) machten sie plötzlich wütend. Bidewell machte sie wütend. Jack und Daniel machten sie wütend. Keiner von ihnen passte in irgendein Leben, das sie sich wünschte. Sie wollte nur noch raus, musste von hier weg, wollte zwischen den Weltlinien hin und her springen, alle kappen und davontreiben lassen.

Doch anstatt kehrtzumachen und wegzulaufen, griff sie erneut nach dem Knauf der ihr zugewiesenen Tür und drehte ihn mit aller Kraft herum (wobei sich ihr Gesicht verzerrte, denn er klemmte). Plötzlich schwang die Tür auf und gab den Blick auf den Raum dahinter frei, der im rechten Winkel zum Gang verlief und sich bis zur hinteren Mauer des Lagerhauses erstreckte. Durch ein oben in die Wand eingelassenes Fenster konnte sie die grellen, züngelnden Flammen der zerstörten Sonne sehen, der Sonne, die den sterbenden Mond verschlungen hatte.

Mitten im Raum stand ein alter weißer Stuhl, wie Bidewell angekündigt hatte. Nach einem Jahrhundert, in dem er in der Stille dieses Zimmers Hitze und Kälte ausgesetzt gewesen war, hatte sich die Farbe vom Sitz und von der Rückenlehne gelöst.

Ginny schluckte. »Ich bin jetzt da«, sagte sie, stellte sich neben den Stuhl und legte eine Hand auf die geschwungene Lehne. Gleich darauf fiel ihr ein, dass sie vergessen hatte, die Tür zu schließen. Sie wandte sich um, um zum Eingang zurückzukehren. Aber diese Tür war niemals geöffnet worden.

Ein Schatten machte ihr Platz und erhob sich vom Stuhl … Nein, ihre Augen hatten ihr nur einen Streich gespielt. Sie selbst war der Schatten.

Sie setzte sich.

Bidewell schloss die Außentür auf. »Beeilen Sie sich«, mahnte er Daniel. Mittlerweile erschütterte das sich ruckartig nähernde Chaos das ganze Lagerhaus.

Daniel fühlte sich äußerst selbstsicher. Mehr denn je. Er würde mit dieser Situation schon fertig werden, selbst mit dem

Terminus. *Irgendeiner* würde durchkommen – warum sonst waren sie alle hier versammelt? Wozu sonst das ganze Theater?

Schließlich waren die beiden jungen Leute – jünger als Fred – in seiner Nähe, und im Notfall war da auch noch Glaucous, ein auf seine Weise altersloses Geschöpf und zweifellos ein zäher Typ. Allerdings war Daniel instinktiv klar, dass er auf keinen Fall, was auch geschehen mochte, in den Körper von Bidewell schlüpfen durfte. Er wollte nicht im Lagerhaus festsitzen, und Bidewell, der diesen Ort nicht verlassen wollte, würde dessen Zerstörung wohl kaum überleben.

Auch keine der älteren Damen kam für Daniel in Frage. Es hatte ihm einen Stich ins Herz versetzt, als er eines ihrer kleinen grünen Bücher aus einer Handtasche hatte herausschauen sehen. Auf dem Buchrücken war die Zahl 1298 eingedruckt. Die Frau im Arztkittel, Sangloss, hatte offenbar ein medizinisches Interesse an ihm, während die anderen Damen ihn schlichtweg ignorierten. Er konnte ihren Argwohn fast riechen. Auf ihre Weise waren sie sogar stärker und möglicherweise auch besser gewappnet als Glaucous. Die konnte er vergessen.

Glaucous, der auf einer niedrigen Bank hockte, sah dem kleinen Schauspiel mit starrem Lächeln zu. »Geh schon!«, sagte er. »Hier draußen gibt es für dich nichts zu holen.«

Wie Recht er doch hatte! Sobald die Tür geschlossen war, würden Bidewell, Glaucous und die Damen vielleicht gänzlich vom Erdboden verschwinden. Vorstellbar war auch, dass das Lagerhaus abfackelte und wie eine Feder in die Lüfte stieg. Alles Mögliche konnte passieren, aber er selbst würde es überleben.

Nachdem Daniel durch die Außentür getreten war, schloss Bidewell sie hinter ihm. Die rechte und die linke Innentür waren zugezogen, und es drang kein Laut heraus. Daniel malte sich aus, wie Ginny und Jack gelangweilt in diesen Räumen saßen und darauf warteten, dass Bidewell sie nach angemessener Zeit herausholte und sich bei ihnen entschuldigte. Der Alte hatte eindeutig keine Ahnung, was vor sich ging.

Das Lagerhaus summte wie eine mitschwingende Saite, wollte Teil des großen Zerstörungswerks werden. Wollte sterben.

Daniel ging zur mittleren Tür, drehte den Schlüssel um und griff nach dem Knauf. Er achtete darauf, die Tür hinter sich zu verriegeln. Niemand würde heimlich ins Zimmer schlüpfen. Doch er musste die Form wahren.

In dem langgestreckten Raum nahm er auf dem weißen Stuhl Platz, beugte sich vor und wartete ab.

Voller Angst.

Der alte Dodge fuhr jetzt über kleine Hügel und würde bald das Gebirge erreichen, doch Jeremy wusste nicht genau, wo sie sich befanden, und es war ihm auch ziemlich egal. Den Oberkörper in die Ecke der Rückbank gequetscht, hatte er das Gipsbein fast über die volle Wagenbreite ausgestreckt. Er war sehr schlecht drauf, und das war keine vorübergehende Stimmung. Vielmehr kam es ihm so vor, als säße er in einem endlosen Betontunnel ohne Ausgang fest. Ryan, sein Vater, würde bald sterben, und das bedeutete, dass er nichts und niemanden mehr haben würde, nur die elementaren Bühnenkenntnisse, die sein Vater ihm vermittelt hatte: mittelmäßige Witze und armselige, langweilige Zaubertricks.

»Ich habe von diesem Düsteren Aufseher geträumt. Er ist eine Art Roboter, der fliegen kann«, erklärte Ryan. »Er holt einen ab, wenn man gestorben ist. Ist vielleicht so was wie ein Müllentsorger.«

»*Dich* kommt er abholen, nicht mich«, sagte Jeremy und hätte es am liebsten sofort zurückgenommen.

Ryan grinste wie ein Waschbär. »Du hast ja soooo Recht. In meinem Traum kam auch ein merkwürdiger Ort vor, eine Art Höhle, riesig und mit einem hellen Himmel darüber. Und sie war voller seltsamer Leute mit kleinen Ohren, die statt Körperbehaarung einen buschigen Pelz hatten. Ich kann mich nur noch an wenige Dinge erinnern, bin aber mehrmals dort gewesen. Die Leute im Traum bezeichnen den Tod als *Düsteren Aufseher*. Ziemlich unheimlich. Allerdings nimmt er in dieser Welt niemanden mit, der noch Lebensgeister hat – und keiner wird dort jemals krank. Sie tragen zwar Kämpfe miteinander aus, aber töten einander nicht. Diebstahl ist dort unbekannt. Auch diese Leute ziehen ihren Nachwuchs groß, doch sie *bekommen* keine Kinder, sondern die Kinder werden wie Pakete bei ihnen abgeliefert. So als hätte sie der Storch gebracht. Verrückt, nicht?«

Aufgeschreckt von einer gespenstischen Erinnerung, rappelte Jeremy sich hoch und verlagerte das Gipsbein. Versuchte sich darauf zu besinnen, wo er in Wirklichkeit war. Bekam die Erinnerung nicht zu fassen …

»Sie veranstalten auch Feste«, fuhr sein Vater fort. »Und Wettkämpfe, die sie *kleine Kriege* nennen. Dabei prügeln die harten Jungs einander windelweich. Interessant, oder?«

»Es gibt nichts Langweiligeres, als Träume zu erzählen. Das ist der Tod jeder Show. Hast du mir selbst erzählt, Dad.«

»Na ja, aber dieser Traum ist wirklich spannend. Ich frage mich ständig, was im nächsten Traum passieren wird. Und irgendwie ist der Ablauf auch stimmig. Nur gestern, als wir in dem Motel in Moscow übernachtet haben, hat sich der Traum verändert. Ich war zwar in derselben Welt, aber in einem anderen Teil davon. Manche der Leute waren größer. Und an die Kleineren gaben sie rote, gelbe und grüne Schutzanzüge aus, die wie geschmeidige Körperpanzer aussahen. Anzüge mit Selbstversorgungssystemen, wie Raumanzüge, nur liefern sie nicht nur Sauerstoff und Wärme, sondern auch … Das ist schwer zu beschreiben. *Diese Anzüge halten Körper und Seele zusammen.*« Ryans Stimme nahm einen ehrfürchtigen Ton an, so als wäre er völlig von der Realität seines Traums überzeugt und durchlebe diese Episode aufs Neue.

»Du hast einen Alptraum gehabt«, sagte Jeremy. »Hast mich sogar aufgeweckt.«

»Ja, weil du mich im Bett ständig mit deinem Gipsbein gestoßen hast«, erwiderte Ryan mit einem Blick nach hinten. »Halt mich bei Laune, Jeremy. Gerade jetzt wäre das schön. Die Fahrt ist noch lang.«

Das tat so weh, dass Jeremy es als unfair empfand. »Ich hör dir doch zu, oder nicht?«

»Wir werden nicht mehr allzu viele solcher Tage miteinander erleben, weißt du. Deshalb dachte ich, ich sollte dir vielleicht ein bisschen davon erzählen, was es für mich bedeutet, dein Vater zu sein. Sollte dir ein wenig väterliche Weisheit vermitteln, wie verrückt sie auch sein mag.«

Jeremy wusste nicht, ob sein Vater in Selbstmitleid badete oder nur einen schlechten Witz ausspucken wollte.(Ryan bezeichnete das Erzählen von schlechten Witzen stets als *ausspucken*, so als huste man einen Fleischbrocken oder einen Schleimpropf aus der Luftröhre aus. »Wenn du einen Witz erzählen willst, und er bleibt dir im Hals stecken, halt besser den

Mund! Spuck ihn nicht aus, denn entweder ist es der falsche Witz oder das falsche Publikum.«)

»Dann mach weiter mit deinen Enthüllungen«, sagte Jeremy und bereitete sich innerlich darauf vor, es mehr oder weniger stillschweigend zu ertragen, denn Ryan würde bald sterben. Dessen war er sich ziemlich sicher, auch wenn es ihm natürlich niemand ins Gesicht sagen wollte.

»Also gut.« Ryan dachte einen Augenblick nach, so konzentriert, dass sich seine Stirn in Falten legte. »Diese Anzüge halten die Leute am Leben und als Gruppe zusammen, denn sie wollen zu einem düsteren, entsetzlichen Land aufbrechen, in dem es keine Regeln gibt. Trotzdem werden die Geschöpfe mit den kleinen Ohren – meine Freunde und ich – in diese unheimliche Region hinausziehen. Und die Überlegenen, die großen Kerle, rüsten uns dafür aus. Sie selbst werden nicht mitgehen, vielleicht, weil sie's nicht können. Aber wir, die Kleinen, können es. Seltsam, wie?«

»Absolut seltsam. Ich hab nie solche Träume.«

»Wenn sich eine Situation verändert, verändern sich auch die Träume. Früher hatte ich ganz normale Träume. Von was träumst du?«

»Von Straßen. Von Kröten und von Straßen.« Jeremy hatte sich eine recht komische Nummer über Kröten ausgedacht, die eine Straße überqueren. Sie war ebenso witzig wie makaber. »Aber ich würde gern von Mom träumen.«

»Klar.«

Eine Weile fuhr Ryan weiter, ohne etwas zu sagen.

Mein Vater war gut beieinander, fast schon fett. Er wollte immer gern als Bühnenkomiker auftreten. Das hatte er Miriam Sangloss in der Klinik erzählt.

Jeremys Vater hatte dünnes rotes Haar, ein rundes rötliches Gesicht und den Körper eines schwer arbeitenden Schaustellergehilfen: gut ausgebildete Muskeln, einen starken Knochenbau und eine Haut voller Sommersprossen, die aussah wie gebrüht. Jedenfalls hatte ihn Mom an jenem denkwürdigen Tag so charakterisiert, als sie Ryans Körper für eine Straßenparade in Waukegan mit den Motiven von wilden Tieren und Blumen bemalt hatte. Damals hatte sie in einem Film mitgespielt – endlich mal ein wirklich einträglicher Job –, und sie waren nach Abschluss der Dreharbeiten noch ein paar Wochen in Waukegan geblieben, im örtlichen Theater aufgetreten und hatten natürlich auch an dieser Straßenparade teilgenommen, was Spaß gemacht hatte.

Damals war Jeremy elf gewesen. An den Fingern zählte er ab, wie viele Jahre diese Parade her war und wie lange seine Mutter danach noch gelebt hatte: vier Jahre.

Der Dodge hatte Ryan und Jeremy quer durch Montana und Idaho bis nach Oregon gebracht.

In Eugene legten sie einen Zwischenstopp ein, denn dort half Ryan vorübergehend bei einem kleinen Zirkus aus, dessen Besitzer früher mal Moms Freund und Liebhaber gewesen war. Ryan und der Zirkusbesitzer verbrachten einen Abend damit, sich zu betrinken und an den Schultern des anderen auszuheulen, was Jeremy überaus sonderbar fand.

Danach fuhren sie von Eugene nach Spokane, quer durch die östliche Hochebene. Ihre letzte Reise.

»Wir alle verlieren unsere Mütter«, sagte Ryan während der Fahrt. »Seit Beginn der Zeit ist jede Mutter irgendwann gestorben. Die Mutter von uns allen ist die *Erinnerung*, Jeremy.«

Und jetzt – *nunc* – saß er auf diesem Stuhl.

Alles steht für irgendetwas, nichts existiert an sich. Du nennst dich Jack, weil der Name dich schützt. Da so viele Menschen Jack heißen, kannst du dich hinter dem Namen verstecken. Allerdings ist es ein starker, allgemein verständlicher Name.

Das Seltsame (unter all den anderen seltsamen Dingen in seinem Leben) war, dass er in diesem Raum ohne Vorbehalte glauben konnte, seine früheste Erinnerung, seine erste Lebenserfahrung sei diese Autofahrt mit seinem Vater gewesen. Was vorher gewesen war – der Tod seiner Mutter, der Reisebeginn, sein Beinbruch –, ähnelte den Geräuschen der sterbenden Stadt jenseits dieses hohen, leeren Raums: Es war präsent, aber nur als Hintergrund.

Es gibt eine Zahl, wie man sie Büchern zuteilt, die auf einem nicht existenten Regal in einer fernen Zeit einsortiert sind. All diese Bücher warten darauf, dass man ihren Anfang und ihr Ende miteinander in Einklang bringt. Warten darauf, dass Entscheidungen fallen. Wo stammst du in Wirklichkeit *her, Jeremy?*

Wer ist deine wahre Mutter?

Und warum sucht sie nach dir?

Ginny schloss die Augen. Sie war wieder in Milwaukee und danach in Philadelphia, war wieder bei ihren Eltern.

Nur selten blieben sie länger als ein paar Monate an einem Ort. Und wenn sie weiterzogen, sorgten sie dafür, dass sie keinen nachhaltigen Eindruck hinterließen. Niemand würde sich je an sie erinnern. Sie hätten einige Jahre später in dieselben Städte zurückkehren, in dieselben Häuser einziehen können und wären als Neuankömmlinge begrüßt worden. Doch das taten sie nie.

»Wir hinterlassen keine Fußspuren«, hatte die Mutter zur kleinen Ginny gesagt.

Ginny wusste noch, wie sie versucht hatte, Freundschaften zu schließen, Jungs kennenzulernen. Irgendwann war es zwangsläufig dazu gekommen, dass die Familie – entmutigt und erschöpft von den ständigen Umzügen – allzu lange in einer Stadt geblieben war. Dort hatte die Erinnerung sie eingeholt und sich gegen sie gewandt. Ginnys Mutter war geflohen, vielleicht auch einfach verschwunden, jedenfalls war es so, als hätte sie jemand von einer riesigen Wandtafel gelöscht. Einige Wochen später war auch der Vater verschwunden. Vielleicht hatten Sammler wie der Mann mit der Münze oder Glaucous sie eingefangen. Oder die Eltern hatten sich geopfert, um Ginny zu schützen. Sie würde es nie erfahren. Es war so, als hätte ihre Familie nie existiert. Außer dem Bibliotheksstein gab es keinen Beweis dafür, dass Ginnys Eltern je gelebt hatten.

Die Träume hatten begonnen, als sie ganz auf sich gestellt gewesen war und den Integralläufer ständig bei sich getragen hatte. Und sie hatte gemerkt, dass sie ihren Standort verlagern konnte.

Hinter ihr lag ein langer Weg. Ihr ganzes Leben war ein einziger langer Alptraum gewesen. Beide Leben, *hier* wie *dort*. Es war die Neugier auf das *dort*, die sie in den gegenwärtigen Schlamassel gebracht hatte.

Einige Wochen, nachdem Ginnys Vater verschwunden war, stieg sie in einen Greyhound-Bus. Durch das schmierige Fenster starrte sie auf die endlos vorbeiziehenden regennassen Felder und Hügel.

In Philadelphia lebte sie ein paar Monate auf der Straße. Doch Obdachlose vergessen die meisten Dinge selbst dann, wenn ihre Situation einigermaßen erträglich ist, und Ginny kam zu dem Schluss, dass sie so nicht leben wollte.

Also trampte sie nach Baltimore, wo sie eine Adresse von einem Handzettel abriss, der an einer Anschlagtafel hing. Noch am selben Abend schleppte sie ihren Rucksack in ein altes Reihenhaus mit zwei Schlafzimmern, das Gruftis und Raver in Beschlag genommen hatten. Sie war fest entschlossen, sich dort häuslich einzurichten, eine Weile zu bleiben und ein paar Fußspuren zu hinterlassen. Seit dem Verschwinden ihrer Eltern fühlte sie sich zum ersten Mal geborgen und zu Hause – jedenfalls eine Zeit lang.

Später verließ sie das Haus in Baltimore und rief die Nummer an, auf die sie in der Zeitungsanzeige gestoßen war.

Ginny sah zu der leeren Wand hinüber, zu der abblätternden Farbe, zu den Schatten, die sich langsam über die einander überlappenden Holzlamellen bewegten.

Hast du dich bewusst dafür entschieden?

Kannst du dir eine bessere Vergangenheit für dich vorstellen?

»Wer bist du?«, rief sie.

Keine Antwort. Dumme Frage. Sie kannte die Antwort ja schon, auch wenn sie ihr kaum einleuchtete.

»Wer oder was bin ich denn überhaupt? Ich kann mich eigentlich an kaum etwas vor dem Zeitpunkt erinnern, als ich diese Telefonnummer wählte. Soll das schon alles gewesen sein? Wer waren meine Eltern? Ich kann ja nicht einfach so aus dem Nirgendwo, aus dem Nichts aufgetaucht sein, oder?«

Höfliches Abwarten.

»Also gut«, fuhr Ginny wütend fort, fest entschlossen, bis zum Äußersten zu gehen. »Du hast es herausgefordert, also erzähle ich dir von meiner Vergangenheit. Ich stamme aus einem

Land namens Thule. Das ist eine große Insel nordwestlich von Irland. Den letzten Kontakt mit der Außenwelt hatte Thule … im Zweiten Weltkrieg. Die Deutschen haben meine Insel besetzt, doch wir haben sie noch vor Kriegsende rausgeschmissen. Auf den Gipfeln der hohen Hügel und Berge Thules standen riesige Steinburgen. Meine Eltern arbeiteten im königlichen Palast an der Südküste, während ich die Burgen auf den Hügeln verwaltete, wo der Prinz und die Prinzessin sich versteckten. Sie zogen jeden Tag in eine andere Burg um. Alle hatten Angst, nur meine Familie nicht. Meine Brüder und ich – ich hatte drei Brüder – schwangen uns oft mit Gleitseglern über die Klippen, und dabei habe ich mir einmal den Arm gebrochen …«

Irgendjemand lachte hinter ihr oder in ihrem Umkreis und freute sich über ihre Mutmaßungen. Plötzlich tat Ginny der Arm weh. Und mit dem Schmerz kamen die Erinnerungen zurück: Erinnerungen an die weiten rötlich braunen Äcker unterhalb der Steinburgen, an das süß duftende, stachelige Stroh, an den Geschmack des Wabenhonigs aus Thrakien in der frischen Frühlingsluft, an die Anteilnahme ihres Vaters, als der königliche Leibarzt ihren gebrochenen Arm ohne Betäubung wieder gerichtet und danach mit einem Brei aus Schweineschmalz und Weihrauchkräutern bestrichen hatte. Und später hatte sie für kurze Zeit einen wachsgetränkten Verband und eine Armschiene aus sauberem weißem Föhrenholz getragen …

Nach der *Virgin Queen*, der jungfräulichen Königin, hatte man sie auf den Namen Virginia getauft. Denn Elizabeth I., von 1558 bis 1603 Königin von England und Irland, hatte Thule einst die Hand zum Bündnis gereicht, um sich die Unterstützung des Inselreichs im Kampf gegen Spanien zu sichern. Dieses Bündnis war in der Regierungszeit Jakobs des Ersten allerdings zerfallen.

Ginny grinste, denn sie genoss die Freiheit der Wahl. Sie konnte buchstäblich spüren, wie sie einen wunderbaren, bunt gefiederten Schwanz von Erinnerungen und Geschichte hinter sich her zog, eine pulsierende, vibrierende Vergangenheit, die jetzt lebendig wurde und die Leerstellen ausfüllte. Gerüche, Farben und Geschmacksnuancen wetteiferten darum, dass Ginny ihnen Wirklichkeit verlieh und sie festhielt.

Es war völlig real, nicht nur ihr eigenes Fantasiegebilde!

»O Gott«, sagte sie, und ihre Stimme hallte von den Wänden wider. »Es ist tatsächlich wahr, stimmt's?« Sie spürte eine Leichtigkeit, eine Freiheit, die sie früher nicht gekannt hatte, und ihr wurde ganz schwindelig davon. Wieder einmal wechselte sie zu einer anderen Weltlinie hinüber, nur lag sie diesmal in der Vergangenheit.

Doch dann wies die Stimme sie sanft zurecht.

Es ist wirklich wunderbar – ein schöner Strang –, aber zu weit von dem entfernt, wo wir uns heute befinden. Es lässt sich nicht integrieren.

Jetzt noch nicht.

Erst später ...

Die wunderbare Geschichte verschwand so schnell, wie sie aufgetaucht war, doch der Geschmack des thrakischen Honigs lag Ginny wie eine Belohnung für ihre Verwegenheit noch lange auf der Zunge.

»Aber du bist real, oder nicht?«, flüsterte sie. »Du bist real, und du bist schön. Aber du bist krank ... Du liegst im Sterben, weil das Universum krank ist und im Sterben liegt, stimmt's?«

Keine Antwort.

»Aber ist das wirklich wahr? Kann ich eine andere Vergangenheit bekommen? Eine bessere, glücklichere Vergangenheit?«

Auf diese Frage brauchte sie keine Antwort. Ginny tastete nach dem Kästchen in ihrer Jackentasche. »Wann wurde ich *wirklich* geboren?«, fragte sie. Plötzlich begriff sie.

»Ich bin schon lange hier«, sagte Daniel in die überwältigende Stille hinein. »Tausende von Jahren. Millionen. Natürlich erinnere ich mich nicht mehr an alles, aber das zumindest habe ich herausgefunden. Und ich rede hier nur, damit die Zeit schneller vergeht, denn dies alles ist doch Blödsinn. Eigentlich erinnere ich mich nur noch an Bruchstücke dessen, was geschehen ist, ehe ich in den Körper von Charles Granger geschlüpft bin. Darin liegt das Problem – in den Dingen, die ich tun musste, um aus den schlimmen Welten, den sterbenden Welten zu flüchten. Ein großer Sprung nach dem anderen. Und jetzt ist nur noch ein Pfad, ein Fluchtweg offen.« Er durchschnitt mit der Hand die Luft und stach danach auf sie ein. »Direkt durch den Terminus hindurchgehen, um auf der anderen Seite wieder herauszukommen, wie's dort auch sein mag. Also: Wer geht hindurch, und wer bleibt hier hängen? Vielleicht weißt du es ja gar nicht, weil es nicht zu deinem Job gehört. Aber falls irgendjemand hindurchgeht, dann bin ich es; ich bin deine Fahrkarte, häng dich ruhig an mich dran.« Die Stille schien noch tiefer zu werden. »Bist *du* die Kalkfürstin?«

Daniel fühlte sich äußerst unwohl. Irgendetwas befand sich in diesem Raum, nur reagierte es nicht. Wie traurig. Irgendetwas Wichtiges, Wesentliches entging ihm, er kam nicht darauf.

»Ich meine, das hier ist doch mein Vorsprechen in diesem Theater, oder nicht? Die anderen … Sie behaupten, von einer anderen Stadt zu träumen. Ich nicht. Also, warum haben diese Monstren sich so brennend für mich interessiert? Der Nachtfalter, Whitlow und Glaucous – was immer *der* sein mag … Was habe ich denen schon zu geben? Den Stein? Ich weiß nicht mal mehr, wie er in meinen Besitz gelangt ist. Ich glaube, ich habe jemanden getötet, um ihn an mich zu bringen. So komme ich jedes Mal an den Stein. Jemand muss dafür sterben.«

Er hatte einen Moment das Atmen eingestellt, deshalb holte er jetzt kurz Luft. Mehr gestand er sich nicht zu, auch wenn ihm bereits schwindelig wurde.

»Ich bin ein Wahnsinn, der von einem Mann zum nächsten zieht. Ich habe Menschen hintergangen, gelogen, andere zerstört und wurde selbst zerstört, aber ich bin jedes Mal entkommen. Was sagt das über mich aus?« Er schloss die Augen. Plötzlich schmerzte sein Kopf vor heftiger Sehnsucht, heftigem Verlangen.

»Wir werden einander wohl nicht so bald finden, nicht wahr?«, flüsterte Daniel in die Stille hinein.

Nachdem Jeremy seinen Vater im Motel auf dem Fußboden des Badezimmers entdeckt hatte, benachrichtigte jemand einen Krankenwagen, und es kamen Sanitäter. In Ryans Schädel war etwas Winziges geplatzt. Jetzt war er gelähmt und konnte nur noch lallen.

Nie wieder erwähnte Ryan den Düsteren Aufseher. Das Letzte, was er im Krankenhauszimmer zu Jeremy sagte, ohne es näher zu erklären, war: »Rette deine Mutter. Denk stets daran.«

In der Zwischenzeit hatte Jeremy, eigensinnig wie immer, bereits seine Entscheidung getroffen. Schließlich hatte er seine Eltern *geliebt* und sich stets besonders am Vorbild seines Vaters orientiert.

Drei Tage später starb Ryan an einem weiteren Gehirnschlag. Sein Vater war ihm genommen worden.

Es war eine Sache, wie Jeremy bald merken sollte, die Skeptischen zu übertölpeln, das Publikum zu bluffen und mit munteren Spielchen zu unterhalten, und eine ganz andere, sein Leben – ein mühseliges, aber stabiles und reales Leben – auf der festen, wunderbaren Grundlage guter wie schlechter Erinnerungen neu aufzubauen.

Unmittelbar vor der Beerdigung ließ Jeremy den Gipsverband entfernen. Aus allen Teilen Washingtons, Oregons und Idahos reisten Magier, Komiker, Gaukler und Schauspieler zur Trauerfeier an. Jeremy war nie klar gewesen, wie viele Menschen seinen Vater geliebt hatten, was lediglich zeigte, wie wenig er über wesentliche Dinge wusste.

Ehe er das Zimmer im Motel 6 räumte, öffnete er den Schrankkoffer seines Vaters. Er enthielt zahlreiche Taschenbücher, vor allem von Clive Barker und Jack Kerouac (Letzteres gab den Ausschlag dafür, dass Jeremy sich fortan *Jack* nannte), drei Garnituren Oberbekleidung und fünf Garnituren Unterwäsche, die ihm zu groß waren – und, in einem Samtbeutel, das graue Kästchen. Als er es öffnete, sah er den gekrümmten Stein, der wie verbrannt wirkte. Verbrannt bis auf ein kleines, in den Stein eingebettetes rotes Auge, das selbst im Dunkeln zu funkeln schien.

Der Stein, der kam und ging.

Der Integralläufer.

Ryan hatte ihm nie erzählt, wo er ihn aufgetrieben hatte. Vielleicht hatte er Jeremys Mutter gehört.

Jacks Schicksal wandelte sich. Im Großen und Ganzen gesehen, wurde es nicht unbedingt besser, aber es wandelte sich.

»Ich wäre gern … würde gern auf eine Vergangenheit zurückblicken, in der ich ein ganz normales kleines Mädchen mit Freunden war, auf eine gute Schule ging und gute Lehrer hatte. In der ich so wie die meisten anderen aufwuchs und mich irgendwann verliebte. Keine Träume hatte. Sollen Jack und ich uns ineinander verlieben, sind wir dazu bestimmt? Das scheint nämlich nicht einzutreffen, jedenfalls ist es bis jetzt noch nicht passiert.«

Der Himmel da draußen wurde jetzt heller. Durch das hohe Fenster flackerte gelbes und grünes Licht, doch Jack wusste nicht, ob sich damit die Morgendämmerung ankündigte, und es war ihm auch egal. Vermutlich würde es nie mehr dämmern. Er hatte keine Lust, aufzustehen und umherzuwandern. Im Augenblick fühlte er sich so ganz wohl.

»Wie lange soll ich noch warten?«

Jetzt fiel vom Fenster her diffuses silbriges Licht auf die gegenüberliegende Wand.

Immer noch keine Antwort.

Dann:

Was ist deine andere *erste Erinnerung?*

Jeremy war selbst verblüfft, wie schnell ihm die Antwort kam. »Irgendetwas trägt mich. Ich bin noch klein, kenne erst wenige Wörter. Eine Tür geht auf, aber es ist eine seltsame Tür, denn sie schmilzt einfach weg. Und dann … Meine Mutter und mein Vater stehen dort, doch man nennt sie nicht so. Trotzdem sind sie so etwas wie Eltern. Sie haben mich lieb. Sie sorgen für mich. Doch man wird sie mir nehmen.«

Seine Miene wurde bitter. Er schlug die Beine übereinander und wollte sich zurücklehnen, doch der Stuhl ächzte unter seinem Gewicht. Er biss sich in den Zeigefinger. Was er gerade gesagt hatte, ergab keinen Sinn. Dennoch empfand er es als stimmig und real. »Danach hast du mich doch gefragt. Nach meiner *anderen* ersten Erinnerung. Ich weiß noch, wie es dort in meiner frühen Kindheit war. Dagegen erinnere ich mich im Hier und Jetzt nicht mehr an meine Zeit als Kleinkind. In dieser Welt bin ich weniger real als in meinen Träumen … Da ist doch was faul, das ist doch völlig abgefahren. Es ist ein absolut verrücktes Gefühl, das kannst du mir glauben.«

Plötzlich zutiefst verängstigt, blickte Jeremy sich im Zimmer um. Er empfand jetzt mehr Angst als in dem Sack im Heck des Van. Mehr Angst als in dem Augenblick, als er zerschrammt und klitschnass auf der bizarr veränderten Straße gelegen hatte, die Hand in der Gosse, in der sich der kalte Gewitterregen gesammelt hatte. »Angeblich bist du doch Mnemosyne, oder nicht?«

Eine Brise zog durch den Raum, kühl, aber nicht unangenehm, zerrte an seinem Hemd und ließ seine Hosenbeine flattern. Spielerisch. Traurig. Er blinzelte und rutschte auf dem Stuhl hin und her, dann lauschte er nur noch. Von draußen drang leise ein zischendes Geräusch herein, das eher nach fallendem Sand als nach Wind klang. Sonst nichts. Es hörte sich so an, als riesele irgendwo Sand hinunter oder als liefen winzige Wellen in schneller, endloser Folge an einem Strand auf.

Der Raum war dunkel. Durch das hohe Fenster war kein Anzeichen einer Morgendämmerung zu sehen.

Jeremy – nein, jetzt war er wieder Jack – hatte keine Ahnung, wie viel Zeit verstrichen war. Er blickte über die Schulter. »Hallo?«

Das einsame Fenster da oben wirkte eher wie eine pechschwarze Grube. Er konnte nicht einmal dessen Rahmen oder viel von der Wand erkennen. Jetzt kam ihm der Raum viel kälter vor.

»Alles, was ich zu wissen glaube, ist falsch.« Jack lächelte und verschränkte die Arme. »Hab's kapiert. Ich bin bereit.«

Er würde nicht einfach aufstehen und den Raum verlassen, denn das würde den anderen nur beweisen, dass er ein Feigling war, nicht fähig, ihren blöden Test, der sowieso nichts brachte, bis zum Ende durchzustehen.

»Schlimmen Situationen entziehe ich mich durch einen Sprung. Das würde jeder machen, wenn er könnte«, sagte er Stunden später.

Wen schützt du, und wen lässt du dabei zurück? Wohin entschwindest du, wenn du springst? In ein anderes Selbst? Wie viele Versionen von dir gibt es?

Jack brach der Schweiß aus. »Ich weiß es nicht.« Er wischte sich über die Stirn und danach über die Wangen. Bestimmt hockte irgendwo irgendjemand und sprach durch ein Loch oder über einen Lautsprecher mit ihm. Zeit, die Sache realistisch zu sehen. Es war jetzt willens, die Illusion, er könne springen, völlig aufzugeben. Das war ihm schon immer verrückt vorgekommen. Und auch die Erinnerung an die dunkle, zerfallende Welt und an das, was jenseits der Membran lag, würde er als Täuschung abtun. *Gib das alles auf – kein Problem. Denk nicht mehr an Glaucous, die riesige Frau und die Wespen – einverstanden. Vergiss die in der Zeitschleife erstarrte Stadt jenseits des Lagerhauses. Vergiss die Damen, selbst Ellen und Dr. Sangloss, und vergiss auch Bidewell. Ich werde mit allem und allen Schluss machen – na ja, vielleicht nicht mit Ginny. Aber stell mir bitte nicht solche Fragen, denn über die Antworten grüble ich schon seit Jahren nach. Wie viele Versionen meines Selbst habe ich verraten, indem ich ihrem Kummer einfach ausgewichen und zu besseren, sicheren Weltlinien gesprungen bin?*

»Ich kann ja nicht alle Versionen von mir gleichzeitig verkörpern.« Er versuchte zu lachen. »Dann würde mir der Schädel platzen!«

Vielleicht waren seine Erinnerungen ja falsch. Vielleicht war er nie aus dem Heck des Van entkommen. Alles zwischen neulich und heute mochte eine Lüge sein, eine Illusion, und Glaucous quälte ihn immer noch: Sie hielten ihn hier fest, indem sie, von Wespen beflügelt, ihre Schicksalsfäden um ihn woben. Vielleicht kam das Zischen oder Surren daher, und dieser hohe schmale Raum war voller Wespen, die das einzige Fenster verdunkelten? Wie konnte er es wissen?

Nochmals versuchte Jack zu lachen, brachte aber nur ein Krächzen heraus, das an das Rascheln von Papier erinnerte.

Doch wenn er Glaucous Realität zugestand, gab er damit auch zu, dass Jeremy Rohmer – Jack Rohmer – etwas Besonderes war, spezielle Gaben hatte, besondere Träume träumte. Genau wie Bidewell oder Mnemosyne (wer oder was sie auch sein mochte) lieferte Glaucous keine plausible Erklärung dafür, wo er sich derzeit befand und was von ihm verlangt wurde. Vielleicht waren sie alle vom gleichen Schlag. Wahnsinn hält sich nicht an Logik oder Regeln.

Beim Gauklermarkt hatte sich anfangs niemand an ihn erinnert, nicht einmal Joe-Jim. Dieser leere Blick … Und dann war irgendetwas bei ihm eingerastet, und er hatte Jack erkannt.

»Du hast mich wieder mit meinen Anfängen verbunden, stimmt's?«

Inzwischen schwitzte Jack stark.

»Wie lange existiere ich schon?«

Was ist deine früheste Erinnerung?

Das Hafengebiet mit den hoch aufragenden Kränen. Das letzte Tageslicht, das wie auflodernder Gold zwischen die grauen Lagerhäuser fällt. Sie wirken nicht viel anders als das von Bidewell, nur nicht so alt. Er sah eine holperige Straße vor sich, deren Steinpflaster mit Asphalt überzogen war, an vielen Stellen mit Schotter und Beton aufgefüllt. Über die Straße fielen Lichtstrahlen, so dass Schatten und Helligkeit einander ständig ablösten und sein Gesicht sich abwechselnd erwärmte und abkühlte, während er zum Hafen radelte. Und in seiner Hosentasche, neben dem Stein, steckte immer noch …

Jack zog das Origami-Puzzle heraus, strich mit den Fingern über die Ränder, stieß durch einen gefalteten Hohlraum hindurch, zerrte an einem Papierstreifen, den er vorher nicht bemerkt hatte.

Der Stein, der kam und ging, war sehr viel früher aufgetaucht als das Origami-Puzzle. Er verband Vergangenheit und Zukunft miteinander, rief Beschützer herbei und hatte ihm seine Registriernummer zugewiesen, die Nummer, nach der Glaucous gefragt hatte. Vermutlich stand sie auf der Innenseite des Achtecks, das er noch immer nicht zu entfalten gelernt hatte.

Jack war nur ein Buch in einem Bibliotheksregal.

»In den Träumen bin ich bei *ihm*, beim Bibliothekar. Er kennt meine Registriernummer, kennt die Nummern aller Bücher in der unendlich großen Bibliothek, denn er hat sie geschaffen. Er ist der Urheber meiner Existenz. Was auf der Hand liegt.«

Er öffnete das Achteck ordentlich, ohne dabei irgendetwas zu zerreißen. Ein Problem gelöst!

Während es sich weiter entfaltete, kullerten die Ziffern über den Fußboden und wanden sich so an den Wänden hoch, dass sie rings um Jeremy einen endlosen Zahlenkreis ergaben, der weiter reichte als die Zeit.

Jack lachte laut auf. »Ich hab auf dem Fahrrad gesessen, stimmt's? Das ist meine erste richtige Erinnerung, denn es war das erste Mal, dass ich in Erscheinung trat. Deshalb fällt es allen so schwer, sich an einen von uns zu erinnern. Wir sind Neuankömmlinge, und du bist immer noch dabei, die Leerstellen auszufüllen.«

Zwischen denen, die die Fäden miteinander verbinden, und denjenigen, die erkennen und beurteilen, herrscht nichts als Liebe. Ohne euch wären die Musen überflüssig. Und nachdem ihr das Erkennen aufgegeben habt, werdet ihr der Freude der Substanz teilhaftig. Doch jetzt verblasst sie zu einem Nichts.

Jack rieb sich die Augen und starrte auf den Tropfen an seinen Fingern. Er wusste nicht, was diese Tränen zu bedeuten hatten. Trauer über einen Verlust, der schlimmer war als der Tod … *Welche* Freude war hier gemeint?

Das war das größte Geheimnis überhaupt, und er würde bald vergessen, dass er je davon gehört hatte.

Daniel saß so lange auf dem Stuhl, bis die Stille ihn zu verschlingen drohte, und immer noch spürte er nichts, hörte er nichts.

Er stand auf, wanderte umher, rieb sich dabei die Hände, und einen Moment lang machte sich ein kleiner Teil von Fred in ihm bemerkbar: in Form einer Gedankenkette, die mit Mathematik und Physik zu tun hatte. *Das Integral über alle möglichen Pfade ist der effizienteste, der wahrscheinlichste Pfad. Nutze den ganzen Kosmos dazu, alle möglichen Stränge in einer Matrix von permutierten Texten zu generieren. Eine Universalbibliothek trägt dazu bei, den wahrscheinlichsten Pfad zu generieren, wie sich von selbst versteht.*

Daniel lächelte bitter. »Wie schön für dich. Du tüftelst also immer noch Dinge aus. Nur werde ich daraus überhaupt nicht schlau. Und aus dem hier am allerwenigsten.«

Freds Gedanken verblassten.

»Ich bin Daniel!«, rief er zur hohen Decke hinauf. »Ich habe diese Steine seit Anbeginn der Zeit geschützt, über *alle* Weltlinien hinweg! *Du musst mich doch kennen!*«

Stille.

»Ich hatte mal eine Familie. Ich hatte einen Bruder. Viele Brüder. Ich erinnere mich an sie, jedenfalls an einige. Ich glaube, einer hieß John oder Sean. Ich bin nicht einfach so aus dem Nirgendwo aufgetaucht. Ich kann dir davon erzählen, was geschehen wird – es wird noch schlimmer als jetzt kommen –, falls du überhaupt hier bist. Aber du bist nicht hier … Oder doch?«

Draußen fiel Staub. Überall fiel Staub.

Er ließ sich wieder auf den Stuhl fallen. Die anderen würden vermutlich lügen und behaupten, sie hätten ein nettes kleines Schwätzchen gehalten, mit wem oder was auch immer. Nichts als Heuchelei. Bidewell zog ein Täuschungsmanöver durch, um ihre Steine an sich zu bringen. Vielleicht hatte der

Alte sie eingesperrt und würde sie hier drinnen verhungern lassen.

»Ich weiß, wer ich bin, auch wenn *du* es nicht weißt«, murmelte er in die reglose, kühle Luft.

Doch jetzt war er keineswegs mehr sicher, ob das auch stimmte.

Irgendetwas in den Zimmerecken hatte sich verändert. Daniel erstarrte, setzte sich aufrecht hin und spähte aufmerksam zu den Schatten hinüber.

Erinnere dich. Denk sehr weit zurück, weiter als jeder andere. Du kamst aus den äußeren Regionen, die allen Forschern verborgen sind, und schließlich brachte man dich zum Hauptstrang.

Erinnere dich.

Seine Augenlider flatterten. Er schloss die Augen und biss die Zähne zusammen. Er sah einen Ort vor sich, einen riesigen Bau, der aus etwas Ähnlichem wie Stein bestand und still in einem Trichter auf einer weiten, glatten Ebene ruhte. Dort herrschte seit Millionen von Jahren Stille, falls Zeit an diesem Ort überhaupt irgendetwas bedeutete. Er sah, wie er sich von Zimmer zu Zimmer bewegte, ohne tatsächlich zu laufen – zuerst als Kind, dann als Jugendlicher –, und fühlte sich dabei entsetzlich einsam und innerlich leer. Er wuchs nicht nach und nach heran, sondern verschwand in einem bestimmten Alter, um älter und gereifter an einem anderen Ort wiederaufzutauchen.

Und jenseits des riesigen Gebäudes, am Rande der fernen, verödeten Hügel, wurden gewaltige Geschöpfe ohne Gesichter oder Gesichtszüge gefangen gehalten, die sich niemals rührten. Sie warteten auf ihre Vorladung.

Das Tal der Toten Götter.

Daniel war gezwungen, sich an das Unmögliche zu erinnern. Wieder einmal war er neu erschaffen worden. Und danach hatte man ihn so weit von jedem Hauptstrang der Realität fortgebracht, dass seine frühesten Erinnerungen die an eine einzige Tortur waren. Um bis hierherzugelangen, hatte er entsetzlich viele zerstörte Weltlinien durchqueren müssen, doch am meisten machte ihm seine Herkunft zu schaffen.

Zwei Steine. Warum?

Erneut veränderte sich der Raum. Die Konfrontation, die er gefürchtet, jedoch für unmöglich gehalten hatte, kam und ging so schnell, dass er sie überhaupt erst im Nachhinein erfassen konnte, was größte Selbstbeherrschung von ihm verlangte.

Daniel wurde eiskalt. Die Dinge, an die er sich nicht erinnern wollte – das, was seine Willenskraft, seine Vorhaben lähmte –, drängten sich einen Moment lang gewaltsam in sein Gedächtnis und Bewusstsein und bestimmten seine Reaktionen.

Du kennst mich.

»Ja.«

Aber nicht so, wie ich jetzt bin.

»Nein.«

Ich habe mich verwandelt, verwandele mich immer noch.

»Ja.«

Ich bin verloren.

»Du stirbst. Aber wir werden uns wiedersehen. Jedes Mal treffen wir uns am Ufer eines silbernen Meeres wieder. Das ist alles, was ich noch weiß.«

Ihm war kalt bis in die Knochen.

Daniel blieb auf dem Stuhl sitzen. Ihm war so kalt, dass er nicht einmal mehr zu zittern vermochte. Vor ihm, auf dem Holzfußboden, lag eine kleine runde Glasscheibe, die zuerst grün, dann blau schimmerte. Im Laufe der Zeit hatte sie sich eingetrübt. Sie sah so aus, als hätte sie an einem Strand gelegen und wäre von einer endlosen Woge aus Wasser und Sand abgeschliffen worden. Vielleicht war es auch gar kein Glas, er konnte es nicht genau sagen. Er bückte sich, nahm die Scheibe einen Augenblick in die Hand, wendete sie mit den Fingern hin und her und ließ sie danach in seine Hosentasche gleiten, neben die rätselhaften Kästchen.

Daniel sah sich im stillen, leeren Raum um. »Leb wohl«, sagte er.

Bidewell ging den hohen schmalen Gang entlang und öffnete eine Tür nach der anderen. Zuerst kam Ginny heraus, mehr im Frieden mit sich selbst, als er sie je gesehen hatte. Jack, der als Nächster heraustrat, wirkte nachdenklich, aber in seinen Augen lag ein neuer Glanz.

Bidewell zögerte kurz, ehe er die mittlere Tür aufmachte. Dann ging er zu Daniels Stuhl hinüber, packte den Mann bei den vorgebeugten Schultern und schüttelte ihn. Daniel fuhr zusammen und schlug die Augen auf. Die Augen, die nicht in dieses Gesicht passten, denn sie blickten messerscharf. »Ich bin eingeschlafen«, gestand er und streckte sich.

Der dritte Hirte war und blieb ein Rätsel.

»Wir werden uns später zusammensetzen«, sagte Bidewell.

»Es war ziemlich interessant. Eine Frage …«, setzte Daniel an, aber Bidewell streckte abwehrend die Hand hoch. »Nicht nötig. Das alles ist vertraulich.« Bidewell nickte dreimal, während sein Blick zu drei verschiedenen, willkürlich gewählten Punkten in dem hohen Raum huschte. Erst danach trat er hinaus.

Der Augenblick, auf den ich mich tausend Jahre lang vorbereitet habe, ist jetzt vorbei, dachte Bidewell.

74

Das Chaos

Sie hatten keine Wahl. Eine weitere Welle unheimlicher Marschierer – Toter, Sterbender oder ewiger Wiedergänger – ergoss sich vom Höhenrücken in die Ebene.

»Es sind zu viele, und sie sind zu stark«, teilten ihnen ihre Körperpanzer mit. »Der Generator wird euch nicht schützen.«

Als Tiadba das Gerät vom Gestell hob, schrumpfte das Kraftfeld auf ein Oval zusammen, das Funken sprühte und zischte, ehe es erlosch. »Zu den Bäumen!«, rief sie.

»Das sind keine Bäume!«, wandte Denbord ein. »Die werden uns umbringen. Du hast doch gehört, was der Panzer gesagt hat.«

Aber es gab keine Alternative. Tiadba drängte ihre Gruppe vorwärts. Denbord griff nach dem Generator, warf ihn sich über die Schulter und beförderte den Handkarren mit einem Fußtritt auf die Seite. Danach zog er die Klave aus seinem Gürtel. Es war das erste Mal, dass sie diese Waffe ausprobierten. Tiadba tat es ihm nach. Die schwarz melierten, eingekerbten Klingen fächerten sich auf und wirbelten so schnell herum, dass sie kaum noch zu erkennen waren. Zwei Kraftbarrieren strahlten im Winkel der Klingen nach außen. Einen Moment lang wirkten sie wie durchsichtig, doch dort, wo sie einander überschnitten, bildeten sie einen silbernen Spiegel. In diesem Zerrspiegel, der das Umfeld mit seinen Strahlen bestrich, sah es so aus, als leerte sich die Fläche in ihrem Rücken. Jedenfalls fielen die unheimlichen Marschierer zurück und lösten sich auf.

»Wir können sie töten!«, rief Denbord triumphierend und schwenkte weiterhin die Klinge. Deren Kraftfeld fegte so nah um sie herum, dass es sie fast erwischt hätte und ihre Anzüge blassgrün zu fluoreszieren begannen.

»Halt uns das Ding vom Leib!«, brüllte Macht.

Instinktiv drängte es die Gruppe zu den funkelnden Bäumen. Es tauchten einfach zu viele Wiedergänger auf, und sie strömten vom Höhenrücken nach unten. Unzählige verschollene Marschierer – Tausende von verlorenen Lebensjahren – hatten sich hier zusammengeballt, um gegen die noch Lebenden vorzugehen. Je mehr die Klaven fällten, desto mehr wuchsen nach. Plötzlich zweifelte Tiadba an der Wirkungskraft ihrer Waffen, denn sie sah, dass die Klaven die unheimlichen Marschierer nur vorübergehend abwehren konnten. Sobald sie sich in Luft auflösten und verschwanden, schienen sie an anderer Stelle auf dem schwarzen Boden wiederaufzuerstehen.

Khren war der Erste, der in die Baumgruppe eindrang. Als er dabei die Äste streifte, schossen die perlmuttfarbenen Lichtkügelchen heraus, als wollten sie nach ihm schnappen. Doch die Bäume verleibten sich ihre Schutzanzüge nicht ein, sondern umhüllten sie sogar noch mit Zweigen und dicken Ästen. Das machte ihnen große Angst – bis sie sahen, dass die Zweige sich hinter ihnen schlossen und sich ein Vorhang aus glitzernden Tropfen bildete, die so zart waren wie Tau. Die unheimlichen Marschierer konnten ihnen nicht folgen. Dieser Schutzschild war zwar völlig anders als die vom Generator erzeugte Blase, aber offenbar wirksamer.

Tiadba, Khren und Denbord führten die anderen tiefer in den Wald, bis sie eine Lichtung erreichten. Als Khren plötzlich stehen blieb, brachte er Tiadba zu Fall, und gleich darauf stürzte Macht über beide. Während sich das Knäuel entwirrte, sanken die anderen auf die Knie, murmelten Gebete, weinten und ließen sich auf den weichen grauen Boden fallen. Derweil schossen die Bäume ringsum empor, bis sich die Wipfel in doppelter Höhe ihrer Köpfe befanden. Überall trieben sie grazile Wedel aus, so dass sich eine Laube bildete, die der Gruppe Deckung gab.

Nach und nach kamen sie wieder zu Atem. Tiadba wälzte sich auf den Rücken. Immer noch rechnete sie damit, dass sie sterben würde oder noch Schlimmeres auf sie wartete. All ihre Kenntnisse aus dem Training, all ihre Instinkte schienen sie jetzt im Stich zu lassen, waren überlagert von einer Furcht, die bis tief in die uralte Substanz reichte, aus der man sie erschaffen hatte. Worauf hatten sie sich da nur eingelassen? Wie viele weitere Schrecken hielt das Chaos für sie bereit, Schrecken, die weit schlimmer waren als die jetzige Situation?

Waren sie hier, wo sie Deckung und offenbar auch Schutz genossen, wo das Chaos frustriert Abstand hielt, auch wirklich in Sicherheit?

Macht weinte um Perf. »Er ist genauso von uns gegangen wie der Hochgewachsene. Hat sich einfach in einen Funkenregen aufgelöst.«

»Er war zu langsam«, sagte Denbord.

Das nahm Macht ihm so übel, dass er mit geballten Fäusten auf ihn losgehen wollte, doch Herza und Frinna hielten ihn zurück. Leise vor sich hin jammernd, ließen sich alle wieder zu Boden fallen.

Tiadba hockte sich in einigem Abstand zur Gruppe hin, zu erschöpft, um sich zu ihren Gefährten zu gesellen. Nico war der Erste, der sich erholte. Durch sein Visier musterte er die Umgebung und konnte gar nicht fassen, dass sie nicht mehr verfolgt wurden.

»Was ist das für ein Ort?«, fragte Tiadba den Schutzpanzer.

Keine Antwort.

»Der Panzer will uns nicht helfen«, bemerkte Macht. »Er ist nutzlos.«

»Vielleicht kann er nicht über Dinge reden, die er nicht kennt«, überlegte Shewel.

»Der Panzer hat auch Perf nicht gerettet. Er hat ihm nicht gesagt, was er tun soll!«

»Alles hier draußen ändert sich ständig«, warf Nico ein. »Der Ausbilder hat gesagt …«

»Wozu dann überhaupt die Sprechvorrichtung?«, brüllte Macht. »Was nützt die *irgendeinem* von uns?« Er schlug mit den Beinen aus und trommelte mit den Armen und Händen auf den grauen Boden – ein Ausdruck des Ärgers und Zorns, den sie alle nur zu gut kannten, denn auf diese Weise hatten sie schon im Hort ihrer Wut Luft gemacht.

Denbord kroch zu Tiadba hinüber und ließ sich neben sie fallen. »Ich weiß nicht, ob wir tatsächlich in Sicherheit sind oder nur im Bauch von etwas anderem.«

Tiadba tastete den grauen Boden ab und bemerkte dabei, dass ihre gepanzerten Finger, anders als sonst im Chaos, kein schwaches Leuchten erzeugten, das die Anpassung des Schutzanzuges signalisierte. »Die Anzüge arbeiten hier kaum«, sagte sie. »Vielleicht ist ein Generator in der Nähe.«

»Ich sehe nichts«, erwiderte Nico. »Nur das Violett und diese Äste. Aber es gefällt mir nicht, wie sie funkeln.«

Shewel gesellte sich zu ihnen und legte sich auf den Rücken. Offenbar wollten sie alle auf Bodenhöhe bleiben, um den Ästen auszuweichen, die jetzt sogar noch größeren Umfang annahmen.

Doch ein Gutes hatte die Situation: Die lodernde Himmelssichel konnten sie von hier aus nicht mehr sehen.

»Es hat ja auch niemand behauptet, dass es leicht sein würde«, warf Denbord ein, allerdings schwankte seine Stimme, denn er war keineswegs sicher, dass es der richtige Zeitpunkt war, Tapferkeit zu demonstrieren, schon gar nicht falsche Tapferkeit. Macht starrte seine Kamerden mit großen runden Augen an. Herza und Frinna saßen nebeneinander und hielten Händchen. Alle holten tief Luft.

Es schien ihnen am besten, nichts mehr zu sagen und sich still zu verhalten. Tiadba inspizierte ihre behandschuhten Finger, spürte, wie der Anzug trocknete und ihre juckende Haut besänftigte. Also funktionierte er noch. Es war die bequemste Kleidung, die sie je getragen hatte. Langsam bekam sie ihre Furcht in den Griff. Als sie nachließ, blieb nur ein leeres Gefühl von Kummer und, wie bei Macht, Enttäuschung zurück. Falls die anderen zu ihr als einer Art Vorbild oder Anführerin aufsahen, dann …

Nach einer Weile hielten die Äste in ihrem Wachstum inne, und es wurde ringsum still.

»Falls wir in irgendeinem Bauch stecken, können wir daran nichts ändern«, erklärte Tiadba. »Besser hier als da draußen.«

»Aber wir können hier nicht ewig bleiben«, sagte Denbord.

»Das wissen wir«, erwiderte Macht. »Halt einfach den Mund und überlass uns unserer Traurigkeit.«

»Vielleicht ist das hier sogar eine Trauerstätte«, bemerkte Nico, der ewige Philosoph.

An den glatten braunen Baumstämmen vorbei, die sich so schnell verästelt hatten, blickte Tiadba nach links, zum Rand der Lichtung, der nur wenige Meter entfernt war. Die funkelnden Baumspitzen strahlten ein schwaches gelbliches Licht aus. Sie war sich nicht sicher, ob sie es schaffen würden, aus diesem Dickicht zu entkommen.

Hier gab es keine Schatten, nichts, das sich bewegte, nichts, das sie bedrohte – aber auch keine Aussicht auf eine Besserung der Lage.

Und dann glaubte sie zu träumen: Die Äste teilten sich, die funkelnden Baumspitzen bildeten einen Bogen, und hindurch trat ein Hochgewachsener. Er trug lediglich einen knielangen Schurz, der schmutzig, zerfetzt und offenbar mit kleinen Zweigen zusammengeflickt war.

Im Halblicht kam er so nahe an die Gruppe heran, dass alle ihn deutlich sehen konnten. Verblüfft starrten sie ihn an.

»Was passiert da?«, flüsterte Tiadba. Aber auch diesmal hatte der Schutzanzug keine Antwort parat.

Der Hochgewachsene sah ihrem Ausbilder Pahtun sehr ähnlich. Allerdings ähnelten in den Augen der Nachgezüchteten alle Hochgewachsenen einander. Er kam noch näher und kniete sich nieder. Sein schmutziges Gesicht wirkte unbeteiligt. Zwar musterte er sie, doch ohne jede Neugier, als überrasche es ihn keineswegs, sie hier zu finden, und als sei er an ihrem Vorhaben nicht sonderlich interessiert.

»Was passiert da?«, wiederholte Tiadba mit lauterer Stimme. »Wo sind wir?«

Der Hochgewachsene schüttelte den Kopf und murmelte irgendetwas.

Plötzlich teilten sich ihre Helme und fielen ihnen auf die Schultern. Denbord war so erschrocken, dass er aufschrie und sich die Hände vor Mund und Augen schlug. Doch dann merkte er, dass er nicht sterben würde.

Die Gruppe schnappte nach Luft, die zwar dünn, aber durchaus angenehm war.

»Die Anzüge erkennen mich und befolgen meine Anweisungen«, erklärte der Hochgewachsene. »Die armen Dinger.« Er strich über Tiadbas Schulter, streichelte aber nicht sie, sondern den Schutzanzug. »Völlig veraltet und eigentlich nutzlos. Versagen bei solchem Stress.«

»Einer von uns ist schon gestorben«, sagte Khren.

Als sie aufstanden, befanden sich ihre Köpfe auf einer Höhe mit den Schultern des knienden Hochgewachsenen. »Ich bin Pahtun«, verkündete er.

»Pahtun ist tot«, entgegnete Macht.

»Pahtuns wird es immer geben. Wo ist er gestorben?«

»In der Zone der Lügen«, erwiderte Nico, und alle nickten bestätigend.

Auch der Hochgewachsene nickte. »Ein guter Anschauungsunterricht, nicht? Ich habe viele Versionen von mir geschaffen und gegen viele Regeln verstoßen, um den Marschierern zu helfen. Wenn Nachgezüchtete meinen Zufluchtsort erreichen, verdienen sie eine Ruhepause, Anweisungen, bessere Wettervorhersagen für das Chaos … Wissen, das in der Kalpa nicht zugänglich ist. Außerdem sollten wir eure Schutzanzüge erneuern und aufrüsten, meint ihr nicht auch?«

»Das wäre sicher gut«, erwiderte Macht, »aber ich glaube dir nicht, kein Wort. Pahtun hat uns aufgetragen, solchen Erscheinungen wie dir nicht zu trauen.« Er sprach beherrscht, ohne jeden Zorn, aber seine Miene war angespannt.

Der Hochgewachsene griff sich an die Nase und gab das Geräusch von sich, mit dem Pahtun stets Belustigung ausgedrückt hatte: ein Grollen, das tief aus der Kehle kam und die Nachgezüchteten jedes Mal leicht verunsichert hatte. »Gute Instinkte«, sagte er. »Aber wäre ich wirklich ein solches Monstrum, hätten euch selbst eure armen, alten und schlecht funktionierenden Schutzanzüge vor mir gewarnt. Wie steht's in der Stadt? Von hier aus können wir sie natürlich nicht sehen.«

»Schlecht«, erwiderte Tiadba. »Sehr schlecht.«

»Na ja, es musste ja so kommen. Der Typhon wird unruhig und immer stärker. Jetzt will er uns endgültig erledigen. Kommen nach euch noch weitere Nachgezüchtete?«

»Das wissen wir nicht«, sagte Tiadba. »Vielleicht nicht.«

»Umso mehr Grund, diese Arbeit hinter uns zu bringen. Das Dickicht wird nur noch kurze Zeit bestehen. Ich habe die Bäume selbst ausgerüstet, habe sie in uraltem Boden herangezüchtet. Genau wie ihr – und ich – bestehen sie aus urzeitlicher Materie. Gut, dass ihr hier eingebrochen seid ... Hättet ihr einen Bogen darum geschlagen, hättet ihr einen Passweg überqueren müssen, und die Schweigenden sind in jüngster Zeit sehr emsig gewesen. Folgt mir.«

Er stand auf, so dass er sie weit überragte, und breitete die Arme aus. »Glückwunsch euch allen! Bis hierher habt ihr's geschafft.«

75
Das grüne Lagerhaus

Die Frauen des Literaturzirkels verteilten sich im Lagerhaus und stellten ihre Feldbetten auf, um sich auf die Nacht vorzubereiten, die keiner anderen ähnelte. Zwar war es dunkel geworden, und durch das Oberlicht konnte Ginny zwei Sterne leuchten sehen, *aber es waren stets dieselben Sterne.* Die Erde stand still. Sonne und Mond hatten ihre Positionen am Himmel seit langem nicht mehr verändert.

Innerlich widerstrebend, breitete Ginny die Decken über ihr Feldbett und nahm in ihrer armseligen Nische inmitten der Kartonstapel Platz. Sie war erschöpft und schläfrig, aber sie wusste, was geschehen würde, wenn sie sich hinlegte und die Augen schloss. Sie fürchtete sich vor diesem Teil des Traums: vor der Trennung (auch wenn Jack nur einige Meter von ihr entfernt schlief, sie konnte ihn leise schnarchen hören), vor der Reise durch … Ihr fiel nicht mehr ein, was es war. Hohe graue Mauern und staubige Böden.

Könnte ich all das nur in irgendeine Reihenfolge bringen!

Minimus kroch durch einen Spalt zwischen den Kartons und sprang aufs Bett. Ginny erlaubte dem Kater, sich auf ihren Schoß zu legen, wo er zufrieden schnurrte und sie mit der hoheitsvollen Anteilnahme beobachtete, wie nur Katzen sie zeigen können: reserviert, wachsam und nur der Höflichkeit halber neugierig.

Mit Minimus fühlte sie sich sicherer, nur würde der Kater sie nicht in das Dunkel hinter ihren Augenlidern begleiten – in die unerwünschte Welt, die sich stets nur einen Spalt und einen flüchtigen Moment lang auftat.

Schließlich konnte sie sich nicht länger wach halten. Sie hörte, wie der Kater vom Bett sprang, aber es war ihr gleichgültig.

Jeden Versuch, ihr Leben zu begreifen und in den Griff zu bekommen, hatte sie inzwischen satt. Und so gab sie für einige, zeitlich nicht fassbare Momente – es war nur ein kurzes Zwischenspiel in einer Welt, in der reale Zeit nicht mehr existierte – einfach auf und fand sich ab mit dem, was war. Ließ zu, dass das aus den Fugen geratene Leben, das sie so fürchtete, über sie herfiel und ihr Inneres ausfüllte. Jedes Mal, wenn sie die Augen schloss, jedes Mal, wenn sie sich ausruhen, schlafen musste, würde sie dieses Opfer bringen, diese Qual erleiden müssen, bis ihre beiden Leben sich miteinander verbanden, *zusammengeführt* wurden.

Ja, ja, aber von diesen Dingen hab ich schon früher geträumt, zeig mir was Neues!

Bring mich hinaus, ins Chaos. Schick mich zu der Trügerischen Stadt und setz mich dort aus, damit es endlich vorbei ist!

Die Frauen versammelten sich rings um den Ofen. Niemand konnte schlafen. »Wie viel Zeit bleibt uns noch?«, fragte Agazutta Bidewell. Sie hatte ihre Beherrschung zurückgewonnen, aber unter ihren Augen zeichneten sich dunkle Ringe ab, und ihr rotes Haar war völlig zerzaust.

Bidewell reichte jedem eine Tasse Kamillentee.

Miriam kam als Letzte in den düsteren, nur vom Schein des Ofens erhellten Raum. Sie hatte erst noch nach Jack und Ginny gesehen und sich vergewissert, so murmelte sie Ellen zu, dass sich Daniel und Glaucous in ihrer Abstellkammer aufhielten.

Bidewell wartete mit seinen Ausführungen, bis alle Frauen da waren. Sie nahmen auf den alten Holzsesseln Platz, nur Agazutta blieb stehen. Träge wie immer, lehnte Farrah sich ins Polster zurück, doch ihre Augen zuckten bei jedem Geräusch, und ihre Hände umklammerten die Armlehnen.

»Nicht mehr viel«, erwiderte Bidewell. »Den Kindern hab ich's noch nicht gesagt. Von jetzt an werden die Dinge rapide zerfallen. – Ich habe eure Gesellschaft sehr zu schätzen gewusst.«

»Aber nicht unser Urteilsvermögen«, entgegnete Farrah und schnaubte. »Du hast diese Mistkerle hereingelassen. Warum?«

Bidewell sah zu der hohen Decke hinauf und schüttelte abwehrend den Kopf. »Weil die Steine es so wollten.«

»Woher kennst du Glaucous?«, fragte Agazutta.

Bidewell verzog angewidert das Gesicht. »Dass *der* hier auftaucht, hätte ich vorhersagen können.«

»Wenn er ein Jäger ist, wieso hast du ihn dann aufgenommen?«

»Welche Antwort ich auch geben würde, sie würde euch niemals befriedigen ... Aber die Integralläufer suchen sich ihre Gefährten selbst aus.«

»Es ist wohl eher so, dass sie sich ihre Gefährten selbst *schaffen*, oder?«, fragte Ellen, während sie sich gedankenverloren über Wange und Kinn strich. Als es jenseits der Mauern erneut laut krachte und mahlende Geräusche zu hören waren, fuhren alle zusammen.

»Kann man nicht wissen«, bemerkte Agazutta müde.

Während Bidewell den Blick senkte, rannen ihm Tränen über die von tiefen Furchen durchzogenen Wangen, was alle schockierte. »So viel weiß ich zumindest: Wie Mnemosyne bestätigt hat, existieren alle Hüter der Steine nur aufgrund des Textes, durch den Text – der Text ist das Entscheidende. Die Integralläufer haben das Labyrinth aller Weltlinien durchquert, sind auf allen möglichen Straßen gereist, selbst auf den unwahrscheinlichsten, und jetzt sind sie hier angekommen, haben sich zusammengefunden und bei uns bemerkbar gemacht. Und von sich aus, mit so unermesslicher Kraft, dass sie unsere Vorstellung übersteigt, haben sie sich Hüter geschaffen. Selbst Daniel ist einer, auch wenn man sich nicht auf ihn verlassen kann.«

»Vielleicht spielt er falsch«, meinte Miriam.

»Das wissen wir nicht. Obwohl sein enges Verhältnis zu Glaucous zweifellos beunruhigend ist. Schon seit Jahrhunderten gibt es Gerüchte über einen schlechten Hirten … Doch ich bin ihm – oder ihr – nie begegnet.«

»Was ist ein schlechter Hirte?«, fragte Agazutta und fuhr sich mit den Fingern durchs Haar.

»Ein Reisender, der sich mittels anderer Hirten den Weg bahnt, indem er sie benutzt. Außerdem bringt er nicht nur den Stein mit, sondern auch noch etwas anderes, aus eigensüchtigen Motiven.«

»Klingt bezaubernd«, bemerkte Farrah.

Bidewell hielt die Hände über das eiserne Öfchen und musterte seine Finger. »Wie immer, muss ich mich für meine Unwissenheit entschuldigen, meine Damen«, murmelte er. »Aber unsere Zeit ist begrenzt, wie schon erwähnt. Ich spüre bei euch eine gewisse Unruhe. Allerdings kann ich euch versichern, dass die Chancen da draußen sehr begrenzt sind.«

»Sie haben sich bereits entschieden«, sagte Ellen.

»Wer geht?«

Agazutta streckte die Hand hoch. »Die Kinder sind erwachsen und fortgezogen, weit weg, nach Frankreich und nach Japan. Aber vielleicht haben sie zu Hause Nachrichten für mich hinterlassen. Kann ja sein, dass es noch immer eine Möglichkeit gibt, mit ihnen zu reden. Ich muss es wenigstens versuchen.«

Auch Miriam meldete sich. »Ich muss zurück zur Klinik – falls sie überhaupt noch steht. Bestimmt sind meine Patienten wie verrückt vor Angst. Und meine Angestellten ... Sie sind schon seit Jahren bei mir.«

Farrah stand auf und streckte sich. »Ich bin zwar allein, aber ich schließe mich Agazutta und Miriam an, um einfach ein bisschen auf sie achtzugeben.«

»Ich bleibe«, erklärte Ellen, »ob ich hier gebraucht werde oder nicht. Da draußen braucht mich jedenfalls niemand.«

»Auch wir nicht?«, fragte Agazutta. »Ist das hier das Ende der Hexen von Eastlake?«

»Es war eine schöne Zeit«, erwiderte Ellen. »Ihr alle seid die besten Freundinnen und die kühnsten Abenteurer, die man sich wünschen kann.«

»Na ja, es ist ja noch nicht vorbei ...«

»Erst dann, wenn ich zu singen anfange«, sagte Farrah.

Schluchzend umarmten die Frauen einander. Danach griffen Agazutta, Miriam und Farrah nach ihren Reise- und Handtaschen, und Bidewell begleitete sie zur Tür.

»Habt ihr eure Bücher?«, fragte er. »Verliert sie nicht. Behaltet sie stets bei euch.«

Sie bedachten ihn mit ironischen Blicken. »Schlanke Bändchen«, bemerkte Agazutta.

»Was bedeutet die Zahl 1298?«, fragte Farrah.

»Es sind eure Geschichten, meine Lieben«, sagte Bidewell. »Aufgeschrieben vor langer Zeit in lateinischer Sprache, und zwar von eurem ergebenen Diener, der sie von noch älteren Texten kopiert hat. Von Schriftrollen, die in Herculaneum verbrannt sind. Solange ihr eure Geschichten bei euch habt, bieten sie euch einen gewissen Schutz. Ich empfehle euch, beim Lesen keine Seiten zu überspringen und auch nicht bis zum Ende vorzublättern. Jetzt noch nicht.«

»Werden wir hier lebend herauskommen?«, fragte Farrah.

Bidewell schnaubte leicht, antwortete jedoch nichts.

Miriam machte die Außentür auf. Die Luft über der Stadt hatte ein wenig aufgeklart. »Oh, seht mal.« Sie seufzte. »Es regnet ja gar nicht.«

»Was wird mit euch übrigen passieren?«, fragte Agazutta und fasste Bidewell am Ellbogen, als sie nebeneinander die Rampe hinuntergingen.

»*Das* ist wohlbekannt. Ich bin gebrandmarkt. Bewege mich schon allzu lange in diesem Getümmel, als dass man mich übersehen könnte, deshalb … Ich fürchte, unser aller Schicksal hängt vom Ausgang dieses Geschehens ab. Und bis dahin werden wir zwangsläufig in einer Art Zwischenspeicher festsitzen, genau wie diese Stadt, genau wie alle Städte, die ganze Geschichte und die Zeit überhaupt. Die Welt hier draußen ist nicht der einzige Eintrag ins Buch und auch nicht die endgültige Version des redigierten Textes.«

Agazutta schüttelte wehmütig und leicht verärgert den Kopf. »Ich hab dich noch nie verstanden. Und auch nicht, warum wir all das getan haben.«

»Ich bin eben ein verführerischer Bursche.«

»Das bist du ganz bestimmt.« Miriam gab Bidewell einen Kuss auf die Wange.

Als das Tor sich öffnete, traten die drei Hexen von Eastlake ins Dunkel hinaus, in den Händen die Reise- oder Handtaschen mit ihren Büchern. Sie ließen Ellen, ihre Jüngste, zurück. Mit feuchten Wangen blieb sie neben dem uralten Mann stehen, der jetzt sogar noch älter als sonst wirkte.

»Wir sollten wieder hineingehen«, sagte Ellen und blickte den drei Gestalten nach. Kaum sichtbare Lichtkreise hoben sie aus dem Dunkel hervor, und das Wabern des Himmels, das die Mauern erschütterte und zermahlte, ebbte bei ihrem Aufbruch ab.

»Es wird nicht mehr lange von Bedeutung sein, wo sich irgendjemand von uns aufhält«, erklärte Bidewell.

Ellen umfasste sein Gesicht und sah ihm direkt in die Augen. »Aber das hast du ihnen nicht gesagt. Du glaubst also, dass unsere Versuche fehlgeschlagen sind.«

»Auf kurze Sicht, die inzwischen auch jeder langfristigen Perspektive entspricht, sitzen wir alle im selben Boot. Jetzt gibt es nur noch zwei Schicksalsfäden, zwei Pfade. Man wird uns alle entweder den einen oder aber den anderen Pfad entlangschicken. Entweder söhnt Mnemosyne Anfang und Ende miteinander aus und integriert den Ausgang unserer Geschichten in eine Ordnung. Oder aber die Kalkfürstin spielt nach Lust und Laune mit uns. Und letztendlich sind es die Kinder, die bei uns zu Gast sind, die uns leiten werden.«

Er richtete sich zu voller Größe auf und deutete zu dem dunklen Vorhang hinüber, hinter dem die drei Frauen verschwunden waren. »Ich wünsche ihnen alles Gute. Es ist kalt hier draußen.« Er schloss die Tür, verriegelte sie aber nicht. »Jetzt hat man uns all unsere Spielkarten ausgeteilt.«

76

Das Chaos

Als diese Version von Pahtun, die auch dessen Namen trug, sie tiefer ins Dickicht führte, schwangen die Äste zur Seite. Tiadba war klar, dass sie hier nie wieder herausfinden würden. Die Äste hatten sich nur widerstrebend geteilt und gleich darauf versucht, sich wieder um sie zu schließen, vielleicht zum Schutz der Gruppe. Der Körperpanzer reagierte nicht mehr auf ihren Befehl, sich zuzuziehen und zu versiegeln. Offensichtlich hatte jetzt der Hochgewachsene das Kommando, und er schien zu wissen, was er tat.

Macht trug eine mürrische Miene zur Schau, und Denbords Gesicht war zur einer Maske des Trotzes erstarrt, auch wenn er beharrlich schwieg. Sie hatten schon allzu viel durchgemacht.

»Habt ihr eure Klaven ausprobiert?«, fragte Pahtun. »Wie haben sie sich bewährt?« Als der Hochgewachsene sich mit ausgestreckten Armen herumdrehte, strahlten die Spitzen der oberen Äste so hell auf, dass sie fast das Tageslicht des künstlichen Himmels erzeugten.

»Ja, haben wir«, erwiderte Denbord. »Sie waren schwer zu handhaben. Aber einige der früheren Marschierer sind hinter uns zurückgefallen. Ich meine die Toten oder was sie sonst gewesen sein mögen. Sie haben sich aufgelöst.«

»Zweifellos Wiedergänger. In dieser Gegend sind sie dicht gesät.«

»Sind es Tote?«, fragte Tiadba.

»Vielleicht nicht Tote, aber höchst unglückselige Wesen. Kann sein, dass es Versionen von *euch* waren, die falsche Entscheidungen getroffen haben und in Fallen geraten sind. Und dann hat der Typhon ihre Schicksalsfäden in eine Schlinge verwandelt, so dass sie ihre Schritte ewig wiederholen. Der Typhon benutzt alles, was er erbeutet oder findet. Das ist kein angenehmes Ende. Eigentlich überhaupt kein Ende, nach dem, was ich in den letzten Zehntausenden von Tag-Nacht-Zyklen gesehen habe. Ich arbeite hier draußen, merke mir das, was ich in Erfahrung bringen kann, und gebe es an diejenigen weiter, die es bis hierher geschafft haben.«

»Wie viele Marchierer haben denn bis hierher überlebt?«, wollte Denbord wissen.

Nico streckte die Hände wie zum Gebet hoch, um mitzuzählen.

»Ich weiß es nicht genau. Vielleicht hundert … Nein, weniger.« Als Pahtun den Boden vor sich berührte, stieg ein Kasten daraus empor, etwa so groß wie eine Wäschekommode. Er umkreiste sie, kratzte sich die Handflächen, murmelte irgendetwas und ruckte mit dem Kopf hin und her. Der Kasten reagierte darauf: Seine Seitenteile klappten auf. Im Innern wanden sich dünne Zweige, die mit schwindelerregender Geschwindigkeit heranwuchsen, wobei sie grell leuchtende Fünkchen sprühten. Es waren winzige Versionen der Bäume ringsum, die ihnen Deckung gaben.

»Zieht eure Anzüge aus und legt sie auf dem Boden ab. Sobald sie ausgelüftet sind, werfen wir sie hier hinein.« Pahtun deutete auf die sich windende Masse in dem Kasten. »Eure Schutzanzüge werden sich darin erneuern und aufrüsten. Sie werden sich neue Kenntnisse aneignen, damit sie euch besser anleiten können. Danach zieht ihr wieder los. Auch ich werde dieses Lager abbrechen und fliehen, denn ganz in der Nähe liegt der Passweg, und ich möchte von keinem der Schweigenden erwischt werden. Außerdem halten wir alle uns viel zu nah beim Zeugen auf.«

»Wie ist das möglich?«, fragte Tiadba. »Wir wurden doch weit davon entfernt ins Chaos entlassen.«

»Entfernungen, Winkel, Maße: All das verändert sich derzeit, fürchte ich. Und das macht es nicht leichter, zu planen und sich auf das Chaos vorzubereiten.«

Mit einer Geste wies er sie an, sich auszuziehen, wobei sein feiner Blütenfinger deutlich zu sehen war. Zögernd schälte sich einer nach dem anderen, mit Ausnahme von Macht, aus dem Schutzanzug und legte ihn auf dem Boden ab. Herza und Frinna blieben nahe am Kasten stehen, als ermutige sie sein rätselhaftes, ihnen aber offenbar wohlgesinntes Innenleben. Shewel gesellte sich zu ihnen.

Pahtun sammelte die Anzüge ein und warf sie in die herumwirbelnden Zweige, wo sie aufzischend verschwanden. Immer noch wartete er darauf, dass Macht sich endlich einen Ruck gab.

»Toller Zauber«, bemerkte Denbord, kniff die Augen zusammen, nickte und fasste sich an die Nase. Nach wie vor traute er der Sache nicht, aber welche Alternativen hatten sie schon? Dass sie hier geschützt waren, wenn auch nur vorübergehend, konnte niemand leugnen.

»Tu's einfach!«, wies Tiadba Macht an. Er bedachte sie mit einem wütenden Blick, doch schließlich zog er seinen Anzug aus und reichte ihn diesem seltsamen Pahtun, der ihn sofort in das silbrige Gewirr warf.

Fast nackt ließen sich die Marschierer rings um den Kasten nieder und lösten einander dabei ab, vom jüngsten großen Übergriff des Chaos zu erzählen, von den Schäden, die die Kalpa dabei erlitten hatte, von ihrem Training und dem Ende des ersten Pahtun. Sie erwähnten auch die Sternenschiffe im Tal und deren plötzliches Verschwinden, die Ruinen der großen Städte, die seltsamen Lichtspiele. Und die Wiedergänger.

»Bestimmt ist Perf jetzt bei ihnen«, sagte Macht. Nico kniete nieder und legte die Hände zu einem Fürbittegebet aneinander – auch wenn niemand wusste, zu wem sie hier draußen beteten.

Pahtun hörte aufmerksam zu, allerdings hatte Tiadba den Verdacht, dass er solchen Geschichten schon oft gelauscht hatte. »Trotz aller Widrigkeiten habt ihr euch gut geschlagen, junge Freunde«, sagte er. »Gut zu wissen, dass wir immer noch solche wie euch erschaffen können. Aber die Stadt weiß kaum etwas über das Chaos, das war schon immer so. Und ich kann weder dorthin zurückkehren noch den Bewohnern übermitteln, was ich weiß, denn ein solches Risiko kann die Stadt nicht eingehen. Schließlich könnten wir ja Ausgeburten des Typhon sein, die bewusst Fehlinformationen verbreiten.«

»Genau das hat auch unser Ausbilder gesagt«, bemerkte Macht trübselig.

»Könnten«, betonte Pahtun. »Verlasst euch auf eure Instinkte, denn sie sind sehr viel feiner als die irgendeines Instandsetzers oder Eidolon. Näher am irdischen Ursprung, näher an der Wahrheit. Bin ich eine Ausgeburt des Chaos?«

»Nein«, erwiderte Denbord nach kurzem Zögern, und Tiadba stimmte ihm zu. Die anderen sagten nichts.

»Nun ja, manche von euch glauben mir, andere sind nach wie vor argwöhnisch, und das macht auch gar nichts. Niemand von euch kann ständig Recht haben. Aber so viel kann ich euch sagen: Die Passwege verlagern und vervielfältigen sich ständig. Da draußen gibt es mittlerweile unzählige Pässe, und sie ziehen sich jetzt enger zusammen. Die meisten führen zu einem riesigen Trichter, den ein Tal durchschneidet. Und dieses Tal erstreckt sich fast über die Hälfte dessen, was von der Erde noch übrig ist. Da draußen habe ich einige seltsame Dinge gesehen. Dort sammelt sich irgendetwas und wird immer größer. Ich weiß nicht, was diese Objekte darstellen oder vermögen. Im Augenblick belässt es das Chaos bei dieser Ansammlung. Manche Eidola bezeichnen das da draußen als *Tohuwabohu*, als wüste, sinnlose Unordnung. Die Angelins im Zerstörten Turm können hin und wieder so weit blicken, wenn das Licht im Chaos Streiche zu ihren Gunsten spielt. Inmitten dieses *Tohuwabohu* liegt euer Reiseziel, Nataraja.«

»Existiert die Stadt überhaupt noch?«, fragte Nico.

»Hoffen wir's. Denn wenn nicht, war all unsere Mühe umsonst. In ihrer unermesslichen Weisheit haben die Großen Eidola wichtige Persönlichkeiten in diese Rebellenstadt verbannt. Und diese Verbannten haben wichtige Instrumente mitgenommen, wie ich erfahren habe.«

»Welche?«, fragte Nico mit wachem Blick.

»Das wissen nur sie. Kennt ihr die Geschichte des Bibliothekars, junge Freunde?«

»Nein.«

»Jedenfalls nicht die vollständige«, setzte Nico nach.

Tiadba hielt die Bücher hoch, die sie in der Beintasche ihres Schutzanzugs mitgeschleppt hatte. »Vielleicht ist es auch nicht nötig, dass wir sie kennen.«

Mehrmals hatte Pahtun fast gierig zu den Büchern hinübergeblickt. »Es würde wohl kaum irgendjemandem nützen, wenn ihr sie nicht erfahrt. Die Geschichte des Bibliothekars ist Teil einer großen Erzählung, der größten Erzählung überhaupt. Und du, junge Freundin, heißt doch Tiadba, stimmt's?«

Sie hatte ihm ihren Namen nie genannt. Vielleicht hatte Pahtun ihn von ihrem Schutzanzug erfahren. »Ja.«

»Dann lies uns doch vor, ja? Wir haben Zeit, und ich hab schon ewig lange keine Geschichte mehr von einem Marschteilnehmer vorgelesen bekommen.«

Als sie das Buch aufschlug, stieß sie auf einen Abschnitt, in dem Sangmer von seiner Besatzung und ihrer Reise im Sternenschiff erzählte. Von der Reise, die ihn und seine Mannschaft zu den letzten Ausläufern der gekrümmten Raum-Zeit tragen sollte.

DAS ERSTE BUCH ÜBER ISHANAXADE

Selbst inmitten der Schönheit, die die Shen mit ihren Welten geschaffen hatten – Welten, die den Gliedern einer Halskette ähnelten –, selbst umgeben von all den ausgeklügelten Künsten, die die Shen in der Vergangenheit aus allen lebenden Galaxien zusammengetragen hatten, konnte meine Besatzung in Anbetracht dessen, was wir gesehen hatten, nur Bedauern empfinden. Bedauern – und Angst bei dem Gedanken, all diese zerstörten Raumregionen auf unserem Rückweg erneut durchqueren zu müssen. Wen oder was wir auch mitnehmen oder befördern würden: Uns war klar, dass die Heimreise noch schwieriger werden würde als der Hinweg.

Währenddessen traf Polybiblios seine Vorbereitungen: Sie bestanden darin, seine Shen-Selbste abzustreifen und die Einheit seiner Deva-Wesenheit wiederherzustellen. Ich jedoch wanderte an den feinkörnigen Säumen des Beckens entlang, in dem die Shen ihre Entdeckungen lagerten. In diesem Becken, das unter dem Lichtband des größten Ringsterns wie ein glatter Ozean aus Jade schimmerte, lagen die gebündelten Schicksalsprotokolle von all den Reisen, die die Shen während der Zeit der Leuchtenden Pracht unternommen hatten, vor dem Ende der Schöpfung. Schon lange waren all diese Informationen verstümmelt und unwiderruflich zerstört, doch immer noch voller Wunder.

Ich suchte Stille, zweifellos eine einsame Art, sich inneren Frieden zu verschaffen, aber immer noch besser, als weiter über unseren nahezu sicheren Untergang im Chaos nachzudenken.

Währenddessen unterhielt sich meine Besatzung damit, die Schreine aufzusuchen, die von den großen Leistungen der Shen kündeten. Junge menschliche Sucher hatten sie errichtet. Diese Sucher waren aus Welten hierhergekommen, die heute längst vom Chaos verschlungen sind. Die Shen akzeptierten keine Geschenke und auch keine Huldigungen jedweder Art. Ihr Stoizismus ging so weit, dass sie Gaben erst gar nicht zur Kenntnis nahmen, sie weder ausdrücklich ablehnten noch vernichteten. Und so wurden diese Monumente einfach einem malerischen Verfall überlassen; sie blieben stehen oder zerfielen ganz nach den wechselhaften Launen dieses gigantischen Pseudo-Planeten.

Die Shen waren die Ersten gewesen, die die fünfhundert lebenden Galaxien kartiert hatten. Die Ersten, die aus den nutzlosen Spiralarmen sterbender Sonnen Ringsterne schufen. In vielerlei Hinsicht hatten sie Pionierarbeit geleistet. Und hier lag nun dieses tote, glitzernde Meer der Entdeckungen und des Wissens, klatschte leise auf einen feinsandigen Strand und spottete allen, die je nach Ruhm gestrebt hatten.

Nur von diesen düsteren Gedanken begleitet, streifte ich meine Gewänder ab und watete zu den kühlen silbernen Vektoren hinaus, spürte, wie sie wabernden Kristallen gleich meine Fersen umspülten, so als suchten sie auf der Grundlage meiner Anweisungen nach Erleuchtung. Dabei wären sie gar nicht fähig gewesen, meine Gedanken mit mir zu teilen oder von mir geäußerte Anweisungen in sich aufzunehmen. Enttäuscht wispernd, zogen sie sich schließlich zurück. Dieses wirre Gemurmel war gerade noch wahrnehmbar und weckte die Illusion, sie könnten vielleicht wirklich noch einmal längst verschollene Geschichten erzählen. Die Melancholie, die sie ausstrahlten, passte wunderbar zu meiner eigenen Stimmung, als wäre sie nur für mich bestimmt. So empfand ich es jedenfalls, bis ich etwas sah, das ich anfangs für die kleine Gestalt einer jungen Frau hielt. Aus etwa einer Meile Entfernung kam sie am Strand entlang auf mich zu.

Doch wie sollte das möglich sein: eine offenbar menschliche Gestalt auf einer Welt, wo nur meine Besatzung mit Fug und Recht behaupten konnte, zur menschlichen Gattung zu zählen? Meine Leute waren allesamt bescheidene Instandsetzer. Und dann war da natürlich noch der Deva Polybiblios.

Das Mädchen hätte eine junge Instandsetzerin sein können, doch schon seit vielen Billionen Jahren kam kein Angehöriger meiner Art mehr in dieser Gestalt auf die Welt oder verbrachte darin Kindheit und Jugend.

Als sie näher kam, watete ich zum Ufer, kniete mich an den Rand des Beckens und strich mit der Hand über die winzigen runden Objekte, die hier angespült worden waren. Sie leuchteten in sanftem Grün. Hilflos beobachtete ich diese Kindfrau aus den Augenwinkeln heraus. Ich spürte, dass mit ihr etwas auf mich zukam, das ich niemals mehr würde rückgängig machen können.

Doch ich vermochte mich nicht zurückzuziehen.

»Bist du der Pilger?«, fragte das Kind, als es mir so nahe war, dass ich seine Stimme über das Geflüster der Vektoren hinweg hören konnte.

»Manche nennen mich so. Wer warst du früher?« Ich dachte, die Kindfrau sei vielleicht ein Überbleibsel aus der Geschichte der Vektoren, und der helle Aufruhr, den ich im Meer verursacht hatte, habe sie wohl in die Gegenwart zurückgeholt – ein Fetzen abgelegter Haut, herbeigezaubert von Kräften, die das Begriffsvermögen eines Instandsetzers weit überstiegen.

»Ich bin, nicht war. Aber ich habe noch keinen vollständigen Namen. Die Shen haben mich einem Menschen anvertraut, den ich Vater nenne. Er hat die Teile, aus denen ich zusammengesetzt bin, aus diesem Meer geborgen, genau wie diese kleinen Dinger am Strand. Und danach hat er dabei geholfen, ihnen die Gestalt zu geben, die du jetzt vor dir siehst.«

»Bist du ein Mensch?«

»Größtenteils ja. Mein Vater hat mich wegen der Abstammungslinie der Deva dem Geschlecht Simia zugeordnet.«

Obwohl sie nahe bei mir stand, konnte ich ihre Gesichtszüge nicht recht ausmachen, denn sie waren noch nicht deutlich ausgeprägt. In ihrem Gesicht waren viele reizende Möglichkeiten angelegt, doch es schien ihr nicht eilig damit zu sein, sich festzulegen. Und dieses Unfertige, diese Vielfalt von Möglichkeiten, schien ihr auch keineswegs peinlich zu sein.

»Wie soll ich dich dann nennen?«

»Ich habe einen Shen-Namen, aber das ist kaum besser, als hätte ich überhaupt keinen.«

»Und was bist du noch, abgesehen von deinen menschlichen Anteilen?« Ich versuchte, nicht allzu unhöflich zu klingen.

»Das weiß ich nicht genau. Polybiblios hat mir versichert, ich hätte Elemente der Kräfte in mir, die früher einmal zur Gestaltung, aber auch zur Auflösung der Schöpfung beigetragen haben. Die Shen haben diese Kräfte entdeckt, geborgen und dem Meer überantwortet, damit Vater sie dort wiederfindet und zusammenfügt. Wie er so große Ideen in diese kleine Form bringen konnte, weiß ich auch nicht. Kannst du sie sehen?«

»Im Augenblick sehe ich nichts und niemanden deutlich.«

Jetzt nahm ihr Gesicht feste Züge an, und ihr Umriss schärfte sich, doch dann wuchs sie plötzlich, schoss so sehr in die Höhe, dass sie den Vektorenozean um ein Vielfaches meiner Körperlänge überragte.

Bezaubert von ihrer Unwissenheit, was Maße betraf, sah ich zu ihr empor. »Bestimmt kommt man sich wichtig vor, wenn man dem Ruhm der Schöpfung als Gefäß dient«, sagte ich und schirmte meine Augen gegen das strahlende Licht des Ringsterns ab.

»Meistens merke ich gar nichts davon. Aber hin und wieder verliere ich die Kontrolle über mich und versuche, bestimmte Dinge zu reparieren oder in eine gewisse Reihenfolge zu bringen – ich möchte sie korrigieren. Doch wenn ich erwachsen bin, werde ich mich vermutlich beherrschen können und eine verlässliche feste Gestalt annehmen, so wie du sie hast. Eure Gestalt ist ansprechend, jedenfalls hat mir das Polybiblios erzählt.«

»Bist du demnach eine Belohnung? Ein Geschenk, das die Meister der Shen ihrem Deva-Schüler gemacht haben?«

»Mein Vater scheint mich jedenfalls sehr zu schätzen und zu mögen.« Sie war geschrumpft und jetzt nur noch wenig größer als ich. Außerdem wirkte sie bereits gereifter als vor wenigen Augenblicken. »Ich glaube, er möchte untersuchen, zu was ich mich entwickle.«

Als sie den Zeh in das Vektorenmeer tauchte, verbreiteten sich rosarote Wellen nach außen. Mir kam es so vor, als könnte sie von sich aus alles neu beleben, was verlorengegangen war. »Würde ich hierbleiben, hätte ich nicht das, was ich brauche, denn die Shen können oder wollen es mir nicht geben. Ich würde nur zu einer weiteren nutzlosen Erinnerung werden, genau wie dieses Meer. Und dann würde das, was von dieser Welt noch übrig ist, vernichtet werden, sobald die Shen sich dem Chaos ergeben.«

Meine melancholische Stimmung war verschwunden. Mit jedem Atemzug verbreitete dieses Wesen Frische und die Aussicht auf einen Neuanfang. Sie strahlte ein solches Potenzial von Daseinsfreude aus, wie ich es noch nie bei jemandem erlebt hatte. Mit diesem Charme war bestimmt auch eine Anpassungsfähigkeit an unterschiedlichste Bedingungen verbunden, aber was würde sie je mit einem Instandsetzer anfangen können? Oder er mit ihr?

Sie trat nahe an mich heran und streckte mir ihre sternenhelle Hand hin. »Polybiblios hat gesagt, der Kapitän des Schiffs, das durch den gekrümmten und gefalteten Raum reist, müsse mich ausdrücklich einladen, zur Erde mitzukommen. Er hat mir auch erzählt, wie riskant diese Reise ist. Die Entscheidung liegt bei dir, Pilger.«

Ich spürte, wie die uralten Kräfte wie Feuer in meinen Augen brannten und meine Haut erwärmten. Was früher einmal nur eine aberwitzige Geschichte oder Theorie gewesen war – die Annahme, am Ende der Leuchtenden *Pracht* sei eine Muse verschollen, habe sich erst verdichtet und dann verteilt –, stand jetzt real und lebenssprühend vor mir, wenn auch in lichtdurchlässiger Gestalt.

»Du bist immer noch so etwas wie ein Geist«, erwiderte ich. »Vermutlich wirst du nicht viel Raum in Anspruch nehmen und nur wenige Versorgungseinheiten verzehren.«

»Bis jetzt esse ich noch gar nichts, aber später schon. Vielleicht verschlinge ich dich dann, Pilger.« Jetzt wirkte sie sehr reif, und ihre tiefen goldenen Augen sahen mich unverschämt an. »Vielleicht werde ich auf deinem Schiff meinen wahren Namen erfahren. Vielleicht hilfst du meinem Vater dabei, diesen Namen für mich zu finden.«

Ich war längst bis über beide Ohren in sie verliebt.

Erschöpft blickte Tiadba sich im Kreis ihrer Gefährten um. Die Geschichte enthielt so vieles, das sie einfach nicht begreifen konnte, so dass in ihrem Kopf alles durcheinanderwirbelte. Auch ihre Gefährten wirkten verwirrt und schlugen sich mit den Rätseln und Wörtern herum, die weit über ihren eigenen Erfahrungshorizont hinausreichten. Pahtun brummte leise und schüttelte den großen Kopf. »Es ist eine sehr alte Geschichte«, sagte er. »Ich weiß nicht, ob ich irgendein Wort glauben soll.«

»Aber so steht es da drin«, entgegnete Tiadba trotzig.

»Oh, das bezweifle ich ja gar nicht. Es gibt so viele Geschichten, wie es Marschteilnehmer gibt. Ich habe mich oft gefragt, wie die Eidola zu dem wurden, was sie sind. Und wie Ishanaxade zu dem wurde, was *sie* inzwischen ist ... Aber das sind andere Geschichten, und vielleicht weiß ich noch immer nicht, was wahr ist und was nicht.«

»Irgendwie ergibt es schon einen Sinn«, sagte Nico tapfer. »Wir müssen die Bücher später noch einmal lesen, um zu sehen, ob die Geschichten sich verändern.«

»Ich hab nicht das Gefühl, dass die Geschichten sich verändern«, erklärte Tiadba nicht zum ersten Mal. »Vielleicht verstehe ich sie nur anders als früher.«

»Ist an der Zeit, dass du uns allen die alte Schrift beibringst, damit wir die Bücher selbst lesen können«, sagte Denbord mit Nachdruck.

»Ja, das wäre schön«, bestärkten ihn Herza und Frinna, was Tiadba verblüffte.

»Tolle Aussichten!« Macht gähnte.

»Falls noch Zeit dazu bleibt«, warf Pahtun ein. »Die Anzüge sind bald fertig.«

Zum ersten Mal, seit sie das Ausbildungslager verlassen und die Grenze des Realen überschritten hatten, überkam Tiadba so etwas wie ein Schlummer, der mit festem Schlaf nichts gemein hatte. Sie wusste nicht, ob sie träumte oder nur eine seltsame Erinnerung in ihr hochkam. Jedenfalls hatte sie das Gefühl, sich in einem großen Raum zu befinden, umgeben von Bücherregalen, die zwei- oder dreimal so hoch waren wie die Regale im oberen Teil der Ebenen. Sie sah vier Frauen – nach ihren Maßstäben große Frauen, doch wie konnte sie das beurteilen? Zumindest war sie im Verhältnis zu diesen Frauen klein. Sie wuselten um Tiadba herum und unterhielten sich miteinander. Offenbar machten sie sich große Sorgen um irgendetwas.

Als sie keuchend aus der Trance hochfuhr und aufblickte, sah sie, dass Pahtun Teile von Schutzpanzern aus dem rotierenden Astgewirr im Mittelpunkt der Laube herausfischte und ihre neuen Anzüge zusammenfügte. Er stellte sie aufrecht hin und versah die Rümpfe mit Gliedmaßen. Dazu benutzte er eine kleine Kugel, die er mit dem Blütenfinger führte. Während dieser Arbeit pfiff er vor sich hin – allerdings hätte Tiadba diese Töne nicht als Melodie bezeichnet. Als er merkte, dass sie ihn beobachtete, hielt er inne, zwinkerte ihr zu und fasste sich an die Nase. Dennoch wirkte er besorgt, falls sie die Mienen von Hochgewachsenen überhaupt richtig deuten konnte.

Während die Gruppe sich rings um die neu zusammengefügten Schutzanzüge versammelte, umkreiste Pahtun sein Werk, hob und senkte die Hände und verlieh auf diese Weise jedem Schutzanzug Glanz. Dabei ähnelte er seinem Namensvetter so sehr, dass Tiadba keinen Unterschied zu seinem Vorgänger entdecken konnte, mal abgesehen von der verdreckten, zerlumpten Kleidung des zweiten Pahtun.

»Sie sind fertig«, verkündete er. »Jugendlich frisch und mit viel mehr Informationen ausgestattet als die früheren, genau wie ich euch versprochen habe. Jetzt zieht sie schnell an, denn uns rennt die Zeit davon. Der Passweg verlagert sich derzeit, und wenn wir nicht aufpassen, stecken wir bald mitten im Schlamassel.«

Hastig streiften alle ihre neuen Anzüge über und gingen darin probeweise auf und ab. Anfangs spürten sie kaum einen Unterschied zu den alten; Tiadba kam der neue Körperpanzer nur etwas weniger elastisch vor.

Nachdem Pahtun die rotierenden Zweige zum Stillstand gebracht hatte, verkleinerte sich der Kasten von sich aus so, dass Pahtun ihn mühelos aufheben und in einem Tuch verstauen konnte, das er sich um die Schulter schlang.

»Du selbst trägst ja gar keinen Anzug«, fiel Tiadba plötzlich auf.

Er winkte ab. »Mein Schutzpanzer ist die Laube. Seht euch vor und tretet zur Seite, denn gleich wird sie sich auflösen, und ich werde mit ihr verschwinden. Wir werden uns nicht wieder begegnen, hoffe ich. Denn falls doch, haben wir alle versagt. Eure Panzer reagieren jetzt besser, verfügen über mehr Informationen und sind auch robuster als die alten. Aber denkt daran, dass noch Schlimmeres als bisher auf euch wartet. Vor allem aber glaubt mir, dass ich real bin. Denkt nicht, ich sei niemals hier gewesen.«

Als die Laube unversehens in Flammen aufging, war wieder der gefaltete Himmel mit dem langen rötlich violetten Feuerbogen zu sehen. Tiadbas Helm legte sich eng um ihren Schädel. Gleichzeitig färbte sich das Visier so ein, dass die Szenerie ringsum orange wirkte, denn die Äste flackerten in so grellem Ultraviolett auf, dass sie sonst nicht hätte hinsehen können.

Sie befanden sich erneut im Chaos. Während sie auf dem schlingernden schwarzen Boden stehen blieben, hörte Tiadba, wie ihre Gefährten Schreckensschreie unterdrückten. Einen Moment lang meinte sie eine große schlanke Gestalt zu erkennen, die davoneilte, glaubte, weiße Gliedmaßen inmitten von funkelnden, rotierenden Ästen aufblitzen zu sehen – einen Hochgewachsenen, einen einsamen Instandsetzer.

»Achtung, Marschteilnehmer«, meldeten sich die Schutzanzüge. »Lauscht auf euren Leitstrahl!«

Jetzt hörte sie es: ein stetes melodisches Pulsieren, das stärker wurde, wenn sie sich in eine bestimmte Richtung drehte, und schwächer in allen anderen Himmelsrichtungen. Außerdem fiel ihr die neue Stimme des Panzers auf.

Es war die Stimme Pahtuns.

Denbord und Khren rückten zu ihr auf, danach auch die anderen. Gemeinsam bildeten sie einen nach außen gerichteten Bogen, so dass jeder sehen konnte, was auch die übrigen sahen. Auf diese Weise konnten sie besser abschätzen, was in ihrem Umfeld vor sich ging. Viele Augen verbanden sich zu einem einzigen Blick – ein seltsames Gefühl.

»Hat der Hochgewachsene sich in all unsere Anzüge hineingemogelt? Oder hat er sie nur eingesammelt und ist danach abgehauen?«, fragte Macht.

»Wir können nur hoffen, dass er real war«, sagte Nico, »und uns nicht ungeschützt als Festmahl für die Monster auf diesem schwarzen Zeug ausgesetzt hat.«

»Folgt eurem Leitstrahl!«, mahnten die Schutzanzüge. »Ihr müsst große Entfernungen überwinden und euch beeilen. Das ganze Gebiet hier ist unsicheres Gelände. Die Schweigenden suchen stets nach dem, was dem Typhon trotzt.«

»Also los!«, sagte Tiadba, und mit wachsendem Selbstvertrauen und erhöhter Wachsamkeit folgten sie den pulsierenden Tönen. Bald darauf formierte sich der Haufen zu einem Zug, wobei Tiadba die Vorhut und Khren die Nachhut bildete. Alle konnten jetzt sehen, was Tiadba vor sich und ringsum bemerkt hatte: ein schwaches grünes Licht, das flackerte und Speere bildete, als wolle es den Himmel durchstechen.

Plötzlich fühlten sie sich merkwürdig schwer und fielen im Marschtempo zurück. Rechter Hand schoss etwas in die Höhe, huschte jedoch so schnell vorbei, dass sie es nicht genau erkennen konnten. Es war etwas Riesiges, Breites und oben Abgeflachtes, das auf hohen, schlanken Säulenbeinen vorbeiraste und dabei den Boden vor und hinter sich aufwarf. Gleich darauf war es verschwunden.

»Es hatte ein Gesicht«, sagte Khren. »Ein menschliches Gesicht. Und es war größer als eine ganze Weide ...«

»Beeilt euch«, mahnte der Schutzpanzer. »Gleich verkürzen sich die Abstände. Und das Licht wird auf bizarre Weise einfallen, so dass es so aussehen wird, als gingen Dinge in Flammen auf. Aber das Wichtigste ist, dass ihr dem Leitstrahl folgt.«

Zur Linken sah Tiadba einen messerscharfen grauen Lichtstrahl hin und her schwenken; es war der Suchscheinwerfer des Zeugen, grell wie nie zuvor.

»Wir befinden uns unmittelbar darunter«, sagte Nico. »Wie sind wir bloß so nahe an den Strahl geraten? War er nicht auf der anderen Seite?«

»Am besten, wir bauen unseren Generator auf und warten, bis er verschwindet«, schlug Macht vor.

»Nein!«, widersprach der Panzer energisch. »Ihr werdet verfolgt. Hier gibt es keinen Schutzraum. Ihr könnt nur flüchten.«

77

Das grüne Lagerhaus

Jack kniete sich neben Ginnys Bett und legte eine Hand auf ihren Arm. Sie schlief schon seit Stunden, war nicht einmal aufgewacht, als das bleierne Licht, das jetzt die Morgendämmerung ersetzte, bis zu den Dachluken des Lagerhauses vorgedrungen war. Bei der Berührung drehte sie sich herum, schlug die Augen auf, sah aber durch ihn hindurch. Der innere Friede, der sie nach ihrer geheimnisvollen Begegnung in dem Zimmer erfüllt hatte, war verschwunden. Jetzt nagten wieder Sorgen und Angst an ihr, besonders wenn sie schlief. Und inzwischen schlief sie fast ständig, während Jack die meiste Zeit hellwach war. Seit er in dem leeren alten Zimmer gewesen war, hatte er immer nur kurz geträumt, und in seinen Träumen war kaum etwas passiert.

»Sie sind riesig«, murmelte Ginny. »Sie sind wie stechende Strahlen, aber auf einer Seite haben sie Gesichter. Ihre Arme und Beine verursachen Vertiefungen auf den Wegen, auf denen sie entlanghuschen. Sie laufen darüber wie Wasserwanzen über einen Teich. Sie fegen so schnell vorbei, dass man sie nicht erkennen kann. Es sei denn, sie entdecken dich als Erste. Und wenn sie dich erwischen, ist alles vorbei.«

Jack, der Gefühle auffing, die nicht seine eigenen waren – jetzt noch nicht –, wischte sich eine Träne von der Wange. »Wo bist du?«, fragte er.

»Wir sind weit von der Stadt entfernt, ich weiß nicht, wie weit. Hier draußen ist es immer Nacht, immer dunkel. Die Sonne strahlt kein Licht aus, sie schimmert nur an den Rändern. Wir werfen nicht mal richtige Schatten. Der Schutzpanzer sagt, das Chaos sei hier dünn. Manche der alten Regeln gelten hier noch. Wir können sogar unsere Helme ablegen und die Luft atmen. Aber wenn man tief einatmet, gefrieren einem die Lungen. Gut, dass wir Pelz auf den Nasen haben.« Sie blickte sich um, als suche sie nach seinem Gesicht, erkannte aber weder das Lagerhaus noch Jack. »Kommt da irgendetwas auf uns zu?«

»Das weiß ich nicht«, erwiderte er mit gequälter Miene. »Du bist mir weit voraus.«

»Der Leitstrahl summt immer noch in unseren Helmen, und das ist wunderschön … Es ist das Einzige, was uns Orientierung gibt. Nach wie vor sind die Entfernungen unberechenbar, aber wir marschieren trotzdem immer weiter. Ich glaube, das Chaos weiß, dass wir hier sind, nur ist es ihm egal. Es hat sich vollgefressen, hat sich fast alles einverleibt … Aber wir sind schwer verdaulich. Zwar hat es längst gesiegt, aber es behält uns im Auge, in seinem riesigen Auge. Der Zeuge ist allgegenwärtig. Mein Gott, ich hoffe nur, dass wir *ihm* nicht zu nahe kommen!«

»Wem?«

»Das lässt sich nicht in Worte fassen. Die andere Stadt ist nicht … ist nicht mehr so, wie sie einmal war. Irgendetwas Entsetzliches ist an ihre Stelle getreten. Ich weiß es, aber ich kann es ihr nicht sagen. Jack … *Sie weiß es nicht.*«

Jack legte den Kopf auf Ginnys Brust und die Hand über ihre Augen. Dieser suchende, entrückte Blick …

»Ich werde da sein«, flüsterte er.

»Es ist zu spät«, erwiderte sie. »Sie haben uns entdeckt.«

Sie ließ sich zurück aufs Bett sinken. Jack strich ihr über die Stirn, dann stand er auf. Er konnte es nicht ertragen, so hilflos mit ansehen zu müssen, wie sehr sie litt. Als er die Nische verließ, stieß er die Kartons aus dem Weg.

Bidewell saß in einem Sessel am Ofen und las in einem dünnen grünen Buch. Das Gesicht des Alten wirkte so ätherisch, als werde es sich demnächst in Nebel oder Glas verwandeln. Ellen kam aus dem Hauptlager herein, in den Händen einen Strickbeutel. Auch sie hatte ihr Büchlein dabei, wie zu sehen war, denn es zog den Beutel an einer Seite herunter.

»Wo sind die anderen?«, fragte Jack.

»Hier gibt es nichts mehr für sie zu tun«, erwiderte Bidewell. »Sie versuchen ihre Lieben zu erreichen.«

»Ich dachte, sie hätten keine Angehörigen.«

»Nur ihr seid von jeher wirklich allein.« Seltsamerweise schwang Neid in Bidewells Stimme mit. »Unsere Zeit innerhalb dieses Zyklus ist fast verstrichen, während eure gerade beginnt.«

Voller Hoffnung und zugleich gequält blickte Ellen zu Jack hinüber. Er sah, dass Ellen und Bidewell geweint hatten und fühlte sich unbehaglich, deshalb zog er weiter. Im Anbau fand er Daniel, der dort unter den fast leeren Bücherregalen saß und in einem großen dicken Band blätterte. Daniel sah genauso erschöpft aus, wie Jack sich fühlte. Irgendwie machte ihn das sympathischer.

Als Jack näher kam, legte Daniel das Buch zur Seite. »Ich hörte die Tür gehen«, sagte er.

»Drei der Frauen sind gegangen.« Jack musterte Daniels Gesicht und suchte nach irgendeinem Anzeichen von Falschheit, konnte aber nichts entdecken, das ihm missfiel oder gar Argwohn in ihm weckte. Glaucous musste dahinterstecken, dass er jetzt plötzlich so etwas wie Sympathie für Daniel empfand. Er erkannte die Symptome wieder; sie waren zwar nicht so offensichtlich, erinnerten ihn aber an seine Gefühle bei der ersten Begegnung mit dem Jäger. Aber warum sollte Glaucous Daniel schützen?

Vielleicht wollte er ihn zu seinem neuen Partner machen?

»Von draußen ist nicht viel zu hören«, erklärte Daniel. »Und hier drinnen tut sich schon gar nichts. Komm, wir gehen noch mal nach oben und sehen uns um.«

Vorübergehend hatten sich die Vorhänge und Falten oberhalb der Stadt geteilt und gaben den Blick auf pechschwarze Dunkelheit und einen Himmel voller Sterne frei, aber irgendetwas stimmte ganz und gar nicht. Genau wie der Mond wirkten die Sterne wie verschmiert oder verzerrt, waren von Ringen in Regenbogenfarben umgeben, und ihr Licht wurde ständig schwächer. Einer nach dem anderen erlosch wie ein sterbendes Glühwürmchen.

»Alles wird geschluckt«, bemerkte Jack. »Der Mond, die Sterne …«

»Da hast du Recht, aber wir müssen es bis zum Ende durchdenken. *Was* wird geschluckt? Und *wann*? Ich glaube durchaus, dass dieser hässliche Sonnenbogen, was er auch sein mag, sich gerade den Mond einverleibt, denn das können wir mit bloßem Auge erkennen. Aber die Sterne sind dazu doch viel zu weit entfernt. Es sei denn …« Er rieb sich die Stirn. »Es sei denn, die Vergangenheit wurde als Erstes geschluckt. Und das würde bedeuten, dass alles, was hinter uns liegt, bereits verschlungen wurde, sowohl der Raum als auch die Zeit … Diese Sterne existieren gar nicht mehr, nur prallen ihre letzten Lichtwellen vom Terminus ab und verlieren jetzt an Kraft. Und wir sind wie das Kerngehäuse eines Apfels, die Samen, die als Letztes an die Reihe kommen.«

»Kerne. So nennt Bidewell die Steine.«

»Ach, der redet doch nur Unsinn, Jack.«

»Trotzdem: Von irgendeinem Ort erstreckt sich irgendetwas bis zu uns zurück«, entgegnete Jack.

Mit zusammengezogenen Brauen dachte Daniel darüber nach, und aus seinen runden Wangen wich dabei alle Farbe. Schließlich sah er Jack mit verkniffener Miene an, die sowohl Zweifel als auch Neid ausdrückte. »Also gut, du Zauberlehrling. Du weißt etwas.«

»Es liegt doch auf der Hand, dass irgendjemand, irgendetwas mit uns herumspielt und die Steine hierher zurückgeschickt hat, genau wie Bidewell behauptet.«

»Wie er *angedeutet* hat«, berichtigte Daniel.

»Und auch dieses Wesen, das die Jäger beherrscht – die Kalkfürstin, Glaucous' Bleiche Gebieterin – könnte aus der Zukunft stammen. Aber das, was mit uns herumspielt, befindet sich nicht mehr *in* der Zukunft; vielmehr drängt es uns mit aller Kraft *gegen* die Zukunft oder das, was von dieser Zukunft noch übrig ist, stimmt's?«

»Bis jetzt kann ich dir folgen.« Dass Jack plötzlich theoretisierte, verblüffte Daniel.

»Also bekommen wir jetzt nur die letzten Nachwirkungen zu spüren. Was auch geschehen mag: *Es ist bereits geschehen.* An diesem Ort. Nur das Lagerhaus ist bislang nicht davon betroffen. Genauso wenig wie wir.«

»Und warum nicht? Wegen der Steine? Oder wegen Bidewells verrückter Bibliothek?«

Beide konnte jetzt nichts mehr schockieren, nicht einmal mehr verblüffen. Sie starrten auf die zerstückelte Stadt und sahen einander an. Ihre Blicke drückten aus, dass sie nur eines überraschte: dass sie immer noch am Leben waren, immer noch denken und miteinander reden konnten.

»Vielleicht wegen beidem«, erwiderte Jack. »Im Augenblick sind wir noch in Sicherheit, aber dieser Augenblick wird furchtbar schnell vorüber sein. Und dann werden wir etwas unternehmen müssen.«

»Was denn?«

Jack schüttelte nur den Kopf.

Die Stadt rings um das Lagerhaus war zu einer wüsten Szenerie erstarrt, zu einem Wirrwarr aus zerstörten Gebäuden, träge dahinfließendem Brackwasser und Wolkenfetzen, die den übel zugerichteten Himmel kaum verbergen konnten. Als der letzte Ausläufer des hässlichen Feuerbogens sich bis unter den Horizont senkte, leuchteten die Wolken blutrot auf und verblassten danach zu düsterem Braun. An manchen Stellen tauchten orangefarbene und grüne Flammenspiralen die unteren Wolkenränder in ihr unstetes Licht.

»Die ganze Stadt ist jetzt eine Wundertüte aus Vergangenheit und Gegenwart«, sagte Daniel. »Falls du Recht hast, könnte das bedeuten, dass diese Kalkfürstin immer noch da draußen ist und wartet, bis die Dinge zur Ruhe kommen, ehe sie uns einkassiert. Glaucous hat ein wirklich bizarres Selbstvertrauen.«

»Er schützt dich.«

»Ach ja? Wie seltsam. Ich brauche doch gar keinen Schutz.« Daniel rieb sich mit dem Daumen über die Schläfe. »Übrigens habe ich keine Spur von den Frauen gesehen, die fortgegangen sind. Von deinen Freundinnen.«

Nachdem Glaucous sich vergewissert hatte, dass Daniel und Jack aus dem Weg waren, ging er auf Ginnys Nische zu. Mit der Sinnesschärfe einer Fledermaus hatte er vom hinteren Teil des Lagerhauses hören können, dass sie sich da drinnen gerührt hatte.

Als er den dünnen Vorhang zur Seite zog, blinzelte sie und sah ihn verwirrt an. »Ich will Sie nicht in meiner Nähe haben«, brachte sie mühsam hervor, da ihre Zunge nach dem langen, schweren Schlaf immer noch träge war. »Ich werde um Hilfe rufen.«

»Ich bitte demütigst um Entschuldigung für mein unhöfliches Auftauchen und meine schlechten Manieren.« Glaucous richtete den Blick zur Decke. »Übrigens sind die jungen Männer auf dem Dach, um ihre Neugier zu befriedigen. Offenbar lernen sie allmählich, einander zu vertrauen.«

»Dazu ist Jack zu klug«, entgegnete Ginny, immer noch heftig blinzelnd. Ob sie diesen plötzlichen Tick ihren Nerven oder der Verärgerung zu verdanken hatte, wusste sie nicht. Alles ringsum wirkte grobkörnig, und alles schien auf ein baldiges Ende zuzusteuern, selbst ihr Gehirn.

»Kann sein. Jedenfalls bin ich keine Bedrohung«, erwiderte Glaucous sanft. »Ich habe ja sogar diejenigen ausgeschaltet, die hier aufgetaucht sind, um Sie zu jagen. Den Mann mit der Münze und die Frau, die mit Feuer und Rauch herumgespielt hat. Ein grässliches Paar. Selbstverständlich habe auch ich meine Verpflichtungen, und sie mögen nicht zu den Ihrigen passen. Aber ohne Führung stelle ich für Sie keine größere Bedrohung dar als irgendeine dieser Lagerhauskatzen. Sie sind nicht die Maus, auf die ich es abgesehen habe. Wem sollte ich Sie auch ausliefern? Und warum?«

»Bitte gehen Sie.«

»Erst dann, wenn ich mein Gewissen erleichtert habe. Sie haben Ihr Vertrauen in den falschen Menschen gesetzt, und jetzt befürchte ich das Schlimmste. Bidewell ist viele Jahrzehnte untergetaucht, aber wir – die Leute meiner Art, allesamt Jäger – kannten ihn schon lange vor dieser Zeit. Bei uns war er eine wahre Legende.«

»Zu mir ist er stets nett gewesen.«

»Ja, diese Fähigkeit haben wir. Wenn wir wollen, können wir ungeachtet unseres sonstigen Auftretens durchaus charmant sein. Spüren Sie das nicht auch bei mir, selbst in dieser Situation?« Er senkte den Blick und legte sich die Hand an die Stirn, als schäme er sich. »Verzeihen Sie mir. Es geschieht instinktiv und ist hier zweifellos fehl am Platz. Ich werde sofort damit aufhören.« Er unterließ die zuckersüße, sirupartige Umnebelung.

Das verwirrte Ginny noch mehr, so dass sie vor ihm zurückwich.

»Ich werde nicht näher kommen und bald gehen. Aber ich muss Ihnen das erzählen … Aufgrund der Geisteshaltung eines ehrenwerten Jägers, der die Jagd bald wieder aufnehmen muss. Bidewell hat Sie alle aus dem gleichen Grund hierhergebracht, aus dem ich mich an denjenigen gehängt habe, der sich Daniel nennt. Ein seltsamer Bursche, spüren Sie das nicht? Er ist nicht das, was er zu sein scheint. Er ist uralt. Burschen wie ihn bezeichnen wir als *schlechte Hirten*, aber das nur am Rande. Jeder, der einen Stein besitzt, verbreitet eine Atmosphäre des Schutzes und sorgt somit dafür, dass andere in seinem Umkreis zur nächsten Ebene dieses verblüffenden Endspiels aufrücken können. Genau wie Sie, kleine Virginia. Ich verrate Ihnen das Muster, das Gesamtbild der nächsten flüchtigen Momente, die wir miteinander teilen werden: Ich werde meine Rolle in diesem Spiel erfüllen und Bidewell seine. Er wird Sie *seiner* Gebieterin ausliefern, und ich Daniel und Jack der meinigen.«

»Ich glaube Ihnen kein Wort«, murmelte Ginny, aber ihre Augen sagten etwas anderes. Von jeher hatte sie sich schwer darin getan, Vertrauen zu anderen Menschen zu fassen.

»Verzeihen Sie mir, dass ich Ihnen die Wahrheit enthüllt habe«, sagte Glaucous. »Aber selbst unter Leuten meiner Art gelten gewisse Regeln.«

Mit starrem grauem Gesicht zog Glaucous sich zurück, schob den Vorhang wieder zu und kehrte in seine Abstellkammer zurück.

78

Das Chaos

Unter dem steten Blick des Zeugen hatten die Schweigenden die Gruppe fast erreicht, als das ganze Land zu explodieren schien und Geysire und Quellen dunklen Rußes aus dem Boden schossen. Daraufhin zogen sich die riesigen flachen Gesichter mit den ständig sondierenden Augen, die an Hochgewachsene, Nachgezüchtete und andere, den Marschteilnehmern unbekannte Arten erinnerten, unvermittelt zurück. Tiadba und ihre Gefährten blieben ausgestreckt auf dem schwarzen Boden liegen und warteten auf die Vernichtung. Die Vernichtung, die vorübergehend aufgeschoben war.

Als Tiadba den Arm vom Visier nahm, sah sie, dass Khren und Shewel sich bereits wieder hingekniet hatten. Auch Herza und Frinna waren schon auf den Beinen. Vor Schock immer noch zitternd, schaffte Tiadba es in die Hocke und lauschte auf das Gebrüll und Gejammer, das ringsum zum Himmel aufstieg. Die zusammengepressten Ruinen einer toten Stadt waren entweder aus eigener Kraft im Umfeld des Zeugen aus dem Boden geschossen oder hierhin verschoben worden, als hätte jemand irgendeinen Haufen zum Verbrennen zusammengefegt und aufgeschichtet.

»Wo sind wir?«, fragte sie. »Ist das Chaos geschrumpft?«

Khren und Macht krochen zu ihr hinüber. Nico hatte wieder einmal eine Mauer gefunden, die seinen Füßen besseren Halt gab.

»Es ist Bewegung hereingekommen«, verkündete die Stimme des Schutzpanzers. »Die Entfernungen sind geschrumpft.«

Inzwischen hatten die Marschierer Aussichtspunkte gefunden, die den Blick zu allen Seiten hin freigaben. Im Moment interessierten sie sich weniger für die Stadt als für das, was mit den Schweigenden passiert war, und für den Standort des Zeugen, der jetzt fast unmittelbar über ihnen aufragte.

Mit gerunzelter Stirn musterte Tiadba den Zeugen. Sein riesiger deformierter Kopf, so groß wie drei oder vier übereinandergeschichtete Blöcke der Ebenen, ruhte auf den massiven Fundamenten alter Gebäude. Das Gesicht sah so aus, als wäre es in müder Verzweiflung erstarrt. Vielleicht drückte diese halb zusammengeschmolzene Fratze Gefühle von Jahren aus, die weit über die Lebensspanne eines Nachgezüchteten hinausreichten. Dass sich jetzt alles verschob und veränderte, mochte ein Anzeichen dafür sein, dass das Chaos schneller als bisher agierte. Vielleicht würde sie tatsächlich mit eigenen Augen sehen können, wie diese zerstörte Stirn den Todeskampf ringsum reflektierte. Die Stirn unterstrich das riesige hervorstehende Auge, das sich ständig drehte, sogar noch. Innerhalb der pechschwarzen Pupille blitzte hin und wieder ein matter grüner Schimmer auf.

Der Strahl, der die Umgebung sondierte, hatte vorübergehend unter einer Störung gelitten, doch jetzt konsolidierte und fokussierte er sich wieder, nahm erneut seine langsamen, endlosen Umdrehungen auf und durchschnitt das Chaos.

Khren und Shewel zogen Tiadba hoch. Bis jetzt war keiner von ihnen verletzt. Obwohl sie sich im unmittelbaren Schatten des Zeugen befanden, umgeben von einem Wirrwarr aus zerstörten Mauern und umgestürzten Gebäudeteilen – Wendeltreppen, Türmen, Schmuckfassaden –, war ihnen nichts passiert.

Die Mauern waren blitzschnell aus dem Boden gewachsen, während der Himmel einen widerwärtigen metallischen Grauton angenommen hatte und so etwas wie ein Wind über das Chaos hinweggefegt war, der schwarze Staubklümpchen verbreitete. Jetzt verbanden sich die sprudelnden Quellen plötzlich zu trichterartigen Wirbeln, die in hohem Bogen auf den verzerrten Horizont zuschossen.

»Hierher!«, riefen Herza und Frinna.

Tiadba schob Khren zurück und stieg die gegenüberliegende Schrägwand hinauf, um nachzuschauen, was sich tat. Alle sahen zu, wie die Schweigenden auf ihrem Pass herummanövrierten, sich niederkauerten und ihre Stelzenbeine einzogen, um den Wirbeln auszuweichen, die jetzt wie dicke Finger wirkten. Die Marschierer kamen sich so vor, als säßen sie in der Mitte einer riesigen Handfläche fest. Ringsum stieg etwas auf, das wie mit Grau- und Silbertönen gesprenkelter Rauch aussah, und das Chaos explodierte erneut. Diesmal flammten rötliche Lichtblitze auf und verbreiteten sich über den zerfurchten Himmel.

»Weitere Übergriffe des Chaos«, erklärte der Schutzpanzer.

»Das *sehe* ich.« Tiadba vergewisserte sich, dass der Beutel mit ihren Büchern – nein, den Büchern der Gruppe – noch innen am Bein ihres Schutzanzugs befestigt war.

Wie sollte Jebrassy sie hier jemals finden, sich jemals den Weg durch diese Hölle bahnen?

»Wo ist der Leitstrahl der Kalpa?«, fragte Nico. »Ich kann ihn nicht mehr ausmachen.« Falls sie den Leitstrahl verloren hatten, zählte es nicht mehr, ob sie am Leben oder tot waren.

»Es hört jetzt auf!«, rief Khren.

Die Quellen sprudelten kaum noch, die Geysire spuckten nur noch Reste aus, und das ständige Durcheinander von Gebrüll und Gejammer ebbte zu dumpfem Grollen ab.

»Wir müssen den Passweg überqueren«, sagte Tiadba.

»Da ist irgendwas da draußen, auf der anderen Seite.« Nico deutete hinüber. Ihre Visiere vergrößerten das, was er entdeckt hatte, so dass sie Ruinen anderer Art erkennen konnten, klotzige Würfel und rechtwinklige Strukturen, die zusammen ein Raster bildeten. Am Himmel darüber war ein leichter Wirbel zu sehen.

Tiadba schloss die Augen und versuchte sich ins Gedächtnis zu rufen, wie ihre Besucherin dieses Raster genannt hatte. Ein *Straßennetz. Straßen.* »Ich habe so was schon mal gesehen«, erklärte sie.

»Wir müssen schnell rüber«, mahnte Nico, und Khren gab ihm Recht.

Sie eilten über den Schutt und rannten über den eingedrückten Passweg, dessen fahle Oberfläche erst schwabbelig wirkte, dann so lehmig und klebrig wie feuchtes Brachland. In ihrem Rücken rappelte der Schweigende, der ihnen am nächsten war, sich auf und stellte sich auf die dünnen Beine. Dabei zuckte der Mund in dem flachen wuchtigen Gesicht so, als hätte er Schmerzen.

»Schneller!«, befahl die Stimme Pahtuns, und sie drängten vorwärts, schleppten sich weiter, lösten sich gewaltsam aus der klebrigen Masse und überquerten den Passweg. Auf der anderen Seite empfing sie Staub, der von einer glasierten dunklen Kruste überzogen war, doch dahinter …

… lag eine Straße, deren Decke aus roten Pflastersteinen bestand. Zwar war auch diese Straße von der Kruste bedeckt, die wie schwarzes Eis aussah, aber der Boden war so hart, dass sie wieder rennen konnten. Vor den Schweigenden flüchten konnten, die inzwischen ihre Stelzenbeine ausgefahren hatten und fluoreszierende Wurfhaken nach ihnen ausstreckten. Vergeblich: Die Marschierer waren inzwischen außer Reichweite.

Schweigend zogen sie weiter durch die Ruinen, ohne die Entfernungen noch abschätzen zu können. Der kleine Generator war im Schutt auf der anderen Seite des Passwegs hängen geblieben, eingequetscht von einstürzenden Mauern. Jetzt hatten sie nur noch eine einzige Klave zu ihrer Verteidigung.

Und Tiadbas Bücher.

»Ist das ein alter Ort oder ein neuer?«, fragte Khren, während sie sich weiter und weiter vom Zeugen und vom Passweg entfernten.

»Ein sehr alter, glaube ich«, erwiderte Tiadba.

»Was für ein Ort ist das?«, wollte Herza wissen. Normalerweise war sie diejenige der Gruppe, bei der die Neugier am wenigsten ausgeprägt war, sogar noch weniger als bei Frinna. Fragen stellte sie so gut wie nie.

»Ich glaube, es ist eine *Stadt*«, erklärte Tiadba. »Ähnelt den Blöcken der Ebenen, nur sind die Bauten hier nebeneinandergereiht anstatt übereinandergeschichtet.«

»Manche Gebäude sehen so aus, als wären sie früher höher gewesen«, bemerkte Khren. »Vielleicht hat irgendetwas sie niedergemäht.«

Spiralen schwachen blauen Lichts wölbten sich vom Chaos her über die Stadtfläche, tanzten die Straßen entlang und strichen über die zerstörten Mauern. »Was sind das für Schleifen?«, fragte Nico.

»Verschränkte Materie«, meldete sich Pahtuns Stimme. »Es sind schleifenartige Schicksalsfäden, wechselwirkende Teilchen, die früher einmal zusammengehörten, aber durch Zeit und Schicksal getrennt wurden. Doch jetzt sind sie wieder vereint.«

Schleifenartige Schicksalsfäden. Tiadba lief ein Schauer über den Rücken. Sie hatte diesen Ausdruck zwar noch nie gehört, nicht einmal von ihrer Besucherin, aber er kam ihr wichtig vor, sogar lebenswichtig.

»Sind sie gefährlich?«, fragte Khren.

»Kann man nicht wissen«, erwiderte der Schutzpanzer. »Aber man kann ihnen nicht ausweichen. Auch euch hat man aus ursprünglicher Masse geschaffen. Es mag weitere Verschränkungen von Materie aus der Vergangenheit mit der der Gegenwart geben. Diese Materie erkennt sich und verbindet sich jetzt wieder miteinander.«

Sie versuchten sich auf die Wörter zu konzentrieren, die sie fast zu verstehen glaubten. Tiadba nahm an, dass diejenigen, die sie und Jebrassy besucht hatten, wohl aus genau solch einer Vergangenheit zu ihnen gesprochen hatten. Bedeutete das, dass sie miteinander verbunden waren? Und zumindest teilweise aus derselben Materie bestanden?

Sie sagte den anderen, sie müssten irgendwo Schutz suchen und wachsam bleiben. Das Chaos war zermalmt und verdichtet worden – das schien die einfachste Möglichkeit auszudrücken, was sie erlebt hatten –, und vielleicht hieß das, dass die Vergangenheit ihrer Besucher sie eingeholt hatte und jetzt mit allem rings um die Kalpa kollidierte und verschmolz.

»Was geschieht als Nächstes?«, fragte Herza. Es war ihre zweite Frage auf diesem Marsch.

79

Das grüne Lagerhaus

Jack lehnte sich über den Dachrand, um nach Menschen Ausschau zu halten, und stellte fest, dass sich da draußen noch einige befanden. Aber er konnte keine der Hexen aus dem Literaturzirkel entdecken, und es lief auch niemand sonst herum. Die Menschen hatten sich in dunkle Glasskulpturen verwandelt, waren mitten im Gehen oder Rennen erstarrt. Manche standen auch nur da und streckten die Hände hoch, als wollten sie irgendjemanden oder irgendetwas anflehen. »Sind sie alle so?«, fragte Jack.

Daniel wusste nichts darauf zu erwidern, spürte jedoch einen Stich im Herzen, einen unerwünschten Stich des Mitgefühls. Er konnte durch viele Gebäude hindurchblicken. Deren Innenleben sah so aus, als wäre es mitten im Zusammenprall mit einer anderen Realität erstarrt. Manche der Bauten zerbröckelten bereits, lösten sich langsam auf und verwandelten sich in weiteren schwarzen Staub.

Er rieb sich heftig die Schläfen und beugte sich nach vorn, um gegen sein Kopfweh anzukämpfen. »Daraus werde ich nicht mehr schlau, Jack. Das hier macht mich platt. Jedes Geheimnis, jedes bisschen Wissen haben wir direkt vor Augen, aber wir können es nicht deuten. Nach dem, was ich noch weiß – viel ist es nicht –, war ich früher ein arrogantes Arschloch. Vielleicht gehöre ich zu Glaucous, und du solltest dich von uns beiden fernhalten. Es tut mir leid, dass ich ihn mit hierhergebracht habe.«

Jack fiel keine Antwort darauf ein. Ihre Vergangenheit war im wahrsten Sinne des Wortes verschwunden, zerstört, absorbiert, zu Staub zerfallen. Welche Verantwortung konnten sie jetzt noch übernehmen? Welche Handlungsfreiheit, welche Wahlmöglichkeiten hatten sie denn noch?

Ginny nahm sich nur so viel Zeit, ihren Stein aus dem Kästchen zu holen, das Kästchen zwischen einige schwere Kisten zu werfen, ein Kleiderbündel zusammenzusuchen und eine Dose Bohnen unter dem Bett hervorzuzerren; weitere Lebensmittel würden die anderen kaum entbehren können. Jetzt reichte es ihr: Sie konnte keine weitere Sekunde still sitzen bleiben, konnte nicht noch mehr Zeit damit vertun, darauf zu warten, dass die anderen ihre geheimnisvollen Vorbereitungen abschlossen.

Den Aufbruch der drei Hexen hatte sie verschlafen. Ellen konnte sie weder im Hauptlager noch bei der Außentür entdecken. Und Jack und Daniel wollte sie nicht begegnen, schon gar nicht Glaucous.

Oder Bidewell.

Sie würde das tun, was sie schon immer am besten gekonnt hatte: vom Hauptpfad nach links abbiegen, weiterziehen, die falsche Entscheidung treffen. Es mochte eine Dummheit sein, die Sicherheit von Bidewells Lagerhaus zu verlassen (allerdings hatte sie von Anfang an gewisse Zweifel an dieser Sicherheit gehegt), doch im Augenblick konnte sie die Vorstellung, wieder einzuschlafen und von ihrem anderen, verlorenen Selbst zu träumen, weniger ertragen denn je.

Sie bahnte sich einen Weg durch die Stapel von Kisten, spürte den trockenen Modergeruch und die seltsame neue Kälte, die durch das hohe, alte Gebäude kroch. Diese Kälte waberte wie unsichtbarer Dampf durch die Räume und Gänge, legte sich so über die Stahltüren, als hätte sie eine eiskalte Hand berührt, streckte ihre Fühler aus, sondierte …

Der Stein in ihrer Tasche kam ihr warm und schwer vor. All die innere Leichtigkeit, die sie nach den Stunden in dem leeren Zimmer, nach ihrer Begegnung mit Mnemosyne empfunden hatte, war ihr während des schweren, aber unruhigen Schlafs abhandengekommen, und jetzt spürte sie nur noch eine Verzweiflung, die wie Blei auf ihr lastete.

Sie stieß die Außentür auf, die so quietschte, dass sie zusammenzuckte, und zog an dem Hebel, der das Tor auf mechanische Weise öffnete, denn Strom gab es ja keinen mehr. Die Kälte auf der Rampe war noch seltsamer und intensiver als im Lagerhaus, und das staubgeschwängerte braune Dunkel jenseits des Tors noch abschreckender, als sie es sich während ihrer Vorbereitungen ausgemalt hatte.

Aber eine andere Möglichkeit gab es nicht: Trennung und Flucht, in der Hoffnung auf ein erneutes Zusammentreffen – wenn sie dazu bereit, wenn sie *reif* dafür waren.

Falls ihnen überhaupt Zeit blieb, sich dahin zu entwickeln.

Mit klammen Fingern drehte sie den Stein in ihrer Manteltasche hin und her. Bidewell hatte ihr diesen Mantel gegeben, einen schweren Wollmantel, der aus Beständen der Britischen Luftwaffe stammte und mindestens sechzig Jahre alt war. Mit der anderen Hand zog sie das Maschendrahttor nach innen auf.

Die letzten verstreuten Wolkenfetzen wurden von blassgrünen und gelblichen Flammenbögen angestrahlt, die kurz aufflackerten und danach vorbeizogen. *Wie Nordlichter,* dachte Ginny, *aber intensiver und keineswegs schön.* Oberhalb der Wolken war nichts als ein völlig leeres Himmelsgewölbe zu sehen.

Besser nicht nach oben schauen! Doch genauso entsetzlich war der Anblick der Straßen, der abrasierten, zerlegten und neu zusammengesetzten Gebäude, über die schwarzes Eis kroch, und der wenigen Menschen, die der Terminus zurückgelassen hatte. Auch die Menschen waren deformiert, versteinert und mit dieser wachsartigen Eisschicht überzogen. Rasch heftete sie den Blick auf ihre Füße und ging so schnell weiter, wie es in dieser Luft, die sich ständig weiter verdichtete, überhaupt möglich war.

Es kam ihr so vor, als wäre sie von einer Blase umgeben, befände sich innerhalb eines unsichtbaren geschützten Raums. Vielleicht brachte der Stein diese Wirkung hervor, sie wusste es nicht. Jedenfalls ähnelte die Blase einem Lufteinschluss, wie ihn ein tauchendes Insekt unter einer Wasseroberfläche erzeugt. Doch die Blase konnte jeden Augenblick platzen, und dann würde das schwarze Eis ihre Adern erstarren lassen, und etwas Fremdartiges würde durch ihre blinden Augen nach draußen spähen …

Sie warf einen Blick zurück, was keine gute Idee war, aber sie konnte nicht anders. Selbst die trübe Atmosphäre schaffte es nicht, das helle bläuliche Licht, das vom Lagerhaus ausstrahlte, gänzlich zu verhüllen. Soweit sie sehen konnte, war das Lagerhaus das einzige Gebäude, das weder zerstört noch so umgemodelt war, als hätte ein Kind mit Bauklötzchen gespielt. Sie wünschte denen da drüben alles Gute.

Das Lagerhaus wurde so schnell kleiner, als lege sie mit jedem Schritt Dutzende von Metern zurück. Eine völlig neue Art der Fortbewegung: Die ramponierten Laufschuhe hatten sich in Siebenmeilenstiefel verwandelt …

Ginny hob die Arme und überlegte, ob sie es mit purer Willenskraft auch schaffen würde zu fliegen, doch es tat sich nichts, also marschierte sie weiter. Der Boden aus gesprungenem Zement und Asphalt ging in weichen grauen Lehm über und bald darauf in etwas Dunkleres und Härteres: eine klebrige Kruste, die altem Lavagestein ähnelte, jedoch dünner war und unter ihren Schritten knackte. Sie konnte nur hoffen, dass ihre Füße oder ihr ganzer Körper nicht in dem feinen grauen Staub versanken, der unter der durchfurchten Kruste aufstieg.

Während dieses merkwürdigen Ausflugs bestand ein Teil ihrer Gedankengänge aus den Einwänden einer rationalen, praktisch denkenden jungen Frau, die besagten: *Dass du das Lagerhaus verlassen hast, ist schlimmer als Selbstmord.* Aber diese Gedanken versicherten ihr auch, die ganze Situation könne unmöglich real sein. In der zerstörten, erstarrten, leeren Welt des Terminus – der dünnen Schicht zwischen Leben und Untergang – müsse es eine Antwort auf diesen Wahnsinn geben, einen Fluchtweg, eine Tür oder Luke, durch die sie entwischen könnte. *Und dann wirst du auf der anderen Seite in realem Sonnenschein oder in realer Dunkelheit wieder herauskommen, unter realen Sternen, unter einem realen Mond dahinspazieren … Wirst wieder richtig schlafen und normale Träume haben. Wirst dich in einer realen Stadt befinden, nicht in diesem heillosen Chaos.*

Doch dann blickte sie von ihren von Staub verhüllten Füßen auf und sah sich erneut um. Sie befand sich gar nicht mehr in der Stadt! Die braungraue Atmosphäre rötete sich, denn jetzt stieg ein Feuerbogen empor, der sich um eine aschfarbene Scheibe wand. Offenbar war nur das von der Sonne übrig geblieben. Begleitet war diese Erscheinung am Himmel von einem tiefen Grollen und Beben unter ihren Füßen. Selbst der schwarze Boden rebellierte gegen das, was jetzt das Tageslicht ersetzte.

In der Ferne sah sie das gespenstische Leuchten eines sondierenden Strahls, der eher der Klinge eines riesigen, durch den Himmel schneidenden Schwerts ähnelte als einem Suchscheinwerfer.

Ich weiß, was das ist. Der Strahl des Zeugen.

Das brachte sie dazu, stehen zu bleiben. Sie ertappte sich dabei, dass sie tatsächlich die Hände rang – eine Geste, die sie nur aus Märchen kannte. Nie hätte sie gedacht, dass sie zu einer solchen Geste fähig war. Doch die wiederholte Bewegung und der Druck ihrer starken gekrümmten Finger gaben ihr ein wenig Trost.

Sie runzelte so heftig die Stirn, dass sich Furchen und Falten darauf bildeten und ihr das eigene Gesicht wie das einer uralten Frau vorkam. Diese Luft schien ihren Alterungsprozess zu beschleunigen. Vielleicht machte der Terminus jetzt kurzen Prozess mit ihr, schnitt ihr abrupt die Weltlinie ab, wie eine unerbittliche schweigende Norne, eine der drei nordischen Schicksalsgöttinnen.

Jetzt musste sie mit allem rechnen.

Ihr blieb nichts anderes übrig, als weiterzuziehen.

Erst quietschte der Notausstieg in der Dachmitte, dann ging die Tür mit lautem Krachen auf. Als sie zurückschwang, gab Ellen ihr einen weiteren Fußtritt und trat auf die Holzplanken hinaus. »Wir haben sie nur einen Moment aus den Augen gelassen!«, rief sie, blieb stehen, holte tief Luft und schirmte die Augen gegen das grelle Licht der Aurora ab.

Anstatt etwas zu erwidern, rannte Jack so schnell zum Notausstieg, dass seine Schultern gegen die Mauern prallten, schwang sich auf die Leiter und kletterte wie ein Affe nach unten.

Daniel folgte ihm mit mehr Bedacht und überlegte nüchtern, wie er die Situation am besten für sich nutzen konnte. Als er an Ellen vorbeiging, starrte sie ihn an und konzentrierte sich auf sein Gesicht, denn sie wollte nicht mehr vom Himmel und von der Landschaft sehen, als sie unbedingt musste.

»Das Mädchen ist also abgehauen?«, fragte Daniel.

Wegen der ständig neuen Schocks, die sie verarbeiten musste, war Ellens Gesicht schon vorher kreidebleich gewesen. Ginnys Flucht hatte ihr gerade noch gefehlt. Sie verschränkte die Arme und nickte. »Und wir sollten sie doch beschützen.«

»Wir gehen sie suchen«, sagte Daniel. »Das Lagerhaus wird sowieso nicht mehr lange standhalten.«

80

Die Innenstadt

Die Hexen konnten nicht eine einzige Straße finden, die sie wiedererkannten.

Die ganze Innenstadt hatte sich aufgelöst, und die Einzelteile waren in einem wilden Durcheinander unterschiedlicher Epochen gelandet. Die einzigen Bauten, die vertraut wirkten, beherbergten Buchhandlungen. Manche, die schon vor Jahrzehnten geschlossen hatten, waren plötzlich aus der Versenkung aufgetaucht und bewarben die leeren Straßen mit vergilbten Schildern. Aber ihre Innenräume lagen verlassen da; hier gab es weder Bücher noch Leser.

Agazutta, Farrah und Miriam gingen eng untergehakt und tauschten hin und wieder leise Scherzworte, die recht bemüht klangen – die letzten kleinen Ermutigungen, die sie einander geben konnten. Doch angesichts des entsetzlichen Zustands ihrer einst so schönen Stadt schafften sie es nicht, die Angst voreinander zu verbergen.

»So hab ich mir das nie vorgestellt«, sagte Miriam. »Ich dachte, ich würde im Bett sterben.«

»Allein und ungeliebt?«, fragte Agazutta mit ironischer Miene. »Dann vielleicht doch lieber so.«

»Spuck ruhig aus, was du denkst.«

»Hab ich schon immer getan.«

»Mädels«, Farrah schob sie mit leichtem Nachdruck um eine graue, zerklüftete Eckwand, »das ist die Fifth Avenue.«

»Mein Gott, sind wir schon so weit gegangen?«, fragte Miriam.

»Ich weiß nicht genau, was *weit* inzwischen bedeutet«, erwiderte Agazutta.

Als sie einen Augenblick stehen blieben, strich der kühle Wind, der voller Staub war, wie eine weiche tote Hand über sie hinweg.

»Ich glaube, da liegt Norden.« Farrah wischte sich Staubkörner aus den Augen und runzelte so heftig die Stirn, dass sich noch tiefere Falten bildeten. »Was jetzt?«

»Einen Straßenblock weiter steht ein Gebäude, das ich wiedererkenne«, sagte Miriam. »Die Zentralbibliothek.«

»Haben wir nicht allmählich genug von Büchern?«, fragte Farrah.

»Meiner Meinung nach haben wir es nur unseren kleinen grünen Büchern zu verdanken, dass wir es überhaupt bis hierhergeschafft haben«, entgegnete Miriam. »Vielleicht können wir in ein höheres Stockwerk steigen und uns da oben orientieren.«

»Ich schlage vor, wir gehen nach Osten, in *diese* Richtung.« Farrah streckte die Hand aus. »Jedenfalls halte ich das immer noch für den Osten. Falls die Schnellstraße noch existiert, ist sie ganz in der Nähe.«

»Mein Haus liegt aber im Norden«, wandte Agazutta ein.

»Ich weiß nicht, ob wir's bis dahin packen«, bemerkte Miriam. »Es wird kälter und kälter.« Sie schlug den Kragen ihres praktischen grauen Wollmantels hoch. Solche Mäntel trug man in Seattle fast das ganze Jahr über.

Agazutta wandte sich einem verkrusteten Fenster mit zerbrochenem Rahmen in der Wand unmittelbar neben ihr zu. Hinter dem staubigen Glas war nur pechschwarzes Dunkel zu sehen. Im Staub waren Hand- und Fingerabdrücke zu erkennen, als wären hier Menschen mit ausgestreckten Armen entlanggegangen und hätten die Mauern und das Fenster abgetastet, um sich in der Dunkelheit an irgendeinem festen Punkt zu orientieren. Und dann waren sie einfach verschwunden.

Als Agazutta auf die Fensterscheibe starrte, merkte sie, dass das Spiegelbild, das zurückstarrte, nicht ihr eigenes war. Und dieses fremde Gesicht wirkte keineswegs glücklich. Mit einem leisen Aufschrei fuhr sie zurück, und das Gesicht verblasste.

Im Südwesten, rings um Bidewells Lagerhaus, schienen sich herumwirbelnde Wolkenfetzen zu einer Säule zu verbinden. Zugleich drang ein hoher Orgelpfeifton zu ihnen herüber, der so klang, als pfeife eine aufgebrachte Mutter nach ihren Kindern.

»Bloß runter von dieser Straße«, sagte Farrah. »Egal wohin. Alles ist besser als das hier, selbst eine Bibliothek.«

Als sie quer durch den Schotter weitergingen, zerbröselte er unter ihren Schritten wie Schaumgebäck. Sie wandten sich in die Richtung, die früher einmal Norden gewesen war, und liefen auf die große Bibliothek zu.

Im Inneren wirkte die Bibliothek bemerkenswert unversehrt: verlassen, aber kaum berührt von den Veränderungen jenseits ihrer hohen, von Aluminium eingefassten Glaswände. Im Foyer und auf den Treppen zu den oberen Etagen herrschte Stille – Stille und Leere.

Agazutta lehnte sich gegen einen Schreibtisch und hustete in ihr Taschentuch. »Wir werden uns da draußen noch Staublungen holen.«

»Da draußen hat sich der Staub von Jahrhunderten gesammelt.« Miriam holte ihr Büchlein aus der Leinentasche und streckte es so hoch, dass die anderen beiden Hexen es sehen konnten. Auch sie zeigten, dass sie ihre Bändchen noch bei sich hatten, die Bücher, die Bidewell ihnen vor Jahren geschenkt hatte, als sie die Arbeit für ihn aufnahmen.

»Bücher sind etwas Besonderes«, sagte Miriam. »Sie haben viel größere Bedeutung, als ich ihnen je zugemessen habe. Damit will ich nicht sagen, dass ich Bücher nicht mag. Aber seht euch doch mal um: Die Bibliothek hat kaum Schaden erlitten.«

Agazutta fummelte an dem Messingverschluss ihres Büchleins herum, doch Farrah streckte die Hand aus, um sie davon abzuhalten. Seufzend verstaute Agazutta das Buch wieder in der Tasche.

»Die Bücher mögen einen ja irgendwie schützen, aber die Bibliotheksangestellten haben davon offenbar nicht sonderlich profitiert.«

»Vielleicht haben sie das Gebäude verlassen«, erwiderte Miriam, doch es schwang Zweifel in ihren Worten mit.

»Ich kann mich überhaupt nicht mit dem Gedanken anfreunden, dass wir was ganz Besonderes sind«, erklärte Farrah. Als die anderen sie verwirrt ansahen, vielleicht auch leicht gereizt, setzte sie mit völlig untypischer Naivität nach: »Ich will nämlich nicht das Schlusslicht von irgendwas sein, schon gar nicht die letzte alte Frau auf dieser Welt.«

»Was bedeutet hier schon alt?«, fragte Agazutta.

»Ich wäre jetzt gern in meiner Klinik«, erklärte Miriam unvermittelt.

»Die Zeit ist abgelaufen, nur für uns noch nicht«, bemerkte Farrah voller Bitterkeit und deutete auf die hohen, breiten Fenster, die sich mit Frost zu überziehen begannen. Dunkle Raureifkristalle krochen wie eisige Schatten daran hoch.

Farrah war hinter den verlassenen Auskunftsschalter getreten und streckte einen dicken Band der *Cambridge Ancient History* hoch. Als sie ihn aufschlug und darin blätterte, tropfte eine dunkle silberne Flüssigkeit heraus und sammelte sich zu ihren Füßen. Miriam beugte sich zu der schimmernden Pfütze hinunter, um sie zu untersuchen, tauchte die Finger hinein und streckte sie hoch. An ihren Fingerspitzen hafteten dunkel schillernde Regenbogen aus Buchstaben – Wörter, wie aus Erz gebildet.

»O je!« Agazutta zog sich von der nahen Treppe zurück, denn aus dem Spalt der Fahrstuhltüren sickerte eine dünne, dunkle Flüssigkeit, während sich ein anderer, dickerer Strom über die Stufen ergoss. Die Frauen traten den Rückzug an.

Beide Rinnsale verbanden sich miteinander, als sie den Betonfußboden der Halle erreicht hatten.

Farrah, die immer noch hinter dem Schalter stand, schüttelte die letzten Tropfen aus dem Geschichtsbuch und hielt es hoch. Im trüben Licht wirkten die Seiten so rein wie unberührter Schnee.

Miriams Miene drückte erst Verblüffung, dann Resignation und so etwas wie Begreifen und schließlich Schicksalsergebenheit aus. »Behaltet eure Bücher nahe bei euch«, mahnte sie. »Das hat Bidewell ständig betont: Ohne Leser tun Bücher unvorhersehbare Dinge.«

»Sie warten auf neue Protagonisten und neue Geschichten«, sagte Agazutta.

»Etwa auf *uns*?« Farrahs Stimme klang so dünn wie die eines verängstigten Kindes.

»Nein, Liebes«, erwiderte Miriam. »Wir sind noch nie sonderlich wichtig gewesen.«

Inzwischen hatte Farrah das Geschichtsbuch auf dem Schalter abgelegt und strich wie eine Bibliothekarin mit der Handfläche über die leeren Seiten, um sie zu glätten und voneinander zu lösen. Bei der Berührung tauchten dort wieder Buchstaben auf, in scheinbar zufälliger Anordnung – ein unlesbarer Text, der Keim einer Geschichtsschreibung, die nur darauf wartete, dass erneut Geschichte gemacht wurde. Deshalb hatte Farrahs Stimme so verhalten geklungen. »Bist du dir da sicher?«, fragte sie.

»Du meine Güte!«, seufzte Miriam anstelle einer Antwort.

81
Ginny

Als Ginny einen kleinen Buckel aus schwarzem Gestein hinaufstieg und dahinter den zähen Strom einer schillernden Flüssigkeit entdeckte, geriet sie ins Stolpern, denn dieser Strom floss den Hügel hinauf statt hinunter. Die Flüssigkeit glitt auf sie zu, schlug dann aber einen Bogen nach rechts. Was diese Flüssigkeit auch sein mochte: Sie würde lieber einen Umweg machen, als hindurchzuwaten.

Sie hatte nicht viel Trinkwasser mitgenommen, nur eine Literflasche aus Plastik, die in ihrem Rucksack von einer Seite zur anderen fiel. Aber sie war nicht durstig und auch nicht hungrig oder müde. Es kam ihr so vor, als wären seit ihrem Aufbruch nur wenige Minuten vergangen, obwohl sie doch viele Kilometer gelaufen sein musste.

Der praktische Teil ihres Verstandes meldete sich plötzlich mit einer wichtigen Frage. Ginny konnte sich nur wundern, dass sie erst jetzt daran dachte: *Wer oder was leitet mich eigentlich?*

Sie griff in ihre Manteltasche, berührte den Stein und spürte, wie er sich, endlich freigesetzt, in ihren Fingern drehte. Doch wenn sie ihn in die Gegenrichtung zu zerren versuchte – in die Richtung, aus der sie gekommen war –, widersetzte er sich, was selbst innerhalb der engen Manteltasche zu spüren war. Er verfolgte eine bestimmte Richtung, zog diese Richtung allen anderen vor. Zerrte sie regelrecht in die Richtung, auf die sie gerade zustrebte.

»Ich bin der Stein, und wir sind eins«, sang Ginny mit rauer Stimme leise vor sich hin und empfand dabei so etwas wie Beruhigung, ein Gegengewicht zu ihrer Angst.

Erneut zog der Feuerbogen am Horizont vorbei. Um ihre Augen vor dem schmerzenden Licht zu schützen, senkte sie den Blick von diesem trügerischen Himmel. Plötzlich schoss ihr etwas durch den Kopf, und sie schrie leise auf: *Jetzt habe ich den letzten Ort auf dieser Erde hinter mir gelassen, der noch nicht Teil dieses Alptraums ist.*

Ich gehe direkt in Tiadbas Chaos hinein. Wo liegt ihre Stadt? Wo liegt die Kalpa?

Während sie den Stein umklammerte, strömten ihr Wörter in den Kopf, sehr vertraute Wörter. Jetzt meldete sich die Stimme, die sie noch nie mit eigenen Ohren gehört hatte und doch so genau kannte, und ließ all das erwachen, was Ginny schon vor langer Zeit offenbart worden war:

Du bist angekommen.

Du bist jetzt mitten im Chaos.

Such mich.

Finde deine Schwester.

82

Das grüne Lagerhaus

In dem kleinen Abstellraum, umgeben von kaputten Kartons und Stapeln beschädigter Kisten, lehnte Glaucous sich auf dem engen Feldbett zurück, überdachte alles, was er erlebt und getan hatte, rief sich alle Geschöpfe ins Gedächtnis, die er eingefangen und ihrem Ende zugeführt hatte: Vögel, die er verkauft oder den Ratten vorgeworfen hatte; Kinder, die er zu Dutzenden der Kalkfürstin ausgeliefert hatte.

In großem Maßstab betrachtet, aus der zweifellos kosmischen Perspektive von jemandem wie der Gebieterin, fiel das alles kaum ins Gewicht. Ihn plagte nicht so sehr ein schlechtes Gewissen als das Gefühl, irgendetwas müsse aus dem Gleichgewicht geraten sein, doch er versuchte gar nicht erst, diesem Gefühl auf den Grund zu gehen. Vielleicht begriff Daniel ein wenig von dem, was da draußen geschah. Aber Glaucous fürchtete, dazu schon zu alt zu sein, allzu sehr einem lebenden Fossil zu gleichen. Sein Verstand hatte sich vor mehr als hundert Jahren zu einem einzigen Zweck geschärft und war später, im Lauf der harten Einsätze, wie eine Klinge stumpf geworden. Zwar konnte er den Anschein von Schlauheit erwecken und auf mehr oder weniger bekannte Herausforderungen mit eingeübten Verhaltensmustern reagieren, aber die jetzige Situation überforderte ihn. Bei diesem Spiel waren jüngere Leute gefragt. Er konnte nur das beisteuern, was er in der Vergangenheit schon so oft ins Spiel gebracht hatte: die Umnebelung mit Verheißungen, das Gift von Lügen.

Als die drei Jüngeren abgeschieden von den anderen in Bidewells Hinterzimmern gesessen hatten, hatte er *gespürt*, dass etwas wie eine leichte Brise durch das Gebäude gestrichen war – Mnemosyne höchstpersönlich, wie er vermutete. Einen Moment lang hatte sich sein Gedächtnis geschärft, so dass er seine Erinnerungen ordnen konnte. Das war fast das genaue Gegenteil dessen, was geschah, wenn er sich im Umfeld des teuflischen Wirbelwinds aufhielt – der Königin in Weiß.

Seine Lippen bewegten sich. Fast lautlos versuchte er sich eine alternative Vergangenheit ins Gedächtnis zu rufen, in der er als kleiner Junge gut behandelt worden war. In dieser Vergangenheit war er zwar nicht mit Reichtum überhäuft, aber zu einem erfüllten Leben statt zu Knechtschaft erzogen worden. Strenge, aber liebevolle und erfahrene Hände hatten das weiterentwickelt, was in ihm steckte, seine positiven Neigungen gefördert und ihn von den schlechten abgebracht, so dass er in ein normales Leben hineingewachsen war. Vielleicht hätte ihn in dieser Vergangenheit eine schlichte, aber achtbare Frau zum Mann genommen, und es wären Kinder gekommen, über die er – und seine Frau – wachten. Niemals hätte er die Kinder *ihr*, der Königin in Weiß, ausgeliefert. Zwar konnte er sich nach all diesen Jahren so etwas wie Liebe nicht mehr vorstellen, aber ein vages Bild von gegenseitiger Achtung und tiefem Verständnis füreinander konnte er sich durchaus ausmalen.

Er biss die Zähne zusammen, stand von dem alten Feldbett auf und streifte die Jacke über.

Als die Tür aufging, sah er Daniel und Jack im trüben Licht stehen.

»Das Mädchen ist weg«, sagte Daniel. Hinter den beiden überzogen sich die Kisten und Kartons, die Wände und die Zimmerdecke mit Eis, das sich in Bodennähe nach und nach schwarz färbte.

»Aha.« Glaucous kniff die Augen zu Schlitzen zusammen, legte den Kopf schräg und rieb sich wegen der Kälte die Hände. Er war es gewohnt, sich im Dunkel zu bewegen.

»Wir können sie nicht finden«, erklärte Jack. Als Glaucous dem Jungen forschend ins Gesicht blickte, fand er dort nichts als nervöse Erregung, die für ihn eine vage Verheißung barg: Er würde Jack und Daniel so eng miteinander verbinden, dass sie wie Brüder werden würden – sein letzter, bizarrer Beitrag zu diesem Spiel. Ausgerechnet er würde ein Band des Vertrauens zwischen den beiden knüpfen.

»Ich habe gehört, wie drei der Frauen das Haus verlassen haben«, erklärte Glaucous. »Wo ist die vierte?« *Sie ist deinetwegen hiergeblieben, Jack. Kümmert dich das überhaupt?*

»Sie ist bei Bidewell im Büro«, erwiderte Jack.

»Wenn wir tatsächlich noch hier sind«, sagte Glaucous, »und so scheint es ja, denn wir gehen hier herum und reden miteinander, dann nehme ich an, dass der Terminus … Ich weiß nicht, wie ich es ausdrücken soll, meine Herren. Hat Bidewell uns durch diese undurchdringliche Barriere geschleust?«

Weder Daniel noch Jack gaben ihm Antwort.

Glaucous drängte sich an ihnen vorbei. »*Sie* wird bald hier sein. Die Kalkfürstin hasst Büchertempel.«

»Was die Kalkfürstin unternimmt, spielt jetzt keine Rolle mehr«, sagte Jack. »Wir sind dort, wo wir sein sollen.«

»Aha. Hat Bidewell euch das erzählt?«

»Jack hat Träume, hast du das schon vergessen?« Daniels Stimme klang so scharf, dass Glaucous mulmig wurde. »Vielleicht weiß er ja mehr als wir darüber, was geschehen wird.«

»Dann sollten wir das Mädchen auf jeden Fall suchen gehen. Jack wird uns führen.«

Sie werden ihre Steine mitnehmen, es wird keiner im Lagerhaus zurückbleiben. Also wird unsere Bleiche Gebieterin kommen, um ihren Anspruch auf Bidewell geltend zu machen. Seine Bücher allein können ihn hier nicht schützen. Und danach wird das geschehen, was sie denen, die ihr *dienen, stets versprochen hat …*

Nur ein einziges Mal, vor mehr als einem Jahrhundert, war ihm diese Verheißung zuteil geworden. Er konnte sich kaum noch an Einzelheiten erinnern, nur an die nachhaltige Aura eines wunderbaren Triumphes, der Teilhabe an Herrschaft und

Reichtum – ein unvorstellbarer Sieg über alle Widrigkeiten seiner Existenz. Diese Aura hatte ihm alle Schuldgefühle genommen. Wer oder was würde er sein, wenn die Verheißung sich erfüllte? Vielleicht nicht einmal mehr Max Glaucous. Doch zum ersten Mal seit Jahrzehnten machte sich zugleich ein Anflug von Gewissen in seinem Inneren bemerkbar, nur ein winziger Anflug, aber er machte ihm dennoch schwer zu schaffen. Als er zu Jack und danach zu Daniel hinübersah, spürte er, wie seine Gesichtsmuskeln sich spannten und seine Miene zur schlechten Parodie eines Lächelns erstarrte. *Ich bin wirklich ein Widerling,* dachte er. *Unglaublich alt, brutal und nichts als ein Lügner.*

83

Die Kalpa

Währenddessen im Turm …

Die Serie der Übergriffe hatte sowohl den oberen als auch den unteren Teil der Kalpa schwer beschädigt. Der vordringende Typhon hatte die beiden äußeren Bione praktisch zerstört, und auch im ersten Bion mit dem Zerstörten Turm war die Lage äußerst prekär. Ein Drittel der Verteidigungsanlagen hatte sich in glühende Wolken aufgelöst. Und es lag auf der Hand, dass der Typhon nicht lange warten würde, seinen Rachefeldzug zu Ende zu bringen.

Ghentun war seinen Verpflichtungen nachgekommen, hatte die Schäden in den Ebenen inspiziert und Hilfsmaßnahmen für die wenigen noch lebenden Nachgezüchteten angeordnet, die der Dienste des Düsteren Aufsehers nicht bedurften. Betreut von einigen Samas, die mutig genug waren, die Gänge zu betreten, kauerten sie in ihren Nischen und sangen Klagelieder oder murmelten Gebete.

Mehr konnte man nicht für sie tun.

Zum letzten Mal brach Ghentun von den Ebenen auf, um zum Zerstörten Turm zurückzukehren. Nicht auf Geheiß des Bibliothekars, sondern weil sein Gewissen ihn dazu drängte. Doch selbst jetzt war ihm deutlich bewusst, dass jeder Weg, den er einschlug, vermutlich schon in einem ausgeklügelten Plan vorgezeichnet war, den dieser oder jener Große Eidolon ausgeheckt hatte. Er hasste sie alle.

Sklaverei. Wie konnte man auf die Idee kommen, einen sterbenden Kosmos zu versklaven? Was bedeutete irgendein von den Eidola ausgetüftelter Plan schon einem Wesen wie ihm selbst? Seit langem hatte er nicht mehr Teil an dem vergänglichen Glanz dieser geistigen Wesen. Er konnte sich ja nicht einmal mehr sinnvoll durch Zeichen mit den Epitomen verständigen und Botschaften von einem zum anderen weiterleiten, konnte nicht einmal ansatzweise verstehen, was bei diesen Mächtigen als *Gedanke* galt. Und dennoch betrachteten sie sich nach wie vor als menschlich?!

Während er noch darauf wartete, dass die Diener des Bibliothekars ihn beachteten, blickte Ghentun durch das zersprungene hohe Fenster. Immer noch schwelte Rauch in dessen Umfeld und schwärzte den Rahmen ein. Sowohl an der Innen- als auch an der Außenseite krochen dichte kristalline Strukturen an der Scheibe hoch. Innen versuchten sie den Sprung zu reparieren, während außen etwas Fremdartiges, Dunkles nach einer Stelle suchte, an der es sich Einlass verschaffen konnte.

Schließlich tauchten Angelins auf und defilierten in die weiträumige, bei Ghentuns früherem Besuch leere Kammer. Statt eines einzigen Angelins empfingen ihn diesmal Tausende unterschiedlicher Form und Größe, aber alle schimmerten bläulich und strahlten Kälte aus. In Halbkreisen stellten sie sich vor Ghentun und dem hohen Fenster auf.

Ungerührt erwiderte er ihre Blicke und sinnierte gleich wieder über das, was inzwischen jenseits der Grenze des Realen lag. Nur wenige in den Bionen da unten würden sich je ansehen, was er jetzt deutlich erkennen konnte. Sowohl die Eidola als auch die Instandsetzer und Gestalter ignorierten das Draußen lieber, als sich dem nahen Untergang bewusst zu stellen. Das Chaos hatte sich grundlegend verändert, daran konnte kein Zweifel bestehen. Was jetzt rings um die Kalpa lauerte, war nie zuvor in Erscheinung getreten.

Doch die uralte Neugier war diesen Wesen abhandengekommen und jenem tödlichen Überlegenheitsgefühl gewichen, das man nur zu gut aus der Geschichte kannte. Blinde Selbstzufriedenheit hatte den Sieg davongetragen. Ähnliches wie er selbst mussten wohl auch viele Opfer der Eidola in den fünfhundert lebendigen Galaxien empfunden haben, als sie während des letzten Materiekrieges auf ihre Umwandlung oder Vernichtung gewartet hatten. Dieser Krieg war noch gar nicht so lange her. Und jetzt bahnten eben diese Eidola – oder viele von ihnen – durch ihre blinde Selbstzufriedenheit dem Chaos den Weg.

Angeblich ging das Chaos mit den Eidola besonders unbarmherzig um. Ghentun zog bittere Befriedigung daraus, dass er diese Lektion in Geschichte jetzt so anschaulich miterleben durfte. Es reute ihn zutiefst, dass er seine ursprüngliche Substanz einst so leichtfertig aufgegeben hatte, dass er auf das Erbe seiner Art zugunsten der Hoffnung, er könne einige Tausend Jahre in den höheren Kreisen der Stadt mitmischen, verzichtet hatte. Ein unverzeihlicher Selbstverrat …

Der einzige Verrat, der ihm noch schlimmer vorkam, war …

Er dachte über die immer noch vagen Informationen nach, die ihm der Stadtfürst aufgrund seiner tieferen Erkenntnisse übermittelt hatte. Selbstverständlich durfte er auch dem Stadtfürsten nicht trauen. Doch was, wenn sich dessen Erkenntnisse als wahr erwiesen? War er, Ghentun, dann zum Racheengel der Kalpa ausersehen?

Die Angelins rührten sich nicht, störten ihn nicht in seinen Überlegungen. Vielleicht bereitete sich auch der Bibliothekar auf seine letzten Momente vor.

Der Hüter fragte sich, was aus dem jungen Nachgezüchteten geworden sein mochte, den er hier abgeliefert hatte. Hatte ein wahnsinniges Großes Eidolon in seiner leidenschaftlichen, sinnlosen Gier nach aufschlussreichen Einzelheiten den Jungen analysiert, in Stücke zerlegt, seziert? Oder hatte man ihn weggesperrt, da er sich wie all die anderen katalogisierten Experimente als Fehlschlag erwiesen hatte?

Was Ghentun jenseits der Grenze des Realen sah, was er durch die Reihen zerstörter, umgestürzter Verteidiger hindurch erkennen konnte …

Noch immer versuchten diese Wächter die Kalpa zu schützen, doch das Chaos hatte mit seinem Feuer fast die ganze alte Realität der Erde verzehrt, ihre Zeit und ihr Geschick in Schutt und Asche gelegt. Zugleich hatte der Typhon perverse Einschlüsse geschaffen, in der Stücke verzerrter Realität noch erhalten waren. Und jetzt stellte er diese Trophäen wie in einem

Kuriositätenkabinett zur Schau. Er hatte die zerstörten Artefakte vergangener Zeiten, das Kulturgut uralter irdischer und anderer Städte eingesammelt, irgendwie hierherbefördert und rings um die letzten Bione der Kalpa aufgebaut. Näher an der Stadt als je zuvor, so als wollte der Typhon die nächsten Opfer mit diesem entsetzlichen Anblick darauf hinweisen, dass auch sie bald dran sein würden. Dass er auch sie bald einschmelzen, verunstalten und über sein düsteres Territorium verteilen würde.

Wer konnte noch daran zweifeln, dass der Typhon all das hasste, was sich innerhalb dieses riesigen zerstörten Schutzrings befand? Wer konnte bestreiten, dass die ganze Existenz des Typhon darauf ausgerichtet war, die rätselhafte Schöpfung auseinanderzunehmen und neu zusammenzusetzen, obwohl er sie niemals verstehen würde?

Inmitten dieses Durcheinanders ermordeter Geschichte lag der Zeuge wie ein trister, abstoßender Berg. Aus dem riesigen lädierten Schädel und den zusammengesunkenen Gesichtszügen ragte immer noch das langsam rotierende Auge, das mit seinem grauen Strahl die Region rings um den Turm sondierte.

Ghentun spürte nur Leere in seinem Herzen, keinerlei Gefühl. Jetzt lernte er die wahre Natur seines lebenslangen Gegners kennen, den Feind all dieser verstreuten Galaxien und all derjenigen, die sich früher Menschen genannt hatten. Den Feind, der auch sein eigenes Leben geprägt und verdorben hatte. Allerdings hatte dieser Feind auch die Erschaffung der Wesen ausgelöst, die Ghentun so sehr liebte und jetzt trotzdem im Stich lassen musste …

Leere.

Nichts als Leere.

Ghentun hielt nach den Verkehrswegen Ausschau, die sich im Umfeld der Kalpa stets durch das reaktionsfähige verharschte Gebiet des Chaos geschlängelt hatten. *Die Pässe.* Wenn man sie aus der schützenden Höhe der Stadt eingehend beobachtete, konnte man dort angeblich riesige Schweigende entlanghuschen sehen. Zweifellos suchten sie nach Nachgezüchteten der alten Art, nach Marschierern. Alle, die sie erwischten, beförderten sie zu schrecklichen Lagerstätten und lieferten sie dort aus: in der Nekropolis, im Haus der Töne, im Haus des Grünen Schlafes, in der Festung der Finger, im Tal der Toten Götter und des todbringenden Flusses, in der Ebene der Fallgruben … Oder an irgendeiner anderen der vielen Stationen von Umwandlung und Vernichtung, die der Typhon seit der Zerstörung des Kalpa-Turms aus der Landschaft jenseits der Grenze des Realen herausgemeißelt hatte.

Woher kenne ich all diese Begriffe und Bezeichnungen?

Als Ghentun erneut zu den Angelins hinübersah, wurde ihm klar, dass man mit ihm spielte. War dieses plötzliche Wissen ein Geschenk des Stadtfürsten? Oder ließen ihn die Diener des Bibliothekars an dessen Wissen teilhaben? Wie es auch sein mochte: Jedenfalls erhielt er Unterricht in der Chaographie, erfuhr das, was er wissen musste, um in einem Land ohne Regeln zu überleben.

Ein einzelnes Angelin löste sich aus den Reihen, schwebte auf Ghentun zu und streckte seine winzige blaue Hand aus, um ihm über den Umhang zu streichen. Bei der Berührung tauchten funkelnde Gebilde vor seinen Augen auf, leise singende Schneeflocken.

Die Läufer haben integriert. Sie sind jetzt alle hier.

Und der Träumer ist bereit.

Die Reihen der Angelins teilten sich, und ein weißes Epitom führte den jungen Nachgezüchteten zu Ghentun. Sofort trat er ans hohe Fenster und starrte mit wachen Augen, die sowohl Angst als auch Sehnsucht ausdrückten, nach draußen.

Er wusste, was Ghentun wusste, sah, was Ghentun sah.

Flüchtig blickte Jebrassy zum Hüter auf, dann wandte er sich wieder dem Chaos zu. »Ihr habt sie da hinausgeschickt. Ich muss sie suchen gehen.«

»Aber nicht allein«, erwiderte Ghentun.

84

Das grüne Lagerhaus

Eine neue Art träger Dunkelheit kam jetzt auf sie zu. Bidewell blickte zum Oberlicht hinauf, während er Handschuhe überstreifte und sich auf den Weg zu seiner persönlichen Bibliothek, zur unbeständigen Wärme des Öfchens und zur letzten Flasche Wein machte. Dort wartete Ellen auf ihn, seine letzte Gefährtin in diesem Kosmos, wie er vermutete. Das, was sich ihnen näherte und wie eine Last auf sie senkte, konnte er nur spüren, nicht deuten.

Ein weiteres Glied der zersprungen Kette. Und wie alles andere aus den Fugen der Zeit geraten.

Oder etwas noch Schlimmeres. Vielleicht Alpha, die Wand, die sie gegen Omega schieben würde. Sollte es so sein, war ihr Versuch kein Fehlschlag gewesen. Eine Möglichkeit, dieses

Spiel zu gewinnen, hatte es sowieso nie gegeben – ein düsterer Gedanke.

Ellen saß da und starrte auf den schwachen rötlichen Feuerschein, der aus dem Sichtfenster des Öfchens drang.

»Vielleicht hättest du mit ihnen gehen sollen«, sagte Bidewell. »Mit den Frauen, meine ich.«

»Ich dachte, Ginny würde sich über ein bisschen Gesellschaft freuen.«

Bidewell murmelte irgendetwas, das mitfühlend und zugleich skeptisch klang, und nahm ihr gegenüber Platz.

»Sind wir erledigt? Ich meine, können wir jetzt nichts mehr tun?«

»Keineswegs. Angenommen, man kann überhaupt noch irgendeinen Zug in diesem Endspiel tun, dann tun wir ihn jetzt.«

»Kannst du mir das bitte erklären?«

»Klar. Die Kalkfürstin wird kommen, um einen früheren Diener einzusacken, der zur anderen Seite übergelaufen ist. Diese Rachgier könnte ihre Verfolgungsjagd auf unsere jungen Hirten verzögern.«

Ellen sah ihn an. Inzwischen war sie so weit, dass sie keine Angst mehr und kaum noch Neugier empfand. »Wie ist es, wenn man eingesackt wird?« Sie blickte tief ins Sichtfenster des Öfchens. »Und wer oder was ist diese Königin in Weiß?«

»Eine entsetzliche Kraft. Ein mehrdimensionaler Ansturm von Schmerzen und Angst, der eine rückläufige Woge des Hasses mit sich bringt.«

»Und was hasst uns so sehr?«

Bidewell schüttelte nur den Kopf.

»Satan?«

»Ach.«

»Was soll das denn heißen?«

»Wie oft haben wir uns diese Frage schon gestellt?«

»Und? Gibt es eine Antwort darauf?«

»Was uns hasst, ist schlimmer als Satan, schätze ich. Schlimmer als alles, was wir uns je vorstellen können. Ein böswilliger Embryo, der nie geboren werden wird und sich schon gar nicht zu irgendeiner Reife entwickeln kann. Eine gescheiterte Gottheit.«

»Und ist dieses weibliche Wesen … diese gescheiterte Gottheit?«

»Nein. Sie dient ihr nur, aber ich glaube nicht, dass sie es freiwillig tut. Manchmal glaube ich fast, sie zu kennen … Ich habe davon geträumt, darüber spekuliert und ewig lange darüber nachgedacht, schon seit Jahrhunderten. Vielleicht weiß ich, welche Fragen ich stellen muss, wenn sie hier eintrifft.«

»Irgendetwas kommt jetzt auf uns zu«, sagte Ellen. Ringsum wurde es noch dunkler und kälter, doch es lag auch etwas anderes in der Luft – etwas, das Ellen fast zum Weinen brachte. Kummer über einen Verlust, der weit über das Schwinden einer einzigen Welt hinausreichte. Dieser Verlust betraf die ganze Geschichte.

»Hast du dein Buch?«, fragte Bidewell und stand auf.

»Ich dachte, die Bücher könnten jetzt nichts mehr ausrichten.«

»Diese schon. Sie erzählen immer noch unsere Geschichten.«

»Was machen wir damit? Lesen wir laut daraus vor?« Ellen holte ihr Buch aus der Tasche.

Etwas – weder feste Gestalt noch Wolke – bewegte sich zwischen den umgestürzten, mit Eis überzogenen Kisten und Kartons, wirbelte um imaginäre Ecken herum, wandte sich in Richtungen, in die ihm kein Auge folgen konnte, strahlte ein düsteres Spektrum von Gefühlen aus.

Auf Bidewells Wink hin schlugen sie die Bücher auf, drückten sie sich an die Brust und beugten sich vor, so dass ihre Köpfe und Hände einander berührten.

Leise und stoßweise drang ein Laut zu ihnen herüber, wie eine Klage aus tiefen Höhlen. Rachel, die bis in alle Ewigkeit um ihre verlorenen Kinder weinte.

»Sie ist blind«, sagte Ellen. »Blind vor Trauer.«

»Bedauere sie nicht vorzeitig«, entgegnete Bidewell. »Bei ihr ist alles das Gegenteil von dem, was man erwarten würde. Trauer ist Freude, und selbst ihre Blindheit ist eine besondere Art zu sehen.«

»Ist *sie* das?«, fragte Ellen, während der Schatten sie einhüllte. Es war so, als schwebe das Zimmer über einem Abgrund.

Bidewell öffnete den Mund, konnte jedoch nicht mehr Luft holen. Und eine Antwort war auch gar nicht mehr nötig: Die Königin in Weiß war bis zu ihnen vorgestoßen und versuchte auf ihre Weise, ihnen die Liebe zu erweisen, die sie verdienten.

85

Ginny

Ginny ließ sich in einer Kuhle des verharschten Bodens nieder, streifte sich die Kapuze ihres Wollmantels über den Kopf und zog die Kordeln so fest zusammen, dass ihr Gesicht größtenteils verdeckt war. Erneut war die bizarre Sonne am Himmel aufgezogen. Als sie von oben herunterstrahlte, merkte Ginny, wie ihre winzige Schutzblase zusammenschrumpfte. Sie konnte fast körperlich spüren, wie sie schwand. Genauso war es, wenn der tödliche graue Strahl über sie hinwegstrich. Es war nicht zu verkennen, dass dieser Himmel und das, was darunter lag, sie nicht mochten.

Der Stein in ihrer Manteltasche war inzwischen zwar eiskalt, aber sie wagte nicht, ihn loszulassen. Er beschützte sie, da war sie sich sicher. Auf welche Weise er das anstellte, war ihr im Augenblick egal.

Plötzlich ging ihr ein ganz anderer Gedanke durch den Kopf: Hatte ihre Flucht aus dem Lagerhaus Bidewell und die anderen womöglich in noch größere Gefahr gebracht? Doch jetzt konnte sie nichts mehr daran ändern. Sie hatte ihre Entscheidung getroffen, in der vagen Hoffnung, jemand würde ihr vielleicht nachgehen und sie zur Rede stellen. Als sie genauer darüber nachdachte, wurde ihr klar, dass es nur jemand sein konnte, der selbst einen Stein besaß, entweder Jack oder Daniel, vielleicht auch beide. Aber würden sie auch Glaucous mitbringen? Das wäre ja wirklich pervers. Es war schon ein seltsames Trio, das sie zusammen bildeten!

Nachdem sie sich ein paar Minuten ausgeruht hatte – zumindest kam es ihr so vor, als wären es nur wenige Minuten gewesen –, spähte sie über den Rand der Kuhle und spürte dabei erneuten Kontakt mit Tiadba, diesmal sogar in hellwachem Zustand. Sie waren sich jetzt näher als früher. Sie wusste es schon seit einiger Zeit, begriff aber nicht, was es bedeutete. In welcher Hinsicht *näher*? Ihre Welten waren miteinander verschmolzen, so viel hatte sie sich zusammengereimt. Obwohl ihr das unmöglich vorkam, fand sie keine andere Erklärung. (Nicht dass diese »Erklärung« die Situation begreiflicher machte!)

Trotz all ihrer Torheiten und »schlechten« Entscheidungen hatte Ginny die Vernunft stets hochgehalten, und deshalb führte sie jetzt zum zehntausendsten Mal Gründe dafür an, dass all dies unmöglich *wirklich* geschehen konnte. Ihre Zweifel an der Realität der Ereignisse beherrschten sie so, als stoße sie mit der Zunge ständig und zwanghaft gegen einen abgebrochenen, schmerzenden Zahn. Wenn hier keine der bekannten Regeln mehr galt, was blieb dann noch übrig? Zauberei? Willenskraft? Die Kraft der Integralläufer, deren Entstehung und Wirkungsweise auf wissenschaftlichen oder anderen Erkenntnissen beruhen mochten, die ihr unbekannt waren?

Letztendlich war ihr klar, dass es keine hinreichende Erklärung gab. Jetzt kam es nur noch darauf an, zu überleben und die Sache zu Ende zu bringen. Was zählte, war der Ausgang dieser Geschichte. Ihr kurzes Leben (das jetzt vielleicht kürzer ausfallen würde, als ihr lieb sein konnte) hatte sie weitgehend in gnädiger Unwissenheit verbracht, eingehüllt in die wärmende Decke gesellschaftlicher Konventionen, umgeben von den armseligen Lebensphilosophien ihrer Mitreisenden. All das hatte sich zu einer Atmosphäre zusammengefügt, die Ginny in gewisser Hinsicht schützte, denn die kleineren der unmöglichen

Erlebnisse, die mit ihren Sprüngen zu anderen Weltlinien verbunden waren, waren an dieser Atmosphäre einfach abgeprallt oder durch Reibung »verglüht«, ehe sie ihr zusetzen konnten. Diese schützende Atmosphäre war das, was gemeinhin als Realität galt.

Auch das eine Art Schutzblase, ebenso unerklärlich wie die andere.

Nun ja, hier draußen war auch diese Blase zusammengeschrumpft. Sie war jetzt völlig auf sich gestellt.

Als etwas Riesiges ganz in der Nähe vorbeifegte, kauerte sie sich wieder in die Kuhle. Flüchtig erkannte sie einen Funken sprühenden Schatten, der so schrill schrie oder aufheulte, dass das Geräusch durch die Blase drang und ihren Ohren wehtat. Als er vorübergezogen war, sammelte sie nach und nach genügend Mut, um erneut nach draußen zu spähen, und bemerkte, dass die kleine Kuhle neben einer Art Straße lag, die farblos und weder hell noch dunkel wirkte – wie etwas, das man bei Mondlicht schwach erkennen kann. Die Straße erstreckte sich bis zu einem gezackten Horizont, der an ein Sägeblatt erinnerte.

»Halt dich von Passwegen fern«, murmelte sie. »Wer die nimmt, könnte so stark sein, dass er deine winzige Blase zerstört. Oder dich *sieht* und einfängt.« Sie wusste, was es mit dieser inneren Stimme auf sich hatte: Tiadba hatte sich erneut gemeldet. Und von so nah!

Trotz dieser Warnung ging Ginny am Passweg entlang, der ein Dutzend Schritte entfernt lag (sofern sie es richtig abschätzen konnte, was schwierig war), und stieg bald darauf einen Hang hinunter, der zu einer weitläufigen graubraunen Ebene führte. Zu beiden Seiten ragten Gebirgswände und dahinter schwach auszumachende, seltsame Bauwerke auf, die offenbar leer standen, denn dort rührte sich nichts. Zweimal musste sie sich hinter Felsen oder in Bodensenken verstecken, als riesige, hoch aufragende, oben abgeflachte Gestalten lautlos und ohne Vorwarnung auf dem Pass vorbeiglitten. Sie wollte gar nicht wissen, was sie waren. Beim flüchtigen Blick aus der Ferne glaubte sie Köpfe, so groß wie Busse zu erkennen, die hin und her zuckten, und Augen, die das Gelände unter dem Passweg sondierten. Doch sie bemerkten Ginny nicht.

Ihr wurde klar, dass jetzt nicht Grübeln, sondern schnelles Handeln angesagt war. Sie konnte es sich nicht leisten, in dieser verrückten Umgebung auch noch selbst durchzudrehen. Das wäre genauso absurd, wie ein Streichholz mitten in einer Supernova zu entzünden.

Also ging sie weiter. Der zerknautschte dunkelviolette Himmel ohne Sterne beunruhigte sie nicht, solange sie nicht nach oben blickte. Seltsam war allerdings das Gefühl, dass ihr ringsum stille Feindseligkeit entgegenschlug. Sie fühlte sich wie eine Fliege, die ein Pferd im Schlaf von seinem Hinterteil zu verscheuchen versucht, indem es mit dem Schwanz ausschlägt. Mochte ihre Anwesenheit hier irgendeine Wirkung haben oder auch nicht: Jedenfalls gab dieser Ort sich alle Mühe, sie zurückzustoßen und jegliche Mutmaßungen, die sie früher darüber angestellt hatte, zu widerlegen. Trotzdem wollte sie unbedingt auskundschaften, was es mit dieser Ebene, diesem Tal auf sich hatte. Wohin sie auch blickte, überall war der Horizont gekrümmt. Allerdings mochte das auch daran liegen, dass das Licht hier verrückt spielte.

»Ich weiß nicht, was das bedeutet. *Hör auf, darüber nachzudenken!*«

Die Ebene zwischen den Bergzügen … die Monumente oder Skulpturen: Ein Teil von ihr hatte das alles schon früher gesehen. Tiadba war hier gewesen, war immer noch hier.

Oder würde bald hier sein.

Vielleicht würden sie einander begegnen.

»Ich weiß nicht, ob mir das gefallen würde«, flüsterte sie im Gehen. »Meine Nerven liegen sowieso schon blank.« Als etwas auf dem Pass vorbeihuschte, das wie ein riesiger flacher Teller oder eine zerquetschte Krabbe mit menschlichem Gesicht aussah, ließ sie sich erneut zu Boden fallen und wartete ab, bis es vorübergezogen war. Dann stand sie wieder auf und bemerkte dabei, dass unmittelbar vor ihr eine grünlich schimmernde geschwungene Klinge mit kleinem seitlichem Griff im dunklen Boden steckte. Die Form erinnerte sie an ein Teigmesser. *Vermutlich eine Waffe. Warum ist sie hier zurückgeblieben? Wer hat sie in den Boden gerammt?*

Sie beschloss, die Klinge nicht zu berühren und schon gar nicht herauszuziehen. Gut möglich, dass es eine Falle war. Gleich darauf stellten sich ihre Armhärchen auf: Irgendetwas *beobachtete* sie. Als sie herumwirbelte, wurde ihr schwindelig, denn der ganze Horizont schien zu schlingern … und sie sah plötzlich und zum ersten Mal einen Nachgezüchteten der alten Art vor sich, denn es blieb ihr keine Zeit, den Blick abzuwenden.

Dieses Geschöpf, das sie für männlich hielt, war weder lebendig noch tot. Und es war nicht allein gekommen.

Hunderte, die genauso aussahen, krochen oder schleppten sich über den Hügelkamm ins Tal, ein ganzer Strom von Gestalten, alle kleiner als sie selbst. Das Geschöpf vor ihr reichte ihr nicht einmal bis zur Schulter. An all diesen Untoten hingen Fetzen eines Stoffes, der früher einmal fest gewesen sein mochte. Reste von Schutzanzügen? Sie waren rot, orange, grün und blau, inzwischen jedoch ausgebleicht und so zerschlissen, dass sie wie Papiertaschentücher an den Körpern klebten.

Kein Zweifel, es waren *Marschteilnehmer*. Die Gesichtszüge waren erschlafft, wachsweich. Und ihre Augen …

Sie brachte es nicht fertig, diesen gescheiterten, verlorenen, in etwas Bizarres verwandelten Marschteilnehmern in die Augen zu sehen. Wie Ameisen krochen sie ins Tal hinunter, versuchten etwas in dessen Mitte zu erreichen, ein Bauwerk, das wegen des trügerischen Lichts kaum zu erkennen war. Es sei denn, man drehte sich zweimal um sich selbst, wie sie es jetzt voller Angst tat. Und zwischen den Umdrehungen wich sie durch Sprünge jenen aus, die an ihr vorbeischlurften. Nach der zweiten Umdrehung konnte sie das Ding *sehen*.

Wie ein riesiges Gebäude oder eine Burg ragte es mitten im Tal aus einem nicht sonderlich tiefen Trichter auf. Konnte es wirklich so viele Tausend Meter breit und hoch sein? Es schimmerte grünlich und wirkte so kalt wie mit Raureif überzogenes Glas. Sobald sie den Kopf schräg legte oder den Blickwinkel veränderte, konnte sie das Gebäude kaum noch erkennen. Doch wenn sie den Blick mit aller Kraft fokussierte, traten Einzelheiten hervor, und sie konnte deutlicher sehen, wie unermesslich groß dieser Bau war.

Es musste eine ganze Stadt sein.

Die gescheiterten Marschierer verhielten sich tatsächlich wie Ameisen: Sie strömten auf den Trichter mit der Stadt zu, glitten hinein und wurden von den Zangen eines Räubers gepackt, der wie ein gigantischer Ameisenlöwe wirkte. Rings um diese

Arena hatte sich ein Publikum versammelt, das einem Alptraum entsprungen schien: reglose Skulpturen, Geschöpfe, die mitten in der Hoffnung auf irgendetwas, mitten in schwungvollen Schritten zu so etwas wie Stein erstarrt waren.

Eine Lektion in Geschichte.

Sie schloss sich den Marschierern an. Es war an der Zeit.

An der Zeit, dort hinunterzusteigen.

In die trügerische Stadt.

86

Die Kalpa

Selbst Ghentuns junger Gefährte merkte, wie froh der Hüter war, den Zerstörten Turm endlich verlassen zu können. Bei ihrem Abstieg zu den oberen Stadtvierteln sprachen sie kaum miteinander, und Ghentun machte erst gar nicht den Versuch, den desolaten Zustand der Kalpa vor Jebrassys wachen, neugierigen Augen zu verbergen. Wenn der Bibliothekar Nachgezüchtete schon auf die ihm eigene, selektive Weise ausbilden musste, konnte er als Hüter diese Ausbildung zumindest durch eine bodenständigere Perspektive ergänzen – indem er bewusst den langen Weg nach unten wählte und Jebrassy die inzwischen fatale Lage der Stadt vor Augen führte.

Jebrassy sagte nur wenig, als sie sich durch die höchsten Stadtviertel und die Ebenen des ersten Bion bewegten, mitten durch das silbern schimmernde, dreidimensionale Netz gewundener Bahnen und Rinnen. Komplexe Oberflächen schnitten durch das Netz, übersät mit Kugeln und hervorstehenden Teilen, die sich so langsam wie große Schiffe auf einem Meer aus Flüssigkeit bewegten; allerdings ragten viele dieser Strukturen seitlich heraus oder baumelten kopfüber von den gewundenen Bahnen herunter. Angesichts dieses Netzes, das früher einmal übernatürliche Macht und Vermessenheit ausgedrückt haben musste und jetzt als Opfer eines entsetzlichen Verhängnisses zusammengebrochen war, überlief Jebrassy ein Schauer.

Die Übergriffe des Chaos hatten alle Ebenen der Kalpa in Mitleidenschaft gezogen. Viele Bahnen und Rinnen waren dabei abgetrennt worden und peitschten jetzt wild herum, prallten gegen andere Bahnen oder schnitten durch sie hindurch, trennten deren kilometerweites Umfeld so vom übrigen Netz ab, dass es sich in einzelnen Strängen verhedderte, blockiert und mit flimmernden Trümmern übersät war.

»Das verstehe ich nicht«, war das Einzige, was Jebrassy herausbrachte, während sie von den Stadtteilen der Eidola zu den Ruinen des Horts hinabstiegen.

»Willkommen in all unseren verlorenen Welten, den oberen und den unteren, junger Freund«, murmelte Ghentun. »Allerdings fühle ich mich hier unten eher zu Hause.«

Sie betraten den Wirkungsbereich der Gestalterin, jetzt ein Trümmerfeld aus zerbrochenen Schranken und Maschinen, die zu schwarzer Schlacke zusammengeschmolzen waren. Doch glücklicherweise waren hier wenigstens keine Spuren des Nachwuchses mehr zu sehen, den sie für immer verloren hatten. Die mehrarmige Gestalterin hatte versucht, ihren Bereich nach den schlimmsten Übergriffen des Chaos aufzuräumen. Allerdings war nicht zu verkennen, dass der Hort für immer zerstört war. Nie wieder würden die Umber junge

Nachgezüchtete an die Ebenen übergeben, nie wieder würde dort Nachwuchs auf die althergebrachte Weise großgezogen werden.

Schweigend blieben sie vor der Gestalterin stehen, die Jebrassy mit einem ihrer langen, warmen Finger kurz streichelte. Bestürzt und verlegen wich er vor ihr zurück. Doch zugleich spürte er, dass ihm neues Wissen zuströmte und sein Inneres wie eine nahrhafte, kräftigende Speise füllte. Es verteilte sich zügig wie kühlendes Öl und erfrischte ihn durch und durch. Er mochte dieses Gefühl, doch es gefiel ihm ganz und gar nicht, dass ihm gleich darauf klar wurde, wie schlimm die Dinge inzwischen standen und wie wenig er über die Grundlagen der eigenen Existenz gewusst hatte.

Er kam sich klein vor, aber nicht wie am Boden zerstört. Er würde Tiadba viel zu erzählen haben, wenn sie sich endlich wiedersahen. Und daran zweifelte er nicht, auch wenn ihn dieser trübsinnige Hochgewachsene, der ihm Rätsel aufgab, seelisch herunterzog. Fast hätte er sich lieber allein in dieses Abenteuer gestürzt.

Konnten ein Nachgezüchteter und ein Hochgewachsener – ein *Instandsetzer* – überhaupt auf gleicher Ebene miteinander verkehren? Jebrassy fühlte sich seiner Aufgabe durchaus gewachsen. Doch er war sich nicht ganz so sicher, ob der Hüter tatsächlich durchhalten würde, wenn sie sich erst einmal im Chaos befanden.

Ghentun gab der Gestalterin letzte Anweisungen und gebrauchte dabei Wörter, die Jebrassy nicht verstand. Allerdings hielt er sie nicht für Begriffe einer gehobenen Umgangssprache und auch nicht für absichtlich verklausuliert, sondern einfach für Spezialausdrücke.

»Die letzte Generation«, sagte Ghentun, als sie vom Hort aufbrachen. »Das kann einen schon traurig machen. Aber es ist schon lange an der Zeit, dass es aufhört.«

»Warum?«, fragte Jebrassy. »War die Nachzucht der alten Art nicht der Mühe wert?«

Ghentun blickte verwirrt, aber voller Respekt auf ihn herunter. Vielleicht war der Bibliothekar mit seinen Informationen freizügig umgegangen oder hatte den Jungen zumindest über das Wesentliche aufgeklärt. Es mochte aber auch sein, dass sie alle die Fähigkeiten ihrer so viel kleineren Schützlinge unterschätzt hatten, so wie die Eidola die Fähigkeiten der Instandsetzer als unbedeutend abgetan hatten.

Der schlimmste Teil ihres Aufbruchs ins Chaos kam, als sie durch die untersten Ebenen gingen. Vorher hatte der Hüter Jebrassy die Gabe verliehen, die er selbst besaß: sich unsichtbar zu machen.

Ein paar Nachgezüchtete hatten überlebt. Entsetzt über die Vernichtung ihrer Unterkünfte, Weiden und Äcker, wanderten sie in den rauchenden Trümmern umher und versuchten, wieder irgendeine Ordnung in ihr Leben zu bringen, obwohl das eindeutig nicht mehr möglich war.

Die Zerstörung in den oberen Ebenen hatte Jebrassy kaum erfassen können, aber das hier traf ihn hart. So hart, dass es seine Abenteuerlust und die Bereitschaft, sich Herausforderungen zu stellen, mehr als dämpfte. Er würde nie wieder heimkehren können – das war ihm von Anfang an klar gewesen. Aber jetzt würde es höchstwahrscheinlich nicht mal mehr ein Zuhause geben, zu dem er hätte zurückkehren können.

»Ich bin traurig«, sagte er zu Ghentun, als sie mit einem verborgenen Fahrstuhl in die Hochwasserrinnen hinabfuhren. »Und wie soll Traurigkeit einen innerlich frei machen?«

Im letzten flackernden Licht des teilweise eingestürzten künstlichen Himmels wanderten sie an den von dunklen Streifen durchzogenen Kanälen entlang, vorbei an den Ausläufern der drei Inseln. Für Jebrassy verging die Zeit dabei wie im Nu. Doch der lange Spaziergang zu dem Lager, in dem man die Marschteilnehmer ausgebildet und ausgerüstet hatte, ließ ihm allzu viel Zeit zum Nachdenken, und sein Selbstvertrauen schwand. Als sie die Hütten und Zelte erreichten, entdeckten sie verstreute Fußspuren in Sand und Staub. Jebrassy kauerte sich nieder. Irgendjemand hatte sich an dieser Stelle erst hingekniet und danach im feinen Sand niedergelassen. Er beugte sich hinunter, um zu schnuppern. »Sie ist hier gewesen.«

»Sicher«, erwiderte Ghentun.

»Wie weit ist es noch?«

»Wir sind jetzt rund fünfzig Kilometer gelaufen und haben noch etwa fünfundsechzig Kilometer vor uns, bis wir zwischen den inneren Realitätsgeneratoren der Kalpa hindurchgehen und die Zwischenzone erreichen. Übrigens ist es das letzte Mal, dass wir tatsächlich wissen, wie weit wir von irgendetwas entfernt sind. Das letzte Mal, dass so etwas wie *Entfernung* überhaupt noch einen Sinn ergibt.«

Jebrassy verstand. »Was geschieht, wenn die Kalpa fällt? Sind dann Märsche, egal wohin, völlig sinnlos? Was passiert, wenn wir nicht mehr abschätzen können …«

»Besser, darüber jetzt noch nicht nachzugrübeln«, erwiderte Ghentun. »Trauere einfach um deine Toten und halte die Erinnerungen an sie hoch.« Er kniete sich voller Kummer und zugleich stolz auf Jebrassy neben ihn in den Sand. *Wie ein Vater*, sagte er sich.

Später führte er Jebrassy zu dem silbernen Kuppelbau und zeigte ihm die letzten drei Schutzanzüge. Zwar gab es keinen Pahtun mehr, der sie hätte einweisen können, aber sie kamen trotzdem zurecht. Jebrassy wählte einen blauen Schutzpanzer und brauchte beim Anziehen kaum Hilfe. Offenbar flog ihm die Fähigkeit, damit umzugehen, einfach zu. Als Ghentun eine entsprechende Bemerkung machte, zuckte er nur die Achseln. »Ich weiß nicht, wie es geschieht, es passiert einfach ... Ich erinnere mich überhaupt nicht daran, so etwas je gesehen zu haben, aber vielleicht tut es mein Körper. Kann auch sein ... dass der Bibliothekar mir immer noch meine Geschichte vorliest, aber ein paar Seiten übersprungen hat.«

Diese Bemerkung beunruhigte Ghentun. Wer von ihnen beiden würde der Anführer sein und wer derjenige, der folgte? In mehr als einer Hinsicht hatten sich die Distanzen verschoben.

Ghentun probierte einen der Anzüge an, die dem Ausbilder gehört hatten. Das Material schien sich seinem stämmigeren Körper recht gut anzupassen. Die Handschuhe versiegelte er noch nicht.

»Es kommt jemand.« Jebrassy deutete über den Kanal.

Ghentun sah, dass sich eine kleine blasse Gestalt vor dem dunklen Schlamm abzeichnete, der durch den Sand gedrungen war und jetzt den Kanalboden verunzierte. Die Gestalt bewegte sich unbeholfen und ruckartig.

»Es ist kein Nachgezüchteter«, sagte Jebrassy, zunehmend beunruhigt. »Und für einen Hochgewachsenen ist er nicht groß genug.«

Ghentun weitete sein Sichtfeld so aus, wie es ihm als Instandsetzer möglich war. Die Gestalt war ein Epitom, Teil eines Großen Eidolon. Sie rührten sich nicht von der Stelle und warteten ab.

»Ich kenne ihn«, erklärte Jebrassy, als das Geschöpf näher kam. »Ich erkenne das Gesicht wieder.«

»Das Geschöpf hat dir ein Gesicht gezeigt?«, fragte Ghentun verblüfft.

Trotz der merkwürdigen Gangart bewegte sich die Gestalt zügig vorwärts.

»Ich habe mich einer fürchterlichen Tortur unterzogen«, rief das Epitom und gesellte sich gleich darauf zu ihnen auf den sandigen Kanalboden. »Habe mich in ein Geschöpf aus ursprünglicher Substanz verwandelt. Hält aber noch immer nicht ganz zusammen, glaube ich.« Es streckte eine kleine blasse Hand hoch, wendete sie hierhin und dorthin und inspizierte die Finger so, als sehe es sie zum ersten Mal. »Alles hat seine Grenzen, das wird jetzt immer offensichtlicher.« Neidisch musterte es Ghentuns Blütenfinger. »Ist das wirklich nützlich? Sieht jedenfalls nützlich aus.«

Ghentun, dem dabei die eigene Rückverwandlung in ursprüngliche Substanz einfiel, verzog das Gesicht und ballte, peinlich berührt, die Hand zur Faust. In ehrenwerter Gesellschaft galt es als unhöflich, Blütenfinger offen zu erwähnen.

»In wenigen Stunden bin ich ausgehärtet«, erklärte das Epitom. »Dann kann ich da draußen eine gewisse Zeit überleben. Aber ich werde eine Art Schutz brauchen, genau wie ihr. – Wie wunderbar!«

»Wie sollen wir dich nennen, Eidolon?«, fragte Ghentun, der so verwirrt war, dass er auf höfliche Manieren zurückgriff, die hier einigermaßen bizarr wirkten. Die alten Umgangsformen hatten eindeutig ausgedient. Soweit er wusste, hatte sich kein Großes Eidolon jemals in ursprüngliche Substanz zurückverwandelt. Es kam ihm wie ein Affront vor – wie der Verstoß gegen ein Tabu und zugleich wie ein Angriff auf die Privilegien der niedrigen Arten.

»Bitte nennt mich Polybiblios. Der Herkunft nach bin ich männlich, deshalb trete ich lieber als ein ER auf als ein ES, auch wenn Letzteres angemessener sein mag. Allerdings ist uns allen die echte Sexualität offenbar abhandengekommen, nur unser junger Freund hier mag diesbezüglich eine Ausnahme darstellen.«

Jetzt war es an Jebrassy, peinlich berührt zu reagieren.

»In bestimmter Hinsicht bin ich wahrscheinlich der beste Teil des Bibliothekars – zumindest werde ich mir das vormachen, bis man mir das Gegenteil beweist. Darf ich mich euch jungen Marschierern anschließen? Ich verspreche auch, mich auf meine Weise in Demut zu üben. Vielleicht kann ich mich sogar als nützlich erweisen, wie dieser wunderbare Finger.«

Ghentun versiegelte die Handschuhe und verschränkte die Hände auf dem Rücken.

Mit entzückter Miene setzte sich das Epitom in den Sand, nahm eine Handvoll grauen Kies auf und ließ ihn durch die weichen Finger rinnen.

Jebrassy hatte eine seltsame Zuneigung zu dem Teil des Bibliothekars gefasst, der ihm im Turm Gesellschaft geleistet und Unterricht erteilt hatte. Aber ihn hier draußen in fester, fleischlicher Gestalt vor sich zu sehen, in einem Körper, der etwa so groß war wie sein eigener … Das empfand er als äußerst verwirrend. »Auf welche Weise könntest du uns nützlich sein?«, fragte er.

»Ich habe das hier mitgebracht.« Polybiblios hielt ein graues Kästchen empor. »Ohne das hier … wird nichts passieren, jedenfalls nichts Wichtiges. Alles wird einfach zu Ende gehen. Und nach so langer Zeit wäre das wirklich schade.«

87

Das Chaos

Es kam ihnen so vor, als marschierten sie schon Jahre. Ihr Leben lang.

Schritt für Schritt passten sich die Marschierer dem schrecklichen Chaos an, begannen ihrerseits gegen die Regeln zu verstoßen und erlangten durch neue Erfahrungen wachsende Reife. Inzwischen waren sie Experten darin, Passwege zu überqueren und manchmal sogar darauf entlangzulaufen. Offenbar konnte man die Reaktionen dieser Pässe in gewisser Weise voraussehen. Wenn keine Reisenden in der Nähe waren – denn auch andere und noch seltsamere Geschöpfe als die dahingleitenden Schweigenden nahmen diese Wege –, waren die Pässe hart und so glatt wie Glas. Doch wenn sich Reisende näherten, lange bevor sie in Sichtweite der Marschierer waren, verwandelten sich die Pässe in eine gummiartige Masse, die an ihren Stiefeln kleben blieb. Meistens hatten sie noch mehr als genügend Zeit, zur einen oder anderen Seite zu krabbeln und sich im Schutt zu verstecken.

Das ganze Chaos ähnelte einem Müllhaufen. Überall, wo sie hinzogen, lagen zerstörte, ausrangierte Objekte herum, und fast immer waren sie mit einer schwärzlichen Kruste überzogen und befanden sich, aller Lebenskraft beraubt, im Zerfallstadium. Es gab hier jede Menge Orte, an denen sich ein Marschteilnehmer verstecken konnte.

Seit Perf hatten sie keinen Gefährten mehr verloren, aber das war reines Glück. Sie hatten mehr als genügend Spuren von vernichteten und umgewandelten Marschierern gesehen.

Dort, wo das Chaos nicht lückenlos herrschte und einige der alten Regeln noch galten, setzten sie, sofern die Schutzpanzer keine Einwände erhoben, die Helme während der kurzen Ruhepausen ab und atmeten die Reste der uralten Erdatmosphäre ein.

Das war zwar nicht angenehm, aber doch eine Abwechslung, die die nervende Eintönigkeit des ständigen Wandels, des Unvorhersehbaren und oft genug auch Unbeschreiblichen unterbrach.

Ihr Marsch hatte sie ins Umfeld von Bauten geführt, in denen sich der Schwachsinn des Typhon am prunkvollsten verewigt hatte. Für das, was sie sahen, erfanden sie eigene Namen: *Die Schrecklichen Wichtigtuer, Der Große Scheiterhaufen, Der Graben ohne Ausweg, Die Endstation für Gleiter.* Diese Endstation war eine Art Friedhof; auf dem riesigen Areal lagerten verschlissene, ausrangierte Schweigende, deren Augen glasig wirkten. Vermutlich waren sie blind.

Und trotzdem noch am Leben.

Hier gab es kein Ende, keine Gnade, keine Vernunft.

Die Marschierer konnten schon gar nicht mehr zählen, wie oft sie von Erscheinungen verfolgt worden waren, die unsichtbar blieben. Ihre Schutzanzüge und der Leitstrahl der Kalpa, der immer noch leise summend pulsierte, führten sie durch Gräben und Schluchten voll aufgewühlter zäher Flüssigkeit. In diesem öligen Schlamm schienen irgendwelche Objekte zu treiben oder versunken zu sein. Sie gingen an den flachen Ufern blauer Feuerseen entlang und warfen auf den bräunlichen Klippen lange Schatten, als wären sie Marionetten in einem Schattenspiel. Es war eher eine geistige als eine körperliche Erschöpfung, die ihnen zusetzte.

Die Nachgezüchteten waren aus gewöhnlicher urzeitlicher Materie erschaffen worden. Und wenn Geschöpfe, die aus solcher Materie bestehen, allzu viel Fremdartiges zu verarbeiten haben, müssen sie sich dies entweder gewaltsam aus dem Gedächtnis reißen oder ausruhen. Aber Ruhepausen konnten sie sich kaum leisten, also vergaßen sie vieles, was sie sahen, gleich wieder. Und das war eine Gnade.

88

Glaucous packte Jack und Daniel und zerrte sie zurück in die rot umrandeten Schatten. »Wir werden verfolgt«, sagte er.

Große Gestalten glitten geschmeidig über das Kopfsteinpflaster und durch die Straßen. Als Jack die Augen zusammenkniff, meinte er anfangs, mehrere Käfer zu erkennen, die lange aufgedunsene Würmer mitschleppten. Doch als er blinzelte, sah er plötzlich etwas anderes: Schlangen, die mit schaufelartigen Köpfen wackelten, in denen tiefdunkle Augen saßen. Wie Tausendfüßler bewegten sie sich auf zahlreichen Gliedmaßen vorwärts und zogen lange, aufgeblähte Körper hinter sich her, die sich wanden und krümmten. Schließlich bogen die Monstren mit ihren Opfern um die Ecke und verschwanden hinter einer eingefallen Mauer; aber wegen des Lichts hier draußen spürte Jack in den Augen noch ein Nachflimmern der Szene.

Daniel hatte sich so fest an eine Wand geklammert, dass er sich die Finger an Steinen und Mörtel wundgescheuert hatte. »Was sind das für Wesen?«, fragte er.

»Hab so was wie die noch nie gesehen.« Glaucous schüttelte den Kopf.

»Wirklich hässlich«, bemerkte Jack.

»Also konnten wir doch nicht entkommen, Jack«, sagte Daniel. »Die schlimmen Orte haben uns eingeholt.«

Sie wollten gerade weitergehen, da sahen sie über die eingestürzten Mauern hinweg sieben menschenähnliche Gestalten aus einer anderen Richtung auf sich zukommen. Sie gingen hintereinander, wie bei einer Prozession, hatten die Köpfe gesenkt und trugen Gewänder aus blutrotem Stoff, die hinter ihnen herschleiften. Doch das, was sich unter dem Stoff abzeichnete und dagegenschlug, konnten unmöglich Beine sein, schon gar nicht zwei menschliche Beine. Ihre glatten Gesichter waren dunkel, und statt Augen hatten sie senkrechte Schlitze, die rötlich schimmerten. Das glatte strähnige Haar fiel ihnen bis auf die Schulter.

Glaucous bedachte seine Gefährten mit einem eigentümlichen Blick, der fast an den eines Todgeweihten erinnerte. So mochte ein hungriger Mann auf ein ihm serviertes Festmahl blicken, von dem er weiß, dass es vergiftet ist. Oder ein zum Strang Verurteilter auf seinen Henker. »Bei jeder Gelegenheit durchsuchen sie die Trümmer der alten Städte«, erklärte er.

»Vielleicht sind diese Orte ihnen noch immer nicht geheuer, weil das Chaos sie noch nicht völlig absorbiert hat.«

Daniel ekelte sich so, dass er fast würgen musste, doch er überspielte es mit einem Husten. Jack wartete ab, bis die Straßen wieder frei waren, schob die Hände in die Jackentaschen und setzte den Marsch über das aufgerissene, holperige Pflaster fort.

Sie folgten ihm.

»Woher kommen die überhaupt?«, fragte er Glaucous.

»Das weiß ich genauso wenig wie du. Die Gebieterin hat den Nachtfalter in ihren Diensten, und ich nehme an, der Nachtfalter beschäftigt seinerseits Gespenster und solche Wesen, die ich nie gesehen habe, nicht einmal bei Rissen in der Zeit. Falls das die Wesen sind, die sich die Hirten gekrallt haben – mit *Hirten* meine ich die Kinder, die wir an unsere Gebieterin überstellt haben –, haben sie sich mir jedenfalls nie vorgestellt. Sie sind nie offen in Erscheinung getreten.«

»Würden sie dich erkennen und Befehle von dir entgegennehmen?«, fragte Daniel.

Glaucous lachte sich ins Fäustchen und schüttelte belustigt den Kopf. »Nein, ich bin ja nur ein winziges Rädchen im Getriebe. Wenn sie auf der Pirsch sind, jagen sie alles, was noch lebt und sich bewegt. Ich vermute, sie sondieren das Gelände und räumen auf, bevor unsere Gebieterin erneut auf Tour geht.«

89

Das Chaos

Das Gebäude ragte mehrere Hundert Meter aus einem Abgrund auf, der sich über den ganzen Horizont erstreckte, und war so groß, dass die Nachgezüchteten es niemals für eine Wohnstätte, ein Haus gehalten hätten. Der Form nach ähnelte es einem riesigen Kristall mit unzähligen Facetten, wobei diese Oberflächen Trümmer anderer Gebäude sein mochten. Die einzelnen Teile waren mit versteinerten Überresten von Menschen und Tieren verziert. Das schreckliche Gesamtkunstwerk strahlte ein ekelhaftes fahles Licht aus, das ihnen trotz ihrer Visiere Streiche spielte: Ihr Umfeld wirkte so gekrümmt und verzerrt, dass die Gefährten entweder sehr weit entfernt schienen oder wie riesige bedrohliche Gestalten in unmittelbarer Nähe auftauchten. Was noch schlimmer war: Dieses Licht vereinnahmte sie so sehr, dass sie sich nur noch wünschten, nichts mehr sehen und hören zu müssen und sich von den anderen zu trennen. Am liebsten wären sie weggerannt, um allein zu sein. Vielleicht zu irgendeinem Passweg, um sich dort einfach hinzusetzen und abzuwarten.

Das verführerische grüne Leuchten schien selbst durch die stärksten Schutzmechanismen ihrer Panzer zu dringen.

Während sie sich in zwei dichten Gruppen am Rande des Abgrunds entlangbewegten, da sie einem besonders breiten und schwabbeligen Passweg ausweichen wollten, musterten Macht und Shewel dieses hässliche, verwinkelte Gebäudewirrwarr so eingehend, als suchten sie nach irgendeiner plausiblen Erklärung für diesen Wahnsinn.

»Sind da überall *Leute* eingeschlossen?« Shewel kniff die Augen zusammen, in denen sich die zusammengewürfelte Szenerie widerspiegelte.

»Vielleicht sind es nur hineingemeißelte Skulpturen«, sinnierte Macht, war aber selbst nicht davon überzeugt. »Sie sind so groß, dass es keine Leute irgendeiner uns bekannten Art sein können.«

»Na gut, aber was sind sie dann?« Shewel klang so gereizt, als ärgere er sich über das Schweigen der Schutzpanzer.

Gleich darauf hallte Pahtuns Stimme durch alle Helme. »Das hier ist das *Haus des Grünen Schlafes*. Wenn ihr's schon unbedingt wissen müsst: Das sind die körperlichen Hüllen von Opfern aus längst toten Galaxien. Sie wurden von Wogen schrumpfender Raumzeit angeschwemmt, danach achtlos und voller Hass zu diesem Endpunkt befördert und ohne jeden Sinn und Verstand zur Schau gestellt.«

»Du hast ja unbedingt fragen müssen«, grummelte Macht.

»Oh. Na ja, jetzt weiß ich Bescheid«, meinte Shwewel.

Nico, der auf gleicher Höhe mit Herza und Frinna vor ihnen ging, warf einen Blick über die Schulter. »Keine blöden Fragen mehr«, bemerkte er.

»Unwissenheit kann auch ein Segen sein«, bekräftigte Frinna.

Sie fanden eine kleine trockene Grube, die so tief war, dass sie sich darin vor dem Pass und dem widerwärtigen, vom Gebäude ausstrahlenden Licht verbergen konnten. Sie blieben hier lange genug, um sich auszuruhen, den tragbaren Generator aufzubauen und die Helme abzulegen. Während sie sich aneinanderkuschelten, zog Tiadba ein Buch aus der Beintasche ihres Schutzanzugs.

»Lies vor«, drängte Herza. Sie und ihre Schwester waren die unkritischsten Marschierer und begeisterten sich am meisten für die sonderbaren, aus dem Zusammenhang gerissenen Erzählungen, die Tiadba für sie entschlüsselte.

»Ja, lies«, bat Macht. »Lenk uns von den Dingen da draußen ab.«

»Leichtere Geschichten wären mir lieber«, warf Khren ein. Ihm waren diese schwierigen Erzählungen und all ihre seltsamen Wörter inzwischen zuwider.

»Ich kann aber nichts anderes als das hier finden«, erklärte Tiadba.

»Lies einfach *irgendwas* vor.« Nico schloss die Augen und streckte sich im Schutz des Generators auf dem dunklen Boden aus, während Tiadba das Buch aufschlug.

Aus den letzten großen Flotten, die auf riesigen Innenhöfen in allen zwölf Städten lagerten, wählten wir unser Schiff, die *Intensity*. Sie galt als das schnellste Beförderungsmittel, schneller sogar als die den Kosmos umspannenden Portale des mittleren Trillenniums, war aber in schlechtem Zustand. Seit hunderttausend Jahren war sie nicht mehr geflogen.

Während der Phase der Rückführung hatten all diese Schiffe Flüchtlinge zur Erde und zu ihren Schwesterplaneten befördert, außerdem auch zu den in Umlaufbahnen kreisenden Schiffen des Netzes, den Raumkapseln und den spiralförmigen Schleifen, die sich um die erneuerte Sonne drehten. Was sie zur Erde mitbrachten, waren die kläglichen Überreste unserer ruhmreichen Vergangenheit, der Besiedelung des Kosmos: die Wenigen, die die Verwüstungen des Chaos überlebt hatten.

Da ich in meiner Jugend mit vielen Sippen von Schiffsbauern zu tun gehabt hatte, aber auch mit den bodenständigeren Gemeinschaften, die die Portale warteten, kannte ich mich mit allen Beförderungsmöglichkeiten gut aus. Einige waren veraltet oder erwiesen sich zu eben dieser Zeit als unmöglich, da das Chaos die feine Anatomie des Kosmos so verändert hatte, dass die schnellsten Routen nicht mehr intakt waren.

Meine Besatzung fand ich unter jungen Rebellen – unter den Gestaltern und Instandsetzern, die zu den Abweichlern zählten. Bei Wettkämpfen stellte ich die vielen Tausend, die sich freiwillig gemeldet hatten, auf die Probe und trennte die Spreu vom Weizen.

Schließlich wählte ich die fünfundzwanzig Besatzungsmitglieder aus. Sie alle sollten sich später zu abenteuerlustigen Philosophen oder philosophierenden Abenteurern entwickeln.

Alle früheren wissenschaftlichen Erkenntnisse und Erfahrungen mussten wir auf die neue Situation anwenden und zum Teil als nicht mehr angemessen verwerfen, denn der Typhon hatte viele Regeln auf den Kopf gestellt. Fast alle hyperdätischen Linien, Kommunikations- und Transportwege waren blockiert. Reisen mit Überlichtgeschwindigkeit, das Hinüberbeamen zu anderen Orten, Dunkle Materie-Portale – all diese Technologien, die fast hundert Billionen Jahre überdauert hatten, konnten uns nicht länger durch den Kosmos tragen. Nur ein einziges verlässliches Fortbewegungsmittel durch den Raum war uns geblieben, die Bosonenfalle, die angeblich die Shen entwickelt haben. Dabei werden Bosonen in einen extremen Aggregatzustand versetzt, in dem die einzelnen Atome vollständig delokalisiert sind.

Also verwandelten wir die *Intensity* in eine dieses Kondensat haltende Falle. Schon an sich setzt die Methode jedes Besatzungsmitglied enormen Belastungen aus, denn man kommt nicht in dem Zustand an, in dem man gestartet ist, egal, aus welcher Materie man besteht. Schicksalsfäden rollen sich nach hinten auf, Eigenschaften und Leben vermischen sich miteinander – für gewisse Zeit wird die Mannschaft zum Schiff und danach zur Reiseroute, und später ist es schwierig zu rekonstruieren und wieder zusammenzusetzen, was man einmal war.

Wir wussten die intimsten Dinge voneinander, wurden so vertraut, wie niemand hatte vorhersehen können, und nahmen es hin. Denn unserer Meinung nach – in diesem Punkt waren sich alle einig, auch wenn sonst Widerspruch gegen alles Mögliche erhoben wurde – war das immer noch besser, als noetisch zu werden.

Und so brachen wir vom irdischen Hafen auf.

Allgemein bekannt ist unsere Reise durch das Reich der Spektrale, die es als Erste lernten, Galaxien zu erneuern, heranzubilden oder auch völlig neue zu erzeugen.

Innerhalb der nach innen gewölbten geschlossenen Membran des Chaos konnte man das letzte Spektral erkennen. Der Typhon hatte es unterjocht, studiert (falls das der angemessene Ausdruck ist) und anschließend in Glas konserviert: Es saß in einer Glasur aus trägen, verdichteten Bosonen fest, die sich über Millionen von Lichtjahren erstreckte, während das Chaos dabei war, die Grenzen des Spektralbereichs aufzulösen – ein schreckliches Ende für die ehemaligen Meister, denen das Trillennium seine Existenz verdankt.

Weniger bekannt, da viel schwieriger zu erklären – selbst diejenigen von uns, die tatsächlich dabei waren, tun sich schwer damit –, sind unsere Begegnungen mit den Enigmachrons. Dort liegen fünfdimensionale Schicksalsfäden wie dünne Knochen unter dem verwesenden Fleisch der Raumzeit. Plötzlich war die *Intensity* in einem Wirbelsturm nicht lebensfähiger Zukünfte gefangen, in winzigen Strudeln der Verzweiflung und ewigen Wiederholung. Vier unserer Besatzungsmitglieder durchlebten vor unseren Augen innerhalb weniger Stunden ganze Lebensspannen, entsetzliche Leben, und alterten auf so elende Weise, dass der Tod eine Gnade war. Auch durch Rückgriffe auf den Erinnerungsspeicher des Schiffes gelang es uns nicht, sie wiederzubeleben. Einige Namen sind für immer vergessen, Schicksale für immer gelöscht, rückwirkend gelöscht, so dass selbst auf der Erde keine Spur von ihnen blieb.

Offenbar hatten sich die Shen mit ihrem Schicksal abgefunden, und das mit einer Gelassenheit, die einen in den Wahnsinn treiben konnte. Sie hießen uns im Reich ihrer sechzig grünen Sonnen willkommen, säuberten uns von allen Spuren des Chaos und kurierten uns von unseren Leiden. Als wir in den uralten, überaus schlichten, kalten Steinkammern der Letzten Schule unsere Wiedergeburt erlebten (die sowohl eine Tortur als auch eine wunderbare Erneuerung war), lernten wir Polybiblios kennen, eine einfache, unscheinbare Gestalt, ungewöhnlich klein für einen Deva.

Unter den Shen hatte er sich einen Namen als die Neugier in Person gemacht.

In all ihren Verhaltensweisen und mit all ihren Geschichten gaben die Shen ein Beispiel dafür, welche erhabene Demut darin liegt, eigene Irrtümer zu berichtigen. Tag für Tag hielten sie sich an die gestrenge Richtlinie, die eigene Blindheit und Beschränktheit zu erkennen. Polybiblios, der schon seit einer Million Jahren bei ihnen lebte, hatte aufmerksam beobachtet, wie sie auf das drohende Chaos reagierten, nämlich gar nicht. Als wir ihm unser Anliegen vortrugen, konsultierte er seine Shen-Lehrer, und ohne zu zögern entschieden sie sich nach einer kurzen, rätselhaften Erklärung dafür, ihn hinauszuwerfen. »Sonst wirst du nur weitere Fehler machen und noch mehr Verwirrung schaffen«, teilten sie ihm mit. »Wir können dir nicht gestatten, auf unseren Kettenwelten unter den Grünen Sonnen zu bleiben. Alles sollte jetzt schnell zu einem Ende kommen, aber das wird es nicht, und zwar deinetwegen. Ein Kosmos wird den anderen ablösen, eine Herausforderung die nächste, ohne jede erkennbare Folgerichtigkeit. Alles wird aus den Fugen geraten, sich aber dennoch bis in alle Ewigkeit fortsetzen, denn du wirst missbrauchen, was wir dich gelehrt haben. So sei es also. Denn wieder einmal haben wir uns geirrt. Vollendung bedeutet Tod, und für uns stellt diese Vollendung etwas Gutes dar. Du jedoch weist die Reinheit unserer Gedanken weit von dir.«

Trotzdem erlaubten sie Polybiblios, sich das anzueignen, was er schon so lange begehrte: ihre letzte und größte Entdeckung. Sie hatten das Geheimnis entschlüsselt, wie man aus Quantenschaum winzige Kosmen erschaffen kann –

endliche, doch unvorstellbar wirksame Samenmengen, aus denen neue Universen keimen würden.

»Jetzt kann ich aufbrechen«, sagte Polybiblios, neigte kurz den Kopf und lachte auf Shenart, um seine Freude und zugleich seinen Kummer auszudrücken.

Unsere Heimreise führte uns durch Raumregionen, die das Chaos uns auf brutalste Weise enthüllte. Stolz schlug der Typhon seinen Umhang so weit zurück, dass wir jene Systeme und Zivilisationen, die nicht schon vor Ewigkeiten das Feld geräumt hatten, in all ihrer Blöße erkennen konnten – versprengt über die verkümmerten Geodäten. Milliarden deformierter Sonnen, früher in diesem Trillennium die großen Wirkungsfelder der Menschheit, erstreckten sich wie Bänder glühender Asche quer durch das Dunkel. Aus diesen Raumregionen drangen Signale zur *Intensity*, die schwer zu entschlüsseln waren.

Doch als Polybiblios sie (gegen unseren Rat, der sich auf eigene Erfahrungen stützte) analysierte, erkannten wir einmal mehr, auf welch gründliche und perverse Weise der Typhon sein Zerstörungswerk verrichtet. Denn die armen Ungeheuer, die in diesen vernichteten Raumregionen überlebt hatten, glaubten immer noch an den Bestand der früher gültigen Naturgesetze und deren Grundlagen. Sie setzten immer noch auf irgendeine Zukunft und hielten uns für die Ungeheuer, die gejagt und vernichtet werden mussten.

Vielleicht waren wir ja genau das. Inzwischen zweifelten wir an allem und jedem.

Unsere Bosonenfalle und die darauf basierenden Antriebe fielen aus. Jetzt nagte das Chaos an der letzten Technologie, die uns geblieben war und die wir einsetzen mussten, wollten wir nicht eine Ewigkeit für die Rückkehr zur Erde brauchen. Polybiblios wandte all das an, was er bei den Shen gelernt hatte. Schließlich setzten wir unsere Reise in einer Traumblase fort, die wir dem Kosmos aus dem brandigen Fleisch gequetscht hatten, wehrten um sich peitschende, angreifende Raumfetzen ab und brüteten selbst in unserer Abgeschiedenheit solchen Wahnsinn aus, machten solche Persönlichkeitsveränderungen durch, dass wir neun weitere Besatzungsmitglieder verloren, da wir sie töten mussten.

Der gewundene Korridor, durch den wir reisten, die letzte Geödäte des alten Kosmos, zog sich bald darauf fest zusammen, und da gaben wir den letzten Rest Hoffnung auf.

Zutiefst verstört, vom Chaos besiegt, hing ich düstersten Gedanken nach.

Doch Polybiblios, der stets gelassene, standhafte Polybiblios, schaffte es auch diesmal, uns zu retten. Dank seiner unablässigen Fürsorge und technischen Eingriffe brachte er uns durch. Als wir wieder zu uns kamen, kreuzten wir durch unversehrten Raum, waren am Leben und geistig klarer als seit etlichen Jahren. Und unser Schiff summte und brummte so, wie es sein sollte. Wir flogen auf die Sonne unserer Erde zu.

In einer kleinen Feierstunde gedachte der Deva, den wir gerettet hatten und der uns seinerseits gerettet hatte, seiner dem Untergang geweihten Lehrmeister, der Shen. Wir stellten uns zu ihm und lauschten seinen Worten, auch wenn sie uns damals wenig bedeuteten und dem, was wir vorher erfahren hatten, sogar zu widersprechen schienen.

»Sie werden sich nicht dem Typhon unterwerfen«, erklärte er. »Und sie werden auch nicht Selbstmord begehen.

Nein, sie werden ihre Entstehungsgeschichte zurückdrehen und in die Bibliotheken zurückkehren, in denen ihr Schicksal vorgezeichnet ist. Und niemals wird irgendein mit Intelligenz begabtes Wesen sie zurückholen können, weder in diesem noch in irgendeinem folgenden Kosmos. Denn sie haben einen Pakt mit der Gehilfin der Schöpfung geschlossen, die Anfang und Ende miteinander in Einklang bringt.«

Mag sein, dass es eher ein Selbstgespräch war als ein Gedenken an die armen Shen.

Danach zog sich Polybiblios in die Kontemplation zurück, während wir durch das letzte offene Tor in unser bis jetzt erhaltenes System eintraten, zu den Häfen der uralten Erde zurückkehrten und unsere Toten betrauerten – sofern wir uns an sie erinnern konnten.

Tiadba schloss das Buch und verstaute es wieder in der Tasche.

»Es ist wieder Sangmer, der da spricht, stimmt's?«, fragte Frinna. »Aber diesmal erwähnt er gar nicht diese Frau, die vom silbernen Strand.«

»Vielleicht ist sie ein Teil des Geheimnisses«, sagte Macht. »Vielleicht ist *sie* diese Gehilfin der Schöpfung.«

»Nein, sie hat ihn ja geheiratet«, entgegnete Herza.

Shewel zog an seinem Ohr und wälzte sich herum.

»Wie oft hat er diese Geschichte eigentlich aufgeschrieben?«, fragte Nico.

90

»Die Verteidigungsanlagen werden nicht mehr lange standhalten«, bemerkte Polybibios, während sie zu dritt durch die pechschwarze zerklüftete Zwischenzone marschierten. Die unregelmäßige Reihe übrig gebliebener Obelisken, die sich ruckartig drehten, verschmolz auf beiden Seiten mit der tiefen Dunkelheit. Der am nächsten gelegene Obelisk ächzte und neigte sich unter elektrischen Entladungen bereits bedenklich zur Seite.

Zwar machte der Schutzanzug des Epitoms halbherzige Versuche, sich dessen Körper anzupassen, doch er war nun mal für Nachgezüchtete der alten Art konstruiert und offenbar nicht gewillt, sich umzustellen. Anfangs war Polybiblios zu einer ruckartigen Gangart gezwungen, die ihm das Atmen schwermachte, doch irgendwann war der Schutzanzug anscheinend so genervt, dass er die Kontrolle und das Marschkommando übernahm. Schließlich kauerte sich Polybiblios neben eine Bodenerhebung aus dunkelrotem Gestein und sah seine Gefährten durch das beschlagene Visier mit ziemlich echt wirkender Verwirrung an. »Dabei habe ich diese Dinger selbst entworfen. Also sollte ich doch wissen, wie man sie bedient.«

»Sonst noch was vergessen?«, fragte Ghentun, der weder Lust hatte, eine Pause einzulegen, noch dem früheren Eidolon auf andere Weise entgegenzukommen.

»Zweifellos sehr viel«, knurrte Polybiblios und begann sich eingehend mit den Gelenken des Schutzanzugs zu beschäftigen. Nach langem Drücken und Zerren und weiterem Knurren sah er sich schließlich gezwungen, die beiden anderen um Hilfe zu bitten. »Drückt da mal drauf … Und zieht dieses Teil heraus!«

Von beiden Seiten aus griffen Jebrassy und Ghentun nach seinen Armen und Beinen, drückten gegen den Anzug und zerrten so lange daran herum, bis er an den Gelenken grün aufleuchtete, sich ächzend um die schlanken Glieder des Epitoms legte und sich ihnen einigermaßen anpasste.

»Zumindest kann ich jetzt laufen.« Polybiblios stand auf und lockerte Arme und Beine. »Also gut, dann los. Dieser Ort ist gefährlich.«

»Wie lange noch?«, fragte Jebrassy.

»Was meinst du damit? Bis wir das Chaos erreichen? Oder bis die Kalpa ihren unvermeidlichen, schrecklichen Tod erleidet?«

»Letzteres.« Jebrassy, der einen Kloß im Hals hatte, musste schlucken.

»Eigentlich hätte das schon längst passieren müssen«, erklärte Polybiblios. »Der Typhon hat es versäumt, grundlegende Regeln aufzustellen. Er existiert nur als betrügerischer Schatten, der die Bauteile des Kosmos nach Belieben ausplündert. Sobald er die letzte Information unserer Welt absorbiert hat, wird sie möglicherweise von einem Augenblick zum anderen – *klick!* – aufhören zu bestehen. Alles wird sich zu einem Nichts auflösen. Falls wir versagen … Nun ja, es gibt keinen Ausdruck für das, was das Nichts tun oder lassen kann.«

Sie gingen jetzt schneller und legten dabei eine Strecke zurück, die Jebrassy mehrere Kilometer lang vorkam. Polybiblios bahnte sich den Weg durch den dichten Wirrwarr der kompakten und inzwischen erweiterten Nekropolis, und sie folgten ihm. Jebrassy hatte Mühe zu erkennen, wo er hintrat, denn bei jedem Schritt schien sich der Boden seinen Stiefeln entgegenzuwölben. Bald darauf befanden sie sich in Sichtweite eines großen Kuppelbaus, der aus zahlreichen verzerrten architektonischen Strukturen bestand. Jebrassy kam es so vor, als hätte hier jemand mehrere Brücken aufeinandergestapelt, sie herumgedreht, danach fallen lassen, zertrümmert und aufgrund eines nachträglichen Einfalls an langen, moosbedeckten Strängen aufgehängt.

»Sieht Nataraja auch so aus?«, fragte er.

»Ist nicht bekannt. Dieses Gebäude stand hier schon vor der Zerstörung unseres Turms. Wurde aus irgendeiner fernen Galaxie hierherbefördert, wenn ich mich recht erinnere … Hier gibt es viele solcher Bauten, zum Beispiel auch da drüben.« Er deutete hinüber. »Vielleicht soll das neugierige Marschierer anlocken. Der Typhon …« Polybiblios inspizierte seine Hände, die zitterten. »Dieser Körper reagiert mit Abscheu darauf. Wie interessant! Ich wusste gar nicht, dass ich zu solchen Empfindungen noch fähig bin.«

Polybiblios führte sie einen weiteren mit dunkler Kruste überzogenen Pfad entlang, der sich durch die Ruinen schlängelte.

»Natürlich werden die Eidola in oder auch außerhalb der Kalpa ohne die Realitätsgeneratoren nicht weiter existieren können. Aber die Nachgezüchteten der alten Art und die meisten Instandsetzer haben vielleicht trotzdem Überlebenschancen.«

Ghentun verstand, was er damit andeutete. »Könnte es dann weitere Marschteilnehmer geben?«, fragte er.

»Kann man nicht wissen.« Polybiblios schüttelte den Kopf. Jebrassy zuckte bei diesen Worten zusammen: Er hatte die Redewendung schon früher gehört …

Nachdem sie viele weitere Kilometer zurückgelegt hatten – jedenfalls kam es ihnen so vor –, fragte Ghentun das Epitom, ob es wisse, wo sie sich befanden.

»An den äußeren Grenzen der Nekropolis. Alles ist hier dichter zusammengedrängt, zusammengeschrumpft, zusammengezogen. Wir kommen schneller vorwärts, als wir eigentlich sollten. Und bald ...?« Polybiblios näherte sich Jebrassy und musterte ihn. »Worauf werden wir bald stoßen?«

»Du verhältst dich wie ein Lehrer«, erwiderte Jebrassy. »Ständig fragst du einen ab.«

»Auf die Häuser«, sprang Ghentun für ihn ein. »Bei der letzten Zählung waren es zehn, und sie stehen mitten in der stärksten Bahn unseres Leitstrahls.«

»Und was liegt dahinter?«

»Das Tal der Toten Götter. Über das, was hinter diesem Tal liegt, kann man nur spekulieren.«

»Glaubt nur nicht, ihr könntet alle Vorsicht aufgeben, nur weil ich jetzt bei euch bin«, bemerkte Polybiblios. »Hier draußen haben wir viele wunderbare Männer und Frauen verloren, obwohl sie über uraltes Wissen und Erfahrung verfügten. Etliche Marschierer, aber auch andere. Instandsetzer, Pilger. Während wir in der Kalpa abgewartet haben, fielen viele dem Chaos zu Opfer.«

»Du hast Dinge in die Vergangenheit geschickt«, sagte Jebrassy. »Und jetzt kehren sie zurück.«

»*Auftauchen* ist vielleicht das bessere Wort dafür. Sie tauchen jetzt wieder auf, wie irgendetwas, das aus den Tiefen eines Ozeans emporsteigt.«

»Ich weiß nicht, was ein *Ozean* ist.« Jebrassy senkte den Kopf, als schmerze ihn der Schädel. »Von oben nach unten gekehrte Felsen … Eis und Berge am Himmel. Dort ziehen die Träumer hin. Ist *das* ein Ozean?«

»Nein«, murmelte Polybiblios, klang aber unsicher. »Was du meinst, sind zusammenstürzende Welten. All das ist ein verzweifeltes Spiel. Und wie oft schon sind wir in diesem wunderbaren Sumpf einer Verzweiflung versunken, die nur Eidola empfinden können?!«

Jebrassy biss die Zähne zusammen und preschte vorwärts.

91

Denbord und Macht setzten die Stiefel probeweise auf den Passweg. »Der Boden ist fest«, erklärte Denbord und kehrte zu Tiadba zurück. Herza und Frinna traten gemeinsam auf den Weg. »Wir können hier rüber.«

»Aber der Leitstrahl wird in der Richtung da drüben schwächer«, entgegnete Khren. »Hier ist er am stärksten zu spüren. Das ist der Pfad, den wir nehmen sollten. Wir sollten dem Passweg folgen.«

»Es ist ein langer, breiter Pass«, sagte Shewel. »Der wird nicht fest bleiben. Und vor uns liegt ein sonderbarer Höcker. Eigentlich müssten wir bei diesem Licht darüber hinwegblicken können, aber dahinter ist alles dunkel.«

»Was er als Höcker bezeichnet, sieht aus wie ein … Wie heißt das Wort?«, fragte Khren. Tiadba hatte noch weitere Geschichten aus ihren Büchern vorgelesen. Manche enthielten Beschreibungen von Landschaften und Gewässern, die die Gruppe nicht aus eigener Erfahrung kannte.

»*Berg*«, erwiderte Tiadba. »Und wenn es mehrere sind, nennt man das eine *Gebirgskette.*«

»Na ja, egal, jedenfalls müssen wir in diese Richtung gehen.«

»Was liegt da draußen, am Ende des Passwegs?«, fragte Tiadba den Schutzanzug.

»Früher gab es dort etwas, das man das *Tal der Toten Götter* nannte«, meldete sich Pahtuns Stimme. »Es war ein breiter Grabenbruch mit zehn Häusern, darunter das Haus des Grünen Schlafes, die in einer Art Spirale in der Grabenmitte verankert waren. Viele Marschierer wurden dort hingelockt, unterjocht und in eine Zeitschleife gesperrt. Im Zerstörten Turm wurde die Ausrichtung des Leitstrahls so verändert, dass er auf keinen Fall in dieses Tal führt. Aber unsere jüngsten Informationen besagen, dass man dort nur noch Schatten ausmachen kann, keine Einzelheiten.«

»Und von wann stammen diese jüngsten Informationen?«, fragte Nico scharfsichtig.

»Nach Kalpa-Zeit sind seitdem hunderttausend Jahre vergangen. Aber hier draußen, wo alles in Gegenrichtung zu dem verläuft, was wir kennen, verändern sich die Dinge je nach Herangehensweise. Wenn wir uns nicht mehr am Leitstrahl orientieren, sondern uns dem Grabenbruch aus einer anderen Richtung nähern, mag das Tal immer noch existieren. Das Haus des Grünen Schlafes ist oder war ein starkes Lockmittel. Doch falls sich das Tal und das Haus gewandelt haben, kann es dort inzwischen noch ganz andere Fallen geben. Oder aber der Weg ist frei.«

»Müssen wir mit Täuschungsmanövern des Typhon rechnen?«, fragte Nico, kauerte sich neben den Passweg und stocherte mit einem Bein des Generatorstativs auf dessen Boden herum. Die Oberfläche war so hart wie Glas.

»Kann sein«, erwiderte Pahtuns Stimme. »Der Pass führt nahe am Tal vorbei. Aber wenn der Leitstrahl uns diese Route vorschlägt, ist sie vielleicht immer noch sicher.«

Alle blickten auf Tiadba, die gegen wachsende Erschöpfung ankämpfen musste. In ihrem Hinterkopf kreisten ständig dieselben schwermütigen Gedanken. Es kam ihr so vor, als wäre sie drauf und dran, ihre Gefährten in eine Falle zu führen, die noch schlimmer sein würde als alles, was sie bis jetzt erlebt hatten: schlimmer als die Wiedergänger, schlimmer als der Friedhof der untoten Schweigenden, schlimmer als die aufgewühlten Sümpfe mit den abgestorbenen Objekten. Aber der Leitstrahl pulsierte stark. Sie konnten nichts anderes tun, als ihm zu folgen, denn er war das Einzige, das ihnen Orientierung gab.

»Wir könnten auch an der linken oder rechten Seite des Passes entlanglaufen«, sagte Khren. »Aber das Gelände wird später ziemlich rau, und es gibt dort Bodenspalten. Wir würden viel länger brauchen.«

Sie alle fürchteten, die Kalpa könne bald fallen und der Leitstrahl für immer verstummen – oder, noch schlimmer, sie absichtlich in die Irre führen, auch wenn Pahtun ihnen versichert hatte, das sei gar nicht möglich.

»Wir gehen auf dem Pass entlang«, erklärte Tiadba. »Khren, bleib so weit hinter uns zurück, dass du unsere Gruppe gerade noch sehen kannst. Herza und Frinna, geht im gleichen Abstand voraus. Sobald ihr bemerkt, dass der Boden weicher wird …«

Sie verteilten sich und marschierten auf den »Höcker« in der Landschaft zu.

Offenbar waren sie schon sehr lange auf dem Pass entlanggegangen, als sie schließlich gezwungen waren, ihn zu verlassen.

Sie verbargen sich in Erdspalten an der Straße und sahen zu, wie Dutzende von Schweigenden vorbeihuschten – Welle auf Welle dahingleitender Ungeheuer, die sich jetzt noch schneller als früher über die breite, schwabbelige Oberfläche bewegten. Es dauerte einige Zeit (jedenfalls kam ihnen die Zeit ewig lang vor; sie wollte einfach nicht vergehen, und sie begannen sich zu langweilen), bis die Oberfläche wieder glasig wurde und sie den Marsch fortsetzen konnten.

Erneut tauchte der rotierende Suchscheinwerfer des Zeugen auf und peitschte durch den Himmel. Irgendetwas passierte da weit draußen im Chaos, denn es schossen dichte Rußwolken in den Himmel empor, die bald darauf auf den Boden zurückzusanken. Es sah gespenstisch aus, so als ragten qualmende Schädel aus der Erde.

Nach weiterem Dauermarsch und erneuten Rauchexplosionen bemerkte Khren, dass sich der Himmel zu ihrer Linken verändert hatte, allerdings weit entfernt von der Richtung, in der ihr Leitstrahl am heftigsten pulsierte. Doch keiner der anderen sah das, was Khren beobachtete, so sehr sie sich auch anstrengten.

»Offenbar spielen meine Augen verrückt«, sagte Khren niedergeschlagen.

»Oder meine«, bemerkte Shewel.

»Wie hat's denn ausgesehen?«, fragte Nico gereizt.

»Das reicht«, fuhr Tiadba dazwischen. »Wir bringen ihn noch dazu, irgendwas zu erfinden.«

»Das würde ich nie tun!«, erwiderte Khren empört.

»Lasst uns hier ein Weilchen anhalten.«

»Da draußen ist es wieder«, sagte Herza, während Frinna nach links deutete. Beide hatten in der Kuhle zwischen zwei bräunlichen, von Rissen durchzogenen Bodenerhebungen etwas Blaues schimmern sehen.

»Vielleicht ist es eine weitere Version von Pahtun«, meldete sich der Schutzpanzer. »So weit hier draußen kann es aber auch jemand anderes aus der Kalpa sein, jemand, der älter ist.«

Skeptisch erwogen sie diese Möglichkeit. »Ein Täuschungsmanöver?«, fragte Nico.

Keine Antwort. Alles hier konnte Lug und Betrug sein; bis auf den Leitstrahl durften sie sich auf nichts mehr verlassen.

»Ich werd's auskundschaften«, erklärte Macht. »Hab diese Eintönigkeit sowieso satt. Eine kleine Klettertour und ein paar Sprünge kommen da genau richtig.«

92

»Kommt er dir anders vor als früher?«, wollte Glaucous von Daniel wissen. Vor ihnen erkämpfte Jack sich den Weg durch die aufgerissenen, umgewandelten Straßen, Mauern und Gebäude. Es war nicht zu übersehen, wie beunruhigt er war. Kein Wunder: Es gab keine Möglichkeit vorherzusagen, was hier draußen als Nächstes passieren würde, oder abzuschätzen, in welcher Weise die Situation sich verändert hatte, seitdem Ginny hier durchgekommen war.

Sie wussten ja nicht einmal, ob sie Ginnys Spur folgten.

»Er geht aufrechter«, erwiderte Daniel.

»Er wirkt *älter*«, erklärte Glaucous. »Und wagemutiger. Immerhin geht er ein Risiko ein, wenn er uns beide hier zurücklässt. Was sagt dir der Stein?«

»Er zerrt mich immer noch in diese Richtung.« Ringsum ächzten und knackten die Trümmer der ehemaligen Stadt. Es klang so, als schöben sich dicke Gletscher über einen Felshang. »Falls auch das Mädchen dieses Zerren spürt und es in dieselbe Richtung weist …«

»Tut es«, versicherte Glaucous. »Hast du so was schon mal gesehen?« Er deutete auf die trostlose Szenerie, die ständig so abrupt wechselte, als hätte irgendein Schwachkopf eine absurde Diashow zusammengestellt.

»Nur ein einziges Mal. Vielleicht hat auch Jack so was schon mal gesehen.«

»Als er vor unserer Gebieterin geflohen ist?«

»Kann sein.«

»Sie ist da drüben, beim alten Lagerhaus. Ich kann sie spüren.«

»Wird sie dich dazu benutzen, uns zu finden?«

»Falls du fragen willst, ob ich Zweige knicke oder Steine umdrehe, um ihr Hinweise zu geben … nein, tu ich nicht. Aber die Gebieterin weiß stets, was ihre Diener treiben und wo sie sich aufhalten. Zumindest war es auf der Erde so. Hier … Kann sein, dass die bizarren Umstände ihr die Scharfsicht nehmen.«

»Das hier ist aber immer noch die Erde. Jedenfalls teilweise. Schau dich um, vielleicht erkennst du diese Gebäude wieder, bist ja alt genug.«

»Stammen aus Asien, würde ich sagen.« Glaucous schnaubte in sein Taschentuch, inspizierte es – auch diesmal enthielt es klebrige schwarze Rotze – und schüttelte den Kopf. »War aber niemals dort. Jedenfalls sind wir von deiner Stadt meilenweit entfernt.«

»Bidewell hat gesagt, jetzt würde alles miteinander vermengt.«

»Ach ja? Hab ich gar nicht mitbekommen.«

»Und alles ist entweder verbrannt oder zerfressen. Zerstörte Zeit scheint wie Feuer oder Säure zu agieren.«

Beide schwiegen, während sie einen Bogen um einen Steinhaufen schlugen. Düster funkelnd verwandelten sich die Steine plötzlich in Beton- und Stahlteile, die zu einer Mauer aus jüngerer Zeit gehörten, aber genauso wild durcheinandergewürfelt waren wie alles andere.

»Ein wahres Schlachtfeld«, sagte Glaucous. »Vor fast hundert Jahren bin ich durch die Schützengräben von Ypern gezogen, um dort nach einem ganz besonderen Herrn zu suchen, einem wunderbaren starken Kerl, der Dichter war. Angeblich träumte er regelmäßig von einem Ort, den er als die *Letzte Schanze* bezeichnete. Ehe er ins Feld gezogen war, hatte er ein Buch geschrieben und darin seine Träume in allen Einzelheiten geschildert … Aber der Krieg hatte ihn bereits in tausend Stücke zerrissen. Diese Kriegszeit – für Jäger waren das magere Jahre.«

Auf beiden Seiten stiegen die Straßen und Gebäude jetzt so steil an, als wäre einer Gebirgslandschaft eine Stadtstruktur übergestülpt worden. Manche der Gebäude wirkten weniger zerstört als alle, die sie vorher gesehen hatten; allerdings befanden sie sich in schrecklicher Schräglage.

Vor sich entdeckte Glaucous Jack, der gerade unter einem bedenklich labil wirkenden Torbogen aus Stahl und Glas hindurchging.

Daniels Augen huschten hin und her. Schließlich schüttelte er den Kopf. »Wie lange geht das in dieser Art weiter?«

»Keine Ahnung«, erwiderte Glaucous. »Hab mich ja nur an euch rangehängt.«

»Du hast mehr als das getan. Du hast Ginny Angst gemacht. Genauso gut hättest du sie vor die Tür setzen können.«

»Und das macht dir Sorgen?«

»Mir ist nicht klar, warum du bei uns bist. Jedenfalls weiß Jack, was du auf dem Kerbholz hast.«

»Ach ja?«

Glaucous blickte auf, als sie den Torbogen erreichten. Bei der Vorstellung, Tausende von Tonnen könnten sich in diesem Moment dazu entschließen, auf ihn herabzustürzen, sackten seine Schultern herunter, und sein feister Nacken versteifte sich. »Hab keinen Grund, mich zu schämen«, entgegnete er. »Schicksalswandler mögen mehr Charme und romantisches Flair haben als Glücksjäger, aber letztendlich läuft unser Tun auf das Gleiche hinaus. Wir packen den Zufall beim Genick und scheren uns wenig darum, ob wir den Leuten in unserem Umfeld das Glück nehmen.«

»Hab auch nie behauptet, ein rechtschaffener Mensch zu sein«, erklärte Daniel.

»Na dann ist's ja gut«, knurrte Glaucous.

»Unterlass einfach deinen blöden Versuch, mich hier draußen auch noch einzuwickeln und mir ein gutes Gefühl zu geben.«

»'tschuldigung. Alte Gewohnheit.«

Jack lauschte auf die Stimmen in seinem Rücken. Er spürte, dass jetzt alles auf ein Ende zusteuerte, und dieses Gefühl war so entsetzlich, dass die dunklen Trümmer ringsum zur Bedeutungslosigkeit verblassten. Solche Trümmer – oder ähnliche, nicht ganz so verrottet – hatte er schon gesehen. Doch erst jetzt, da *alles* zerstört war, konnte er die Einzelteile zum Gesamtbild dessen zusammensetzen, was sein Kosmos (oder der Ausschnitt, den er davon kannte) einst gewesen war. Er hatte es geschafft, sich darin zu bewegen, ohne viele Spuren zu hinterlassen, weniger als die meisten anderen; hatte weniger als andere erreicht, kaum Meilensteine für den Weg zu einem normalen Leben gesetzt. Was ihn verblüffte, war seine Unfähigkeit, starke Zuneigung zu empfinden. In seinen Träumen hatte er eine fast surreale, kindlich-naive Leidenschaft gespürt, doch Ginny *mochte* er einfach nur. Er konnte beim besten Willen nicht mehr Gefühl aufbringen. In dieser Hinsicht verhielt er sich längst nicht so männlich wie die Gestalt in seinen Träumen.

Jack ließ nur deshalb nie etwas fallen, weil er nichts für längere Zeit festhielt: Ellen, die sich einige Stunden auf ihn eingelassen hatte, hatte sich damit zufriedengegeben, dass er eine Andeutung von Zuneigung gezeigt hatte. Aber vor Ellen …

Seine Mutter war nur ein blasser Umriss in einem Krankenhausbett, angestrahlt von einer grellen Lampe. Noch undeutlicher war das Bild, das er von seinem Vater hatte: ein stämmiger Mann, der versucht hatte, komisch zu sein. Der versucht hatte, Jack zu lieben. Wie konnten jene, die ihr Schicksal selbst lenken konnten, sich mit so wenig abfinden? Was das betraf, war Ginny wie er. Schicksalswandler schienen zu großen Dingen nicht fähig zu sein. Sie streiften umher und ließen Bindungen, Liebe und selbst Erinnerungen einfach hinter sich zurück. Welches Recht hatte er, Daniel oder Glaucous irgendetwas vorzuwerfen? Sie waren einander doch alle gleich: Egoisten der schlimmsten Sorte. Sowohl diejenigen, die die Steine behüteten, als auch diejenigen, die nach ihnen suchten, waren in ihrer Menschlichkeit reduzierte Geschöpfe mit sprunghafter Wahrnehmung – auf Punkte zusammengeschrumpft, denen jede Größe und Tiefe fehlte.

Nicht einmal die Gunst der Mnemosyne hatte Jacks düstere Stimmung gehoben. Jetzt stapfte er durch die ausgehöhlten Überreste menschlicher Geschichte, über die düsteren Müllhaufen der Geschichte, die ihm wie unheimliche Kohlezeichnungen Schritt für Schritt enthüllt wurden. Wohin ging er überhaupt? Wohin konnte er gehen?

Ginny suchen. Eine Traumschwester. Wer jagte hier wen?

Und auf diesem Weg wartete auch eine Begegnung auf sie beide, eine Begegnung mit …

Daniel rief ihn zurück. »Geh langsamer. Wir verlassen jetzt diesen Wirrwarr von Stadt.« Als alle drei sich zusammenfanden, gaben die vereinten Schutzsteine ein hohles Geräusch von sich. Jack blickte sich um und presste zwei Finger gegen die Schläfen.

»Kannst du dich an etwas Ähnliches erinnern?«, fragte Daniel.

»Wie steht's mit dir?« Jack rieb sich immer noch die Schläfen.

»Mein Schicksalsfaden wurde zerfetzt, deshalb bin ich näher zu euren Weltlinien gesprungen. Vermutlich bist du auf die Fäulnis gestoßen, ehe sie tatsächlich alles eingekreist hatte. Aber jetzt ist die Situation völlig anders. Das hier ist alles, was noch übrig ist: herausgelöste Bruchstücke, die kollidieren.«

»Erinnerungen an die Geschichte?«

»Oh, früher mal war das alles durchaus real …« Daniels Lippen arbeiteten so, als versuche er, eine andere Stimme zu unterdrücken. »Entschuldigung, aber ich muss mit einem verängstigten, neugierigen Wirt fertig werden.«

Eher angewidert als schockiert starrte Jack ihn an. »Höflich ausgedrückt, bist du ein Einsiedlerkrebs.«

»Unhöflich ausgedrückt, bin ich ein Bandwurm oder ein Blutegel«, gab Daniel zurück.

Glaucous sah beide durch seine rot umränderten Augen an.

»Allerdings bin ich nicht unnütz und auch nicht sonderlich brutal. Was hast du für Bidewell und deine Freundin im Lagerhaus zurückgelassen?«

Jack schüttelte nur den Kopf.

»Ich habe mit dem Gedanken gespielt, ihnen einen eigenen Stein zu geben«, sagte Daniel. »Etwas, das die beiden schützt, wenn die Kalkfürstin kommt. Ich besitze nämlich zwei davon.«

Glaucous machte große Augen. »Das ist unmöglich. Noch nie hat ein Hirte *zwei* Steine besessen.«

»Es hat ja auch noch nie einen so durchtriebenen Hirten wie mich gegeben.« Daniel drehte den Kopf, um zuzusehen, wie sich dünne bläuliche Spiralen zwischen grauen Felsen und verstreuten Trümmern hin und her wanden. *Stets treten sie paarweise auf – eine Art kosmischer Handshake.* »Doch letztendlich war mir klar, dass Bidewell das Angebot ablehnen würde. Drei Steine sind die Mindestzahl, vier bedeuten Sicherheit.«

Jack wandte sich ab. Er hatte keine Ahnung, was das heißen sollte. »Hier sieht's tatsächlich so aus wie in unseren Träumen. Wie an dem Ort, zu dem Jebrassy zieht, nachdem er die Stadt verlassen hat.«

»Wer ist Jebrassy?«

»Das werden wir bald genug feststellen, glaube ich. Wir sollen ihn nämlich treffen.«

»Das Selbst aus der Vergangenheit und das aus der Zukunft treffen aufeinander? Wie soll das gehen?«

Jack schüttelte den Kopf.

»Ich werde jedenfalls niemanden treffen«, erklärte Daniel. »Mehr oder weniger ist mir das alles ein Rätsel.«

»Wir leben jetzt in der Zeit eines Textes«, sagte Jack.

»Vermutlich ist das etwas, das Bidewell vor unserer Ankunft erwähnt hat«, knurrte Glaucous.

»Kann sein. Spürt ihr das denn nicht? Wir sind nichts anderes als mit Sprengstoff gefüllte Kapseln. Sobald wir landen, sind wir erledigt. Dann ist dieser Text zu Ende, und man kann das Buch zuklappen.«

»Und ein anderes aufschlagen«, setzte Daniel nach.

93

Ginny zog mit den unzähligen vom Chaos umgewandelten Marschierern ins Tal und beobachtete sie verblüfft und voller Mitgefühl. Sie wirkten kaum wie Geschöpfe aus Fleisch und Blut, geschweige denn lebendig. Ihre Schutzanzüge waren zerschlissen, die Füße aufgerissen und von längst getrocknetem Blut verschorft. Zwar sahen sie wie wandelnde Leichname aus, aber sie sprachen miteinander und drückten mit ihren hohen, blechernen Stimmen Siegesgewissheit und Begeisterung aus, obwohl sie völlig erschöpft und heiser klangen.

Möglich, dass sie diesen Untoten wie Dampf oder ein Wolkenfetzen vorkam. Und doch blieben einer oder zwei von ihnen stehen und sahen mit ihren trüben, schwachen Augen blinzelnd zu, wie sie vorüberging. Was sie sprachen, konnte sie kaum verstehen, aber ein Teil von Tiadba kehrte zu ihr zurück, so dass sie nach und nach die Sprache aus ihren Träumen wiedererkannte. Dem Wenigen, das sie verstehen konnte, entnahm sie, dass diese hastig dahinwatschelnden Gestalten in Hochstimmung waren, da sie glaubten, am lange ersehnten Ziel ihres Marsches angekommen zu sein. Ginny fragte sich kurz, ob sie womöglich Recht hatten. Vielleicht war das dunkelgrüne Bauwerk, das aus dem Trichter in der Talmitte aufragte, ja wirklich ihr Bestimmungsort. Der Marsch war hart gewesen – kein Wunder, dass alle so ausgelaugt waren. Allerdings hatte ihre Traumschwester Tiadba von keinem Marsch gewusst, an dem *Tausende* teilnahmen. Wie konnten sie alle gleichzeitig und zusammen am Rande des Tals eintreffen?

Eine der Marschteilnehmerinnen (nicht Tiadba, die Ginny aufgrund ihrer engen Verbindung sofort erkannt hätte) versuchte Ginny näher in Augenschein zu nehmen. Sie hatte ein breites Gesicht, große Augen und eine stumpfe, affenähnliche Nase, die mit feinem Pelz überzogen war. Allerdings waren die Härchen jetzt verfilzt und fleckig.

»Irgendetwas ist dort. Ist es ein Monster?«, fragte ein anderer.

»Bin mir nicht sicher. Und der Schutzanzug sagt nichts.«

»Der Schutzanzug ist tot, genau wie wir.«

»Sag doch nicht so was! Es ist so groß wie ein Hochgewachsener. Falls es wirklich da ist.«

»Es ist ein Monster. Halte dich von ihm fern!«

Die Frau streckte die Hand aus, um die Erscheinung zu berühren. »Bist du wirklich ein Monster?«

Ginny traute sich nicht zu antworten. Wie würde ihre Stimme in den Ohren dieser Wesen klingen? Bestimmt würde sie ihnen genauso gespenstisch vorkommen wie alles andere zwischen diesen von Statuen gesäumten Bergen. Und wieso konnte sie diese Statuen nicht deutlicher erkennen und erfassen, was sie waren? Die riesigen deformierten Gebilde rührten sich nicht und hätten genauso gut tot sein können … Das zumindest konnte sie mit Gewissheit sagen.

Eine beträchtliche Anzahl von Marschierern, es mussten Dutzende sein, hatte das Schritttempo inzwischen gedrosselt und dem der Gefährtin angepasst, die die Erscheinung offenbar immer noch wahrnahm. »Ist das Ding noch da?«, fragten mehrere.

»He du!«, rief die Frau und wollte Ginny erneut berühren, doch die Schutzblase rings um Ginny stieß die zerschrammte, verletzte Hand sanft zurück. Gleichzeitig schlug eine blassblaue Spirale heraus, die Ginny einen Moment lang mit der Frau verband, ehe sie wieder erlosch.

Eine Verschränkung. Also mussten sie teilweise aus derselben Materie bestehen, hatten einige der Substanzen miteinander gemein, wenn auch nicht viele.

Ginny wandte den Blick ab, blinzelte ein paar Tränen weg und konzentrierte sich auf den von Rissen durchzogenen Steinpfad. Sie konnte nichts für diese Geschöpfe tun, und zugleich machten sie ihr Angst. Sie wollte nicht so wie sie enden. Doch war ihr klar, dass auf Tiadba ein noch schlimmeres Schicksal wartete.

»Du da!«

Als die Frau ihren Gefährten irgendetwas zuflüsterte, blieben sie plötzlich stehen und kesselten Ginny so ein, dass sie nicht weitergehen konnte. Als sie es versuchte, wurde sie zurückgedrängt. Und sie konnte auch nicht mehr zu einer anderen Weltlinie springen, die Augen schließen und einfach weiterziehen oder sonst etwas unternehmen, das früher vielleicht möglich gewesen wäre. Sie saß in diesem Kreis fest.

»Was ist es? Ich kann's kaum erkennen.«

»Ein Hochgewachsener.«

»Eine weitere Version von Pahtun?«

»Nein. Löst den Kreis nicht auf! Haltet das Ding fest, bis wir wissen, was es ist.«

»Wir sollten weitergehen.«

»*Erinnert* sich denn keiner mehr?«, schrie die Frau. »Immer wieder haben wir versucht, das Tal zu durchqueren und die Stadt zu erreichen. Und immer wieder hat man uns zurückgewiesen, so dass wir von vorn anfangen mussten!«

»Ich hab's aber ganz anders in Erinnerung. Wir sind fast da. Es ist dort schön und hell, und es liegt ganz in der Nähe. Schau doch hin! Wir haben das Chaos hinter uns und werden's schaffen …«

Ginny verschränkte die Arme und musterte die fahlen Gesichter, deren Haut sich schälte. Manche der Gestalten waren kaum mehr als über dem rauen Boden schwebende Wolkengebilde. Was spielte es da noch für eine Rolle, wer von ihnen mehr und wer weniger real war?

Schließlich probierte sie ihre Stimme aus. »Ich verstehe euch. Ich weiß, was ihr sagt.« Diese Worte schockierten die Umstehenden so, dass sie zurückwichen und der Kreis sich lockerte.

Dabei war sie nicht einmal sicher, in welcher Sprache sie geredet hatte.

Sie sah zu dem grünen Bauwerk hinauf, zur Stadt, die jetzt näher wirkte und viel größer als zuvor. Doch irgendetwas an ihren Konturen und Rändern … Es war so, als blicke man durch einen Rauchvorhang, der sich willkürlich öffnete oder schloss, auf einen hohen Berg. Und dieser Rauchvorhang hatte ein Eigenleben, reagierte mit Neid, Enttäuschung und Wut auf sie und verhöhnte sie fortwährend.

Quälte sie.

»Das Ding spricht, ich kann's hören«, murmelten mehrere Marschierer, rückten auf Ginny zu und streckten die Hände zur Blase aus. Mehrere bläuliche Ellipsen schossen aus der Blase auf, wanden sich pulsierend um die Hände und Arme der Umstehenden, zogen sich schubweise und in Kräuselmustern zurück und verschwanden wieder.

Die Marschierer wichen zurück. Jetzt wirkten sie noch blasser und vager als zuvor, als hätte die Wechselwirkung ihre Lebenskraft weiter geschwächt.

»Was bist du?«, fragte die Frau. »Woher kommst du?« Die müden, verschleierten Augen blickten erst in die eine, dann in die andere Richtung. Sie konnte Ginny nicht sehen, konnte überhaupt nichts deutlich sehen. »Verrate uns, ob wir auf dem richtigen Weg sind. Bestätige uns, dass wir wissen, wo wir hingehen.«

Ehe Ginny antworten konnte, brandete eine dunkle, körnige Woge von der Stadt auf. Die Marschierer schreckten zurück, zogen die Schultern ein, ließen sich fallen und versuchten sich an dem zerklüfteten Boden festzuklammern, als wären sie schon von früher her an solche Ausbrüche gewöhnt. Sie wirkten so vertraut mit der Situation wie in der Hölle schmorende Büßer mit aufflackerndem Feuer.

Die Woge breitete sich aus und riss alles ringsum mit sich in die Höhe, schien die ganze Erde nach oben zu befördern. Ginny schloss die Augen und glitt in ihrer Blase durch die Woge hindurch, die sie so durchrüttelte, dass der Himmel um sie herumwirbelte. Doch schließlich zog sie weiter und schrumpfte zu dunklem, klebrigem Schaum zusammen, der zischend in den schwarzen Boden sickerte.

Nach einer unerträglichen Wartezeit schien der Boden wieder fest zu werden, also stand Ginny auf und sah sich um. Die Marschierer waren verschwunden. An der Schwelle zu dem Ort, den sie offenbar für ihren Rettungshafen hielten, in Sichtweite von dem Ziel, das ihr ganzer Daseinszweck gewesen war, denn nur dafür hatte man sie erschaffen und ausgebildet, hatte der Typhon sie gepackt und zurückgedrängt – sie ausgetrickst. Das Tal hielt nichts als Verlockungen und Enttäuschungen für sie bereit, die sich endlos wiederholten.

»Es ist eine trügerische Stadt, sie dient nur als Falle für die Marschierer«, murmelte Ginny und schirmte die Augen gegen den aufsteigenden Feuerbogen ab. Dennoch musste sie das grüne Bauwerk erreichen. Der Stein zog sie in diese Richtung. Dieses täuschende Gewirr aus Mauern und unterschiedlichen architektonischen Strukturen, überwacht von Legionen erstarrter Riesen …

Falls Tiadba nicht schon dort war, würde sie die Stadt vielleicht bald erreichen. *Und welche Hilfe kann ich ihr anbieten? Das hier kann nicht real sein. Mein Alptraum hat mich eingeholt.*

Ginnys Hand hatte den Integralläufer keine Sekunde losgelassen. Und der Stein hatte sie stetig und mit aller Kraft in diese

Richtung gezerrt, ohne jemals zu schwanken. Bis zu diesem Augenblick. Denn jetzt zog er sie seitwärts, auf einen Kurs, der von dem der Marschierer abwich: ins Tal hinein. Vielleicht sollte sie dort einen Bogen schlagen, um sich dem Trichter aus einer anderen Richtung zu nähern.

Sie wagte nicht, hinter sich zu blicken. Bestimmt reihten sich die Marschierer schon wieder auf dem Hügelkamm auf. Ihre Erinnerungen waren zurückgespult worden, damit sie den dornigen Weg innerhalb dieser Endlosschleife fortsetzten. Sicher sahen sie jetzt erleichtert und triumphierend ins Tal hinunter. Gleich würden diese gespenstischen, gebrechlichen Gestalten erneut in Horden vorwärtsstürmen.

Sie konnte nichts für sie tun. Nicht hier, nicht jetzt. Falls die Angst sie so lähmte, dass sie sich nicht von der Stelle rühren konnte, würde dieselbe Marschiererin wie vorhin die frühere Szene, den früheren Dialog vermutlich in allen Einzelheiten wiederholen.

Ginny zog allein weiter, ging auf die zu ewigem Schweigen verurteilten, versteinerten Riesen zu, die von den Berggipfeln ins Tal starrten und alles beobachteten, ohne jemals etwas zu sehen.

94

In Tiadba wuchs ein furchtbarer Verdacht. Nun waren sie so weit gekommen und hatten nur einen einzigen Gefährten verloren, nämlich Perf, am Anfang ihres Marsches, und dennoch fühlte sie sich Nataraja keinen Schritt näher. Darüber hinaus wurde sie das Gefühl nicht los, dass ihnen ein schreckliches Verhängnis drohte. Schlimmer noch: Allmählich misstraute sie sogar dem Leitstrahl der Kalpa, dem pulsierenden Summton, der durch ihre Helme drang, wenn sie auf dem richtigen Weg waren, und schwächer wurde, wenn sie vom vorgegebenen Kurs abwichen. Eine böse Vorahnung lauerte stets im Hintergrund ihrer müden Gedanken.

Im Schutz des tragbaren Generators legte die Gruppe auf einem umgekehrten Höhenrücken eine Ruhepause ein. Von vorn betrachtet, glich dieser Rücken einem Hügel, doch aus anderer Perspektive einem Tal. Was daran liegen mochte, dass das Licht ihnen hier in jeder Hinsicht Streiche spielte und Trugbilder erzeugte, die selbst die Visiere ihrer Schutzanzüge nur geringfügig ausgleichen und korrigieren konnten. Von der Talseite aus hatten sie Ausblick auf einen breiten, nur wenig begangenen Passweg, der geradewegs in eine weitläufige Sandebene inmitten hoher, zerklüfteter Berge führte. Auf dem Pass sahen sie hin und wieder Gestalten vorbeihuschen, die sich geschmeidig und nahe am Boden bewegten und schließlich hinter Felsvorsprüngen verschwanden – eine andere Variante der Schweigenden. Sie konnten jedoch niemanden entdecken, der die ganze Strecke bis zur Sandebene zurücklegte.

Zu allen Seiten, wie achtlos weggeworfenes Spielzeug in die Berge eingebettet, ragten riesige erstarrte Gestalten auf. Ihre Gesichter, sofern man hier überhaupt von Gesichtern reden konnte, waren einem grünlichen Bauwerk zugewandt.

Pahtuns Stimme meldete, dies könne das Tal der Toten Götter sein, das man gelegentlich vom Zerstörten Turm aus habe sehen können. Keine Version von Pahtun habe das Chaos jemals so weit erforscht. »Inmitten der Berge liegt das Haus des Grünen Schlafes. Allerdings hat es sich vermutlich verändert und in ein Trugbild oder eine Tarnung verwandelt, hinter der sich die alte Rebellenstadt Nataraja verbirgt. Vielleicht seid ihr trotzdem nahe am Ziel, falls es sich überhaupt noch lohnt, Nataraja zu finden.«

Als sie schließlich eine Ruhepause einlegten, besser gesagt: die Glieder lockerten, meinte Khren, er habe auf der anderen Talseite in unbestimmter Entfernung eine Bewegung bemerkt. »Hat ausgesehen wie ein Insektenschwarm, der über den Rand des Tals schwirrt. Vielleicht sind es weitere von diesen armen orientierungslosen Wiedergängern.« Während Tiadba in diese Richtung starrte und versuchte, sich von den Tricks und Täuschungsmanövern des Lichts nicht blenden zu lassen, erhaschte sie einen kurzen Blick auf einen winzigen Punkt, von dem ein bläuliches Strahlen ausging. Ein so grelles Strahlen, dass es ihren Augen trotz des Filters im Visier wehtat.

Etwas später entdeckte Khren erneut seinen »Insektenschwarm«, und auch Macht, Nico und Denbord waren sich darin einig, dass es weitere Wiedergänger sein mussten: Zehntausende in einer Zeitschleife gefangene Marschierer, die ihre verzweifelten Versuche, zur Stadt zu gelangen, endlos wiederholten. Eine ernüchternde Perspektive, dass Nachgezüchtete wie sie selbst, die schon so weit vorgestoßen waren, jetzt in einer Zeitschleife festsaßen und siegesgewissen Illusionen anhingen, wie Nico annahm. »Vielleicht glauben sie sogar, sie seien so gut wie am Ziel. Und das durchleben sie wieder und wieder – eine wirklich hinterhältige Falle.«

Herza und Frinna hörten zu, ohne selbst etwas beizusteuern. Seit geraumer Zeit – gemessen an den Zyklen des Feuerbogens, der früheren Sonne, die sich offenbar ausgedehnt hatten – hatten sie sich kaum noch an den Gesprächen beteiligt.

Die Gruppe hatte keine Möglichkeit einzuschätzen, wie lange sie bereits unterwegs war und welche Entfernungen sie zurückgelegt hatte. Selbst Pahtuns Stimme wusste keine Antwort darauf.

»Wir haben es halbwegs ins Nirgendwo geschafft.« Nico ließ sich in eine Felsspalte fallen und presste die Finger, die in Handschuhen steckten, gegen beide Seiten des Helms. Schon seit vielen Zyklen konnten sie die Luft im Freien nicht mehr atmen.

»Was sind das für Gestalten in den Bergen da drüben?«, fragte Shewel.

»Alpträume«, erwiderte Denbord. »Perf hat Glück gehabt. Ihm hätte das hier ganz und gar nicht gefallen.«

Tiadba setzte sich neben Denbord und Nico, der nachdenklich wirkte, soweit sie sein Gesicht durch die angestaubte, golden getönte Visierscheibe ausmachen konnte. Der Schutzanzug bot inzwischen kaum noch irgendwelche Erklärungen an. »Ich glaube, ich weiß, was das ist«, bemerkte Nico zurückhaltend. »Es ähnelt Vitrinen, in denen Beute zur Schau gestellt wird, zum Beispiel Trophäen aus einem der kleinen Kriege. Nur sind diese Trophäen viel größer.«

»Wie das?«, fragte Khren.

»Wer hat die Trophäen denn gesammelt?«, fragte Macht gleichzeitig.

»Seit unserem Aufbruch aus den Ebenen haben wir viel gesehen«, erwiderte Nico. »Da draußen im Chaos sind wir Hochgewachsenen begegnet, aber auch Erscheinungen, die Nachgezüchtete sein mögen oder auch nicht. Wir wissen, dass Leute nicht unbedingt wie wir aussehen müssen, heute nicht und schon gar nicht in früheren Zeiten. Und deshalb … Die Welt jenseits der Ebenen war einst größer, als wir uns das vorstellen können. Wir müssen einfach mal weiterdenken, an all diese Menschen … an all die vielen Völker, die so unterschiedlich sind, alle fremdartig und trotzdem irgendwie wie *wir*, so wie es die Geschichten in Tiadbas Büchern erzählen, falls sie wahr sind …«

»Jedenfalls wirken sie wie wahre Geschichten«, warf Khren ein.

»Aber sie widersprechen einander«, entgegnete Shewel.

»Stimmt«, sagte Nico. »Aber stellt euch doch mal vor … Blickt doch wenigstens ein einziges Mal über den Horizont eines Nachgezüchteten hinaus und denkt an die *Außenwelt*. Denkt an all die Zeit, die vergangen ist, und an all diese Leute. Denkt daran, wie unterschiedlich sie gewesen sein müssen. Denkt daran, wie der Typhon alles niedergebrannt und zum Schrumpfen gebracht hat, wie er voller Hass mit den Dingen gespielt und sie zugleich zerstört hat.«

»Entweder voller Hass oder ohne jede Empfindung«, sagte Khren.

Nico nickte. »Der Typhon stellt die größte denkbare Leere dar. Denkt an all die früheren Zeiten, an all die Geschichten, die wir nie gehört haben, an all die Leute, die diese Geschichten erlebt haben und überhaupt nicht wie wir aussahen. Große und Kleine – Riesen, die größer waren als die Hochgewachsenen, oder Leute, die kleiner waren als irgendjemand, den wir kennen, und sonderbarer als alles in der Kalpa. Dazwischen liegen unzählige Schlaf- und Wachzyklen, und dennoch sind sie wie *wir* …« Er atmete tief aus, um seinem Kummer Luft zu machen. »Vielleicht waren einige von ihnen tatsächlich wie Götter. Aber sie alle wurden besiegt. Man hat ihnen ihre Geschichten geraubt oder diese Geschichten verstümmelt und verbrannt. Aber Ebenbilder von ihnen, vielleicht sogar ihre Körper, wurden eingesammelt, hierhergebracht und in den Bergen als Trophäen zur Schau gestellt. Möglicherweise nur, um uns abzuschrecken. Doch wenn wir es auf diese Weise betrachten, sind sie keine toten Götter, sondern einfach irgendwelche Leute, genau wie wir.«

»Kann gut sein, dass wir da draußen direkt neben ihnen landen«, sagte Khren. »Als weitere Trophäen.«

»Dann hätten wir unsere Familie um uns«, erwiderte Nico.

Tiadba spürte, wie ihr die Brust eng wurde und sie nach Luft schnappen musste.

»Trotzdem sind sie unheimlich«, sagte Herza leise.

»Falls sie aufstehen und durch die Gegend geistern, vergessen sie vielleicht, dass wir Verwandte sind«, ergänzte Frinna. »Müssen wir denn so nah an sie heran?«

Tiadba setzte sich auf und stellte ihr Visier genauer auf etwas ein, das sie über dem Tal entdeckt hatte: Dort sammelte sich eine Wolke, die sich vor den Feuerbogen legte, ein Dunstvorhang, der vom aufgewühlten Himmel nach unten fiel. »Seht ihr das alle?«, fragte sie.

Sie sammelten sich auf den schroffen Felsen, während ihre Helme sich auf unterschiedliche Perspektiven einstellten und sich bemühten, ein bestimmtes Muster am Himmel zu erkennen oder sich ein Bild von der Wolke oberhalb des grünlichen Bauwerks in der Talmitte zu machen.

»Sieht aus wie ein auf dem Kopf stehender Berg, der einfach so am Himmel hängt«, sagte Khren.

»Ein Eisberg«, meinte Denbord.

»Ein Tohuwabohu«, meldete sich Pahtuns Stimme. »Könnte gefährlich sein.«

»Was ist ein Tohuwabohu?«, fragte Tiadba.

»Niemand in der Kalpa weiß viel darüber. Solche Wirbel bringen alles im Chaos noch weiter durcheinander. Sie sind deshalb gefährlich, weil sich alle Kräfte in ihrer Umgebung konzentrieren. Es bilden sich neue Pässe heraus, die Diener des Typhon sammeln sich, und die Gefangenen wachen auf, nur um noch schlimmer geknechtet zu werden. Ein solcher Wirbel bringt rapiden Wandel und viel Unbekanntes mit sich.«

»Weitere Monster?«, fragte Frinna, schmiegte sich an Herza und zog Denbord zu ihnen herüber, der sich nicht dagegen wehrte.

Macht hatte sich umgedreht und einige Schritte von der Gruppe entfernt, um einen Blick auf die Landschaft zu werfen, die sie durchquert hatten.

»Alles schrumpft jetzt noch mehr zusammen!«, rief er. »Ich kann die Kalpa sehen. Und da ist ja auch der Zeuge!«

Als Tiadba sich umwandte, merkte sie, wie ihr schwindelig wurde. Das Licht hatte sich verzerrt und beschrieb schraubenartige Schleifen. Gut möglich, sogar sehr wahrscheinlich, dass das Chaos wie ein Ballon, aus dem die Luft entweicht, in sich zusammenfallen würde. Wenn sie alle einfach abgewartet hätten … Wäre es dann wirklich nötig gewesen, so weit zu laufen, um an diesem Ort anzukommen?

»Wir sind auf einem Pass!«, schrie Frinna.

Die Felsen ebneten sich ein und verwandelten sich in eine zähe Masse, in der die Stiefel der Marschierer zu ihrer Bestürzung sofort steckenblieben. Offenbar sanken sie jetzt zusammen mit dem eingeebneten Boden zur Talsohle hinunter. Ringsum taten sich Spalten in den Bergen auf; gleichzeitig bildeten sich zahlreiche Passwege heraus, die auf das grünliche Bauwerk in der Talmitte zuliefen.

Khren hob die letzte Waffe, die ihnen geblieben war, die Klave, doch ehe er sie bedienen konnte, peitschte irgendetwas heran und schlug sie ihm aus den Händen.

Jede Fluchtmöglichkeit war versperrt.

Schon ragten Schatten über ihnen auf. Halbblinde Augen huschten hierhin und dorthin, sondierten die Umgebung, zerquetschte, flache Gesichter neigten sich zu ihnen hinunter. Und die schlanken Glieder dieser hohen, gewölbten Körper, die Glieder, mit denen sie sich auf den Pässen vorwärtsbewegten und deren Oberfläche durchstießen, nahmen sie in die Zange.

Wie gelähmt sah Tiadba zu, wie ein Gefährte nach dem anderen blitzschnell von zuckenden Klauen gepackt und in die Lüfte getragen wurde. Und während sich die Opfer hin und her wanden, behielten diese Klauen sie fest im Griff.

Der sonderbarste und größte der Schweigenden – er hatte drei miteinander verbundene Gesichter, die sich vier weißliche glasige Augen mit stecknadelkopfgroßen schwarzen Pupillen teilten – beugte sich über sie, glotzte sie an und griff nach ihr.

Sein Arm mündete in einer Klaue, die an Dornengestrüpp erinnerte.

Von der Mitte des Tals drang jetzt ein entsetzliches Kreischen herüber. Es klang so, als hätte man unzählige verlorene Seelen dazu gezwungen, in Jubel auszubrechen.

Dazu gezwungen, *Freudengesänge anzustimmen.*

In den Bergen ringsum erwachten die erstarrten Riesen zu etwas, das die Bezeichnung *Leben* nicht verdiente und das Begriffsvermögen eines Nachgezüchteten überstieg. Zögernd zuckelten sie von den Bergen ins Tal und blieben unten wie auf Kommando stehen, um den Himmelswirbel über dem grünen Bauwerk zu mustern, vielleicht auch, um sich mitten hineinzustürzen.

Tiadba sah, wie ihren Gefährten die Schutzanzüge weggerissen wurden. Und dann war sie an der Reihe. Zuerst entblößte der Schweigende mit den drei Gesichtern ihre Arme und Beine, während seine vier Augen sich ständig verdrehten und zuckten; danach zerrten die mit Dornen gespickten Klauen an ihrem Helm, der genau in dem Moment aufriss und nachgab, als Pahtuns Stimme sich mit einer letzten Botschaft meldete: »Das hier ist nicht euer Marschziel. Der Leitstrahl …«

Tiadba spürte keine Schmerzen, nur eine Art Vakuum, das ihr als Erstes alle Hoffnung aus der Seele sog, danach ihr Inneres sondierte, Unnützes zur Seite schob … und das fand, wonach es gesucht hatte.

Deine Schwester.

Es war keine Stimme und auch keine Erscheinung … Dieses Wesen verkörperte die Leere an sich, die schlimmste vorstellbare Leere. Und Sprachlosigkeit, denn dieses Wesen besaß keine

Stimme. Stattdessen gebrauchte es Tausende anderer Stimmen, um seine Botschaft zu übermitteln.

Ihr werdet euch nicht miteinander verbinden.

Man wird eure Geschichten niemals erzählen.

Tiadbas Gefährten waren nicht tot, nicht einmal sonderlich verändert. Sie kämpften sogar noch, auch ohne den Schutz der Panzer, wanden sich im Griff der Schweigenden hin und her und bewegten die Lippen, auch wenn niemand sie hören konnte. Die Schweigenden nahmen den neuen Pass, um ihre winzigen Bürden so schnell wie möglich zum Mittelpunkt des Tals zu schaffen. Tiadba, die langsam hin und her schwang, konnte im Licht der aufblitzenden Spiralen erkennen, wie die Riesen sich sammelten, die grünliche Masse unterhalb des schwebenden Eisbergs sich zerteilte und grobe Kanten und zackige Formen herausbildete. Der Typhon war dabei, das uralte Ziel ihrer Sehnsüchte, ihr strahlendes Wunschbild zu entweihen und zu verhöhnen. Als seine lichtdurchlässigen Jadetürme und Kuppeln sich im ganzen Tal ausbreiteten, *wusste* sie es einfach, erkannte zum ersten Mal, was hier früher einmal gewesen war und nun nie mehr sein würde.

Von Anfang an war das hier das Ziel meiner Reise.

Der Ort, zu dem man die Marschierer brachte, war das vom Typhon heimgesuchte, für immer verlorene Nataraja – die *Trügerische Stadt.*

95

Es war ein Traum, dessen war Ginny sich gewiss. Ein Traum, den jemand anderes träumte, und dieser Traum war überaus angenehm.

Sie bestand aus zwei Personen, die sich einen Körper teilten. Über ihnen wölbte sich ein Himmel voller Wolken, durch die hier und da strahlendes Blau blitzte. Wie mit großzügigen Pinselstrichen auf eine Leinwand gebannt, erstreckten sich im Vordergrund sanfte Hügel bis zu einem klar umrissenen, freundlichen Horizont. Sie befand sich tatsächlich auf Thule, der mythenumrankten, wundersamen Insel, nur hundert Seemeilen nördlich von Irland. An dem Ort, den sie sich bei ihrer Begegnung mit Mnemosyne ausgemalt hatte. An dem Ort, zu dem ihr Mnemosyne freundlich, aber bestimmt den Zugang verweigert hatte.

Natürlich war dieses Thule noch nicht in allen Einzelheiten vollendet. Sie musste sehr genau hinsehen, um ihrer Vision greifbare Realität zu verleihen. Wenn sie die Vegetation zu ihren Füßen betrachtete – es mochte irgendein Gestrüpp, Heide, Ginster oder irgendetwas anderes mit violetten Blüten sein –, gelang es ihr mit einiger mentaler Anstrengung – *klick* –, den Blüten zur Realität zu verhelfen.

»Hier ist es wunderschön. So was hab ich noch nie gesehen«, murmelten ihre Lippen ziemlich undeutlich.

Und jenseits dieser Lippen mit Eigenleben fragte sich Ginny: »Wer träumt hier eigentlich wen?«

»Gut möglich, dass du diejenige bist, die träumt. Bestimmt kennst du diesen Himmel, diese Hügel und Büsche. Ich nicht.«

»Was ich kenne, kennst auch du. Aber ich kann mich nicht an deinen Namen erinnern.«

»Im Augenblick brauchen wir noch keine Namen. Ich befinde mich an einem grauenhaften Ort. Doch manchmal gelingt es mir zu schlafen. Und dann können wir wieder zusammen sein. *Komm mich holen, finde mich, ehe es zu spät ist.*«

Noch während sie aufwachte, schüttelte Ginny irritiert den Kopf und rappelte sich aus der Hocke hoch. Der kurze Traum hatte sie aufgemuntert, ihr vielleicht auch neuen Mut gegeben. Bis jetzt hatte sie vom Ende ihres seltsamen Spaziergangs nur Trauer, Kummer und Schmerz erwartet. Sie rieb sich die kalten Hände und streckte sie gleich darauf aus, um zu prüfen, wie weit die Schutzblase reichte.

Bis hierher und nicht weiter!

Das Hier und Jetzt besaß mehr Wirklichkeit als ihr Traum und war längst nicht so angenehm.

Sie stand unmittelbar vor einer großen Klamm in den Bergen. Und die Schlucht flankierten zwei riesige Figuren, die sie lieber nicht aus der Nähe betrachten wollte. Sie schienen zu einem anderen Ort zu gehören und aus fremdartiger Materie zu bestehen, aus Substanzen, die unter bestimmten Bedingungen vermutlich besondere Kräfte entfalten konnten. *(Was auch immer das heißen mag!)*

Langsam drehte sie sich auf ihren Absätzen wie ein Kreisel um sich selbst, zweimal, wie sie es auch getan hatte, als sie damals im Wald mit dem Riss in der Zeit konfrontiert worden war, und spürte, wie die dunkle, körnige Landschaft sich mit ihr drehte. Jetzt stand sie vor einer anderen Spalte in den hohen zerklüfteten Felsen, auch diese flankiert von zwei versteinerten

Figuren, die zwar anders, aber genauso seltsam aussahen wie die früheren. Als sie sich nochmals zweimal um sich selbst drehte, fand sie sich vor einer dritten Klamm und einem dritten Wächterpaar wieder, doch dieses schien sich nicht sonderlich gut zum Wachdienst zu eignen: Beide wirkten wie bunt angemalte Tonfiguren, wie man sie hin und wieder als Türdekor zu sehen bekam. *(Der Dekorateur kann sich sonst wohin scheren!)*

All diese Figuren waren Trophäen. Konserviert und zur Schau gestellt, nachdem sich irgendetwas auf eine widerliche Jagd durch die Galaxien begeben und dabei Musterexemplare erbeutet hatte.

Ginny lief ein Schauer über den Rücken.

Als sie nochmals zweimal um sich selbst kreiselte – insgesamt hatte sie jetzt sechs Umdrehungen zurückgelegt –, stand sie wieder vor der ersten Schlucht und den ihr schon vertrauten Figuren. Allerdings hatte sie noch immer keine Lust, sie persönlich zu inspizieren.

Persönlich mochte hier etwas ganz anderes bedeuten als gewohnt.

Eine so leichte Übung wie das Rotieren auf ihren Zehenspitzen brachte das ganze Tal dazu, wie eine drehbare Servierplatte in einem chinesischen Restaurant zu kreisen. *(Meine Güte, welche Kraft von mir ausgeht!)*

Es gab drei Eingänge zum Tal der Toten Götter. Sie nahm an, dass sie gleichmäßig über den von den Bergen gebildeten Trichter verteilt waren, drei Eckpunkte auf einem seltsamen überdimensionalen Dreieck bildeten.

Das ist der Raum des Typhon. Oder die Art Raum, in den ein sterbendes Universum stürzt.

Welchen Eingang sollte sie nehmen?

Jeder Eingang, so viel war ihr klar, würde sie in einer einzigartigen, eigenständigen Spirale in die Trügerische Stadt führen, wo ihre Traumschwester wartete. Andere Menschen mochten hier durch andere Eingänge eintreten und anderen Spiralen folgen, doch sie würden sich niemals begegnen, einander niemals sehen, denn sowohl die Zeit als auch der Raum des Typhon trennten sie voneinander.

Dieser Gedanke machte ihr zu schaffen. Seit ihrem Aufbruch aus dem grünen Lagerhaus hatte sie die ganze Zeit gehofft, Jack und vielleicht auch Daniel würden kommen, um sie von ihren ständigen Dummheiten abzuhalten. Stets wählte sie ja geflissentlich den falschen Weg, der unvermeidlich in die Katastrophe führte. Jack erschien ihr wie das genaue Gegenteil: Er neigte eher dazu, auf möglichst angenehme Weise zu überleben, wenn nicht sogar ein wirklich glückliches Schicksal zu wählen.

Und Daniel …

Aus Daniel wurde sie nicht schlau. *Er ist keine ganze Zahl, sondern eine irrationale.*

Er benutzt ein irrationales Dezimalsystem.

Ach je, was soll das denn heißen?

Aber die beiden würden die Trügerische Stadt zweifellos durch andere Eingänge betreten, und das bedeutete, dass sie Ginny niemals finden würden.

Ginny musterte die Wächter mit zusammengekniffenen Augen, zwang sich dazu, sie so zu sehen, wie sie wirklich waren: ein aufeinander abgestimmtes Paar, beide ausgestattet mit einem Kreis aus zehn oder mehr Augen rings um ein ansonsten menschliches Gesicht, die Lippen und Wangen zu einem seltsamen Ausdruck verzerrt. Der Kopf saß ohne Hals auf einem kräftigen, vielgliedrigen Körper, und jedes Glied diente irgendeinem Zweck, den sie nicht einmal erahnen konnte.

Sie unterließ es, die beiden eingehender zu inspizieren. Es hatte keinen Sinn, sich in dieser verrückten Situation noch weiter verwirren zu lassen. Kurzerhand beschloss sie, diese beiden Wächter einfach als Empfangskomitee des Höllentors 1 zu bezeichnen. Nachdem sie sich erneut zweimal um sich selbst gedreht hatte, taufte sie das zweite Paar Empfangskomitee des Höllentors 2.

Das lässt sich wiederholen, ist die korrekte wissenschaftliche Herangehensweise. Bidewell wäre jetzt stolz auf mich. Nach zwei neuerlichen Umdrehungen sah sie sich dem Empfangskomitees des dritten Höllentors gegenüber. *Das sollte ich nicht den ganzen Tag lang tun, wie lange ein Tag hier auch dauern mag. Triff deine Wahl, Ginny. Selbst wenn es die falsche ist.*

Jetzt sprach ihre eigene innere Stimme, die andere war verstummt. Sie war allein.

Ginny wusste, dass sie, auf sich allein gestellt, den falschen Weg nehmen würde. Nur ein einziges Mal hatte sie den richtigen gewählt, den zum grünen Lagerhaus. Und selbst damals hatte sie versucht, diese weise Entscheidung rückgängig zu machen, indem sie von dort weggelaufen war. Aber jetzt lag die Entscheidung nicht mehr allein in ihren Händen. Die Integralläufer strebten zueinander. Also, wo steckten die anderen? Waren sie da draußen in dem Wirrwarr und suchten nach ihr? Und zerrten ihre Steine sie so voran wie ungeduldige Terrier, die endlich frei laufen wollten?

96

Je länger Jebrassy mit Ghentun und Polybiblios marschierte, desto deutlicher wurde ihm bewusst, wie es ist, im Umfeld eines Großen Eidolon zu leben, selbst wenn das Epitom nur einen Teil des Bibliothekars darstellte. Polybiblios schien Wissen geradezu auszuströmen. Stunde um Stunde flossen Jebrassy neue wichtige Erkenntnisse oder Visionen zu. Er lernte dabei so viel über Geschichte und Wissenschaft, dass sein altes Selbst sich mit der Zeit zur Seite geschoben und vernachlässigt vorkam.

Auch Ghentun erkannte, welchen Einfluss das Epitom ausübte, und machte seiner Sorge Luft. »Ständig sickern Informationen aus dir heraus«, sagte er zu Polybiblios, während sie eine Pause einlegten und die Helme absetzten, um auszuruhen und die Veränderungen im Chaos ringsum einzuschätzen. »Bald werden wir überlaufen.«

Das Epitom hockte sich neben sie. Seine Bewegungen wirkten jetzt sicherer, weniger linkisch, obwohl es hier auf jede Unterstützung des Zerstörten Turms und der zahllosen Diener und Versionen des Bibliothekars verzichten musste. Nach und nach hatte es sich eine ganz eigene Art von Agilität angeeignet, eine Anmut, die Ghentun an ein Angelin erinnerte, was ja nicht sonderlich überraschend war. »Tut mir leid. Ich werde mich bemühen, meine Großzügigkeit, was Informationen betrifft, in Grenzen zu halten.«

»Mir macht es nicht viel aus«, sagte Jebrassy leise und starrte auf wechselnde Wellenlinien im Gestein. »Ich brauche nur etwas Zeit, um all das zu verdauen. Ich muss über die Dinge nachdenken, nur dann kann ich sie mir zu eigen machen.«

»Versteht sich«, erwiderte Polybiblios. »In den alten Zeiten hätten die Philosophen ein Fragespiel mit ihren Schülern oder Dienern veranstaltet. Denn die Philosophen behaupteten, jede Frage beschwöre früheres Wissen herauf, natürliche, angeborene Instinkte. Du spürst vielleicht nicht nur Informationen aus mir ›heraussickern‹, sondern es kann auch sein, dass all das schon in dir liegt und jetzt zur rechten Zeit zutage tritt.«

Ghentun wandte den Blick ab und schüttelte den Kopf. »Du hast uns vom Kurs des Leitstrahls abgebracht. Warum?«

»Wir werden den Leitstrahl wiederfinden, keine Sorge. Er wurde schon vor langer Zeit so manipuliert, dass er auf Irrwege führt, müsst ihr wissen. Kurz nachdem meine Tochter verschwand und Sangmer – der später verschollen ist – aufbrach, um sie zu suchen.«

Jebrassy war so bestürzt, dass ihm das Gesicht entgleiste. »Wieso?« Seine innere Stimme sagte ihm, der Leitstrahl müsse immer noch intakt sein; schließlich war er das Einzige, das sie nach Nataraja führen konnte, zu dem ihnen bestimmten Ziel, und letztendlich der Grund, warum man die Nachgezüchteten überhaupt in die Welt gesetzt hatte. »Das kann doch gar nicht sein. Wer würde so etwas tun?«

Auf ihre unverhüllte Wut reagierte das Epitom mit dem Ausdruck schicksalsergebener Melancholie, was dem Abkömmling eines derart alten Eidolon keineswegs schwerfiel. Mit der Antwort ließ es sich Zeit. »Ich kann mich ja kaum noch an mein eigenes Kind erinnern«, sagte er schließlich. »Soweit man sie überhaupt als *mein* Kind bezeichnen kann, denn es waren ja so viele an der Erschaffung beteiligt.«

»Wir kennen die Geschichte«, warf Jebrassy ein.

»Es gibt so viele Versionen dieser Geschichte. Vielleicht liegt die Wahrheit für immer in dem Geröll begraben, das die Fundamente der Kalpa stützt. Man muss diese zahllosen Versionen mit den Bruchstücken der Erinnerung vergleichen, die ich bewahren konnte.«

Jebrassy senkte den Kopf und umkreiste das Epitom, dessen Blicke ihm gelassen, wenn auch ein wenig ängstlich folgten, mit großer innerer Wut. »Meine Leute sind da draußen«, knurrte er. »Und sie sterben dort oder erleben noch Schlimmeres. *Und all das ohne jeden Grund?* Nur weil ein *Eidolon* sich nicht mehr erinnern kann und es den anderen egal ist?«

»Keineswegs. Bei den Eidola dient alles einem bestimmten Zweck, manchmal auch mehr als einem. Mein größeres Selbst wusste, welche Züge das Chaos mit der Zeit annehmen würde – dass es nach und nach zusammenschrumpfen würde. Jetzt weist der Leitstrahl in die Richtung, in die wir tatsächlich gehen müssen. Endlich ist er auf dem richtigen Kurs. – Setz dich!« Er klopfte mit dem Handschuh auf den Boden.

Mit unverminderter Wut, inzwischen jedoch beherrschter, blickte Jebrassy vom Epitom zu Ghentun und wieder zurück. Bedeutete das, dass alle früheren Marschierer niemals eine Chance gehabt hatten? Dass man sie geopfert hatte, um das Chaos abzulenken und zu täuschen, und sich derweil auf eine Zukunft vorbereitet hatte, in der ein paar Auserwählte erfolgreich ans Ziel gelangen würden? Mit mühsamer Selbstkontrolle nahm Jebrassy Platz und starrte auf den schwarzen Staub und die scharfkantigen, uralten Steine.

»Der Pfad, den wir nehmen, entspricht der besten Route, die ich aus allen Geschichten herausfiltern konnte«, erklärte Polybiblios. »Stütz dich auf die Fähigkeiten, die sich gerade in dir entwickeln. Denk an Ishanaxade, die die gleiche Reise gemacht hat. Denk daran, wie lange sie sich schon dafür opfert, die Dinge wieder in Ordnung zu bringen.«

»Du hast dafür gesorgt, dass wir nach den Geschichten suchen und sie dann auf den Marsch mitnehmen. Du wolltest, dass wir die wahre Geschichte finden, und hast deshalb *alle* Geschichten von uns ausprobieren lassen. Weil du nicht mehr wusstest, welche Geschichte der Wahrheit entspricht. Du warst *nachlässig.*«

»Dass ich nachlässig war, leugne ich ja gar nicht«, erwiderte Polybiblios. »Doch selbst wenn es uns gelungen wäre, die Vergangenheit viele Billionen Jahre lang vollständig aufzuzeichnen und zu konservieren, hätte es, praktisch gesehen, weit mehr Zeit und Energie gekostet, all das in einem Mikrokosmos unterzubringen, als ein Babel zu schaffen und es zu durchsuchen. Und hätten wir uns dafür entschieden, nur eine einzige Geschichte zu bewahren – oder auch wenige mehrdeutige Geschichten –, hätte das niemals dazu ausgereicht, einen neuen Kosmos zum Leben zu erwecken. Nicht dazu ausgereicht, Mnemosyne aus der Reserve zu locken und den Schläfer zu wecken.«

»Den Schläfer?« Ghentun nahm gegenüber von Jebrassy und dem Epitom Platz. »Das ist eine uralte Vorstellung. Angeblich ist der Schläfer am Ende des ersten Schöpfungszyklus gestorben.«

»Er ist der Vater der Musen«, erklärte Polybiblios. »Vor sehr langer Zeit haben manche ihn auch als *Brahma* bezeichnet. Er ist nicht tot. Nur langweilt er sich – und deshalb schläft er.«

»Klingt wie Unsinn.« Jebrassy kämpfte gegen sein wachsendes Verständnis an. Er wollte nichts hören, das seine Wut womöglich abschwächte. Tiadba war da draußen. Vielleicht würden sie Tiadba niemals finden …

Doch aus Polybiblios sickerten immer noch Informationen heraus, und diesmal hatten Ghentun und Jebrassy auch an den Gefühlen eines Großen Eidolon teil.

Ishanaxade.

Die beiden sahen einander an und empfanden dabei eine nie gekannte Traurigkeit – eine Traurigkeit, die außerhalb der Gefühlsskalen von Nachgezüchteten und Instandsetzern lag. Es war ein Gefühl von Verlust und Verrat, das sich im Laufe der Zeit noch verstärkt hatte, ausgereift und dabei nur noch schlimmer geworden war. Ein Gefühl, das sich unter Abertausend Millionen von Epitomen und Angelins und in allen Höhen und Nischen des Zerstörten Turms über den Zeitraum von fünfhunderttausend Jahren hinweg ausgebreitet hatte.

»Die Stadtfürsten. Sie haben den Leitstrahl manipuliert. Sie haben *dich hintergangen*«, sagte Ghentun.

»Sie haben meine Tochter hintergangen.« Polybiblios wandte den Blick von ihnen ab, als könne er es nicht ertragen, den eigenen Kummer in ihren Mienen gespiegelt zu sehen. »Vielleicht haben wir alle sie hintergangen. Was muss sie nur fühlen, nach all dieser Zeit, in der sie sich da draußen verborgen und abgewartet hat. Oder, noch schlimmer, gefangengenommen wurde.«

»Wenn du alle Geschichten kennst, weißt du auch, wie all diese Geschichten ausgehen«, sagte Jebrassy. »Welche ist die wahre?«

»Geschichten haben sehr viel mehr Enden als Anfänge«, erklärte Polybiblios. »Die besten Geschichten beginnen in der Mitte, kehren danach zum Anfang zurück und kommen dann zu einem Schluss, den niemand vorhersehen kann. Geht man dann wieder zur Mitte, kann es passieren, dass die Geschichte sich erneut verändert. Zumindest war das so, als ich noch jung war.«

Seine Stimme wirkte wie hypnotisch auf sie. Sie sahen ein herumwirbelndes Netz von Schicksalsfäden, in dessen Mitte eine winzige, nur vage zu erkennende Gestalt saß, fast vergessen nach so vielen Jahren.

»Die Stadtfürsten!« Ghentuns Ausruf klang wie ein Fluch.

»Sie kamen überein, Ishanaxade ohne dein Wissen auf eine geheime Mission zu schicken«, sagte Jebrassy. »Aber warum?«

Ghentun faltete die Hände wie zum Gebet. »Ishanaxade hat sich aufgeopfert, um den Bibliothekar zu retten. Sie nahm den Schlüssel zu einem vollständigen Babel mit, das der Bibliothekar im Zerstörten Turm geschaffen hatte.«

»So viel scheint zu stimmen«, erklärte Polybiblios. »Bei all unseren Meinungsverschiedenheiten war dem Astyanax und allen anderen Stadtfürsten doch klar, dass …«

»… dass ein vollständiges Babel, sollten alle Teile zusammengeführt werden, das auflösen würde, was vom alten Kosmos noch übrig war«, ergänzte Ghentun und merkte gleich darauf, dass er das nicht von Polybiblios wusste. Dieses Wissen war Teil des Bildes, das der Astyanax seinerzeit in sein Denken projiziert hatte. »Denn dann würden die Musen oder das Wenige, das von ihnen zurückgeblieben war, wieder zum Leben erwachen, um die ganze Fülle der hier versammelten Geschichten zu untersuchen – alle möglichen Geschichten, aber auch allen möglichen Unsinn.«

»Zwar braucht jede Schöpfung sowohl Geschichten als auch Unsinn, doch der Anteil des Unsinns ist stets sehr viel größer.«

Das Epitom stand auf. »Meine Tochter opferte sich, als andere sich nur noch wünschten, ich würde mein Projekt in unvollständigem Zustand belassen und abbrechen.«

»Gefangen in der Kalpa, wollten die Großen Eidola das, was ihnen vom Leben noch geblieben war, auch weiterhin genießen«, sagte Ghentun. »Sie wollten sich einfach ihren endlosen Vergnügungen hingeben, sich in Dekadenz und Langeweile verlieren, aber auch in einem außerordentlich angenehmen Leben. Sie wollten, dass es *ewig* so weitergeht.« Er stand auf und schüttelte die Fäuste. »Während *du* einer neuen Schöpfung Starthilfe geben wolltest. Die das Ende von uns allen bedeutet hätte.«

»Ja, das habe ich mir von meinem Babel erwartet.« Arglos wie ein Kind – ein ungewöhnlich altes Kind – blickte Polybiblios von einem zum anderen.

»Und die Eidola ließen Ishanaxade durch das Chaos ziehen, obwohl sie wussten, dass Nataraja schon verloren war«, murmelte Jebrassy.

»Die Stadtfürsten trafen ein Abkommen mit dem Typhon«, schloss Polybiblios. »Man hat uns alle hintergangen. Aber das heißt noch lange nicht, dass wir gescheitert sind.«

Inzwischen wurde die Luft in diesem Teil des Chaos immer stickiger und unangenehmer. So als hätten sie sich stillschweigend darauf geeinigt, eine Gesprächspause einzulegen, versiegelten sie ihre Helme und bereiteten sich auf den Abmarsch vor.

»Was ist der Typhon, wenn er Abkommen treffen kann?«, fragte Jebrassy, als sie wieder unterwegs waren.

»Kann man nicht wissen, junger Freund«, erwiderte Polybiblios. »Aber die Kalpa hätte schon vor langer Zeit fallen müssen, und das ist nicht passiert.«

»Du wusstest all das, und trotzdem hast du mich Marschierer nach draußen schicken lassen ...« Ghentun war vor Wut dunkelgrün angelaufen. Er fand für seinen Zorn keine Worte mehr.

Polybiblios sah sich in der Umgebung um, die sich ständig veränderte. »Meine Tochter hat entscheidende Teile meiner Schöpfungen mitgenommen, um sie nach Nataraja zu bringen ... Weg von den Realitätsgeneratoren. Sie hatte keine andere Wahl. Doch ehe sie aufbrach, bat sie uns beide – den Astyanax und den Bibliothekar –, uns zusammenzutun und die älteste Menschenart, die wir uns vorstellen konnten, aus ursprünglicher Substanz nachzuzüchten. Sie forderte uns auf, die Instandsetzer mit deren Aufzucht und Erziehung zu beauftragen. Von mir, und nur von mir, verlangte sie, Integralläufer zu schaffen und auf den Weg zu bringen – die ausgefeilteste aller Shen-Technologien, sogar noch ausgefeilter als die Realitätsgeneratoren oder diese Schutzpanzer. Und nur mich bat sie, mein Babel aufzuteilen, in den Integralläufern unterzubringen – sozusagen als Rückversicherung, als Plan B – und die Läufer in die Vergangenheit zurückzuschicken, damit sie sich von Anbeginn der Zeit aus den Weg in die Zukunft suchen konnten. Sie sollten miteinander kommunizieren und alle, die mit ihnen in Berührung kamen, miteinander verbinden. Ishanaxade war die Mutter aller Nachgezüchteten der alten Art. Und sie ist die Mutter derjenigen, die träumen.«

»Das ist wirklich die tollste Geschichte überhaupt«, räumte Ghentun ein. »Sie verließ ihre Stadt, verließ Sangmer – verließ alles und jeden, den sie liebte. Und dachte sogar, ihnen einen Dienst zu erweisen, als sie alle hinterging.«

»Und was ist mit Sangmer?«, fragte Jebrassy. »Wie hätte er das verstehen sollen? Hat er sie je gefunden? Was ist mit *ihm* passiert?«

»Wir leben diese Geschichte, junger Freund. In unserem Fleisch, in unseren Knochen hallt diese Geschichte so nach, dass wir sie vielleicht aus dem Verborgenen zutage fördern können. Und dann, wenn sie vollendet ist, ziehen wir weiter – oder gelangen unversehens an unser eigenes Ende.«

97

Während Ginny unter den starren Blicken der Riesen im inneren Ring weiterging, spürte sie, wie etwas aus ihr entwich. Ihre Schutzblase schien dünner zu werden, und das Atmen fiel ihr von Minute zu Minute schwerer. Der Stein hatte aufgehört, sie in eine bestimmte Richtung zu zerren; stattdessen zog er sie hierhin und dorthin, ohne erkennbares Muster, und ließ in seiner Kraft merklich nach. Schließlich blieb sie, so starr wie eine der Statuen, in Sichtweite des Hohlwegs stehen, durch den sie das Tal betreten hatte.

Aus dem Widerstreben des Steins, sich auf eine bestimmte Richtung festzulegen, konnte sie nur einen Schluss ziehen: Entweder hatte sie sich zu weit oder aber zu schnell vorgewagt, bis zu einem Ort, an dem ein einzelner Stein sie nicht mehr zu beschützen vermochte.

Warum hatte er sie dann überhaupt bis hierher geführt?

Als sie sich die Augen rieb, bemerkte sie, dass ringsum und über ihrem Kopf Rußflocken schwebten, umso deutlicher zu erkennen, da sie sich vor einem schnell wachsenden Eisberg abzeichneten, der wie auf den Kopf gestellt, über dem Tal hing. Während ihr der Nacken steif wurde, beobachtete sie, wie vom Talbecken lautlos saphirblaue Eisspitzen aufstiegen und sich als Ring von Säulen ums Tal legten, als wollten sie den Jadebau in der Mitte, die Trügerische Stadt, umzingeln. Der an den Gebirgsrändern wabernde Nebel verdichtete sich zu Wolken, die Ginny an die Wolken zu Hause erinnerten – falls es noch irgendwo ein Zuhause gab. Falls sie überhaupt jemals irgendwo aufgewachsen war und gelebt hatte; falls sie überhaupt irgendeine ihrer Erinnerungen für wahr halten durfte …

Hier draußen besaßen die Eisspitzen, die Säulen, eine ätherische Schönheit, die eher zur Erde als zum Chaos zu passen schienen. Ihre Umgebung erinnerte an den Fuß eines Eisgletschers, vielleicht auch an eine von oben nach unten gekehrte Alpenlandschaft. Wie seltsam, dass irgendetwas derart Unmögliches inmitten von Dingen, die lediglich sehr unwahrscheinlich wirkten, so viel echter als alles ringsum aussehen konnte.

Inzwischen war sie so fix und fertig, dass sie sich niederlegte, eingehüllt von der zusammengeschrumpften Schutzblase. Doch ihre Augen wollten sich nicht schließen. Sie konnte nicht schlafen, hatte seit ihrem Aufbruch aus Bidewells Lagerhaus kein Auge zugetan.

Sollte sie einschlafen – und träumen –, würde sich ihre Besucherin, ihr anderes Selbst, bereits in der gespenstischen grünen Stadt befinden, so viel war ihr klar. Denn auch Tiadba war zum falschen Ort marschiert.

Man hatte sie beide irregeführt.

Man hatte sie beide hintergangen.

Ginny musste an den fetten alten Widerling und seine Andeutungen denken. Vor ihrem Aufbruch hatte sie nicht einmal mehr mit Jack oder Bidewell gesprochen. Auch nicht mit Daniel. Was hätte ihr einer von ihnen geraten?

Vielleicht hätten sie ihr zum Abwarten geraten. Also würde sie jetzt genau das tun, denn eine andere Wahl hatte sie sowieso nicht. Sie würde hier knapp oberhalb des Talbeckens liegen bleiben, umgeben von Bergen und versteinerten Riesen, über sich einen auf dem Kopf stehenden Eisberg, der sich jeden Augenblick dazu entschließen konnte, auf sie herabzustürzen. Und abwarten. Falls nötig, würde sie ewig hierbleiben, müder und müder werden und schließlich einfach davonschweben, so schwerelos wie ein Ascheflöckchen.

Der Moment der Ruhe dehnte sich weiter und weiter aus. Sie versuchte sich herumzuwälzen und spürte dabei, wie die Schutzblase sich so eng um sie schloss, dass sie sich nicht mehr rühren konnte. Auf dem Rücken liegend, sah sie zu, wie der Eisberg den Feuerring verdunkelte. Die Flammen hatten inzwischen ein düsteres Orange angenommen, und das Dunkle im Inneren war zu trübem Violett verblasst. Nach und nach verhüllten blaue Nebelschwaden und mit prächtigem Gold eingefasste Wolken den aufgewühlten Himmel jenseits des Eisbergs. Selbst der Himmel schrumpfte jetzt zusammen.

Beängstigend. Und trotzdem schön. Alles, was sie bisher gesehen hatte, war nur beängstigend und hässlich gewesen.

»Es kommt etwas *Neues*«, murmelte sie mit tauben Lippen.

Und meinte damit etwas *Altes*.

98

Alle drei, Jebrassy, Ghentun und das Epitom des Bibliothekars, bemerkten das blasse Gebilde über der Talmitte.

Inzwischen waren sie schon viele Kilometer marschiert und hatten sich dabei gelegentlich dem innersten Ring der sogenannten Toten Götter genähert, die einander über die zerfurchte Ebene hinweg beobachteten. Ihre Gesichter – so man sie denn als Gesichter bezeichnen konnte – schienen in stiller, nachdenklicher Überheblichkeit erstarrt, geformt von Jahrbillionen eines selbstbestimmten Wandels, hinter dem eine die gesamte Evolution lenkende Intelligenz steckte. Es waren recht unterschiedliche Gesichter und Körper, wohlgestaltet und zugleich unbegreiflich, monströs und zugleich wunderschön, wie so viele Meeresgeschöpfe. Nur waren das hier Meeresgeschöpfe, die auf einem ungeheuer großen, unendlichen Riff gestrandet waren.

»Werden sie jemals wieder zum Leben erwachen?«, fragte Ghentun.

Polybiblios schien zu einer Antwort anzusetzen.

»Wir haben keine Zeit mehr für irgendwelche Lektionen«, fuhr Jebrassy barsch dazwischen. »Geht weiter.«

Das Epitom reagierte mit Nachsicht. »Die Zeit ist tatsächlich knapper als früher. Doch für andere wird die Zeit nicht mit derselben Geschwindigkeit über dieses Tal hinwegfegen und auch nicht dieselben Momente mit sich bringen. Das hier ist ein Tohuwabohu, das einen Zeitstrudel ausgelöst hat. Jeder Pass, jedes Tor schickt die Eintretenden auf anderem Weg zur Talmitte.«

»Ich dachte, es gäbe nur noch zwei Schicksalslinien«, wandte Ghentun ein.

»Schicksalslinien, ja, aber innerhalb eines Zeitstrudels können diese einzelnen Pfade so herumwirbeln, dass sie parallel zu verlaufen scheinen. Man kann von einem zum anderen springen, aber sie sind Teil desselben, Teil einer einzigen Spirale. In vielen Regionen des Chaos wurden die Regeln, die für das sehr Kleine gelten, auch auf das Große übertragen, so dass man sich zweimal um sich selbst drehen muss, um wieder in dieselbe Richtung zu blicken. Und hier ist es noch komplizierter. Wir können hinter uns schauen: Es scheint einen Weg zurück, eine Rückzugsmöglichkeit zu geben, aber wenn wir einen Rückwärtskurs einschlagen möchten und versuchen aufzubrechen, werden wir scheitern.«

»Wir könnten doch auf den anderen Pfad springen und auf diese Weise schneller zur Mitte gelangen, oder nicht?«, fragte Jebrassy.

»Nein. Wir sind da, wo wir sein müssen.«

Vor ihnen hatte sich die zusammengeballte Wolke zu einem auf dem Kopf stehenden Eisberg verdichtet, dessen Ränder an Sägezähne erinnerten.

»Die Pfade werden sowieso bald miteinander verschmelzen«, sagte das Epitom. »Der Kosmos liegt in den letzten Zügen. Die Revolte des sehr Kleinen wird demnächst beginnen – und damit meine ich nicht dich, junger Freund. Der Druck auf den Typhon wächst. Hier draußen weiß der frühere Gebieter über das Chaos einfach nicht, *in welcher Weise* er Wandel bewirken soll.«

»Wer oder was übt denn Druck auf den Typhon aus?«, fragte Ghentun.

»Das hier ist alles, was noch übrig ist. Das Chaos ist auf zwei Kreise zusammengeschrumpft. Ein Kreis umgibt dieses Tal, der andere das, was von der Kalpa noch existiert. Vielleicht ist immer noch ein Verbindungspfad da, der mit Teilchen und Bruchstücken aus der Vergangenheit übersät ist, ich weiß es nicht. Mittlerweile mag er auch geschlossen sein. Da draußen jedenfalls liegt nichts mehr. Das ist die Hinterlassenschaft des Typhon, denn trotz all seiner Macht ist er nicht fähig, Spuren zu machen. Er hinterlässt nur Leere. Er hat versucht, ein Gott zu sein, und ist gescheitert. Jetzt kann er nirgendwo mehr hin. Ihm steht keine Fluchtmöglichkeit offen.«

»Und alle Geschichten bleiben unvollendet?«, fragte Jebrassy unsicher und zugleich voller Abscheu.

»Nein. Wenn wir Erfolg haben, wird etwas folgen, das nicht einmal mein vollständiges Selbst begreifen könnte. Wir werden wie Kinder sein, die sich einem Wunder gegenübersehen. Es gibt eine noch größere Macht, die bis jetzt den meisten unserer Billionen Jahrhunderte nur wenig Beachtung geschenkt hat.«

»Hm. Der Schläfer?« Jebrassy hatte es satt, unwissend dazustehen, bis ihm jemand eine Lektion erteilte. Er wollte sich selbst Wissen aneignen, selbstständig lernen. Erfahren, was Tiadba zugestoßen war. Doch er hatte fast Angst davor.

»Der Zeitstrudel ist für den Typhon die letzte Chance«, erklärte das Epitom. »Er muss uns erwischen und verhindern, dass die Integralläufer sich miteinander verbinden. Haltet nach Passwegen Ausschau, nach dahingleitenden oder aufsteigenden Wesen, nach Spähern, nach Schweigenden … Denn wenn sie nirgendwo mehr hin können, werden sie ihren Jagdgrund *hier* suchen.«

Als sie auf den Trichter und das grüne Bauwerk in der Talmitte zugingen, schossen bläuliche Eissäulen aus dem Boden, die sich mit den schimmernden Rändern des auf dem Kopf stehenden Eisbergs verbanden.

»Irgendetwas nähert sich«, sagte Jebrassy. »Und es hat nichts mit Passwegen zu tun. Sie sind keine Monster, sondern etwas anderes. Ich kann es spüren.«

»Ich auch«, erklärte das Epitom. »So wie sie alle.«

Ringsum vernahmen sie ein schwaches, schrilles Geheul, das entsetzlich klang: so als mische sich das Röcheln erstickender Wesen mit Gebrüll und Warnrufen. Die Riesen, die die Berge säumten, bemühten sich zu sprechen. Manche schienen auch darum zu kämpfen, sich endlich aus der Erstarrung zu lösen. Sie schüttelten sich und entfernten mit steifen Bewegungen Ruß und Schotter von ihren Fundamenten.

»Sie haben das schon einmal erlebt«, sagte das Epitom. »Genau dieser Anblick hat sie bis ins Mark erschüttert und ihr Blut erstarren lassen, so dass sie zu Fossilien versteinert sind. Vor eben dieser Situation wollte der Zeuge uns warnen; er versucht es schon seit einer halben Ewigkeit. Der Typhon kann sich jetzt nirgendwo mehr verstecken. Er kommt mit all seinen Dienern hierher. Mit all jenen, die er gefangen genommen und gefoltert hat. Hier werden wir meine Tochter finden.«

99

Das Sehen war nicht leichter geworden. Die Optik war so verzerrt, dass es auch nichts nützte, den Kopf schräg zu legen oder die Augen zusammenzukneifen. Selbst innerhalb der Schutzblase – Jack hoffte, niemals erklären zu müssen, was es mit dieser Blase auf sich hatte – verletzte und beleidigte das, was er sah, seine Augen.

Jeder Ort, an dem es Leben gibt, dachte er, *weist sowohl Zerfall als auch Wachstum auf, so wie das Gemisch aus abgestorbenen und jungen Bäumen in einem Wald. Selbst eine Stadt, die im Krieg eingeäschert, geplündert und zerstört worden ist, gebiert Neues. Doch hier gibt es nur noch ein Abfinden mit dem Unerträglichen, Mutlosigkeit, eine Abgestumpftheit, die den Geist und die Willenskraft lähmt und jede Begeisterung dämpft. Eine Trägheit, die alles Schützen und Bewahren verhindert. An diesem Ort herrscht nur mehr Zerfall, ohne jeden Lichtblick.*

Jack war sich darüber im Klaren, dass Glaucous erneut versucht hatte, sich seine Zuneigung und sein Vertrauen zu angeln, um auch den kleinen Fisch in diesen oder jenen Fangkorb zu befördern. Und wenn es bei ihm nicht klappte, gab es ja auch noch Daniel. Selbstverständlich war Daniel ein Schwindler. Ohne sich tatsächlich irgendwo einzuschleimen, schlich er sich überall ein, und ohne den Mund aufzumachen, log er. Selbst wenn seine Lippen etwas Wahres äußerten, täuschten sie einen, denn es waren nicht *seine Lippen*. Glaucous war kaum besser: Seiner Gestalt nach echt, aber diese Gestalt war noch schlimmer als jede Lüge.

Und trotzdem mussten sie nah beieinanderbleiben. Ihre Körper wehrten sich gegen das, was außerhalb der Schutzblase lag. Man durfte höchstens sechs oder sieben Schritte hinter die anderen zurückfallen – niemand von ihnen wagte es, sich weiter zu entfernen –, denn sonst litten sie alle unter Erschöpfung, Atemnot, Kopfschmerzen und Niesanfällen, wobei Blut aus der Nase, den Ohren und den Fingerspitzen sickerte. Sie waren von Ruß und Streifen abgewischten Blutes besudelt. Was durch die Schutzblase drang, waren so etwas wie saure, ekelhafte Phantomgerüche, die nach Wahnsinn und Brand stanken. Niemand hätte hier sein sollen. Dieser Ort duldete keine Eindringlinge.

Inzwischen konnten sie fast nichts mehr erkennen: in einiger Entfernung eine Art Lichtpunkt, der matt aufglomm, ringsum aufgewühlte Dunkelheit, eine in sich zusammenfallende Leere, ein trübes Nichts – die vollständige Abwesenheit von Belebtem und Unbelebtem. Und das war fast genauso beunruhigend wie die genauer umrissenen Scheußlichkeiten, die sie bis jetzt gesehen hatten.

Hin und wieder nahmen die eingestürzten und durcheinandergeworfenen Dinge ringsum plötzlich den trügerischen Anschein einer Landschaft an, die sich ebenso plötzlich wieder auflöste – *schlechte Arbeit* – und in den Zustand völliger Leere zurückfiel.

Irgendetwas schien diese Leere zu umgeben und sich kurz zu drehen, als befände es sich innerhalb eines Rades oder Kreisels, doch gleich darauf verschwand es wieder. Vielleicht war es nie da gewesen.

Das Muster auf dem Kästchen.

Für Ginny hatte Jack die Hoffnung fast schon aufgegeben. Sie hatten keine Spur von ihr gefunden, was kein Wunder war, denn der Boden unter ihren Füßen fühlte sich die meiste Zeit über wie altes, aber festes Felsgestein an. Allerdings mussten die Integralläufer sie in dieselbe Richtung wie Ginny gezerrt haben. Zumindest nahm Jack es an, denn die beiden Steine, die Daniel bei sich trug, verhielten sich genauso wie sein eigener.

Jetzt lagen die toten, leeren Städte hinter ihnen – unbegreifliche Bauten, fernen Zeiten entnommen, hier angeschwemmt und gestrandet. Und danach hatte irgendetwas sie einer perversen Untersuchung unterzogen, sie voller Zorn seziert und dann hektisch und aufgebracht als unnütz ausgemustert. Ganze Städte weggeworfen wie verstümmelte Kadaver, gebrandmarkt und verätzt von hilflosem Hass. Der ganze Trümmerhaufen das Zerstörungswerk eines sternlosen, pechschwarzen, unglückseligen *Etwas*, das überaus mächtig war und dennoch durch und durch unwissend.

Seine Fantasie ging mit ihm durch.

Glaucous' heisere Stimme riss ihn aus seinen Tagträumen. »Während ihr beide geschlafen habt, habe ich Wache gehalten. Wir haben so was wie Hügel oder Berge umrundet.«

»Wie hätten wir denn schlafen sollen?«, entgegnete Daniel. »Wir sind doch gelaufen.«

»Ihr schlaft sogar im Gehen.«

Jack rümpfte die Nase. »Auch wenn man nicht schläft, sind das hier Alpträume.«

»Er lügt, sobald er den Mund aufmacht.« Daniel sah Glaucous schräg an. Ihre Schuhe machten ein unangenehm quietschendes und saugendes Geräusch, wenn sie auf die Blase traten und sie gegen das zerklüftete dunkle Felsgestein pressten.

»Meine Herren!«, sagte Glaucous so, als wolle er sie zu einem zivilen Umgang ermahnen. Plötzlich blieb er stehen, starrte nach vorn und riss die Augen weit auf. »Das gibt's doch gar nicht!«

Jack und Daniel gingen reflexartig noch zwei Schritte weiter, ehe sie anhielten. »Was gibt es nicht?«, fragte Jack.

»Ich bin doch nicht verrückt!« Glaucous wischte sich mit dem Ärmel Schweiß von den Wangen.

Jetzt sah auch Jack, dass sich vor ihnen irgendetwas tat: Nahe am Boden zeichneten sich kleine dunkle Silhouetten ab, die sich geschmeidig vorwärtsbewegten, während von ihren Körpern etwas Wuscheliges nach oben ragte und zuckte. Keineswegs fremdartig und an sich auch überhaupt nicht beängstigend. Aber hier, an diesem Ort?

»Katzen«, sagte Jack. Daniel wandte sich um.

»Katzen haben verblüffende Fähigkeiten«, bemerkte Glaucous. »Sind ausgezeichnete, sehr talentierte Schicksalswandler, manche auch Glücksjäger. Gottheiten und Gebieter über alle winzigen Nager.«

Inzwischen waren die Silhouetten verschwunden.

Glaucous holte tief Luft. »Und jetzt zu diesen Hügeln und Bergen. Man hat sie mir beschrieben. Sie umschließen einen unglückseligen Ort.« Er tat so, als zöge er mit der Hand eine Furche durch die Luft. »Ich habe gehört, dass das hier der Ort ist, wo der Nachtfalter Hirten und deren Steine abliefert. Eine lange, flache Rille. Wie ein Tal inmitten hoher Spitzen, umgeben von unsäglichen Geschöpfen, die in weit entfernten Regionen gefangen genommen wurden. Und im Zentrum von allem ein niedriger Trichter mit drei aus Schicksalsfäden gewobenen Eingängen, die sowohl Glücksjäger als auch Schicksalswandler in die Irre führen können. Das ist der Ort, an dem die Kalkfürstin regiert.«

100

Die Trügerische Stadt

Tiadba steckte in einem Kokon aus Staub und Fasern, was sich so anfühlte, als wäre sie in einem Kehrhaufen gelandet. Ihre Augen stachen und brannten, aber sie wagte nicht, sie auszuwischen, denn ihre Hände waren wie die ganze übrige Haut mit Scherben und Splittern überzogen. Oft genug hatte sie während der Stunden, die ihr wie die Glieder einer endlosen Kette vorkamen, die Scherben über ihre Haut kriechen gespürt, als hätten sie ein Eigenleben. Sie konnte sich nicht vorstellen, was sie sein mochten.

Lebendige Fäulnis, die ihren Leib verzehren wollte?

Doch das spielte kaum noch eine Rolle.

Gefangen in ihrem Kokon, war sie über den Erschöpfungszustand längst hinaus. Es war nicht mehr wichtig, ob eines der Kettenglieder warm war und das nächste weder warm noch kalt. Obwohl sie völlig ausgelaugt war, sich wie von Feuer versengt fühlte und Schmerz empfand, machte ihr all das nichts mehr aus. Nur gelegentlich konnte sie sich zu einer Erinnerung an ihre Gefährten, an die anderen Marschteilnehmer, aufraffen. Und wenn sie es tat, stachen ihr die Scherben noch heftiger ins Fleisch. Die Erinnerungen und Selbstvorwürfe hatten sich in winzige scharfe Glasscherben verwandelt, die an ihrer Haut hafteten und ihr in die Augen stachen.

Tiadba hatte mit ansehen müssen, wie ihre Gefährten auf dem flimmernden, schwabbeligen Passweg in ein Loch befördert wurden, in einen weitläufigen düsteren Hohlraum. Es war so gewesen, als teilten sich von schwärenden Wunden eingefasste Lippen. Vorher hatte sie beobachtet, wie aufgedunsene, sabbernde Wesen mit langen, zuckenden Beinen – böswillige Wesen – von fernen Mauern auf sie zuhuschten, sich nach unten beugten und mit ihren säbelartigen Beißwerkzeugen zustießen.

Es waren Beißwerkzeuge, die rauchten und Funken sprühten.

Die Wesen umklammerten ihre Opfer, durchbohrten sie und versengten sie zugleich, um danach mit ihnen in den Hohlraum zurückzuhuschen.

Tiadba rollte sich zusammen. Wenn sie sich klein genug machte, würde sie sich vielleicht einfach in Luft auflösen. Alles schien an diesem Ort möglich.

Sie schlug die Augen so lange auf, dass sie ihre angehobene Hand inspizieren konnte: Sie war von getrocknetem Blut verkrustet. Teile des Handschuhs – Fetzen des Schutzanzugs, der sie jetzt nicht mehr beschützen oder ihr etwas mitteilen konnte – flimmerten zaghaft auf ihren Fingern. Doch die Erinnerung an den Verrat brachte sie dazu, die Fetzen auseinanderzuzerren und das Zerstörungswerk zu vollenden, bis kein Teilchen mehr an ihr haftete und sie völlig nackt war.

Alle hier waren nackt.

Sie konnte nicht sagen, wie viel Zeit vergangen war, bis jemand oder etwas sie hochhob und ihr die Augen auswischte. Angesichts der überwältigenden Szenerie aus Düsternis, Schatten und Staub blinzelte sie.

Mit steifen Gliedern fand sie sich unter einem großen Mauervorsprung wieder, der sich, soweit sie es beurteilen konnte, am Rande eines Hügels befand. Die Ausmaße dieses Mauervorsprungs schienen zu schwanken: Mal sah es so aus, als wachse er in die Höhe, dann so, als senkte er sich nach unten.

Nicht nur die Farben und das Licht ringsum waren schwer einzuschätzen, sondern auch die Entfernungen und Dimensionen. Doch etwas, das jetzt auftauchte und sich ihr näherte – etwas oder *jemand* –, würde das, was sie sah, vielleicht in die richtige Perspektive rücken, und dann würde sie die Größenverhältnisse besser beurteilen können.

»Hallo, du Sprössling des Hortes.«

Tropfen einer kalten, schmerzlindernden Flüssigkeit sickerten ihr in die Augen und ließen sie gleich darauf so erstarren, dass sie ohne zu blinzeln auf ein Dreieck aus ungeformter weißlicher Substanz blickte.

Eine kühle, glasklare Stimme, die wunderschön und zugleich traurig klang, ertönte von allen Seiten, legte sich über ihre Gehörgänge und drang Wort für Wort in sie ein, so bedächtig, als wolle die Stimme sie streicheln. Doch die Worte lösten in ihren Ohren Spannung und einen dumpfen Schmerz aus.

»Ich war es, die Gestalter und Instandsetzer dazu verpflichtet hat, euch zu schaffen. Weißt du, wer ich bin?«

Der Umriss in dem dreieckigen Wolkengebilde fügte sich zusammen: Oberhalb der Mitte tauchte ein Gesicht auf, ein wohlgeformtes Gesicht mit großen, tiefgründigen Augen, das schön, traurig und zugleich gebieterisch wirkte. Was jetzt aus Tiadbas tiefstem Inneren aufstieg, war das Gefühl des *Wiedererkennens*. Das Bild dieses Gesichts war schon in ihr abgespeichert gewesen, als sie zur Welt gekommen war, denn bereits vor Ewigkeiten hatte man es allen Geschöpfen ihrer Art eingepflanzt. Plötzlich wünschte sie sich, Freude empfinden zu können – schließlich war das hier ein Wiedersehen, also Anlass genug. »Ja, ich weiß, wer du bist«, erwiderte sie.

»Und ich kenne dich und bin stolz auf dich, kleine Nachgezüchtete. Du bist mit Träumen gesegnet und hast die Zeit vorwärtsgebracht, genau wie es dir bestimmt war. Doch jetzt ist deine Verbindung mit dem, was vorher war, ein Fluch. Was auf uns zukommt, ist Aufruhr. Und Qual. Aber in diesem Augenblick, unserem letzten Moment des Friedens, darf ich allen, die hierhergebracht werden, eine Frage stellen. Das ist die Qual, die *mir* auferlegt ist: diese Sekunde der Vorfreude und der Hoffnung.«

Tiadba versuchte, das blendend weiße Gesicht, das wie glatter beweglicher Stein wirkte, besser zu erkennen. Doch die plastischen Züge waren von anderen Teilen umgeben, die aufwirbelten und sich wieder mit eisigen Staubschwaden vereinigten.

Als das Gesicht näher rückte, versuchte Tiadba sich zurückzuziehen – oder in sich zusammenzuschrumpfen.

»Weißt du, was aus Sangmer, genannt der Pilger, geworden ist?«

Obwohl die Stimme Tiadbas Gesicht so nahe war, spürte sie keinen Atemhauch oder Luftzug. Allerdings lag eine seltsame Süße in der Luft, wenn auch sonst nichts ihre Sinne ansprach.

Tiadba war äußerst bestürzt. Sie dachte daran, wie sie mit Jebrassy im Bett gelegen und mit ihm geschlafen hatte, wie sie beide versucht hatten, die uralten Geschichten zu entschlüsseln. Sie dachte auch an die Augenblicke im Chaos, in denen sie, um ihre Gefährten zu beruhigen und das Wissen mit ihnen zu teilen, aus den Büchern vorgelesen hatte, die sich ständig veränderten. Aber diese Geschichten hatten niemals ein Ende gehabt, und die Wörter waren oft schwer zu deuten gewesen.

Doch angesichts dieser kalten, erschreckenden Schönheit konnte Tiadba nicht anders, als ihr ein Fünkchen Hoffnung zu geben. »Vielleicht habe ich ihn gesehen, ohne ihn zu erkennen«, sagte sie und spürte dabei, wie ihre Lippen taub wurden. »Sag mir, wie er aussieht.«

»Ich kann mich nicht mehr daran *erinnern.*« Traurigkeit und beißende Kälte legten sich wie Nebel zwischen sie. »Es bleibt keine Zeit mehr, überhaupt keine Zeit ...« Worte wie im Todeskampf taumelnde Insekten. »Du hast mir nichts mitgebracht.«

»Es tut mir leid ...« Tiadba suchte nach einem Wort und fand es in der Erinnerung ihres anderen Selbst. »Es tut mir so leid, *Mutter.*«

»Auch mir tut es leid, Sprössling des Hortes. Du kannst gar nicht wissen, *wie* leid. Es wäre für uns beide eine Gnade, könnten wir sterben.«

101

»Wir werden sie niemals finden«, sagte Daniel. »Wir sind verrückt, uns überhaupt hier draußen herumzutreiben.«

»Was sollen wir denn deiner Meinung nach tun, junger Herr?«, fragte Glaucous.

»Alles ist jetzt anders«, bemerkte Jack. »Und es wird nur noch sonderbarer werden. Vielleicht wird's ja auch besser.«

Die Öffnung zwischen den monströsen Skulpturen – der Durchgang, der zu dem Trichter mit der unglaublich bizarren

Stadt führte – hatte sich hinter ihnen geschlossen. Es war so, als hätte sie niemals existiert.

»Drei Wahlmöglichkeiten«, sagte Glaucous. »Diese hier ist die beste.«

»Du hast doch gesagt, die Kalkfürstin residiere gleich um die Ecke, stimmt's?«, fragte Daniel. »Warum stürzt sie sich dann nicht einfach auf uns und packt uns?«

Glaucous blieb stehen. Sein Atem pumpte und zischte wie eine ersterbende Dampfmaschine. »Jedenfalls ist sie hier«, erklärte er.

»Was, glaubst du, wird passieren?«, fragte Daniel.

»Mich wird sie freigeben, ohne Belohnung, ohne Strafe. Wird mir einfach ein Ende machen. Mehr verdiene ich nicht – aber auch nicht weniger.«

Als er weiterging, wirkte er wie ein schon seit langem leidendes wildes Tier.

Daniel konnte kaum noch atmen. Ein Gefühl von Schwere und Druck lag wie Blei auf seiner Brust. Er versuchte zu verstehen, was in physikalischer Hinsicht vor sich ging, doch es gelang ihm nicht recht. »Die Vakuumenergie kehrt zum Nullzustand zurück«, murmelte er. »Das Higgs-Feld kollabiert, weil es zu klein ist.«

»Was?«, fragte Jack.

»Nichts. Wir sind verloren.«

Tatsächlich sah es so aus, als bliebe ihnen keine Chance mehr. Von Anfang an hatte die Landschaft ringsum völlig verrückt gewirkt, doch jetzt bestand sie fast nur noch aus absurden, düsteren Silhouetten, Bahnen und Pfaden. Längst hatten sie die Regionen verdichteter und zerfallender Geschichte hinter sich gelassen und waren durch irrwitzige Tummelplätze dessen gezogen, was die ineinandergeschobene Zeit außerhalb ihrer Schutzblase angerichtet hatte. Und nun befanden sie sich schlicht und einfach im Nirgendwo.

Nur gut, dass dieses Nirgendwo immer mehr zusammenschrumpfte.

Daniel sah den beiden anderen ins Gesicht. »Die Steine zerren immer noch in eine bestimmte Richtung.«

Kopfschüttelnd übernahm Jack die Führung.

Es gab immer noch ein Oben und Unten, ein Vorwärts und Seitwärts, aber kein Zurück. Allerdings war die Begrenzung der Bewegungsfreiheit sogar ein Segen in diesem Gebiet ohne Eigenschaften. Von vornherein verbot sich jeder Gedanke, umzukehren und eine andere Route auszuprobieren. Irgendetwas ließ das nicht zu.

»Ganze Zahlen«, murmelte Daniel.

Als Jack in tieferen Schatten eintauchte, verloren Glaucous und Daniel ihn einen Moment lang fast aus den Augen, obwohl er nur zwei oder drei Schritte vor ihnen ging.

»Jack!«, rief Daniel.

Als sie zu ihm aufgeschlossen hatten, schnaufte Glaucous wie eine Dampflok und geriet ins Stolpern.

»Du bist eine ganze Zahl«, erklärte Daniel. »Eine natürliche Zahl.«

»Was auch immer.« Jacks Finger spannten sich um den Stein.

»Deine Registriernummer ist eine natürliche Zahl, wie lang sie auch sein mag. Sie ist weder eine irrationale noch eine unendliche Zahl.«

»Wir fragen immer nach ihren Registriernummern«, bestätigte Glaucous und blickte von einem zum anderen. »Nicht dass wir wüssten, wonach wir da fragen. Die Nummern sind immer viel zu lang, um sie auswendig herzusagen, und sie stecken in einem kompliziert gefalteten Papier. Aber ich weiß, dass die ersten fünfundsiebzig Ziffern entscheidend sind.«

»Ich habe darüber nachgedacht«, sagte Daniel, »und bin zu dem Schluss gekommen, dass ich in keine Bibliothek gehöre. In der Umgebung von Büchern fühle ich mich unwohl. Ich habe meines Wissens auch keine Registriernummer und hatte niemals so ein seltsam gefaltetes Stück Papier in meinem Besitz. Sollte ich aber doch eine Nummer haben, dann ist es keine natürliche Zahl, sondern eine irrationale Zahl. Ich habe keine Geschichte. Deshalb habt ihr mich auch nicht gejagt.«

»Interessant«, bemerkte Glaucous.

»Ich hatte viel Zeit, mich damit zu befassen. Ich gehöre nirgendwohin. Irgendjemand oder irgendetwas hat mich in die Vergangenheit zurückgeschickt, hat mich dort ausgesetzt, aber ich passe einfach nicht hinein.«

Während Jack wieder mit der Dunkelheit verschmolz, versetzte etwas alles ringsum erneut in eine Drehbewegung, als kreiselte es um eine Achse.

»Geh langsamer!«, rief Daniel Jack nach.

102

Erst nach einiger Zeit fiel Jebrassy auf, dass er die anderen nicht mehr sehen oder hören konnte. Während er stehen blieb, um auf sie zu warten, glitten scharfe Schottersteine über den geriffelten schwarzen Felsen. Die Riffelungen hatten sich inzwischen zu Rinnen vertieft, die ein wahres Labyrinth bildeten. Zu beiden Seiten erstreckte es sich bis zum Rande seines Blickfelds. Unmittelbar vor ihm hatten sich die Ränder der Riffelungen gewölbt und so miteinander verbunden, dass sie eine niedrige Mauer mit Tunneleingängen bildeten. Dahinter waren weitere, höher gelegene Reihen von Eingängen zu erkennen.

Er setzte sich an den Rand einer Rinne und gab den anderen noch etwas Zeit, doch offenbar befanden sich weder Ghentun noch Polybiblios irgendwo in der Nähe. Vielleicht hatten sie ihn überholt und schon einen der Eingänge betreten. Er konnte hier nicht länger ausharren, denn auch dieses Labyrinth mochte eine Falle sein, die ihn in endlosem Zaudern festhalten wollte, während Tiadba immer noch auf ihn wartete. Er beschloss, einen der am nächsten gelegenen Eingänge auszuprobieren.

Erst als er gebückt einige Schritte hineingetan hatte, kam ihm der Gedanke, der Tunnel habe ihm vielleicht nur Zutritt gewährt, um ihm gleich darauf den weiteren Weg zu versperren und auch den Eingang zu blockieren, damit er in der Falle saß. Einen Moment lang bekam er panische Angst und begann zu rennen, um schnell weiter in den Tunnel vorzustoßen und die Sache hinter sich zu bringen. Zumindest wollte er feststellen, ob er hier tatsächlich endgültig und unwiderruflich gefangen war.

Doch im Chaos gab es nichts, das sich jemals wiederholte; stets verhielt es sich anders als gedacht. Wider Erwarten setzte der Tunnel sich fort, erweiterte sich sogar ein wenig und mündete schließlich in einen größeren Raum. Selbst nachdem er stehen geblieben war und sich die Schweißtropfen aus den Augen gewischt hatte, konnte er nicht abschätzen, wie groß dieser Innenraum war. Jedenfalls war er so weitläufig, dass kein Ende abzusehen war. Dass er überdacht war, erkannte Jebrassy nur daran, dass hier weder der Feuerbogen noch der Eisberg oder der aufgewühlte, zusammenschrumpfende Himmel zu sehen waren.

Vorsichtig zog er sich von der Wand mit den Tunnelausgängen zurück. Nach und nach nahmen die größeren Objekte schwache Konturen an, später auch die kleineren. Offenbar befand er sich inmitten eines unermesslich großen Wirrwarrs von Dingen, die er nicht identifizieren konnte. Von starken Kabeln baumelten riesige Kugeln herunter, und dazwischen ragten völlig verstaubte runde Objekte mit glatter Oberfläche halb aus dem Boden, die weitere Kugeln sein mochten, außerdem auch ausgezackte Teile, die er für Artefakte hielt. Allerdings sahen diese Bruchstücke so aus, als hätte man sie schlecht behandelt: fallen gelassen, zerschmettert und danach aufeinandergeschichtet.

Ausrangiert.

Er ging näher an eine der herunterbaumelnden Kugeln heran, deren Durchmesser mehrere Hundert Meter betragen mochte. Sie schwebte dicht über dem Boden, knapp oberhalb seines Kopfes. Doch als er sie mit dem Handschuh berühren wollte, stieß sie ihn zurück. Je länger er sie betrachtete, desto deutlicher konnte er ihre Oberfläche erkennen. Irgendwann wurde ihm klar, dass er einen geografischen *Ort* vor sich sah, einen ganzen, hoch entwickelten *Planeten* mit Städten, Straßen und Dingen, die er nicht identifizieren konnte, nicht einmal, wenn er auf seine Traumerlebnisse zurückgriff.

Während er sich langsam umdrehte, fragte er sich, wieso die Kugeln und aufgeschichteten Bruchstücke hier gelandet waren.

Überall sah er diese aus jedem Zusammenhang gerissenen, ausrangierten Objekte. Immer mehr kam er zu der Überzeugung, dass das Chaos im Grunde nichts anderes als ein gigantischer Müllhaufen war.

Er wagte sich zwar weiter in dieses Durcheinander hinein, behielt dabei aber ständig eine Rückzugsmöglichkeit im Auge. Solange man die Dinge noch ausmachen konnte und regelmäßig nach ihnen sah, neigten sie nicht so schnell zum Verschwinden, wie er inzwischen wusste.

Bald darauf stieß er auf Polybiblios, der auf ihn wartete. Er saß auf einer niedrigen Mauer, die mehrere hohe Schutthaufen voneinander abtrennte. »Schön, dich zu sehen«, begrüßte er Jebrassy. »Ich dachte schon, ich hätte meine Gefährten verloren.«

»Wo ist der Hüter?«

»Irgendwo da hinten. Dieses Durcheinander ist wirklich eine Schande. Eine Wüste der gescheiterten Projekte. Denk nur mal an all diese Welten, die hier wie Schrumpfköpfe in einer angestaubten Kiste lagern. Aber ich habe etwas oder jemanden gefunden, der interessanter ist.«

Er gab Jebrassy ein Zeichen, ihm zu folgen, der dies mit einigen Vorbehalten tat. Schließlich hatte er das Epitom eine Weile aus den Augen verloren. War in der Zwischenzeit womöglich ein Doppelgänger an dessen Stelle getreten?

»Ich habe diesen Raum ziemlich lange erforscht«, erklärte das Epitom. »Habe ihn kartiert und später alle Veränderungen in die Karte eingetragen. Interessanterweise treten hier drinnen nicht so viele Veränderungen auf wie draußen. Irgendetwas möchte offenbar den Überblick über all das behalten, was hier zusammengetragen wurde. Und dazu gehört auch … das hier.«

Sie gelangten zu einer Glaswand. Nahe an der Scheibe war im Innenraum eine Gestalt auszumachen, die in groben Zügen Jebrassy ähnelte, nur war sie größer und kräftiger. Dieser Jebrassy trug jedoch keinen Schutzanzug, sondern fremdartige Kleidungsstücke, wie man sie in den Ebenen nicht kannte. Im Hintergrund waren weitere Gestalten zu erkennen; einige erinnerten an die erste, manche sahen völlig anders aus, doch alle wirkten so, als wären sie in Momenten der Bestürzung, des Zorns oder der Verblüffung erstarrt. Jebrassy ging von einer Figur zur nächsten und legte den Handschuh ans Glas.

»Ein Schicksalsmorast, glaube ich«, sagte Polybiblios.

»Was ist denn das?«

»Ist nicht so leicht zu verstehen, aber vielleicht bist du aufgrund deiner Ausbildung ausreichend darauf vorbereitet. Verrate mir, was deine Instinkte dir sagen.«

»All diese Gestalten ähneln meinem Besucher.« Jebrassy dachte so angestrengt nach und hatte dabei so sonderbare Empfindungen, dass ihm der Kopf schwirrte. »Aber es sind zu viele.«

»Eindeutig uralte Gestalten«, bemerkte Polybiblios. »Hätten wir Zugang zu ihnen gehabt, als wir die Nachzucht der alten Art entworfen haben, hätten wir möglicherweise bessere Arbeit geleistet. Allerdings weichen diese hier in wesentlichen Aspekten von eurer Art ab.«

Jebrassy konnte kein Anzeichen von Leben in den eingeschlossenen Gestalten entdecken. »Also stammen sie aus der Vergangenheit?«

»Eher aus verschiedenen Vergangenheiten. Schwieriger ist es zu begreifen, wieso sie hier gelandet sind. Ich frage mich, ob mein vollständiges Eidolon-Ich dieses Rätsel lösen könnte. Jedenfalls ist dieser hier … Geh näher heran und strecke die Hand hoch. Tu so, als würdest du ihn durch das Glas berühren.«

Jebrassy trat an den Körper heran, der am nächsten vor der Scheibe stand, und rieb mit der Hand über das Glas. Sofort sprangen schmale bläuliche Lichtbogen, erst Hunderte, dann Tausende, zwischen den ausgestreckten Fingern der Gestalt und seinen eigenen auf und drangen ihm durch den Handschuh. Er spürte ein Prickeln, merkte, wie ihm ein leichter Schlag durch den Arm fuhr.

»All diese Gestalten sind Träumer«, erklärte Polybiblios. »Größtenteils bestehen sie aus der gleichen Substanz, obwohl sie aus unterschiedlichen Epochen und Schicksalslinien stammen. Sie warten ungeduldig darauf, sich wieder miteinander zu verbinden.«

»Und unsere Art besteht aus derselben Substanz?«

»Ja, würde ich sagen. Miteinander verschränkte Atome wechselwirken von neuem miteinander, indem sie mitgeführte Partikel austauschen, die Photonenspuren hinterlassen. Und das tun sie mit einer Geschwindigkeit, die höher ist als jede im Chaos – und mittlerweile auch sonstwo – mögliche.«

»Heißt das, dass keiner der Besucher überlebt hat? Sind wir gescheitert?«

»Wo steckt denn dieser Hüter? Vielleicht kann er uns helfen und abschätzen, wie viele Träumer hier versammelt sind.«

»Es sind so viele! Ich kann unmöglich von allen geträumt haben.«

»Ein Teil meines Plans sah vor, dass die Integralläufer und ihre Hirten gemeinsam hier auftauchen. Aber denk daran, dass es früher zahlreiche Weltlinien gab, viele Wege, die zur Kalpa führten. Ich will ja nicht darauf herumreiten, aber dein Besucher hat es schon oft zuvor nicht geschafft, eine Verbindung zu dir herzustellen. Wie ja auch all die Marschierer da draußen im Chaos geschnappt wurden und in Fallen gelandet sind. Mittlerweile ist die Zahl der Pfade auf zwei begrenzt. Es kann sogar sein, dass es nur noch eine einzige Chance gibt.«

»Willst du damit andeuten, dass du selbst früher unzählige Male hierhergelangt und dann gescheitert bist?«

»Ausgezeichnete Frage. Wäre es überhaupt möglich, sich daran zu erinnern?« Das Epitom schien das Problem genüsslich abzuwägen. Bald darauf glättete sich sein Gesicht. »Nein, höchst unwahrscheinlich. Das hier ist der erste und einzige Pfad, den ich jemals beschritten habe.«

Als Jebrassy die Hand wieder gegen die Finger seines eingeschlossenen Ebenbilds legte, sprang erneut ein blauer Lichtbogen zwischen ihnen auf. »Tut gar nicht weh«, sagte er. »Ist fast angenehm.«

»Das reicht«, sagte Polybiblios und zog ihn von der Scheibe weg. »Wir wollen dich doch nicht mit den Verlorenen verschränken. Vielmehr müssen wir den Einen finden, der noch in Freiheit und lebendig ist … oder aber zu einem Ort gelangen, an dem er *dich* finden kann. Er wird wohl kaum ausgerechnet hier sein.«

103

Während Ginny den Tunnel durchquerte, anfangs aufrecht gehend, später kriechend, spürte sie, wie der Stein in ihrer Hosentasche sie vorwärtsdrängte. Aber das tat er auf so sanfte Art, als wolle er Verständnis und Mitgefühl ausdrücken, vielleicht sogar eine Spur von Sorge. Sie war auch nicht in der Stimmung loszupreschen. Obwohl ihr klar war, dass sie sich nahe am Ziel befinden musste, wuchs ihr Zorn. Doch was sie in Rage brachte, war nicht die ziemlich ausweglose Perspektive, sondern etwas ganz anderes: Auch wenn sie sich recht gut geschlagen und es allein bis hierher geschafft hatte, so hatte sie eigentlich keine einzige selbstständige Entscheidung getroffen. Von Anfang bis Ende hatte sie die einzelnen Schritte nicht von sich aus getan, vielmehr waren sie ihr aufgezwungen worden. So weit ihre Erinnerung reichte, waren es stets stärkere Menschen oder die Umstände gewesen, die sie gelenkt oder auch in die Irre geführt hatten. Zweifellos waren selbst in diesem Moment andere Menschen unterwegs, um sie zu suchen und vor Schlimmem zu bewahren. Vor sich selbst oder vor Fehlentscheidungen.

In Wirklichkeit hatte sie nie selbst am Hebel gesessen, sondern andere. Was daran liegen mochte, dass niemand ihr vertraute. Schließlich war sie bekannt dafür, ständig den falschen Weg zu nehmen und in ihr eigenes Unglück zu stolpern. Und trotzdem hatte sie es vor den anderen bis hierher geschafft.

Bei allen Verzweigungen des Tunnels hatte sie unbeholfen, tölpelhaft und voll böser Vorahnungen stets den linken Weg gewählt, weil er ihrer Meinung nach am ehesten aus diesem

Labyrinth herausführte. Woher konnte sie das überhaupt wissen?

Weil sie schon immer ein Tölpel gewesen war, stets den linken Weg gewählt und irgendwie wieder herausgefunden hatte.

Wie auch jetzt. Sie kroch aus dem Tunnel, hockte sich in den düsteren, höhlenartigen Raum und lauschte.

Stille. Weder Missfallensbekundungen noch Beifall.

Völlig auf sich gestellt an einem Ort, den wohl niemand als Zuhause bezeichnet hätte.

»Ich bin fix und fertig«, murmelte sie. »Hab's satt, irgendein ferngelenktes Geschoss zu sein.« Durch den Hosenstoff tastete sie nach dem Stein, nahm ihn schließlich heraus und musterte ihn im trüben Licht. Er zerrte kaum noch in irgendeine Richtung und ließ sich in ihren Fingern mühelos drehen. Unter ihren rauen Fingerspitzen fühlten sich sogar seine Erhebungen und Furchen geglättet an. Und kühl. Selbst das rote Wolfsauge hatte seinen Glanz eingebüßt.

»Falls du mich im Stich lässt, sitze ich hier fest, stimmt's?« Als sie aufstand, spürte sie, wie die Schutzblase sich so zusammenzog, dass sie auch eine Farbschicht auf ihrer Haut hätte sein können. Das Spiel lief auf das Ende zu. Vielleicht hatte es anfangs einen plötzlichen Überdruck von Energie gegeben (Bidewell hätte es möglicherweise erklären können). Doch jetzt schloss das ganze Universum einschließlich der vom Typhon beherrschten abgestorbenen, demontierten Teile seine Bücher und hinterließ eine völlig chaotische Endabrechnung. Ohne Rücksicht auf Verluste, weil sowieso alles ausgelöscht werden würde.

Inzwischen hatte sie kein Gefühl mehr in den Füßen. Langsam ging sie auf einen Lichtschein in der Ferne zu. Achtete gar nicht mehr auf das verrückte Zeug, das sich ringsum stapelte. Hatte nicht mehr genügend Energie, Neugier aufzubringen und es zu inspizieren.

Sie war allein, und das war gut so. Wenn sie ihre letzte Fehlentscheidung traf, würde niemand hämisch herumgackern. Aus dem Labyrinth heraus, und dann geradewegs nach …

Ihr Blick fiel auf eine lange Wand aus Rauchglas, die sich auf beiden Seiten bis zum Rand ihres Sichtfelds erstreckte. In die Wand eingeschlossen waren Dutzende, Hunderte – sie sah nach rechts und links – nein, *Tausende* deformierter, schwebender, regloser Gestalten. Allesamt junge Frauen. »Jetzt reicht's aber!«, flüsterte sie und presste sich mit der Schutzblase näher ans Glas, um besser sehen zu können. Von ihren Wangen, dem Kinn und den Fingern stiegen bläuliche Lichtbogen auf und erstreckten sich bis zu dem im Rauchglas eingesperrten Körper, der ihr am nächsten war.

Die Gestalt kam ihr bekannt vor. Leere Augen, Augen ohne jede Hoffnung, saßen in einem erschlafften Gesicht, das weder Schmerz noch Verzweiflung ausdrückte, sondern unbeteiligt wirkte. Es hatte große Ähnlichkeit mit ihrem eigenen Gesicht, hätte man es in einem grässlichen Zerrspiegel betrachtet.

»Ist das hier mein anderes Selbst?«, flüsterte sie. »Ist das hier Tiadba? Sie sitzt irgendwo in der Falle, genau wie diese Frau.«

Doch die Gestalt sah nicht wie die Tiadba ihrer Träume aus. Nein, diese Frau war eine Version von ihr selbst. Und sie …

Die Gestalt hielt irgendetwas in der Hand. Nein, eher baumelte es herunter, ohne dass die Finger es direkt berührten. Ehe man sie hier eingeschlossen und in diesem zeitlosen Schwebezustand konserviert hatte, musste sie den Griff verzweifelt oder schicksalsergeben gelockert haben.

»Du bist falsch abgebogen, müde geworden und hast schließlich aufgegeben«, sagte sie zu ihrem anderen Selbst. In Ginny wuchs ein Gefühl von Sympathie, Vertrautheit und Wärme, und es galt nicht nur dieser Gestalt, sondern auch deren Schicksal. Wie angenehm, nie mehr denken, sich bewegen, etwas fühlen zu müssen. Aller Verantwortung für Fehlentscheidungen enthoben zu sein. Ein sanftes Ende. Nicht das, was sie hier draußen im Chaos, am Rande der Trügerischen Stadt, erwartet hätte.

Ein Ende, das eher Gleichgültigkeit und Leere ausdrückte als Grausamkeit.

Die bläulichen Lichtbogen, die von ihren Fingern und dem Gesicht aufsprangen, wirkten wie eine sanfte Massage, ließen ihre Haut prickeln. Es war ein Prickeln, mit dem sie sich durchaus anfreunden konnte, ein angenehmes Gefühl. Sie war ihrer Familie nahe, der Familie all ihrer anderen Versionen, die gescheitert waren und später … Vergebung erlangt hatten.

Hier hatte sie den ihr bestimmten Weg gefunden, der vorsah, dass sie die Bekanntschaft mit den anderen Versionen ihres Ichs erneuerte.

Irgendwie hatte diese Situation etwas an sich, das sich von der ungehobelten Grausamkeit des übrigen Chaos abhob. Als herrsche hier so etwas wie Mitgefühl.

Sie erkannte darin etwas wieder: die Melancholie, die mit Macht und Fremdartigkeit verbundene Zartheit, die sie auch damals im Wald gespürt hatte, mitten in dem Wirbelsturm, in dem überwältigenden, herumwirbelnden Dreieck, das verzweifelt nach ihr gesucht hatte.

Das hier war der Ort, zu dem die Kalkfürstin ihre Gefangenen brachte. Oder wohin sie freiwillig kamen, um sich mit den verschollenen Versionen ihres Ichs wieder zusammenzutun und für alle Zeiten in Selbstmitleid und gleichgültiger Zufriedenheit zu schwelgen.

Als die Lichtbogen intensiver zu strahlen begannen, schien sich die Glaswand zu verflüssigen und die Gestalt, durch das Rauchglas nur wenige Zentimeter von Ginny getrennt, leicht zurückzuweichen.

Ginny empfand überhaupt keine Traurigkeit mehr, nur noch Gelassenheit und Zufriedenheit, ein Einverständnis mit allem, was sie je gewesen war, mit all ihren Fehlschlägen, all ihren Niederlagen.

Das hier war ihre Geschichte. Endlich hatte ihr Leben seinen Abschluss gefunden, wie unbefriedigend der Ausgang dieser Geschichte auch sein mochte.

Wie seltsam: Je weiter sich die junge Frau hinter dem Glas zurückzog, desto deutlicher waren ihre Züge und das Umfeld auszumachen, so als vervollständigten die blauen Lichtbogen die Gestalt und füllten sie aus. Mittlerweile konnte Ginny mühelos erkennen, was sie in den Händen hielt: Auch sie hatte einen Stein dabei, nur war dessen Glanz stumpf geworden. Es war ein erloschener Integralläufer, der seinen Weg durch die Gezeiten nicht hatte fortsetzen können, als seine Hüterin gefangen genommen wurde.

Jetzt strahlten die Lichtbogen so hell auf, dass sie Ginny blendeten. Sie übertrugen etwas Substanzielles, nahmen es Ginny weg und pflanzten es dem erstarrten Mädchen ein, das nutzlos und verbraucht im Rauchglas festsaß.

Ginny zog die Hand zurück, keineswegs hastig, weder mit Abscheu noch mit Angst. Sie löste sich einfach mit aller verbliebenen Kraft von der Scheibe. All diese Mädchen – junge

Frauen – waren genau wie sie. Aber sie alle hatten den Luxus vielfältiger Weltlinien genossen, hatten scheitern dürfen, ohne dass damit etwas unwiderruflich zu Ende ging. Hatten Nachfolgerinnen gehabt, und auch diese hatten sich zu ihnen gesellt.

Doch für sie selbst galt das nicht mehr. Nicht für diese Ginny-Version.

»Ich bin die Letzte, stimmt's?«, murmelte sie diesem sanften, alles verzeihenden Grab jeglicher Hoffnung zu.

Wäre sie eine *andere* Hirtin mit einer *anderen* Geschichte gewesen, hätte sie die Stadt vielleicht durch einen *anderen* Eingang betreten, wäre aus einem Instinkt heraus auf *anderem* Weg durch das Labyrinth gekrochen und hätte *andere* Fehlentscheidungen getroffen … Dann wäre sie auf eine *andere* endlose Rauchglaswand gestoßen und *anderen* verschollenen Versionen ihres Ichs begegnet.

Vielleicht gab es hier draußen auch eine Vitrine voller Jacks und eine voller Daniels. Nein, im Fall von Daniel war das eher unwahrscheinlich.

Als Ginny mehrere Schritte von der Glaswand entfernt stehen blieb, schwand die Kraft der blauen Lichtbogen, die durch ihre Schutzblase hindurch bis zu dem erstarrten Mädchen gedrungen waren. Sie verblassten und zogen sich unverrichteter Dinge zurück.

»Diesmal darf ich nicht falsch abbiegen«, murmelte sie. »Ich habe Freunde, die mich brauchen. Ich bin zwar allein, aber nicht mehr lange.«

Als sie diesmal herumwirbelte – ein bisschen linkisch, weil sie etwas Neues ausprobierte –, sorgte sie dafür, dass nicht sie selbst, sondern ihr *Umfeld* eine Linksdrehung vollzog. Danach bahnte sie sich den Weg durch diese unbegreifliche Müllhalde, auf der die Reste eines ausgeplünderten, sterbenden Kosmos lagerten.

Ihr war klar, dass sie wieder einmal eine Fehlentscheidung getroffen hatte (schließlich warteten nur neuerliche Prüfungen und weitere Qualen auf sie), doch zumindest hatte sie in diesem Fall die besten Gründe dafür.

104

Jebrassy ging langsam neben Polybiblios her. In ihm brannte kaum noch Feuer, seine Kraft war fast versiegt. Er fühlte sich nicht einmal mehr halb so stark wie vor der Trennung von Tiadba.

Auf einer hohen Wand hinter dem Schicksalsmorast – zusammen mit anderen Mauern schien sie ein riesiges Achteck zu bilden – stieß Ghentun wieder zu ihnen. Unterhalb der Mauern waren die Perspektiven stark verzerrt. Nur ein bläulicher Lichtschein in der Ferne lockerte die Szenerie auf. Vielleicht wurden dort andere Geschöpfe aus ursprünglicher Substanz einer Prüfung unterzogen und miteinander verglichen.

Gefangen genommene Marschierer. *Tiadba!*

»Was war denn los?«, fragte Ghentun.

»Eine unvermutete Begegnung«, erwiderte Polybiblios, während sie stehen blieben, damit Jebrassy wieder zu Kräften kommen konnte. Der Schutzanzug schien ihm dabei kaum zu helfen.

»Ich habe in der Zwischenzeit die Gegend ausgekundschaftet«, erklärte Ghentun. Von hier aus hatten sie Ausblick auf die Kammern, die vermutlich viele weitere Schicksalsmoraste umschlossen. »Manches hier ähnelt immer noch dem alten Nataraja. Die Unterkünfte der Devas sind fast unverändert, wenn sie auch leer stehen.«

Jebrassy hob den Kopf. »Die Materiekriege«, warf er ein.

Polybiblios fasste ihn an der Schulter. »Ist jetzt nicht unsere Sorge. All das ist Geschichte, die längst vergangen und begraben ist.«

»Deine Art – die Devas – hat man damals gezwungen, Eidola zu werden«, fuhr Jebrassy fort. »Viele sind deshalb nach Nataraja geflohen. Warum hast du's nicht getan?«

»Aus dir sickern immer noch Informationen heraus«, beschuldigte Ghentun das Epitom. »Er braucht Ruhe.«

»Ich kann's nicht verhindern«, erwiderte Polybiblios. »Meine Bestandteile sind seit einer Milliarde Jahren durchtränkt von Informationen.«

»Wann hat es je geklappt?«, frage Jebrassy. »Wann hat man je das Erbe und Geburtsrecht anderer respektiert?«

»Oft genug für sehr lange Zeiträume«, mischte Ghentun sich ein und sah das Epitom so an, als wolle er mit seinen Geschichtskenntnissen auftrumpfen.

»Doch dann folgte, so weit wir uns erinnern, stets der Zusammenbruch, der Rückfall in die Barbarei, der Kampf«, sagte Polybiblios, der von Ghentuns Konkurrenzverhalten gar nichts mitbekommen hatte. »Man hat den Kosmos damit besudelt, und das Zerstörungswerk des Typhon hat die Geschichte noch weiter verzerrt. Während der Zeit der Leuchtenden Pracht hätten manche vielleicht von der *Erbsünde* geredet. Aber es war keine Erbsünde, sondern hat sich vom Ende der Zeit zurück in die Vergangenheit geschlichen. Wir haben dem Universum einen würdevollen Tod verweigert. Haben zugelassen, dass der Typhon eine geschwächte und überdehnte Zeit für sich ausnutzen konnte. Brahma schläft immer noch. Nicht einmal ein Eidolon wird die Gestalt und Natur der ursprünglichen Schöpfung jemals verstehen. Wir gewinnen allerdings gewisse Einsichten, wenn wir über den jetzt fast erloschenen Glanz der Materie nachsinnen.«

Ghentun war verblüfft. Vom Glanz der Materie hatte er noch nie gehört.

»Wir sollten weitergehen«, drängte Polybiblios. »Uns bleibt nur noch wenig Zeit.«

»Aber Jebrassy muss sich ausruhen, um wieder zu Kräften zu kommen«, rief Ghentun dem Epitom ins Gedächtnis – allerdings nicht völlig uneigennützig. Hier gab es eindeutig tiefe, uralte Geheimnisse, die einer Aufklärung bedurften. Und er war bereit, dafür sogar seinen Neid und Groll zurückzustellen.

»Nicht hier«, entgegnete Polybiblios. »Falls der Zeitstrudel – oder was es auch sein mag – tatsächlich immer noch einige Züge des alten Nataraja umfasst, gibt es einen besseren Ort … einen Schutzraum, zu dem der Typhon keinen Zugang hat. Dort haben wir vielleicht auch Zeit für bestimmte Erklärungen.«

»Also war es im Kosmos nicht von Anfang an schlecht?«, fragte Jebrassy, während Ghentun ihm auf die Beine half. »Sondern erst vom Ende an?«

»Was verloren ist, ist verloren, junger Freund«, erwiderte Polybiblios. »Lass uns mit dem Wenigen arbeiten, das noch da ist. Das metrische System ist erheblich geschrumpft. Wir sind jetzt schon schneller vorangekommen als sämtliche Marschierer vor uns. Das können wir zu unserem Vorteil nutzen.«

Wie die meisten der letzten großen Erdstädte verkörperte Nataraja einst höchste Effizienz. Es dehnte sich nicht über Tausende von Kilometern aus, sondern konzentrierte sich auf einen hohen Bau miteinander verbundener Kugeln, die von schwebenden, sanft geschwungenen Gebilden durchschnitten und gestützt wurden – den Vierteln und Stadtteilen für Geschöpfe anderer Beschaffenheit und Überzeugung. Die gesamte Konstruktion war von vielen verschiedenen Schutzschilden umgeben, die Nataraja gegen die Bedrohungen längst vergangener Epochen verteidigt hatten. Nachdem diese Bedrohungen verschwunden und neue an ihre Stelle getreten waren, hatte man die Schutzschilde umgestaltet und in die Matrix der Stadt integriert, wie ja auch die Städte in den Frühzeiten der Leuchtenden Pracht ihre alten Schutzwälle in sich aufgenommen hatten, als sie gewachsen waren.

Aufgrund seiner Ausbildung im Zerstörten Turm und des ständigen Informationsflusses, für den das Epitom sorgte, konnte Jebrassy nun endlich seine Neugier befriedigen, und das setzte neue Kräfte in ihm frei. Jetzt erfuhr er vieles von dem, was er immer schon hatte wissen wollen, Geheimnisse, die man seiner Art stets vorenthalten hatte, weil sie in der Hierarchie der Kalpa ganz unten angesiedelt war. Schon die Tatsache, dass er sich an dem Ort befand, den so viele Nachgezüchtete angestrebt hatten, weil man sie eigens dazu geschaffen hatte – in der legendären Stadt aus Tiadbas Büchern –, kam ihm, zumindest für den Augenblick, unfassbar und wundersam vor.

Wie unheimlich und abstoßend Teile dieser Stadt auch wirkten. Wäre Tiadba jetzt doch bei ihnen …

Dann hätten sie diese Geschichte gemeinsam zu Ende bringen, die Rätsel gemeinsam lösen können. Das Epitom des Bibliothekars behauptete, die Situation sei nicht immer so schlimm gewesen … Und das bedeutete, dass es vielleicht Träumer gab, die mit wunderschönen Geschichten zu ihnen kommen würden. Könnte man jene verlorenen Teile der Vergangenheit doch nur wieder zusammenfügen und wiederbeleben …

All das war natürlich nur fantastisches Wunschdenken. Doch sein Körper spürte neue Kraft. Hoffnung für Tiadba, doch nicht nur das: Hoffnung für alle Nachgezüchteten der alten Art…

Er rang darum, all das zu begreifen.

Hoffnung für jede Art von Mensch und Lebewesen, die je existiert hatte. *Wie wir jetzt leben, wie man schon seit mehr als einer halben Ewigkeit, vielleicht sogar seit einer ganzen Ewigkeit gelebt hat, ist nicht der einzige gangbare Weg!*

Ausgerüstet mit den vereinten Fähigkeiten und Kenntnissen Ghentuns und des Epitoms, stiegen sie von den unzähligen Nischen des Schicksalsmorastes weiter nach oben und blickten auf das Zentrum des großen Trichters. Dort stapelten sich eingestürzte Schutzschilde und Dächer in vielen Schichten übereinander. Der Schutt war mit Trümmern übersät, wies aber auch grob rekonstruierte Arenen, Straßen und sogar ganze Stadtviertel auf. Direkt in der Mitte konnten sie mit Hilfe der sonderbaren Lichtspiele des Chaos und der gemeinsamen Anstrengung ihrer Helme die Masse der Gefangenen ausmachen, die der Typhon an diesem Ort zusammengeführt hatte.

Es waren nicht nur Marschierer. Bei dieser Gruppe hatte der Typhon sich offenbar weitgehend damit begnügt, sie draußen im Chaos zu lassen, gefangen in der Endlosschleife zum Scheitern verurteilter Bemühungen. Nein, hier waren Vertreter aller großen Zivilisationen und Außenposten der Menschheit in den früher lebensfreundlichen fünfhundert Galaxien versammelt.

Es war ein Museum des Todes.

»Ich habe Freunde da unten«, sagte Polybiblios. »Wie ich sehe, hat der Typhon auch einige Shen eingesammelt. Und dahinten, jenseits der Seen und Meere, vor den alten fruchtbaren Wäldern …«

»Hör auf, mir schwirrt ja schon der Kopf«, unterbrach ihn Ghentun.

»Also gut. Jedenfalls scheint der Typhon all seine Trophäen an einem Ort zu konzentrieren. Er hortet sie. Kommt, wir statten ihnen einen Besuch ab. Vermutlich werden sie uns in ihrem traurigen Zustand nicht einmal bemerken.«

105

Trotz des Risikos ging Jack den anderen voraus. Die eingestürzten Mauern und Stützpfeiler und die riesigen gesprungenen Kugeln im Inneren Natarajas boten ein Gewirr von Durchgängen. Die anderen würden notgedrungen mit ihm Schritt halten müssen, doch er war sich nicht sicher, ob er das überhaupt wollte.

Er musste Ginny finden, schließlich fühlte er sich für sie verantwortlich. Aber nicht nur das: Sie fehlte ihm. Nie zuvor hatte er sich mit einem Mädchen wohlgefühlt. Diese Augenblicke im Lagerhaus waren etwas Besonderes gewesen. Er hatte dort etwas gespürt, was er sonst niemals besessen hatte: einen Mittelpunkt.

Glaucous konnte Daniel zwar noch sehen, aber keine Spur von Jack entdecken. Allerdings schien hier die Aufspaltung der Dreiergruppe nicht so schlimme Folgen zu haben wie da draußen, im Ödland jenseits dieses Kuddelmuddels.

Mittlerweile dachte er viel an den alten Vogelfänger, den schwankenden Karren, ihre Beute, die sich nach und nach in ihr Schicksal fügte, während sie in der Morgendämmerung über die Landstraßen zurück nach London rumpelten. An das bei jeder Erschütterung hörbare Scheppern der Eisensterne, mit denen die Vogelbauer beschwert waren. An den Gestank der Vogelscheiße, der sich säuerlich und penetrant über die Ausdünstungen frischen Dungs legte. An den feuchten, schalen Kohlerauch, der sich in der kühlen Luft sammelte. *Die Hungrigen und Verzweifelten kennen keine Schuldgefühle, genauso wenig wie der Wolf, der seine Zähne in den Hals eines Lamms schlägt. Ein barmherziges letztes Erbeben, ein Knacken der Wirbelsäule – und aus. Hier geht es nur um Nahrung, nicht um Gefühle. Eine nüchterne, geschäftsmäßige Angelegenheit.*

Doch jetzt befasste er sich mit größeren Dingen. Schon als Kind war Glaucous vage bewusst gewesen, dass nichts so war, wie es auf den ersten Blick aussah. Der schöne Schein wurde Stunde für Stunde nur für jene mit Geld und gesellschaftlichem Rang erzeugt – eine Fassade für die Privilegierten, die die zugrunde liegende Brutalität kaschierte. Für die Armen, die Hungrigen war die Herrschaft des Privilegs nur ätzender Speichel zwischen verfaulenden Zähnen, bei einem Trinkgelage kaum ein hämisches Johlen wert. Zieh in den Krieg, und du wirst in einem Schützengraben sterben. Klau einen Brotlaib, um deinen Geschwistern zu essen zu geben, und die Bullen werden dir einen Schlag in die Rippen versetzen und dich ins Kittchen verfrachten. Und da kannst du dann zitternd hocken, bis du schwarz wirst, während jeder Atemzug wie ein Dolchstoß ist.

Tod, Schmerzen, Privilegien: Nichts davon kannst du irgendwie steuern. Also richte den Blick lieber auf die Gosse, ehe die Ratten zubeißen können.

Ich kenne diesen Ort. Hier enden alle Privilegien. Für mich ein Glück, für die Vögel das Todesurteil.

Er blieb stehen, um Luft zu holen. Ein Wunder, dass sie alle noch atmen konnten. Die Gruppe bewirkte dieses Wunder. Daniel hätte es zwar nicht so genannt, doch Glaucous kam es so vor. Und dennoch hätte er Jack den Magier bedenkenlos in einen Vogelkäfig gesteckt und verkauft. Und dann wäre Jack durch den Zeitriss hierherbefördert worden, zusammen mit dem Mädchen und so vielen anderen, und alle Hoffnung wäre vergeblich gewesen.

Fang die Vögel. Beiß dem Lamm in den Hals und lass es ausbluten. Es waren ja niemals meine Vögel, meine Lämmer. Eine nüchterne Angelegenheit, ein Geschäft.

Aber das hier …

Selbst damals, auf den Straßen, als er hinten im Karren durchgerüttelt wurde, hatte der kleine Max das Glück willkürlich auf sich ziehen können. Er hatte den Karren zu den stillsten Weiden gelenkt, wo am wenigsten gejagt wurde, zu den größten und am besten versteckten Vogelschwärmen. Und selbst dort hatte er dank seiner besonderen Ausstrahlung den Anschein einer friedlichen Szenerie erzeugen können, einer Szenerie voll munterer Vögel, Käfer, Beeren und jeder Menge Samenkörner – den Anschein einer geschützten Umgebung ohne Habichte, ohne Jäger. Die Illusion von Lebensfülle.

Als ihn irgendetwas an die Schultern stieß, krümmte er sich zusammen und wartete auf einen Schlag. Jetzt wurde ihm das Atmen noch schwerer. Vielleicht würde er ersticken. Von Daniel und Jack konnte er nichts erkennen.

Doch man ist ja niemals ganz allein.

Glaucous blickte auf und duckte sich in Erwartung dessen, was er bestimmt gleich sehen würde. Doch stattdessen zeigte sich nur ein bräunlicher Mischmasch über seinem Kopf. Es sah so aus, als kräusele sich Kohlenrauch am Himmel und bilde dort Schleifen, Spiralen und Kurvenlinien. So träge, als projizierte jemand einen Blitz in Zeitlupe an den Himmel, flackerte hin und wieder Licht auf. Der Rauch senkte sich stückweise herunter, als hätten sich Steinbrocken im Sog eines Erdrutsches gefangen; es sah so aus, als wollte sich irgendetwas die Schleifen und Spiralen einverleiben. All das vollzog sich in völliger Stille. Und durch den Rauch hindurch waren breite, mit Flecken gezeichnete Flügel auszumachen und das Trugbild eines flatternden Mannes, der unmöglich hier sein konnte.

Wie immer, wenn er den Ansturm einer bösen Macht verspürte, sank Glaucous auf die Knie.

Der Nachtfalter.

Gleichzeitig trat ein dünner, pechschwarz gekleideter Mann mit Klumpfuß aus dem Dunkel und breitete die Arme aus.

»Letzter Aufruf«, sagte Whitlow fröhlich. »Die Hölle kennt keinen Zorn, der so heiß ist wie der einer betrogenen Frau, Max. Zu uns ist sie hart gewesen und hat uns Vorwürfe gemacht. Aber Sie – *Sie* stehen immer noch in ihrer Gunst. Haben ihr ganz allein die hübschen Vögelchen zugeführt. Und sogar noch einen Vogel, der gar nicht eingeplant war. *Meine* Beute. Den schlechten Hirten.«

Glaucous schluckte seine Angst hinunter. »Was diese Vögel betrifft …«

»Keine Entschuldigungen und kein Rückzieher, Mr. Glaucous. Es ist an der Zeit, dass Sie Ihre Belohnung bekommen.«

Die von Wolken umhüllten, herumwirbelnden Felsen drehten sich so, dass sie den Blick auf eine offene Mitte freigaben.

»Kommen Sie mit uns«, sagte Whitlow. »Wie immer weist uns der Nachtfalter den Weg.«

106

Wer von euch träumt von der Vergangenheit?

Wer hat das Buch?

Die Marschierer versuchten sich vor Tiadba zu schieben, um sie zu verbergen, doch einer nach dem anderen wurde energisch zur Seite gedrückt. Khren und Frinna zeigten die größte Entschlossenheit, nicht von der Stelle zu weichen, doch gleich darauf wurden auch sie weggestoßen.

Wieder einmal fand sie sich ganz allein in fahles Licht und tiefe Traurigkeit getaucht, wieder einmal war sie umringt von schnell wechselnden weiblichen Gestalten, deren Züge sie fast zu erkennen glaubte. Ihre Umrisse sahen so aus, als hätte man verschiedene Bewegungsstadien eines realen Lebewesens in glänzendem Stein verewigt. Schließlich schoben sie sich übereinander, verschmolzen miteinander …

Und verwandelten sich in eine einzige Frau, deren Gesicht von innen her wie eine Laterne leuchtete. Eine Haut, so weiß wie Schnee, Augen, die zwischen Silber, Grau und Grün changierten, der Körper in etwas eingehüllt, das wie eine Landschaft mit goldenen Strömen und grünen Weiden wirkte, die Glieder lang und anmutig. Um die Fingerspitzen wanden sich Blumen und dazwischen Buchstaben, Symbole und Zahlen in Flammenschrift, die sich ständig veränderten und ihren Lichtschein auf Tiadbas Gesicht warfen. Was in der Schrift aufloderte, war ein warmes, aber nicht verzehrendes Feuer.

Obwohl Tiadba dieser Frau nie begegnet war, kam sie ihr bekannt vor.

Tiadba hatte sie bereits *Mutter* genannt. *Mütter*, das wusste sie, waren so etwas wie Heger und Pfleger. *Es sind Frauen, die vor dir zur Welt gekommen sind und ihre Geschichten unmittelbar an dich weitergeben. Und diese Geschichten verbinden sich dann so miteinander, dass deine eigene daraus entsteht. Es sind lange Ketten früherer Erfahrungen, und sie umfassen Fehler, die aus Angst oder vor Freude begangen wurden, Niederlagen und Triumphe. Und all das übermitteln die Mütter an die nächsten Experimente im Strom der Zeit: an die Kinder.*

In dieser Frau hatten sich auch andere verewigt: Männer, Frauen, Gruppen aus Männern und Frauen und hier und da auch Geschöpfe, deren Geschlecht Tiadba mangels persönlicher Erfahrungen nicht bestimmen konnte – Gestalter und verschiedene Arten von Zwitterwesen. Sie alle hatten dem Nachwuchs ihre ganz persönliche Note verliehen und für Vielfalt gesorgt. Früher einmal hatten sogar ganze Städte ihre Geschichten zur Verfügung gestellt, um ein weibliches Wesen zum Leben zu erwecken, und sich später versammelt, um die Geburt eines einzelnen Kindes zu feiern, das sie hegten und pflegten, dann verdoppelten und verdreifachten, um die Kopien, die kostbare Geschenke darstellten, anderen Städten zu übermitteln …

Eine Stadt wie die Kalpa ähnelte einer aus Geschichten geborenen Frau und Mutter.

Aschuren und Devas – verschiedene Varianten der Gattung Mensch – hatten so viele eigene Formen der Partnerschaft und Mutterschaft hervorgebracht, dass sie kaum zu zählen waren. Auf jede denkbare Weise, entwickelt während einer Zeitspanne von hundert Billionen Jahren, verbanden sich ihre Geschichten miteinander und wurden weiterbefördert, damit andere sie lesen und neue Geschichten daraus machen konnten.

Im Vergleich zu Tiadba war die Frau groß, größer als alle Geschöpfe, die sie in den Ebenen je gesehen hatte, sogar noch viel größer als Pahtun. Und sie hatte eine reizende, wenn auch sehr imposante Gestalt. Aber Tiadba hatte keine Angst vor ihr.

Nur ich darf mich noch erinnern. Es ist die Strafe dafür, dass ich versucht habe, den Typhon zu vernichten. Früher einmal habe ich so viel mehr umfasst.

Dies also war von Ishanaxade, der aus allen Geschichten geborenen, übrig geblieben. Unermessliche Träume strömten von ihr zu Tiadba, mehr als jedes Buch beinhalten konnte, und doch bestanden sie aus einzelnen Wörtern.

Mein Kind. Du bist mein letztes Kind. Mein Vater hat dafür gesorgt, denn er hat die Kreisbewegung der Stränge geschaffen. Und jetzt ist das Ende da. Unser Leben ist nur noch ein Nachhall früheren Lebens. Ich bin verloren.

Einst war Nataraja wunderschön gewesen, mit all seinen Altertümern eleganter als jede andere Stadt der Erde. Dass es sich der Geschichte der Menschheit stellte und sie bewahrte, sorgte für Vielfalt und einen besonderen Reiz. Nataraja hatte die Materiekriege bis zum Ende ausgesessen, jeden willkommen geheißen und versucht, neutral zu bleiben, bis die Fürsten der übrigen Städte, vor allem die der Kalpa, die Stadt gezwungen hatten, Partei zu ergreifen.

Während das Chaos ganze Galaxien, Welten und Sterne verschlang, kämpften immer noch Menschen gegen Menschen.

Nataraja, das diesen Aberwitz erkannte, löste sich aus den Bündnissen und nahm alle auf, die vor den Noetikern und Eidola flohen. Das ging so lange, bis die Kalpa sich einkapselte, ihre Verteidigungsanlagen konzentrierte und die anderen sechs Städte ihrem Schicksal überließ.

Fünf Städte fielen bald darauf.

Nataraja, vom Chaos offenbar für zuletzt aufgespart, musste sich mit dem Vorrücken des Gegners ganz allein herumschlagen.

Man hatte Ishanaxade unmittelbar vor der feindlichen Einnahme der Stadt nach Nataraja entsandt. Es folgten schreckliche Tage. Alles schien bereits verloren, und dennoch hatten die Bürger sich tapfer gewehrt – Devas, Instandsetzer, Gestalter, Aschuren und selbst einige Noetiker mit Gewissen.

Die Tochter des Bibliothekars hatte zugesehen, wie Nataraja und seine Bewohner alles nur Mögliche taten, um dem Typhon – diesem unbekannten Phänomen, das so geistlos, doch zugleich böswillig und überaus mächtig war und den ganzen übrigen Kosmos umgewandelt hatte – die Stirn zu bieten.

Auch in Nataraja errichteten sie Barrikaden und Schutzschilde, indem sie die Stadt mit all ihren uralten Texten sicherten. Hastig meißelten sie diese Texte in Stein oder verewigten sie mit Hilfe des Lichts und speicherten sie in dem metrischen System ab, das aller Energie und Materie zugrunde liegt. Inskribierten sie in Moleküle und Atome und alle anderen bekannten Elemente von Materie, projizierten sie zur Abwehr der vordringenden Membran der Regellosigkeit in den Himmel. Schrieben alles auf, was von den Bibliotheken einer hundert Billionen Jahre alten Geschichte noch übrig war.

Aber das reichte nicht aus.

Die Erinnerungen wandelten sich. Das war das erste Anzeichen für den Triumph des Typhon. Die Aschuren und die kleine Gruppe der Noetiker verschwanden fast sofort und als Erste. Überall in der Stadt verblassten die Aufzeichnungen und Texte. Zunächst brachten die Menschen die Erinnerungen an ihr Leben durcheinander, dann büßten sie ihr Gedächtnis vollständig ein. Erst verzerrten sich die Schicksalslinien, dann fielen sie ins Vergessen und lösten sich zu grobkörnigem dunklem Staub auf – für einige wenige eine letzte Gnade.

Bis zu den letzten Sekunden der Freiheit versuchten Natarajas Philosophen die neue Ordnung zu begreifen, aber hier gab es nichts zu begreifen, denn es herrschte nur noch ein unaufhörlich brodelndes Chaos. Ein Wandel, der kein Ziel verfolgte.

Die Gefühle und Sinne der Menschen schienen beim Typhon nur Verwirrung und Qualen auszulösen.

Der Typhon sondierte die verbliebenen Gemüter, die Erinnerungsspeicher, die Seelen aller Lebewesen und stellte dabei Fragen, die schon an sich ausreichten, manche in den Wahnsinn zu treiben. Zu sehen bedeutete Schmerz. Sich zu erinnern eine neue Art des Vergessens.

Was den Typhon umtrieb, war pure Neugier. Selbst nach Billionen Jahren voller angestrengter Bemühungen hatte er keine Rezeptur für seinen Kosmos finden können. Also verdoppelte er seine Bemühungen und beschleunigte seine Fehlschläge. Das Chaos war ein Stückwerk, schlecht ersonnen und schlecht ausgeführt. Überall zum Scheitern verurteilt, außer an der riesigen Membran des Wandels, der multidimensionalen Stirnseite, an der sich der alte Kosmos rieb, bis er vom Chaos verschluckt und einverleibt wurde.

Nur Ishanaxade wurde verschont, damit sie alle Erinnerungen in sich bewahrte, genau wie ihr Vater es von Anfang an, seit seinem Aufenthalt bei den Shen, vorhergesehen hatte.

107

Das Gebilde erinnerte Ginny an eine riesige Blume. Es war viel größer als sie und ragte im Schatten des trügerischen Stadtkerns aus dem zerborstenen, gewölbten Pflaster auf. Die unbefestigten Ruinen in Schräglage wirkten so wie von der Ebbe zurückgelassenes Strandgut. Oder wie vermoderte Weihnachtsbäume, die auf einem widerlichen Abfallhaufen gelandet waren, seltsamerweise aber immer noch den vollen Festtagsschmuck trugen. Nur hatten diese Ornamente das Ausmaß ganzer irdischer Kleinstädte. Und natürlich fehlten die Baumlichter. Die waren schon vor langer Zeit ausgegangen.

Inmitten dieses Friedhofs der Architektur nahm die Blume – oder war es ein Pilz? – plötzlich ein gespenstisches Eigenleben an. Als Ginny das Gebilde umkreiste, merkte sie, dass es aus langen Armen, Beinen und Rümpfen bestand und hier und da sogar ein Kopf hervorlugte. All diese Körper, die zusammen den »Stiel« bildeten, begannen zu zittern und die Augen aufzuschlagen. Diese leeren, blinden Augen erkannten zwar nichts, aber den Mienen war Unbehagen anzumerken.

Das hier waren keine Marschierer. Mit Tiadba hatten sie keine Ähnlichkeit, eher schon mit ihr selbst, so als stammten sie aus ihrer Zeit. Unterhalb der unbefestigten Ruinen sprossen viele weitere dieser Gebilde aus dem Boden, wie ihr jetzt auffiel. Irgendetwas hatte all diese Leute eingesammelt – all diese Überlebenden, die das Pech gehabt hatten, in einer Momentaufnahme der Endzeit festzustecken und nun als deren Statisten hier gelandet waren.

Deshalb hatten alle alten Teile der Stadt so verlassen gewirkt, als sie vom Lagerhaus aufgebrochen war. Jemand oder etwas hatte bereits den Kehrbesen geschwungen und aufgeräumt. Und andere Wesen – vielleicht die Diener, die die Passwege nahmen –, hatten einige Menschen oder alle, derer sie habhaft werden konnten, hierhergebracht, wo man sie zur Abschreckung aufgestellt hatte.

Als *Vogelscheuchen*.

Bei diesem Gedanken wurde Ginny vor Angst eiskalt, doch zugleich machte er ihr seltsamerweise auch Mut. *Vogelscheuchen stellt man nur auf, wenn man fürchtet, jemand oder etwas könne einem was stibitzen.*

Sie blickte zu dem Gebilde auf und hielt nach Gesichtern Ausschau, die sie vielleicht wiedererkennen würde, nach Bekannten, Freunden, nach den Hexen.

Nach Miriam Sangloss.

Nach Conan Bidewell.

Sie erkannte niemanden. Allerdings waren es furchtbar viele, und sie hatte längst nicht das ganze Gebilde inspiziert. Vielleicht hatte man sich diejenigen, mit denen sie Kontakt gehabt hatte, ja auch für eine besonders schmerzhafte Bestrafung aufgehoben.

»*Ich hasse dich*«, knurrte Ginny mit schmalen Augen, um ihrer Verachtung Luft zu machen, egal wer zuhören mochte. »*Ich habe keine Angst, und ich HASSE DICH!*«

Mit leisem Aufschrei sprang sie zur Seite: Etwas Samtweiches rieb sich an ihrer Ferse. Als sie genügend Mut gesammelt hatte, um sich aus der Hocke aufzurappeln und näher hinzusehen, entdeckte sie einen kleinen Schatten, der sich, vorsichtig geduckt, erneut anschlich.

Der Schatten löste sich zu hellen und dunklen Flecken auf, die sich von der gleichförmigen Schwärze ringsum deutlich abhoben, und maunzte sanft.

Tränen schossen Ginny in die Augen und rannen ihr über die Wangen, bis sie den Salzgeschmack in den Mundwinkeln spürte. Sie hob den gefleckten Schatten auf, rieb ihre Wange an dem pelzigen Kopf und begann zu schluchzen.

Es war tatsächlich Minimus mit seinen sechs Zehen an jeder Vordertatze, mit den winzigen abgespreizten Daumen, die er jetzt verzückt streckte und zusammenzog. Schnurrend kletterte der Kater an ihr hoch und machte es sich in ihren Armen bequem.

»Wie das?«, war das Einzige, was sie herausbrachte, denn sie schluchzte so hemmungslos wie ein kleines Kind. Waren diese Laute durch die Schutzblase gedrungen? Reichten sie so weit, dass die menschlichen Pilze oder Blumen sie hören konnten? Jedenfalls kam es ihr kurz so vor, als erbebe das ganze schreckliche Fundament der Trügerischen Stadt.

Etwas Neues war aufgetaucht. Und damit würde ein Wandel eintreten.

Minimus wand sich in ihren Armen, streckte den Kopf vor, blickte nach unten, musterte sein Umfeld und gab ein drängendes Miauen von sich.

Ringsum hatten sich Katzen versammelt.

Hunderte.

Tausende.

Aber Ginny hatte keine Angst vor ihnen. »Was habt ihr denn gejagt?«, fragte sie in schmeichelndem Ton. Was auch passiert sein mochte: Von der engen Beziehung zwischen Mensch und Katze war sie immer noch felsenfest überzeugt. »Und was habt ihr gefressen?«

Minimus musterte sie mit trägem, weisem Blick, verzog mit beträchtlicher Anstrengung das Mäulchen und zischte leise: »*Wir gehören zu Apollon Smintheus, dem Vernichter der Mäuse, hast du das schon vergessen? Wir herrschen als Gottheiten über die Mäuse und all das, was die Dinge zernagt und zerfrisst.*«

Die Katzen wuselten so herum, dass nur noch ein Wirbel von Fellen auszumachen war.

Von all den unmöglichen Dingen, die Ginny bis jetzt gesehen und erlebt hatte, brach das hier sämtliche Rekorde, stellte alles andere buchstäblich in den Schatten. Ginny kniff die Augen zusammen, blinzelte heftig und zwickte sich so lange in den Finger, bis er schmerzte.

Die Realität hatte ihr langes Sterben gerade beendet.

108

Tiadba tauchte immer wieder in die uralte Geschichte ein. Sie schloss die Augen und stellte sich erneut die in den Büchern gedruckten Wörter vor. Das beschwor ihren letzten Trost herauf: die Erinnerung an Augenblicke mit Jebrassy, an die Buchstabenkäfer, an das Schütteltuch, auf dem die Buchstaben hin und her gewandert und sich miteinander verbunden hatten.

Irgendetwas ließ nicht zu, dass Tiadba die Zeit vergaß, in der sie sich verliebt hatte. Sie konnte die mit der Erinnerung verbundene Hoffnung nicht aufgeben. Genauso wenig wie Ishanaxade.

Auf einer der fernen Kettenwelten der Shen fand Sangmer Ishanaxade. Am Ufer des silbernen Vektorenmeers sprachen sie miteinander.

»In Wirklichkeit bin ich niemandes Tochter. Viele haben mir die Gestalt verliehen, die ich jetzt habe. Ich nenne Polybiblios Vater, weil er äußerst geduldig mit mir gewesen ist und mich auf seine Weise geliebt hat.«

»Wo haben sie dich gefunden?«

»Über eine Zeitspanne hinweg, die länger ist, als die Erinnerung irgendeines Lebewesens reicht – manche sagen seit dem Ende der Leuchtenden Pracht –, hat man meine Bestandteile aus allen besiedelten Welten zusammengetragen. Dies und das: hier ein Aufschimmern, dort eine bestimmte Eigenschaft, eine Vermutung, ein Fleck ... All das haben viele aufbewahrt, hierhin und dorthin befördert, miteinander ausgetauscht, und später haben es die Shen gesammelt und so viel davon angehäuft, dass mein Umfang selbst die Kettenwelten oder die sechzig grünen Sonnen, um die sie kreisen, übertroffen hätte.«

Sangmer glaubte ihr nicht und sagte es auch.

»Sieh mich an. Wirke ich etwa glaubhaft? Ähnle ich irgendeinem anderen Wesen, das du bisher gesehen hast?«

»Nein, aber ich bin ja auch noch jung. Wie bist du so viel kleiner geworden?«

»Die Shen sind sehr alt und ungewöhnlich neugierig. Sie haben lange daran gearbeitet, meine Essenz zu destillieren. Das, was wesentlich war, haben sie bewahrt. Doch irgendwann hatten sie dieses Geduldspiel satt. Als Polybiblios auftauchte, hat er ihre Arbeit fortgesetzt und mich so geschaffen, wie du mich jetzt siehst. Er glaubt zu wissen, was ich wirklich bin. Und ich stelle seine Überzeugungen nicht infrage.«

»Und was bist du – oder warst du – seiner Meinung nach?«

»Eine Muse.«

»So etwas wie eine Inspiration?«

»Früher einmal haben die Musen eine sehr wichtige Rolle im Kosmos gespielt. Sie haben sich hundert Milliarden Jahre lang damit abgequält, hinter Brahma herzuräumen, denn er konnte nicht aufhören, ständig neue Dinge zu erschaffen, konnte nicht darauf verzichten, seine Art von Liebe über alles zu ergießen. Die Musen haben für die Erinnerung gesorgt und für das Aufblühen all der kleinen Beobachter, die Brahma so liebte. Er selbst war nämlich fahrlässig, aber dennoch unermesslich groß und voller Leidenschaft. Und dann kam die Schöpfung plötzlich zum Stillstand. Was folgte, war das Trillennium – nichts Neues, nur eine geschickte Umgestaltung des Alten. Manche behaupten, Brahma sei damals eingeschlafen. Und während er schläft, braucht er natürlich keine Musen. Also haben wir uns zu Gebilden wie Schnee oder Regen verdichtet, zu einem Schauer funkelnder Steine, der sich über die dunklen Lichtjahre verteilte.«

»Brahma – das ist ein uralter Name.«

»Alt ist nicht das angemessene Wort. Ich weiß nicht, ob ich, während ich ihm diente, Fehler gemacht habe und er mich deswegen zurückwies, oder ob er mich einfach nicht mehr wichtig fand. Doch ich glaube mich daran zu erinnern, dass ich mich überall ausbreitete, wo noch Menschen lebten. An all das, was passierte, bis ich hierhergebracht wurde, kann ich mich jedoch nicht mehr erinnern.«

»Und jetzt bist du fast menschlich.«

»Warum bist du hier geblieben und sprichst mit mir? Findest du mich anziehend? Keiner der Shen scheint mich anziehend zu finden.«

Wenn sie redete, war ihr Atem wie eine erfrischende Brise, kühl und feucht, doch wenn ihre Augen ihn ansahen, wärmten sie ihn, gaben ihm ein Gefühl von Geborgenheit und Sicherheit. Ehe er antwortete, musterte Sangmer sie eine

Weile und dachte nach, während sie zusammen am Ufer des großen silbernen Vektorenmeers standen. »Anscheinend hilfst du anderen, kümmerst dich gern um Menschen«, sagte er schließlich. »Das ist bewundernswert.«

»Lässt du dich gern hegen und pflegen?«

»Nun ja, das ist ja nicht alles, was du versprichst. Wenn du mich berührst, spüre ich ein Feuer in mir. Du möchtest, dass ich mich weiterentwickle und meine wahre Geschichte finde, meinen Daseinszweck. Und offenbar möchtest du auch dabei sein, wenn ich Neues entdecke. Du möchtest meine Entdeckungen mit mir teilen und mit mir zusammen genießen.«

»Ich habe stets Teil an den Entdeckungen, die irgendjemand macht«, erwiderte Ishanaxade. »Das ist wirklich wahr. Aber wenn ich menschliche Gestalt annehme … Was du jetzt siehst, ist nicht alles, was von mir übrig ist. Ich bestehe aus zwei Wesenheiten.«

»Und wer ist die andere?«

»Sie ist stets bei mir, ist niemals von mir getrennt. Vielleicht hat Polybiblios dich schon gewarnt.«

»Nein, das hat er nicht.«

»Und die Shen haben es gar nicht erwähnt?«

»Was dich betrifft, haben sie überhaupt nichts erwähnt. Meine Besatzung hat eine schwierige Reise hinter sich. Vielleicht wollten sie uns keinen Schrecken einjagen.«

»Na ja, manche Shen finden mich tatsächlich überaus erschreckend und wären froh, wenn mein Rätsel endlich gelöst wäre oder wenn sie mich loswerden könnten. Denn ich inspiriere nicht nur, ich greife auch in Dinge ein und korrigiere sie.«

»Und was ist so schlimm daran?«

»Manche Dinge kann man nicht korrigieren. Und solche Dinge lasse ich so verschwinden, als hätte es sie nie gegeben.«

Während Sangmer sie genau beobachtete – das, was er von ihr sehen konnte –, hatte er das Gefühl, in den wunderschönen, changierenden Umrissen ein dunkles Ebenbild von ihr zu erspähen. »Dann solltest du das Chaos verschwinden lassen!«

»Oh, meine zerstörerische Seite ist auch nicht mächtiger als meine inspirierende, solange Brahma schläft. Jedenfalls hat man mir das gesagt, und ich glaube es.«

Sangmer runzelte die Stirn. »Na ja, was immer du auch sein magst, jedenfalls bist du die außergewöhnlichste fast menschliche Frau, der ich je begegnet bin – und ich habe einige wunderbar fremdartige Frauen gekannt. Außerdem auch manche Geschöpfe, die gar nichts Weibliches an sich hatten, wie die Aschuren …«

Während er sprach, schien sich Ishanaxade noch mehr zu verdichten. »Erzähl mir von denen, die du als schön empfunden hast«, sagte sie. »Ich würde nämlich gern erfahren, was dich an ihnen so angezogen hat.«

Das tat weh. Ein Aufschrei unendlicher Verzweiflung drang durch die riesige dunkle Halle und verlor sich ohne Widerhall in den alles erstickenden Trümmern.

Wo ist er? Warum kommt er nicht?

109

Jack blickte über die Schulter. Schon seit einiger Zeit hatte er Glaucous und Daniel bewusst abgehängt und orientierte sich nur noch am Zerren seines Steins. Es spielte keine Rolle mehr, ob er den beiden traute oder nicht (selbstverständlich traute er ihnen nicht), vielmehr ging es ihm jetzt darum, sich selbst zu testen und festzustellen, was er auf eigene Faust erreichen konnte.

Die endlosen Meilen voller Trümmer erzeugten eine ganz besondere Art von Stille, die tiefer war als die Abwesenheit von Geräuschen. Hier, wo er kurzzeitig völlig allein war und niemand ihn ablenkte oder störte, versuchte er nachzudenken und sich daran zu erinnern, wo er überall gewesen war und was er dort gesehen und gehört hatte, um es in ein Gesamtbild einzufügen. Irgendwie fiel es ihm dadurch leichter, die Dinge klarer zu sehen und zu durchdenken.

Er pfiff leise und unmelodiös vor sich hin, holte den Stein heraus und bemühte sich, dessen leichten Ruck zu deuten. Irgendwann – denn hier existierte die Zeit nicht mehr – führte der Stein ihn zu einer riesigen senkrechten Konstruktion, die sich oben bis ins Dunkel erstreckte. Es war eine windschiefe, schräge Konstruktion, die den Umfang eines auf den Kopf gestellten Manhattan haben mochte. Überall war dieses Gebilde mit monumentalen Ornamenten übersät, die längst zerstört waren. Jedes Motiv unterschied sich vom anderen, doch alle schimmerten grausilbern.

Was, wenn er hier tatsächlich durch die hängenden Ruinen einer Stadt der Zukunft spazierte? Hatten hier früher Menschen gelebt? Hatte das, was in Seattle eingefallen war und der

Stadt das Leben ausgesaugt hatte, auch ihnen das Leben ausgesaugt, alles zusammengequetscht und gleichgemacht?

Jack hatte sich nie sonderlich für Philosophie interessiert, aber das war tatsächlich eine knifflige Frage, die zum Philosophieren herausforderte. Er konnte hier herumspazieren, vor sich hin pfeifen, Dinge betrachten – und darüber staunen –, und doch gab es hier eigentlich nichts, was im herkömmlichen Sinne irgendwie plausibel war. Und das galt auch für die Zeit. Es gab nur noch seine persönliche Zeit; er konnte immer noch Erinnerungen in sich erzeugen …

Und war das nicht genau das, was ZEIT ausmachte? Die Möglichkeit der Erinnerung?

Er ging weiter, pfiff vor sich hin, kam aber zu dem Schluss, dass das Nachdenken darüber so gut wie nutzlos war. *Demut vor einem Mysterium fällt nicht schwer, wenn dieses Mysterium einen auf Schritt und Tritt zu erschlagen droht …*

»Ich bin, was ich bin«, murmelte er. »Ich denke, also bin ich. Ich erinnere mich, also bin ich. Ich habe mir selbst einen Namen gegeben, also bin ich. Ich habe Hunger, also bin ich. Ich mache mir Sorgen um meine Freunde, also bin ich. Ich würde gern miterleben, was bald geschehen wird, also bin ich. Ich möchte weiterleben und meine Geschichte zu Ende bringen, möchte weitere Erinnerungen erzeugen, denn davon gibt es nie genug – also bin ich.«

Ich bin allein, und dennoch ist die Geschichte noch immer nicht zu Ende.

Also bin ich.

Ich möchte alles wieder in Ordnung bringen, also …

Von weitem hörte er ein entsetzliches Geräusch. Es war ein schriller, durchdringender Ton, kaum mehr menschlich, der wie eine Wehklage oder ein Schmerzensschrei klang und von oben nach unten zu dringen schien.

»Ginny«, sagte er laut und befeuchtete seine rissigen Lippen, damit sie nicht aufplatzten.

Irgendetwas berührte seine Fersen: Schnurrhaare oder Fühler. Sofort musste er an riesige Ohrenkneifer denken und fuhr zurück. Als er nach unten blickte, hätte er fast den Integralläufer fallen gelassen.

Eine Katze rieb sich an seinem Bein, machte einen Buckel, sah zu ihm auf und öffnete das Maul so, als wolle sie etwas sagen. Doch auch sie störte die Stille nicht. Er glaubte, eine Katze – genauer gesagt, einen Kater – aus Bidewells Lagerhaus wiederzuerkennen. Und diesmal fragte er sich keine Sekunde lang, was das Tier hier machte. Schließlich gab es nichts Unwahrscheinlicheres als seine eigene Präsenz in dieser Szenerie. Er kniete sich nieder, streichelte den weichen Kopf des Katers, legte die Hände über dessen geschlossene Augen und schob die samtenen Ohren zurück. Sofort spürte er Trost, Normalität, Selbstgewissheit. Katzen konnten so etwas vermitteln. Trotz ihrer scheinbaren Unnahbarkeit, vielleicht auch gerade deswegen, gaben sie einem schon dadurch, dass sie einen einfach hinnahmen, so etwas wie ein solides Selbstwertgefühl.

»Na ja, vielleicht halte ich das Universum doch nicht ganz allein zusammen«, sagte Jack. »Kann ja sein, dass auch du was beizusteuern hast.« Der Kater schnurrte voller Einverständnis. Gleich darauf zwickte er Jack leicht in den Finger, rannte ein paar Meter voraus, blieb stehen, hockte sich hin und wartete ab. Während Jack den Integralläufer zu Rate zog, welche Richtung er wählen sollte, und ihn über den Kopf streckte, lief der Kater schon weiter.

Kater und Integralläufer waren sich einig: Beide wollten Jack in dieselbe Richtung führen.

110

Nataraja wühlte Daniel bis ins Innerste auf. Woher kannte er diesen Namen? Bidewell hatte ihn nie zur Sprache gebracht, Glaucous ihn nie erwähnt, genauso wenig wie Jack oder Ginny.

Doch er konnte die Stadt mit so sonderbarer Klarheit vor sich sehen, als wäre er seinerzeit Zeuge ihres Untergangs gewesen. Und als hätten seine Augen damals mehr Scharfsicht als heute besessen, da sie mit einem besser ausgebildeten, feineren Gehirn verbunden gewesen waren. Die Anlage der Trügerischen Stadt war ihm seltsam vertraut, doch darüber hatte sich das Muster, wenn man es so nennen konnte, ihrer schrecklichen Vereinnahmung gelegt.

Er kletterte an einer unermesslich hohen Fassadenwand entlang, die einen Winkel von etwa dreißig Grad zu den übrigen Ruinen beschrieb. Abertausend Morgen Land ringsum waren von Sprüngen, Rissen, breiten Spalten und Brüchen durchzogen. Kugeln und länglich verzerrte, eiförmige Gebilde, deformierte Zylinder und Bogen hafteten immer noch an dieser Wand, miteinander verbunden durch Tausende silberner Passagen und Transportgleise. Manche stützten nach wie vor Objekte, die früher einmal mobile Konstrukte gewesen sein mochten. Als all dies noch voller Leben gewesen war und ineinandergreifend funktioniert hatte, musste Nataraja ein wahres Wunderwerk gewesen sein …

Selbstverständlich war es ein Wunderwerk gewesen. Er hatte es ja deutlich vor Augen, das Bild war scharf. Schließlich hatte die Ankunft in Nataraja Gewaltiges in ihm ausgelöst …

Während er weiter und weiter hinaufstieg, versuchte er (und ein kleiner Teil von Fred, der immer noch neugierig war) sich die furchterregende Macht einer Kraft vorzustellen, die die Gesetze der Realität einfach aufheben konnte. Was konnte dieses Etwas einer von Menschen geschaffenen Stadtarchitektur antun, die sich auf Ingenieurskunst, Schwerkraft und das grundlegende Gleichgewicht von Masse und Energie stützte und stützen musste? Er konnte es sich mühelos ausmalen; die Ergebnisse schienen ihm geradezu in den Kopf zu schießen, viel plastischer als irgendeine jüngere Erinnerung. Die Stadt war so gestorben wie ein von großen Bestien umzingeltes Tier: zu Boden gestreckt, aufgerissen, so dass die Innereien herausquollen … Und dann war Nataraja kollabiert – und zermalmt worden, als wären riesige Stiefel darüber hinweggestampft.

Ein Loch, so groß, dass man einen kleinen Berg hätte hindurchschieben können, ließ jetzt einen Streifen trüben Lichts von draußen herein. Der Streifen bewegte sich mit eigener Willenskraft, streifte die Trümmerhalden, verschmolz kurzzeitig mit anderen herumgeisternden Lichtbalken, schnitt durch den schwachen Schimmer, der durch breite Risse in der zerstörten Außenmauer drang. Winkel und Intensität dieser züngelnden Streifen trüben Lichts veränderten sich ständig.

Das, was von Daniels Verstand noch übrig war, hatte sich sauber in dickflüssige Schichten aufgeteilt – in Heiß und Kalt. Jetzt quoll aus uralten, fast schon vereisten Regionen seines

Ichs etwas hervor, das ihm offenbar dabei helfen wollte, das zu rekonstruieren, was er in Wirklichkeit niemals selbst erlebt haben konnte.

»Ich träume nicht. Ich habe weder von dieser Stadt noch einer anderen geträumt.«

Doch ständig drängten weitere Erinnerungen an zahlreiche historische Städte an die Oberfläche, ohne dass er wusste, was diese Städte miteinander verband. Manche waren der Belagerung oder der Pest anheimgefallen, andere in Schutt und Asche gelegt worden, und die Bewohner hatten die Trümmer später zusammengeharkt und mit Salz bestreut. Daniel bewegte sich von einem Schicksalsfaden zum nächsten, sogar von Leben zu Leben und von Körper zu Körper. Vielleicht hatte er all diese Dinge wirklich erlebt – wer konnte die Möglichkeit bestreiten?

Aber das Ende dieses Ortes, den Untergang von Nataraja hatte er bestimmt nicht mit eigenen Augen beobachtet, denn daraus wurde er überhaupt nicht schlau. Er wusste, spürte, dass Nataraja etwas ganz Besonderes, die wunderbarste Stadt ihrer Zeit gewesen sein musste, noch wunderbarer als die Kalpa – wo immer, was immer die Kalpa sein mochte.

»Sagt mir, wer ich bin!«, rief Daniel, während er die eingestürzte Fassade hinaufkletterte. »Ich träume nicht, hab's nie getan. Wenn ich schlafe, ist da nur Schwärze.«

Das Chaos hatte die Erdoberfläche mit einer mehrdimensionalen Woge überspült, die letzten Enklaven der Menschheit von oben, unten und allen Seiten in die Zange genommen und dabei sowohl ihre Schicksalslinien durchtrennt als auch den Zugang zu ihnen in Raum und Zeit blockiert. Das war die Methode, mit der das Chaos die Umwandlung des Kosmos betrieb, die Herrschaft an sich riss und seine Eroberungen zu unglückseligen Orten machte, an denen nur noch Lug und Trug regierte.

Nachdem es sich durch die meisten Stränge der Kausalität gebrannt hatte, hatte es sich zurückgezogen, als wäre es erschöpft oder unsicher, was es mit seinen neuen Herrschaftsbereichen anfangen sollte. Und danach hatte es seine Anstrengungen auf die sondierende Wellenfront gerichtet, auf die Membran, die in die Schicksalsfäden eindrang, sie durchschnitt oder umzingelte, wie Daniel es so oft erlebt hatte.

Was das Chaos hier zurückgelassen hatte, war der Rumpf einer Stadt, die nicht durch Flammen versengt, nicht durch physische Vernichtung so klein gemacht worden war. Nein, der Verlust der Geschichte, die Widersinnigkeit hatten Nataraja mürbe gemacht und aufgezehrt.

Diejenigen, die hier gelebt hatten, hatten am meisten gelitten. Die Bauwerke, die einst für ihr Wohlbefinden und ihre Sicherheit gesorgt hatten, hatten sich der Zerstörung widersetzt und um den Wiederaufbau bemüht. Zumindest hatten sie sich irgendwie aufrecht halten wollen, doch sie waren immer wieder neuen Sanktionen ausgesetzt gewesen, so dass sie schließlich abstarben, verfielen oder auf entsetzliche Weise wiederauferstanden. Und schließlich hatte die Stadt aufgegeben.

Das war das Vermächtnis, das das Chaos in allen eroberten Regionen hinterließ.

Daniel kletterte zu dem massiven Rand der Fassadenwand hinüber. Die Schmerzen und die Erschöpfung, die dieser geborgte Körper empfand, waren ihm gleichgültig. Der obere Teil der Wand – er umfasste mehrere Tausend Meter – hatte im Laufe der Zeit einen Überhang gebildet, war abgebrochen und hatte sich kreuz und quer über die anderen Baukonstruktionen verteilt, bis hinunter zu den untersten Fundamenten, die im Dunkel lagen.

Sobald er mit Händen und Füßen die Mauer berührte, sprangen von Haut, Knochen und Muskeln zischend ein paar blassblaue Funken auf: Atome, Teilchen – Materie, die sich verblüfft in ihm wiedererkannte und versuchte, eine widernatürliche Bilokation, ihre Präsenz an zwei Orten zu gleicher Zeit, zu korrigieren. Aber das hier war nicht das wunderbare Wiedererkennen, mit dem er aufgrund seiner alten/jungen Erinnerungen und der neuen Hinweise seiner tiefsten inneren Schichten rechnete.

Er war einen sehr weiten Weg gegangen, hatte viele Zeitspannen durchmessen, um bis hierher zu gelangen.

Da draußen in den Trümmern wartete ein viel wichtigeres Wiedersehen auf ihn.

Ohne auf die kleinen blauen Lichtspeere und Funken zu achten, hockte er sich auf den Mauerrand und nahm seine beiden Steine aus den Kästchen. Wie immer wollten sie sich nicht zusammenfügen. Einer sah auch älter aus als der andere, falls das überhaupt möglich war. Der Form nach ähnelten sie sich, aber sie waren für andere Verbindungen vorgesehen. Einer der Steine zog stark nach links unten. Zugleich vernahm Daniel ein primitives, widerwärtiges Geheul, das ringsum widerhallte. Es klang so, als mache ein wildes Tier seinem Schmerz Luft. Gleich darauf drang das Geheul sonderbarerweise mit Dopplereffekt von unten nach oben und erzeugte erneut ein Echo.

Den Ruinen schien es zu gefallen. Sie spielten mit dem Ton, warfen ihn vor und zurück. Die herunterbaumelnden mobilen

Konstruktionen erbebten, ergossen ihren Rost über die schräge Fassadenwand und setzten sich wie auf Befehl der unbekannten Geräuschquelle in Bewegung. Es gelang ihnen sogar, sich auf den silbernen Verbindungsgleisen einige Dutzend Meter vorwärtszuschieben. Doch dann fraßen sie sich fest und blieben aufkreischend stehen, während sich Teile, so groß wie die alten Häuser in Wallingford, aus ihnen lösten und hinabstürzten.

Bestimmt ist es nicht das erste Mal, dass dieser Schmerzensschrei durch ganz Nataraja hallt, dachte Daniel. Er legte den nicht aktiven Stein zurück in das Kästchen und verstaute es in der Hosentasche. Den anderen Stein behielt er in der Hand, wo er erst warm und dann heiß wurde. Kummervoll senkte er den Kopf. Dieses Wehklagen … Das war kein wildes Tier gewesen, sondern …

… eine Frau.

Erneut wollte der Stein ihn in eine bestimmte Richtung zerren. Im Augenblick war das der einzige Teil von ihm, der Entschlusskraft und Orientierung bewies. Wie viele Menschen hatte er getötet oder aus dem Weg geräumt, um hierherzugelangen. Und jetzt würde es tatsächlich zu einem Wiedersehen kommen, aber diese Begegnung würde nichts lösen.

Denn solche Begegnungen lösten niemals irgendetwas.

Hatten es niemals vermocht.

111

Über ihren Köpfen bebte das Trümmergewirr von Nataraja. Das gefürchtete, schon allzu vertraute Geräusch kündigte einen neuerlichen Zusammenbruch der Stadt, ihre weitere Verdichtung an. Es klang so, als stürzten Berge zu Tal, fielen Höhlen ein, wirbelten Staubmassen auf und rieselten zu Boden.

Glaucous merkte, wie sein Körper sich innerlich so verkrampfte, als wäre er zwischen Finger und Daumen eines Riesen eingeklemmt.

Whitlow humpelte immer noch voraus. So wie er sich mühsam den Weg durch die Trümmerhalden der Stadt bahnte, ähnelte er einem Mistkäfer, der sich durch den Morast tastet. Hin und wieder streifte ihn der Nachtfalter – diese nicht zu ortende graue Eminenz ohne reale Substanz –, um ihm die Richtung zu weisen. Schließlich schlurfte Glaucous Whitlow wieder hinterher. Mittlerweile schmerzte ihn jeder Atemzug, und auch die Augen taten ihm weh, da Licht und Schatten in dieser Totenstadt ständig wechselten.

Irgendwann blieb Whitlow stehen, rieb sich die Bartstoppeln und musterte Glaucous so kritisch, als wäre er Schuld an ihrer Lage. »Ist noch kleiner geworden«, sagte er. »Alles ist weiter geschrumpft. Auch die Entfernungen und Himmelsrichtungen haben sich verändert. Ist Ihnen das aufgefallen?«

»Ja.« Glaucous zog die Schultern ein. *So müssen sich Bergarbeiter in einem eingestürzten Schacht fühlen, wenn ihre Kerzen in der giftigen Atmosphäre verlöschen.*

»Ist aber noch längst nicht abgeschlossen.« Whitlow schüttelte den Kopf. »Könnte uns zu Erbsen zusammenquetschen. Und was dann?«

Glaucous war klar, dass Whitlow und der Nachtfalter ihn in diesem Wirrwarr nur allein zurücklassen mussten, um ihn für immer loszuwerden. Hier würde ihn keine seiner Fähigkeiten retten. Vielleicht hatten sie genau das vor, doch ihm blieb keine andere Wahl als ihnen zu folgen.

»Ich nehme es Ihnen nicht übel, dass Sie mich im Stich gelassen haben«, erklärte Whitlow und musterte ihn mit durchdringendem Blick. »Eine neue Situation, neue Regeln, ganz zu schweigen von der Möglichkeit, eine Scharte auszuwetzen und sich wieder ins rechte Licht zu setzen. In der Tat, reden wir besser nicht *davon*. Kann ja sein, dass ich *Sie* im Stich gelassen hätte, wäre es andersherum gewesen.«

»Hat die Gebieterin Sie schon mal hierher mitgenommen?«, fragte Glaucous.

»Was für eine Frage! Sie mag's getan haben, ohne dass ich mich noch daran erinnere. Und es kann sein, dass Ihre Erinnerung an diesen Ort genauso flüchtig ist.«

»Aber ich erkenne einiges wieder«, entgegnete Glaucous leise. »Ich erinnere mich an ein knappes Entkommen. Und dass ich zur anderen Seite sehen konnte.«

»Als ich noch jünger war, habe ich das hier für eine Art *Jenseits* gehalten, Sie nicht?«

»Hab nie viel darüber nachgedacht«, erwiderte Glaucous, und das war kaum gelogen.

»Und ich habe zu fadenscheinigen Rechtfertigungen gegriffen. Habe mir eingeredet, unsere Opfer würden hier vielleicht ganz zufrieden leben, indem sie auf unabsehbare Zeit Dienste leisten, die auch nicht schlimmer sind als das, was wir und vielleicht auch der Nachtfalter ertragen müssen. Außerdem schlagen sich hier ja auch Fehler nieder. Jäger, die so ungeschickt waren, in einen Zeitriss zu stürzen, sind ebenfalls an diesem Ort gelandet. Und nicht nur wenige in all der Zeit. Wenn so etwas passiert, gibt es kein Zurück. Sie selbst haben im Lauf der Jahre Gefährtinnen verloren. Würden Sie einige von denen gern wiedersehen?«

»Nein, vielen Dank auch«, murmelte Glaucous.

»Vielleicht kommen wir auf dem Weg zum Kreuz an ihnen vorbei. Wir sind die einzigen Überlebenden von all den Tausenden oder Zehntausenden, schätze ich …« Whitlow sah sich um. Schon seit geraumer Zeit hatte die graue Eminenz sie weder durch eine Berührung noch durch ein Aufschimmern auf den richtigen Weg hingewiesen.

Whitlow pfiff leise einen bestimmten Ton, als rufe er einen unsichtbaren Hund. »Wo steckt dieses Geschöpf?«

»Residiert *sie* in dem Kreuz?«, fragte Glaucous.

Whitlow drehte sich langsam um, wobei der Klumpfuß hart aufsetzte, blickte nach oben, streckte die Hände hoch und tastete mit den Fingern in der Dunkelheit umher, als wolle er nach einer Schnur greifen und sie ans Tageslicht zerren. »Nein, darüber verfügt sie nicht. Der Nachtfalter hat das Kreuz entdeckt. Hier geht es um ein größeres Spiel. Allerdings ist es inzwischen geschrumpft und geschwächt. Alles bewegt sich jetzt auf den kleinsten Punkt zu. Aber das Kleine wird große Bedeutung erlangen, Mr. Glaucous. Und das ist unsere letzte Chance.«

»Ich weiß nicht, was Sie damit meinen, Mr. Whitlow«, erwiderte Glaucous müde. »Immer stellen Sie einen vor alberne Rätsel.«

»Das würden Sie nicht sagen, hätte mich die ganze Geschichte nicht vom Sockel gestürzt. Normalerweise hätten Sie mir zugehört, unterwürfig gelächelt und mich wissen lassen, dass wir einander verstehen. Aber die Befehlskette ist gerissen, und die Kette der Hierarchie hat sich ineinander verknotet und scheppert nur noch hohl. Der Nachtfalter …«

»Ich kann ihn nicht mehr spüren.« Glaucous rückte näher an Whitlow heran. »Wo ist er hin?«

Sofort musterte Whitlow ihn voller Argwohn, doch gleich darauf kaschierte er sein Misstrauen mit ironischer Miene. »Erzählen Sie mir doch von Ihrem Freund, dem schlechten Hirten, ehe Sie sich zum Racheakt entschließen, Mr. Glaucous.«

»Sie haben ihn gefunden. Und ich bin Ihnen gefolgt.«

Als es erneut krachte und sich Staub absetzte, fuhr Glaucous zurück. Whitlow legte Daumen und Zeigefinger so aneinander, dass nur noch eine Erbse dazwischenpasste, schwenkte die Finger vor Glaucous' Gesicht herum und grinste ihn drohend an. »Schon seit Ewigkeiten wird gemunkelt, einige von der ständigen Verfolgung entnervte Hirten könnten gewisse Einsichten erlangt und sich bestimmte Fähigkeiten angeeignet haben. Demnach lösen sie sich bei Gefahr von ihren persönlichen Schicksalsfäden und tun sich mit anderen zusammen. *Werden* für gewisse Zeit zu anderen Personen. Ein verzweifelter Trick. Denn das unterbricht ihre Traumfährten, und sie vergessen all ihre Traumerlebnisse. Dennoch verfügen sie immer noch über Integralläufer und werden auch weiterhin von ihnen gelenkt …«

Glaucous spürte, wie eine riesige weiche Hand ihn leicht an der Schulter berührte, und roch gleichzeitig widerlich süßen Pulvergestank. *Mottenkugeln.* Der Nachtfalter war wieder da.

Whitlow setzte sich in Bewegung. Wegen des Klumpfußes schaukelte er bei jedem Schritt hin und her. »Nur gut so. Man sollte hier nicht einfach so abtauchen! – Was wir entdeckt haben, ist wirklich rätselhaft«, fuhr er, zu Glaucous gewandt, fort. »Der Vorhang ist jetzt aufgerissen, so dass man deutlich sehen kann, wie sich die Kräfteverhältnisse verschoben haben. Wir vermuten, dass der Kalkfürstin die Dinge aus den Händen genommen wurden. Aber wir müssen noch eine weitere Meinung dazu einholen.«

Glaucous senkte den Kopf.

»Vielleicht weiß sie es auch noch gar nicht. Nicht nur die Entfernungen sind geschrumpft.« Whitlow zog Glaucous nahe zu sich heran. »Selbstverständlich verheißt das dem Nachtfalter nichts Gutes«, flüsterte er ihm ins Ohr, kniff ein Auge zusammen und legte den Finger an die Lippen.

Der Nachtfalter sorgte dafür, dass sie weitergingen, trieb sie voran, allerdings nicht unsanfter als unbedingt nötig. Glaucous spürte eine Veränderung: Es kam ihm so vor, als hätte ihn etwas versengt und seine Haut mürbe gemacht. Bald darauf legte sich das Gefühl, und ein anderes trat an seine Stelle. Er meinte, am ganzen Körper tätowiert zu werden. Die brennenden Stiche, ausgelöst durch die Schicksale anderer Jäger, waren eine neue Erfahrung für ihn. Üblicherweise lebte man als Jäger der eigenen Bestimmung gemäß; doch diese Jäger bestimmten *ihn*, untersuchten *sein Leben*, unterzogen es einer schnellen, unpersönlichen und grundsätzlichen Prüfung. Nie zuvor war Glaucous so unmittelbar mit den grundlegenden Schichten der eigenen Existenz konfrontiert gewesen. Einerseits war das ein entsetzliches, andererseits ein beglückendes Gefühl. Doch nicht nur das: Nie zuvor war die Erklärung für sein Leben, seine Existenz so greifbar gewesen. Und auch eine letzte Hoffnung erwachte in ihm: die Hoffnung auf Sühne, falls ihm diese Chance noch eingeräumt wurde.

An Glaucous erging das anonyme Angebot, der Gnade teilhaftig zu werden – indem er vor dieser unbekannten Instanz eine Beichte ablegte. Reinen Herzens.

Das Stechen legte sich. Doch jetzt roch er nicht nur Pulver, sondern löste sich selbst zu Pulver auf. Er stand zwar noch aufrecht da, fiel jedoch im Sekundentakt auseinander, um sofort wieder zusammengefügt zu werden. Der Nachtfalter schützte Glaucous und Whitlow, so gut er es vermochte.

»Willkommen im Mittelpunkt des Universums«, hörte er Whitlow sagen oder denken.

Ihre Augen (Glaucous kam es so vor, als wären sie gar nicht mehr mit Körpern verbunden) blickten auf ein tiefschwarzes Becken, in dem zwei lange Stäbe eine zähe Flüssigkeit quirlten. Unter der Oberfläche trafen die Stäbe aufeinander und rotierten wie eine Getriebewelle. Doch gleichzeitig wechselte die Bewegung so, als würden die Facetten eines Riesenjuwels geschliffen.

»Das Kreuz hat weder Mittelpunkt noch Radius«, erklärte Whitlow. »Stellen Sie sich auf ein grässliches Überbleibsel anderer Zeiten ein. Früher einmal hat hier eine starke Kraft all ihren Frust und Kummer konzentriert. Sie hat sich unsere Welt einverleibt und in ekelerregenden Brocken wieder ausgekotzt. Sie werden es gleich spüren.«

»Der Typhon?«, fragte Glaucous.

Whitlow zuckte die Achseln. »Diese Stahlstäbe stellen die beiden letzten Schicksalsstränge dar. Der eine Strang bedeutet, dass der Typhon scheitert und wir alle in ein Nichts übergehen. Der andere Strang … dass der Typhon in gewisser Hinsicht Erfolg hat. Und wer kann schon sagen, was besser wäre? Also … Verraten *Sie* uns, wo wir stehen. Ziehen Sie an dem besseren Strang. Und dann sagen Sie uns, was wir jetzt noch tun können. Diese Gabe haben Sie als Glücksjäger doch, oder nicht?«

Glaucous konnte die Augen nicht schließen, fand keine Rückzugsmöglichkeit in eine private Sphäre, in der er seine Entscheidung ungestört hätte treffen können. Doch das spielte keine Rolle mehr, denn seine Entscheidung stand längst fest. Schon seit mehr als fünfzig Jahren.

Irgendwie schaffte er es, aus diesem abstrakten Kern ohne Mittelpunkt und ohne Hilfe des Nachtfalters den besseren Schicksalsstrang zu wählen – den letzten verbliebenen positiven Schicksalsfaden –, ergriff ihn und spielte ihn wie einen letzten Trumpf aus. Die Münze fiel auf die richtige Seite.

Und als jemand, der die Wünsche seiner Auftraggeber stets berücksichtigt hatte, sorgte er mit den ihm eigenen Mitteln dafür, dass sowohl der Nachtfalter als auch Whitlow seine Wahl guthießen.

In der Ferne dringt erneut ein entsetzliches Geheul durch die Trügerische Stadt und hallt von ihren Mauern wider.

Und die Toten Götter setzen sich in Bewegung.

112

Die Trügerische Stadt erbebt, fällt auseinander, schrumpft. Jebrassy weiß nicht, wieso er immer noch laufen, immer noch sehen kann.

Er blickt auf Polybiblios hinunter, der unerklärlicherweise zusammengebrochen ist, und kniet sich neben ihn. Einige Schritte weiter ist auch Ghentun zu Boden gesunken. Bei beiden wabern Substanz und Umrisse.

»Mit der Kalpa geht es jetzt zu Ende«, sagt Polybiblios. »Das Abkommen des Stadtfürsten zählt nicht mehr. Ich kann nicht viel länger durchhalten als die mir eigenen Schicksalsfäden, die in der Stadt gespeichert sind. Sie alle werden mit der Stadt sterben. Bring das hier gut zu Ende, junger Freund. Du hast alles, was du dazu brauchst – bis auf das hier.« Das Epitom reicht ihm das Objekt, das er schon seit ihrem Aufbruch mit sich herumträgt. Während Jebrassy nach dem kleinen grauen Kästchen greift, blinzelt das Epitom ihm durch das Visier des Schutzanzugs zu und lässt sich wieder auf den schwarzen Boden zurückfallen.

Gleich darauf geht Jebrassy zu Ghentun hinüber und legt sich neben ihn, um ihn, so gut er kann, festzuhalten. Der Hochgewachsene, der ihn früher angeleitet und beschützt hat, starrt in die eisige Dunkelheit hinauf, doch seine Augen sinken schon tief in die Höhlen.

»Ich habe mich freiwillig dazu entschlossen, noetisch zu werden«, bekennt er. »Damals war ich noch jung. Das war der einzige Verrat, den ich je begangen habe. Als ich Hüter wurde, habe ich mich zurückverwandelt. Aber meine Schicksalsfäden wurden durchtrennt, neu geknüpft und mit der Kalpa verbunden. Von hier aus werde ich nirgendwo mehr hingehen.«

Ghentun tastet nach Jebrassys Hand und spürt das feste Objekt, das sie umklammert. Dann legt er den Finger an die eigene Nase und gibt das sonderbare, explosive Geräusch von sich, das Belustigung andeutet. »Lass mich sehen, was er dir gegeben hat.«

Jebrassy streckt ihm das Kästchen hin.

»Öffne es für mich. Zeig es mir.«

Jebrassy berührt den Deckel, dreht ihn erst in die eine, dann in die andere Richtung und rüttelt daran. Instinktiv weiß er, wie man das Kästchen aufmacht. Als der Deckel das Innere freigibt, ist ein wie neu schimmerndes Stück grauen Metalls zu sehen, in das ein kleiner rötlicher Stein eingebettet ist. Der Stein leuchtet von innen heraus, genau wie früher die Sterne am künstlichen Himmel der Kalpa.

»Vier ist das Minimum«, sagt Ghentun und wendet die eingesunkenen Augen ab. »Manche sagen auch drei. Aber in Wirklichkeit müssen es *vier* sein. Es reicht. Sie haben genügend Zeit und Macht gehabt. Und jetzt, ganz am Schluss, trägt der Stadtfürst doch noch den Sieg davon.«

Die sterbenden Augen fest auf den jungen Nachgezüchteten gerichtet, zerrt der Hüter den Stein mit letzter Kraft aus Jebrassys unnachgiebigen Händen und schleudert ihn auf den mit Unrat übersäten Boden. Der Stein zerbricht zwar nicht, kreischt aber seltsam auf und drängt vom Schutzpanzer des Instandsetzers fort. Als erinnere er sich an etwas Mysteriöses oder den letzten Rest irgendeiner Anweisung, nickt Ghentun, greift mit der anderen Hand nach dem Deckel des Kästchens und inspiziert das eingravierte Muster. »Warum bei den Spielchen der Eidola mitmachen, junger Nachgezüchteter?«

Er hält Kästchen und Stein so, dass Jebrassy nicht herankommt, rappelt sich mühsam hoch, drückt beides an seine Brust und schließt die Augen. Jebrassy weiß nicht, was er tun soll, dreht sich vom Hüter zu Polybiblios und wieder zurück, wie ein Kind in einem qualvollen Spiel, das sich grausame Erwachsene ausgedacht haben.

Das körperliche Fragment des Bibliothekars scheint Jebrassys Entsetzen anfangs zu teilen, doch dann streckt es plötzlich die Hand hoch, als wolle es zum Abschied winken – oder alle weiteren Bemühungen als nutzlos abtun. Innerhalb des Schutzanzugs zerfällt Polybiblios zu grauem Staub. Gleich darauf stülpt sich der Anzug nach innen, zerknautscht und schrumpft zur Größe eines Kieselsteins zusammen.

Das Ende aller Worte, aller Informationen.

Erinnerungen an viele Billionen Jahre – ausgelöscht.

Der Hüter verdreht die Augen nach oben, bis nur noch das Weiße zu sehen ist, und stirbt. Zerbröselt zu Staub. Auch sein Schutzanzug schrumpft zusammen. Teile davon lösen sich, rollen über den Boden, auf das Kästchen und den Stein zu, sprühen Funken und zischen.

Alles zerfällt.

Jebrassy versucht, die Überreste in den Händen zu bergen, doch als seine Schutzhandschuhe sie berühren, vollendet sich das Zerstörungswerk, das mit Ghentuns Tod begonnen hat. Jebrassy rinnt nur noch feiner Sand durch die Finger.

Alles war umsonst.

Jebrassy steht auf. Zum ersten Mal erfährt er, was es bedeutet, völlig allein und nur auf sich gestellt zu sein. Genau wie sein Herz schreit auch die Trügerische Stadt voller Entsetzen auf. Er kennt diese Stimme, kennt sie aus seinen Träumen – aus seinen Ursprüngen.

Jemand wirft einen Stein, und der Stein beschreibt einen Bogen, um seinen Bestimmungsort zu erreichen. Solange er fliegt, geht ein Leben weiter – bleibt ein Schicksalsfaden im Spiel.

Doch jetzt ist der Bestimmungsort, das Ziel, nicht mehr vorhanden und nur noch der Schicksalsfaden übrig.

Warum bei den Spielchen der Eidola mitmachen, junger Nachgezüchteter?

Ein letzter Blick zu den Sandhäufchen.

Dort hat sich mittlerweile etwas Neues herausgebildet, ein größeres polyedrisches Objekt mit sieben Flächen und vier Hohlräumen, das aus dem gleichen Material wie das graue Kästchen besteht.

Jebrassy zuckt es in den Fingern. Als er das Objekt anfasst, gibt es keine Wechselwirkung mit dem Schutzanzug. Es ist deaktiviert.

Jebrassy hebt es mechanisch auf und nimmt es mit, ähnlich wie ein Pede Nistmaterial weiter mit sich herumschleppt, auch wenn man ihm sein Gelege geraubt hat und die Eier längst vertilgt sind.

Jetzt legt er die letzte Strecke zurück, geht an den Trümmern vorbei, kämpft sich durch den Ansturm flüsternder Schatten …

Das wichtigste Gebilde seiner geheimsten Träume ist dabei, sich zusammenzufügen. Er spürt die Bewegung. Es ist ein großes Objekt, das als Ganzes rotiert und sich zugleich in sich dreht, wie das Muster, das auf dem Deckel des Kästchens eingraviert war. Es ist das Symbol des Schläfers. Dieses geometrische Bollwerk wird das Ende noch für einen letzten Augenblick aufhalten. Bis Brahma weiß, ob er aufwachen will oder nicht.

Kaum hat Jebrassy das Gebilde durchquert, wirbelt in seinem Rücken ein riesiges Band vorbei. Folglich gibt es kein Zurück mehr.

Er tritt auf die Eisfläche eines zugefrorenen blaugrünen Sees. Der See hat die gleiche Farbe wie die von den Shen geborgenen Teile der Muse, die Polybiblios zu einer menschenähnlichen Gestalt zusammengefügt hat.

Der letzte Abschnitt seiner Reise hat begonnen.

Er geht auf das Wehgeschrei zu.

113

Inzwischen hat Jack das Zentrum der Stadt erreicht. Jedenfalls sieht es wie ein Zentrum aus, denn alles rotiert um diesen Mittelpunkt. Allerdings wirkt die Szenerie wie verzerrt und ist schwer zu deuten. Also dreht er sich um, wirft einen Blick über die Schulter, beugt sich vor und starrt durch seine Beine hindurch – durch die letzte changierende Schicht der Schutzblase. Der Stein in seinen Händen ist heiß und zittert vor Erregung. Aber alles andere … ist sehr kalt.

Das Zentrum ist ein kreisförmiger smaragdgrüner See, umgeben von kreisrunden Bändern, die als Ganzes rotieren und sich zugleich in sich selbst drehen. Dieses Perpetuum mobile besteht aus Gitterstäben, die den Raum ununterbrochen durchschneiden. Es ist ein Gefängnis ganz besonderer Art – und er befindet sich mittendrin, denn irgendwie ist es ihm gelungen, den Schnittstellen unbeschadet auszuweichen. Die Bänder oder Stäbe sind völlig flach und glatt, haben keine Tiefe und reflektieren das Licht mit ehernem Glanz, als wollten sie dem Dunkel Widerstand leisten.

Zwei gerade verlaufende Bänder, das eine senkrecht, das andere waagerecht, treffen über dem See so aufeinander, dass sie ein Kreuz bilden. Aus der einen Perspektive betrachtet, befinden sich die rotierenden Bänder hinter dem Kreuz, aus einer anderen rotieren sie rings um das Kreuz, während sie aus einer dritten Perspektive vor dem Kreuz herumwirbeln. Das Gebilde sieht dem Symbol, das im Deckel des rätselhaften Kästchens eingraviert ist, sehr ähnlich. Also hat er endlich seinen Bestimmungsort erreicht.

Doch wo stecken die anderen?

Eigentlich will er jetzt nur noch Ginny finden. Falls sie wirklich hier ist, hat sie bestimmt große Angst, denn sie ist seiner Meinung nach von Angst geprägt. Von Angst und Tapferkeit. Er selbst hat nur selten Angst, und falls überhaupt, dann nicht so starke wie Ginny. Im Augenblick empfindet er eine leichte Angst, dennoch fühlt er sich fast wie gelähmt.

Zeit, die Dinge genauer in Augenschein zu nehmen. Er dreht sich wieder um, fokussiert den Blick auf die Pole rechter und linker Hand und gewinnt dadurch ein klareres Bild.

Spiralen einer blassgrauen Substanz schießen von oben nach unten und quer durch die Umgebung und bilden Spuren wie in einer Blasenkammer, die sich oberhalb des zugefrorenen grünen Sees in der Ferne verlieren. Es sieht aus, als hinge grünlicher Schnee in der Luft – als hätte sich aller Schnee der Welt hier, am Ende der Zeit, zu einem sonderbaren Blizzard verbunden.

Vielleicht besteht der ganze See aus Eis, aus grünlichem, spiegelglattem Eis. Und im Mittelpunkt des Sees … befindet sich das Kreuz oder der Kern.

Ein verschwommener dunkler Punkt, zu weit weg und zu klein, um von seinem Standort aus irgendwelche Einzelheiten erkennen zu können. Nur eine diffuse dimensionslose Schwärze. Doch in der Nähe tut sich jetzt ein weiterer, aus dem Eis herausgemeißelter Hohlraum auf, und darin kann er ein wunderschönes, von Strahlen hervorgerufenes Leuchten ausmachen – unzählige strahlend blaue Lichtbogen. Dort bewegen sich Silhouetten, die so klein sind, dass es Menschen sein könnten. Bis auf eine, die wie eine perlmutterartige Kegelform wirkt und am Scheitelpunkt hell leuchtet. Ihr *Gesicht* leuchtet. Selbst von hier aus kann er sehen, dass es das Gesicht einer Frau ist. Zumindest das Gesicht eines imposanten weiblichen Geschöpfs. Während Jack durch das bläuliche Licht auf dieses Gesicht blickt, erschauert er. Er weiß, wo es sich befindet und was es ist oder früher einmal war.

Die Eisschicht auf dem See ist überall eingekerbt, als hätten hier riesige Schlittschuhläufer mit ihren Kufen Rillen hinterlassen – Furchen, so tief, dass sie ihn verschlucken könnten, würde er hineinfallen.

Die Spuren der Qual, die die Königin in Weiß erlitten hat.

Während er sich auf den Weg macht, glüht der Integralläufer in seiner Hand und zieht ihn vorwärts. Falls er den Stein nicht festhält und mitgeht, ist durchaus vorstellbar, dass der Stein allein vorwärtsgleitet und ihn zurücklässt. Und dann würde er erfrieren, genau wie all diese Riesen ringsum. Sie haben sich unmittelbar vor den herumwirbelnden Bändern versammelt, vor den Schleifen verschiedener Sphären, die zusammen eine *Armillarsphäre* bilden. Ein ähnliches Gebilde, bestehend aus mehreren gegeneinander drehbaren Ringen, die insgesamt die Form einer Kugel haben, hat er schon einmal in einem Museum gesehen – ein astronomisches Gerät zur Messung von Koordinaten und Darstellung der Bewegung von Himmelskörpern.

Die paradoxe Armillarsphäre ist das Symbol der Integralläufer. Es steht für breit angelegte, miteinander verflochtene Schicksalsfäden, die nach vorne hin aufsteigen und nach hinten hin abfallen.

Aber was ist mit diesen Riesen? Waren sie schon vorher hier? Er kann sie auf der gegenüberliegenden Seite vor den herumwirbelnden Bändern sehen, wo sie sich wie ungewöhnliche Schachfiguren aufgebaut haben – so als warteten sie auf den Ausgang eines endlosen Spiels. Sie sind erschreckend schön. Ihre Größe und frühere Macht kann Jack zwar nicht einschätzen, doch schon ihr Anblick vermittelt ein bestimmtes Wissen, den Zugang zu dem, was einst eine fantastische, in der Zukunft liegende Geschichte gewesen sein muss. Bestimmt sind sie damals Gutachter, Baumeister und treibende Kräfte für ganze Galaxien gewesen. Und dann wurden sie gefangen genommen, versklavt und mussten die stümperhafte, dümmliche Zerstörung all dessen mit ansehen, was ihr Leben je ausgemacht hatte und was sie geliebt hatten.

Jetzt haben sie sich versammelt, um auf einen weiteren Spielausgang, einen weiteren Abschluss zu warten. Die Mächtigen und Erhabenen warten auf die Ankunft des Winzigen und Unbedeutenden.

Jack hat Zuschauer.

Trotz des Überschwangs, mit dem der Integralläufer vorwärtsstrebt, behält Jack ihn fest im Griff. Jack lässt niemals etwas fallen.

Als er auf die glatte Eisdecke tritt, wuseln weiße und schwarze Silhouetten um seine Füße herum und laufen vor ihm auf das grünliche Eis – ein ständiger Strom schweigsamer, aber rachedurstiger Pelztiere.

114

Whitlow ist in Siegesstimmung, als sie sich dem Domizil der Königin in Weiß nähern. Hoch über ihren Köpfen summt im Hintergrund das prachtvolle Gewirr der Armillarsphäre. Das Kreuz liegt innerhalb des schwarzen Hohlraums, um den sich dieser imposante Kreisel dreht. Whitlow jubelt innerlich: Jetzt befinden sie sich unmittelbar im Zentrum, haben Macht, sind Privilegierte. Für ihren Erfolg wird man sie großzügig belohnen. Alles, was man ihnen versprochen hat, werden sie endlich erhalten.

Der Nachtfalter schwebt über ihnen und ist überall zugleich, lenkt sie mit dem seidenweichen Schlag seiner gefleckten Flügel begeistert zum Mittelpunkt.

Vor sich kann Glaucous durch ein Spalier ständig wechselnder Schatten einen der Hirten ausmachen – das Mädchen Virginia, das, begleitet von einigen Katzen, vorsichtig über das Eis geht. Er und Whitlow werden sie bald einholen.

Glaucous wappnet sich.

»Ein glänzender Abschluss«, sagt Whitlow zu ihm. »Um freien Durchgang zu erlangen, müssen wir dem Typhon, dem Gebieter der Kalkfürstin, nur einen einzigen Hirten, einen einzigen Integralläufer präsentieren. Oh, was für eine Beute, und ausgerechnet jetzt!«

Glaucous bewegt sich vorsichtig, denn ringsum tun sich Furchen und Risse im Eis auf, die nur darauf zu warten scheinen, dass ein linkisches Wesen hineinfällt. Er fragt sich, wie sie das Mädchen von hier fortschaffen und ausliefern können – ehe die Katzen das tun, was ihrer Bestimmung entspricht.

Der Nachtfalter streicht an ihnen vorbei und warnt sie: Es sind weitere Besucher aufgetaucht, die jetzt den grünen See überqueren. Selbst aus dieser Entfernung erkennt Glaucous die ihm bestimmte Beute. Jack. Vor dem Jungen wuselt eine riesige Ansammlung von Katzen hin und her, weit mehr als bei dem Mädchen, so dass es von weitem so aussieht, als bewege sich eine graue Flauschdecke über das Eis. *Katzen sind von jeher Freunde von Büchern und Geschichten. Gesellen sich gern dazu, wenn jemand etwas vorliest, lassen sich auf irgendeinem Schoß nieder und beginnen zu schnurren. Der Tod aller Geschichten wird ihnen gar nicht gefallen.*

Der Nachtfalter berührt ihn erneut an der Schulter. Eine dritte Person ist auf dem See aufgetaucht: Daniel, der schlechte Hirte. Doch ihn begleiten keine Katzen; er ist allein.

»Denken Sie doch nur mal an die Abgründe der Zeit«, schwadroniert Whitlow voller Ehrfurcht. »All das liegt jenseits unseres Begriffsvermögens. Und trotzdem sind wir hier, unter den Wenigen, unter den Letzten. Das macht mich *stolz*. Es rechtfertigt all unsere Qualen. All unsere armseligen Taten.«

Glaucous nickt abwesend, denn er konzentriert sich auf das Kreuz, auf den Mittelpunkt. Immer noch bemüht er sich, den besseren der beiden verbliebenen Schicksalsstränge zu sich heranzuziehen.

Der herumwirbelnde Käfig ist ihnen auf gespenstische Weise vertraut. Sie kennen ihn von all den rätselhaften Kästchen, die sie erbeutet und zusammen mit deren Hirten in den Riss der Zeit geworfen haben. Doch jenseits davon wartet ein entsetzliches Publikum, die Riesen aus seinen schlimmsten Alpträumen. Dass ein Alptraum wie er selbst jetzt seinerseits Alpträume wahr werden sieht, kommt ihm nur gerecht vor.

Der schlimmste Alptraum überhaupt: vom Karren des Vogelfängers geworfen zu werden, in einem Gewirr von Federn über das Kopfsteinpflaster zu kullern … Und gleich darauf in den von Schlamm und Abfall verstopften Gossen das Scharren von Rattenklauen zu hören.

115

Aus drei Richtungen marschieren die Reisenden über den See aus grünem Eis auf den Mittelpunkt des Bollwerks, die Armillarsphäre zu.

Immer noch in seinen Schutzanzug gehüllt, tritt Jebrassy vorsichtig auf die glatte Oberfläche. Nur zwei Stimmen sind von der Kalpa übrig geblieben: die Stimme des Anzugs und seine eigene. »Hier gibt es Beobachter«, teilt der Anzug ihm mit, doch das weiß er bereits. Die Riesen aus dem Tal der Toten

Götter. Sie erinnern ihn an die Punktrichter in den kleinen Kriegen, die den Vorsitz über die Endspiele führten, doch wegen bestimmter Regeln selbst nicht eingreifen durften. Vielleicht dürfen die Riesen nicht eingreifen, weil sie in Wirklichkeit *tot* sind. Ihre Anwesenheit scheint im Chaos jedoch nichts und niemanden aufzuhalten. Dennoch ist er recht froh, dass sie nicht näher kommen.

»Drüben rücken Schweigende an«, warnt ihn der Schutzpanzer. »Vielleicht hält die Armillarsphäre sie zurück. Außerdem haben sich die Integralläufer versammelt. Das rotierende Bollwerk ist die Kapsel, die ihre Geburt umschließt.«

Jebrassy ist keineswegs klar, wie er hier in irgendetwas eingreifen kann. Er konzentriert sich auf die schimmernde Kuppel, die von den blauen Lichtbogen gebildet wird. Dort muss Tiadba sein, da ist er sich sicher.

»Es gibt in dieser Umgebung keine unversehrten Schutzanzüge. Trotzdem sind hier Nachgezüchtete. Und andere.«

Jebrassy ist sich der Gegenwart dieser anderen bewusst. Genau wie er streben sie dem Zentrum zu. »Wer sind sie?«

»Pilger.«

»So wie ich?«

»Sehr ähnlich wie du.«

»Ist mein Besucher dabei?«

»Unbekannt.«

Er nickt und bleibt stehen, um darüber nachzudenken. An jedem anderen Ort, an jedem anderen Punkt in seinem jungen Leben hätte er behauptet, da draußen seien Gespenster, doch jetzt befindet sich die Wirklichkeit auf einer Rutschbahn. Diese Pilger mögen zwar weniger real sein als er selbst, doch realer als die Schweigenden oder die Toten Götter. Einer von ihnen hat ihn in seinen Träumen besucht. Und ist all dies denn realer als ein Traum? Dennoch vermutet er, dass selbst hier noch gewisse Regeln gelten. Es wird nicht alles Beliebige passieren können; wahrscheinlich sind die Möglichkeiten hier drinnen eingeschränkter als draußen im Chaos.

Gemeinschaftsarbeit. Trag deinen Teil dazu bei!

Die Stimme seines Besuchers erleichtert ihn ein bisschen. Die Pilger sind nahe bei ihm.

»Wo ist Tiadba?«, fragt er seinen Schutzanzug.

»Unbekannt.«

»Lebt sie noch?«

»Unbekannt.«

»Alles rückt jetzt zusammen.«

»Ja.«

»Tue ich das Richtige?«

»Es gibt kein Zurück.«

»Werde ich mich einfach auflösen, so wie der Hüter?«

»Unbekannt.«

Jebrassy schüttelt den Kopf. Sie alle kommen von so weit her; er hat keine Ahnung, welche Entfernungen die Pilger zurückgelegt haben. Dennoch kommt er sich nicht unbedeutend vor, sondern ausnahmsweise sogar recht wichtig, wichtiger als die Toten Götter. Und zweifellos ist er mächtiger als diese Götter, auch mächtiger als jedes Eidolon. Er versucht sich die Kalpa vorzustellen, aber er kann es kaum noch, versucht sich auszumalen, wie Nataraja früher einmal ausgesehen haben mag. Jetzt ist die Stadt nur noch ein Trümmerhaufen, der zu guter Letzt auch noch gegen das rotierende Gebilde geschoben wurde – das Gebilde, das eine harte, glitschige, sehr kalte Seeoberfläche umhüllt und schützt.

Nicht zum ersten Mal denkt er darüber nach, wie der Kosmos früher gewesen sein mag. »In wenigen Augenblicken wird alles zu Ende gehen, stimmt's?«

»Unbekannt.«

»Gibt es noch etwas, das du mir sagen möchtest?«

»Ja.«

Sanft rauschend dringt die Stimme des Schutzanzugs in seine Ohren, wie rinnender Sand. Es gefällt ihm nicht, hier draußen ganz allein zu sein. Der See und das rotierende Gebilde verändern ständig die Perspektive, wohin er sich auch wendet. Also sieht er direkt nach vorn, blickt auf das blaue Licht. Immer noch umklammert er die kleine Skulptur, die Polybiblios ihm gegeben hat.

»Du bist jetzt da.« Die Stimme des Schutzanzugs ist kaum noch wahrnehmbar. »Bring die Reise nackt zu Ende.«

»Sterbe ich dann nicht?«

Keine Antwort.

Das Geräusch rinnenden Sandes bricht ab.

Er hockt sich auf das Eis, holt hinter dem Visier tief Luft und beginnt den Schutzanzug auszuziehen; zuerst legt er den Helm ab, dann den Rumpfteil und schließlich die Arm- und Beinteile. Der Panzer lässt sich so mühelos vom Körper streifen, als schäle Jebrassy eine überreife Frucht. Während er sich auszieht, nähert sich ihm ein Geschöpf, wie er es in der Kalpa nie gesehen hat. Es ist kaum so lang wie sein Arm, hat vier Beine und ein schwarzweißes Fell, das so weich aussieht wie der Pelz auf Tiadbas Nase.

»Ich hab von dir geträumt«, sagt er. »Man nennt dich …«, er kämpft mit Zunge und Lippen, »… *Kat-se.*«

Das Geschöpf umkreist ihn langsam, mustert ihn und läuft schließlich davon. Offenbar ist er nicht das, wonach es Ausschau gehalten hat.

Als Jebrassy aufsteht, hat er nur noch die Kleidungsstücke an, die er beim Aufbruch aus der Kalpa getragen hat. Das Eis unter seinen Füßen ist kalt. Alles hier ist außergewöhnlich kalt. Doch noch schlimmer ist, dass er immer leichter wird. Bei dem Gefühl wird ihm ganz mulmig. Hoffentlich löst er sich – und alles ringsum – nicht einfach in Luft auf. Allerdings weiß er nicht, was dagegen spricht. Offensichtlich werden jetzt auch die letzten der alten Regeln, die der Typhon nachgeäfft, umgewandelt und schließlich missachtet und missbraucht hat, für immer aufgehoben.

116

Der Stein ist jetzt so heiß, dass Jack ihn kaum noch halten kann. Doch er lässt ihn nicht los, und es ist ihm völlig gleichgültig, ob seine Finger dabei verkohlen. Ginny umklammert ihren Stein bestimmt noch, da ist er sich sicher. Doch was ist mit Daniel?

Bläuliche Adern steigen aus dem grünen Eis empor, beginnen sich zu öffnen und aufzuschäumen.

Es gibt zwei Pfade. Schon seit einiger Zeit gibt es nur noch zwei Pfade, zumindest seit dem Tag, als er, geistig völlig weggetreten, Fahrrad fuhr und den Ohrenkneifer im Hafenbezirk mit den Lagerhäusern entdeckte. Aber er weiß nicht, welcher von beiden Pfaden dieser hier ist.

Erneut schaltet er auf Autopilot.

Sieht mit den Augen eines anderen.

Starrt auf andere, nackte Füße hinunter und sieht eine Katze mit hochgerecktem Schwanz davonlaufen. »*Kat-se*«, murmelt er mit tauben Lippen.

117

Tiadba empfindet kaum noch etwas. Ihre Gefährten kann sie nicht mehr sehen. Sie befinden sich am Rande ihres Blickfelds – dunkle Haufen von verstrickten Gliedmaßen und abgelegter Kleidung, weder lebendig noch tot. Sie schlafen nicht einmal.

Am besten wären sie tot.

Die weibliche Erscheinung hat sich wie ein Umhang um sie gehüllt. Doch eigentlich sind es jetzt zwei Erscheinungen, und sie kann beide spüren.

Die eine ist kalt und beängstigend. Eingesperrt in dieses rotierende Gefängnis, das man eher fühlen als sehen kann, ruft sie in der Dunkelheit nach ihren verschollenen Kindern – mit der einzigen Absicht, sie zu vernichten.

Die andere dagegen ist uralt und voller Potenzial.

Das Gefängnis wird eine von beiden dabehalten und die andere freilassen.

Tiere streichen vorbei, schnüffeln an ihren nackten Füßen, reiben sich an ihren Armen und ziehen danach weiter. Sie jagen irgendetwas Kleines, Schwaches.

»*Kat-sen*«, sagt sie und probiert das Wort gleich noch einmal aus. »*Kat-sen.*«

118

Ginny konzentriert sich so sehr auf das Blickfeld und die Erlebnisse der anderen Frau – der verschollenen Tiadba –, dass sie gar nicht spürt, wie etwas sie an der Schulter berührt. Bis es zu spät ist.

119

Whitlow geht auf das Kind zu, das auf dem Eis kniet, als müsse es wieder zu Atem kommen. Das Mädchen dreht sich nicht nach ihm um, hört nichts und sieht anscheinend auch nichts.

Während Whitlow die letzten paar Schritte zu dem Mädchen hinüberhumpelt, strahlt sein blasses, runzliges Gesicht vor hinterhältigem, böswilligem Vergnügen. Auch der als grauer Nebel allgegenwärtige Nachtfalter verbreitet Siegesfreude.

»Für unsere Bleiche Gebieterin«, sagt Whitlow sachlich, während er das Mädchen mit einer Hand hochzieht. »Eine letzte Lieferung. Unser größter Triumph.«

Letzteres sieht Glaucous genauso.

Mit aller Kraft streckt er die Fäuste vor und spielt dieses Spiel, wie noch kein Spiel gespielt worden ist: Er zieht einen einzelnen stählernen Strang aus den herumwirbelnden Sphären. Und während er aus dem Grunde seines Herzens aufstöhnt – es ist das Stöhnen der Geburt und des Todes, der alles für nichtig erklärt, das Stöhnen des Sieges, der Niederlage und des unendlichen Schmerzes –, schafft es dieser gedrungene Wicht, der Vogelfänger, der Freund aller Spieler, der Jäger von Kindern, Whitlow von innen nach außen zu kehren. Nicht nur dessen Herz, sondern auch dessen Innereien: Leber und Lungen, Blut und Gedärme.

Ohne auf das schwache Jammern des zerfallenden Nachtfalters zu achten – Whitlow hat ihm stets als Operationsbasis und Verankerung in der Wirklichkeit gedient –, greift Glaucous durch den widerlichen Nebel hindurch und packt das Mädchen, damit es nicht einfach davonfliegt.

Er hat, so viel er konnte, von dem gewählten Schicksalsstrang zu sich herübergezogen: Es ist eine selbst auferlegte Buße, aber auch ein Spiel. Satz und Match. Es ist die größte Tat, die er jemals vollbracht hat, und auch fast seine letzte. Fast.

Denn der Schicksalsstrang, den er ergriffen und herausgelöst hat, ist kein guter, jedenfalls nicht für ihn. Das weiß er schon, seit er ihn nahe beim Kreuz entdeckt hat.

Er setzt das selbstvergessene Mädchen, das immer noch durch andere Augen sieht, auf dem Eis ab. »Gern geschehen«, murmelt er in die Leere hinein. Danach bekreuzigt er sich – eine alte Gewohnheit – und kniet sich neben sie.

Als sich die Rächer nähern, schiebt Glaucous das Mädchen mit seiner feisten, hässlichen Hand sanft aus dem Weg.

Und dann bricht die Woge der Katzen über ihn herein. Er ist ihre erste Beute. *Ist ja nur gerecht*, denkt er. *Ein Schrecken aller Vögel stürzt sich auf den anderen.* Glaucous rollt sich wie ein verzweifeltes Kind zusammen und bemüht sich mit dem Rest seiner Willenskraft, nicht in das Geheul ringsum einzustimmen. Sein Blut spritzt aufs Eis. Noch ehe er sein Leben ausgehaucht hat, rast die graue Flut weiter. Während sein Schmerz gefriert und sich zu einem einzigen dumpfen Pochen verdichtet, hüllt ihn Dunkelheit ein.

Bald wird etwas anderes sterben.

Die Katzen sind auf weitere Beute gestoßen, die wichtiger ist als Glaucous.

120

Der Typhon kennt weder Zeit noch Raum. Er existiert gedankenlos und ohne eine bestimmte Gestalt anzunehmen in einem Zustand der Verdichtung, ist kleiner als der kleinste vorstellbare Punkt. Im Grunde lässt er sich – wie auch die Musen oder Brahma – nur durch Verneinungen beschreiben: Er ist weder dieses noch jenes.

Doch um die Dinge zu vereinfachen, gebrauchen wir Wörter der menschlichen Sprache und schreiben ihm Motive, Aktivitäten und Emotionen zu, die den Menschen vertraut sind. Diese Wörter mögen zwar nicht unbedingt zutreffend sein, aber sie erleichtern die Vermittlung.

Als der Typhon unseren alternden Kosmos zum ersten Mal gewahrte, spürte er Leere – und eine Chance. Dem alten Kosmos stand nur wenig zu seiner Verteidigung zur Verfügung. Zwar hatte er zahlreiche Beobachter, doch sie waren über ein unermesslich weites, aber dünnes geometrisches System verteilt, das sich im Laufe von Äonen des Niedergangs zerschlissen hatte. So wie ein großer umgestürzter Baum noch eine Weile weiterlebt, während der Saft und die Willenskraft langsam aus ihm heraussickern, lebte auch der Kosmos weiter, während seine Substanz bereits zu zerfallen begann.

So weit das auf zeitlose Phänomene überhaupt zutreffen kann, war der Typhon noch jung und unerfahren. Doch selbst ein unreifer, noch kaum geprägter Herrschaftsanwärter muss seine Eignung beweisen. Für den Typhon bot sich unser Kosmos als Gelegenheit an, endlich Wurzeln zu schlagen, ähnlich wie ein Samenkorn gern den Mutterboden einer Baumschule nutzt. Er hatte vor, sich über das sterbende Reich zu erheben und so lange zu wachsen, bis er alles beherrschte.

Bis er zur Gottheit geworden war.

Der Typhon rechnete nicht mit Widerstand, und das war sein Fehler. Er wusste nicht, wie man Auseinandersetzungen und Aufbegehren einbezieht und sich zunutze macht, doch solche Fähigkeiten braucht jede Gottheit. Der Widerstand der Schöpfung – ihr ungezügelter freier Wille – ruft gewöhnlich Liebe hervor. Doch nicht beim Typhon. Überall, wo er auf etwas stieß, das die Dinge anders sah als er, vernichtete er es – voller Abscheu und mit großer Angst.

Und später mit einer Haltung, die Belustigung ähnelte.

Der Typhon *schwelgte* in Hass, und nichts konnte ihn davon abbringen. Viele Billionen Jahre lang.

Endlich hatte er einen Zug an sich entdeckt, der ihn besonders auszeichnete.

Doch schließlich manifestieren sich die Ergebnisse seines Wirkens, die Folgen seiner Taten in allen möglichen Dimensionen. Mittlerweile ist er keine junge Gottheit mehr. Und er existiert auch nicht mehr als infinitesimaler Punkt, der überall und zugleich nirgends ist. Er hat eine Art Grenze erreicht, eine unerwünschte Substanz erlangt, die sich aus dem ursprünglichen Nichts herausgebildet hat – der Einheit, die allen möglichen Schöpfungen zugrunde liegt und sich aus dem winzigsten virtuellen Schaum des winzigsten vorstellbaren Vakuumvolumens entwickelt.

Der Typhon nimmt Dimension und Gestalt an, bläht sich auf und breitet sich aus. In seiner schrecklichen, sinnlosen Leidenschaft dafür, Dinge auseinanderzunehmen und zu zerstören, verliert er schließlich alles aus dem Auge, worauf er sich früher bei seinen Eskapaden und Unternehmungen konzentriert haben mag.

Der überdehnte Kosmos – der alte, zerbröselnde Mutterboden, der den Typhon genährt hat – ist inzwischen so verkommen, dass er sich in eine Falle verwandelt hat. Die Bänder in Brahmas Armillarsphäre rotieren. Für eine aufgeblähte, undisziplinierte Gottheit ist der Kosmos mittlerweile kein guter Aufenthaltsort mehr. Innerhalb des rotierenden Gefängnisses kann der Typhon jetzt nur noch wild um sich schlagen und seine letzte Kraft verausgaben, um weiteres Leid zu verursachen und jede Möglichkeit eines positiven Ausgangs zu vereiteln. Er hat die Verseuchung des Kosmos quer durch die Zeit in die Vergangenheit ausgedehnt, die Schöpfung pervertiert und endlose Zyklen der Orientierungslosigkeit und des Kummers ausgelöst. Und jetzt drängt er unseren Kosmos auf ein widerwärtiges Ende zu, löst Raum und Zeit rückwirkend auf, bis zu den urzeitlichen Anfängen, verleibt sich so gut wie alles ein, was im Rahmen unserer Vorstellungskraft liegt.

Natürlich könnten wir darüber spekulieren, was mit dem Typhon unter günstigeren Umständen passiert wäre. Vielleicht sollten wir sogar Mitleid mit ihm empfinden, zumindest diejenigen, die seine zerstörerische Hand gespürt haben – also jeder Einzelne von uns.

Er ist nicht die Erbsünde der Vergangenheit, sondern das Böse, das von der Zukunft aus über uns hereinbricht. Nicht die ursprüngliche, sondern die abschließende Sünde.

Aber solche Spekulationen sind nicht angemessen für uns. Und es ist nicht an uns, Mitleid mit einer gescheiterten Gottheit zu empfinden.

Und deshalb …

Lassen wir das. Lassen wir das Mitleid.

Der Typhon, der früher weder Gedanken noch Substanz hatte, weder ein Gewissen noch Mitgefühl, merkt, dass sein aufgeblähter Kadaver plötzlich zu *Empfindungen* fähig ist. Er spürt so etwas wie eine böse Vorahnung, die sogar Furcht sein mag. Jetzt ist er genauso ohnmächtig wie diejenigen, die er zermalmt hat.

Er ist zu einem winzigen bräunlich grauen Ding geworden, das wie eine metaphysische Fehlgeburt im letzten Rest des Universums zurückgeblieben ist. Ein jämmerliches Ding, mal abgesehen von seiner Geschichte. Und eine Geschichte wird es bald nicht mehr geben. Von den Machenschaften, von den Errungenschaften des Typhon wird jede Spur erlöschen.

Was er mit aller Macht aufhalten und verhindern wollte, rückt jetzt vor. Selbst die Werkzeuge, die er quer durch alle Zeitläufe geschmiedet hat, wenden sich nun gegen ihn. Er spürt, wie die letzten beiden Schicksalsstränge herumwirbeln, sich winden und miteinander verschlingen, um einzeln und gemeinsam gegen all seine Bemühungen anzukämpfen und sie zunichtezumachen.

Einer der Stränge löst sich schließlich auf.

Und jetzt macht der Typhon Bekanntschaft mit einer weiteren neuen Empfindung: dem fatalen, entsetzlichen Gefühl von *Hoffnung*.

Nur ein einziger Schicksalsstrang wird überleben – schon an sich keine gute Voraussetzung für irgendeinen Kosmos.

Der Typhon mag tatsächlich in ein Nichts übergehen, doch zumindest wird ihm die Befriedigung bleiben, die letzten Beobachter des Kosmos mitzureißen und deren frevlerische Augen für alle Zeiten zu blenden. Nichts wird überleben.

Keine Erinnerungen.

Keine Geschichten.

Keine Zukunft.

121

Jack sieht, wie sich Ginny, halb rudernd, den Weg durch den Schnee, den Nebel und die sich auftürmenden Eisbrocken zu dem bläulichen Lichtschimmer bahnt. Mit äußerster Anstrengung gelingt es ihm, sie einzuholen, indem er sich an den letzten Schicksalsstrang hält. Alle Alternativen hat die Armillarsphäre gekappt und in Stücke zerfetzt. Der Stein hilft ihm – ein wenig.

»Hey!«, sagt er.

»Hey.« Sie mustert ihn. »Hüte dich vor den Katzen. Sie wirken ziemlich aufgebracht.«

»Ja. – Dachte nicht, dass ich es schaffen würde.«

»Und ich dachte, du hättest mich vergessen.«

»Nie im Leben.«

Ihre Hände strecken sich nacheinander aus, gleiten ineinander. Sie umarmen sich und spüren dabei, wie sie sich gegenseitig wärmen. Und jetzt verbindet sie etwas, das viel erotischer ist als alles, was sie je erlebt haben, und es gibt ihnen Kraft. Die Integralläufer legen sich klirrend aneinander und klemmen Jacks und Ginnys Finger zwischen sich ein. Als die Steine sich wieder voneinander lösen, flackern sie rötlich auf.

»Wir brauchen mindestens drei«, sagt Ginny. »So viel weiß ich noch.«

»Falls der dritte nicht auftaucht, ist alles verloren, stimmt's?«

»Ich glaube schon. – Wer ist denn das?« Ginny deutet auf eine weitere Gestalt im Nebel.

122

Nackt und zitternd erreicht Jebrassy den Rand des strahlend blauen Lichts. Seine Füße und Unterschenkel sind so taub wie Holzklötze. Zwei hochgewachsene Menschen – er kann nur annehmen, dass es Menschen sind, denn Nebel und Schnee hüllen die Gestalten größtenteils ein – kommen auf ihn zu. Einer der beiden beugt sich nach unten und zieht ihn an der Achsel hoch.

Sie sind zwar groß, aber keine Hochgewachsenen wie Ghentun. Durch den Wirbel grünen Schnees hindurch blickt er in ein vertrautes Gesicht und danach in das andere, das ihm ebenfalls bekannt vorkommt. Er sieht sich selbst durch den anderen und erlaubt dem anderen, ihn zu sehen, doch eigentlich ist es sehr schwer, überhaupt irgendetwas zu erkennen. Ständig schießen blaue Lichtströme zwischen ihnen hin und her, die die Umrisse verschwimmen lassen. Doch bei allen entzünden diese Ströme neue Willenskraft, vielleicht sogar neue Energie.

Zwar sprechen sie mit ihm, aber die Wörter sind schwer zu verstehen. Deshalb bietet er ihnen seinen einzigen Besitz an, so wie ein Kind neuen Freunden oder alten Bekannten ein Spielzeug schenken mag. Als er ihnen das Polyeder mit den vier Hohlräumen reicht, schießen so viele bläuliche Lichtbogen heraus, dass die Skulptur fast explodiert.

Ginny und Jack strecken die gekrümmten Steine hoch, in die schwach rötlich glimmende Augen eingebettet sind. Beim Kontakt mit den blauen Lichtbogen strahlen sie auf. Das müssen die …

Die Integralläufer zucken vor und passen sich in die Skulptur ein. Mit ihren rätselhaften Krümmungen füllen sie die Hohlräume vollständig aus und rasten mühelos ein. Um den Weg zurückzufinden, haben sie viele Milliarden Jahre durchquert und sind danach durch ein sterbendes Universum getaumelt.

Aber zwei Hohlräume sind noch leer.

Daniel geht an den blutigen, mittlerweile zu Eis erstarrten Überresten von Glaucous und Whitlow vorbei. Er weiß nicht, was hier geschehen ist – und ob es immer noch geschieht. Da er sehen möchte, was die Katzen in seiner Nähe ins Visier genommen haben, folgt er der noch dampfenden Spur, die blutige Tatzen auf dem spiegelglatten grünen Eis hinterlassen haben.

Währenddessen hat sich die Armillarsphäre zusammengezogen; die gestrafften Bänder rotieren jetzt schneller. Eine Art Schneenebel hüllt seine Füße und die Knie ein und steigt bis zu seinen Schultern hoch, doch immer noch wärmen die Integralläufer seine Finger. Als ringsum das Eis aufbricht und einzelne Brocken an die Oberfläche drängen, bahnt er sich mühsam den Weg hindurch.

Die Katzen spielen eine zentrale Rolle, so viel glaubt er zu wissen. Als er den Nebel mit den Händen vertreibt und kurz nach unten blickt, sieht er sie unmittelbar vor sich. Fauchend, kratzend und beißend sind sie dabei, ein winziges Ding zu zerfleischen, das sich in einer Vertiefung windet. Doch sie können keinen kurzen Prozess mit ihm machen, da es seine Gestalt ständig verändert. Dennoch kann es den Katzen nicht entkommen. Zischend und dampfend lösen sich Fragmente aus der geschrumpften Gottheit, rutschen über das Eis und ziehen Spiralen virtueller Teilchen hinter sich her.

Nach und nach wird es ringsum so dunkel, dass Daniel kaum noch etwas erkennen kann. Freds Anteil in seinem Innern fragt sich, wie hier überhaupt noch irgendetwas existieren kann, denn sie befinden sich innerhalb einer schwindenden Spore der Raumzeit. Die Realität hat zum letzten Schlag gegen das Nichts ausgeholt – gegen das, was man weder sehen noch denken oder benennen kann.

Es ist weder dies noch das, sondern die Abwesenheit von allem.

»Wir sind noch hier, weil unsere *Willenskraft* es erzwingt und niemals nachgelassen hat«, erwidert Daniel, und damit ist die Sache für ihn erledigt.

Das unangenehme schrille Vibrieren in seinem Schädel hört abrupt auf. Das bräunliche Ding, das sich bis jetzt gewunden hat, ist erledigt, zerfetzt.

Wenn die Spore der Raumzeit zu nichts zusammenschrumpft, dann wird auch der Tod des Typhon nichts mehr bedeuten. Daniel ist sich sicher, dass es der Typhon ist, der dort in der winzigen, von Nebel umhüllten Vertiefung liegt, verdeckt von fauchenden Katzen. Doch sein Tod wird nicht mehr aufgezeichnet werden. Niemand wird Anfang und Ende seiner Existenz miteinander verbinden.

Möglich, dass er irgendwann zufällig, unerwartet und wider jede Logik zurückkehrt, genauso real wie zuvor.

Als die Katzen vom Typhon ablassen, fehlen vielen die Tatzen oder andere Glieder. Manche haben sich die Köpfe verrenkt, das Fell versengt oder die Augen eingebüßt. Für diese Tat haben sie wirklich bluten müssen.

Auch Daniel zieht sich vom Typhon zurück. Die Situation ist ihm überaus vertraut, wenn auch nicht immer Katzen beteiligt waren. Der Stein zerrt ihn von der Vertiefung, den Katzen und den Überresten der gescheiterten Möchtegern-Gottheit weg.

Mit jeder Umdrehung der schrumpfenden Armillarsphäre verrinnen weitere Sekunden.

Daniel greift in seine Hosentasche, wie immer in solchen Situationen. Stets gibt er weiter, was man ihm gegeben hat, um alles zu retten, was gerettet werden muss. Und das nimmt ihm jede Chance, sich mit dem Wesen zu vereinigen, das er mehr als alles auf der Welt liebt. Nur um mit diesem Wesen zusammen zu sein, hat er den langen Weg auf sich genommen.

Wer – oder was, das haben wir uns stets gefragt, stimmt's? Was würden wir einander je bedeuten können?

Ich habe das Chaos durchquert, während die Rebellenstadt – vom Typhon umzingelt, vom Stadtfürsten verraten – im Sterben lag. Trotz allem bin ich zu ihr in die Rebellenstadt gezogen und habe getan, was ich tun musste. Wir kamen überein, dass ich mit einem Teil von Babel, dem letzten fehlenden Stück, zum Anfang zurückkehren müsse. Und auf Drängen des Bibliothekars nahm ich noch ein zweites Stück mit, als Rückversicherung für den Fall, dass ich das andere aufgrund erneuten Verrats verlieren würde …

Und so flog ich mit den letzten Integralläufern zurück und verschaffte mir mit roher Gewalt Zugang zu den frühesten Intelligenzen im jungen Kosmos.

Ich, der einzige Hirte, der niemals träumt.

Der schlechte Hirte.

Jack steht neben ihm und legt ihm die Hand auf die Schulter.

»Weißt du, was hier vor sich geht?«, fragt Jack. »Ich hab nicht die leiseste Ahnung.«

»Nichts weiter als ein Riesenschlamassel«, erwidert Daniel. »Hier, nimm das.« Er reicht ihm die beiden Steine. »Für diesmal ist meine Arbeit erledigt.«

123

Tiadba umschlingen die wärmenden Arme eines Wesens, das sie nie gekannt hat, dem sie nie begegnet ist, über das sie aber trotzdem vieles weiß. Sie weiß, dass man Teile dieses Wesens im sterbenden Kosmos zusammensuchte und die Shen all diese

Teile an einen einzigen Ort brachten, wo ein brillanter Denker sie zu einer empfindungsfähigen Gestalt zusammensetzte, die aus unbekannten Gründen das weibliche Geschlecht annahm.

Dann ist sie dem Reisenden begegnet, der ausgeschickt worden war, ihren zukünftigen Vater zur Erde zurückzuholen. Sie hat mit ihm gesprochen und daraufhin die wichtige Entscheidung getroffen, eine Frau aus Fleisch und Blut zu werden und mit zur Erde zu reisen. Und dort …

Tiadba empfindet keine Angst mehr, auch keine Bitterkeit, aber auch die Umarmung kann ihren Kummer nicht lindern. Sie windet sich in den Armen, die sie umschlingen, findet darin weder Trost noch Ruhe. Sie spürt, dass sich jemand nähert, der ihr vertraut ist, kann ihr Umfeld aber kaum überblicken. Doch andere Augen können es aus anderer Perspektive erkennen. Und plötzlich springen strahlend blaue Lichtbogen von Tiadbas Haut auf und erhellen ihr ganzes Umfeld mit ihrem prächtigen, blendenden Leuchten.

Ihre Besucherin hält sich in unmittelbarer Nähe auf, und sie sieht …

Jebrassy!

124

Die inneren Bänder der Armillarsphäre beschleunigen ihre Umdrehungen mit verblüffender Geschwindigkeit. Doch nur wenige Momente vor dem Ende, vor der unendlichen Verdichtung, bei der sich die Sphäre zu einem Nullpunkt zusammenziehen und weniger als nichts nachklingen wird – in diesen Momenten, in denen alles, heftig vibrierend, auf den Punkt zuläuft, an dem es zu Staub zerfallen muss –, erweitert sich der metrische Raum plötzlich.

Etwas Riesiges erwacht.

Während die Umdrehungen sich immer mehr verlangsamen, dehnt sich die Armillarsphäre über Meilen aus. Zugleich wogt der See aus zermalmtem Eis, steigt empor und ergießt sich in Wellen von Schmelzwasser in diesen neu entstandenen Raum.

Die Kalkprinzessin ist nicht mehr. Zusammen mit dem Typhon ist sie für immer verschwunden. Und das Gefängnis der Armillarsphäre verwandelt sich in die Kapsel, die einen neuen Keim birgt. Innerhalb der Sphäre herrscht ein solcher Wartezustand, als halte die Welt den Atem an.

Und jetzt taucht sie auf: eine andere Erscheinung, die seit Ewigkeiten verschollen oder an ihrem Wirken gehindert war. Fassungslos und völlig verwirrt kehrt sie zurück, denn ringsum entdeckt sie Geschöpfe genau der Art, deren Aufzucht sie vor so langer Zeit befohlen hat. Diese Geschöpfe haben sie gefunden, wie es ihnen von Anfang an bestimmt war. Und sie haben sogar noch mehr eingefangen und mitgebracht: ihnen verwandte Gestalten aus ursprünglicher Materie.

Wie es ihnen von Anfang an bestimmt war.

Sie haben sich miteinander vereint. Das Ziel ihres Vaters ist fast erreicht.

Doch eines bleibt noch zu tun.

Wie eine Mutter ihr Kind umarmt sie das winzige weibliche Geschöpf in ihrem nackten Schoß, das von einem strahlend blauen Lichthof umgeben ist und Lichtbogen durch Nebel und Dunst ausschickt.

»Hast du den Pilger gesehen?«, fragt Ishanaxade Tiadba zum zweiten Mal, doch sie hört kaum hin.

125

Noch nie hat Daniel etwas so Schönes gesehen.

Gewaltsam hat er sich durch zahllose Widrigkeiten, Schicksalsstränge und Körper gekämpft, um zu diesem Ausgangspunkt zurückzukehren. Immer noch schleppt er das abgerundete Plättchen aus grünem Material mit sich herum, das ihm Mnemosyne in Bidewells leerem Zimmer hinterlassen hat. Das scheint jetzt unglaublich lange her und sehr weit weg zu sein. Die Muse hat es ihm damals gegeben, damit es irgendwann eine Erinnerung und eine Verwandlung auslöst, so als hätte sie damit gerechnet, dass sie sich in der Zukunft erneut begegnen würden, wie alte Bekannte.

Was soll er tun?

Als das schimmernde weibliche Wesen durch den Nebel zu ihm vordringt, werden ihm die Knie schwach.

Jetzt sind alle hier. Wer bist du?

Das Gesicht ist reizend, die Gestalt verführerisch. Unglaublich fremdartig und zugleich auf beruhigende Weise vertraut. So viele Formen. So viele Glieder. So viel Energie. Etwas sehr Altes, lange Unterdrücktes, Verdichtetes, ebenso rätselhaft wie das von der Zeit geschliffene Plättchen in seiner linken Hand, drängt aus seinem Inneren an die Oberfläche. Daniel ringt um Worte.

Ich bin Sangmer.

Du? Und nach kurzem Zögern: *Wohin bist du verschwunden, Pilger, Gatte? Und was hast du mitgebracht?*

Daniel streckt die rechte Hand hoch. Sie ist leer.

Also hast du sie abgeliefert?

Er nickt.

Dann ist es vollbracht. Die Mindestanzahl von Hirten ist eingetroffen.

Das durch die Zeit gestürzte Oval in seiner linken Hand sieht wie ein gehärtetes, verdichtetes Stück des Sees aus, der unter ihnen schäumt und bebt. Oder wie die Teile, die die Shen nach der Zeit der Leuchtenden Pracht und dem Abschluss der Schöpfung in allen von ihnen bereisten Galaxien zusammengetragen haben.

Dieser so lange verschollene Teil der Mnemosyne wird Ishanaxade mit neuem Leben erfüllen und sie in das zurückverwandeln, was sie werden muss. Er kann ihn ihr vorenthalten, ihr verweigern und Anspruch auf die Frau geltend machen, für die er das Chaos durchquert hat. Oder er kann ihn ihr geben und sie für immer verlieren.

126

Ishanaxade blickt auf seinen armseligen, uralten Körper hinunter, der so viel Schmerz ausstrahlt und so viel Kummer empfindet, diesen von der Reise erschöpften, harten Körper, der entschlossen ist, seine Pflicht zu erfüllen und ihr Mnemosynes Hinterlassenschaft zurückzugeben – egal zu welchem Preis.

Was haben wir getan?, fragt sie ihn.

Das, was wir immer tun. Was wir zu tun versprochen haben: Wir haben die Wiedergeburt eingeleitet.

Als er die linke Hand ausstreckt, löst Ishanaxade das Bruchstück aus seinen Fingern. Selbstverständlich ist es kein Glas. Es ist ein Teil der Mutter aller Gedanken, Mutter all derer, die sehen und denken, und das schließt auch Daniel – und Sangmer – mit ein. Dadurch, dass es alles miteinander verbindet, sorgt es für Erinnerungen. Und es gestaltet die Schöpfung des Schläfers, sobald er sich zum Aufwachen entschließt.

Wenn ich das hier annehme – werde ich wieder zu dem, was ich war. Was werden wir einander dann noch bedeuten?

Daniels Körper hat jämmerliche Angst. An der Basis des leuchtenden Dreiecks, an ihren nur vage auszumachenden Füßen und schimmernden Beinen steigt der See bereits an.

Innerhalb der Unendlichkeit werden wir uns nach wenigen Zyklen stets wiederbegegnen, erwidert er. *Das muss mir genügen.*

Die Armillarspäre dehnt sich noch weiter aus. So weit, dass sie deren Grenzen nicht mehr erkennen können.

127

Ginny und Jack spüren, wie die Alpträume weichen. Sie wissen, dass niemand sie vergessen wird, es sei denn, es soll so sein. In der Nähe sehen sie Jebrassy und Tiadba. Zusammen bilden sie vier Punkte innerhalb des Wirbelsturms, der sich erhebt, als sich uralte Materie wieder miteinander vertraut macht und dabei alten Regeln folgt. Diese Regeln gelten nur für das Spiel innerhalb der rotierenden Festung des Schläfers. Und nur für diesen Moment.

Tiadba und Jebrassy haben sich auf so vielfältige Weise miteinander verbunden, dass Ginny und Jack verwirrt sind. Und neidisch.

Jack und Ginny greifen nach Daniels beiden Integralläufern. Aber Daniel ist nicht mehr bei ihnen. Sie wissen nicht, wo er ist.

»Sollen wir?« Jack hält die Steine und das Polyeder hoch.

»Bidewell würde sagen, wir sollen«, erwidert Ginny. »Nach so viel Kummer und Mühen.«

Jack jongliert mit den verbliebenen Teilen und lächelt Ginny zu. Er denkt an die letzten Worte des Hüters. »Ich frage aber nicht Bidewell, ich frage *dich.*«

»Sei nicht so überheblich«, sagt sie.

»Das bin ich nun mal.«

»Mich kannst du damit aber nicht beeindrucken.«

»Die alten Götter sehen uns zu. Sie werden uns vergeben, meinst du nicht?«

»Da bin ich mir nicht so sicher …«

Während Jack weiter jongliert, lächelt er so allerliebst, dass Ginny alles ringsum einen Moment lang vergisst. »Entscheide du«, sagt er.

ZWISCHENAKT

Das hier ist ein Augenblick, der nicht eingeplant ist. Die Handlungen von Gottheiten kann man weder vorhersehen noch ermessen, ihre Beweggründe wird man nie erfahren. Jedenfalls genießt Ishanaxade eine kurze Ruhepause, ehe sie wieder an die Arbeit geht. Und Sangmer ist bei ihr.

Sobald sie auseinandergehen, wird alles von neuem beginnen: Während sie sich abrackert, wird er sich wieder auf die Suche nach ihr machen. Völlig allein.

Bald wird der Schläfer die Führung übernehmen. Doch bis dahin werden die Kinder, alle Kinder, spielen, und ihr Spiel ist ungekünstelt, ursprünglich und herzerfrischend – der Stoff, aus dem die Träume sind und immer sein werden.

Draußen, in einer früheren Grauzone, nutzt Ginny dieses *Interludium*, diese formbare Zwischenwelt dazu aus, ihrer Vision von Thule Gestalt zu geben. Die schneebedeckten Klippen, die von der Sonne angestrahlten rötlichen Wolken, die grünen, gelben und violetten Felder, die unermesslich weiten Heiden voller Vögel, die an der Küste aufgereihte Kette uralter Burgen, wo die Kinder Zuflucht suchen und finden – all das macht den Ort aus, der nur ihr gehört. Und das Abenteuer, das sie miteinander teilen.

Jack überlässt ihr gern die Führung.

Jebrassy und Tiadba finden dieses offene Land mit seinem weiten blauen Himmel zauberhaft. Insbesondere lieben sie die langen Stunden zwischen Tag und Nacht, Nacht und Tag – die Abend- und die Morgendämmerung.

Sterne gibt es hier natürlich nicht. Aber die Sonne ist voll und strahlt hell und warm, wenn sich nicht gerade Wolken sammeln oder Regen fällt. Die Regenschauer kommen stets aus heiterem Himmel, und Jebrassy und Tiadba empfinden sie als überaus angenehm.

Sie haben sich in einem versteckten Tal eine kleine Hütte gebaut und gelernt, wie man Beeren sammelt und ein *Feuer* entzündet. Selbstverständlich übt sich Jebrassy auch im Jagen, allerdings mehr schlecht als recht. Fast immer steht Brot auf dem Herd, für den Fall, dass er mit leeren Händen zurückkehrt, was oft geschieht, denn hier gibt es nur wenige Tiere, und sie schmecken auch nicht besonders gut.

Tiadba wird von Tag zu Tag runder, und sie fragen sich: Was geschieht, wenn zwischen zwei Schöpfungen ein Kind geboren wird?

Überall auf Thule bilden sich mehr und mehr Einzelheiten heraus. Mittlerweile gibt es sogar schon eine Kleinstadt mit eigener Bibliothek. Und einen Buchladen voller Bücher und mit einigen Katzen. Bei manchen sind die Tatzen verbrannt und die Ohren angesengt. Irgendwann tauchen in diesem Buchladen fünf grüne Bücher auf, deren Rücken mit der gleichen Zahl – oder ist es das Erscheinungsjahr? – gekennzeichnet ist: 1298.

Als Ginny eines Tages eines der fünf Bücher aufschlägt, um darin zu lesen, bemerkt sie, dass eine winzige Spinne über die

Seite krabbelt. Sie will sie schon wegfegen, da fällt ihr auf, dass sie hier zum ersten Mal eine Spinne sieht. Eine Spinne, die nicht zum Text gehört und gar nicht auf die Wörter unter ihren Beinchen achtet. *Die Spinne zwischen den Zeilen.*

Auf einer Fensterbank der Bibliothek liegt ein ovales Glasplättchen – von Wellen abgeschliffenes Strandgut. Das blasse Jadegrün reflektiert das changierende Licht jeder neuen Morgendämmerung.

Doch irgendwann verschwindet das Glasplättchen.

Und die Erinnerung kehrt zurück.

Manche behaupten, auch heute noch bereise Jack zusammen mit Ginny alle vorstellbaren Straßen dieser Welt. Manche sagen, man könne den beiden an jeder beliebigen Straßenecke begegnen, und stets hätten sie zwei oder mehr Katzen dabei. Angeblich fragen sie ihre Zuschauer überall, wo sie auftreten, was sie als Nächstes tun sollen: *Wie sollen die Puzzleteile fallen?*

Ewig werden alle nur denkbaren Geschichten erzählt, und sie formen das Schicksal jedes Einzelnen bis ans Ende aller Zeit. Kann auch eine einzige Geschichte, ein einziges Leben voller Liebe ausreichen, um die Zeit zu neuem Leben zu erwecken und das Paradies zu schaffen?

Alles wartet darauf, dass der Schläfer endlich wieder erwacht.

Und Jack jongliert immer noch, bis zum heutigen Tag. Niemals lässt er etwas fallen.

Doch andere sagen …

Am Anfang ist das WORT.

ANHANG

Entropie – coole Sache, oder?

»Die Dinge fallen auseinander«: Irgendwie scheinen wir die Thermodynamik stets mit Endzeiten zu assoziieren und die Entropie mit dem Tod. Zuweilen wurden sogar schon Lebewesen als »anti-entropisch« oder der Entropie entgegenwirkend charakterisiert, was immer das bedeuten soll. (Vielleicht soll es heißen, dass die in einer Pfanne brutzelnden Frühstückseier sich »entbraten«, verflüssigen und in ihre Schalen zurückhüpfen, sobald wir uns dem Herd nähern. Ich persönlich habe so etwas allerdings noch nie erlebt.)

Bei der Entropie geht es jedoch nicht nur um Tod und Zerstörung, sondern vor allem um den Energiefluss. Vor mehr als einem Jahrhundert hat uns Lord Kelvin gelehrt, dass der energiereiche Teil eines in sich geschlossenen, vereinigten Systems dazu neigt, Energie mit einem energiearmen Teil dieses Systems auszutauschen. Fügt man einer Tasse mit heißem Wasser kaltes Wasser hinzu, erhält man eine Tasse mit lauwarmem Wasser. Betrachten wir diese Tasse als in sich geschlossenes System, ist der Vorgang damit beendet. Doch wenn die Tasse Teil eines größeren Systems ist, das kälter ist als das Wasser in der Tasse, wird die Tasse noch weiter abkühlen. Die Entropie stellt also ein Maß für den Fluss der Energie in einem geschlossenen, isolierten System dar, der ein Gleichgewicht anstrebt, so dass überall die gleiche Temperatur herrscht.

Tatsächlich würde es ohne solche Energieströme überhaupt kein Leben geben. Überall, wo Energie fließt, gedeiht das Leben. Eine Kuh verfügt über mehr Energie als das Gras, von dem sie sich ernährt. Die im Gras enthaltene Energie speichert sie als Fett und Muskeln. Folglich muss ein Raubtier, das die Kuh zerfleischt, nicht so große Mengen fressen, um sich zu nähren, wie die Kuh, die sich riesige Mengen Gras einverleiben muss, um daraus Energie zu ziehen. Das Gras wiederum muss sich sehr lange dem Energiefluss aussetzen (der von der warmen Sonne in den kalten Raum strömt, wobei die Erde einen Teil aufsaugt), um die Energie zu erzeugen, die wiederum die Kuh speichert. All das ist Teil der von unten nach oben verlaufenden Nahrungskette, die damit endet, dass das Raubtier seinen Darm entleert und mit seinem Kot dem Gras Nährstoffe zurückgibt – oder stirbt. In den meisten ökologischen Systemen gibt es weniger Raub- als Beutetiere, mehr Gras als Grasfresser und mehr Bakterien als Gras. Und der meiste sogenannte Abfall wird in diesen Systemen von Aasfressern und Bakterien höchst effizient in nützliche Stoffe zurückverwandelt, denn sie sind in biologischer Hinsicht so ausgestattet, dass sie jedes letzte Bisschen nützlicher Energie aus den Resten chemischer Verbindungen herausquetschen. Das Sonnenlicht gibt den Pflanzen die Energie, sich diese Grundstoffe erneut nutzbar zu machen. Der ganze Prozess erinnert ein wenig an die Arbeit einer Dampfmaschine, die über eine nie versiegende Wärmequelle verfügt.

Ein Stern wandelt einen beträchtlichen Teil seiner Masse in Strahlung um, die dann das Universum durchflutet und irgendwann auf Materie trifft. Durch diesen Zusammenprall erwärmt sich die Materie (die jetzt schneller vibriert) oder erreicht auf andere Weise einen Zustand höherer Energie. Diese Vibration der Materie oder ungerichtete Teilchenbewegung der thermischen Energie bezeichnet man als Wärme. Wäre das Universum ein geschlossenes System, könnte man annehmen, die Sterne würden die Materie irgendwann so aufheizen, dass sich alles in einem keineswegs anheimelnden Glühen, das immer schwächer wird, verliert. Mit der Zeit würde den Sternen der Brennstoff ausgehen, ihre Glut würde auf eine bestimmte (immer noch sehr kalte) Temperatur ansteigen, und wir wären mit dem Wärmetod konfrontiert. Denn das Universum hätte einen Zustand des Gleichgewichts erreicht, in dem es keinen Energiefluss mehr gibt, nirgendwo, und folglich auch kein Leben mehr. Oft genug haben Menschen sich das ausgemalt, insbesondere in der Blütezeit der Thermodynamik, etwa in den Jahren, als H. G. Wells *Die Zeitmaschine* schrieb. In diesem Roman scheint Wells ein solches Ende für unsere Erde und Sonne vorauszusetzen.

Der radioaktive Zerfall hat die Dinge komplizierter gemacht. Und dann tauchten geniale Köpfe wie Einstein, Heisenberg und andere auf, die uns klar machten, dass wir in Wirklichkeit allesamt unwissende Schwachköpfe sind und die Thermodynamik des Dampfmaschinenalters längst überholt ist, da man jede Menge weiterer komplexer Faktoren berücksichtigen muss. Schwarze Löcher, zum Beispiel.

Mit der Entwicklung der Quantentheorie und der Informationstheorie wurde die Diskussion noch abstrakter, denn die Physiker stellten jetzt Fragen wie: *Kann die in ein Schwarzes Loch fallende Information jemals wieder daraus entweichen?* Stephen Hawking zeigte auf, dass Strahlung aus einem Schwarzen Loch flüchten kann, kam jedoch anfangs zu dem Schluss, diese Strahlung könne nicht in der Lage sein, Information zu übermitteln. 2005 revidierte er diese Annahme. (Selbstverständlich begrenzte Hawking seine Definition von Information auf den Bereich der Quanten. Nach wie vor ist mir nicht klar, wie man Hawkings Definition mit Claude Shannons* Aussagen darüber verbinden kann, wie Information über Telefonleitungen übertragen wird und wie irgendeine vorstellbare Nachricht am effizientesten kodiert und mathematisch beschrieben werden kann. Vielleicht sollte man es gar nicht erst versuchen.)

Allerdings weiß ich, dass man sehr viel mehr Speicherplatz für die Kodierung eines Random-Systems braucht, etwa für die Kodierung eines sehr stark verrauschten Digitalfotos, als für die Codierung eines sauberen, klaren Bildes. Gleiches gilt auch für einen Zufallstext – einen Text aus zufällig aneinandergereihten Zeichen – oder für die Nachkommastellen der Kreiszahl Pi, die sich ewig fortsetzen, ohne irgendeinen Sinn zu

* Der amerikanische Mathematiker Claude E. Shannon (1916–2001) gilt als Mitbegründer der Informationstheorie. In seiner mathematischen Theorie, die sowohl Axiome der Wahrscheinlichkeitstheorie als auch der Statistik verwendet, gebraucht er den Begriff der Entropie, um die Informationsdichte von Nachrichten zu charakterisieren. Je ungleichförmiger eine Nachricht aufgebaut ist, desto höher ihre Entropie. Seine Theorie über die Kodierung aller Daten mit einer Serie von Eins und Null war Vorläufer des modernen digitalen Computers und der Telekommunikation. Gemeinsam mit Warren Weaver prägte Shannon 1949 in dem Werk »The Mathematical Theory of Communication« den neuen Informationsbegriff, der die Informationstechnik nachhaltig prägte und die Digitaltechnik begründete. – *Anm. d. Übers.*

ergeben. Diese Systeme oder Zahlen kann man nur als effizientesten Ausdruck ihrer selbst beschreiben.

Natürlich kann man Pi auch durch eine Gleichung auf einem Rechner erzeugen, so wie man das mit offensichtlich zufälligen Pixelmustern tun kann. Doch während Pi jedes Mal dieselbe Größe sein wird, da es sich hier um eine Konstante handelt, wird die Zufallsverteilung der Pixel höchstwahrscheinlich von Mal zu Mal voneinander abweichen.

Doch was hat all das mit dem Ende des Universums zu tun? Ehrlich gesagt wissen wir es nicht.

Nach neuen Erkenntnissen scheint das Universum, in großem Maßstab betrachtet, flach zu sein. Das heißt, es wird sich nicht in sich selbst aufrollen oder Zyklen durchlaufen, in denen es sich ausdehnt und wieder zusammenzieht, um danach eine Wiedergeburt zu erleben. Vielmehr wird es einfach weiterexistieren, bis sich alles darin sehr verdünnt und ausbreitet. Das Universum dehnt sich jetzt offenbar sogar schneller aus als früher; das Tempo der Ausdehnung erhöht sich, und das gibt uns derzeit Rätsel auf. Irgendetwas, das nichts mit der ursprünglichen Energie des Urknalls zu tun hat, schiebt das Universum auseinander.

Wenn das Universum tatsächlich ein offenes System ist, das sich ewig weiter ausdehnt, dann ist die Entropie das geringste unserer Probleme. Die Strahlung der Sterne wird sich dabei einfach über alle Zeiten hinweg weiterhin nach außen ausdehnen, und das Universum wird sich sehr stark abkühlen. Möglich, dass selbst die Bestandteile der Materie zerfallen (in etwa 10 hoch 40 Jahren), die Schwarzen Löcher sich auflösen und verschwinden und die Konstanten des Universums sich verändern ... Die vier apokalyptischen Reiter werden kommen und gehen und dann einfach verblassen, bis nichts mehr von ihnen übrig bleibt. Kein fröhliches Ende für das Universum. Überhaupt kein Ende. Doch zumindest brauchen wir uns dann nicht mehr um den Wärmetod an sich zu sorgen. Denkbar, dass irgendeine übermenschliche Wesenheit in einer sehr fernen Zukunft in der Lage ist, die sich ausbreitende Information in ihrer Gesamtheit zu messen. Und dann wird sie weise nicken und sagen: »Jawohl, immer noch so wie früher, natürlich nur von der Menge her betrachtet. Insgesamt sind's drei kosmische Teelöffel.«

Doch ich bezweifle, dass genügend Energie da wäre, um eine solche Messung vorzunehmen; schon gar nicht würde sie dazu ausreichen, diese Information zu rekonstruieren und in irgendetwas Nützliches umzuwandeln.

All das natürlich unter dem Vorbehalt, dass wir vielleicht noch immer nicht wissen, wovon hier die Rede ist, und die Dinge noch komplizierter und faszinierender sind, als wir es uns überhaupt vorstellen können.

Und genau an diesem Punkt beginnt mein Roman *Die Stadt am Ende der Zeit.*

Was die zeitlichen Maßstäbe betrifft, habe ich mir einige Freiheiten erlaubt, denn ich bin davon ausgegangen, dass die Physik uns noch viele weitere Überraschungen bescheren wird. Ich hoffe, niemand fühlt sich dadurch vor den Kopf gestoßen.

Und jetzt dürfen Sie gemeinsam mit mir das Zählen beginnen: eins, einhundert, einhundert Billionen …

Stellen Sie sich eine Bibliothek vor, die jedes mögliche Buch umfasst. Jedes Buch hat einen Umfang von, sagen wir, 410 Seiten. Jede Seite hat 40 Zeilen und jede Zeile 80 Zeichen, entnommen einem Alphabet von 26 Buchstaben. Die Bibliothek besteht aus allen möglichen Anordnungen dieser Buchstaben innerhalb eines Bandes. Das heißt, es gibt Bücher, die sich nur durch einen einzigen Buchstaben, zwei Buchstaben, ein einziges Wort oder auch durch ganze Abschnitte und Seiten voneinander unterscheiden. Doch die meisten Bücher weichen vollständig von ihren »Kollegen« ab.

Wie lange würde es dauern

a) die Regale für all diese Bücher zu bauen?
b) all diese Regale mit Büchern zu füllen?
c) all diese Bücher abzustauben?

Halb im Ernst haben Schriftsteller und Philosophen seit Jahrhunderten über eine solche Bibliothek nachgedacht. Vielleicht ist das berühmteste Beispiel dafür »Die Bibliothek von Babel«, ein spekulativer Essay von Jorge Luis Borges, in dem die oben erwähnte Beschreibung enthalten ist. Ich weiß nicht, wo ich erstmals auf dieses Konzept gestoßen bin: entweder in George Gamows* Werk *One, Two, Three …*

Infinity (erstmals veröffentlicht 1947 bei Viking, New York; deutsch: *Eins, zwei, drei … Unendlichkeit*, München 1957) oder

* Der russisch-amerikanische Physiker George Anthony Gamow (1904–1968) promovierte über die Quantentheorie, war Schüler von Niels Bohr und Ernest Rutherford und einer der Begründer der Theorie des Urknalls. – *Anm. d. Übers.*

in Kurd Lasswitz' Erzählung *Die Universalbibliothek* von 1901 (auf Englisch abgedruckt in *Fantasia Mathematica*, herausgegeben von Clifton Fadiman, 1958).

Gegenwärtige Spekulationen über eine »Universalbibliothek« allen menschlichen Wissens, digitalisiert und über das Internet zugänglich, beinhalten zwar sicherlich ehrgeizige Ziele, nehmen sich im Vergleich zu früheren Überlegungen aber eher blass aus.

Wie groß wäre eine Universalbibliothek? *Wikipedia* verrät uns, dass Borges' Bibliothek eine atemberaubende Anzahl von Bänden umfassen würde:

$$25^{1.312.000} \approx 1.956 \times 10^{1.834.097}$$

Eine Billion ist 10^{12}.

Selbst die Variationen eines einzelnen Absatzes (vorausgesetzt der übrige Text bliebe identisch) würden einen Raum füllen, der größer wäre als unser Universum. Diese unermesslichen Zahlen machen es uns schwer, dem Konzept überhaupt irgendeine Bedeutung zuzuschreiben. Es kommt uns albern vor, wenn wir uns derart viele Texte vorstellen oder, in eher kybernetischen Begriffen ausgedrückt, so viele *Zeichenketten*. (Diese Art von Kette definiert das *Oxford English Dictionary* als »linear sequence of characters, words, or other data« – als lineare Folge von Schriftzeichen, Wörtern oder anderen Angaben.)

Dennoch faszinieren uns Unendlichkeiten, und ein Großteil der Mathematik geht sehr geschickt damit um, unendliche Größen zu beschreiben, einzustufen und sogar damit zu arbeiten, obwohl sich jede unendliche Zahl bis in alle Ewigkeit fortsetzt. Die oben erwähnte riesige Zahl würde unendliche Male in jede unendliche Zahl eingehen können.

Warum also sollten wir uns durch überaus *große* Zahlen einschüchtern lassen?

Tatsächlich gibt es in den Naturwissenschaften und in der Mathematik viele Beispiele für Konzepte, die außerordentlich große Zahlen beinhalten. Im beginnenden 18. Jahrhundert spekulierte Gottfried Leibniz darüber, dass wir die Zukunft des Universums vorhersagen könnten, wäre uns der genaue Ort jedes einzelnen Teilchens im Universum bekannt. Auf dieser Idee basierten die Vorstellungen von einem »rationalen« Universum, das wie ein Uhrwerk arbeitet. Selbstverständlich muss man nicht nur Messungen durchführen und Informationen sammeln, um die Orte dieser Teilchen in Erfahrung zu bringen, sondern man muss dieses Wissen auch speichern und danach Berechnungen durchführen, um die Folgeposition jedes einzelnen Teilchens zu bestimmen, und auf dieser Grundlage kalkulieren, wie sie alle miteinander wechselwirken … Eine hübsche Idee, die allerdings sehr bald ausufert und außer Kontrolle gerät. Möglich, dass wir nach dieser peinlichen Erfahrung zuerst erröten, um gleich darauf ungeniert zu behaupten, zukünftig könne eine Rechenmaschine mit ausreichender Kapazität und Rechengeschwindigkeit diese Aufgabe für uns erledigen. Und damit verlassen wir das Gebiet der Philosophie und treten in das Reich der Science Fiction ein.

Unsere moderne Quantenwelt schließt solche rationalen Vorhersagen offenbar aus. Man kann Ort und Impuls eines Teilchens nicht gleichzeitig bestimmen, wie wir erfahren mussten – und die bisherigen Experimente bestätigen Heisenbergs berühmte Unschärferelation. Diese Unbestimmbarkeit wurde schon auf vielfältige Weise erläutert und beschrieben. Die »Viele-Welten«-Interpretation der Quantenmechanik besagt, dass es bei jeder Zustandsveränderung eines Teilchens eine sehr große, vielleicht sogar unendliche Anzahl von »Zweigen« oder alternativen Zuständen gibt, die zu einer sehr großen, vielleicht sogar unendlichen Anzahl alternativer Welten führen. (In dem vorliegenden Roman liegt dieses Konzept der Möglichkeit von »Schicksalswandlung« und »Glücksjagd« zugrunde – dem Springen von einer Weltlinie zur nächsten. Allerdings ist meine Version der »Viele-Welten«-Theorie nicht nur organischer, sondern auch viel verzwickter.) Nach dieser Theorie ist das Universum oder *Multiversum* eine riesige Ansammlung von Weltlinien, und jede Einzelne davon verzweigt sich wieder und wieder – *ad infinitum.*

Bis ins Unendliche. Und dieser Gedanke ist viel erschreckender als der an eine Bibliothek von Babel.

Noch beängstigender ist der Ausblick auf unendlich viele Universen, in denen unterschiedliche physikalische Gesetze und Konstanten herrschen. Etliche Physiker gehen allerdings davon aus, dass diese scheinbar unendlichen Universen aufgrund bestimmbarer Regeln in Wirklichkeit zu einer Endlichkeit kollabieren können: Übrig würden dann diejenigen bleiben, die den höchsten Grad von Logik und Simplizität aufweisen oder die »geringste Energie« erfordern. (Man könnte sie vielleicht auch als diejenigen bezeichnen, die man am leichtesten berechnen kann – was ja sehr praktisch wäre!)

Andere Wissenschaftler haben die These vertreten, es könnten nur solche Universen Bestand haben, welche die Existenz von Beobachtern wie uns Menschen ermöglichen (das »anthropische Prinzip«). Alle anderen Universen oder Zweige seien nur »virtuell« vorhanden, jedoch niemals ganz real, und verschwänden entweder schnell im Quantenschaum oder hätten einfach keine Bedeutung.

In meinem Roman beschreibt ein Protagonist die »dunkle Materie« als etwas, das »nur darauf wartet, in Erscheinung zu treten«. Vielleicht hat sich in diesem Satz das »Viele-Welten«-Konzept niedergeschlagen, doch da meine Romanfigur viel größere praktische Erfahrung mit diesen Dingen hat als ich selbst, ist es nicht ganz einfach zu begreifen, was genau sie damit meint.

Es gibt noch andere Arten von Universalbibliotheken. Beispielsweise kann man sich auch eine »Bilderbibliothek« vorstellen, in der alle möglichen Variationen einer Matrix von 1000 × 1000 Bildpunkten enthalten sind, wobei jedes Pixel eine Farbe aus 25 möglichen hat. Seltsamerweise würde diese Bilderbibliothek als Teilmenge auch die oben beschriebene Universalbibliothek von Texten umfassen, denn sie würde halbwegs hochauflösende Bilder jeder einzelnen Buchseite jedes einzelnen Buches einschließen (allerdings nicht die Kombination dieser Seiten, die man – zu einzelnen Büchern verbunden – in der Bibliothek von Babel finden würde).

Umgekehrt würde die Universalbibliothek von Texten verbale Beschreibungen jedes einzelnen Farbbildes enthalten, und zwar in vielen verschiedenen Sprachen und Kodierungen!

Bei solchen Überlegungen wird einem schnell klar, dass jene unerschrockenen Gemüter, die all das erforschen und lesen möchten, kein einziges Buch, Bild oder Kompendium einfach als unwichtig abtun könnten, so riesig diese Bibliotheken auch sein mögen. Scheinbar zufällige Zusammenstellungen von Buchstaben oder Bildpunkten könnten ja geheime Bedeutungen in sich bergen, etwa die Koordinaten eines Bildes oder auch versteckte Hinweise auf andere Quellen innerhalb der Bibliothek, zum Beispiel den vollständigen Bestandskatalog. Innerhalb dieser scheinbar »lesbaren« Texte könnten Chiffren und Anhaltspunkte zu finden sein, die selbst Martin Gardners berühmten Dr. Matrix* über eine sehr lange Lebensspanne hinweg bei Laune hielten, denn sie würden seiner unersättlichen Neugier jede Menge Stoff liefern.

Zweifellos würden viele Stränge auf nicht-alphabetische Texte verweisen und dabei kombinierte Symbole dazu verwenden, um einzelne Begriffszeichen oder Sinnbilder anzuzeigen, ähnlich wie moderne Computer mit Chinesisch oder anderen Sprachen verfahren.

Innerhalb einer alphabetisch aufgebauten Universalbibliothek existiert also eine vollständige Bibliothek, die aus jeder beliebigen Teilmenge von Ideogrammen, Hieroglyphen oder deren Verbindung bestehen kann.

Als ich meine Vorstellungen von einer Universalbibliothek mit meinem Freund, dem Physiker und Schriftsteller Gregory Benford, diskutierte, schnaubte er leicht verächtlich und sagte: »Aber das ist doch nur *noise*, ein Rauschen, das niemals auf gezielte Weise Informationen vermittelt.« Einen Moment lang war ich ebenso verblüfft wie beeindruckt und fast davon überzeugt, er müsse Recht haben. Doch binnen weniger Minuten

* Martin Gardner, geb. 1914 in Tulsa, Oklahoma, war ab 1957 Autor der inzwischen eingestellten Kolumne »Mathematical Games« im *Scientific American* und veröffentlichte viele populärwissenschaftliche Werke über Mathematik, darunter *Die magischen Zahlen des Dr. Matrix,* Fischer Verlag, Frankfurt am Main, 1989.

fand ich eine Antwort auf seinen Einwand: Ein Rauschen kann sich wiederholen. (Ob es das tatsächlich tut oder nicht, ist eine Frage, die uns zu Unterscheidungen zwischen analogen und digitalen Messungen zwingt, das Problem des Genauigkeitsgrades aufwirft etc.) Doch unsere Bibliothek kann sich nicht wiederholen. Kein Buch wird eine Kopie eines anderen Buches sein, denn zumindest *ein* Symbol in der Zeichenkette oder *ein* Buchstabe im Text wird und muss abweichen.

Und solche Wiederholungen auszumerzen beziehungsweise sie von vornherein auszuschließen, ist keine triviale Angelegenheit!

Außerdem gibt es recht reale Zeichenfolgen, die diese Universalbibliothek auf keinen Fall enthalten wird, darunter die vollständige Darstellung von Pi – die Zahl, die in der Geometrie das Verhältnis des Umfangs eines Kreises zu seinem Durchmesser angibt und, grob gesagt, als 3,1415… ausgedrückt werden kann. Die Stellen nach dem Komma sind unendlich lang und scheinen zufällig zu sein. (Als Carl Sagan in seinem Roman *Contact* der Zahl Pi eine verborgene Botschaft unterstellte, reagierten viele Mathematiker mit würdevollen Missfallensbekundungen. Eine zufällige Zahl kann doch keine linguistische Botschaft enthalten! Allerdings hat es noch nie einen formellen Beweis dafür gegeben, dass die Pi-Stellen hinter dem Komma wirklich zufallsbedingt sind. Und da Pi unendlich lang ist, taucht auch gleich eine interessante Frage auf: Wie viele als Zahlen kodierte Universalbibliotheken passen in eine ausreichend lange Zeichenkette von Pi?)

Selbstverständlich wird unsere Bibliothek Gleichungen und Beschreibungen enthalten, die ausreichen, Pi zu rekonstruieren, vielleicht sogar Beweise für die Zufälligkeit der Nachkommastellen. (Aber Vorsicht: Die meisten dieser Beweise werden sich als falsch erweisen.)

Das Nachdenken über Pi eröffnet uns *einen* möglichen Zugang zur Erforschung einer Universalbibliothek. Offenbar lässt sich Pi nicht »zippen« oder sonst wie komprimieren. Jede lange Ziffernfolge für Pi ist bereits die kürzeste Darstellungsform. Diese Eigenschaft haben alle zufällig aneinandergereihten Zeichenfolgen miteinander gemein: Es ist nicht möglich, sie digital in kleinere Versionen zu pressen und später wieder völlig genau zusammenzusetzen, wie es geschehen würde, wenn wir beispielsweise diesen Essay als Zip-Datei auf unserer Festplatte abspeicherten.

»Verrauschte« komprimierte Bilder, etwa in »jpegs«, benötigen auf einer Digitalkamera mehr Speicherplatz als saubere, klare Bilder, denn sie lassen sich schlecht komprimieren. Bis jetzt sind die Kameras noch nicht fähig, alle Pixel, die zufällig und überflüssigerweise ins Bild geraten sind, von denen zu unterscheiden, die wesentliche Bildbestandteile sind, etwa ein Stern in einem Sternhaufen. Selbst die Software mit den leistungsfähigsten, für die Unterdrückung des »Rauschens« zuständigen Algorithmen vernichtet bei der Reduktion in der Regel auch Daten mit wirklichem Informationsgehalt.

Aus all dem folgt, dass sich auch die tatsächlich nutzlosen oder zufällig zusammengewürfelten Texte in einer Universalbibliothek nicht komprimieren lassen. Ganze Abschnitte unserer Bibliothek wird man über weite Zeiträume hinweg durcharbeiten, »durchforsten« und danach ausgrenzen müssen, um die Bereiche zu finden, die komprimierbar sind und daher vermutlich sinnvolle oder interessante Zeichenketten enthalten, das heißt Symbole mit linguistischer Grundlage, zumindest aber mit einer nicht zufälligen Basis.

Und selbstverständlich ist das nur der erste Schritt zur Bearbeitung einer Universalbibliothek!

Eine weitere logische Schlussfolgerung sagt uns, dass die Hälfte der Bücher oder Zeichenketten in diesem riesigen Labyrinth Palindrome sein müssen. Es existieren hier also Bücher, die spiegelverkehrt andere Bücher darstellen. Darüber hinaus mag es noch weitere, raffiniertere Symmetrien geben, die unsere ehrgeizigen Bibliothekare dazu nutzen können, ihre Suche einzugrenzen.

Da wir uns erlaubt haben, uns eine leibniz'sche Rechenmaschine vorzustellen, die die Zukunft vorhersagen kann, können wir auch noch einen Schritt weitergehen: Stellen wir uns eine Technologie der fernen Zukunft vor, die tatsächlich eine Universalbibliothek erzeugen und erforschen kann (und die hellen Köpfe, denen das Spaß machen würde).

Da unser Universum, wie wir unterstellen, nicht groß genug ist, eine Bibliothek diesen Ausmaßes in stofflicher Form in sich aufzunehmen, gehen wir davon aus, dass all diese in sich variierenden Datenreihen in einem künstlichen Universum erzeugt, gespeichert und verarbeitet werden. Möglich, dass dieses künstliche Universum andere Dimensionen hat, die die unserigen tangential berühren.

Nehmen wir mal an, dass sich die Zeit innerhalb dieses künstlichen Bereichs anders verhält als bei uns und es erlaubt, gewaltige Rechenoperationen ohne jeden Zeitdruck durchzuführen. Nehmen wir außerdem an, dass wir – anstatt innerhalb dieses künstlichen Universums eine reale, stoffliche Bibliothek zu schaffen – den ganzen Bereich als Speicher für eine Art digitaler Version nutzen. Darüber hinaus statten wir diesen Bereich mit speziellen Forschern aus, die fähig sind, Datenreihen schnell und effizient zu analysieren. (Sie können als Erstes die oben erwähnten Methoden dazu nutzen, die Suche einzugrenzen, indem sie alles ausschließen, das sich einer Komprimierung widersetzt oder symmetrisch ist.)

Das ist auch nicht unwahrscheinlicher als irgendeine leibniz'sche Rechenmaschine, die künftige Zustände berechnet, denn vermutlich wäre sie auf ähnliche Zaubertricks angewiesen.

Und jetzt wollen wir uns – der Beweisführung zuliebe – auch noch vorstellen, dass das Schnittfeld der Tangente zwischen diesem künstlichen Universum und unserem eigenen recht klein ist – nicht größer als ein Kieselstein. Diesen Kieselstein kann man innerhalb unseres Universums beliebig verschieben, ohne dass es Auswirkungen auf den »inneren« Bereich des Steins hat. Darüber hinaus unterstellen wir, dass die Zeit innerhalb dieses Kiesels viel schneller abläuft als in unserem Universum.

Besonders schlau können wir vorgehen, wenn wir zur Erschaffung unserer Bibliothek von Babel unterschiedliche Herangehensweisen wählen. Es mag zwar nicht die effizienteste Methode sein, aber wir können in sich variierende Zeichenketten auch dadurch erzeugen, dass wir jedes »Buch« als Matrix von Pixeln innerhalb eines Würfels betrachten, dessen Seitenlänge jeweils 1000 Pixel beträgt. Wir beginnen in einer Ecke des Würfels, zählen acht Pixel für jeden Buchstaben oder jedes Zeichen und arbeiten uns durch alle Pixel des Würfels hindurch, indem wir stets dieselbe Richtung verfolgen. Auf diese

Weise erfassen wir eine Milliarde Pixel pro »Buch«. Da ein Zeichen durch acht Pixel erfasst wird, enthält ein Buch 125 000 000 Buchstaben, Leerzeichen oder Interpunktionszeichen – mehr als genug! (Ein solches Buch könnte circa 100 Kopien des Romans *Die Stadt am Ende der Zeit* umfassen.)

Darüber hinaus lässt sich der Würfel in verschiedene Richtungen drehen, so dass sich jede Zeichenfolge auch noch auf andere Weisen lesen lässt.

Innerhalb unseres »Miniversums« vom Umfang eines Kiesels beginnen unsere Hilfsbibliothekare – künstliche Intelligenzen, die für diese Aufgabe besonders geeignet sind – jetzt damit, sich durch die ungeheure Masse von Büchern zu graben, ähnlich wie Termiten sich durch einen riesigen Baumstamm arbeiten. Irgendwann stoßen sie auf die winzige Teilmenge einer Textfolge, die in dieser oder jener Weise von Interesse ist. Wenn sie andere Suchkriterien zugrunde legen, werden sie möglicherweise andere Teilmengen finden, die in anderer Hinsicht interessant sind.

Effizienter wäre vielleicht eine von Vernor Vinge beschriebene, allerdings leicht abgewandelte Herangehensweise. In seinem Roman *Rainbow's End* (2006) behauptet er, die einfachste Möglichkeit, eine ganze Bibliothek einzuscannen, bestehe in Anbetracht der riesigen künftigen Verarbeitungskapazität von Rechnern darin, alle Bücher zu schreddern und in einen mit Kameras versehenen Tunnel zu werfen. Die Kameras würden Bilder der geschredderten Seiten einfangen, sie danach mit Hilfe bildgebender und Grammatik-Software wieder zusammenfügen und auf diese Weise Texte wiederherstellen und digitalisieren. Ebenso könnte man mit bildlichen Darstellungen verfahren.

Bei einer Bibliothek von Babel könnte man Vernor Vinges Herangehensweise vielleicht so abwandeln, dass man nur Permutationen einer einzigen Textzeile erzeugt (wie in George Gamows Zeilen veränderndem Drucker) und später Grammatik-Software dafür einsetzt, nützliche Kombinationen mit anderen, dazu passenden Textzeilen herzustellen beziehungsweise *wiederherzustellen*. Dabei würde man vielleicht nicht die große Masse kryptischer Texte erfassen können und wohl auch nicht Texte in Sprachen, die wir aufgrund ihrer komplizierten Grammatik nicht zu rekonstruieren vermögen; allerdings hätte dieses Verfahren den Vorteil, dass wir »Sinnvolles« schneller finden und »Unsinniges« schneller verwerfen könnten. Auf diese Weise könnten wir dann Zeichenfolgen von Seiten- und Buchlänge oder von noch größerem Umfang generieren.

Zwar wären wir dabei immer noch auf Supertechnologien, eine anders ablaufende Zeit und alternative Dimensionen angewiesen, aber daran sind wir inzwischen ja bereits gewöhnt, stimmt's?

Viele herausragende Physiker haben mittlerweile die Möglichkeit einer »Weltformel« erörtert – einer kompakten Gleichung oder auch einer kleinen Gruppe von Gleichungen, um unser Universum oder ein sehr ähnliches zu beschreiben (und vermutlich auch nachzubauen, hätte man gottähnliche Kräfte). Die Vorstellung ist zwar verlockend, doch »aus dem Bauch heraus« habe ich das Gefühl, dass es mit dieser Formel nichts werden wird. Eine winzige Rechenmaschine wird meiner Meinung nach niemals dazu ausreichen, ein Universum nachzubilden, das so vielfältig und komplex ist und zugleich so viel Zufälligkeit umfasst. Und so massiven, sturen Widerstand gegen Erkenntnisse, wie wir das ringsum erleben. Wenn unser Universum seine Beschaffenheit auf optimale Weise in so »komprimierter Form« ausdrückt, wie es das tut, dann ist es, wie Pi, nicht auf etwas anderes zurückzuführen als auf sich selbst.

Bis jetzt verfügen wir noch nicht über eine Weltformel, auch wenn alle paar Jahre Ankündigungen in dieser Richtung erfolgen.

Die meisten von uns kennen sich mit großen Universitätsbibliotheken aus. Und den meisten von uns ist sehr wohl bewusst, dass ein einziges Menschenleben nicht ausreicht, um all diese Bücher zu lesen, nicht einmal die Bücher in einer relativ kleinen Hochschulbibliothek. Meine persönliche Bibliothek umfasst etwa 15 000 Bücher, und den überwiegenden Teil davon habe ich nicht von Anfang bis Ende gelesen.

Folglich ist meine kleine Büchersammlung für mich nicht weniger beängstigend als die Bibliothek von Babel! In Anbetracht der begrenzten mir noch verbleibenden Lebensspanne werde ich es jedenfalls nicht schaffen, mich all diesen Büchern zu widmen – weder in der einen noch in der anderen Bibliothek.

Glossar der deutschen Übersetzung

Apollon Smintheus

Offenbar erreichte sowohl der griechische als auch der etruskische Apollon-Kult während der Eisenzeit (1100–800 v. Chr.) über Anatolien das zentrale Mittelmeer. Homer erwähnt ihn in der *Ilias* aufseiten der Trojaner. Der Ursprungskultus scheint auf den hethitischen Gott Aplu zurückzugehen, der wie Apollon Smintheus der Gott der Pest war. »Sminthos« (vom kretischen oder phrygischen Wort für Maus oder Ratte) kann man mit »Mäuseverschlinger« übersetzen.

Astyanax (altgriech. »Fürst der Stadt«)
Nach Homer einziger Sohn des Trojaners Hektor und dessen Gattin Andromache. Von Astyanax prophezeite der Seher Kalchas den Griechen, er werde Troja wieder zum früheren Glanz erheben. Deshalb wurde Astyanax – ein Kind noch – beim letzten Sturm der Griechen auf die Festung Troja ermordet.

Bigfoot
Teil der nordamerikanischen Folklore. Legendärer amerikanischer Großaffe, dessen Existenz von Zoologen zwar heftig bestritten wird, der in der »Kryptozoologie« jedoch einen ähnlichen Platz einnimmt wie der tibetische Yeti.

Boccaccio, Giovanni (1313–1375)
Italienischer Novellist, Dichter und Humanist der Renaissance, der viele Kontakte mit Künstlern und Gelehrten am weltoffenen neapolitanischen Hof pflegte. In seinem Hauptwerk, dem *Decamerone* (1349–1353), bilden volkstümliche und antike Quellen zusammen mit Einflüssen der zeitgenössischen italienischen und französischen Literatur ein Mosaik der italienischen Gesellschaft des 14. Jahrhunderts. In späteren Jahren widmete sich Boccaccio gemeinsam mit seinem Freund Petrarca dem Studium klassischer Texte und der Wiederentdeckung bedeutender klassischer Werke, darunter die *Annalen* des Tacitus und die *Metamorphosen* des Apuleius.

Borges, Jorge Luis (1899–1986)
Einer der bedeutendsten argentinischen Schriftsteller, der zahlreiche phantastische Erzählungen, Gedichte und Essays veröffentlichte. 1955 wurde er Direktor der argentinischen Nationalbibliothek. Eine seiner berühmtesten Erzählungen ist *Die Bibliothek von Babel* (erschienen 1941), in der er die Welt als Bibliothek aller möglichen Bücher konzipiert – ein Motiv, das Greg Bear im vorliegenden Roman aufgreift und variiert. Am Rande des Romans taucht Borges auch selbst als Sammler phantastischer Enzyklopädien auf.

Boson
Im Standardmodell der Teilchenphysik sind Bosonen alle Teilchen, die einen ganzzahligen Spin besitzen. Im Unterschied dazu haben die Fermionen einen halbzahligen Spin. Ein Elementarteilchen ist entweder ein Boson oder ein Fermion. Eine Eigenschaft der Bosonen ist, dass sich bei Vertauschung zweier gleicher Bosonen die quantenmechanische Wellenfunktion nicht ändert. Dies bedeutet, dass sich mehrere gleichartige Bosonen (mit gleichem Spin) zur selben Zeit im selben Energiezustand befinden können. Praktische Beispiele hierfür sind der Laser (als gebündelte Photon-Bosonen) oder die Supraleitung.

Brahma
Innerhalb der hinduistischen Dreieinigkeit Gottes, der Trimurti (siehe Shiva), stellt Brahma den Schöpfergott dar. Aus seinem Haupt entspringen die Brahmanen als höchste Kaste der Hindus.

Cruikshank, George (1792–1878)
Britischer Karikaturist und Illustrator. Neben seinen für die damalige Zeit sehr polemischen Karikaturen des politischen Geschehens widmete er sich später vor allem der zeitgenössischen Buchillustration. Am bekanntesten ist er heute als erster Illustrator von Charles Dickens' *Oliver Twist* (1837).

Eidolon (griech.)
Eigentlich die griechische Bezeichnung für Schimäre, Abbild, Schattenbild oder Nachbildung (siehe auch das »Höhlengleichnis« Platons). »The Eidolon« ist aber auch der erste Ego-Shooter in der Computergeschichte, der 1984 von Lucasfilm Games für den Atari 8-bit und den Commodore C64 entwickelt wurde – das erste Computerspiel mit einer halbwegs anspruchsvollen animierten Grafikdarstellung.

Epitom (griech.)
In seiner gebräuchlichen Bedeutung ein (Text-)Auszug, Ausschnitt, Extrakt. Im Englischen bedeutet »epitomize« auch darstellen und »epitome« Verkörperung oder Personifikation.

Feynman, Richard Phillips
Der amerikanische Physiker (11.5.1918 – 15.2.1988) war 1942–1945 in Los Alamos an der Entwicklung der amerikanischen Atombombe beteiligt und Mitbegründer der modernen Quantenelektrodynamik. 1965 erhielt er für seine Beiträge zur Quantenelektrodynamik zusammen mit J. Schwinger und S. Tomonaga den Nobelpreis für Physik. (Deutscher Titel der Autobiografie, 1985: *Sie belieben wohl zu scherzen, Mr. Feynman*)

Higgs-Feld

Benannt nach Peter Higgs, emeritierter Professor an der University of Edinburgh, der die Existenz eines solchen Feldes bereits in den 1960er Jahren postulierte. Im Standardmodell der allgemeinen Theorie der Elementarteilchen stellt man sich die verschiedenen Kräfte, die zwischen Teilchen wirken, ihrerseits als Austausch bestimmter Teilchen vor. Die elektromagnetische Kraft etwa wird in diesem Modell von Photonen, also Lichtteilchen, vermittelt. Auch für die schwache Kernkraft, die manche radioaktive Atomkerne zerfallen lässt, gibt es spezielle Austauschteilchen (sie heißen W- und Z-Bosonen), die im Gegensatz zu den Photonen aber selbst eine Ruhemasse haben. Nun lassen sich elektromagnetische und schwache Kraft im Standardmodell mit sehr ähnlichen Formeln beschreiben. Mit einem Higgs-Feld ließe sich erklären, warum die Austauschteilchen trotzdem in einem Fall eine Masse haben, im anderen aber nicht. Denn die Masse der Teilchen ist nach Higgs' Idee nichts anderes als ihre Wechselwirkung mit einem Kraftfeld, das den gesamten Kosmos durchdringt. Demnach sind alle Teilchen an sich masselos und würden sämtlich mit Lichtgeschwindigkeit durch die Gegend sausen, gäbe es das Higgs-Feld nicht, das ihnen Trägheit verleiht. Das postulierte Higgs-Feld hat überall genau dieselbe Stärke, und anders als etwa elektrische und magnetische Felder besitzt es keine gerichteten Kraftlinien. Deswegen haben Teilchen derselben Sorte immer dieselbe Masse, egal, wo sie sich befinden und in welche Richtung sie sich gerade bewegen. Nach dem experimentellen Beweis für diese Theorie soll auch der Large Hadron Collider am Europäischen Kernforschungszentrum CERN bei Genf suchen.

Integralläufer

(im amerikanischen Original *sum-runner*): Greg Bear verwendet *sum* im vorliegenden Roman im Sinne von Integral über alle möglichen Zustände/Weltlinien des Universums (siehe auch »Weltlinie« und »Multiversen-Theorie«). Je nach Wahrscheinlichkeit sowie nach positiven oder negativen Auswirkungen gehen diese Zustände/Weltlinien in die Summe ein, die das Universum als Ganzes ausmacht. Die *sum-runners*, entsprechend als »Integralläufer« übersetzt, durchqueren im vorliegenden Roman das Universum entlang der Weltlinien und beenden ihre Reise in den überlebenden »Schicksalssträngen«. (»The sum runners travel through these realms, along all these world-lines, and eventually end up in the surviving worldlines«, wie Greg Bear zur Erläuterung für dieses Glossarium schrieb.)

Irrationale Zahl

Eine reelle Zahl heißt irrational, wenn sie nicht als Bruch zweier ganzer Zahlen dargestellt werden kann. Im Gegensatz zu rationalen Zahlen, die als endliche oder periodische Dezimalzahlen dargestellt werden können, sind irrationale Zahlen solche, deren Dezimaldarstellung nicht abbricht und nicht periodisch ist. Es gibt zwei Typen von irrationalen Zahlen: algebraische Zahlen (etwa Wurzeln) und transzendentale Zahlen (die Kreiszahl Pi = 3,14159…, die Euler'sche Zahl e = 2,71828…).

Kali (sanskr.)

Kali oder Kalika (»Die Schwarze«) ist eine der vielen Erscheinungsformen Parvatis, der Gattin Shivas. Als Kali ist sie eine grausame und blutdürstige Göttin und wird mit schwarzer Haut, acht Händen, heraushängender Zunge und einer Schädelkette um den Hals dargestellt. Selbst eher Dämonin als Göttin, tanzt sie auf den Leibern ihrer dämonischen Feinde. In dieser furchterregenden Manifestation ist die Göttin zuständig für die Auflösung des Universums. Kali ist aber auch »Kala«, die »Zeit«, die alles vernichtet und verschlingt. Die Sichel, mit der sie dargestellt wird, ist ihren Anhängern aber nicht nur ein Symbol des Todes: Sie durchschneidet Verwirrung, Unwissenheit und Bindungen und macht dadurch den Weg zur Erlösung frei.

Kalpa (sanskr.: Ritual oder Weltperiode)
Teil der hinduistischen Ritualliteratur, die Regeln für die Opferrituale in kurzer und übersichtlicher Form darstellt. Nach der indischen Lehre vom Weltall bedeutet Kalpa auch einen Tag Brahmas, der einen Zeitraum von 4320 Millionen Jahren umfasst und an dessen Ende die Vernichtung der ganzen Schöpfung erfolgen soll. Bezeichnet in der buddhistischen und hinduistischen Religionsgeschichte den größten denkbaren Zeitabschnitt, denn weder in Pali noch in Sanskrit gibt es einen Begriff für die unendliche Zeit. Am bekanntesten ist die Stelle in der »Bhagavad-Gita«, in der sich der aus Krishna sprechende Allgott (Brahma) erklärt: »*Ich trage die Wesen und bin doch nicht in den Wesen befasst; mein Selbst ist der Bildner der Wesen, wie es heißt. Und wie er die Welt aus sich herausgesetzt hat, so schlingt er sie am Ende einer Weltperiode* (Kalpa) *wieder in sich herein; wie Wasserströme in den Ozean, wie Mücken in das flammende Feuer, so stürzen alle Wesen in seinen zähneklaffenden, furchtbaren Rachen.*«

»Letzte Schanze«
Die »Letzte Schanze« im 92. Kapitel des vorliegenden Romans ist eine Anspielung auf William Hope Hodgsons Endzeit-Roman *The Night Land*, der in einer fernen Zukunft spielt und Greg Bear nach eigener Aussage in vielerlei Hinsicht zu *Die Stadt am Ende der Zeit* inspiriert hat. In Hodgsons Roman sammeln sich die letzten Millionen Menschen in einer riesigen Metallpyramide, der »Letzten Schanze«, die von unbekannten Kräften und Mächten aus der Dunkelheit belagert wird. Ein letzter Ring von Energie hält diese Mächte fern und schützt die Festung der Menschen. William Hope Hodgson (geb. am 15. November 1877 in Blackmore End, Essex, England) fiel 1918 bei Ypern in Belgien. Er verfasste zahlreiche phantastische Romane und Erzählungen. *The Night Land* erschien 1912. Nach Ausbruch des Ersten Weltkriegs wurde Hodgson nach einer Ausbildung in England Leutnant der Artillerie und im Lauf des Krieges an die Front nach Ypern beordert, wo er freiwillig auf dem Posten eines vorgeschobenen Beobachters diente. Am 17. April 1918 wurde er von einem deutschen Schrapnell zerrissen, wie auch in Bears Roman erwähnt wird: »Ehe er ins Feld gezogen war, hatte er ein Buch geschrieben und darin seine Träume in allen Einzelheiten geschildert … Aber der Krieg hatte ihn bereits in tausend Stücke zerrissen.«

Mnemosyne (griech.: Gedächtnis)
Auch personifiziert als »die Mutter der Musen« und »Göttin der Erinnerung«. Mnemosyne ist die Tochter des Uranus und der Gaia. Zeugt mit Jupiter in neun Nächten neun Töchter – die Musen. Die Musen wurden in der Antike als göttliche Repräsentantinnen der Künste verehrt.

Multiversum

Der Begriff Parallelwelt bezieht sich auf eine Welt, die außerhalb des bekannten Universums existiert. Die Gesamtheit aller Parallelwelten wird als Multiversum bezeichnet. Das Multiversum ist nicht nur eine populäre Vorstellung in der Science Fiction; die »Viele-Welten-Interpretation« ist auch eine Interpretation der Quantenmechanik, die seit 1957 ernsthaft diskutiert wird (siehe Viele-Welten-Theorie).

Nataraja

In Chidambaram, Südindien, ist ein Hindutempel Nataraja geweiht, der in der Hindu-Renaissance mit 45 Meter hohen, steil gestuften Pyramiden erbaut wurde. Als eine Verkörperung des Gottes Shiva ist Nataraj oder Nataraja der Fürst des Tanzes und der zyklisch gedachten Schöpfung. Sein kosmischer Tanz symbolisiert den unaufhörlichen Prozess von Schaffen, Bewahren und Zerstören. Das Feuer dieses Tanzes steht für die Flammen, die am Zeitenende die Welt verzehren. Mit seinem Tanz zerstört er die Welt der Illusionen, die einer Welt der Erleuchtung weichen wird.

Natürliche Zahl

Natürliche Zahlen sind die beim Zählen verwendeten Zahlen 1, 2, 3, 4, 5, 6, 7, 8, 9, 10 usw. Oft wird auch die Null zu den natürlichen Zahlen gerechnet.

Noetisch

Odysseus hat nach Homer die Städte vieler Menschen kennengelernt und damit auch ihre spezifische Denkweise – ihren »noos«. Noetisch ist vom griechischen *noētós* (deutsch: geistig wahrnehmbar) abgeleitet und bezieht sich in manchen Bedeutungen auf ein Bewusstsein, das auf ein esoterisches oder spirituelles Wissen zugreifen kann – ein Wissen, das die Grenzen menschlicher Sinneserfahrung und Vernunft überschreitet. (Siehe dazu auch den Begriff der Noosphäre – von altgriechisch: Sphäre des Geistes oder Verstandes –, der erstmals 1922 von Pierre Teilhard de Chardin in seiner Kosmogenese verwendet wurde. Noosphäre bezeichnet dort eine Phase der geistigen Entwicklung, in der die Menschheit zu einem Geist zusammenwächst.) In der platonischen Philosophie ist die Noetik Bestandteil der Erkenntnislehre, deutet aber auch allgemein auf die geistige Herkunft oder die geistigen und kulturellen Voraussetzungen Einzelner hin. Heute wird der Begriff – durch das »Institut für noetische Wissenschaften« – auch mit dem Grenzgebiet zwischen Psi-Phänomenen und den Naturwissenschaften assoziiert.

Nullen (zehn und vierzehn)
Das Konzept der Nullen (vierzehn Nullen, zehn Nullen) zur Unterscheidung der Romankapitel, die in der Kalpa der Zukunft spielen, von denen, deren Schauplatz das Seattle unserer Zeit ist, hat folgenden Hintergrund: zehn Nullen = 10 000 000 000 Jahre = vermutliches Alter des Universums = Zeitpunkt der Gegenwartshandlung; vierzehn Nullen = 100 000 000 000 000 Jahre = Zeitpunkt der Handlung in ferner Zukunft.

Petrarca, Francesco (1304–1374)
Italienischer Dichter und Historiker. Er arbeitete intensiv an der Erforschung und Herausgabe der antiken Autoren und verfasste selbst lateinische Werke, die alle Kunstformen der Zeit

(Epos, Traktat, Dialog usw.) umfassen. Sein *Canzoniere*, ein Zyklus von 366 Gedichten, in denen er seine reine, ausdauernde Liebe zu Laura besingt, prägte inhaltlich und formal die europäische Lyrik der Renaissance (»Petrarkismus«). Als Hilfe zum Verständnis des *Canzoniere* wird oft Petrarcas Traktat *Secretum meum* angesehen, ein im Stil seines großen Vorbildes Cicero abgefasster lateinischer Dialog. Petrarca ist einer der Hauptbegründer des Humanismus innerhalb der europäischen Renaissance. »Humanismus« bedeutet dabei die allmähliche Hinwendung des von der Religion beherrschten mittelalterlichen Denkens zu einer neuen Menschlichkeit. Als Modell diente den Humanisten die klassische Antike. Petrarcas oft zitierte Besteigung des Mont Ventoux gilt als »geistiger Übergang« von der meist als feindlich beschriebenen mittelalterlichen Welt zur zweckfreien Verherrlichung der vom Menschen erfahrbaren Natur.

Photon

Photonen sind die »Bausteine« elektromagnetischer Strahlung, so etwas wie »Lichtteilchen«. Allerdings besitzen alle bewegten (Elementar-)Teilchen einschließlich der Photonen auch Welleneigenschaften (Welle-Teilchen-Dualismus). Photonen gehören zur Gruppe der Bosonen.

Queequeg

Eine der Hauptfiguren in Hermann Melvilles Roman *Moby Dick* (1851). Hauptharpunier an Bord des Walfängers *Pequod* unter dem Kommando von Kapitän Ahab. Queequeg wird hier als »kannibalischer« Wilder mit großem Herzen charakterisiert, der aus einer unbekannten Region der Südsee stammt.

Ribbon-Diagramm
Eine schematische dreidimensionale Darstellung der Proteinstruktur und heute eine der gebräuchlichsten Methoden zur Abbildung von Proteinen (auch bekannt als Richardson-Diagramm).

Sessile (Organismen)
Als sessil (lat. *sessilis* = »festsitzend«, »zum Sitzen geeignet«) bezeichnet man Organismen, die nicht die Fähigkeit besitzen, ihren Aufenthaltsort zu wechseln oder diese Fähigkeit im Laufe ihrer Entwicklung oder der Evolution eingebüßt haben. Sie sind wirbellos und vor allem im Meer angesiedelt (Beispiele: Schwämme, Steinkorallen).

Shikari
Bezeichnet in den Sprachen Persisch, Hindi, Nepalesisch, Urdu und Punjabi einen Jäger.

Shiva (siehe auch Nataraja)
Neben Brahman und Vishnu die dritte und für seine Anhänger wichtigste Figur der sogenannten Trimurti (Dreieinigkeit der Daseinskräfte des Erschaffens, des Erhaltens und des Zerstörens). Shiva galt in vorvedischen Zeiten jedoch vornehmlich als Gott der Zerstörung. Als der »Leichenbrennplatztänzer« verbrennt er am Ende jeder Weltperiode alle Welten und tanzt allein auf dem Weltenbrennplatz. Im späteren Hinduismus wird ihm zunehmend auch eine positive fünffache Aktivität zugeschrieben, nämlich die Schöpfung, Erhaltung, Regierung, dann die Verhüllung der Seelen mittels der Maya und endlich

ihre Begnadigung. Seine Gattin Parvati verkörpert als Shakti (Kraft, Energie) diese guten Eigenschaften, als Kali (siehe Kali) seine zerstörerische Seite.

Spinoza, Baruch de (1632–1677)
Niederländischer Philosoph mit iberisch-jüdischen Vorfahren. Als 23-Jähriger wurde er auf Grund mündlicher Äußerungen wegen Ketzerei aus der jüdischen Gemeinde ausgestoßen. Die Katholiken setzten seine Werke auf den Index. Sein wichtigstes Werk, die *Ethik*, wurde erst in seinem Todesjahr veröffentlicht. Der zentrale Begriff in seiner Philosophie ist die »Substanz« – das Eine und Unendliche, das unter und hinter allen Dingen steht, das alles Sein in sich vereint. Die Substanz = Gott = Natur ist bei Spinoza ewig und aus sich selbst existierend. Jedes endliche Ding sei hingegen immer nur durch andere endliche Dinge bedingt und nie unmittelbar durch Gott, die unendliche Substanz. Die Natur sei aus sich selbst bewegt, denn Gott sei Kraft oder Energie. Von den Attributen der unendlichen Substanz oder Gott können wir zwei erkennen: Denken und Ausdehnung (= Geist und Materie). Gott sei unendliche Ausdehnung und unendliches Denken. Der Mensch bestehe nicht aus den zwei getrennten Substanzen Körper und Seele (wie die Cartesianer behaupten), sondern beides seien zwei Seiten ein und desselben Wesens.

Swift, Jonathan (1667–1745)
Irischer Schriftsteller und Satiriker. Sein bekanntestes Buch *Gullivers Reisen* enthält scharfe ironische Attacken gegen die herrschende Klasse in England und die Royal Academy.

Tyche (griech.)
Tochter des Zeus und Göttin des Schicksals, der Fügung und des Zufalls, die launenhaft den Wechsel der Geschichte herbeiführt.

Typhon (griech.)
In der griechischen Mythologie Sohn der Gaia und des Tartaros. Gaia vereinte sich mit dem Tartaros, um sich für die Niederlage ihrer Kinder, der Titanen und Giganten, an Zeus zu rächen. Der Typhon wird als Ungeheuer mit hundert Drachen- oder Schlangenköpfen und als Herr der gefährlichen Winde dargestellt.

Viele-Welten-Theorie
Die Viele-Welten-Theorie ist eine Interpretation der Quantenmechanik, die zu erklären versucht, weshalb sich die Wahrscheinlichkeiten zur Messung jedes Messwerts in einem quantenmechanischen System zu jeder Zeit genau vorhersagen lassen, jedoch im Allgemeinen nicht das Ergebnis einer einzelnen Messung. Sie basiert auf dem Gedanken, das beobachtbare Universum sei nur ein Teil der gesamten Wirklichkeit, die aus vielen nebeneinander existierenden Welten besteht, in denen quantenmechanische Einzelmessungen andere Resultate ergeben (siehe auch Multiversen).

Weltlinie
Unter einer Weltlinie versteht man die eindimensionale Kurve eines punktförmigen (nulldimensionalen) Objekts in der Raumzeit. So wie die Bahnkurve eines Punktteilchens seine Bewegung im dreidimensionalen Raum beschreibt, gibt die Welt-

linie seine Bewegung in dem vierdimensionalen Raum an, der als zusätzliche Koordinate die Zeit besitzt. Hermann Minkowski gebrauchte den Begriff der Weltlinie 1908 zuerst im Zusammenhang mit der speziellen Relativitätstheorie. Entwickelt von Minkowski, erlaubt das sogenannte »Minkowski-Diagramm« ein bildlich-quantitatives Verständnis der mit der speziellen Relativitätstheorie verbundenen Phänomene, wie beispielsweise der Zeitverschiebung und der Längenkontraktion eines Objekts in der Raumzeit – eben mittels der Weltlinie.

Der neue russische
Bestseller-Autor
HEYNE
DMITRY GLUKHOVSKY
METRO 2033
ROMAN
Es ist das Jahr 2033.
Nach einem verheerenden Krieg liegen weite Teile der Welt in Schutt und Asche. Die letzten Menschen haben sich in die riesigen U-Bahn-Netze der Städte zurückgezogen. Doch sie sind nicht allein...
»Ein phantastisches Epos!«
Sergej Lukianenko